LE CODE ALTMAN

DU MÊME AUTEUR

Aux Éditions Grasset

Série « Réseau Bouclier » :
 Opération Hadès, avec Gayle Lynds.
 Le Pacte Cassandre, avec Philip Shelby.

Le Complot des Matarèse.
La Trahison Prométhée.
Le Protocole Sigma.
Objectif Paris, avec Gayle Lynds.
La directive Janson.

Aux Éditions Robert Laffont

La Mémoire dans la peau.
La Mosaïque Parsifal.
Le Cercle bleu des Matarèse.
Le Week-end Osterman.
La Progression Aquitaine.
L'Héritage Scarlatti.
Le Pacte Holcroft.
La Mort dans la peau.
Une invitation pour Matlock.
Le Duel des Gémeaux.
L'Agenda Icare.
L'Échange Rhinemann.
La Vengeance dans la peau.
Le Manuscrit Chancellor.
Sur la route d'Omaha.
L'Illusion Scorpio.
Les Veilleurs de l'Apocalypse.
La Conspiration Trevayne.
Le Secret Halidon.
Sur la route de Gandolfo.

ROBERT LUDLUM
et
GAYLE LYNDS

LE CODE ALTMAN

un roman de la série
RÉSEAU BOUCLIER

*Traduit de l'américain
par*
RENAUD MORIN

BERNARD GRASSET
PARIS

L'édition originale de cet ouvrage a été publiée par St. Martin's Griffin, à New York, en juin 2003, sous le titre :

THE ALTMAN CODE

© 2003 by Myn Pyn LLC, pour l'édition originale.
© Éditions Grasset & Fasquelle, 2005, pour la traduction française.

Prologue

*Shanghai, Chine,
vendredi 1ᵉʳ septembre 2002*

Sur la rive nord du fleuve Huangpu, des projecteurs géants illuminaient les docks comme en plein jour. Des essaims de débardeurs déchargeaient les camions et disposaient les longs containers en acier, que des grues gigantesques, au milieu des grincements et des froissements de tôle, soulevaient contre le ciel étoilé et déposaient dans les cales des cargos venus du monde entier. Chaque jour, ils affluaient par centaines dans ce port d'importance vitale, situé sur la côte orientale de la Chine, presque à mi-chemin entre la capitale, Pékin, et sa dernière acquisition, Hong Kong.

Au sud des docks luisaient les lumières de la ville et de l'imposant nouveau quartier de Pudong, tandis que sur les eaux brunes et tourbillonnantes du fleuve, cargos, jonques, frêles sampans et longs convois de barges de bois brut se disputaient la priorité d'une rive à l'autre, comme sur un boulevard parisien à l'heure de pointe.

Sur un quai proche de l'extrémité orientale des docks, non loin de l'endroit où le Huangpu s'incurvait brusquement vers le nord, la lumière était moins vive. Là, une seule grue et pas plus d'une vingtaine de dockers chargeaient un unique cargo dont le nom s'inscrivait sur le tableau arrière : *Dowager Empress* ; port d'attache : Hong Kong. Il n'y avait pas l'ombre de ces gardiens en uniforme, pourtant omniprésents sur les quais.

On avait approché deux grands camions de ses flancs. Des dockers en sueur déchargeaient des fûts en acier, les faisaient rouler sur les planches, et les mettaient d'aplomb sur un filet de chargement. Quand celui-ci était plein, le bras de la grue venait se positionner au-dessus, et un câble en descendait, terminé par un crochet en acier qui étincelait dans la lumière. Les dockers attachaient le grand filet au crochet, puis la grue soulevait rapidement les fûts, pivotait, et les faisait descendre jusqu'au cargo, où des matelots guidaient le chargement à travers les cales ouvertes.

Sur ce quai éloigné, chauffeurs, dockers, grutier et matelots travaillaient sans relâche, rapidement et en silence, mais pas assez vite au goût de l'homme massif qui se tenait à droite des camions. Son regard circulaire surveillait le fleuve et ses abords. S'il avait la peau exceptionnellement claire pour un Chinois han, ses cheveux étaient plus étranges encore : d'un roux clair, strié de blanc.

Il regarda sa montre et s'adressa au contremaître d'une voix ténue, à peine audible : « Vous aurez terminé dans trente-six minutes. »

Ce n'était pas une question. Le contremaître tourna brusquement la tête, comme sous le coup d'une agression physique. Il fixa le rouquin un instant seulement, baissa les yeux, et se dépêcha d'aller brailler ses ordres. Le rythme s'accéléra. Alors que le contremaître poussait ses hommes à forcer la cadence, l'homme qu'il craignait maintenait sa présente menaçante.

Au même moment, un Chinois mince portant des Reeboks et une veste mao noire sur un jean occidental se glissait derrière les lourds anneaux d'une haussière dans un recoin sombre de l'aire de chargement.

Immobile, presque invisible dans l'obscurité, il observa minutieusement les fûts qui étaient roulés sur le filet, puis hissés à bord du *Dowager Empress*. Il sortit un petit appareil photo extrêmement sophistiqué de sous sa veste mao et photographia tout et tout le monde, jusqu'à ce que le dernier fût soit descendu dans la cale et le dernier camion sur le départ.

Se retournant sans bruit, il dissimula l'appareil dans sa veste et marcha en crabe loin des brillantes lumières jusqu'à ce que l'obscurité l'enveloppe à nouveau. Il se redressa et traversa le ponton à pas de loup, d'un bac de stockage à un hangar, cherchant toutes les protections qui s'offraient à lui, alors qu'il se dirigeait vers la route qui le ramènerait en ville. Un vent chaud sifflait au-dessus de sa tête, chargé d'une forte odeur de vase. Il n'y faisait pas attention. Il exultait, car il rapportait des informations importantes. Il était également nerveux. Ces gens n'étaient pas à prendre à la légère.

Au moment où il entendit des bruits de pas, il approchait de l'extrémité du quai, là où il rejoignait la terre ferme. Presque hors de danger.

L'homme massif à la curieuse chevelure rousse et blanche s'était rapproché sans faire de bruit, en suivant un chemin parallèle au milieu des différents hangars. Calme et circonspect, il vit sa cible se crisper, marquer un temps d'arrêt, et se hâter brusquement.

L'homme jeta un coup d'œil à la ronde. Sur sa gauche se trouvait la partie inexploitée du quai, paradis des mouettes et de l'entreposage, tandis que sur la droite, un accès permettait aux camions et autres véhicules d'entrer et de sortir des zones de chargement. Le dernier camion était derrière lui, se dirigeant vers la terre. Ses phares dessinaient des cônes de lumière dans la nuit. Il passerait bientôt. Alors que sa proie s'élançait derrière une haute pile de cordages tout à fait sur la gauche, l'homme sortit son garrot et courut à toute vitesse. Avant que sa victime ait pu se retourner, l'homme passa la cordelette autour de son cou, tira un coup sec, et serra.

Pendant une longue minute, il essaya d'arracher la cordelette qui l'étranglait. Ses épaules se convulsèrent de douleur. Son corps fut parcouru de soubresauts. Enfin, ses bras retombèrent mollement, et sa tête roula sur sa poitrine.

Le camion passa sur la droite, faisant trembler l'appontement en bois. Caché derrière la montagne de cordages, le tueur déposa le cadavre sur les planches. Il dénoua le garrot et fouilla les vêtements du mort jusqu'à ce qu'il ait trouvé l'appareil photo. Sans se presser, il revint sur ses pas et rapporta deux énormes crochets de charge. Il s'agenouilla près du cadavre, l'éventra avec le couteau qu'il portait dans un fourreau contre son mollet, enfouit les pointes des crochets dans ses entrailles, et les maintint en place en nouant une corde au milieu du corps. Puis, à coups de pied, il fit tomber le cadavre dans l'eau noire, où il coula discrètement. Il ne remonterait plus à la surface.

Le rouquin marcha vers le dernier camion, qui s'était arrêté et attendait, conformément aux ordres, et monta à bord. Pendant que l'engin filait vers la ville, le *Dowager Empress* remontait sa passerelle et larguait les amarres. Un remorqueur emmena le cargo au milieu du fleuve, qu'il descendit pour rejoindre le Yangtsé tout proche, et, finalement, la haute mer.

PREMIÈRE PARTIE

Chapitre un

*Washington, D.C.,
mardi 12 septembre*

Un adage qui avait cours à Washington voulait que les avocats contrôlent le gouvernement, mais que les espions contrôlent les avocats. La capitale fédérale formait un inextricable réseau d'agences de renseignement, des légendaires CIA et FBI au confidentiel NRO, en passant par les acronymes représentant toutes les branches de l'armée et du gouvernement, y compris au sein des illustres départements d'État et de la Justice. Il y en avait trop, de l'avis du Président Samuel Adams Castilla. Et pas assez discrètes. Il était bien connu que leurs rivalités posaient problème. L'échange de renseignements involontairement inexacts en posait un autre, plus sérieux. Sans parler de la dangereuse lenteur de cette bureaucratie pléthorique.

Le Président s'inquiétait de cette question, et de la crise internationale qui couvait, alors que sa Lincoln Towncar noire suivait une étroite route secondaire sur la rive nord de l'Anacostia River. Ronronnement discret du moteur, fenêtres fumées. La voiture passa devant des bois enchevêtrés et les marinas éclairées et finit par couper en cahotant les rails rouillés d'une voie d'aiguillage, avant de tourner à droite, dans l'enceinte d'une marina animée entièrement clôturée. Sur le panneau était écrit :

Yacht-Club d'Anacostia
Accès réservé aux membres

Un yacht-club apparemment identique à tous ceux qui bordaient la rivière à l'est de l'Arsenal de la marine de Washington. Il était onze heures du soir.

Située seulement à quelques kilomètres en amont du confluent de l'Anacostia et du large Potomac, la marina abritait de grosses vedettes et des voiliers de croisière hauturière, ainsi que les embarcations de loisir habituelles. Par la vitre, le Président Castilla regarda les pontons qui s'avançaient dans les eaux sombres. Un certain nombre de yachts de haute mer recouverts de sel venaient de se mettre à quai. Les équipages portaient encore leur combinaison de gros temps. Il vit aussi cinq constructions en bois de taille variable sur le terrain. La disposition des lieux correspondait exactement à la description qui lui en avait été faite.

La Lincoln s'arrêta en douceur derrière le plus grand des bâtiments éclairés, hors de vue des pontons et cachée de la route par les bois touffus. Quatre des hommes qui avaient fait le trajet avec lui, tous en costume et armés de pistolets-mitrailleurs, sortirent prestement de la Lincoln pour former un périmètre de sécurité autour de la voiture. Ils ajustèrent leurs lunettes à vision nocturne en scrutant l'obscurité. Finalement, l'un d'eux se retourna vers la Lincoln et fit un bref signe de tête.

Le cinquième homme, qui était assis à côté du Président, portait également un costume sombre, mais il était muni d'un 9 mm Sig Sauer. Réagissant au signal, le Président lui remit une clé, et le garde du corps se hâta de rejoindre une porte latérale à peine visible sur le flanc du bâtiment. Il engagea la clé dans une serrure invisible et ouvrit la porte. Il se retourna, pieds écartés, arme au poing.

A ce moment-là, la portière de la voiture s'ouvrit côté bâtiment. L'air de la nuit était froid et piquant, vicié par l'odeur nauséabonde du gazole. Le Président apparut : un homme grand, corpulent, qui portait un pantalon kaki et une veste en tweed décontractée. Il pénétra dans le bâtiment d'un pas vif pour un homme de son gabarit.

Le cinquième garde du corps jeta un dernier coup d'œil alentour et suivit le Président avec deux des quatre autres. Les deux qui restaient se mirent en faction, protégeant la Lincoln et la porte.

*

Nathaniel Frederick (« Fred ») Klein, le chef du Réseau Bouclier, était assis derrière un bureau métallique encombré, dans son petit espace de travail à l'intérieur de la marina. C'était le nouveau centre névralgique du Réseau. Au début, quelques années auparavant, l'agence ne possédait ni organisation formelle ni bureaucratie, ni véritable quartier général ni agents officiels. On avait réuni de façon souple des experts professionnels dans de nombreux domaines. Tous avaient une expérience de la clandestinité, la plupart un passé militaire, et, pour l'essentiel, ils étaient sans attache : pas de famille, pas de foyer, pas d'obligations, temporaires ou permanentes.

Mais depuis que trois graves crises internationales avaient sollicité les ressources de ce groupe d'élite au maximum de ses possibilités, le Président avait jugé que son agence ultra-secrète avait besoin de plus de personnel et d'une base permanente loin des écrans-radars de Pennsylvania Avenue, du Congrès, ou du Pentagone. D'où ce « yacht-club privé ».

Un lieu qui se prêtait parfaitement au travail clandestin : ouvert, fonctionnant vingt-quatre heures sur vingt-quatre, sept jours sur sept, avec un trafic intermittent mais constant de véhicules et de bateaux qui n'obéissait à aucun schéma préétabli. A proximité de la route et des voies ferrées, mais toujours dans les limites du terrain, se trouvait une aire d'atterrissage pour hélicoptères qui ressemblait davantage à un champ infesté de mauvaises herbes. Toute la base avait été équipée du dernier cri en matière de communications électroniques ; quant à la sécurité, elle était presque invisible, mais d'avant-garde. Même une libellule n'aurait pu franchir l'enceinte sans se faire repérer par un des capteurs.

Alors qu'il était seul dans son bureau dont la porte étouffait les bruits de son équipe de nuit restreinte, Klein ferma les yeux et se frotta l'arête du nez, qu'il avait assez long. Ses lunettes à monture métallique étaient posées sur le bureau. Ce soir-là, il faisait bien ses soixante ans. Depuis qu'il avait accepté la direction du Réseau Bouclier, il avait vieilli. Son visage énigmatique s'était froissé davantage, et son front s'était dégarni de quelques centimètres. Une nouvelle crise couvait.

Comme son mal de tête diminuait, il se cala dans son fauteuil, rouvrit les yeux, chaussa ses lunettes, et recommença à tirer sur sa pipe, qui ne le quittait jamais. La pièce fut envahie de volutes de fumée qui disparaissaient presque à mesure qu'il les produisait, aspirées par un puissant système de ventilation installé spécialement à cette fin.

Un dossier était ouvert sur son bureau, mais il ne le regardait pas. Il fumait, tapait du pied, et jetait un coup d'œil à la pendule de marine accrochée au mur toutes les cinq secondes. Enfin, sur sa gauche, sous la pendule, une porte s'ouvrit, un homme armé d'un Sig Sauer traversa le bureau d'un pas énergique et vint se poster dos à la porte extérieure après l'avoir verrouillée.

Quelques secondes plus tard, le Président entra. Il prit place dans un fauteuil en cuir à haut dossier en face de Klein.

« Merci, Barney, dit-il au garde du corps. Si j'ai besoin de vous, je vous le ferai savoir.

— Mais, monsieur le Président...

— Vous pouvez disposer, ordonna-t-il avec fermeté. Attendez dehors. C'est une conversation privée entre deux vieux amis. »

C'était en partie vrai. Fred Klein et lui se connaissaient depuis l'université.

Le garde du corps retraversa lentement la pièce et sortit, sa démarche trahissant une réticence ostensible.

Alors que la porte se refermait, Klein souffla une bouffée de fumée. « Je serais venu vous voir, comme d'habitude, monsieur le Président. »

Sam Castilla secoua la tête. « Non. » Ses lunettes en titane réfléchirent la lumière du plafonnier avec une lueur soudaine. « Tant que vous ne m'aurez pas dit exactement ce que nous risquons avec ce cargo chinois – le *Dowager Empress*, c'est bien ça? –, cela restera entre nous et ceux de vos agents que vous devez mettre sur le coup.

— Il y a autant de fuites que ça?

— Pire. La Maison-Blanche est devenue une passoire. Je n'ai

jamais rien vu de tel. Tant que mes hommes n'auront pas trouvé la source, je vous rencontrerai ici. » Son visage fin exprimait une profonde inquiétude. « Vous pensez qu'il s'agit d'un autre *Yinhe* ? »

L'esprit de Klein fut immédiatement ramené en arrière. 1993. Un grave incident diplomatique avait failli éclater, avec l'Amérique dans le rôle du grand perdant. Un cargo chinois, le *Yinhe*, avait quitté la Chine pour l'Iran. Les services de renseignement américains avaient été informés que le navire transportait des substances susceptibles d'être utilisées dans la fabrication d'armes chimiques. Après avoir exploré, en vain, les voies diplomatiques habituelles, le Président Bill Clinton ordonna à la marine américaine de traquer le navire, en refusant de le laisser accoster tant qu'une résolution quelconque ne serait pas trouvée.

La Chine, outragée, rejeta les accusations. D'éminents chefs d'État exercèrent des pressions. Les alliés soufflèrent le chaud et le froid. Et les médias du monde entier firent leurs choux gras de cette impasse, laquelle se prolongea pendant vingt jours interminables. Finalement, quand la Chine se mit à hausser le ton, la marine américaine força le *Yinhe* à s'immobiliser en haute mer, et des inspecteurs montèrent à son bord. Au grand embarras de l'Amérique, ils ne découvrirent que du matériel agricole : charrues, pelles, et petits tracteurs. Les services de renseignement s'étaient trompés.

Klein fit la grimace ; il ne s'en souvenait que trop bien. Dans cette affaire, l'Amérique était passée pour une nation sans foi ni loi. Ses relations avec la Chine, et même avec ses alliés, s'en étaient trouvées affectées pendant des années.

Il tira sur sa pipe d'un air lugubre, éloignant la fumée du visage du Président. « Est-ce que nous avons un nouveau *Yinhe* ? répéta-t-il.

— Peut-être.

— Il y a peut-être et *peut-être*. Vous feriez mieux de tout me dire. En mentionnant toutes vos sources. »

Klein tassa les cendres de sa pipe. « L'un de nos agents, un sinologue professionnel, travaille à Shanghai depuis dix ans pour un consortium d'entreprises américaines qui essayent de s'implanter là-bas. Il s'appelle Avery Mondragon. Il nous a avertis de certaines informations selon lesquelles le *Dowager Empress* transporterait dix tonnes de thiodiglycol, utilisé dans la fabrication de gaz vésicant, et du chlorure de thionyle, utilisé à la fois pour le gaz vésicant et innervant. Le navire a chargé sa cargaison à Shanghai, et a déjà pris la mer, direction l'Irak. Ces deux produits chimiques sont couramment utilisés dans l'agriculture, bien entendu, mais pas en pareilles quantités pour un pays de la taille de l'Irak.

— Quelle est la fiabilité de l'information, cette fois, Fred ? Cent pour cent ? Quatre-vingt-dix ?

— Je ne l'ai pas vue », répondit Klein posément, en soufflant une bouffée de fumée qu'il omit cette fois de dissiper. « Mais d'après Mondragon, c'est écrit noir sur blanc. Il a l'original du manifeste de transport.

— Nom de Dieu ! » Les épaules épaisses et le torse lourd de Castilla semblèrent se plaquer contre le fauteuil. « Je ne sais pas si vous vous rendez compte, mais la Chine est l'un des signataires de l'accord international interdisant la mise au point, la production, le stockage et l'utilisation d'armes chimiques. Ils ne se laisseront pas montrer du doigt pour avoir violé ce traité ; cela pourrait ralentir leur marche vers une intégration croissante dans l'économie mondiale.

— C'est une situation sacrément délicate.

— Une autre erreur de notre part, et nous pourrions le payer très cher aussi, maintenant qu'ils sont près de signer notre traité sur les droits de l'homme. »

En échange de concessions financières et commerciales de la part des États-Unis, que le Président, à force de pressions et de cajoleries, avait arrachées à un Congrès réticent, la Chine s'était quasiment engagée à signer un accord bilatéral qui aurait pour effet d'ouvrir ses prisons et ses cours pénales à des inspecteurs des Nations unies et américains, de rapprocher ses juridictions pénales et civiles des principes occidentaux et internationaux, et de libérer les prisonniers politiques de longue date. Un tel traité avait constitué un objectif prioritaire pour tous les Présidents américains depuis Richard Nixon.

Sam Castilla ne voulait pas y renoncer. En fait, c'était un rêve qu'il caressait depuis longtemps, pour des raisons personnelles autant que morales. « C'est également une situation sacrément dangereuse. Nous ne pouvons pas laisser ce navire... quel est son nom déjà, le *Dowager Empress*? »

Klein acquiesça.

« Nous ne pouvons pas laisser le *Dowager Empress* entrer dans le port de Bassora avec des produits chimiques à vocation militaire. C'est le fond du problème. Point final. » Castilla se leva et fit les cent pas. « Si vos renseignements s'avèrent exacts, et que nous donnons la chasse à ce *Dowager Empress*, comment les Chinois vont-ils réagir? » Il secoua la tête et, d'un geste, balaya ses propres paroles. « Non, la question n'est pas là, n'est-ce pas? Nous savons quelle sera leur réaction. Intimidation, accusation, finasseries. En fait, la question est de savoir ce qu'ils vont *faire*. » Il regarda Klein. « Surtout si nous avons tort une fois de plus.

— Ça, personne ne peut le savoir ou le prédire, monsieur le Président. D'un autre côté, aucun pays ne peut entretenir des forces armées et un arsenal nucléaire de cette importance sans les utiliser quelque part, un jour ou l'autre, ne serait-ce que pour justifier les budgets.

— Je ne suis pas d'accord. Si l'économie d'un pays est saine, et sa population satisfaite, un chef d'État peut entretenir une armée sans l'utiliser.

— Il va de soi que si les Chinois veulent prendre prétexte de cet incident pour se prétendre menacés, ils pourraient envahir Taïwan, poursuivit Fred Klein. Ça fait des décennies qu'ils veulent le faire.

— S'ils sentent que nous ne répliquerons pas, oui. Il faut aussi considérer l'Asie centrale, maintenant que la Russie est moins menaçante dans la région. »

Le directeur du Réseau Bouclier prononça alors les paroles qu'aucun des deux ne voulait entendre : « Avec leurs missiles nucléaires à longue portée, nous représentons une cible potentielle, comme n'importe quel pays. »

Castilla réprima un frisson. Klein ôta ses lunettes et se massa les tempes. Ils se turent.

Enfin, le Président poussa un soupir. Il avait pris une décision. « Bien, je vais demander à l'amiral Brose d'ordonner à la marine de suivre et de surveiller le *Dowager Empress*. Nous appellerons ça une surveillance de routine en mer sans révéler quoi que ce soit de la situation réelle à quiconque, excepté Brose.

— Les Chinois vont s'apercevoir que nous filons leur navire.
— On temporisera. Le problème, c'est que je ne sais pas combien de temps nous allons pouvoir jouer la montre. » Le Président alla à la porte et s'immobilisa. Il se retourna, l'air sombre, les mâchoires contractées. « Il me faut des preuves, Fred. Et j'en ai besoin *maintenant*. Trouvez-moi ce manifeste.
— Vous l'aurez, Sam. »

Ses larges épaules voûtées par l'inquiétude, le Président Castilla hocha la tête, ouvrit la porte, et s'en alla. Un des agents chargés de sa protection la referma.

A nouveau seul, Klein envisagea sa prochaine démarche en fronçant les sourcils. Il se décida au moment où il entendit la voiture présidentielle démarrer. Il se tourna vers la petite table derrière son fauteuil, sur laquelle étaient posés deux téléphones. L'un rouge : une liaison directe brouillée avec le Président. L'autre bleu. Également brouillée. Il décrocha l'appareil bleu et composa un numéro.

*Kaohsiung, Taïwan,
mercredi 13 septembre*

Après avoir avalé un hamburger à point et une bouteille de blonde taiwanaise chez Smokey Joe's, sur Chunghsiao-1, Jon Smith décida de se rendre en taxi au port de Kaohsiung. Il avait encore une heure devant lui avant ses réunions de l'après-midi au Grand Hi-Lai Hotel, où il retrouverait son vieil ami, Mike Kerns, de l'Institut Pasteur de Paris.

Cela faisait bientôt une semaine que Smith se trouvait à Kaohsiung, la deuxième ville de l'île, mais c'était la première fois qu'il avait l'occasion de l'explorer. Les colloques scientifiques étaient généralement très prenants, c'était du moins l'expérience qu'il en avait. Affecté à l'Institut de Recherche de l'Armée des États-Unis sur les Maladies infectieuses, l'USAMRIID, il était docteur en médecine, chercheur en biologie moléculaire, ainsi que lieutenant-colonel dans l'armée. Il avait abandonné ses travaux sur la lutte contre l'anthrax pour assister à l'Assemblée internationale de la ceinture du Pacifique sur les avancées de la recherche en biologie moléculaire et cytobiologie.

Or les conférences scientifiques, comme le poisson et les invités, perdent de leur attrait au bout de trois ou quatre jours. Tête nue, en civil, il flânait sur le front de mer, s'émerveillant de la splendeur du port, le troisième port de containers du monde, après Hong Kong et Singapour. Il était déjà venu, des années auparavant, avant que la construction d'un tunnel ne fasse de cette île paradisiaque une simple excroissance du port de containers congestionné. Il faisait un temps de carte postale, et il était facile de distinguer l'île de Hsiao Liuchiu, posée bas sur l'horizon austral.

Il marcha encore un quart d'heure sous un ciel voilé par une brume de chaleur pendant que les mouettes décrivaient des cercles au-dessus de sa tête et que le fracas d'un port en pleine activité emplissait ses oreilles. Rien ne témoignait de la querelle touchant à l'avenir de Taïwan, qu'elle reste indépendante, soit conquise ou cédée d'une façon ou d'une autre à la Chine continentale, qui prétendait toujours qu'elle lui revenait de droit.

Il finit par héler un taxi et retourna à son hôtel. Il avait à peine pris place sur la banquette arrière que son portable se mit à vibrer dans sa veste en tweed. Ce n'était pas le téléphone qu'il utilisait en temps normal, mais le téléphone spécial dans la poche secrète. Le téléphone brouillé.

Il répondit à voix basse : « Smith.

— Comment se passe cette conférence, colonel ? demanda Fred Klein.

— Cela devient monotone, admit-il.

— Alors une petite diversion ne serait pas de trop. »

Smith eut un sourire intérieur. Il n'était pas seulement scientifique, mais agent secret. Trouver un équilibre entre les deux parties de sa vie n'était guère aisé. Il était partant pour une « petite diversion », mais rien de trop important ni de trop contraignant. Il désirait vraiment retourner à la conférence. « Quel est le topo cette fois, Fred ? »

De son lointain bureau, au bord de l'Anacostia, Klein lui exposa la situation.

Smith fut parcouru par un frisson qui était autant d'appréhension que d'excitation. « Qu'est-ce que je fais ?

— Allez sur l'île de Liuchiu ce soir. Vous devriez avoir largement le temps. Louez un bateau ou payez quelqu'un au départ de Linyuan, et soyez sur l'île pour neuf heures. A dix heures précises, vous serez dans une crique sur la côte occidentale. L'emplacement exact, les repères et les noms de lieux ont été faxés à un correspondant du Réseau à l'Institut américain de Taïwan. Ils vous seront remis en main propre.

— Que se passe-t-il à la crique ?

— Vous rencontrez un autre agent du Réseau, Avery Mondragon. Le mot de passe est Orchidée. Il vous remettra une enveloppe contenant le manifeste du *Dowager Empress*, celui qui a servi à établir la facture pour l'Irak. Après cela, allez directement à l'aéroport de Kaohsiung. Un hélico appartenant à l'un de nos croiseurs mouillés au large vous y attendra. Donnez le manifeste au pilote. Destination finale : le Bureau ovale. Compris ?

— Même mot de passe ?

— Exact.

— Et ensuite ? »

Smith entendit le directeur du Réseau Bouclier tirer sur sa pipe. « Ensuite vous pourrez retourner à votre conférence. »

La ligne fut coupée. Smith sourit. Une mission simple et sans surprise.

Quelques instants plus tard, le taxi s'arrêta devant le Hi-Lai Hotel. Il paya le chauffeur et pénétra dans le hall, où il obliqua vers le comptoir de location de voitures. Une fois le porteur du document arrivé de Taipei, il descendrait la côte jusqu'à Linyuan et trouverait un bateau de pêche pour l'emmener discrètement à Liuchiu. S'il n'en trouvait pas, il en louerait un et le piloterait lui-même.

Alors qu'il traversait le hall, un Chinois petit et vif bondit d'un fauteuil pour lui bloquer le passage. « Ah, docteur Smith, je vous attendais. C'est un honneur pour moi de vous rencontrer en personne. Votre article sur la dernière étude théorique de feu le Dr Chambord[1] portant sur l'ordinateur moléculaire était excellent. Cela donne matière à réflexion. »

Smith sourit, à la fois pour rendre le salut et remercier du compliment. « Vous me flattez, docteur Liang.

— Pas du tout. Je me disais que vous pourriez peut-être vous

---

1. Cf. *Objectif Paris*, Grasset, 2004.

joindre à moi et à quelques-uns de mes collègues de l'Institut biomédical de Shanghai pour le dîner de ce soir. Nous sommes vivement intéressés par les travaux de l'USAMRIID et du CDC [1] sur les agents viraux émergents qui nous menacent tous.

— Ce serait avec grand plaisir », répondit Smith avec onctuosité, en mettant dans sa voix une pointe de regret. « Mais ce soir, j'ai un autre engagement. Peut-être êtes-vous libre à un autre moment ?

— Avec votre permission, je vous contacterai.

— Bien entendu, docteur Liang. » Jon Smith continua vers le comptoir, déjà concentré sur Liuchiu et la soirée qui s'annonçait.

---

1. *Center of Disease control*, centre de contrôle et de prévention des maladies basé à Atlanta, aux États-Unis.

Chapitre deux

Washington, D.C.

LARGE d'épaules et physiquement impressionnant, l'amiral Stevens Brose remplissait son fauteuil à l'extrémité de la longue table de conférence de la Situation-Room, le centre tactique souterrain de la Maison-Blanche. Il ôta son calot et passa la main sur ses cheveux gris coupés en brosse, stupéfait – et inquiet – de ce qu'il voyait. Le Président Castilla, comme toujours, occupait le fauteuil en bout de table. Mais ils n'étaient que tous les deux, dans la vaste pièce, à boire leur café du matin. Les rangées de sièges vides disposés autour de la longue table avaient quelque chose de menaçant.

« Quels produits chimiques, monsieur le Président ? demanda l'amiral Brose. Il était également chef d'état-major des armées.

— Thiodiglycol...

— Gaz vésicant.

— ... et chlorure de thionyle.

— Gaz vésicant et innervant. Foutrement douloureux et mortels. Tous. Une sale façon de mourir. » Les lèvres minces et le menton proéminent de l'amiral se contractèrent. « Quelles quantités ?

— Des dizaines de tonnes. » L'œil sombre du Président Castilla était rivé sur l'amiral.

« Inacceptable. Quand... » Brose s'arrêta d'un coup et plissa ses yeux pâles. Il considéra toutes les chaises vides entourant la longue table. « Je vois. Nous n'allons pas arraisonner le *Dowager Empress* pour l'inspecter. Vous voulez garder secrets nos renseignements sur la situation.

— Pour le moment, oui. Nous n'avons aucune preuve concrète, guère plus qu'avec le *Yinhe*. Nous ne pouvons pas nous permettre un autre incident international comme celui-là, surtout que nos alliés sont moins disposés à soutenir nos actions militaires, et que les Chinois sont près de signer notre accord sur les droits de l'homme. »

Brose acquiesça. « Alors, qu'attendez-vous de moi, monsieur ? A part verrouiller l'information ?

— Envoyez un navire surveiller l'*Empress*. Assez près pour intervenir, mais hors de vue.

— Hors de vue peut-être, mais ils sauront que nous sommes là. Leur radar va nous repérer. S'ils transportent de la contrebande, leur capitaine au moins devrait être au courant. Il aura mis son équipage en vigilance maximale.

— Tant pis. On devra faire avec, tant que je ne dispose pas d'une preuve irréfutable. Si les choses tournent mal, je vous demande, à vous et à vos hommes, de ne pas les laisser en venir à l'affrontement.

— Nous avons quelqu'un pour la confirmation ?

— Je l'espère. »

Brose réfléchit. « Le chargement s'est fait le soir du premier, tard ?

— D'après mes renseignements. »

Brose calculait dans sa tête. « Si je connais bien les Chinois et Shanghai, l'*Empress* n'a pas pris la mer avant le deux au petit matin. » Il tendit la main vers le téléphone près de son coude, jeta un coup d'œil au Président. « Vous permettez ? »

Samuel Castilla hocha la tête.

Brose composa un numéro et se mit à parler dans le combiné. « Je me moque de l'heure qu'il est, capitaine. Trouvez-moi ce dont j'ai besoin. » Il attendit, caressant à nouveau ses cheveux courts à rebrousse-poil. « Bon, immatriculé à Hong Kong. Un vraquier. Quinze nœuds. Vous en êtes certain ? Très bien. » Il raccrocha. « A quinze nœuds, il va mettre dix-huit jours, à peu de chose près, pour rejoindre Bassora avec une escale à Singapour, ce qui est la route habituelle. S'il est parti vers minuit le premier, il devrait arriver de bonne heure dans la matinée du dix-neuf, heure chinoise, dans le détroit d'Ormuz. Trois heures plus tôt à l'heure du Golfe persique, et dans la soirée du dix-huit pour nous. Nous sommes le treize, ce qui nous laisse un peu plus de cinq jours avant qu'il n'atteigne le détroit, le dernier endroit où nous pouvons légalement l'arraisonner. » L'inquiétude lui fit élever la voix. « Cinq jours seulement, monsieur. C'est le temps qu'il nous reste pour démêler la situation.

— Merci, Stevens. Je transmettrai. »

L'amiral se leva. « Je préconise une de nos frégates pour ce que vous voulez faire. Suffisamment de muscle, mais pas trop. Assez petite pour avoir une chance de passer inaperçue pendant un moment, si leur opérateur radar dort ou est fainéant.

— Combien de temps vous faut-il pour mettre une frégate sur zone ? »

Brose décrocha à nouveau le téléphone. Cette fois-ci, sa conversation fut encore plus brève. « Dix heures, monsieur.

— Faites-le. »

Île de Liuchiu, Taïwan

Une fois de plus, l'agent Jon Smith regarda le cadran vert de sa montre de combat – 22:03 –, et jura en silence. Mondragon était en retard.

Accroupi devant la formation corallienne acérée qui bordait la crique, il tendit l'oreille, mais on n'entendait que le doux va-et-vient de la mer de Chine méridionale qui léchait le sable noir et se retirait en sifflant. Le vent était à peine un murmure. L'air sentait l'iode et le poisson. Plus bas sur la côte, des bateaux étaient à l'ancre, immobiles, luisant dans le clair de lune. Les touristes étaient partis avec le dernier ferry de Penfu.

D'autres petites criques disséminées sur la côte occidentale de cette île minuscule abritaient quelques campeurs, mais dans celle-ci, il n'y avait que le ressac et la lueur lointaine des lumières de Kaohsiung, à une vingtaine de kilomètres au nord-est.

Smith consulta à nouveau sa montre : 22:06. *Où était Mondragon ?*

Cela faisait deux heures que le bateau de pêche parti de Linyuan l'avait débarqué dans le port de Penfu, où il avait loué une moto pour prendre la route qui ceinturait l'île. Quand il avait trouvé le repère figurant dans ses instructions, il avait dissimulé la moto dans les buissons et rejoint la crique à pied.

Il était déjà 22 h 10 à présent, et il attendait, nerveux et inquiet. *Quelque chose avait mal tourné.*

Il était sur le point de quitter son abri pour se lancer dans une prudente recherche quand il sentit le sable grossier bouger. Il n'entendait rien, mais sa nuque frissonna. Il empoigna son Beretta 9 mm, prêt à se retourner et à plonger de côté, vers le sable et les rochers, quand un souffle chaud, tendu, lui vrilla le tympan :

« On ne bouge pas ! »

Smith se figea.

« Pas un geste. » La voix basse était à quelques centimètres de son oreille. « Orchidée.

— Mondragon ?

— Non, c'est le fantôme du Président Mao, répliqua la voix avec ironie. Encore qu'il puisse rôder dans les parages.

— Vous avez été suivi ?

— Je pense. Pas sûr. Si c'est le cas, je les ai semés. »

Le sable bougea à nouveau, et Avery Mondragon se matérialisa, en venant s'accroupir à côté de Smith. Il était petit, les cheveux bruns, et mince, comme un jockey grand modèle. Il avait aussi les traits durs, avides, des yeux de prédateur. Son regard vif se posait partout : autour des ombres de la crique, sur les vagues phosphorescentes qui déferlaient sur la plage, et en direction des grotesques concrétions de corail qui, telles des statues, émergeaient de la mer sombre au-delà des déferlantes.

« Finissons-en, dit Mondragon. Si je ne suis pas à Penfu à 23 h 30, je ne serai pas sur le continent demain matin. Et si je ne rentre pas, ma couverture est grillée. » Il se tourna vers Smith. « Alors, c'est donc vous le lieutenant-colonel Smith ? J'ai entendu des rumeurs vous concernant. Vous êtes censé être bon. J'espère que la moitié de ce que j'ai entendu dire est vrai. Parce que ce que j'ai pour vous, c'est de la dynamite, ou tout comme. »

Il sortit une enveloppe ordinaire sans inscription et la brandit.
« C'est la marchandise ? » demanda Smith.

Mondragon acquiesça d'un mouvement de tête et fit disparaître l'enveloppe dans son blouson. « Il y a des informations que vous devrez transmettre à Klein.

— Au travail, alors.

— A l'intérieur de l'enveloppe il y a la liste de ce que le *Dowager Empress* transporte réellement. Par contre, le soi-disant manifeste officiel, celui déposé à la Commission des exportations, est un faux.

— Comment le savez-vous ?

— Parce que celui-ci est accompagné d'une facture portant le "cachet" – le caractère chinois personnel – du PDG, ainsi que le tampon officiel de la société, et qu'il est adressé pour règlement à une société de Bagdad. Ce manifeste précise également que trois copies ont été faites. Le deuxième exemplaire se trouve certainement à Bagdad ou à Bassora puisqu'il s'agit d'une facture pour les marchandises devant être payées. J'ignore où se trouve le troisième exemplaire.

— Comment pouvez-vous être sûr que vous n'avez pas la copie déposée à la Commission des exportations ?

— Parce que je l'ai vue, je vous dis. La contrebande n'y figure pas. Le tampon du PDG non plus. »

Smith fronça les sourcils. « N'empêche que ce que vous avez là ne paraît pas fiable à cent pour cent.

— Rien n'est fiable. Tout peut être falsifié : les cachets personnels peuvent être falsifiés, et les sociétés à Bagdad peuvent être des prête-noms. Mais il s'agit d'une *facture*, qui présente tous les caractères d'un document commercial envoyé à l'acheteur pour règlement. Cela suffirait à justifier que le Président Castilla ordonne l'arraisonnement de l'*Empress* en haute mer, et que nos gars y fassent une visite approfondie, s'il le faut. D'ailleurs, la "présomption" est beaucoup plus forte que les rumeurs que nous avions au sujet du *Yinhe*, et s'il s'agit d'un faux, cela prouve qu'il existe une conspiration en Chine visant à provoquer une crise. Personne ne pourra nous reprocher, pas même Pékin, de prendre des précautions.

— Je suis convaincu, opina Smith. Donnez-le...

— Il y a autre chose. » Mondragon parcourut les ombres de la petite baie du regard. « Un de mes contacts à Shanghai m'a raconté une histoire que vous feriez mieux de transmettre à Klein. Ça ne figure pas dans la correspondance officielle, et pour cause. Il affirme qu'un vieil homme est détenu dans une ferme-prison de basse sécurité près de Chongqing, la capitale de Tchang Kaï-Chek pendant la Seconde Guerre mondiale, "Chungking" pour les Américains. Il prétend qu'il est passé par différentes prisons chinoises depuis 1949, l'année où les communistes ont vaincu Tchang et pris le contrôle du pays. Mon contact dit que l'homme parle le mandarin et d'autres dialectes, mais il est sûr et certain qu'il n'a pas l'air chinois. Le vieux affirme qu'il est américain et s'appelle David Thayer. » Il marqua une pause et regarda dans le vide avec une expression indéchiffrable. « Et, tenez-vous bien... il prétend être le véritable père du Président Castilla. »

Smith ouvrit de grands yeux. « Vous plaisantez. Tout le monde sait que le père du Président était Serge Castilla, et qu'il est mort. La presse suit cette famille à la trace.

— Précisément. C'est ce qui a éveillé mon intérêt. » Mondragon fournit davantage de détails. « D'après mon contact, sa phrase exacte a été "Le *véritable* père du Président Castilla". Si ce type est un imposteur, pourquoi inventer une histoire si facile à réfuter ? »

Bonne question. « Dans quelle mesure peut-on se fier à votre contact ?

— Pour autant que je sache, il ne m'a jamais induit en erreur ni procuré de fausses informations.

— Pourrait-il s'agir d'une manœuvre de Pékin ? Peut-être un moyen de faire céder le Président sur le traité ?

— Le vieux prisonnier soutient que Pékin ne sait même pas qu'il a un fils, a fortiori que le rejeton est maintenant Président des États-Unis. »

Smith calcula les âges et les dates à toute vitesse. C'était arithmétiquement possible. « Où le vieil homme est-il détenu exactement... ?

— Couchez-vous ! » Mondragon se jeta à plat ventre sur le sable.

Le cœur battant, Smith plongea derrière un affleurement de corail tandis que des cris furieux proférés en chinois et un tir nourri d'armes automatiques jaillissaient sur leur droite, près de la mer. Mondragon roula derrière l'affleurement et vint s'accroupir à côté de Smith, son 9 mm Glock s'associant au Beretta de Jon, pour débusquer l'ennemi dans l'obscurité de la crique.

« Bon, fit Mondragon d'un ton lugubre, il faut croire que je ne les ai pas semés. »

Smith ne perdit pas de temps en récriminations. « Où sont-ils ? Vous voyez quelque chose ?

— Que dalle. »

Smith sortit des lunettes à vision nocturne de son coupe-vent. La nuit vira au vert pâle, et les sombres concrétions de corail loin du bord devinrent plus claires. Ainsi qu'un petit homme maigre, torse nu, posté près d'un des piliers de corail. Il avait de l'eau jusqu'aux genoux, un vieux AK-74 à la main, et le regard braqué sur l'endroit où les deux agents étaient dissimulés.

« J'en ai un, souffla-t-il à Mondragon. Bougez. Découvrez une épaule. Faites-lui croire que vous tentez une sortie. »

Mondragon se redressa, courbé. Il découvrit d'un coup son épaule gauche comme s'il était sur le point de piquer un sprint. L'homme maigre derrière le pilier ouvrit le feu.

Smith tira deux fois, en s'appliquant. Dans la lumière verte, l'homme se redressa brusquement avant de s'écrouler la tête la première. Une tache sombre s'étala autour du corps flottant sur le ventre.

Mondragon avait déjà repris sa position. Il fit feu. Quelqu'un, quelque part dans la nuit, poussa un cri.

« Là-bas ! aboya Mondragon. Sur la droite ! Il y en a d'autres ! »

Smith braqua le Beretta sur la droite. Quatre hommes avaient quitté leur abri et couraient vers le bord en direction de la route intérieure. Un cinquième était étalé sur la plage derrière eux. Smith tira sur l'homme de tête. Il le vit mettre la main à sa jambe et s'effondrer, mais les deux qui suivaient le traînèrent par les bras et allèrent le mettre à l'abri.

« Ils sont en train de nous prendre à revers ! » Le front de Smith se couvrit de sueur. « Reculez ! »

Les deux hommes bondirent sur leurs pieds et coururent d'un pas lourd sur le sable de corail vers la crête qui fermait la crique au sud. Une autre fusillade éclata dans leurs dos indiquant que leurs assaillants étaient bien plus de trois. Avec une décharge d'adrénaline, Smith sentit une balle déchirer son coupe-vent. Il escalada la crête, s'enfonça dans la végétation et se laissa tomber derrière un arbre.

Mondragon suivit, mais il traînait la jambe gauche. Il s'effondra derrière un autre arbre.

Une nouvelle fusillade déchiqueta feuilles et petites branches, produisant une poussière suffocante. Ils gardèrent la tête baissée. Mondragon tira un couteau d'un étui dans son dos, et fendit son pantalon pour examiner sa jambe blessée.

« C'est vilain ? chuchota Smith.

— Je crois que la balle n'a pas fait trop de dégâts, mais ça va être difficile à expliquer à mon retour. Je vais devoir me mettre au vert, ou simuler un accident. » Il grimaça un sourire. « Pour l'instant, nous avons d'autres chats à fouetter. Le petit groupe de tout à l'heure doit être sur notre flanc déjà, probablement sur la route, et les autres dans la crique vont nous rabattre vers eux. Il faut continuer vers le sud. »

Smith se mit à ramper à travers les broussailles durcies par les vents incessants et les embruns de la mer de Chine méridionale sous les arbres courbés par la mer. Ils progressaient lentement, Smith ouvrant le chemin à Mondragon. L'arme à la main, ils utilisaient uniquement leurs pieds, leurs genoux et leurs coudes. La végétation résistait ; les branches s'accrochaient à leurs vêtements et à leurs cheveux. Des brindilles se cassaient et égratignaient leurs visages, griffant leurs avant-bras et leurs oreilles jusqu'au sang.

Ils arrivèrent enfin sur l'escarpement surplombant une indentation moins abritée du littoral. On ne pouvait parler d'une crique, car c'était bien trop ouvert sur la mer. Alors qu'ils continuaient à ramper avec ardeur en direction de la route, des voix portèrent dans la nuit sans vent. Derrière eux, quatre ombres silencieuses surgirent vers le rivage, tandis que deux autres restaient dans la mer, de l'eau jusqu'aux chevilles. Une des ombres, plus grande que les autres, fit signe à ses complices de se disperser. Baignant dans un doux clair de lune, ils se séparèrent : quatre hommes intégralement vêtus de noir et cagoulés.

L'homme qui leur avait donné l'ordre de se déployer se pencha en avant. Smith entendit une voix grave et rocailleuse chuchoter des instructions dans ce qui était probablement une radio portative.

« Chinois », analysa Mondragon à voix basse, l'oreille aux aguets. Sa voix était tendue. Il avait mal. « Je ne comprends pas tout, mais ça ressemble au dialecte de Shanghai. Ce qui veut dire qu'ils m'ont sans doute suivi depuis Shanghai. C'est leur chef.

— Vous pensez qu'on les a tuyautés ?

— Possible. Ou j'ai pu commettre une erreur. Ou je suis peut-être sous surveillance depuis des jours. Des semaines. Impossible de savoir. Quoi qu'il en soit, ils sont ici, et ils se rapprochent. »

Smith observa attentivement Mondragon, qui semblait aussi coriace que les broussailles forgées par l'océan. Il souffrait, mais il ne laisserait pas la douleur l'arrêter.

« On pourrait tenter le coup, proposa Smith. Foncer vers la route. Vous êtes d'attaque ? Sinon, on tiendra le siège ici.

— Vous êtes fou ? Ils vont nous massacrer ici. »

Ils s'enfoncèrent plus profondément au milieu des broussailles et des arbres, tournant le dos à la mer. Ils avaient parcouru à grand-peine une trentaine de mètres quand des bruits de pas approchèrent par l'arrière, piétinant les taillis. Simultanément, ils virent les ombres du groupe resté à l'intérieur des terres s'avancer vers eux et la mer. Leurs poursuivants avaient deviné ce qu'ils feraient et étaient en train de les prendre en tenaille.

Smith jura. « Ils nous ont entendus, ou trouvé notre piste. Continuons à avancer. Quand ceux de la route seront tout près, je leur saute dessus.

— Peut-être pas », chuchota Mondragon avec une note d'espoir dans la voix. « Il y a une formation rocheuse, là-bas, sur la gauche, qui m'a l'air d'offrir un bon abri. On peut s'y cacher jusqu'à ce qu'ils soient passés. Sinon, on tiendra peut-être le temps que quelqu'un entende les coups de feu et rapplique.

— Ça vaut le coup d'essayer », concéda Smith.

La formation rocheuse émergeait de la végétation dans le clair de lune comme une ruine très ancienne des jungles du Cambodge ou du Yucatán. Constituée de grappes de corail aux formes étranges, elle faisait une sorte de fort rudimentaire, avec des abris sur tous les côtés et des ouvertures par où tirer, s'ils y étaient finalement obligés. Elle offrait également une cavité en son milieu, où ils pourraient se baisser, presque hors de vue.

Avec soulagement, les deux hommes s'accroupirent dans le bassin, prêts à tirer, écoutant les rumeurs de l'île dans le clair de lune argenté. Les égratignures et les traces de piqûres picotaient Smith à cause de la transpiration. Mondragon déplaça doucement sa jambe, essayant de trouver une position moins douloureuse. Ils attendaient, les yeux et les oreilles aux aguets, dans un état de tension électrique... Le halo des lumières de Kaohsiung se détachait sur le ciel. Quelque part un chien aboya, un autre lui répondit. Une voiture passa sur une route éloignée. Le moteur d'un bateau qui rentrait tard gronda au large.

Puis ils entendirent des voix, murmurant encore dans le dialecte de Shanghai. Elles se rapprochèrent. Plus près. Des pas firent craquer le bois dur. Des ombres passèrent, morcelées par les broussailles. Quelqu'un s'arrêta.

Mondragon souleva son Glock.

Smith arrêta son geste en lui saisissant le poignet. Il secoua la tête – *Non*.

L'ombre était celle d'un homme corpulent. Il avait retiré sa cagoule, et son visage était blanc, presque décoloré, sous une tignasse d'un roux bizarrement clair. Ses yeux brillaient comme des miroirs réfléchissants qui sondaient la formation corallienne à l'affût d'une silhouette, d'un mouvement. Smith et Mondragon retenaient leur souffle dans le creux au cœur des rochers.

L'homme poursuivit sa lente surveillance pendant un long moment.

Smith sentait la sueur dégouliner sur son dos et sa poitrine.

L'homme se retourna et s'éloigna vers la route.

« *Ouf*, souffla Mondragon. Il était moins... »

La nuit explosa autour d'eux. Des balles se fichèrent dans le corail et se perdirent en sifflant dans les arbres. Une violente grêle d'éclats de pierre s'abattit sur eux. L'obscurité tout entière semblait leur tirer dessus, les canons des armes à feu crachant de tous les côtés. Le grand rouquin les avait vus, mais n'avait rien tenté avant d'avoir alerté les autres.

Smith et Mondragon ripostèrent, cherchant désespérément parmi les ombres des broussailles et des arbres éclairés par la lune un ennemi visible. Leur abri était devenu un désavantage.

Ils n'étaient que deux. Pas assez pour repousser dans le noir au moins sept assaillants, peut-être plus. Ils se retrouveraient sous peu à court de munitions.

Smith se pencha à l'oreille de Mondragon. « Il va falloir qu'on se tire d'ici. Rejoindre la route. Ma moto n'est pas loin. Elle peut nous porter tous les deux.

— Ça tire moins d'en face. On les cloue au sol et on se tire par là. Ne vous en faites pas pour moi. Je peux le faire ! »

Smith hocha la tête. Il aurait dit la même chose. A cet instant, avec l'adrénaline qui leur coulait dans les veines comme de la lave, ils auraient pu tous les deux courir jusqu'à la lune, s'il l'avait fallu.

A trois, ils ouvrirent le feu et jaillirent des rochers en direction de la route, courant tête baissée mais toujours à vive allure, et esquivant arbres et taillis. Quelques instants plus tard, ils avaient franchi le cercle de leurs assaillants. Les coups de feu éclataient enfin derrière eux, et la route était là, toute proche.

Mondragon poussa un gémissement, trébucha, et tomba en s'accrochant à la végétation enchevêtrée. Smith le prit aussitôt par le bras pour le relever, mais l'agent secret ne réagit pas. Son bras était sans force, inerte.

« Avery ? »

Aucune réponse.

Smith s'accroupit à côté de l'agent à terre et trouva du sang chaud sur l'arrière de sa tête. Il chercha immédiatement le pouls au niveau du cou. Rien. Il inspira, jura, et chercha l'enveloppe dans les poches de Mondragon. En même temps il entendait les tueurs qui s'approchaient en s'efforçant de ne pas faire de bruit dans l'épais sous-bois.

L'enveloppe n'était plus là. Fébrilement, il fouilla à nouveau chaque poche, en les vidant de leur contenu. Il palpa le corps de Mondragon, mais l'enveloppe avait disparu. Cela ne faisait aucun doute. Et il n'avait plus le temps.

Jurant intérieurement, il s'enfuit à toute vitesse.

Des nuages s'étaient massés au-dessus de la mer de Chine orientale et voilaient la lune, si bien qu'il faisait nuit noire quand il atteignit la route. Cette obscurité épaisse et protectrice représentait un coup de chance exceptionnel. Soulagé, mais furieux de la mort de Mondragon, il traversa en courant la route à deux voies et se laissa tomber dans le fossé peu profond qui la bordait.

Hors d'haleine, il braqua le Glock de Mondragon et son Beretta sur les arbres. Et attendit, en réfléchissant... L'enveloppe se trouvait dans une poche intérieure. Il avait vu Mondragon tomber au moins deux fois. L'enveloppe avait pu tomber à ce moment-là, ou alors quand ils rampaient dans les fourrés, ou même quand ils couraient, blousons ouverts.

Frustré et profondément inquiet, il raffermit sa prise sur les deux armes.

Au bout de quelques minutes, une seule silhouette apparut prudemment au bord de la route, regarda à droite et à gauche, et commença à traverser, prête à faire feu avec son vieil AK-74. Smith souleva son Beretta. Le geste attira l'attention du tueur, qui ouvrit le feu à l'aveuglette. Smith lâcha le Glock, visa avec le Beretta, et tira deux coups rapprochés.

L'homme tomba violemment sur le visage et ne bougea plus. Smith récupéra le Glock et ouvrit un feu cinglant et large avec les deux pistolets. Des cris éclatèrent de l'autre côté de la route.

Alors qu'ils résonnaient dans sa tête, il bondit hors du fossé et traversa les arbres à toute vitesse vers le centre de l'île. Il courait d'un pas lourd, les poumons en feu. La sueur giclait par tous ses pores. Il ne savait pas quelle distance il avait parcouru ni depuis combien temps il courait, mais il s'avisa qu'il n'y avait aucun bruit de poursuite. Pas de broussailles piétinées. Pas de bruits de course. Pas de coups de feu.

Il se tapit derrière un arbre pendant cinq bonnes minutes. Qui semblèrent durer cinq heures. Les battements de son cœur résonnaient dans ses oreilles. Avaient-ils abandonné ? Ce pauvre Mondragon et lui en avaient tué au moins trois, blessé deux de plus, et en avaient peut-être touché d'autres.

Mais tout cela avait peu d'importance dans l'immédiat. Si les tueurs avaient abandonné la poursuite, cela ne signifiait qu'une chose : ils avaient ce qu'ils étaient venus chercher. Ils avaient trouvé le manifeste secret du *Dowager Empress*.

Chapitre trois

Washington, D.C.

UNE lumière dorée éclaboussait la roseraie et découpait des rectangles de feu sur le parquet du Bureau ovale, mais ce matin-là, la lumière semblait menaçante, se disait le Président Castilla au moment où Charles Ouray, secrétaire général de la Maison-Blanche, passa la porte.

Le Président trouva qu'il avait l'air aussi sombre que lui. « Asseyez-vous, Charlie. Quelles sont les nouvelles ?

— Je ne suis pas sûr que vous ayez envie de les entendre, monsieur le Président. » Il prit place sur le canapé.

« L'enquête sur les fuites n'a rien donné ?

— Rien de rien, confirma Ouray en secouant la tête. On devrait être en mesure de retrouver l'origine de fuites d'une telle ampleur et d'une telle exactitude constatées sur plus d'un an, or les services secrets, le FBI, la CIA, et la NSA n'ont rien trouvé. Ils ont enquêté sur tout le personnel de la Maison-Blanche, du service du courrier à l'ensemble des cadres, moi y compris. La bonne nouvelle, c'est qu'ils assurent que les fuites ne proviennent d'aucun d'entre nous. En fait, tout le tableau de service de la Maison-Blanche, jusqu'aux équipes d'entretien et aux jardiniers, est blanchi. »

Le Président forma une pyramide avec ses doigts et les considéra d'un air mécontent. « Très bien, ce qui nous laisse ?

— Comment cela, monsieur le Président ? demanda Ouray avec circonspection.

— Qui reste-t-il, Charlie ? Qui n'a pas fait l'objet d'une enquête et qui aurait pu avoir accès aux informations qui ont été divulguées ? Les projets... les grandes orientations. Ils concernaient les plus hautes sphères de l'État.

— Certainement, monsieur. Mais je ne suis pas sûr de comprendre où vous voulez en venir. Personne, à ma connaissance...

— Ont-ils enquêté sur mon compte, Charlie ? »

Ouray éclata d'un rire gêné. « Bien sûr que non, monsieur le Président.

— Et pourquoi donc ? J'étais certainement bien placé, à moins qu'il y ait eu des fuites dont je n'ai pas entendu parler.

— Aucune. Mais vous soupçonner est ridicule à première vue.

— C'est ce qu'on disait à propos de Nixon avant de trouver les enregistrements [1].

— Monsieur...

— Je sais, vous pensez que c'est à moi que cette affaire fait le plus de tort. Ce n'est pas vrai. C'est au peuple américain, mais je crois que vous me comprenez à présent. »

Ouray ne dit rien.

« Regardez plus haut, Charlie, et autour de vous. Le cabinet. Le Vice-Président, qui n'est pas toujours d'accord avec moi. L'état-major, le Pentagone, les lobbyistes influents à qui il nous arrive de parler. *Personne* n'est innocent a priori. »

Le secrétaire de la Maison-Blanche se pencha en avant. « Vous pensez vraiment que ce pourrait être quelqu'un d'aussi haut placé, Sam ?

— Absolument. Qui que soit le ou la coupable, il est en train de nous tuer. Ce n'est pas tant les informations... le fait que la presse, et même nos ennemis soient au courant de nos projets avant que nous les ayons dévoilés... ça n'a été qu'embarrassant jusqu'ici. Non, c'est surtout notre confiance mutuelle qui en a pris un coup et la menace potentielle que cela représente pour la sécurité nationale. Aujourd'hui, je ne peux me fier à aucun membre de mon entourage sur les dossiers vraiment sensibles, pas même à vous. »

---

1. Allusion au scandale du Watergate.

Ouray hocha la tête. « Je sais, Sam. Mais vous pouvez me faire confiance maintenant. » Il sourit, mais c'était un sourire dépourvu d'humour. « J'ai été blanchi par l'enquête. A moins que vous ne puissiez pas vous fier au FBI, à la CIA, à la NSA, et aux services secrets.

— Vous voyez ? Le doute s'est insinué dans nos esprits, même en ce qui les concerne.

— Je suppose. Et le Pentagone ? Un bon nombre de fuites concernent des décisions militaires.

— Des décisions de principe, pas militaires. De la stratégie à long terme. »

Ouray secoua la tête. « Je n'en sais rien. Peut-être avons-nous une taupe quelque part, si bien implantée que les gens de la sécurité sont incapables de la débusquer. Peut-être devrions-nous leur dire de creuser plus profond ? De chercher un espion professionnel caché derrière l'un d'entre nous ?

— D'accord, dites-leur d'orienter leurs recherches dans ce sens. Mais je ne crois pas qu'il s'agisse d'un espion, étranger ou non. Notre "gorge profonde" n'est pas là pour voler des secrets, ce qui l'intéresse, c'est de modifier le débat public. D'influencer nos décisions. Quelqu'un qui profiterait d'un changement de politique.

— Oui », acquiesça Ouray avec gêne.

Le Président se replongea dans les papiers sur son bureau. « Trouvez-moi le responsable, Charlie. Il me faut des réponses avant que cette situation ne me paralyse. »

*Kaohsiung, Taïwan,
jeudi 14 septembre*

Les fenêtres de la chambre de Jon Smith au vingtième étage du Grand Hi-Lai Hotel offraient un panorama nocturne à vous couper le souffle. Ce soir-là, les lumières étincelantes de Kaohsiung s'étalant à perte de vue sous le ciel noir piqué d'étoiles laissaient Smith indifférent.

Rentré sans encombre dans sa chambre, il épluchait pour la troisième fois le contenu du portefeuille et du calepin de Mondragon. Il avait espéré y trouver un indice quelconque sur la façon dont l'agent du Réseau Bouclier assassiné avait obtenu le manifeste. Le seul élément inexpliqué était une serviette en papier froissée d'un café Starbucks portant un nom griffonné à l'encre : Zhao Yanji.

Son portable sonna. C'était Fred Klein qui rappelait.

Klein commença par une question : « Vous avez remis l'objet à l'aéroport ?

— Non, répondit Smith. J'ai de mauvaises nouvelles. Mondragon a été tué. » Le silence à l'autre bout de la ligne ressemblait à un soupir.

« Je suis désolé. J'ai travaillé longtemps avec lui. C'était un excellent agent, il me manquera. Je vais prévenir ses parents. Ils vont être bouleversés. Anéantis. »

Smith inspira profondément. Une fois. Deux fois. « Navré, Fred. Ce doit être dur pour vous.

— Racontez-moi ce qui s'est passé, Jon. »

Smith lui parla de l'enveloppe, de l'attaque, et de la mort de Mondragon. « Les tueurs étaient chinois, de Shanghai. Le manifeste devait être authentique. J'ai une piste, mais vague. » Il parla à Klein de la serviette Starbucks.

« Vous êtes sûr qu'elle vient de Shanghai ?

— Mondragon a-t-il été ailleurs qu'à Shanghai ces derniers mois ?

— Pas que je sache.

— Alors, c'est une possibilité, et c'est tout ce que j'ai de toute façon.

— Pouvez-vous vous rendre à Shanghai ?

— Je pense que oui. Il y a un scientifique au colloque ici, le Dr Liang, je pense pouvoir le convaincre de m'amener là-bas visiter son labo. » Il expliqua la façon dont il s'était fait accoster par le microbiologiste chinois. « Il y a trois problèmes. Je ne parle pas un traître mot de chinois, et je n'ai pas la moindre idée de l'endroit où se trouvent les cafés Starbucks. Et puis, il y a mon Beretta. Je n'ai aucun moyen de le faire passer en Chine.

— Je vous fais faxer les renseignements sur les Starbucks à Taipei. Un interprète vous attendra à Shanghai, il vous apportera une arme. Mot de passe : "grand crème".

— Une dernière chose. » Smith lui parla du vieil homme dans

la ferme-prison qui prétendait s'appeler David Thayer. Il répéta les détails que Mondragon lui avait communiqués.

« Thayer ? Je n'ai jamais entendu parler d'un Thayer apparenté au Président. Ça sent la combine.

— Le contact de Mondragon affirme que le vieux est américain.

— Il est fiable ce contact ?

— Autant qu'un autre. Du moins, d'après Mondragon.

— Je le dirai au Président. S'il s'agit d'un Américain, le Président voudra être informé, quelle que soit sa véritable identité.

— Alors je vais m'efforcer de trouver le manifeste à Shanghai. Que décide-t-on pour les autres copies ?

— Je me charge de celle qui devrait être à Bagdad. Avec de la chance, nous n'aurons pas à nous préoccuper de la troisième. » Il marqua une pause. « Vous devez savoir, colonel, que le délai est serré. D'après la marine, nous avons cinq jours seulement, peut-être moins, avant que l'*Empress* n'atteigne le Golfe persique. »

*Washington, D.C.,
mercredi 13 septembre*

Dans le Bureau ovale, le Président Castilla déjeunait à la lourde table en pin qu'il avait rapportée de sa résidence de gouverneur à Santa Fe. Elle continuait à lui servir de bureau. Dans un accès de nostalgie, il posa son sandwich au fromage et aux piments, et pivota dans son nouveau fauteuil pour regarder par la fenêtre le parc verdoyant et les lointains monuments qu'il avait appris à aimer. Pourtant, une autre vue s'intercalait dans son esprit : les grands couchers de soleil rouges et l'immense désert vide, et cependant grouillant de vie, qu'on voyait depuis son ranch à la frontière de son Nouveau-Mexique natal, là où l'on trouvait encore des jaguars sauvages en liberté. Il se sentait d'un coup vieux et fatigué. Il avait envie de retourner chez lui.

Cette rêverie fut interrompue par l'irruption de son assistant personnel, Jeremy. « M. Klein est ici. Il aimerait s'entretenir avec vous, monsieur. »

Le Président jeta un coup d'œil à la pendule de son bureau. Quelle heure était-il en Chine ?

« Pas d'appel ni de visite jusqu'à nouvel ordre.
— Oui, monsieur. » L'assistant tint la porte ouverte.

Fred Klein entra précipitamment, le tuyau de sa pipe dépassant de la pochette de sa veste en tweed Harris.

Alors que Jeremy fermait la porte, Castilla fit signe au directeur du Réseau Bouclier de prendre place dans le fauteuil-club que lui avait offert la reine d'Angleterre. « Je serais venu au yacht-club ce soir.

— Ça ne peut pas attendre. Avec les fuites, je me méfie même du téléphone rouge.

— Avons-nous le manifeste ? »

Klein poussa un soupir. « Non, monsieur, nous ne l'avons pas. » Il répéta le rapport de Smith.

Le Président grimaça en secouant la tête. « C'est terrible. La famille de votre agent a-t-elle été prévenue ?

— Bien sûr, monsieur.

— On s'occupera d'eux ?

— Certainement. »

Le Président regarda une nouvelle fois par la fenêtre. « Pensez-vous qu'ils aimeraient visiter le Bureau ovale, Fred ?

— Vous n'y pensez pas, monsieur le Président. Le Réseau Bouclier n'existe pas. Mondragon travaillait dans le privé, rien de plus.

— Parfois ce travail est particulièrement dur. » Il marqua un temps d'arrêt. « Bon, nous n'avons pas ce que je dois avoir. Quand l'aurons-nous ?

— Smith est sur une piste à Shanghai. Il est en train de chercher un moyen de s'y rendre, en tant qu'invité du gouvernement chinois. Il va parler à des microbiologistes travaillant pour des établissements de recherche chinois. Pendant ce temps, j'ai des gens à Pékin, Hong Kong, Canton, et dans quelques-unes des nouvelles villes industrielles apparues ces dernières années. Ils sont à la recherche de tout ce qui pourrait prouver que Pékin a orchestré ça, ainsi que de renseignements concernant le *Dowager Empress*, ne serait-ce que des rumeurs. Il est par ailleurs possible que nous trouvions une deuxième copie à Bagdad. Je mets un agent sur le coup.

— Bien. J'ai demandé à la marine d'envoyer une frégate. D'après Brose, nous avons au maximum dix heures avant que l'*Empress* comprenne ce qu'on est en train de faire. Après quoi, la Chine sera au courant, et probablement le monde entier.

— Si la Chine le veut ainsi. » Klein hésita.

Et Klein n'était pas un homme qui hésitait.

« Qu'y a-t-il, Fred ? Si cela concerne ces produits chimiques, il vaudrait mieux que je sois au courant.

— Ce n'est pas ça, monsieur le Président. » Klein s'interrompit une nouvelle fois, choisissant ses mots.

Cette fois le Président ne l'encouragea pas à parler, mais fronça le sourcil, se demandant ce qui pouvait perturber l'homme de fer du Réseau Bouclier.

Klein finit par poursuivre : « Il y a un vieil homme détenu dans une ferme-prison chinoise. Il prétend être américain et qu'il est prisonnier depuis la défaite de Tchang en 1949. »

Castilla hocha la tête, le visage grave. « Des choses comme celle-là sont effectivement arrivées à nos soldats après la Seconde Guerre mondiale. Probablement bien plus que nous ne le savions ou le soupçonnions. Il est tout de même scandaleux et tout à fait inacceptable, autant qu'invraisemblable, qu'il soit encore détenu aujourd'hui. C'est l'une des raisons pour lesquelles j'ai exigé que le traité sur les droits de l'homme prévoie que des inspecteurs extérieurs se penchent sur le cas des prisonniers de guerre étrangers. En tout cas, si cela est avéré et que nous avons des infos solides, il faut immédiatement faire quelque chose pour lui. Cet Américain a-t-il un nom ? »

Klein dévisagea le Président. « David Thayer. »

Castilla ne montra aucune réaction. Aucune réaction du tout. Comme s'il n'avait pas entendu. Comme s'il attendait toujours que Klein donne un nom. Puis il cligna les yeux. Fit pivoter son fauteuil. Il se leva brusquement, marcha à grands pas jusqu'à la fenêtre derrière son bureau, et regarda dehors, les mains serrées en un nœud blanc derrière son dos.

« Monsieur ? »

Samuel Castilla se tenait le dos raide, comme s'il venait de recevoir une correction. « Après toutes ces années ? Comment est-ce possible ? Il ne pouvait pas être encore en vie...

— Que s'est-il passé... ? » Klein n'acheva pas sa phrase. L'angoisse le saisit au ventre ; il connaissait la réponse à la question.

Le Président se retourna, s'assit à nouveau, et se pencha en arrière, le regard perdu quelque part dans un endroit lointain à la fois dans le temps et l'espace. « Il a disparu en Chine alors que j'étais encore dans mes langes. Le ministère des Affaires étrangères, l'armée, et le propre personnel de Truman ont essayé de le retrouver, mais nous étions farouchement opposés aux communistes de Mao, comme vous le savez, et ils ne nous aimaient guère. Mais nous avons néanmoins réussi à obtenir des informations clandestines des Soviétiques et de quelques sources américaines et britanniques en Chine, et toutes signalaient que Thayer était mort. Soit au combat, soit fait prisonnier et exécuté par les communistes, ou tué par les hommes de Tchang pour avoir essayé d'entrer en contact avec les Rouges. C'est ce qu'il avait confié à ma mère avant de partir. »

Il prit une profonde inspiration et gratifia Klein d'un petit sourire. « Serge Castilla était un autre membre du ministère, un ami proche de Thayer. C'est lui qui a dirigé les initiatives du ministère pour le localiser, ce qui l'a conduit à voir ma mère presque chaque semaine. J'étais trop petit, elle n'aurait pas pu m'expliquer ce qui se passait. Quand j'ai eu quatre ans, tout le monde s'était finalement résigné à la mort de Thayer. De fil en aiguille, Serge et ma mère se sont rapprochés. Ils se sont mariés cette année-là, et il m'a adopté. A ce moment-là, pour moi, Serge était mon père, et David Thayer un simple nom. Au sortir de l'adolescence, ma mère m'a révélé tout ce qu'ils avaient appris sur la période qu'il avait passée en Chine, ce qui se résumait à trois fois rien. Je ne voyais pas l'intérêt de le dire à tout le monde, parce que Serge était mon père. C'est lui qui m'avait élevé, avait été à mes côtés pour la varicelle et les dictées, et je l'aimais. Comme nous avions le même nom de famille, les gens ne se sont jamais posé la question de savoir s'il était mon père biologique. »

Le Président secoua la tête, se reportant dans le présent. Il soutint le regard soucieux de Klein. « David Thayer fait partie de mon histoire, mais je n'ai aucun souvenir de lui.

— Il y a fort à parier que cet homme est un simple opportuniste, un criminel ordinaire peut-être, même pas américain sans doute. Il a pu rencontrer Thayer avant sa disparition. Et maintenant qu'il est détenu dans une ferme de basse sécurité, qu'il a entendu parler de vous et de vos efforts pour rendre la Chine plus respectueuse des droits de l'homme, il voit là l'occasion d'être libéré.

— Si cela était vrai, comment aurait-il pu deviner que Thayer avait un fils devenu Président des États-Unis, et sous le nom de Castilla encore ? »

Klein fronça les sourcils.

« Si l'on va par là, monsieur, comment le vrai David Thayer serait-il au courant de votre existence ? Il savait qu'il avait un fils, mais il ne pouvait pas savoir que sa veuve épouserait Serge Castilla.

— C'est pourtant simple. Si cet homme est vraiment David Thayer, il a simplement pu faire le rapprochement. Il savait qu'il avait un fils prénommé Samuel Adams, et un ami proche du nom de Castilla. Avec cette orthographe, Castilla n'est pas un nom courant. Et mon âge correspond exactement.

— Bien entendu, vous avez raison, concéda Klein. Mais qu'en est-il des fuites ? Peut-être avons-nous une taupe à la Maison-Blanche qui a informé Pékin, et qu'il s'agit là d'un de leurs traquenards alambiqués. »

Le Président secoua la tête. « Je n'ai jamais cherché à dissimuler que Serge m'avait adopté, mais ce n'était pas quelque chose qui venait spontanément dans la conversation. Personne en dehors de ma famille proche, pas même Charlie Ouray, ne sait exactement qui était et que faisait mon père biologique, et ce qui lui est arrivé. Vous-même ne le saviez pas. Je ne voulais pas tirer parti de la compassion des gens ni mettre ma mère dans l'embarras.

— Quelqu'un sait toujours, se souvient, et a un prix.

— Et vous faites toujours votre cynique.

— Cela fait partie de mes attributions. » Klein esquissa un sourire.

« Je suppose que oui. »

Klein hésita à nouveau. « Très bien. Admettons que nous ne pouvons être sûrs qu'il n'existe pas. Il *pourrait* être votre père. Si c'est le cas, que voulez-vous faire ? »

Le Président se renversa une nouvelle fois dans son fauteuil, ôta ses lunettes, et passa ses grandes mains sur son visage. Il poussa un profond soupir. « Je veux le rencontrer, évidemment. Tout de suite je ne vois rien qui pourrait faire chanter mon vieux cœur fatigué plus que cela. Imaginez, mon véritable père, vivant. Imaginez ça. Incroyable. Quand j'étais petit garçon, malgré tout l'amour que je portais à Serge, je rêvais souvent de David Thayer. » Il marqua une pause, le visage pénétré de la mélancolie d'une perte ancienne.

Il haussa les épaules et chassa ces pensées d'un geste de la main. « D'accord. Ça, c'est le rêve. En étant réaliste, que veut le Président des États-Unis ? Je veux qu'il sorte de Chine, naturellement. Il est américain, et, en tant que tel, il mérite le soutien inconditionnel de son pays. Comme je le ferais pour n'importe quel Américain ayant traversé les épreuves qu'il a traversées, je veux le rencontrer, le remercier pour son courage, et lui serrer la main. Mais cela étant, il faut tenir compte des conséquences internationales. Il y a le *Dowager Empress* et la cargaison potentiellement mortelle qu'il transporte vers un pays qui voudrait bien nous détruire.

— Oui, monsieur, en effet.

— Si nous découvrons que le navire transporte effectivement ces produits chimiques et que nous devons l'arraisonner, je doute fort que le traité soit signé. Certainement pas cette année, probablement pas avant l'arrivée d'un nouveau gouvernement aux affaires. Les choses traîneront à nouveau en longueur, le temps pour les Chinois de tester la nouvelle politique du Bureau ovale à leur égard. Thayer, étant donné son âge, ne sera probablement jamais libéré.

— C'est probable, Sam. »

Le Président grimaça, mais il poursuivit d'une voix dure, inflexible : « Et ça ne peut pas entrer en ligne de compte. Pas une seconde. Si l'*Empress* transporte des produits chimiques à vocation militaire, il doit être stoppé, ou coulé si nécessaire. Pour le moment, nous ne faisons rien pour ce vieil homme en Chine. Est-ce clair ?

— Absolument, monsieur le Président. »

Chapitre quatre

*Shanghai,
jeudi 14 septembre*

Le jet Air China en provenance de Tokyo survola la mer de Chine orientale et décrivit un arc au-dessus du vaste delta du Yangtsé. A travers le hublot, Jon Smith observa la campagne verdoyante, les constructions denses, et la brume qui avait déposé comme des mèches de coton dans les parties basses d'une des villes les plus puissantes d'Asie.

Son regard s'étendait du Yangtsé, très encombré, au nord, à l'île de Chongming, tandis qu'il se débattait intérieurement avec le problème du manifeste disparu et du prix alarmant de sa perte. Quand l'avion se posa sur l'aéroport international de Pudong, à 13 h 22 précises, il était arrivé à la seule conclusion que si le traité sur les droits de l'homme était impératif, empêcher Saddam Hussein de mettre la main sur d'autres armes chimiques l'était probablement encore davantage.

Alors que ses collègues souriaient autour d'eux, le Dr Liang Tianning accompagna le Dr Jon Smith à la descente de l'avion. De taille modeste d'après les critères occidentaux, le terminal était ultramoderne, avec des plantes en pot et un haut plafond bleu. Des hommes en costume-cravate, Européens et Chinois, se pressaient aux comptoirs d'enregistrement, symptôme du New York asiatique que voulait devenir Shanghai.

Quelques-uns jetèrent un coup d'œil à Smith et à ses compagnons, mais les regards exprimaient une curiosité oiseuse, rien de plus.

A l'extérieur, une limousine noire attendait parmi les taxis impatients. Dès qu'ils furent assis à l'arrière, le chauffeur s'engagea dans la circulation. Il parvint à éviter trois taxis et deux piétons, qui firent un bond de côté pour ne pas être écrasés. Si Smith se retourna pour s'assurer qu'ils étaient indemnes, les autres n'y prêtèrent pas la moindre attention, ce qui en disait long sur les mœurs locales en matière de conduite automobile. Cela lui permit également d'apercevoir distinctement une petite voiture bleu foncé ressemblant à une Volkswagen Jetta. Elle était garée avec les taxis et se trouvait maintenant juste derrière la limousine.

Était-il attendu par quelqu'un d'autre, quelqu'un n'ayant rien à voir avec la biologie moléculaire et qui ne savait pas s'il était bien ce que le Dr Liang en disait? Le conducteur de la Jetta pouvait aussi être un Shangaien ordinaire, qui s'était garé par erreur dans la file des taxis, et non au parking, en attendant un ami ou un parent de retour de voyage. Il était tout de même étonnant que le chauffeur ait décidé de quitter le terminal exactement au même moment.

Smith n'en dit rien au Dr Liang. Pendant qu'ils discutaient agents viraux, la limousine filait sans heurt sur l'autoroute, vers l'ouest, à travers le delta détrempé, lequel dépassait à peine le niveau de la mer sur les trente kilomètres du trajet. La silhouette dentelée de la métropole apparut à l'horizon; une ville nouvelle, presque entièrement façonnée par la dernière décennie. Ce fut d'abord l'expansion tentaculaire du nouveau quartier de Pudong, avec le sommet pointu comme une aiguille de l'Oriental Pearl Tower et les quatre-vingt-huit étages du Jin Mao Building, plus carré, mais tout aussi élancé. Des réalisations coûteuses pourvues de tous les attributs du luxe et de la haute technologie. A peine une dizaine d'années auparavant, c'était un terrain plat et marécageux qui fournissait la ville en légumes.

La conversation se porta sur ce qu'allait faire Smith au cours de sa visite, alors que la voiture poursuivait sa traversée de Pudong, passait sous le Huangpu, et débouchait dans les quartiers de Puxi et du Bund, qui, jusqu'en 1990, formaient le cœur du vieux Shanghai. Un groupe de gratte-ciel étincelants dominait désormais les bureaux de style néoclassique datant de l'époque coloniale.

Au Parc du Peuple, Smith vit de près les voitures, les bicyclettes et les piétons qui envahissaient les rues, une marée humaine en mouvement. Il prit quelques secondes pour tout embrasser du regard : le gigantisme des nouveaux immeubles. Les témoignages d'une opulence scandaleuse. L'humanité grouillante. Shanghai était la ville la plus peuplée de Chine, plus encore que Hong Kong et Pékin. Mais Shanghai en voulait davantage. Elle voulait briller au premier plan de la scène économique mondiale. Et si elle affichait une attitude révérencieuse à l'égard du passé, elle regardait résolument vers l'avenir.

Alors que la limousine prenait à droite en direction du fleuve, le Dr Liang semblait de plus en plus nerveux. « Vous êtes sûr, docteur Smith, de ne pas vouloir une chambre au Grand Hyatt dans la tour Jin Mao ? C'est un hôtel moderne, magnifique. Les restaurants et les installations sont incomparables. Vous y seriez très bien, je vous assure. De plus, il est situé bien plus près de notre Institut de recherche biomédicale de Zhangjiang, où nous irons quand vous serez installé. Le Peace Hotel est historique, certes, mais il n'a guère que quatre étoiles. »

Les documentalistes du Réseau Bouclier l'avaient informé qu'il n'y avait, pour le moment, que trois cafés Starbucks à Shanghai, et tous se trouvaient côté Puxi, sur la rive occidentale du fleuve, dont deux à proximité du Bund.

Smith se justifia en souriant : « J'ai toujours voulu descendre au vieux Peace Hotel, docteur Liang. Appelez ça la lubie d'un mordu d'histoire. »

Le scientifique soupira. « Alors, dans ce cas. Évidemment. »

La voiture vira au sud, dans la rue panoramique qui contournait le fleuve, avec les bâtiments coloniaux du Bund d'un côté, et le large cours du Huangpu de l'autre. Smith regarda la rangée de majestueuses boutiques et de demeures imposantes qui donnaient sur le fleuve. C'était là le cœur de la vieille Concession britannique, qui s'était établie en 1842 et s'était convulsivement accrochée au pouvoir pendant près d'un siècle, jusqu'à ce que les Japonais finissent par s'emparer de la ville au cours de la Seconde Guerre mondiale.

Le Dr Liang se pencha en avant, le doigt pointé : « Voilà votre Peace Hotel. »

Couronné par une pyramide verte, c'était un bâtiment de douze étages de style gothique revisité par l'École de Chicago. Un célèbre millionnaire shanghaien, Victor Sassoon, l'avait fait construire en 1929, après avoir fait fortune dans le commerce des armes et de l'opium.

« Je vais vous inscrire au nom de l'Institut », annonça le Dr Liang alors que la voiture s'arrêtait devant l'entrée voûtée. Il descendit.

Smith suivit, balayant le périmètre d'un discret regard circulaire. Aucune trace de la voiture bleu foncé qui avait quitté l'aéroport international de Pudong avec eux. Mais alors qu'il franchissait les portes à tambour, il remarqua que leur chauffeur avait également quitté la limousine, soulevé le capot, et semblait examiner le moteur, qui avait fonctionné avec la perfection d'une montre suisse, du moins pour l'oreille de Smith.

Le hall Art déco avait peu changé depuis les Années folles, qui l'avaient été particulièrement à Shanghai. Le Dr Liang guida Smith sur la gauche, sur le sol de marbre italien blanc, jusqu'à la réception. Le réceptionniste toisa le Dr Liang d'un air hautain pendant que celui-ci remplissait la fiche, puis examina Smith. Il ne se donnait pas beaucoup de mal pour dissimuler son arrogance.

Liang lui parla à voix basse dans un chinois rugueux, et Smith crut entendre le nom de l'Institut de recherche. La peur passa dans le regard de l'employé. Il devint aussitôt presque obséquieux envers le client occidental. Malgré l'atmosphère de capitalisme débridé, Shanghai était encore en Chine, la Chine était encore communiste, et le Dr Liang semblait avoir beaucoup plus d'influence qu'il ne l'avait laissé voir à quiconque durant la conférence de Taïwan.

Pendant que le réceptionniste faisait venir un chasseur, Liang remit à Smith la clé de sa chambre. « Je regrette qu'on ne puisse pas vous donner une suite, mais vous aurez une chambre très spacieuse et confortable. Souhaitez-vous faire un brin de toilette avant que nous allions à l'Institut ?

— Aujourd'hui ? s'étonna Smith en feignant la surprise. Je crains de ne pas être au mieux de ma forme, docteur Liang. J'ai passé la nuit en réunions et en séminaires. Un jour de repos, et je pourrai faire honneur à vos collègues demain matin. »

Liang était surpris. « Eh bien, soit, pas de problème. Je vais dire à mon équipe de revoir notre programme. Mais vous serez quand même des nôtres pour le dîner. Ce sera pour nous tous un grand plaisir de vous faire découvrir la beauté de Shanghai à la nuit tombée. »

Smith s'empêcha de saluer en inclinant le buste ; ce n'était pas une coutume chinoise. « J'en serais ravi, merci. Mais peut-être pourrions-nous commencer la soirée tard ? Est-ce que neuf heures vous irait ?

— C'est d'accord. Nous passerons vous prendre. » Liang sourit et hocha la tête avec bienveillance. Mais sa voix avait quelque chose de tendu quand il ajouta : « Nous ne vous ferons pas veiller trop tard, docteur Smith. Je vous le promets. »

Y avait-il de la méfiance derrière les paroles et le sourire ? Ou le Dr Liang était-il simplement en train de perdre patience ? Pour un simple scientifique, il semblait inspirer un peu trop d'effroi au réceptionniste. Smith n'était que trop conscient d'avoir peut-être éveillé les soupçons de son collègue en le repoussant à Taïwan pour aller l'entreprendre quelques heures plus tard, et, finalement – malgré toute la finesse avec laquelle il avait essayé de faire en sorte que l'invitation semblât venir de Liang – laisser entendre qu'il ne refuserait pas une invitation immédiate. Mais le temps pressait, et il avait dû prendre le risque.

Méfiant ou non, le scientifique était en tout cas souriant quand il prit congé. Smith l'observa à travers les portes vitrées alors qu'il s'arrêtait devant la limousine. Le chauffeur apparut et se mit à parler vite et avec un ton d'urgence. Tous deux montèrent dans la limousine, qui démarra à toute allure.

Le chasseur avait pris sa valise. Il monta à son étage par l'ascenseur, et trouva sa chambre, en réfléchissant toujours au Dr Liang, au chauffeur de la limousine, lequel avait vérifié un moteur qui à première vue n'avait besoin d'aucune vérification, et à la Jetta bleu foncé. Sa valise l'attendait, et le chasseur était parti ; les pourboires étaient mal vus en République populaire, encore que comme l'écrivait Shakespeare dans *Hamlet*, c'était une coutume qu'il était plus honorable d'enfreindre que d'observer.

La chambre était en tout point conforme à ce que le Dr Liang avait promis. Aussi grande qu'une petite suite dans la plupart des hôtels de luxe américains et européens, elle avait un charme certain avec son grand lit et ses tables de chevet encastrées dans un renfoncement couvert de panneaux en bois et éclairé par la lumière douce de lampes de table anciennes. Il y avait également un coin-salon accueillant avec fauteuils et table basse, un bureau garni de cuir, des pots de lierre, et une salle de bains derrière une porte à panneaux. Avec ses tissus en chintz et ses guéridons en acajou, elle faisait très *british*. Si les fenêtres étaient luxueuses, la vue était loin d'être spectaculaire : la chambre ne donnait ni sur le fleuve, Pudong, les deux ponts suspendus, ou le Bund, mais sur les immeubles de bureaux et les logements plus anciens et plus bas des millions de travailleurs qui alimentaient et faisaient fonctionner la grande ville.

Smith inspecta l'intérieur de sa valise. Le fil presque invisible qu'il y avait accroché était intact, ce qui signifiait que personne ne l'avait fouillée. Il se dit qu'il devait être trop nerveux, qu'il réagissait probablement de manière excessive... Et pourtant, le vrai manifeste de l'*Empress* et ceux qui l'avaient dérobé à Mondragon étaient là, quelque part. Il pouvait s'agir ou ne pas s'agir du même groupe. En tout cas, il était presque certain qu'on l'avait vu d'assez près pour le reconnaître. Ils connaissaient peut-être déjà son nom.

Pour sa part, il ne disposait que d'une vision fugitive du chef de la bande, un Chinois han grand et costaud avec des cheveux roux peu communs, et d'un nom dépourvu de sens gribouillé sur une serviette de café.

Il venait de commencer à défaire sa valise quand il entendit des pas dans le couloir. Il ralentit, tendant l'oreille. Le bruit s'arrêta devant sa porte. Le cœur battant, il traversa la chambre à pas feutrés et s'aplatit contre le mur.

*

Comme le Dr Liang Tianning pénétrait dans le centre biomédical, la secrétaire du personnel désigna son bureau d'un mouvement de tête. « Il y a un homme qui attend, docteur Liang. Il a dit qu'il venait vous parler de votre coup de téléphone. Je... je n'ai pas pu l'empêcher d'entrer. » Elle regarda ses mains posées sur ses genoux et frissonna. Une secrétaire jeune et timide, comme les aimait Liang. « Il ne me plaît pas. »

Il lui fit la leçon. « C'est un homme important. Quelqu'un que vous ne devriez pas critiquer aussi ouvertement. Je vous demande de ne pas passer d'appel pendant qu'il est là. Compris ? »

Elle hocha la tête, les yeux toujours baissés.

Quand le Dr Liang entra dans la pièce, l'homme était appuyé contre le classeur à tiroirs, de l'autre côté du bureau. Il souriait et sifflotait vaguement, comme un petit garçon espiègle.

Liang prit la parole, mal à l'aise. « Je ne sais pas ce que je pourrais ajouter à ce que j'ai signalé au téléphone, major Pan.

— Peut-être rien. Mais cela reste à voir. »

Le major Pan Aitu était un petit homme grassouillet, aux mains et à la voix douces, au sourire bienveillant. Il portait un costume gris classique, de coupe européenne, un nœud papillon agrafable à fleurs, et des lunettes en écaille. Il n'avait rien d'effrayant. Et puis vous regardiez derrière les lunettes. Ses yeux étaient totalement inertes. Quand il souriait, ils ne souriaient pas. Quand il conversait avec sa voix douce, ils ne s'animaient pas et ne participaient pas. Ils observaient. Ils vous regardaient sans vous voir. Et il était impossible de dire ce qu'ils voyaient effectivement à tel ou tel moment.

« Expliquez-moi ce qui vous a inquiété au sujet de ce Dr Jon Smith, dit le major Pan. A-t-il posé des questions ?

— Non. Ce n'est pas du tout ça. » Liang se laissa tomber sur sa chaise de bureau. « C'est seulement qu'à Taïwan il avait manifesté un tel empressement, et puis nous avons organisé cette visite, ici, au centre, et le voilà tout à coup trop fatigué. Il dit que demain serait préférable.

— Vous ne croyez pas qu'il est fatigué ?

— A Taïwan, à la conférence, il n'en avait pas l'air. Et à l'aéroport de Taipei, il semblait plutôt impatient.

— Expliquez-moi exactement ce qui s'est passé à Taïwan. »

Liang décrivit la façon dont il avait approché Smith, son invitation à dîner avec ses collègues de l'Institut, et l'excuse de l'Américain qui avait proposé de remettre ça à une autre fois.

« Vous ne pensez pas qu'il était pris ce soir-là ? »

Liang réfléchit en faisant claquer ses dents. « Il a été...

comment dire... évasif. Vous savez, on sent quand quelqu'un est pris de court et cherche rapidement une façon polie de refuser. »

Le major Pan acquiesça d'un signe de tête, autant pour lui-même que pour Liang. « C'est là que vous êtes convenus que vous le recontacteriez afin de trouver un moment plus favorable pour conférer de vos questions biomédicales ?

— Oui. » Il y avait quelque chose chez le major Pan – peut-être cette façon d'avoir toujours l'air dans l'expectative – qui poussait ses interlocuteurs à en dire davantage. « J'ai cru bien faire. Son travail à l'USAMRIID est important. Nous sommes très désireux de comprendre ce qu'ils font. Peut-être y a-t-il là matière à faire avancer nos propres recherches.

— Il s'agit donc d'un véritable scientifique ?

— Un excellent scientifique.

— Qui est également officier dans l'armée américaine ?

— Je suppose. Un colonel, je crois.

— Un lieutenant-colonel », rectifia Pan distraitement, son regard vide tourné vers l'intérieur tandis qu'il réfléchissait. « J'ai étudié son dossier depuis que vous avez appelé. Il y a, dirons-nous, des choses bizarres dans son passé.

— Bizarres ? Comment ça ?

— Des lacunes. On les justifie en général dans son dossier par des "permissions", c'est le mot qu'emploient les militaires pour parler de vacances. Un congé. Il y en a eu un après la mort de sa fiancée, victime du virus sur lequel elle travaillait.

— Oui, je connais ce virus. Terrifiant. Une absence est bien compréhensible après un tel coup du sort ?

— Peut-être. » Le major Pan hocha la tête comme s'il avait bien entendu, mais son regard disait qu'il avait l'esprit ailleurs. « Vous n'avez pas revu Smith la nuit dernière ?

— Non.

— Mais vous avez assisté à différentes conférences et réunions ?

— Bien sûr. Nous étions là pour ça.

— Vous vous seriez attendu à ce qu'il y assiste aussi ?

— Oui, répondit Liang en fronçant les sourcils. Il y en a eu deux, notamment. Une donnée par un collègue américain, et une autre par un de ses amis personnels de l'Institut Pasteur. Mais souvenez-vous, il m'a dit qu'il était resté en réunion tard dans la nuit. Le choix était très large. »

Le major Pan réfléchit. « C'est le lendemain matin qu'il vous a tout à coup sollicité pour venir à Shanghai visiter votre Institut ?

— Enfin, pas explicitement. Mais je dirais... qu'il a bien fait comprendre qu'une invitation immédiate l'intéresserait.

— Comment ça ? Comment s'est-il retrouvé avec vous ce matin-là ? »

Le Dr Liang réfléchit. « Il s'est joint à nous pour le petit déjeuner. D'habitude il déjeunait avec son ami de l'Institut Pasteur. Pendant le repas, il a dit en passant qu'il aimerait voir nos installations et nous parler du travail de l'USAMRIID. Quand j'ai dit que je pourrais sûrement organiser cela dans un proche avenir, il a pris un air déçu, laissant entendre qu'il lui était difficile de voyager aussi loin, en d'autres termes qu'il se rendait rarement en Asie. A ce moment-là, j'ai évidemment suggéré que, puisqu'il était si près, pourquoi pas maintenant ?

— Et l'idée lui a plu ?

— Il a hésité, mais je voyais bien qu'il était tenté. »

Le major hocha à nouveau la tête. Il se dégagea brusquement du classeur à tiroirs et disparut.

Le Dr Liang regarda fixement la porte close de son bureau, se demandant ce qu'il s'était passé. Il était certain d'avoir tout rapporté par téléphone au Bureau de la sécurité, comme il était obligé de le faire après chaque séjour hors de Chine. Pourquoi le major Pan était-il venu ici, et que venait-il d'apprendre qui l'avait fait partir aussi subitement ? Le major avait la réputation de réussir dans son travail là où tous les autres échouaient. Liang secoua la tête, soudain décontenancé par la peur.

Pékin, Chine

L'enclave très protégée de Zhongnanhai se dresse à l'ombre de la légendaire Cité interdite, au cœur de Pékin, là où empereurs et impératrices de Chine avaient jadis joué et régné. Pendant des siècles, Zhongnanhai avait été le jardin des délices de la cour impériale, où courses de chevaux, chasses et festivals étaient organisés pour les nobles et leurs serviteurs sur les rives verdoyantes des deux lacs. Zhongnanhai signifiant en fait « lac du centre et lac du sud ».

Après que les communistes se furent emparés du pays en 1949, ils investirent le vaste complexe, le rénovèrent, et transformèrent les toits en pagode. Aujourd'hui, Zhongnanhai est tour à tour révéré et exécré en tant que siège du gouvernement chinois tout-puissant : la nouvelle Cité interdite. C'est là que les vingt-cinq membres du Bureau politique dissertaient dans un faste royal. Bien qu'ils fussent théoriquement les détenteurs de l'autorité suprême, c'était le Comité permanent du Bureau politique qui gouvernait véritablement. C'était l'élite de l'élite. Depuis peu, le Comité permanent était passé de sept à neuf membres. Ses décisions étaient entérinées sans discussion par le Bureau politique, et exécutées par les ministères et les services de niveau inférieur.

Beaucoup vivaient dans cette enceinte de haute sécurité avec leurs familles, dans des résidences traditionnelles de plusieurs bâtiments ordonnés autour d'une cour centrale, et encerclées de murs. C'était également le cas des plus hauts dirigeants qui logeaient dans des appartements bien plus confortables que la plupart de ceux disponibles à l'extérieur, dans la métropole.

Pourtant, ce n'était pas la Maison-Blanche, le 10 Downing Street, ni même le Kremlin. Secret et hostile aux médias, Zhongnanhai figurait rarement sur les cartes touristiques, bien que son adresse officielle, au 2 Fuyoujie, fût bien imprimée sur le papier à lettres du Parti communiste. Entouré par un mur vermillon pareil à celui qui avait jadis isolé la vieille Cité interdite du reste du monde, le complexe était tellement bien conçu qu'il était impossible de voir à travers ou par-dessus ses murailles de quelque endroit de Pékin que ce fût. Les Chinois ordinaires n'y étaient pas bienvenus. Les étrangers encore moins, sauf à être chef d'État.

Par certains aspects, cet état de chose plaisait à Niu Jianxing, mais certains seulement. Bien qu'il fût membre du Comité permanent et travaillât à Zhongnanhai, il préférait vivre à l'extérieur, dans la ville elle-même. Son bureau était spartiate : ni rouleaux décoratifs, ni dragons, ni photographies. Il croyait au principe socialiste fondamental : « De chacun selon ses capacités, à chacun selon ses besoins. » Si ses besoins physiques étaient simples et sans prétention, ses exigences intellectuelles étaient tout autres.

Niu Jianxing se pencha en arrière derrière son bureau en désordre, croisa ses doigts, et ferma les yeux. Il était toujours dans le rond de lumière projeté par sa vieille lampe de bureau. Elle se réfléchissait sur ses joues creuses et ses traits délicats, en partie dissimulés derrière des lunettes en écaille. Cet éclairage cru ne semblait pas le déranger, comme s'il était tellement concentré qu'il en oubliait sa présence, comme si rien ne pouvait perturber le monde tranquille de ses pensées.

Niu Jianxing était devenu un homme très important en gravissant les échelons du pouvoir à petits pas secrets. Depuis qu'il était entré au Parti et au gouvernement, il avait découvert que le repos lui était une aide précieuse pour se concentrer et prendre les bonnes décisions. Il siégeait souvent dans cette posture silencieuse aux réunions du Bureau politique et du Comité permanent. Au début, les autres avaient cru qu'il dormait et l'avaient considéré comme un paysan de Tianjin sans envergure. Ils parlaient comme s'il n'était pas là – en fait, comme s'il n'existait pas du tout –, jusqu'à ce qu'il fût devenu évident, au grand dam des quelques collègues qui avaient parlé trop librement, qu'il entendait tout et réglait ou balayait souvent leurs problèmes avant même qu'ils aient pu les formuler.

Après cela, ses admirateurs le surnommèrent le Hibou, un nom facile à retenir qui se répandit dans les rangs du Parti et fit de lui quelqu'un dont on se souviendrait. Politicien et tacticien habile, il en avait fait son sceau personnel.

Pour l'heure, le Hibou réfléchissait à la rumeur troublante selon laquelle certains de ses collègues du Comité auraient quelques hésitations à signer le traité sur les droits de l'homme avec les États-Unis, traité qu'il s'était donné tant de mal à négocier. Il avait passé la matinée à tâter le terrain afin d'identifier ces brebis égarées.

Bizarre que des dissensions de cette gravité n'aient été précédées d'aucun signe avant-coureur. Ce qui l'inquiétait aussi, car cela sous-entendait l'existence d'une opposition organisée attendant le moment propice pour se découvrir et faire échouer le traité. Maintenant que la Chine entrait dans le monde capitaliste, il était inévitable que quelques hiérarques soient résolus à le détruire afin de maintenir leur propre domination.

Un léger coup frappé à la porte l'arracha à sa réflexion. Il ouvrit les yeux d'un coup. Les volets étaient fermés, occultant le soleil radieux et les magnifiques jardins de Zhongnanhai. Les années lui avaient appris l'importance de cette retraite. On frappa à nouveau un seul coup à la porte, un signal qu'il ne connaissait que trop bien. Toujours synonyme d'ennuis.

« Entrez, général. »

Chu Kuairong, général de l'Armée populaire de libération en retraite, entra dans la pièce, ôta son chapeau, et s'assit. Voûté sur la chaise en bois dur qui faisait face au bureau, il avait un visage balafré, des épaules épaisses, et un torse puissant. Ses yeux minuscules étaient enfoncés dans des plis profonds creusés par le soleil et le vent. Il les plissait en regardant Niu comme s'il affrontait la lumière aveuglante du désert. Son crâne rasé brillait comme de l'acier poli dans le rond de lumière de la lampe de bureau. Dans son uniforme bardé de médailles, il ressemblait à un vieux maréchal soviétique contemplant la destruction de Berlin pendant la Seconde Guerre mondiale.

Seul le fin cigare planté entre ses dents faisait mentir cette image. « C'est le maître espion.

— Le major Pan ? » Le Hibou dissimula son impatience.

« Oui. Le major Pan pense que le Dr Liang pourrait se faire des idées, mais il n'en est pas sûr. » Le général Chiu était le chef du Bureau de la Sécurité, un des organes contrôlés par le Hibou. Le major Pan était l'un des officiers supérieurs du contre-espionnage sous les ordres du général. « Il est possible que le colonel Smith soit un agent de renseignement ayant réussi à soutirer cette invitation dans un but précis. Espionnage scientifique peut-être.

— Qu'est-ce qui lui fait croire cela ?

— Deux choses. D'abord, il y a quelques bizarreries dans le dossier de Smith. De brèves absences, plus ou moins inexpliquées, de son laboratoire de l'USAMRIID. Il se trouve que Smith est plus qu'un docteur en médecine ou un scientifique. Il a suivi bien plus d'entraînements au combat et au commandement que la plupart des simples scientifiques, même dans leur armée.

— Et la seconde chose ?

— Le major a un "pressentiment" à son sujet.

— Un *pressentiment* ? »

Chu dessina avec l'épaisse fumée de son cigare un cercle parfait. « Depuis le temps que je dirige les forces de sécurité, j'ai constaté que les "pressentiments" de Pan étaient fondés sur son expérience, et, par conséquent, souvent exacts. »

Des nombreuses agences dont il avait la charge, c'était le Bureau de la Sécurité que Niu appréciait le moins. C'était une pieuvre munie de crocs et de griffes ; un énorme service secret doté de pouvoirs de police et de renseignement très étendus. Le Hibou était un constructeur, et non un destructeur. En tant que ministre, il devait parfois approuver, voire prendre, des décisions déplaisantes.

« Que propose le major Pan ? demanda-t-il.

— Il veut avoir Smith à l'œil. Il veut l'autorisation de le placer sous surveillance et de l'arrêter pour interrogatoire au moindre écart suspect. »

Le Hibou ferma à nouveau les yeux pour réfléchir. « La surveillance est probablement de mise, mais je veux des preuves concrètes avant d'autoriser un interrogatoire. Nous vivons des temps difficiles, et, pour le moment, nous avons la chance d'avoir un gouvernement américain particulièrement enclin à la paix et à la coopération. L'occasion est rare, nous serions idiots de ne pas en profiter. »

Le général Chu souffla un autre rond de fumée. « Pan suggère qu'il existe peut-être un lien entre l'intérêt soudain de Smith pour visiter Shanghai et la disparition de notre agent dans la même ville.

— Vous ne savez toujours pas exactement sur quoi travaillait votre homme ?

— Il était en vacances. Nous pensons qu'il a dû tomber sur quelque chose qui aura éveillé ses soupçons et qu'il se renseignait avant de faire son rapport. »

Le Hibou ne voulait surtout pas risquer une confrontation avec les États-Unis. Cela susciterait une vague de protestations dans les deux pays, de la roublardise de la part des deux gouvernements, lierait les mains du Président américain sur la question du traité sur les droits de l'homme, et pousserait le Comité permanent à écouter les purs et durs du Bureau politique et du Comité central.

Mais le prestige et la sécurité de la Chine passaient avant tout traité, et la présence possible d'un espion à Shanghai, ainsi que la disparition d'un agent de la sécurité intérieure n'étaient pas des sujets à prendre à la légère. « Quand vous connaîtrez la réponse, revenez me voir, ordonna Niu. En attendant, le major Pan est autorisé à surveiller Smith de près. S'il estimait opportun de le placer en détention, il faudra qu'il me convainque. »

Les petits yeux du général brillèrent. Il souffla un autre rond de fumée parfait, et sourit. « Je lui dirai. »

Le regard du vieux soldat déplut à Niu. « J'y compte bien. Je ferai état des soupçons et des mesures prises par le major Pan au Comité permanent. Pan et vous, général, devrez non seulement en répondre devant moi, mais devant eux. »

Chapitre cinq

Shanghai

La chambre spacieuse qu'occupait Smith au Peace Hotel devint soudain étouffante. Collé au mur près de la porte, il guettait de nouveaux bruits de pas. Au lieu de quoi, on frappa à la porte. Un coup aussi discret que les pas. Smith ne bougea pas. On frappa à nouveau ; des petits coups légers, mais insistants, nerveux cette fois. Ce n'était pas un groom, ni une femme de chambre.

Puis il sut. « Merde ! » Ce devait être l'interprète que Fred Klein avait recruté. Il ouvrit la porte, empoigna un Chinois grand et maigre par le col de son blouson en cuir trop grand, et le poussa à l'intérieur de la chambre.

Sa casquette mao bleue s'envola. « Hé ! »

Smith l'attrapa à la volée, ferma la porte d'un coup de talon, et lança un regard furieux à l'homme efflanqué qui se débattait, l'air outré.

« Mot de passe ?

— Grand crème.

— Vous êtes en mission, nom de Dieu, lui rappela Smith. Un agent secret ne rôde pas dans les couloirs !

— Ça va, colonel. C'est bon ! protesta-t-il avec un accent cent pour cent américain. Lâchez-moi.

— Vous avez de la chance que je ne vous étrangle pas. Vous essayez d'attirer l'attention sur moi ou quoi ? » Il le relâcha, toujours grincheux.

« Vous n'avez pas besoin de moi pour ça, colonel. Vous vous êtes déjà très bien débrouillé tout seul. » Indigné, l'interprète releva le col de son volumineux blouson, brossa sa chemise de travail bleue froissée, et arracha sa casquette mao des mains de Smith.

Celui-ci jura, comprenant enfin : « Je parie que vous conduisez une Volkswagen Jetta bleu foncé.

— Bon, d'accord, vous m'avez repéré à l'aéroport. Mais encore heureux que je sois revenu ici, sinon je n'aurais jamais percuté pour la surveillance. »

Les épaules de Smith se contractèrent. « Quelle surveillance ?

— Je ne sais pas qui c'est. On ne sait jamais à qui l'on a affaire à Shanghai ces temps-ci. Flics ? Police secrète ? Armée ? Hommes de main d'un magnat quelconque ? Gangsters ? Ça peut être n'importe qui. On a le capitalisme maintenant, et la libre entreprise plus ou moins. Il est beaucoup plus difficile de savoir qui en a après quelqu'un.

— Formidable », soupira Smith. Lui qui avait eu des soupçons savait maintenant qu'ils étaient fondés. Maigre compensation. « Quelle est votre couverture ?

— Interprète et chauffeur. Qu'est-ce que vous croyez ? Certainement pas trafiquant d'armes en tout cas, alors tenez, prenez ça vite. » Comme s'il lui brûlait les doigts, le jeune Chinois tendit à Smith un holster en toile contenant la copie conforme de son Beretta 9 mm.

« Vous avez un nom ? » Smith glissa le semi-automatique sous sa ceinture, dans le creux de son dos, et jeta l'étui dans sa valise.

« An Jingshe, mais vous pouvez m'appeler Andy. C'était comme ça qu'on m'appelait à l'Université de New York. Celle de Greenwich Village, pas celle du centre. Je me plaisais là-bas. Des nanas à la pelle et des grands espaces à partager parfois. » Ajoutant fièrement, bien qu'avec un brin de nostalgie : « Je suis peintre.

— Félicitations, commenta sèchement Smith. C'est une vie encore plus précaire que celle d'espion. Bien, Andy, allons prendre un café dans un Starbucks et voir si nous arrivons à découvrir qui me file le train. »

Il replaça les fils invisibles à l'intérieur de toutes ses valises, les ferma, et marcha jusqu'à la porte, où il étala une mince feuille de plastique transparent sur le tapis de sorte que quelqu'un entrant dans la chambre marcherait dessus avant de la voir. Il suspendit l'écriteau NE PAS DÉRANGER à la poignée.

Les deux hommes descendirent par l'ascenseur. Au niveau du hall, Smith demanda à An Jingshe : « Est-ce qu'il y a une sortie par les cuisines ?

— Forcément. »

*

Dans le couloir qui conduisait du hall à la rangée d'ascenseurs, l'agent d'entretien en uniforme astiquait les cuivres et faisait briller les murs en marbre. Corps sec, visage allongé, yeux noirs perçants, peau brun pâle, et moustache tombante : il ne ressemblait à aucun des Chinois ou des Occidentaux présents dans le hall. Il travaillait en silence, tête baissée, apparemment concentré sur sa tâche, mais rien n'échappait à son regard.

Quand ils sortirent de la cabine, le Chinois dégingandé et l'Occidental grand et musclé s'arrêtèrent un moment pour discuter. Trop loin pour entendre leur conversation à voix basse, l'agent d'entretien astiqua une autre applique en cuivre et jaugea l'homme grand et fort avec un regard exercé. Pas plus d'un mètre quatre-vingt-cinq, un buste large, en excellente condition physique. Les cheveux étaient plaqués en arrière, le front haut, les yeux bleus, vifs et intelligents. Dans l'ensemble, l'agent d'entretien ne lui trouva rien d'extraordinaire dans son costume gris foncé de coupe américaine. Il avait néanmoins un maintien typiquement militaire, et il était arrivé à l'aéroport international de Pudong en provenance de Taïwan, en compagnie du Dr Liang Tianning et de son équipe de chercheurs en biologie moléculaire.

L'agent d'entretien était toujours en train de l'observer quand les deux hommes se dirigèrent vers les portes ouvrant sur la cuisine. Alors qu'ils les franchissaient, il rassembla ses produits d'entretien, traversa le hall à toute allure, et se fondit dans la cohue de Nanjing Dong Lu, une des plus grandes artères commerçantes du monde. Il courut vers l'ouest à travers la foule et les concerts de klaxon en direction de la galerie marchande. Mais avant d'avoir atteint le premier carrefour, il s'arrêta devant la ruelle qui bordait l'hôtel.

De son poste d'observation, il pouvait surveiller l'entrée de service, ainsi que l'entrée du hall par laquelle il venait de sortir. Il était toujours possible qu'il ait été vu, et que l'entrée des deux hommes dans la cuisine ne soit qu'un stratagème.

Ni le grand Américain ni le Chinois ne sortirent, mais l'agent d'entretien découvrit autre chose : il n'était pas le seul à surveiller l'hôtel. Deux cigarettes rougissaient par intermittence dans l'habitacle d'une voiture noire, garée de façon à bloquer l'étroit trottoir en face des portes à tambour de l'hôtel. Le Bureau de la Sécurité publique ; l'agence chinoise de police et de renseignement tant redoutée. Personne d'autre ne ferait preuve d'une telle arrogance.

Il examina le véhicule plus attentivement. Quand il regarda à nouveau dans la ruelle, l'Américain et le Chinois couraient vers une Volkswagen Jetta qui faisait face à la rue. L'agent d'entretien se laissa happer par la foule qui inondait le trottoir.

Les roues droites de la Jetta étaient collées contre un mur. Le Chinois déverrouilla la portière, tandis que l'Américain surveillait les environs comme s'il craignait une attaque. Ils s'engouffrèrent à l'intérieur, la Jetta s'immisça dans la circulation et prit vers l'ouest, en direction de la rue piétonne qui menait jusqu'à la Concession française. Aucune voiture n'y était autorisée.

L'agent d'entretien ne perdit pas de temps. Il poussa un sifflement strident. Quelques secondes après, un Land Rover cabossé s'arrêtait à sa hauteur. Il posa sa boîte à outils à l'arrière et sauta à l'avant à côté du conducteur, qui portait un bonnet blanc et avait la peau tannée et des yeux ronds comme les siens.

Le conducteur lui parla dans une langue qui n'était ni chinoise ni européenne, et l'agent d'entretien lui répondit dans le même idiome pointant le pouce en direction de la Jetta, cinquante mètres devant eux dans la rue congestionnée.

Le conducteur hocha la tête et se faufila dans les embouteillages. Soudain, la Jetta vira à gauche.

Lâchant une bordée d'injures, le conducteur zigzagua, tourna brutalement à gauche, et suivit la Jetta, qui prit à nouveau vers l'ouest sur Jiujiang Lu. Et rapidement vers le nord une fois de plus, en reprenant la direction de Nanjing Dong Lu.

Jurant de nouveau, le conducteur du Land Rover essaya de suivre mais fut momentanément bloqué. Il se dégagea en trombe pour tourner dans la même rue. L'agent d'entretien eut une dernière vision fugitive de leur proie loin devant... puis la voiture disparut.

Le chauffeur continua pour s'arrêter juste avant Nanjing Dong Lu, d'où une ruelle presque invisible partait vers le sud. L'agent d'entretien jura. Le Chinois et l'Américain au maintien militaire avaient dû le repérer. La Jetta s'était engouffrée dans cette ruelle et pouvait déjà être n'importe où dans ce quartier grouillant de monde.

*

Deux heures plus tard, Andy déposait Smith au deuxième Starbucks et alla se garer. Le café se trouvait sur Fixing Dong Lu, une autre artère animée, non loin du fleuve, dans le quartier de Nanshi : la Vieille Ville de Shanghai.

Le premier Starbucks était dans un centre commercial, le Lippo Plaza, sur Huaihai Zhong Lu. Il était rempli de Shanghaiens et d'Occidentaux, et Smith et Andy n'y avaient vu aucun lien avec l'*Empress*, quand ils avaient parcouru les rues adjacentes, lisant les plaques sur les portes et examinant les petits immeubles abritant de nombreuses boutiques et petits magasins.

Ce deuxième Starbucks était moins fréquenté. Seuls des Chinois étaient attablés ou commandaient des cafés à emporter. La plupart étaient bien habillés, en costume, de coupe occidentale ou traditionnelle, et semblaient pressés de regagner leurs bureaux.

Smith emporta son deuxième double *latte* de la journée à une table près de la fenêtre. C'était un quartier d'affaires, ce qui expliquait l'absence d'Occidentaux. Les bâtiments offraient un mélange de constructions de quatre à six étages datant de la fin de l'époque coloniale, d'immeubles modernes plus élevés, et de quelques tours étincelantes de verre et d'acier. L'une des plus récentes se dressait juste de l'autre côté de la rue. Smith concentra son attention sur une rangée de plaques en laiton disposées verticalement près des portes d'entrée.

Andy vint le rejoindre. « Je vais me chercher un moka, et on y va. C'est vous qui régalez ? »

Smith lui tendit de l'argent. Quand le chauffeur-interprète revint, Smith se leva. « On va commencer par cette construction neuve de l'autre côté de la rue. »

Leurs gobelets en polystyrène à la main, les deux hommes traversèrent la rue en se faufilant au milieu des bicyclettes, des voitures et des bus avec l'aisance des gens habitués à la circulation dans Manhattan. Smith se dirigea vers les plaques en laiton à l'entrée. La plupart des noms étaient en caractères chinois, certains translittérés en pinyin.

Andy traduisit pour Smith.

« Minute ! fit Smith à la dixième plaque. Relisez ça.

— Flying Dragon Enterprises, compagnie maritime internationale. » Andy pontifia : « Le dragon est le symbole du ciel en Chine.

— D'accord.

— Et, par conséquent, de l'empereur.

— L'empereur est mort depuis longtemps, mais merci quand même. Finissez la liste. »

Il se trouva que Flying Dragon était la seule compagnie maritime. Tout en buvant leur café, ils passèrent rapidement en revue les raisons sociales des autres immeubles de bureaux du bloc. Ils dénombrèrent quatre autres compagnies susceptibles d'être liées au transport mondial. Ils tombèrent ensuite sur un vendeur de *jianbing*, ces omelettes à la ciboulette fourrées de sauce au piment rouge. Ce fut au tour d'Andy de payer.

Dès qu'ils eurent fini leurs omelettes, Smith se remit en mouvement. « Il est temps de passer au dernier Starbucks. »

Celui-ci se trouvait dans un centre commercial de la nouvelle zone d'activité autour de l'aéroport de Hongqiao sur Hongqiao Lu. Il n'y avait aucune compagnie liée au transport maritime à proximité, et Smith demanda à Andy de retourner à l'hôtel.

« Bon, nous avons cinq possibilités, résuma Smith, toutes suffisamment proches du deuxième Starbucks pour qu'un indicateur s'en serve comme lieu de rendez-vous pour transmettre ses informations à Mondragon. Vous vous débrouillez comment avec les ordinateurs ?

« — Le général Grant se débrouillait comment sur un champ de bataille ?

— Allez sur le site internet des cinq compagnies, et cherchez Zhao Yangi parmi leur personnel.

— C'est comme si c'était fait. »

Ils poursuivirent leur route. Alors qu'ils approchaient du Bund, Jon demanda : « Est-ce qu'il y a un autre moyen d'entrer dans le Peace Hotel à part l'entrée principale et les entrées de service ?

— Ouais. A l'angle, sur une rue perpendiculaire.

— Bien. Allez-y. »

Pendant qu'Andy traversait un vertigineux dédale de rues et d'allées, Smith l'observa de la tête aux pieds. « Vous faites presque ma taille. Votre pantalon devrait être assez long, et votre blouson en cuir est assez grand pour un bison. Avec votre casquette mao, je passerai pour un Shanghaien, sauf si je me fais dévisager. Vous aurez l'air d'un épouvantail dans mon costume, mais vous n'êtes pas obligé de mettre la veste.

— Trop aimable. Il faut vous dire merci ? »

Comme ils approchaient de l'hôtel, Smith indiqua à Andy où se garer. Il enleva péniblement ses vêtements dans la petite voiture. Andy coupa le moteur et fit de même. Le blouson en cuir allait parfaitement à Smith. Le pantalon était trois centimètres trop court, mais il ferait l'affaire. Il rabattit la casquette mao presque sur ses yeux et sortit de la Jetta.

Il se pencha à la vitre baissée. « Faites cette recherche, dînez de bonne heure, et venez me chercher ici dans deux heures. »

Andy se dérida. « C'est trop tôt pour les spectacles ou la tournée des boîtes. C'est quoi le programme ?

— Vous n'avez pas de programme. Vous attendez dans la voiture. Je vais crocheter quelques serrures. Le nombre dépendra de ce que vous trouverez.

— Pour ce qui est des serrures, je peux donner un coup de main. Je suis un vrai monte-en-l'air.

— La prochaine fois. »

Andy fronça les sourcils, déçu. « Je ne suis pas du genre patient.

— Ça se travaille. » L'interprète plaisait à Smith. Il sourit et s'en alla.

Le bruit était assourdissant, les rues noires de monde comme d'habitude. Il ne vit personne à ses trousses, mais ne prit pas de risques. Se fondant dans le flot des Shanghaiens, il se laissa porter par la foule en direction du Bund. Il attendit d'être à la hauteur des portes de l'hôtel pour se dégager et pénétrer à l'intérieur.

*

A la nuit tombante, deux heures plus tard, une lumière pourpre enveloppait Shanghai, et un peu de la luxuriante beauté asiatique adoucissait la silhouette tranchante des buildings. Andy An arrêta sa voiture pour déposer Smith à un bloc de la tour abritant Flying Dragon Enterprises, International Trade & Shipping. L'essentiel de la vie nocturne s'était déjà déplacé vers la Vieille Ville, la Concession française, et Huangpu, et la rue était bien différente à présent, à moitié vide.

Les recherches d'Andy avaient permis d'identifier la cible avec certitude : Zhao Yanji était le directeur financier de Flying Dragon, dont les bureaux se trouvaient dans la tour située juste en face du deuxième Starbucks qu'ils avaient inspecté ce jour-là. Smith trouvait cela logique. Un vendeur clandestin de documents ultrasensibles qui réalisait ses transactions pendant les heures de bureau voudrait s'absenter de son travail le moins longtemps possible et pour une course crédible, comme aller chercher un café au Starbucks du coin. Si Zhao Yanji était cette personne, il disposait d'un point de vente idéal au Starbucks, manifestement très fréquenté.

Si tout se passait bien, Smith serait largement rentré à temps pour dîner à neuf heures avec le Dr Liang et ses collègues scientifiques. Si les circonstances ne lui étaient pas favorables... eh bien, il s'en arrangerait aussi.

Alors que la Jetta disparaissait dans le crépuscule, Smith s'approcha de la tour de bureaux, observant tout et tout le monde. Il était vêtu d'un chandail noir, d'un jean noir, et de chaussures à semelles souples. Il portait un sac à dos léger, noir lui aussi. Il leva les yeux. La tour était inondée de lumière, participant à l'illumination nocturne éblouissante de la cité. De l'autre côté de la rue, le Starbucks était encore ouvert, un éparpillement de buveurs de café assis à de petites tables rondes dans un décor hyperréaliste évoquant une toile d'Edward Hopper. Comme dans toutes les villes, une vague odeur de gazole flottait dans l'air, mêlée d'effluves d'épices et d'ail proprement asiatiques.

A travers les vitres de la tour, Smith vit un seul gardien en uniforme, somnolant derrière le bureau de la sécurité dans le hall. Il serait peut-être capable de lui passer sous le nez, mais c'était un risque inutile. Cet immeuble moderne devait être doté de tous les aménagements habituels.

Il poursuivit son chemin jusqu'à l'allée conduisant à un garage éclairé, mais fermé. A trois mètres environ de la rampe d'accès, une porte ouvrait sur l'escalier de secours. Exactement ce qu'il lui fallait. Il essaya de l'ouvrir. Elle était fermée de l'intérieur. Il utilisa les crochets camouflés en instruments chirurgicaux qu'il transportait dans sa trousse médicale. La serrure céda à la quatrième tentative.

Il se glissa à l'intérieur, referma discrètement derrière lui, remit les crochets dans son sac à dos, et tendit l'oreille dans la cage d'escalier vide. Les marches disparaissaient dans les étages. Il attendit deux minutes avant de commencer à monter. Ses chaussures souples faisaient peu de bruit. Flying Dragon se trouvait au huitième. Il se figea à deux reprises, en entendant une porte s'ouvrir quelque part au-dessus de lui ou des pas résonner.

Au huitième étage, il sortit un stéthoscope de son sac et s'en servit pour écouter à travers la porte. Certain de ne déceler aucun bruit ni aucun mouvement de l'autre côté, il ouvrit la porte et se retrouva dans une salle d'attente moquettée de vert, aux murs blancs, et à la décoration ultramoderne : chrome, verre, et cuir suédé.

Un large couloir – mêmes murs blancs et moquette émeraude – conduisait à un autre couloir transversal où s'alignaient des portes à double battant, certaines vitrées, d'autres en bois ciré. Le couloir s'étirait dans les deux directions. Flying Dragon Enterprises se trouvait être la troisième porte vitrée. Smith y jeta un regard en passant. La réception était plongée dans le noir. Derrière, une grande salle éclairée était occupée par de longues rangées de bureaux vides, avec une cloison vitrée au fond. Des portes pleines bordaient les murs intérieurs à droite et à gauche.

A son troisième passage, Smith tenta d'ouvrir la porte d'entrée. Elle n'était pas fermée.

Impatient, mais prudent, il se glissa à l'intérieur et se faufila sans bruit entre les meubles jusqu'à la porte pleine située dans l'angle du fond. Elle portait l'inscription suivante, en lettres d'or, en anglais et en chinois :

YU YONGFU,
Président-directeur général.

Aucune lumière ne filtrait sous la porte.
Il entra et, grâce à l'éclairage de l'entrée, traversa la pièce jusqu'à un grand bureau. Il mit la lampe qui se trouvait dessus en veilleuse. Le petit pinceau de lumière jaune donna à la pièce une tonalité sombre, spectrale, indiscernable de la rue.
Il ferma la porte et examina le bureau, impressionné. Ce n'était pas un de ces prestigieux bureaux d'angle, mais il était tellement gigantesque que sa taille faisait plus que compenser sa situation. La vue, elle aussi, était de grand standing, embrassant le fleuve, les tours de Pudong et le quartier historique du Bund, jusqu'au nord-est de Shanghai de l'autre côté de Suzhou Creek, pour enfin revenir sur le fleuve à l'endroit où il s'incurve vers l'est pour se jeter en aval dans le Yangtsé.
Le meuble le plus important aux yeux de Smith était un classeur à trois tiroirs, posé contre le mur de gauche. Il y avait aussi un canapé en cuir suédé blanc avec une paire de fauteuils assortis, une table basse Noguchi en verre, un mur tapissé de livres reliés cuir sur la droite, des toiles originales signées Jasper Johns et Andy Warhol ici et là, et une photo panoramique du Shanghai britannique au tournant du XIXe siècle. Le bureau lui-même était en acajou et, bien qu'énorme, semblait petit dans cette pièce. Celle-ci racontait une histoire : Yu Yongfu, Président-directeur général, était un nouveau riche dans la Chine nouvelle et voulait que tout le monde le sache.
Smith s'approcha rapidement du meuble classeur. Il était fermé à clé, mais ses rossignols en vinrent à bout en un rien de temps. Il ouvrit le tiroir du haut. Les dossiers étaient classés par ordre alphabétique ; en anglais, avec les noms copiés en chinois. Un autre symptôme de la folie des grandeurs de Yongfu. Quand il repéra le dossier du *Dowager Empress*, il souffla. Il avait retenu sa respiration sans s'en rendre compte.

Il ouvrit aussitôt le dossier sur le dessus du classeur, mais n'y trouva que des notes de service inutiles et les manifestes d'anciennes traversées. De plus en plus inquiet, il persévéra. Finalement, le dernier document fut celui qu'il cherchait : le manifeste. Son excitation faiblit en l'examinant. Les dates coïncidaient, tout comme les ports de départ et d'arrivée. Shanghai et Bassora. Mais la cargaison n'était pas la bonne. C'était la liste des marchandises prétendument transportées : radios, lecteurs CD, thé noir, soie grège, et autres produits inoffensifs. Il s'agissait d'une copie du manifeste officiel déposé auprès de la Commission des exportations. Un écran de fumée.

Il se mit à fouiller avec colère dans les autres tiroirs, mais ne trouva rien d'autre en rapport avec l'*Empress*. Il referma le meuble en faisant la grimace. Il ne voulait pas abandonner. Il devait y avoir un coffre-fort quelque part. Il balaya l'immense bureau du regard et réfléchit au profil de son occupant : vaniteux, content de lui, et pas très subtil.

Bien sûr. *Pas très subtil*. Il se retourna vers le meuble classeur, surmonté par la vue panoramique du vieux Shanghai britannique. Il décolla la photographie du mur... et le coffre était là. Un simple coffre mural, sans fermeture commandée, ni à première vue aucune protection électronique sophistiquée. Ses crochets feraient...

« Qui êtes-vous ? », demanda une voix en anglais avec un fort accent.

Smith se retourna lentement, doucement, sans faire de mouvement brusque.

Dans la lumière grise de l'encadrement de la porte, se tenait un Chinois lourd et de petite taille qui portait des lunettes non cerclées et braquait un Sig Sauer sur le ventre de Smith.

Pékin

C'était la nuit que Pékin montrait l'un de ses meilleurs visages, celui d'une capitale qui, peu à peu, troquait sa terrible pollution et la grisaille du mode de vie socialiste contre des voitures sans plomb et des distractions d'avant-garde. Cette lente transformation se manifestait par l'existence, sous un ciel étoilé autrefois recouvert d'un smog impénétrable, d'îlots de vie nocturne très animés. Karaokés et fanfares solennelles étaient passés de mode, supplantés par les discothèques, les pubs, les boîtes, les restaurants proposant des concerts et de la bonne cuisine. Pékin était encore fermement communiste mais se laissait envoûter par un capitalisme séducteur. La ville était en train de sortir de sa torpeur et de s'enrichir.

Pourtant, Pékin n'était pas encore le paradis économique vanté par le Bureau politique. En réalité, les habitants ordinaires, contraints de quitter la ville, parce que la vie y était trop chère, étaient en train de perdre leur combat contre l'embourgeoisement des quartiers. C'était le visage sombre des temps nouveaux. Ce problème avait de l'importance pour le Hibou, sinon pour quelques autres au sein du Comité permanent. Il avait suivi de près l'échec de Eltsine à stopper les oligarques cupides du régime et la destruction presque totale de l'économie russe qui en avait résulté. En Chine, les réformes de structure demandaient une approche plus mesurée.

Mais d'abord, le Hibou devait défendre le traité sur les droits de l'homme avec les États-Unis. Une pièce maîtresse de son projet visant à faire de la Chine un pays démocratique et socialement responsable.

Une réunion spéciale des neuf membres du Comité permanent avait lieu ce soir-là. Les yeux mi-clos, il dévisageait ses huit collègues assis autour de l'ancienne table impériale dans la salle de réunion de Zhongnanhai. De qui devait-il s'inquiéter ? A l'intérieur du Parti et, donc, du gouvernement, une rumeur n'était pas seulement une rumeur ; c'était un appel du pied. Ce qui voulait dire qu'un de ces solennels vieillards ou de leurs souriants cadets était en train de reconsidérer sa position sur le traité, alors même que Niu attendait pour faire son rapport.

Il était peu probable que leur dirigeant, l'auguste secrétaire général, à moitié aveugle derrière ses épaisses lunettes, ait recours à la rumeur. Personne ne s'opposerait ouvertement à lui. Pas cette année. Et où qu'il aille, son acolyte de l'époque de Shanghai suivrait à coup sûr. Celui-là avait une tête de bourreau, et était trop âgé et trop dévoué à son patron pour devenir lui-même secrétaire. Il n'avait aucune raison de s'embêter à combattre le traité.

Les quatre hommes plus jeunes et fringants faisaient des candidats possibles. Chacun d'eux était en train de rassembler des alliés afin de renforcer sa base politique, mais en même temps, tous étaient des hommes modernes, et partant, grandement favorables à de bonnes relations avec l'Ouest. Vu l'importance du traité pour l'actuel Président américain, les persuader d'inverser leur soutien paraissait difficile.

Ce qui laissait deux suspects potentiels. Shi Jingnu était l'un d'eux, avec son visage bouffi et souriant d'employé de marchand de soie qu'il avait été autrefois. Pour paraphraser Shakespeare, il avait beau sourire tant et plus, c'était une canaille. Le second suspect était Wei Gaofan, chauve, les yeux rapprochés, sinistre, qui, jeune soldat, avait un jour rencontré l'incomparable Zhu De [1] et ne s'en était jamais remis.

Le Hibou hocha la tête en arborant son sourire indolent. Un de ces deux-là. Des vieux de la vieille, luttant pour conserver le pouvoir alors que le vent de l'histoire faisait frissonner leurs nuques ridées.

« Jianxing, vous n'avez fait aucun commentaire sur le rapport de Shi Jingnu ? » Le général sourit pour montrer qu'il savait que le Hibou ne dormait pas.

« Pas de commentaires, déclara Niu Jianxing.

— Alors avez-vous des informations touchant à la sûreté nationale à nous communiquer ?

— Un problème est survenu aujourd'hui, monsieur le secrétaire général. Le Dr Liang Tianning, directeur de l'Institut de recherche biomédicale de Shanghai, a invité un éminent microbiologiste américain, le lieutenant-colonel Jon Smith, à visiter l'Institut et à s'entretenir avec son équipe. Il... »

Wei Gaofan l'interrompit. « Depuis quand les Américains donnent-ils des grades militaires à leurs scientifiques ? Est-ce un nouvel exemple du bellicisme de...

— Le colonel, coupa Niu à son tour, est docteur en médecine et travaille à l'Institut de Recherche de l'Armée des États-Unis sur les Maladies infectieuses, une installation de niveau 4 de renommée internationale comparable à nos établissements de recherche biomédicale de Pékin et Shanghai. »

---

1. Maréchal chinois, un des principaux créateurs de l'Armée populaire de Libération.

Le secrétaire général appuya Niu Jianxing : « J'ai bien connu le Dr Liang quand j'étais à Shanghai. Nous pouvons nous fier à son jugement pour ce qui est de savoir qui ses chercheurs doivent entendre.

— En fait, poursuivit Niu, le Dr Liang a quelques doutes au sujet de l'Américain. » Il rapporta ce que le général Chu Kuairong lui avait dit. « J'aurais tendance à souscrire à la première appréciation du major Pan. Le Dr Liang est une sorte de vieux chiffonnier, toujours à courir après les ombres.

— C'est prendre un éventuel espion américain avec beaucoup de légèreté, Niu », critiqua Shi Jingnu, qui dévisagea rapidement chacun de ses collègues afin de jauger leurs réactions.

« Le mot clé ici, c'est *éventuel* », rétorqua Niu, en ignorant Shi pour s'adresser au Comité dans son ensemble. « Nous ne devrions pas accorder tout à fait autant de crédit au "pressentiment" du major Pan que ne le fait notre directeur du Bureau de la Sécurité. C'est son travail, et celui de Pan, de courir après les ombres. Pas le nôtre.

— Alors qu'avez-vous décidé ? interrogea le fidèle du secrétaire.

— J'ai donné l'ordre au général Chu de faire étroitement surveiller le colonel Smith par le major Pan. Je ne les ai pas autorisés à l'arrêter ni à l'interroger. Ils doivent au préalable me fournir des preuves concrètes d'une gravité suffisante. Nous traversons une période délicate, et en ce moment, le gouvernement américain est porté à la paix et à la coopération. »

Il ne fit pas mention de l'agent de la sécurité intérieure porté disparu à Shanghai. Pour l'heure, il n'y avait rien à en dire, et il ne voulait pas conforter celui qui hésitait au sujet de l'accord sur les droits de l'homme.

Tout le monde hocha la tête en signe d'assentiment, y compris Shi Jingnu et Wei Gaofan, ce qui montrait que celui qui envisageait de s'opposer au traité aussi tardivement n'était pas encore prêt à prendre ouvertement position.

Wei, cependant, ne put résister à un dernier rappel à la prudence. Les yeux plissés, il déclara : « Nous ne devons pas paraître trop pressés de coopérer avec les Américains. Rappelez-vous : les ombres peuvent être dangereuses. »

Chapitre six

Shanghai

Le crépuscule avait fait place à la nuit. Dans une banlieue cossue de Shanghai, Yu Yongfu faisait les cent pas dans son bureau, en regardant le jardin par la porte-fenêtre. L'odeur de l'herbe fraîchement coupée entrait dans la pièce. Des projecteurs éclairaient les plantes et les arbres, ici par-dessus, là par-dessous, dans une recherche d'harmonie parfaite. C'était une copie du jardin anglais créé pour un magnat du thé britannique au début du XIXe siècle, dont la demeure avait été détruite longtemps auparavant. Yu en avait acheté les plans et avait plaisir à montrer ce célèbre jardin paysager à ses visiteurs occidentaux.

Mais ce soir-là, il lui offrait un maigre réconfort. Il regardait sa Rolex toutes les cinq minutes.

Capitaine d'industrie à trente-quatre ans, Yu ne faisait même pas son âge. Il entretenait son excellente condition physique dans un club huppé proche de sa compagnie de transport maritime : Flying Dragon Enterprises. Il surveillait son poids aussi étroitement que les marchés internationaux des valeurs, des devises et des matières premières, et portait de fins costumes italiens taillés sur mesure à Rome. Ses cravates régimentaires et ses élégantes bottines étaient faites à la main en Angleterre, ses chemises à Paris, et ses sous-vêtements et pyjamas à Dublin. Il s'était élevé à ces sommets d'opulence au cours des sept années précédentes. Mais telle était la Chine nouvelle... une Chine clinquante et complaisante... une Chine qui vivait au siècle américain... et Yu considérait ses attitudes, sa façon de faire des affaires, et ses ambitions comme typiquement américaines.

Ce qui n'avait pas été d'un grand réconfort quand son homme de main, Feng Dung, avait appelé la veille pour lui parler de l'agent Mondragon et du manifeste manquant. Le coup du *Dowager Empress* était risqué, il le savait, mais le profit escompté était colossal, et les retombées en terme de *guanxi*[1] énormes, car la cargaison était liée à l'illustre Wei Gaofan lui-même, membre puissant et de longue date du Comité permanent.

Mais voilà que quelque chose ne tournait pas rond. Où était passé ce fichu Feng ? Où était le manifeste ? Que celui qui l'avait donné aux Américains meure à petit feu !

« Tu vas bien ? »

Yu se retourna brusquement pour moucher cette femme qui se mêlait de ce qui ne la regardait pas, et se ravisa. Kuonyi n'était pas, et ne serait jamais ce genre de femme. Leur mariage était un mariage moderne, un mariage occidental.

Il réussit à contrôler sa voix. « C'est ce maudit Feng. Il devrait être rentré de Taïwan à l'heure qu'il est.

— Le manifeste ? »

Yu acquiesça.

« Il le trouvera, Yongfu. »

Yu se remit à arpenter la pièce, en secouant la tête. « Comment peux-tu en être aussi sûre ?

— Cet homme-là serait capable d'aller chercher le diable en enfer. Il est précieux, mais il est aussi dangereux. Tu ne dois jamais lui faire confiance.

— Je peux contrôler Feng. »

Sa femme interrompit sa réponse, et Yu se figea. Une grosse voiture venait de pénétrer dans leur cour entourée de murs.

« C'est lui, dit-il.

— Je vais attendre là-haut.

— Oui. »

En Chine, malgré la loi du Parti qui proclamait l'égalité parfaite entre les sexes, traiter sa femme comme une associée était

---

1. Le Guanxi désigne le réseau de relations personnelles d'un individu.

considéré comme une faiblesse. Yu s'obligea à s'asseoir à son bureau. Il se composa un visage serein en entendant la bonne ouvrir la porte d'entrée.

Des pas mesurés résonnèrent sur le parquet en bois dur, en direction de son bureau, et un homme corpulent apparut soudain dans l'embrasure de la porte comme s'il venait de s'y matérialiser. Il avait une peau étrangement claire, et ses cheveux coupés court étaient d'un roux cendré mêlé de blanc pur. Il était grand, pas loin de deux mètres, et avait une forte carrure, sans être gros pour autant : quelque quatre-vingt-dix kilos de muscles. Yu Yongfu, qui semblait tout petit en comparaison, le regarda d'un air renfrogné.

Il prit une voix dure, comme il convenait à un employeur important. « Tu l'as ? »

Feng Dung sourit. Un petit sourire, rien de plus, qu'on aurait dit plaqué sur le visage d'une marionnette en bois. Il traversa le bureau à pas feutrés jusqu'à un fauteuil en cuir où il s'assit presque sans un bruit.

Il parla tout bas, d'une voix étouffée. « Je l'ai... patron. »

Yu ne put retenir un soupir de soulagement. Puis il tendit la main et prit un ton sévère. « Donne-le-moi. »

Feng se pencha en avant et lui remit l'enveloppe. Yu la déchira et parcourut rapidement son contenu.

Feng remarqua les mains qui tremblaient. « C'est le vrai manifeste », assura-t-il. Ses yeux marron clair étaient presque décolorés, ce qui leur conférait l'apparence du vide. Ils se firent plus sombres et se fixèrent sur le visage de Yu. C'était un regard que peu de gens avaient réussi à soutenir.

Yu n'était pas de ceux-là. Il détourna rapidement les yeux. « Je vais le mettre au coffre là-haut. Beau travail, Feng. Il y aura une prime pour toi. » Il se leva.

Feng l'imita. Il avait entre quarante-cinq et cinquante ans, autrefois soldat et officier de métier, il avait débuté en tant qu'« observateur » dans la guerre de l'Amérique contre le Vietnam-du-Nord et l'ex-Union soviétique. Il avait laissé tomber quand il s'était rendu compte qu'il était bien plus rentable d'embrasser la profession de mercenaire dans les armées en gestation des turbulentes républiques d'Asie Centrale, notamment avec l'effondrement des Soviétiques. Il s'estimait bon juge des gens et des situations, et il était franchement déçu par ce qu'il découvrait chez Yu Yongfu.

Alors qu'ils franchissaient la porte du bureau, Feng dit : « Je vous suggère de brûler le manifeste. Comme ça, personne d'autre ne pourra le voler. Ce n'est pas fini, patron. »

Yu releva brusquement la tête, comme tiré au bout d'une laisse. « Que veux-tu dire ?

— Il faut peut-être que vous sachiez ce qui s'est passé à Taïwan. »

Un pied hors de la pièce, dans la posture du malfaiteur prêt à décamper, Yu hésita. « Raconte.

— Nous avons tué l'agent américain, et récupéré le manifeste... »

Yu faillit crier sa frustration. Pourquoi n'était-ce pas terminé ? Où voulait en venir Feng à la fin ? « Je suis au courant ! Si c'est tout ce...

— ... mais Mondragon n'était pas seul. Il y avait un autre homme sur la plage. Un homme bien entraîné, intelligent et habile. Presque certainement un autre espion américain envoyé pour rapporter le document à Washington pendant que Mondragon retrouvait sa couverture à Shanghai. La plage n'était qu'un point de transfert. Il n'y a pas d'autre explication logique à la présence de ce deuxième homme, suffisamment entraîné et qualifié pour nous échapper. »

Yu réprima une bouffée de panique. Qu'y avait-il de si terrible là-dedans ? Les Américains avaient échoué ; le manifeste se trouvait désormais bien à l'abri dans sa poche. « Mais il a échoué, nous avons le manifeste. Qu'est-ce...

— L'homme est à Shanghai. » Feng observait tous les gestes de l'entrepreneur, le moindre tressaillement. « Et je doute qu'il soit ici en vacances. »

Un goût aigre monta dans la gorge de Yu. « *Ici* ? Comment une chose pareille a-t-elle pu arriver ? *Tu l'as laissé te suivre* ? Comment as-tu pu te montrer aussi *stupide* ? » Il entendit sa voix s'étrangler, une voix d'hystérique. Immédiatement, il coupa court à sa tirade.

« Il n'a pas pu nous suivre. Mondragon a dû lui fournir d'autres renseignements, ou il en a trouvé sur le cadavre de Mondragon. C'est ce qui l'a conduit ici. »

Yu avait du mal à recouvrer son sang-froid. « Mais comment est-il entré dans le pays ?

— C'est là la question, n'est-ce pas ? Il semblerait qu'il soit en fait un microbiologiste réputé, qui se trouve aussi être un soldat. Lieutenant-colonel Jon Smith, docteur en médecine, chercheur biomédical. Ce qu'il ne semble *pas* être, c'est agent pour une des agences de renseignement américaines connues. Pourtant c'est bien lui qui a rencontré Mondragon sur la plage. Avant de s'inviter dans notre pays.

— S'inviter ?

— A Taïwan, notre éminent Dr Liang Tianning a exprimé le désir de le rencontrer. Smith s'est défilé. Et puis ce matin, il a changé d'avis. Il a fait entendre assez lourdement au Dr Liang qu'il nous ferait honneur en venant sur-le-champ faire une communication à notre Institut de recherche en biologie moléculaire, ici, à Shanghai. Mais une fois sur place, il a prétexté la fatigue. Il a voulu rester seul dans son hôtel. Le Dr Liang a été surpris et un peu soupçonneux. Bien sûr, il a informé Zhongnanhai, qui l'a placé sous surveillance.

— Comment sais-tu cela ?

— C'est pour savoir ce genre de choses que vous me payez si bien. »

C'était vrai. Le *guanxi* de Feng semblait parfois plus important que celui de Yu, ce qui pouvait le rendre impudent. Il fallait constamment lui rappeler qui était le patron. « Je te paye pour faire ton travail, rien de plus. Pourquoi cet Américain est-il toujours en vie ?

— Il n'est pas facile à approcher, et nous devons être prudents. Comme je l'ai dit, Zhongnanhai surveille. »

Yu avait un goût de bile dans la gorge. « Oui, bien entendu. Mais il faut l'éliminer. Et vite. As-tu découvert qui avait donné le manifeste à Mondragon ?

— Pas encore.

— Trouve-le. Et quand ce sera fait, tue-le aussi. »

Feng sourit. « Bien sûr, patron. »

*

Dans la pénombre du bureau de Flying Dragon, Smith vit le petit homme lourd fixer du regard le dossier encore ouvert sur le meuble classeur. Il n'avait pas demandé : *Qu'est-ce que vous faites ?* ou *Qu'est-ce qui se passe ici ?* Il avait seulement demandé : *Qui êtes-vous ?* Il savait ce que Smith venait faire dans le bureau de Yu Yongfu, président-directeur général.

« Vous devez être Zhao Yanji, dit Smith. C'est vous qui avez donné à Mondragon le vrai manifeste de l'*Empress*. »

Le canon du Sig Sauer se mit à trembler. « Comment... ?

— C'est Mondragon qui me l'a dit. Ils l'ont tué avant qu'il ait pu me le passer.

— Qui l'a maintenant ?

— Eux. »

Zhao Yanji tenta de stabiliser le pistolet tremblant en l'empoignant avec ses deux mains potelées. « Comment... comment savoir que vous me dites la vérité ?

— Parce que je suis au courant pour Mondragon, je connais votre nom, et je suis ici en train de chercher le manifeste. »

Zhao cligna les yeux, laissa retomber son bras, et s'assit lourdement par terre, jambes croisées, la tête dans les mains. « Je suis un homme mort. »

Smith lui retira le Sig Sauer des mains. Il mit son Beretta dans la poche de son blouson, fourra le Sig Sauer dans sa ceinture, et regarda Zhao. Celui-ci était assis avec la nuque exposée, comme s'il attendait la hache du bourreau.

« Ils peuvent remonter jusqu'à vous ? » demanda Smith.

La tête opina. « Pas aujourd'hui. Peut-être pas demain. Mais un jour ou l'autre. Feng est un sorcier. Il est capable de voir derrière n'importe quel écran.

— Qui est Feng ?

— Feng Dun. Le chef de la sécurité de Yu Yongfu. »

Smith plissa le front, réfléchissant... « Il ressemble à quoi ? »

Zhao décrivit sa taille, sa force, les cheveux roux et blancs, et la brutalité dissimulée sous un calme de façade. « Vous l'avez vu ?

— Oui », fit Smith, sans surprise. Enfin, il avait un nom à lui donner. « Commencez par le commencement. Pourquoi avez-vous fait cela ? »

Oubliant sa terreur, Zhao leva les yeux, soudain en colère.

« Yu Yongfu est cupide, un vrai porc ! C'est à cause de lui que j'ai donné le manifeste à Mondragon ! L'honorable grand-père de mon ami Bei Ruitiao a fondé les entreprises Flying Dragon alors que les Anglais et les Américains étaient encore parmi nous. Nous étions une compagnie honorable... nous... »

Pendant que Smith prêtait l'oreille à cette harangue, il reconstitua les éléments d'une histoire qui n'était que trop banale dans la nouvelle République populaire : Flying Dragon était une entreprise traditionnelle relativement modeste, qui faisait essentiellement du transport de marchandises sur le Yangtsé et le long de la côte jusqu'à l'île de Hainan. Bei Ruitiao était resté Président jusqu'à ce que Yu Yongfu, utilisant la force, ses relations dans le Parti, et des fonds belges, fasse main basse sur l'entreprise au terme d'une prise de contrôle de type mafieux. Yu s'était fait nommer président-directeur général, et, avec le soutien de la compagnie de transport maritime belge, s'était lancé dans le transport international. Pendant toute cette période, il avait surfé sur le fil de la législation chinoise et internationale.

L'émotion faisait trembler la voix de Zhao. « Mon ami Ruitiao a été ruiné à cause de Yu. J'ai donné le manifeste à Mondragon pour dénoncer Yu et le ruiner à son tour ! » Toute sa bravade retomba comme un soufflé. « Mais j'ai échoué. Je suis un homme mort.

— Comment avez-vous fait pour le voler ? »

D'un signe de tête, il désigna le coffre à découvert au-dessus du classeur à tiroirs. « Il était dans un dossier secret, à l'intérieur du coffre. Je suis le directeur financier de Flying Dragon. J'ai fait semblant de faire bon accueil à Yu, et il a commis l'erreur de me garder. Un jour il a oublié qu'il avait sorti le dossier du coffre, et je suis tombé dessus. Je l'ai remis dans le coffre après avoir pris le manifeste. Sur le moment, il ne s'est pas rappelé qu'il l'avait laissé sorti. Mais la mémoire va lui revenir. Il faut bien que le manifeste vienne de quelque part. » Son corps s'effondra davantage, vaincu.

« Où pensez-vous que puisse être le manifeste ? Dans le coffre, ici, à nouveau ? »

Zhao secoua la tête. « Non. Yu aurait trop peur de le laisser là maintenant. Il doit le garder chez lui. Il a aussi un coffre là-bas.

— Où habite-t-il ?

— Bien après l'aéroport de Hongqiao. Une demeure indécente qui aurait fait rougir un dignitaire de la dynastie Yuan. » Il donna une adresse qui ne dit rien à Smith, mais Andy serait capable de la trouver.

« Mondragon a dit qu'il y avait trois copies.

— Oui, confirma Zhao d'un ton morne. Trois.

— Où sont les deux autres ?

— Il doit y en avoir une à Bassora ou à Bagdad, en possession du destinataire. Ce serait la procédure normale. J'ignore où se trouve l'autre. »

Smith regarda le malheureux Zhao. « Je peux m'arranger pour vous faire sortir de Chine sain et sauf. »

Le petit homme replet soupira. « Pour aller où ? Je suis chez moi en Chine. » Il se leva et alla s'affaler dans l'un des fauteuils en cuir de Yu Yongfu. « Peut-être que je ne serai pas découvert.

— Peut-être.

— Je peux avoir mon pistolet ? »

Smith hésita. Puis il tira le Sig Sauer de sa ceinture, vérifia la chambre, retira le chargeur, et lui tendit l'arme. « Je mettrai le chargeur à côté de la porte. »

Il le laissa assis là dans l'imposant fauteuil, le regard perdu dans la nuit du nouveau Shanghai.

*

A l'intérieur des murs entourant la propriété de Yu Yongfu, Feng Dun était patiemment assis dans sa Ford Escort, cachée sous le feuillage épais d'un platane. Alors qu'un vent léger soufflait le parfum sucré du jasmin en fleur par la vitre baissée, il étudiait le mouvement des ombres derrière les rideaux de la propriété. C'était des rideaux occidentaux qui ornaient les fenêtres de la grande maison occidentale de Yu, que l'entrepreneur avait fait construire sur le modèle des imposantes demeures des maîtres du thé et de la soie des sociétés commerciales britanniques et françaises à l'époque des Concessions.

Les ombres gesticulaient : la plus grande faisait les cent pas, en agitant les bras, alors que la plus petite restait immobile et avait des gestes vifs. Ce devait être Li Kuonyi, la femme de Yu. Elle était plus sûre d'elle, plus énergique, et Feng l'avait toujours traitée avec circonspection. On ne pouvait compter sur son mari pour garder la tête froide si la situation venait à se détériorer davantage. Il était regrettable pour eux tous qu'elle ne soit pas à la tête des opérations.

Feng en avait assez vu. Tout en effleurant son vieux Tokarev soviétique d'une main, il composa un numéro sur son portable de l'autre. Il attendit la série de sonneries et de silences qui constituaient les relais compliqués protégeant son correspondant, Wei Gaofan.

« Oui ? répondit une voix.
— Je dois lui parler. »
La voix l'identifia aussitôt.
« Bien sûr. »
De la Ford, Feng aperçut la silhouette de Yu Yongfu, affalée à présent, et celle, plus fine, de Li Kuonyi debout au-dessus de lui. Elle avait posé la main sur son épaule, sans doute pour le réconforter.

« Qu'est-ce qui s'est passé avec l'Américain ? » demanda la voix bourrue de Wei Gaofan de la lointaine capitale chinoise.

Feng fit son rapport : « Jon Smith est apparemment toujours à son hôtel. La Sécurité le surveille. Mes hommes sont prêts à l'intercepter au cas où il tenterait de récupérer le manifeste comme nous le pensons.
— Dans quel hôtel est-il ?
— Au vieux Peace.
— Tiens ? Un choix curieux pour un microbiologiste américain moderne qui s'intéresse, vraisemblablement, à notre institut de recherche de Zhangjiang. Je crois que cela nous dit tout ce que nous avons besoin de savoir, vous êtes d'accord ?
— Il ne s'intéresse pas qu'à la microbiologie.
— Alors poursuivez vos efforts.
— Naturellement. » Feng marqua une pause. « Il y a un autre problème. Yu Yongfu ne va pas tenir.
— Vous êtes sûr ?
— Il craque déjà. Si le moindre détail était dévoilé, il s'effondrerait. Il révélerait tout. Peut-être le fera-t-il même avant. » D'un ton sans appel, il prononça la sentence : « Nous ne pouvons plus lui faire confiance.
— Entendu. Je m'en charge. Vous, liquidez l'Américain. » Il

y eut un silence, puis : « Comment tout cela est-il arrivé, Feng ? Nous voulions que l'information parvienne aux Américains, rien de plus. Surtout pas la preuve.

— Je l'ignore, maître. J'ai fait en sorte que Mondragon ait vent de la nature de la cargaison, comme vous m'en aviez donné l'ordre. J'ignore qui a ensuite trouvé et volé le manifeste, mais je le saurai.

— J'en suis persuadé. » Plus de tonalité sur la ligne.

Feng resta un moment dans la voiture. Plus aucune fenêtre n'était éclairée, à part celle de la grande chambre du haut. Pas une ombre ne bougeait derrière les rideaux. Feng sourit de son sourire indéchiffrable et se représenta la femme de Yu, Kuonyi. Elle lui avait toujours plu. Il eut un petit rire, haussa les épaules, et pianota à nouveau sur son portable.

Hong Kong

Dernier bastion britannique en Chine, Hong Kong avait quelque peu perdu de son lustre tapageur depuis que l'île avait été rétrocédée à la Chine continentale en 1997. Alors que Pékin se voyait comme la future capitale de l'Asie, et Shanghai comme un New York oriental, Hong Kong voulait simplement rester elle-même : insouciante, opulente, et joyeusement excitante, une réputation dont aucune autre métropole chinoise moderne ne pouvait se prévaloir.

Du balcon du penthouse du groupe Altman, les lumières scintillantes de Hong Kong semblaient s'étaler à l'infini, en témoignage de la vigueur de la cité. Dans la salle à manger lambrissée de teck, une réception touchait à sa fin. Les effluves de mets coûteux et de sauces françaises emplissaient la pièce. En hôte affable, Ralph McDermid, fondateur et PDG d'Altman, dissertait devant ses deux derniers invités.

C'était un homme de taille moyenne, avec un visage banal qui serait passé inaperçu au milieu d'une foule. McDermid avait soixante, soixante-cinq ans, de l'embonpoint et un caractère jovial. « L'avenir du commerce mondial va se jouer dans la ccinture du Pacifique, avec les États-Unis et la Chine comme double pilier financier et principaux marchés. Je suis sûr que la

Chine en est aussi consciente que l'Amérique. Qu'ils apprécient ou non votre semi-indépendance, ils devront vivre avec pendant un long moment. »

Tous deux natifs de Hong Kong, ce couple de Chinois figurait parmi les acteurs importants de la communauté financière. Ils opinèrent d'un discret signe de tête, toutefois leur influence était limitée, car le joug politique de Pékin menaçait constamment les milieux d'affaires de la Zone Administrative Spéciale.

Mais le fait d'être invités et rassurés par un homme de la stature de Ralph McDermid dans ce cadre occidental si luxueux nourrissait leur fierté et leurs espoirs. Le penthouse occupait le sommet de la tour la plus chère de Repulse Bay Road.

Tout en poursuivant la discussion, l'homme et la femme s'arrêtaient de temps à autre pour jouir de la vue à plusieurs millions de dollars.

Alors qu'un téléphone sonnait quelque part, l'homme d'affaires chinois dit à McDermid : « Nous sommes contents d'entendre vos idées, et nous espérons que vous les ferez comprendre à notre maire. Le soutien de l'Amérique est essentiel dans nos relations avec Pékin. »

McDermid sourit de bonne grâce. « Je crois que Pékin a bien conscience que... »

Faisant une entrée presque silencieuse, le secrétaire particulier de McDermid vint lui parler à l'oreille. Sans rien répondre, McDermid s'excusa auprès de ses hôtes. « Je regrette, je dois prendre cet appel. J'ai passé une soirée formidable, instructive pour moi, ainsi que particulièrement agréable. Je vous remercie d'être venus. J'espère que vous aurez à nouveau la possibilité de vous joindre à moi afin de poursuivre cet échange de vues. »

La femme dit : « Avec plaisir. Ce sera à vous de venir nous voir la prochaine fois. Je crois que nous pouvons vous promettre une soirée intéressante, mais pas une table aussi somptueuse. Le vin était exquis.

— Un simple menu américain, rien de plus, et un petit vin de pays indigne de convives aussi distingués. Lawrence va vous donner vos manteaux et vous accompagner à la porte. Merci encore de m'avoir fait l'honneur de votre présence.

— Un grand merci de la part de deux humbles boutiquiers. »

Une fois les compliments faits et rejetés selon l'usage,

McDermid traversa l'appartement en toute hâte jusqu'à la chambre principale.

Son sourire jovial s'évanouit. « Faites votre rapport, dit-il dans le téléphone d'un ton hargneux.

— Tout s'est bien passé, lui annonça Feng Dun. Comme vous l'aviez prévu, il y avait un autre agent américain sur l'île. Nous avons tué Mondragon, récupéré le manifeste, mais nous avons laissé l'Américain s'échapper. Ils vont avoir de bonnes raisons d'être inquiets maintenant.

— Excellent.

— Il y a mieux, poursuivit Feng. Cet agent américain, un certain lieutenant-colonel Jon Smith, est microbiologiste à l'USAMRIID.

— Et alors ? Qui est-ce ?

— Il ne travaille pour aucune des agences de renseignement américaines. »

McDermid hocha la tête, étonné.

« Étrange.

— Qui que soient ceux qui l'envoient, Smith est à Shanghai maintenant, ce qui va jouer en notre faveur. Je m'occuperai de lui. Mais il nous reste un autre gros problème sur les bras. Un problème que nous n'avions pas prévu.

— Qui ? Quoi ?

— Yu Yongfu. Il se prend pour un renard, mais c'est un lapin apeuré. Un lapin qui se mordra jusqu'à ce que mort s'ensuive s'il se sent acculé. Yu est terrifié. Il va se détruire, et nous avec. »

Il y eut un profond silence. « Vous avez raison. Nous ne pouvons pas prendre ce risque. Débarrassez-vous de lui. »

Quand McDermid raccrocha, les informations concernant Smith continuèrent à résonner dans son esprit. Un coup à la porte le tira de ses réflexions.

« Oui ?

— Mademoiselle Sun est au salon, monsieur.

— Merci, Lawrence. Offrez-lui un verre. Dites-lui que j'arrive. »

Il continua à ruminer pendant encore quelques minutes puis se secoua. Sun Liuxia était la fille d'un important fonctionnaire qu'il ne pouvait se permettre d'offenser. Elle était également jeune et d'une beauté étourdissante.

Souriant, il fit un brin de toilette, changea son smoking, et quitta la chambre. Il était encore tôt. A travers les fenêtres du penthouse, les lumières de Hong Kong s'étalaient devant lui comme si le monde lui appartenait. Quand il pénétra dans le salon, il avait retrouvé toute sa bonne humeur.

Shanghai

Toujours assis dans le fauteuil exotique de Yu Yongfu, dans les bureaux de Flying Dragon, Zhao Yanji soupira. Désespéré, il regardait fixement le pistolet déchargé posé sur ses genoux. Peut-être que l'Américain pouvait réellement l'aider. Peut-être que la solution était de quitter Shanghai, en définitive. Ou il pouvait toujours récupérer le chargeur, mettre le pistolet sur sa tempe, et appuyer sur la détente.

Il examina l'arme d'un air pensif, en la caressant du doigt. Il imagina la balle jaillissant de la chambre, sortant du canon comme un éclair, et perforant son crâne et les tissus mous de son cerveau. Il y pensa sans frémir. En fait, il connut un moment de paix. Enfin, son combat serait terminé, et il n'aurait plus à porter l'horrible fardeau du déshonneur de la compagnie.

Il balaya du regard le bureau de Yu Yongfu, qu'il connaissait si bien. En tant que directeur financier, il y avait passé une éternité, semblait-il, à tenter de former l'égoïste entrepreneur et de sauver la compagnie de ses agissements. Il respira à fond et se surprit à secouer la tête. Une bouffée de ressentiment, de détermination presque, l'envahit. Non, il n'était pas prêt à mourir. Il voulait encore se battre. La compagnie pouvait encore être sauvée.

Il fallait qu'il s'en aille avant d'être découvert. Il se leva, soulagé. Prendre une décision, c'était réaffirmer l'avenir.

Il y eut un petit bruit. Rien qu'un petit claquement sec.

Surpris, il se retourna. La porte du bureau était ouverte. Une silhouette se détachait dans la lumière du couloir. Avant que Zhao ait pu parler, un *pop* se fit entendre. Alors que tout devenait noir, il mit un nom sur ce bruit : une détonation assourdie par un silencieux. Brusquement, la douleur irradia de son cœur. Tellement écrasante qu'il s'effondra face contre terre sur la moquette sans s'en rendre compte.

Chapitre sept

DANS leur résidence de la périphérie de Shanghai, Yu Yongfu et sa famille recevaient un invité de marque. Son arrivée les avait surpris. C'était un vieil homme gras, avec un triple menton, assis derrière l'imposant bureau de Yu comme s'il s'agissait du sien. Le maître de maison ne disait rien, s'efforçant d'oublier l'exaspération suscitée par un beau-père aussi envahissant. Au moins le manifeste de l'*Empress* était-il en lieu sûr désormais, et il ne restait plus qu'à s'occuper de l'espion américain. Il devait faire confiance à Feng pour l'éliminer.

Avec fierté, il regardait le vieil homme faire un grand sourire au petit garçon qui se tenait timidement à ses côtés. Il se tourna pour examiner le garçon, qui portait un pyjama de style occidental avec le visage de Batman étalé sur sa poitrine maigre. Il était petit pour son âge, et sentait le beurre de cacahuètes occidental.

Le vieil homme, Li Aorong, lui tapota la tête avec bienveillance. « Quel âge as-tu maintenant, Peiheng ?
— Sept ans, honoré grand-père. » Coulant un regard vers sa mère, il continua : « Enfin, dans un mois. » Ajoutant fièrement : « Je vais à l'École américaine. »

Le vieil homme rit. « Cela te plaît d'aller à l'école avec les enfants des Occidentaux ?

— Père dit que ça fera de moi quelqu'un d'important. »

Li jeta un coup d'œil à son gendre, assis avec raideur dans l'un de ses fauteuils en cuir. Pourtant, malgré sa crispation évidente, Yu souriait à son fils.

« Ton père est un homme intelligent, Peiheng », remarqua Li.

De l'endroit où elle se tenait, près de la porte du bureau, Li Kuonyi intervint :

« Vous avez aussi une petite-fille, père.

— En effet, ma fille. En effet. Et une très jolie petite-fille, ma foi. » Li sourit à nouveau. « Viens, mon enfant. Mets-toi avec ton frère. Dis-moi, vas-tu aussi à l'École américaine ?

— Oui, grand-père. Je suis deux classes au-dessus de Peiheng. »

Avec un étonnement feint, Li demanda : « Seulement un an de plus, et *deux* classes d'avance ? Tu tiens de ta mère. Elle a toujours été plus futée que mes fils.

— Peiheng apprend à compter rapidement, rétorqua Yu Yongfu d'un ton brusque.

— Encore un homme d'affaires », gloussa Li avec plaisir. Il caressa le visage des deux enfants comme s'il touchait des vases rares et délicats. « Ils iront loin dans le monde nouveau. Mais ils devraient être couchés à cette heure-là, non ? » Il hocha la tête gravement. « C'était gentil à vous de leur permettre de rester éveillés.

— Vous ne venez pas nous voir assez souvent, père, observa Kuonyi d'une voix tendue.

— Les affaires de Shanghai accaparent le vieil homme que je suis.

— Mais vous êtes ici ce soir, fit remarquer Kuonyi. A une heure bien tardive. »

Le père et la fille se dévisagèrent. Le regard de Kuonyi était aussi dur et effronté que celui de son puissant père, et demandait une explication.

« Il faut coucher les enfants, ma fille. »

Kuonyi les prit par la main et se tourna vers la porte. « Mon mari et moi allons revenir.

— Yongfu va rester. Lui et moi allons parler. » La tension était maintenant passée dans sa voix. « Seuls. »

Kuonyi hésita. Elle se redressa et emmena ses enfants.

*

Sur le manteau de la cheminée, dans le bureau de Yu aménagé à l'occidentale, l'horloge victorienne tictaquait discrètement. Les deux hommes restèrent assis quelques minutes en silence. Le plus âgé ne quitta pas son gendre des yeux jusqu'à ce que celui-ci dise poliment : « Vous êtes resté trop longtemps sans venir nous voir, honoré beau-père. Vos sages conseils nous ont manqué.

— Un homme doit d'abord songer à sa famille. N'est-ce pas, mon gendre ?

— En effet. »

Li se tut à nouveau.

Yu attendit. Le vieil homme était préoccupé ; peut-être un poste important qu'il destinait à Yu, mais qui pourrait être considéré comme une faveur indue accordée à sa propre famille. Il lui fallait être certain que Yu était à la hauteur de la tâche. Yu voulait entendre de bonnes nouvelles ce soir-là. Ses soucis avec l'*Empress* l'épuisaient.

« Un homme ne doit jamais jeter le discrédit sur sa famille, finit par dire Yu en écho.

— Le discrédit ? » Le vieil homme leva la tête et répéta le mot d'un ton presque émerveillé. « Vous avez une femme et deux enfants.

— C'est un grand bonheur, ils sont ce que j'ai de plus cher au monde, dit Yu en souriant.

— J'ai une fille et deux petits-enfants. »

Yu cligna les yeux. Que s'était-il passé ? Qu'était-il censé répondre à cela ? Sa bouche se fit aussi sèche que les déserts du Xinjiang, car quelque chose avait changé dans la pièce. Il était paralysé par la peur. Il ne croisait plus le regard du gentil grand-père de ses enfants, mais celui, dur et implacable, d'un officiel de la Zone Administrative Spéciale de Shanghai, un politicien qui appartenait à l'infiniment puissant Wei Gaofan.

« Vous avez commis une erreur irrémédiable », lâcha Li d'une voix impassible. Son large faciès adipeux avait l'immobilité d'un serpent à l'affût. « Le vol du véritable manifeste du *Dowager Empress* nous met gravement en péril. Nous *tous*. »

Yu se sentit liquéfié par la peur. « Une erreur qui a été réparée. Sans dommages. Le manifeste est enfermé dans mon coffre là-haut. Il n'y a...

— Les Américains savent ce que l'*Empress* transporte. Un espion américain est en train de fureter dans Shanghai pour cette raison. On ne peut pas se débarrasser de lui sans faire beaucoup de vagues. Vous m'avez compromis, et, pire, vous avez compromis Wei Gaofan. Ce qui était secret ne l'est plus, et ce qui n'est plus secret peut arriver aux oreilles des ennemis de Wei Gaofan au Comité central, au Bureau politique, et jusqu'au Comité permanent.

— Feng va se débarrasser de cet Américain !

— Ce qui sera porté à la connaissance du Bureau politique donnera lieu à une enquête. *Vous* ferez l'objet d'une enquête. »

Yu Yongfu était désespéré. « Ils ne sauront rien...

— Ils sauront *tout*. Vous n'êtes pas du genre à résister, mon gendre. » Li se radoucit. « C'est la triste vérité. Vous allez tout dévoiler, et si vous survivez, vous serez ruiné. Ce qui signifie la ruine pour nous tous. Pour *tous* les Yu. Pour *tous* les Li.

— *Non !* » Yu Yongfu frissonna. Son estomac était noué. Il arrivait à peine à respirer. « Je m'en irai. Oui, je partirai... »

Li rejeta ce compromis d'un geste de la main. « Le sujet est clos.

— Mais...

— Reste à savoir comment procéder. C'est à vous d'en décider. La prison, le déshonneur, la ruine pour votre famille ? Beaucoup de questions soulevées et résolues, et la perte des bonnes grâces de Wei Gaofan pour nous tous ? Sans le grand Wei, je vais plonger. Votre femme – ma fille – plongera avec moi, et mes autres enfants et leurs familles n'auront plus aucun avenir non plus. Et plus crucial pour vous, *vos* enfants aussi seront privés d'avenir. »

Yu frémit. « Mais...

— Mais vous avez raison, rien n'est inéluctable. La voie de l'honneur nous sauvera tous. Les responsabilités disparaîtront avec vous. Si vous n'êtes plus là pour parler, et que personne ne s'interroge sur les circonstances de votre mort, rien ne pourra conduire à Wei Gaofan ou à moi-même. Ma position ne sera pas menacée, car nous resterons dans les bonnes grâces de Wei. Votre femme et vos enfants jouiront encore d'un avenir sans limites. »

Yu Yongfu ouvrit la bouche pour répondre, mais pas un son n'en sortit. Paralysé par la peur, il imaginait son suicide.

*

Tout à fait à l'ouest du centre de Shanghai, au-delà de l'autoroute ceinturant la ville, Andy coupa le moteur de sa Jetta qui s'arrêta sans bruit dans une rue de banlieue bordée d'arbres. Il n'y avait pas de réverbères. La plupart des maisons étaient plongées dans le noir à cette heure. Tout était tranquille dans le clair de lune bleu acier.

Côté passager, Smith consulta sa montre. Il était neuf heures passées. Avant son rendez-vous avec Andy, il avait laissé un message sur le répondeur du Dr Liang pour dire qu'il était souffrant et ne serait pas en mesure de se joindre à lui et à ses collègues pour le dîner. En espérant que ce prétexte dissimulerait ses activités de la soirée.

A présent, il devait s'inquiéter d'une chose autrement plus importante. Il écouta attentivement. Il n'entendit rien d'autre que la rumeur de la circulation sur l'autoroute. Quelque chose clochait dans cette rue cossue. Il regarda autour de lui, essayant de comprendre... il devina alors de quoi il s'agissait, et se moqua intérieurement de lui-même. Il avait vécu si longtemps sur la côte Est des États-Unis que cela avait façonné son regard. Ici, il n'y avait pas de voitures garées le long des trottoirs.

« C'est cette maison, là-bas. » Andy montra l'autre côté de la rue. « La résidence de Yu Yongfu. »

Smith ne vit aucun numéro. « Qu'est-ce que vous en savez ? »

Andy sourit. « A Shanghai, on sait. »

Smith grogna. Un mur haut et massif se dressait en bordure de cette rue sombre, occupant la totalité du pâté de maisons. A travers la grille métallique, il distingua une imposante cour intérieure rappelant les anciens domaines des riches propriétaires terriens. Tout au fond, la résidence était à peine visible. A la différence de tout ce qu'il avait vu dans cette métropole asiatique, la propriété de Yu semblait tout droit sortie de la dernière dynastie impériale.

Saisissant ses jumelles à vision nocturne, Smith fit la mise au point sur la lointaine demeure et eut un choc. On aurait dit une villa américaine des années 1900. Elle était grande, pleine de coins et de recoins, spacieuse. A première vue, le mur d'enceinte était le seul vestige de la Chine traditionnelle.

Il passa les jumelles à Andy, qui fut aussi surpris que lui. « Ça ressemble aux grosses baraques des taïpans de l'opium du XIXe siècle. Vous savez, dans les Concessions anglaises, américaines et françaises ? Ce sont ces gars-là qui ont fait tourner les compagnies de commerce, construit le Bund, et gagné des millions en troquant l'opium indien contre du thé et de la soie chinoise.

— C'est sans doute l'impression que Yu voulait donner, conjectura Smith. A en juger par ce que j'ai vu à son bureau, et ce que vous m'avez dit, notre homme se prend pour un taïpan des temps modernes. »

Smith continua à scruter la propriété silencieuse. Pas une lumière, pas un mouvement, pas l'ombre d'un gardien dans le parc. Cela aussi le surprit. Si le gouvernement communiste n'autoriserait certainement pas un système de sécurité électronique sophistiqué et privé susceptible d'empêcher l'intervention de sa police, la main-d'œuvre locale était bon marché et pléthorique.

« Bon, Andy, j'y vais. Donnez-moi deux heures. Si je ne suis pas de retour, tirez-vous. Il vaut mieux que vous me donniez mon costume au cas où l'on serait séparés. »

Andy lui donna le costume roulé en un balluchon sanglé avec sa ceinture. « Et si quelqu'un se pointait entre-temps ?

— Partez vite. Essayez de ne pas vous montrer. Cachez la voiture, puis revenez discrètement à pied, et mettez-vous à couvert. Mais n'attendez pas plus de deux heures. Si je ne suis pas revenu, c'est probablement que je ne reviendrai pas. Avertissez votre contact et mettez-le au courant pour Flying Dragon et Yu Yongfu.

— Bon sang, j'ai déjà assez peur comme ça, ce n'est pas la peine d'en rajouter. Et puis, mon contact est une femme.

— Alors, mettez-la au courant. »

Andy An avala sa salive et hocha la tête. Smith sortit de la voiture et enfila son sac à dos. Ses outils se trouvaient à l'intérieur. Dans sa tenue de travail noire, il courut dans l'obscurité vers la résidence, alors que la circulation bourdonnait dans le lointain, lui rappelant à quel point le quartier était tranquille.

Les grosses branches d'un arbre dépassaient du mur à un angle éloigné de la résidence de Yu. La municipalité n'allait pas élaguer ou abattre un arbre pour la sécurité d'un magnat du secteur privé, pas plus qu'elle n'autoriserait un système de sécurité électronique. Smith saisit une branche et se hissa en haut du mur. Là, il s'immobilisa. L'air embaumait le jasmin en fleur. Il avait l'impression de se tenir à la lisière d'une forêt tellement les arbres et les sous-bois étaient touffus. Il se laissa tomber sur des feuilles mortes. Elles craquèrent sous ses pieds. Accroupi, il attendit sans bouger, en espérant que personne ne l'avait entendu.

Toujours pas l'ombre d'un vigile. Cela le mit mal à l'aise. Un homme aussi ambitieux et m'as-tu-vu que Yu devait avoir une protection quelconque. Une armée de gardes personnels, selon toute vraisemblance.

Il courut vers la maison et émergea bientôt des arbres pour déboucher dans un jardin qui le coupa dans son élan comme l'avaient fait la maison et la forêt. C'était un jardin anglais du XIXe siècle, avec d'étroites allées serpentant au milieu des rosiers, des parterres de fleurs impeccables, et des arbres savamment taillés ; il y avait des bancs au charme suranné, une gloriette, et même une pelouse réservée au croquet et au jeu de boules. Cela sentait l'herbe fraîchement coupée. Smith s'imagina un magnat du thé britannique venant y soulager son mal du pays.

Le jardin était plus exposé dans la lumière spectrale du clair de lune, mais les ombres grotesques projetées par les arbres taillés seraient bien suffisantes. Se déplaçant rapidement, il fut bientôt à l'intérieur d'un bosquet près de la maison. Il en fit le tour, et découvrit sur le flanc un garage pour six voitures qui n'en contenait que deux : une grosse berline Mercedes noire et une Jaguar XJR gris métallisé. Il ne vit aucune lumière ni fenêtre ouverte dans la maison.

Il retourna au pied de la façade. La porte d'entrée en bois ouvragé était en partie dans l'ombre. Le heurtoir en laiton était massif et argenté par le clair de lune. Smith étudia la porte. Elle n'était pas fixée dans le creux d'une embrasure et la lune l'éclairait directement. Cet éclairage déformait la perspective, et il était difficile d'évaluer la profondeur. Mais il n'aurait dû y avoir aucune ombre portée. D'où venait l'ombre qui semblait couvrir un quart de la porte ?

La réponse était qu'il n'y avait pas d'ombre. C'était la porte qui était entrebâillée au quart, et ce qui ressemblait à une ombre était l'intérieur de la maison plongée dans le noir.

Un piège ? Il avait été surveillé et suivi, mais il avait pris une multitude de précautions en venant ici. A première vue, la propriété était déserte. Il était toutefois possible que quelque chose ou quelqu'un ait échappé à son attention.

Il sortit son Beretta, et refit le tour de la maison en passant par la gauche. Il tendit une nouvelle fois l'oreille.

Tout était tranquille, silencieux. Tenant le Beretta à deux mains, il poussa légèrement la porte avec la pointe de sa chaussure de sport. Les gonds étaient bien huilés et la porte s'ouvrit sans un bruit. Où étaient les domestiques qui auraient dû occuper ce poste ? Il laissa la porte s'ouvrir en grand. Apparut un vaste hall recouvert de bois poli, du sol au plafond, éclaboussé par le clair de lune argenté entrant par la porte et les fenêtres. Dans le fond, un élégant escalier en spirale conduisait à l'étage.

Smith pénétra discrètement à l'intérieur, grâce à ses chaussures à semelle souple. Il s'arrêta pour inspecter la pièce sur sa gauche. C'était une salle à manger de style victorien, mais tout ce qu'elle contenait était chinois, de la table en bois sculpté aux paravents d'angle.

Il s'avança à pas feutrés sur la droite. Une autre porte cintrée ouvrait sur un salon deux fois plus grand que la salle à manger. La pièce était sombre et presque silencieuse. Il écouta. De l'intérieur lui parvenait le bruit doux de quelqu'un qui pleurait.

Bagdad, Irak

A Bagdad, la seule matière première qu'il n'était pas difficile de se procurer ni hors de prix était le pétrole. Comme d'habitude à cinq heures de l'après-midi, toutes les grandes artères de l'antique métropole étaient embouteillées. Au volant de sa Mercedes rutilante, le Dr Hussein Kamil pensait avec amertume à la pénurie de tout ce qui devait être importé ou manufacturé tandis qu'il bataillait dans le flot de voitures et de camions s'écoulant au ralenti vers le centre commercial de la ville. Sa mission était terrifiante. La vie de ses patients dépendait des médicaments importés de l'étranger. Il en allait de même de sa fortune, de ses privilèges, et de l'avenir de sa famille. Ses patients appartenaient à l'élite du pays, et s'il ne parvenait pas à répondre à leurs exigences en trouvant antibiotiques, tranquillisants, antidépresseurs, et autres produits pharmaceutiques sophistiqués fabriqués en Occident, ils iraient voir ailleurs... ou pire.

Il ignorait comment l'élégante Française avait découvert la façon dont il se procurait ses médicaments de contrebande. Mais elle connaissait tous les noms, tous les endroits, tous les contacts, toutes les combines et toutes les planques. Si un mot de ce trafic venait un jour aux oreilles du gouvernement ou de la Garde républicaine, ils le tueraient.

La gorge sèche, il arriva devant une tour élancée construite à une époque plus heureuse. Il se gara dans le parking souterrain et prit l'ascenseur jusqu'au siège de Tigris Import-Export Ltd., produits chimiques agricoles. On disait que c'était une parmi les milliers d'entreprises appartenant au Président et à sa famille par l'intermédiaire de prête-noms.

Nadia, en secrétaire angoissée, attendait son arrivée en se tordant les mains. « Il s'est effondré d'un coup, docteur Kamil. Sans avertissement. Il était là en...

— Il est toujours sans connaissance ?

— Oui. Nous avons si peur. »

Elle le fit passer au pas de course devant les espaces de travail d'une douzaine d'employés se préparant dans un silence sinistre à rentrer chez eux pour la journée jusqu'au vaste et silencieux bureau de son patient, Nasser Faidhi, président-directeur général. La vue sur la ville et le désert au-delà du Tigre et de l'Euphrate était impressionnante. Il embrassa le panorama d'un rapide coup d'œil et se précipita sur Faidhi, qui était allongé sur un canapé en cuir, sans connaissance. Il vérifia ses signes vitaux.

« Est-ce qu'il va mourir ? » demanda Nadia à voix basse.

Le Dr Kamil ne savait absolument pas comment la Française avait provoqué cette urgence médicale, mais il savait qu'elle l'avait fait, puisqu'il avait reçu l'appel à 16 h 45 précises, comme elle le lui avait dit. Il doutait que la mort de Faidhi fasse partie du plan, car elle donnerait lieu à une enquête officielle. Le cœur de Faidhi battait fort, son pouls était régulier, et la couleur de son visage satisfaisante : c'était la bonne nouvelle. Il avait simplement perdu connaissance. Une substance à effet rapide, mais sans danger, diagnostiqua le médecin.

« Absolument pas, assura-t-il à la secrétaire. Mais je vais avoir besoin de pratiquer quelques tests. » Il lui lança un regard. « Je dois le déshabiller. Vous comprenez ?

— Bien sûr, docteur, dit Nadia en rougissant.

— Merci. Et veillez à ce qu'on ne soit pas dérangés.

— Personne n'oserait. » Elle sortit du bureau. Elle garderait la porte comme un cerbère crachant le feu.

Dès qu'il fut seul avec l'homme d'affaires, le Dr Kamil se précipita sur le mur de classeurs à tiroirs où il trouva le dossier décrit par la Française : Flying Dragon Enterprises, Shanghai. Il contenait quatre documents. Deux lettres de la succursale de Bassora, détaillant des négociations avec un certain Yu Yongfu, président de Flying Dragon, à propos d'un chargement d'outillage agricole, de produits chimiques, électroniques, et autres marchandises devant être livrées à la société sur un navire appelé le *Dowager Empress*. Les deux autres documents étaient les réponses de Faidhi, contenant des instructions sur les dispositions à prendre par la succursale de Bassora. Il n'y avait rien d'autre.

Le cœur du Dr Kamil se souleva de joie. Soit la facture que la Française voulait n'existait pas, soit elle se trouvait à Bassora. Il remit le dossier dans le tiroir, le ferma, et se dépêcha de revenir vers son malade.

Vingt minutes plus tard, on entendit une toux rauque suivie d'un soupir. Faidhi battit des paupières. Le Dr Kamil se dirigea droit sur la porte du bureau, l'ouvrit, et sourit à la secrétaire qui, bouleversée, faisait les cent pas à l'extérieur.

« Vous pouvez entrer maintenant, Nadia. Il revient à lui et devrait se remettre rapidement.

— Allah soit loué !

— Évidemment, dit Kamil solennellement, il va falloir que je l'examine plus attentivement, un check-up complet. Appelez mon cabinet pour lui prendre un rendez-vous. » Il sourit à nouveau. Faidhi lui ferait un gros chèque et lui serait éminemment reconnaissant. Il dirait à la Française que si elle voulait cette facture, il faudrait qu'elle aille à Bassora, où, naturellement, il ne pourrait se rendre sans éveiller les soupçons. Tout se terminait bien, exactement comme il l'avait prévu.

Chapitre huit

Shanghai

UNE belle femme était assise seule dans le salon obscur, au milieu de meubles d'ornement lourds et anciens dignes de figurer dans un musée. Elle était blottie dans un fauteuil Eames en cuir marron. Petite et menue, elle portait ses cheveux noirs et brillants noués en une simple queue-de-cheval. Dans une main, elle tenait un verre à cognac à moitié plein. Une bouteille entamée de Remy Martin était posée sur une table chrome et ébène à côté d'elle. Un gros chat la regardait d'un luxueux canapé qui faisait presque la moitié du gigantesque salon.

Rien n'indiquait qu'elle voyait Smith, le chat, ou quoi que ce fût. Elle regardait dans le vide, présence fragile dans ce cadre écrasant.

Smith scruta la pièce au cas où la femme n'aurait pas été seule. Il ne vit ni n'entendit rien. La maison était étrangement silencieuse. Il s'avança avec précaution dans la pièce, en tenant toujours son Beretta à deux mains. La femme leva son verre et le vida d'un trait. Elle tendit le bras pour attraper la bouteille entamée, remplit son verre à moitié, reposa la bouteille, et continua à regarder droit devant elle, avec des gestes mécaniques, des mouvements de robot.

Smith s'approcha, sans faire de bruit, prêt à faire usage de son Beretta. Soudain, elle regarda droit dans sa direction, et il se rendit compte qu'il la connaissait, qu'il l'avait déjà vue quelque part. Du moins son visage, cette robe chinoise à col montant, cette expression impérieuse... Au cinéma, bien sûr! Dans un film chinois. C'était une vedette de cinéma. Le trophée de Yu Yongfu? Qui qu'elle fût, elle le regardait droit dans les yeux sans que son arme paraisse l'inquiéter.

« Vous êtes l'espion américain. » Son anglais était irréprochable, et il s'agissait d'une affirmation, pas d'une question.

« Vraiment?
— Mon mari me l'a dit.
— Yu Yongfu est ici? »

Elle détourna les yeux, pour regarder à nouveau dans le vide. « Mon mari est mort.
— Mort? Comment ça? Quand? »

La femme se tourna vers lui, puis fit quelque chose d'étrange. Elle regarda sa montre. « Il y a dix, peut-être quinze minutes. Comment? Il ne me l'a pas dit. Peut-être avec un pistolet pareil à celui que vous tenez. Est-ce que tous les hommes aiment les armes? »

Sa voix détachée, impassible, son sang-froid morbide glacèrent Smith. Comme un vent cinglant soufflant sur un glacier.

« C'était vous, poursuivit-elle. Ils avaient peur de vous. De votre présence. Elle allait amener des questions qu'ils ne voulaient pas que l'on pose.
— Qui sont ces *ils*? »

Elle vida une nouvelle fois son verre. « Ceux qui ont poussé mon mari au suicide. Pour les enfants et moi. Pour la *famille*. » Elle éclata de rire. Ce fut soudain comme une explosion. Un bruit macabre qui ressemblait davantage à un aboiement. Il n'exprimait aucun humour, de l'amertume seulement. « Ils lui ont ôté la vie pour se mettre à l'abri. Non pas d'un danger, remarquez. Mais d'un danger *possible*. » Elle décocha à Smith un sourire moqueur. « Et vous voilà, n'est-ce pas? A la recherche de mon mari, exactement comme ils l'avaient dit. Ils savent toujours quand leurs intérêts sont menacés. »

Smith rebondit sur ce ton de moquerie acerbe. « Si vous voulez le venger, aidez-moi à les abattre. J'ai besoin d'un document qu'il avait en sa possession. Il révélera au grand jour leur véritable nature de criminels internationaux. »

Elle réfléchit. Il y avait de la spéculation dans son regard. Elle scrutait son visage comme pour y trouver quelque mauvais tour. Puis elle haussa les épaules, prit la bouteille de Remy Martin, remplit son verre presque à ras bord, et regarda ailleurs.

« Là-haut, dit-elle sèchement. Dans le coffre de notre chambre. »

Elle ne le regarda plus, mais but son cognac à petites gorgées en sondant l'espace vide au-dessus de sa tête comme s'il était plein de réponses qu'elle n'arrivait pas tout à fait à déchiffrer.

Smith n'en croyait pas ses yeux. Était-ce une comédie ? Peut-être pour l'inciter à monter à l'étage où il se ferait piéger ?

En fin de compte, c'était sans importance. Il lui fallait le document enfermé dans le coffre. L'enjeu était trop important. Il commença à sortir de l'imposante pièce à reculons, braquant son Beretta de manière à couvrir à la fois le salon et le hall d'entrée obscur. Mais la maison demeura aussi silencieuse qu'un tombeau.

Il monta discrètement au premier étage, où les ombres étaient plus denses, car il n'y avait pas de fenêtres pour laisser passer le clair de lune. Rien ne bougeait ici non plus. Pas d'odeur de poudre, ni de cadavres. Le seul bruit venait d'en bas, où une femme éplorée faisait tinter une bouteille de cognac contre son verre.

La chambre principale se trouvait au bout du couloir. Une pièce entièrement chinoise qui faisait deux fois la taille d'une chambre normale. Il y avait un lit à baldaquin à six montants de la fin de la dynastie Ming, deux divans Ming, des armoires et une coiffeuse Qing, ainsi que des chaises et des tables basses datant de diverses dynasties. Tout était lourdement sculpté et décoré dans le style chinois le plus recherché. Des soieries et des brocarts entouraient le lit et ornaient les murs. Des paravents occupaient chaque angle.

Le coffre-fort était dissimulé derrière une tenture décrivant quelque ancienne bataille datant, semblait-il, de la dynastie Yuan de Kubilay Khan. Smith sortit ses crochets, les aligna sur le cabinet le plus proche du coffre, et examina la serrure à combinaison.

Il saisit le cadran : la porte du coffre bougea. Plein d'appréhension, il tira sur le bouton. Au moment où la porte s'ouvrait, le moteur d'une puissante voiture rugit à l'extérieur de la maison.

Smith se précipita à la fenêtre, qui donnait sur le garage et l'allée, juste à temps pour apercevoir les feux arrière d'une Jaguar qui disparaissaient au bout de la longue allée en direction de la rue. *Merde.*

Il sortit de la chambre en trombe et descendit les marches deux à deux. Dans le salon, le verre et la bouteille étaient sur la table à côté du fauteuil Eames, et la femme était partie. Tout ceci avait-il été une mise en scène ? Un piège ? Était-elle là pour détourner son attention avec cette cruelle histoire de suicide forcé ?

Il tendit l'oreille, mais il n'y avait aucun bruit de véhicule s'engageant dans l'allée.

Il remonta précipitamment à l'étage, dans une chambre située sur l'avant de la maison afin d'avoir une vue différente. C'était une chambre de garçon. Par la fenêtre, il regarda par-dessus le jardin et les arbres en direction du mur d'enceinte. Il n'entendit pas un bruit montant de la rue. Ne vit pas une ombre bouger dans le jardin en contrebas.

Peut-être avait-il tort. Peut-être était-elle sincèrement effondrée et à moitié soûle et, terrorisée, s'était-elle enfuie vers quelque refuge connu d'elle seule. Ou pour rejoindre son mari dans la mort.

Il ne pouvait prendre ce risque. Il retourna à l'étage, vida le coffre, et jeta son contenu sur l'un des divans. Des bijoux, des lettres, des documents. Pas d'argent, pas de manifeste. Il secoua la tête avec colère, cruellement déçu. Il fouilla dans les lettres et les documents deux fois encore, en jurant tout haut. Le manifeste avait bel et bien disparu.

Un seul document était intéressant : une note dactylographiée sur le papier à en-tête d'une société belge : Donk & LaPierre, S.A., Anvers et Hong Kong. Rédigée en français, elle était adressée à Yu Yongfu au siège de Flying Dragon. Elle assurait Yu que le chargement arriverait à Shanghai le 24 août, largement dans les délais pour que le *Dowager Empress* prenne la mer, et elle exprimait un grand optimisme concernant « notre projet commun ». Elle était signée Jan Donk et portait un numéro de téléphone à Honk Kong sous le nom de l'expéditeur.

Soulagé d'avoir peut-être trouvé quelque chose de solide, Smith fourra la lettre dans son sac à dos et quitta la chambre en toute hâte. Arrivé en haut des marches, il vit des ombres passer furtivement devant les fenêtres éclairées par la lune de part et d'autre de la porte d'entrée. Son pouls s'accéléra alors qu'il se forçait à ne pas bouger, à écouter. Dehors, dans la nuit, des pas précipités se rapprochaient de la maison.

Fouetté par une montée d'adrénaline, il retourna dans la chambre principale et scruta le jardin anglais par les fenêtres donnant sur l'arrière. Personne en vue, mais il n'y avait aucun arbre et il fallait sauter, c'était le seul moyen de descendre.

Il se précipita sur les fenêtres à l'autre bout de la pièce, qui donnaient du côté opposé à l'allée et au garage. Dans le clair de lune, la pelouse impeccable avait la couleur du cuivre terni. Les arbres étaient tous hors de portée. Il y avait, cependant, une descente de gouttière qui courait des chéneaux au-dessus de lui à la pelouse.

Alors qu'il étudiait la descente, deux silhouettes tournèrent en courant l'angle de la façade. Elles testèrent chacune des fenêtres pour s'introduire dans la maison.

Si aucun piège ne le visait à son arrivée, il était maintenant en plein dedans. Ils n'allaient pas tarder à trouver la porte d'entrée ouverte, si ce n'était déjà fait. Il ne disposait que de quelques secondes pour sortir de la maison avant qu'ils ne pénètrent à l'intérieur, montent l'escalier, et lui tombent dessus.

Il attendit que les silhouettes disparaissent vers l'arrière. Il ouvrit la fenêtre, s'assit sur l'appui, jambes pendantes, et se pencha sur la descente de gouttière, qui était en tôle et paraissait solidement fixée. Il s'y cramponna et se jeta dans le vide. La descente grinça mais tint bon. En s'aidant du bout de ses chaussures, il descendit le flanc de la demeure. Dès qu'il eut posé le pied à terre, il fonça sur la pelouse éclairée par la lune vers le bosquet où il s'était réfugié en arrivant.

Des fenêtres de la chambre principale, des cris de colère en chinois portèrent dans la nuit. Ils avaient découvert le coffre ouvert et s'étaient aperçus de sa fuite.

Dès qu'il atteignit les arbres, il se mit à zigzaguer au milieu de la sombre végétation. Des cris se firent entendre au loin, relayés par une voix profonde et rude donnant ses ordres en sourdine, comme un sergent instructeur inculquant la fermeté à ses hommes. Smith l'avait déjà entendue : c'était la voix de l'homme qui avait dirigé l'attaque sur l'île de Liuchiu. Le grand Chinois aux cheveux roux et blancs que le directeur financier de Flying Dragon avait appelé Feng Dun.

Soudain, un silence inquiétant remplit la nuit. Smith devina qu'on leur avait donné l'ordre de se déployer, de le pousser méthodiquement vers le mur, là où il longeait la rue et le portail. Feng Dun y avait certainement posté d'autres hommes. C'était le même mouvement en tenaille qu'il avait utilisé lors de l'attaque sur l'île de Liuchiu. Les esprits militaires avaient tendance à privilégier les mêmes tactiques ; comme le général « Stonewall » Jackson et ses manœuvres de contournement nocturnes pendant la guerre de Sécession.

Smith se retourna et trottina sans faire de bruit vers le mur du fond. Comme il se fondait parmi les ombres, il sortit son talkie-walkie de sa poche. « Andy ? Répondez, Andy.

— Merde, colonel. Vous allez bien ?

— Vous les avez vus ?

— Ça, oui. Trois voitures. Je me suis tiré vite fait.

— Où êtes-vous, là ?

— Devant, comme vous avez dit. J'ai planqué la voiture et je suis revenu à pince. Les trois voitures sont juste là dans la rue, un peu trop près à mon goût.

— Est-ce qu'ils ont laissé des hommes là aussi ?

— Et comment !

— Combien ?

— Trop, en ce qui me concerne. Trois chauffeurs. Et cinq autres, qui viennent de sortir par le portail pour les rejoindre.

— On va zapper le comité d'accueil. Retournez tout de suite à la voiture et retrouvez-moi à l'arrière, à l'angle du mur donnant sur la petite rue. Compris ?

— A l'angle arrière, côté petite rue.

— Exécution. »

Smith mit fin à la transmission et reprit sa course vers l'arrière. Il commençait juste à se dire qu'il s'était montré plus malin que ses poursuivants quand il entendit un bruit, un bruit synonyme de danger. Il se retourna brusquement et se laissa tomber à plat ventre, Beretta au poing. Il l'entendit à nouveau ; le bruit violent du métal heurtant du bois. Et un juron marmonné à voix basse.

Couché à terre, il était à l'affût du moindre frémissement. La petite forêt était devenue silencieuse, et le seul mouvement semblait provoqué par le bruissement du vent dans les branches et les feuilles.

Il y avait un fourré sur sa droite, près du mur. Il rampa tout doucement vers lui, tous ses sens en alerte. Il se glissa entre deux buissons qui le dissimulaient d'en haut, et il s'obligea à ralentir sa respiration, à la rendre superficielle. Il attendit.

Ce fut uniquement grâce à un coup de vent qui troua le feuillage quelque part au-dessus de sa tête, et au clair de lune qui pénétra par l'ouverture qu'il vit passer la grande silhouette d'un homme à moitié accroupi, son AK-74 en position.

Écœuré, Smith savait qu'il s'était trompé. Feng Dun, déduisant que Smith anticiperait une autre manœuvre en tenaille, avait envoyé la plupart de ses hommes dans la rue, tout en allant dans la direction opposée, seul, dans l'espoir de prendre Smith par surprise. Mais il ne devait pas être tout seul et avait probablement posté des hommes, en attente.

Smith se glissa hors du fourré, s'égratignant la tête et les mains aux branches épineuses. C'est à peine s'il éprouva une sensation de gêne. Sitôt à découvert, il courut vers la gauche, là où le mur bordait la ruelle. Aucun arbre n'était assez près pour être utile, mais des branches mortes et d'autres débris formaient un tas suffisamment haut. Par chance, Yu Yongfu préférait l'apparence à l'essentiel ; l'entretien des recoins boisés de son parc n'était pas quelque chose qui l'intéressait. Ou s'il fallait en croire sa femme, ne l'*avait* pas intéressé.

Smith prit son élan, sauta sur le tas de branchages, et bondit. Il s'agrippa au sommet du mur et se rétablit à califourchon en inspectant la rue. La Jetta d'Andy An était garée de l'autre côté, près de l'angle le plus éloigné.

Il alluma son talkie-walkie. « Andy ? appela-t-il à voix feutrée. On a de la compagnie partout à l'intérieur de l'enceinte. Je ne peux pas accéder à l'angle. Démarrez, faites le tour et revenez au centre du pâté de maisons. Ralentissez, et je vous rejoins. Ensuite, on met la gomme. »

Il attendit. Pas de réponse. La radio d'Andy était-elle éteinte ?

« Andy ? Vous m'entendez ? »
Silence.
« Andy ? »
La peur lui souleva l'estomac. Un frisson l'envahit. Il sortit ses jumelles à vision nocturne de son sac à dos et les braqua sur la Jetta. Andy était au volant, surveillant sans bouger la rue devant lui. Il n'y avait personne d'autre dans la petite voiture.

Inquiet, Smith examina la voiture et la nuit verte qui l'entourait. Andy ne bougeait toujours pas. Smith l'observa pendant encore deux longues minutes, un laps de temps interminable. Mais aucun changement. Andy ne bougeait pas d'un centimètre. Pas un muscle. Pas un cil.

Smith poussa un soupir navré. Andy était mort. Ils l'avaient éliminé.

Il rangea ses jumelles et se laissa tomber dans la rue, qu'il traversa en courant pour rejoindre un ensemble de propriétés plus modestes, et fila à travers leurs parcs. Il n'entendit aucun cri derrière lui cette fois-ci. Ils devaient être trop concentrés sur la Jetta, s'attendant à ce qu'il entre en contact avec Andy.

Furieux et fatigué, il ralentit la foulée. Il se faufila à travers les rues, passa devant des jardins, des clôtures, et des murs de résidences sécurisées construites pour les hommes d'affaires expatriés qui afflueraient de plus en plus nombreux en République populaire pour y vivre de ses milliards. Il finit par rejoindre une grande artère. Ruisselant de sueur, il héla un taxi.

Pékin

Le téléphone sonna dans la pièce familiale du bâtiment principal de la résidence de Niu Jianxing, construite à l'ancienne autour d'une cour intérieure, à la périphérie du quartier de Xicheng, un des plus anciens de la ville. Le Hibou aimait à se considérer comme un homme du peuple. Il avait refusé d'imiter les nombreux membres du Comité central qui s'étaient fait construire de coûteuses demeures, là-bas, dans le quartier de Chaoyang. Et si sa maison était grande et confortable, elle n'avait rien de tape-à-l'œil.

Cette interruption agaça Niu, qui regardait la cassette vidéo d'un drame judiciaire américain en compagnie de sa femme et de son fils. En partie parce que c'était une intrusion dans sa vie de famille, des moments qu'il chérissait mais qui se faisaient de plus en plus rares depuis son accession au Comité permanent. Mais peut-être encore plus parce que cela empiétait sur son étude mêlée de fascination pour les concepts américains du crime, de la loi, de la société et de l'individu.

Enfin, il fallait que l'affaire soit urgente pour que l'on ose l'appeler à une heure aussi tardive. Il s'excusa et alla s'enfermer dans son cabinet de travail, couvrant ainsi la télévision et les voix joyeuses de sa femme et de son fils.

Niu décrocha le combiné. « Oui ? »

La voix rauque du général Chu Kuairong ne perdit pas de temps en préambules. « Notre ami scientifique, le Dr Liang, signale que Jon Smith a fait faux bond au dîner qu'il avait organisé. Liang a trouvé un message de Smith sur son répondeur. Il est allé voir Smith dans sa chambre d'hôtel, espérant le faire changer d'avis. Comme personne ne répondait, il a demandé au directeur d'ouvrir la porte pour s'assurer que l'Américain allait bien. La chambre était vide. Smith n'avait pas quitté l'hôtel, ni emporté ses affaires, mais il avait disparu. »

Niu n'aimait pas ça. « Qu'est-ce qu'en dit le major Pan ?

— Ses hommes n'ont pas vu le colonel Smith quitter l'hôtel. A aucun moment. »

Niu savait que le chef de la sécurité d'État se réjouissait de l'échec embarrassant de Pan. Mais ce n'était pas vraiment le problème. « Smith a dû sentir que Liang commençait à avoir des soupçons, savait qu'il serait surveillé, et a trouvé un moyen de sortir discrètement.

— Manifestement », acquiesça le général au bord du sarcasme.

Niu contint son irritation. « Est-ce que Smith était déjà venu à Shanghai ?

— Pas à notre connaissance.

— Parle-t-il le chinois ? A-t-il des amis ou des associés ici ?

— D'après ses dossiers militaire et personnel, rien ne porte à le croire.

— Alors comment fonctionne-t-il ? » Niu réfléchit et répondit à sa propre question : « Il doit se faire aider. »

Après s'être gaussé, le général redevint sérieux. « Un Chinois. Un des nôtres parlant anglais ou une autre langue que connaît Smith. Il doit posséder un véhicule et être plus débrouillard que la moyenne. Nous sommes particulièrement perplexes parce que Smith est un parfait inconnu pour nous, et pourtant il est évident qu'il bénéficie d'une complicité interne, peut-être une taupe infiltrée il y a des années. »

Niu songea aux espions qu'il employait à son usage personnel. Sans eux, il serait presque aveugle et sourd dans l'univers byzantin de la politique intérieure chinoise. « Quoi qu'il en soit, il faut maintenant arrêter et interroger ce colonel. Dites au major Pan de le faire immédiatement.

— Ses hommes sont en train de fouiller Shanghai.

— Quand ils l'auront trouvé, prévenez-moi. Je lui parlerai moi-même. » Niu raccrocha de mauvaise humeur. Sa famille et sa série américaine ne lui inspiraient plus aucun plaisir.

Pourquoi les Américains enverraient-ils ce type d'agent maintenant, à un moment tellement sensible sur le plan politique, et le laisseraient-ils opérer alors qu'il se savait certainement découvert ? Pourquoi compromettre leur propre traité ?

Il se laissa tomber dans son fauteuil, s'appuya contre le dossier, et ferma les yeux, laissant son esprit s'enfoncer dans cet endroit tranquille où il avait l'impression de flotter. Son corps était en apesanteur, son esprit aussi... les minutes s'écoulèrent. Une heure. Il fallait faire preuve de patience. Finalement, la réponse jaillit, limpide : cela était plausible si à l'intérieur du gouvernement américain une faction s'opposait également au traité.

Chapitre neuf

Washington, D.C.

DANS la vaste salle de conférence jouxtant le Bureau ovale, l'atmosphère était électrique. Les chaises disposées autour de la longue table étaient occupées, comme celles alignées contre les murs, où avaient pris place assistants, conseillers et chercheurs, qui attendaient de savoir quelles décisions seraient prises afin d'être préparés à répondre aux questions de leurs patrons. Cette réunion, qui faisait salle comble, n'était qu'une discussion préliminaire, mais elle concernait la dotation générale annuelle pour l'armement militaire : un budget essentiel se chiffrant en milliards de dollars. C'était le nouveau secrétaire à la Défense, Henry Stanton, assis à la droite du Président, qui en avait eu l'initiative.

Stanton était un homme de taille moyenne et de tempérament sanguin. Tout chez lui, de son crâne dégarni à ses mains sans cesse en mouvement, respirait l'énergie et le charme. Ses traits anguleux s'étaient adoucis avec l'âge, lui donnant un air presque paternel. A environ cinquante-cinq ans, il tirait un excellent parti de cette image rassurante lors des conférences de presse. Mais pour l'heure, loin des médias, il faisait figure de négociateur intraitable.

Il poursuivit avec son franc-parler habituel : « Monsieur le Président, messieurs, madame. » Il inclina la tête à l'intention de la seule femme assise à la longue table, l'ex-général deux étoiles

Emily Powell-Hill, conseillère pour la sécurité auprès du Président. « Considérez notre armée comme un alcoolique. Comme tout alcoolique, si elle – et notre pays – veut survivre, elle doit rompre définitivement avec le passé. »

De l'autre côté de la table, l'irritation était à la fois visible dans les mâchoires crispées, et audible dans les protestations échangées à voix basse des commandants militaires. *Alcoolique ? Alcoolique ! Comment ose-t-il !* Même le Président Castilla avait haussé un sourcil.

Emily Powell-Hill intervint aussitôt pour apaiser ces hommes blessés dans leur amour-propre. « Le secrétaire demande, évidemment, votre contribution à tous, ainsi que celle de nombreux experts dans le domaine et de nos alliés.

— Le secrétaire, rectifia Stanton, ne *demande* rien. Il vous *dit* ce qu'il en est. C'est un nouveau jour dans un nouveau monde. Et comme dirait l'autre, il faut que nous arrêtions de nous préparer pour la guerre de l'année dernière !

— Les formules à l'emporte-pièce et les analogies de monsieur le secrétaire lui permettent peut-être d'avoir les honneurs de la presse, dont il semble ne plus pouvoir se passer... », grommela l'amiral Stevens Brose, chef d'état-major des armées, depuis sa chaise placée juste en face du Président et de Stanton. « ... mais ses conceptions de technocrate ne vaudront pas un clou sur un champ de bataille. » Ses cheveux gris coupés en brosse parurent se hérisser de dégoût. Il était assis gauchement, les chevilles croisées, son grand menton pointé en avant.

Stanton répliqua immédiatement : « Je n'apprécie pas ces insinuations, amiral, et...

— Il ne s'agissait pas d'insinuations, monsieur le secrétaire, objecta Brose d'un ton égal, mais d'une réalité. »

Les deux hommes se défièrent du regard.

Stanton, le nouveau venu, regarda ses notes. Peu de gens avaient réussi à faire baisser les yeux de l'implacable chef de l'état-major, et ce n'était pas le jour de Stanton.

Mais celui-ci ne voulait pas céder d'un pouce. Il releva la tête. « Très bien. Si vous souhaitez que cela tourne à la confrontation... »

L'amiral sourit.

Stanton s'empourpra. En tant qu'ex-directeur général bâtisseur d'empire de General Electric, Stanton n'était pas homme à douter de ses convictions. « Disons simplement que j'ai attiré votre attention, amiral. C'est ce qui compte.

— Vous retardez. La situation internationale s'en est déjà chargée, grommela Brose. Comme une ancre entre les deux yeux. »

Le Président leva la main. « Bien, messieurs. Demandons une trêve. Harry, éclairez-nous, pauvres profanes. Dites-nous explicitement ce que vous suggérez. »

Stanton, qui avait l'habitude des conseils d'administration entérinant sans broncher ses moindres caprices, marqua une pause théâtrale. Son regard analytique passa en revue l'assemblée composée de généraux et de hauts fonctionnaires. « Pendant plus d'un demi-siècle, l'Amérique s'est armée pour mener une guerre courte et extrêmement intense en Europe ou en ex-Union soviétique, à partir d'importantes bases permanentes relativement bien réparties les unes par rapport aux autres. Les cibles se trouvaient dans le rayon d'action des chasseurs et bombardiers embarqués sur nos porte-avions, sans parler des bombardiers géants capables de s'envoler des États-Unis. Pour empêcher la guerre, nous nous sommes appuyés sur notre politique d'endiguement et de dissuasion massive. Tout cela doit changer radicalement. Et doit changer *maintenant*. »

L'amiral Brose hocha la tête. « Je suis parfaitement d'accord, si vous suggérez une cure d'amaigrissement. Notre armée doit réagir vite, pouvoir être déployée rapidement n'importe où et n'importe quand, et être dotée d'un armement plus léger, plus petit, plus furtif, et plus facile à sacrifier. La marine a déjà mis en œuvre son concept "street fighter" qui associe porte-avions de petite taille, navires lance-missiles et sous-marins, pour combattre dans le périmètre restreint des eaux côtières, où nous pensons être appelés à intervenir de plus en plus. »

Le général de l'armée de l'air Bruce Kelly était assis à côté de Brose. Il se tenait droit, le visage aristocratique et rubicond, l'uniforme impeccable, le regard vif et calculateur. Ses ennemis lui reprochaient d'être une machine insensible, tandis que ses partisans disaient de lui qu'il possédait l'un des esprits les plus affûtés que l'armée eût jamais produit. « Je présume que monsieur le secrétaire n'est pas en train de nous suggérer d'abandonner nos capacités de dissuasion, dit-il d'une voix douce. Nos armes nucléaires, de longue et de courte portées, sont essentielles.

— C'est juste. » Stanton le gratifia de son sourire charmeur, car Kelly et lui étaient d'accord sur le fond. « Mais nous devrions envisager de réduire nos stocks d'armement et de limiter les recherches sur des bombes plus grosses, et "meilleures", et les vecteurs géants capables de les transporter. Il semble également peu judicieux de construire plus de transporteurs et de sous-marins qu'il nous en faut pour assurer le remplacement de la flotte.

— Venez-en aux faits, Henry, pressa Emily Powell-Hill. Nous sommes là pour discuter des dotations budgétaires. Dites-nous précisément quelles sont vos suggestions en matière d'équipement.

— Comme je l'ai dit, Emily, je ne suggère rien. Je vous indique ce qu'il faut faire pour conserver notre supériorité militaire. Nous devons opérer un transfert de financement, passer des porte-avions géants, des énormes tanks, et des chasseurs à réaction surpuissants à des armes légères, petites, et quasiment invisibles. »

Le chef d'état-major de l'armée de terre, le général Tomás Guerrero, était assis tout à la droite de l'amiral Brose. Ses grosses mains aux doigts carrés étaient nouées sur la table. « Qu'on ne vienne pas me dire que nous n'aurons pas besoin de tanks, d'artillerie lourde, et de forces importantes et entraînées pour mener des guerres de grande envergure. La Russie et la Chine sont toujours là, monsieur Stanton. Vous les oubliez. Ces pays possèdent d'énormes armées, d'immenses territoires, et des armes nucléaires. Et puis il y a l'Inde, le Pakistan, et une Europe unie, aussi. L'Europe est déjà notre adversaire économique. »

Stanton n'était pas près de céder. « C'est exactement ce que je suis en train de vous dire, général. »

La conseillère du Président s'interposa : « Je doute que quiconque croie – ou veuille – le démantèlement de notre puissance militaire actuelle, monsieur Stanton. Si je vous comprends bien, vous estimez que nous devons intensifier nos efforts pour développer des armes et des capacités plus petites.

— J'ai... », commença Stanton.

Avant que le secrétaire à la Défense puisse poursuivre, l'amiral Brose fit usage de sa voix et de son imposante présence pour lui brûler la politesse. « Personne dans cette pièce ne conteste l'idée d'une armée dégraissée et plus agressive. Bon Dieu, c'est ce sur quoi nous travaillons depuis la guerre du Golfe. Simplement nous ne nous sommes pas investis à cent pour cent comme vous le demandez. »

A l'autre bout de la table, le lieutenant général Oda, commandant des marines, donna de la voix : « Je ne vais certainement pas dire le contraire. Légèreté, rapidité, c'est ce que veulent les marines. »

Des hochements de tête approbateurs remplirent la pièce. Seul le Président Castilla, qui était d'ordinaire partie prenante dans toute discussion sérieuse concernant l'armée, gardait le silence. Il avait l'air sombre, attendant que quelque chose d'autre soit dit.

Le secrétaire Stanton lui jeta un coup d'œil, devinant son hésitation. Il poursuivit hardiment. « Jusqu'ici, je constate avec plaisir que vous êtes d'accord avec mon analyse. Mais j'ai l'impression que vous avez l'intention de commencer demain. Ce n'est pas suffisant. Nous devons nous y mettre aujourd'hui. *Maintenant*. En ce moment même, nous avons des armes à divers stades de développement : le chasseur F-22 à court rayon d'action, la nouvelle génération de cuirassés et de porte-avions DD-21, et le système d'artillerie blindé à longue portée Protector. Trop gros. Tous, sans exception. Ce sont des éléphants alors qu'il nous faut des jaguars. Ils seront totalement inutiles dans le genre d'engagements auxquels nous devrons probablement faire face dans l'avenir. »

L'amiral Brose coupa court à la tempête de protestations indignées en levant la main d'un geste brusque. On n'entendit plus que des murmures de mécontentement. « Bon, d'accord. Prenons-les un par un. Bruce, faites-nous un résumé sur la situation du F-22.

— Ce ne sera pas long, dit le général Kelly. Le F-16 se fait vieux. Le F-22 nous donnera la maîtrise absolue du ciel sur n'importe quel champ de bataille. Les appareils de la nouvelle génération sont plus rapides, plus maniables, et plus puissants, et leur furtivité a été améliorée au point de les rendre quasiment indétectables.

— Merci, général, dit Stanton d'un ton approbateur. Je vais essayer d'être aussi concis que vous. Aucun pays ne peut rivaliser avec nos forces aériennes. Ce qu'ils construisent en revanche, ce sont des systèmes de missiles relativement bon marché, puissants, et précis. Le problème étant que nombre de ces systèmes vont finir aux mains des terroristes. En même temps, malgré sa vitesse de croisière supersonique, le F-22 reste un chasseur à court rayon d'action. Cela implique qu'il dispose de bases proches de la zone de combat. Mais que se passera-t-il une fois que l'ennemi aura détruit ces bases avec des missiles? *Nos nouveaux et coûteux chasseurs seront inutilisables.*

— Je vais parler pour la marine, dit Brose. Nous sommes déjà en train de repenser nos porte-avions et autres vaisseaux de surface. En eaux resserrées ou proches de la côte, ils offrent une cible facile pour les missiles. S'il s'agit d'une guerre au cœur d'un continent, aucun navire ni aéronef à court rayon d'action ne sera en mesure d'atteindre la zone de combat de toute façon.

— Ce qui nous laisse les forces terrestres et le système d'artillerie Protector », annonça Jasper Kott, le secrétaire aux Armées. C'était un homme élégant aux manières délicates. Glabre, avec un visage serein et des yeux expressifs, il était également imperturbable dans les circonstances les plus éprouvantes. « J'irai au-devant des attentes du secrétaire Stanton en convenant que nous avons besoin de l'armée rapidement mobilisable qu'il appelle de ses vœux. Si un conflit terrestre avait éclaté au Kosovo, nos tanks auraient mis des mois pour arriver, et ensuite, nos Abrahams avec leurs soixante-dix tonnes auraient écrasé dix ponts sur douze entre le port et le champ de bataille. C'est la raison pour laquelle nous entraînons des brigades "intermédiaires" à l'heure actuelle. A terme, elles seront équipées d'un nouveau blindé bien plus petit que le char Abraham, et que nous pourrons transporter par avion.

— Du coup nous n'avons plus du tout besoin du système Protector, n'est-ce pas, monsieur Kott? », rétorqua Stanton.

La voix de Kott demeura polie, presque neutre. « En fait, nous en avons besoin. Un besoin pressant. Le général Guerrero l'a dit, nous avons de sérieux adversaires potentiels : Chine, Russie, Serbie, Inde, Pakistan, sans oublier l'Iran et l'Irak. Nos bombardiers à grand rayon d'action sont puissants mais pas toujours précis. L'artillerie reste l'élément clé quand il s'agit de remporter une bataille importante. Nous apprécions le système Protector parce qu'il est bien supérieur à notre système Paladin actuel. Il nous donne une supériorité dissuasive sur nos grands adversaires militaires. D'ailleurs, le Protector peut être facilement aéroporté.

— Il est facilement transportable dans des endroits éloignés à condition qu'il demeure dans la limite des quarante-deux tonnes auxquelles vous l'avez réduit. Vous avez éliminé une bonne partie du blindage auquel vous tenez vraiment. Tout le monde sait que vous le rajouterez dès que vous le pourrez. Alors votre foutu machin sera trop lourd pour être transporté où que ce soit.

— Il restera qualifié pour l'aérotransport, répliqua le général Guerrero.

— J'en doute, général. L'armée de terre adore les blindés lourds. Vous trouverez un moyen pour récupérer ce poids une fois que vous aurez reçu l'aval du gouvernement pour le construire. Rappelez-vous simplement ce que les Allemands ont appris en Russie et dans les Ardennes pendant la Seconde Guerre mondiale : des mauvaises routes, des vieux ponts, des tunnels étroits, et un mauvais terrain sont capables de torpiller la supériorité que les blindés lourds et l'artillerie peuvent avoir. Ajoutez-y une mauvaise météo, et vous êtes bon pour creuser votre tombe sur place.

— Oui, mais des armes lourdes et des effectifs nombreux ont toujours le dessus sur des forces légères, fit valoir le secrétaire Kott. Il est impossible de le nier. Ce que vous voulez, Stanton, c'est nous mener droit à la catastrophe. »

Alors que les hommes autour de la table se hérissaient, prêts à ranimer la querelle, l'amiral Brose éleva la voix. « Je pense que nous avons suffisamment défini nos positions. Les fonds pour le matériel de guerre ne sont pas illimités, n'est-ce pas, Emily ? »

La Conseillère pour la sécurité acquiesça d'un signe de tête discret. « Malheureusement.

— J'inclinerais donc à prendre le parti du secrétaire à la Défense sur cette question, leur dit Brose. Notre première priorité est de développer des forces plus mobiles comme nous y incitent les expériences que nous avons eues depuis la Somalie. Nous devons aussi faire avec les ressources dont nous disposons et surveiller de près les développements militaires de nos ennemis potentiels. » Il regarda le Président de l'autre côté de la table. « Qu'en dites-vous, monsieur ? »

Bien que le Président Castilla fût resté étrangement silencieux pendant cette longue discussion, il était connu pour ses prises de position en faveur d'une armée allégée. Il hocha la tête presque pour lui-même. « Chacun de vous a avancé des arguments convaincants qui méritent réflexion. La nécessité d'une force d'intervention rapide suffisamment importante et puissante pour faire face à tout conflit local ou menace du tiers-monde, ou pour protéger nos ressortissants et nos intérêts dans les pays en voie de développement, est claire. Nous ne pouvons pas nous permettre une autre Somalie. En même temps, nous ne pouvons pas compter sur les pays qui ne font rien pendant que l'Amérique établit d'énormes forces à leurs frontières, comme Saddam Hussein nous avait autorisés à le faire pendant la Guerre du Golfe. »

Le Président adressa un signe de tête à l'amiral Brose et au secrétaire Stanton. « D'un autre côté, les généraux et le secrétaire Kott nous rappellent aussi que nous aurons peut-être à faire face à des conflits d'une ampleur monumentale, contre des adversaires de poids dotés de l'arme nucléaire. Il se peut que nous ayons à combattre sur de vastes étendues terrestres où les forces légères sont inadéquates. » Il parut sombre à nouveau. Puis il finit par annoncer : « Il se peut que nous ayons à envisager un budget militaire plus important que prévu. »

Perplexes, toutes les personnes présentes dans la pièce échangèrent des regards avant de se tourner à nouveau vers le Président. Il hésitait, fait rare pour un dirigeant connu pour la fermeté de ses décisions. Seul l'amiral Brose avait une petite idée de ce qui pouvait provoquer cette indécision inhabituelle : le *Dowager Empress* et l'intérêt stratégique qu'il représentait pour la Chine.

Le Président se leva. « Nous nous reverrons bientôt pour poursuivre cette discussion. Emily, il faut que je m'entretienne avec vous et Charlie d'une autre affaire. »

Les divers généraux, membres du gouvernement et assistants sortirent les uns derrière les autres, fronçant le sourcil et échangeant des commentaires sibyllins sur ce qu'ils considéraient manifestement comme une réunion peu satisfaisante. Le Président Castilla les regarda partir, l'air grave.

Shanghai

Dans le taxi, Smith passa le costume et la cravate qu'il avait préalablement repris au pauvre Andy. Toutes les deux minutes, il regardait par-dessus son épaule les phares des voitures qui se bousculaient dans la rue derrière lui. Il n'arrivait pas à se défaire de l'impression d'être suivi. En même temps, le visage d'Andy An et d'Avery Mondragon le hantaient. Y avait-il quelque chose qu'il aurait pu – qu'il aurait dû – faire pour leur sauver la vie ?

Il récapitula les deux jours précédents pour y chercher ce qui aurait pu lui échapper. Une décision qui aurait changé le cours des choses. La colère monta une nouvelle fois en lui. Ses muscles se contractèrent. La rage lui brûlait la poitrine. Où étaient ces gens qui tuaient avec une telle facilité ?

Il se débarrassa finalement de ses plus noires pensées. Trop de fureur brouillait l'esprit. Et il avait besoin de toutes ses facultés, parce qu'il fallait à tout prix retrouver le manifeste.

Il finit de s'habiller et fourra ses habits noirs dans son sac à dos. Il avait un boulot à faire. Un travail rendu plus indispensable encore par la mort de Mondragon et d'Andy.

Le taxi le déposa deux blocs plus loin sur le Bund, où il se mêla aux milliers de promeneurs qui marchaient le long du fleuve. Arrivé au carrefour en face du Peace Hotel, il s'engagea dans Nanjing Dong Lu. Là, le célèbre paradis du shopping redevenait la rue étroite, puante et grouillante qu'il avait été avant la construction du centre commercial. Les trottoirs étaient tellement étriqués que la foule se bousculait sur la chaussée.

Smith se dissimula dans une ruelle, en face des portes à tambour de l'hôtel. Il concentra son attention sur l'entrée, espérant repérer la chevelure rousse et blanche de Feng Dun. Un vendeur de fausses Rolex qui accrochait toute personne entrant ou sortant de l'hôtel pouvait être un des hommes qu'il avait aperçus chez Yu Yongfu. Le vendeur de boulettes installé sur le trottoir à côté de sa bassine fumante était du nombre – c'était un des deux qui étaient passés sous les fenêtres de la chambre principale.

Ils faisaient illusion, mais on voyait à certains signes révélateurs qu'ils étaient en planque : ils ne s'intéressaient pas à ce qu'ils vendaient, ne regardaient jamais vraiment les chalands qui s'arrêtaient pour examiner leur marchandise, et ne se donnaient pas la peine de faire l'article. Au lieu de quoi, ils s'appliquaient à observer attentivement tous ceux qui franchissaient les portes de l'hôtel. Inutile de vérifier les autres entrées ; elles seraient surveillées de la même façon. Ces gens étaient organisés et compétents.

Il fallait les éloigner ou les obliger à lever le camp d'une manière ou d'une autre. Jouer lui-même à l'appât était risqué. C'était leur ville, pas la sienne, et il ne parlait pas un mot de chinois. Il finit par se fondre dans la foule qui revenait sur le Bund, repéra un téléphone public, et utilisa la carte que le Dr Liang lui avait donnée pour composer le numéro de l'hôtel.

Le réceptionniste répondit en chinois mais passa à l'anglais dès que Smith donna son nom.

« Oui, monsieur. En quoi pouvons-nous vous aider ?

— C'est un peu délicat, j'ai un petit problème. Plus tôt dans la journée, j'ai eu une altercation déplaisante avec deux camelots. Malheureusement, ils sont revenus et surveillent l'entrée de l'hôtel. Je suis inquiet pour ma sécurité. Je veux dire, que font-ils là dehors ?

— Je vais m'en occuper. Pouvez-vous les décrire ? Il y en a tellement de ce côté-ci de Nanjing Dong Lu.

— Il y en a un qui vend de fausses Rolex, et l'autre des boulettes.

— Cela devrait suffire, Dr Smith.

— Merci. Je me sens déjà plus tranquille. » Il raccrocha, et se fraya un passage dans la masse des piétons pour se poster près d'une jardinière.

Moins de deux minutes plus tard, une voiture de la police municipale klaxonnait et forçait le passage pour s'arrêter devant l'hôtel. Deux agents en pantalon bleu foncé et chemise bleu clair en sortirent précipitamment, poussant les faux vendeurs à la faute : ils firent comme s'ils n'étaient pas concernés, ce qui éveilla aussitôt les soupçons de la police. Partout les vendeurs de rue commençaient à regarder par-dessus leur épaule quand la police se montrait. Quelques secondes après, faux vendeurs et policiers s'engueulaient à qui mieux mieux.

Smith patienta. Bientôt, la portière d'une grosse berline noire qui était garée de l'autre côté de la rue s'ouvrit; deux hommes en civil en sortirent. Ils se frayèrent un passage à travers la foule, qui fut prise d'un mouvement de recul, chacun s'empressant de leur faire de la place. Le Bureau de la sécurité publique. Ils se joignirent aux municipaux. L'un d'eux s'exprima d'un ton brusque. Immédiatement, les agents de police et les vendeurs se tournèrent vers les nouveaux venus, chaque camp défendant son cas en vociférant. Les vendeurs agitèrent des permis. La police montra l'hôtel. Les hommes de la Sécurité hurlèrent à leur tour.

Lorsqu'une grosse Lincoln noire s'arrêta à l'entrée et déversa trois hommes d'affaires européens et trois jeunes Chinoises en robes fendues, Smith se joignit à la joyeuse bande, riant avec eux alors qu'ils entraient d'un pas nonchalant dans le hall et qu'une foule de plus en plus nombreuse entourait les policiers et les vendeurs en train de se disputer.

*

Alors qu'il sortait son portable en entrant dans sa chambre, Smith s'arrêta net. La mince feuille de plastique transparent n'était plus sur le tapis. Il remit son portable dans sa poche, dégaina son Beretta, et examina le sol. Il n'eut pas à chercher loin. La feuille de plastique était en boule sur le plancher à seulement quelques dizaines de centimètres de la porte. Quelqu'un était entré, avait marché dessus, et l'avait éloignée d'un coup de pied sans réfléchir à ce que c'était.

Il revint dans le couloir, décrocha le panneau NE PAS DÉRANGER, et examina la serrure de la porte. Elle ne semblait pas forcée. De retour dans la chambre, il referma la porte et inspecta ses valises. Les fils étaient intacts. Quelqu'un était entré avec une clé, avait marché sur une feuille de plastique invisible sans se poser de questions, et ne s'était pas intéressé à ses valises. Cela ne ressemblait ni à la Sécurité, ni aux municipaux, ni aux voyous de la soirée. Mais plutôt au personnel de l'hôtel.

Il fronça les sourcils. Le panneau NE PAS DÉRANGER était pourtant bien en vue sur la poignée. Quelqu'un, pas forcément de l'hôtel, était-il simplement passé voir s'il était là ?

Il ne pouvait pas prendre de risques. Il alluma la télévision, monta le son, alla dans la salle de bains, et ouvrit les robinets de la baignoire à fond. Avec ce vacarme en bruit de fond, il s'assit sur le siège des toilettes, sortit une nouvelle fois son portable, et appela Fred Klein sur la ligne cryptée de Réseau Bouclier.

« Où êtes-vous, bon sang ? demanda Klein. C'est quoi, ce raffut ?

— Je fais en sorte qu'on ne puisse pas m'entendre. On a peut-être planqué des micros dans ma chambre d'hôtel.

— Formidable. Vous avez de bonnes nouvelles pour moi, colonel ? »

Il pencha sa tête en arrière pour se détendre la nuque. « J'aimerais bien. Ma seule avancée, c'est d'avoir découvert à qui appartenait l'*Empress* : une société chinoise appelée Flying Dragon. Un homme d'affaires de Shanghai, Yu Yongfu, est, ou en était le président-directeur général, mais le vrai manifeste n'est dans aucun de ses coffres. » Il parla à Klein du directeur financier de la société, Zhao Yanji, et des renseignements que l'homme bouleversé lui avait communiqués. « Bien sûr, je suis allé à la résidence de Yu. » Il décrivit sa conversation avec la femme de Yu. « Il se pourrait qu'elle m'ait manipulé. C'est une actrice, et une sacrée bonne actrice pour autant que je me souvienne. J'ai quand même eu l'impression que son histoire et son amertume étaient sincères. Quelqu'un a poussé Yu Yongfu au suicide, et c'est cette personne qui détient le manifeste. »

Il entendait Klein tirer vigoureusement sur sa pipe. « Ils ont une longueur d'avance sur nous depuis le début.

— Il y a pire. Andy, An Jingshe, a été tué lui aussi.

— Je suppose que vous parlez de l'interprète que j'ai envoyé. Je ne le connaissais pas, mais je n'en suis pas moins navré. On ne se fait jamais aux morts, colonel.

— Non », acquiesça Smith.

Il y eut un moment de silence. « Dites-m'en davantage sur l'assaut de la résidence de Yu, reprit Klein. Qu'est-ce qui vous fait croire que ce n'était pas un piège ?

— Ça n'y ressemblait pas. Je pense qu'ils m'observaient et qu'ils ont finalement décidé de passer à l'action quand la femme est partie. A voir leur façon d'opérer, ils ne s'attendaient visiblement pas à trouver la porte d'entrée ouverte.

« — Le Bureau de la sécurité publique ?
— Trop voyants et maladroits. Je pencherais pour des tueurs privés.
— Les tueurs qui ont forcé Yu à se suicider et se sont emparés du manifeste ?
— Si c'est le cas, pourquoi sont-ils retournés à la résidence ? Est-ce que le nom de Feng Dun vous dit quelque chose ? »

Klein répondit par la négative, et Smith lui décrivit les accrochages qu'il avait eus avec lui.

« Je demanderai à mes hommes de l'identifier. »

Klein marqua une pause, et Smith l'imagina, l'air maussade, en train de réfléchir dans son lointain bureau du yacht-club de l'Anacostia River.

« Donc notre principale piste est morte, et le manifeste dont nous avons besoin a disparu, finit par grommeler Klein. Alors que fait-on maintenant, colonel ? Je pourrais vous faire revenir et tenter un autre angle d'approche.

— Essayez toutes les approches que vous voulez, mais je ne suis pas encore prêt à renoncer. Je peux peut-être retrouver la trace des assaillants. Il y a aussi l'homme qui prétend être le père du Président. Je vais chercher une piste sur lui.

— Qu'avez-vous trouvé d'autre ?

— Une information capitale... Flying Dragon n'est pas seule dans l'affaire de l'*Empress*. Une société belge du nom de Donk & LaPierre S.A. a fourni une partie, sinon la totalité du chargement. Ils ont un bureau à Hong Kong. Il serait logique qu'ils aient eux aussi un exemplaire du vrai manifeste.

— Bonne idée. Allez à Hong Kong sans tarder. Je vais également envoyer quelqu'un pour voir ce qu'ils ont en Belgique. Où se trouve le siège déjà ?

— Anvers. Je suppose que nos hommes ont fait chou blanc à Bagdad.

— En effet. Je suis en train de prendre des dispositions pour qu'un autre agent, plus fiable, poursuive l'enquête à Bassora.

— Bien. Je vais trouver un prétexte quelconque à présenter au Dr Liang, et je pars pour Hong Kong sur le premier vol de la China Southwest.

— Il reste à... »

C'est à peine s'il entendit frapper à la porte à cause du bruit de la télévision et des robinets de la baignoire. « Une minute. » Smith dégaina son Beretta et alla à la porte.

« Qui est-ce ?

— Le service de chambre, monsieur.

— Je n'ai rien commandé.

— Docteur Jon Smith ? Un crabe poilu ? Une Bass ? Du restaurant Dragon-Phœnix ? »

Le crabe poilu était une spécialité shanghaienne très appréciée, et le Dragon-Phœnix se trouvait dans l'hôtel, ce qui ne changeait rien au fait que Smith n'avait rien commandé à manger. Il dit à Fred Klein qu'il rappellerait.

« Que se passe-t-il ? demanda Klein. Un problème ?

— Dites à Potus ce que j'ai dit. Il va peut-être falloir que j'aille chez le dentiste finalement. » Il coupa la communication, empocha son portable, et saisit son Beretta. Il entrebâilla la porte.

Un homme en veste de serveur se tenait à côté d'un chariot recouvert d'un linge blanc. Une chaude odeur de fruits de mer s'échappait des plats couverts. Smith ne le reconnut pas. Il était petit et très mince, mais on devinait les muscles sous son uniforme, et les tendons de son cou étaient épais comme des cordes. Il était tendu et déterminé comme un ressort. Plus mat que tous les Han que Smith avait vus, il aurait pu être taillé dans un morceau de cuir brut bruni au soleil. Son visage allongé aux pommettes hautes était profondément ridé, bien qu'il n'eût probablement pas quarante ans. La moustache lui donnait une touche d'élégance.

Smith en conclut que ce Chinois, quel qu'il fût, sortait de l'ordinaire.

Avant que la porte soit tout à fait ouverte, le serveur poussa le chariot à l'intérieur de la chambre. « Bonsoir, monsieur », lança-t-il en anglais avec un fort accent cantonais.

Un couple marchait dans le couloir d'un bon pas, main dans la main. Ils passèrent devant la chambre de Smith.

« Qui êtes-vous ? », demanda celui-ci.

Le serveur jeta un coup d'œil au Beretta de Smith, et, sans paraître troublé, referma la porte d'un coup de talon.

« Pas d'histoires, colonel », avertit l'homme en le regardant furtivement avec ses yeux noirs. L'accent cantonais avait disparu, remplacé par un accent britannique distingué. « Vous seriez bien aimable. » Il sortit de sous le chariot un ballot de vêtements qu'il jeta à Smith. « Mettez ça. Vite. Il y a des types qui vous cherchent en bas. On n'a pas le temps pour les confidences. »

Smith saisit le paquet de vêtements de la main gauche, tandis que de la droite, il continuait à braquer son Beretta sur l'inconnu. « Qui êtes-vous à la fin, et eux, qui sont-ils ?

— Eux, ce sont les types du Bureau de la sécurité publique, et moi, je suis Asgar Mahmout, alias Xing Bao en République populaire. » Il faisait toujours mine de ne pas voir le Beretta de Smith. « Je suis le "contact" qui a parlé à Mondragon du vieil homme dans la prison chinoise. »

Chapitre dix

Washington, D.C.

PRÈS de leurs bureaux du Pentagone, le secrétaire aux Armées prit congé du général Tomás Guerrero dans le couloir. Ils avaient discuté de différentes stratégies afin d'obtenir davantage de soutien de la part et du gouvernement et de l'armée, y compris une campagne de sensibilisation du public. Kott poursuivit son chemin en direction de son bureau jusqu'à ce que le général Guerrero ait disparu.

Le secrétaire changea alors de direction et s'engouffra dans les toilettes des hommes. Elles étaient vides. Il entra dans une cabine, verrouilla la porte, et s'assit sur l'abattant des toilettes. Il composa un numéro sur son portable et attendit que la connexion s'établisse à travers un labyrinthe électronique.

La voix énergique qui finit par répondre demanda : « Alors ?

— Je crois que ça marche. Le Président hésite.

— Ça ne lui ressemble pas. Que fait-il exactement ?

— Vous le connaissez, un vrai bouledogue. Eh bien, c'est tout juste s'il a pris part à la discussion. Stanton a enfourché son cheval de bataille, mais il était seul. A part Brose et Oda, évidemment. Mais on s'y attendait.

— Donnez-moi les détails. »

Kott décrivit les temps forts de la réunion. « Personne ne savait pourquoi le Président paraissait tellement sombre, préoccupé, et évasif. Si ce n'est Brose peut-être. J'ai surpris un regard entre eux. »

Il y eut un rire acerbe. « Ben voyons ! Il faut qu'on en parle davantage.

— Quand vous voulez. Nous prendrons un autre rendez-vous téléphonique.

— Non. En personne. Juste nous deux. Il y a trop de choses à discuter, et c'est trop important. »

Kott réfléchit. « Il faut que j'inspecte nos bases en Asie de toute façon.

— Bien. J'attendrai. » Silence sur la ligne.

Kott remit le téléphone dans sa poche, tira la chasse, et s'en alla.

*

Le Président Castilla avait souvent l'impression que Fred Klein vivait dans une nuit perpétuelle. Dans le bureau du Réseau Bouclier dissimulé dans le Yacht-Club d'Anacostia, de lourds rideaux filtraient le soleil de cette fin de matinée, l'agitation de la marina, et les bruits des bateaux et de la faune sur la rivière. Le Président était assis en face de Klein, calé dans son fauteuil, les mains éclairées par la lampe, le visage perdu dans la pénombre du bureau.

Klein répéta ce que Jon Smith venait de signaler. « Et il se peut que nous ayons à lui faire quitter la Chine rapidement. » Klein retraça l'appel brusquement interrompu de Shanghai qui comprenait les mots de code « Potus » – Président – et « dentiste » – extraction.

« Ne perdons pas aussi Smith. » Le Président secoua la tête d'un air soucieux. « Nous n'avons toujours pas le manifeste, et nous ne savons pas qui l'a, ni où il se trouve.

— Smith pense que la compagnie belge a peut-être une copie.

— *Peut-être ?*

— J'ai des gens en Chine qui tentent de retrouver ceux qui ont attaqué Smith, et en Irak, qui cherchent la deuxième copie du manifeste. Je vais lancer les choses à Anvers pour savoir si la troisième copie ne s'y trouve pas. Mais si nous n'en trouvons aucune à Shanghai, Bassora ou Anvers, il ne restera plus que Hong Kong.

— Entendu, approuva le Président. Je me fie à votre jugement. Nous avons encore quelques jours de délai avant l'arrivée du cargo. » Il hésita puis grimaça. « Il faut que je réfléchisse à ce que nous ferons si aucune copie du manifeste n'est retrouvée. Je ne peux pas laisser ce navire décharger sa cargaison en Irak. En dernière analyse, nous n'aurons pas d'autre choix que de l'arraisonner, et cela signifie que je dois anticiper les conséquences et m'y préparer.

— Une confrontation militaire avec la Chine ?

— Une confrontation est une possibilité bien réelle, et effrayante.

— On se débrouillerait seuls, sans nos alliés ?

— Si besoin est. Ils vont exiger des preuves si nous sollicitons leur soutien. Et des preuves, nous n'en avons pas...

— Je comprends votre point de vue. Nous avons intérêt à mettre la main sur le manifeste.

— Je n'ose pas imaginer ce que nous serions amenés à faire si les Chinois étaient assez bêtes pour nous défier. » Castilla secoua la tête, son large visage assombri par des soucis inexprimés. « Figurez-vous que je le voulais, ce boulot. J'ai travaillé très dur pour l'avoir. » Il se pencha en avant et dit doucement : « Dites-moi ce qui se passe pour David Thayer ?

— Dès que je localise l'emplacement exact de la ferme-prison, j'envoie un agent pour établir le contact et évaluer l'exactitude de son récit. »

Le Président hocha à nouveau la tête. « J'ai pensé à la possibilité que l'accord sur les droits de l'homme ne soit jamais signé. Je n'aime pas ça du tout.

— Si c'est le cas, une opération de sauvetage pour Thayer serait à envisager.

— Quel genre d'opération ?

— Une petite unité. Son effectif, sa composition et son équipement exacts dépendront du niveau de sécurité et de l'emplacement de la ferme-prison.

— Vous aurez tout ce qu'il vous faudra. »

Dans l'ombre, Klein dévisagea son ami de longue date. « Dois-je comprendre, monsieur, que vous êtes prêt à donner le feu vert pour cette opération ?

— Disons que je réserve ma décision. » Le Président ferma les yeux un moment, et son visage parut gagné par la mélancolie.

Elle s'évanouit rapidement. Il se leva. « On reste en contact. Jour et nuit.

— Dès que j'ai du nouveau.

— Bien. » Il ouvrit la porte et sortit, portant ses lourdes épaules avec une raideur empreinte de dignité. Il fut immédiatement entouré par trois agents des services secrets, qui l'escortèrent vers la porte extérieure.

Fred Klein entendit le moteur de la Lincoln vrombir et la voiture s'éloigner dans un crissement de gravier. Il se leva et se dirigea vers un grand écran sur le mur de droite. L'esprit inquiet et agité, il appuya sur un bouton. L'écran s'alluma. Une carte détaillée de la Chine apparut. Il serra les mains derrière son dos et l'examina attentivement.

Shanghai

Dans sa chambre d'hôtel, Smith continuait de braquer son Beretta sur l'homme déguisé en serveur. « Qui est "Mondragon", et qu'a-t-il à faire d'un vieil homme ?

— Ce n'est pas vraiment le moment de feindre la modestie, colonel. » Il enleva sa veste blanche et son pantalon ample, découvrant la tenue typique du jeune Shanghaien : l'omniprésente chemise blanche, le pantalon bleu marine bon marché et infroissable, et le manteau de la même couleur. « Nous avons envoyé un homme pour filer Mondragon, histoire d'être sûrs qu'il vous donnerait les informations à vous, les Ricains. Vous vous rappelez l'île de Liuchiu ? L'embuscade ? C'est là que Mondragon a tiré sa révérence. Ensuite vous êtes retourné à Kaohsiung. Nous n'avons jamais cessé de vous avoir à l'œil. Satisfait ? »

L'arme de Smith resta quand même braquée sur le Chinois. « Pourquoi la Sécurité s'intéresserait-elle à moi ?

— Bon Dieu de merde ! Lâchez-moi ! David Thayer pourrait bien être notre chance de faire savoir au monde entier ce qui se passe ici, en Chine. La Sécurité vous cherche pour *leurs* raisons, pas les nôtres.

— Vous étiez dans le Land Rover ? »

Asgar Mahmout poussa un soupir exagéré. « Non, c'était la

reine d'Angleterre. Mettez ces vêtements avant qu'ils ne nous pendent tous les deux par nos propres génitoires. »

Asgar Mahmout n'était pas un nom chinois, et avec ses yeux ronds et son teint mat, il n'avait pas l'air chinois. Il disait « nous ». *Nous avons envoyé un homme pour filer Mondragon.* Et *notre chance.* Une sorte de groupe dissident clandestin ? Il allait devoir attendre pour savoir à qui il avait affaire exactement ; ce que ce Mahmout avait dit était logique : ils avaient pu le trouver s'ils étaient sur sa trace depuis sa rencontre avec Avery sur Liuchiu. Ce qui voulait dire que les hommes de la Sécurité étaient probablement en bas, à l'affût.

Smith posa son Beretta sur la table basse, se débarrassa de son costume, et enfila rapidement les vêtements : un costume mao bleu foncé de vieillard, une casquette de l'Armée populaire de Libération, une chemise bleu pastel au col crasseux, et des sandales chinoises.

« Prenez seulement l'essentiel. » Mahmout avait tourné le chariot face à la porte. Il l'ouvrit.

Smith ramassa son sac à dos en vitesse, fourra son Beretta dans sa poche, et lui courut après dans le couloir de l'hôtel. Il était désert. Mahmout poussa le chariot sur la droite, s'éloignant de la rangée d'ascenseurs, et tourna à l'angle du couloir jusqu'à un ascenseur de service.

Celui-ci était ouvert. « Coup de bol », commenta-t-il d'un ton approbateur.

Il poussa le chariot à l'intérieur, talonné par Smith. Alors que les portes se refermaient, ils entendirent un des ascenseurs réservés à la clientèle s'arrêter à leur étage. La cabine s'ouvrit en chuintant, et des pas précipités se firent entendre dans le couloir. Pendant que leur ascenseur descendait, des coups rudes et impatients furent frappés à la porte et des ordres claquèrent en chinois, si forts qu'ils traversèrent les murs.

« On dirait qu'ils sont devant votre chambre », dit Asgar.

Smith hocha la tête, se demandant dans combien de temps la Sécurité comprendrait ce qui s'était passé et où ils étaient partis.

Au rez-de-chaussée, Mahmout poussa le chariot dans le hall.

« Il y a une sortie par la cuisine, signala Smith.

— Je sais. Vous l'avez utilisée plus tôt dans la journée avec ce jeune Han. Qui est-ce ? *Où* est-il ?

— Un interprète. » Smith baissa la voix. « Mort, lui aussi. »

Mahmout secoua la tête, le visage fermé. « Vous êtes un porte-bonheur, colonel. Je ne manquerai pas de surveiller non seulement vos arrières, mais les miens. Qui l'a tué ?

— Je soupçonne un certain Feng Dun et ses hommes.

— Connais pas. » Mahmout se hâta de traverser les couloirs odorants derrière la cuisine jusqu'à la sortie des employés, Smith à ses côtés. Ils abandonnèrent le chariot et se glissèrent à l'extérieur, où ils furent aussitôt assaillis par les bruits de la ville. La ruelle sombre rejoignait Nanjing Dong Lu et sa foule sur la gauche, et la rue située derrière l'hôtel sur la droite.

« Vous avez le Land Rover ? demanda Smith.

— Vous êtes fou ? Pas avec moi. »

Ce n'est ni sur la gauche ni sur la droite que les cris éclatèrent, mais derrière, à l'intérieur de l'hôtel. La Sécurité avait compris où ils étaient partis plus tôt que Smith ne l'avait prévu.

« Courez ! » Mahmout détala comme un lévrier, sur la droite.

Smith courut dans la ruelle sombre à côté de lui, se laissant guider tandis que le brouhaha de Nanjing Dong Lu faiblissait au loin. A l'angle, d'autres cris retentirent et des pas claquèrent : on les pourchassait. Ils prirent sur la gauche, tournant le dos au Bund et au fleuve, s'engouffrèrent dans une rue encore plus étroite et débouchèrent dans une autre ruelle, et dans une troisième ruelle. Jetant un coup d'œil par-dessus leurs épaules, ils traversèrent une autre rue à toute vitesse.

Alors qu'ils pénétraient dans une autre ruelle, Mahmout força l'allure, adoptant une foulée éprouvante. En sueur, confus, Smith ne savait ni où ils étaient ni où ils allaient. Mahmout l'entraîna dans un labyrinthe déconcertant de petites rues et de ruelles anonymes, où ils évitèrent, esquivèrent, franchirent d'un bond, et rebondirent sur des piétons jurant, des parkings à bicyclettes, des chantiers de construction, des déchets éparpillés, des vendeurs de rue, des voitures garées sur les trottoirs, d'autres qui brûlaient les feux rouges – à droite et à gauche – sans même un semblant de pause.

Pendant leur course folle, ils furent assaillis par une centaine d'odeurs infectes et pénétrantes et de bruits assourdissants. Ils baissèrent la tête sous des cordes à linge, sautèrent par-dessus des gamelles fumantes, évitèrent des ordures, et esquivèrent vélos et motos qui roulaient indifféremment dans les rues, les ruelles, et sur les trottoirs. Tout ceci pendant que des cris et qu'un bruit de cavalcade les poursuivaient, se rapprochant, ou s'éloignant, mais toujours là, comme un mauvais rêve.

Par deux fois Mahmout piqua brusquement sur la droite ou la gauche au moment où d'autres poursuivants surgissaient devant eux pour leur barrer le chemin. Puis une voiture banalisée s'arrêta dans un crissement de pneus à quelques mètres d'eux. Ils se jetèrent sur le côté, traversèrent un logement au pas de course et déboulèrent dans une autre ruelle.

Leurs poursuivants étaient acharnés. Ce n'était pas le moment de parlementer ou de poser des questions. Pas le moment de souffler. Aucun répit d'aucune sorte.

Smith en perdit le sens de l'orientation, encore qu'il fût certain d'avoir couru des kilomètres. Il avait mal aux muscles et les poumons en feu. Ils devaient se trouver maintenant dans le vieux Shanghai ou la vieille Concession française. Mais voilà qu'ils se retrouvaient à nouveau dans la mêlée de Nanjing Dong Lu, qui grouillait de gens faisant leurs courses ou la tournée des bars, de touristes, de voleurs, de pickpockets et de prédateurs guettant les femmes qui étaient apparues dans la ville comme par magie quand l'« économie de marché » était devenue le nouvel objectif du socialisme.

« Le métro ! Là, vieux, *dépêchez-vous !* » Mahmout dévala les marches, entra avec son ticket prépayé à 90 yuans, et le passa à Smith.

L'Américain le suivit en courant bruyamment jusqu'à un quai bien éclairé où était indiqué HE NAN LU. A cette heure tardive, il y avait peu de voyageurs. Les nerfs à vif, en nage, Smith et Mahmout arpentèrent le quai en scrutant les différentes entrées. Quand une rame finit par arriver, ils sautèrent à bord.

Smith respira un grand coup au moment où les wagons quittèrent la station, laissant le quai derrière. « Joli travail », dit-il dans un wagon presque vide. « Mais vous ne ferez jamais guide touristique. On n'a pas le temps de profiter des attractions avec vous. »

Le visage de Mahmout était luisant de sueur, et son expression, comme toujours, oscillait du grave au neutre. Il partit soudain d'un rire sardonique qui plissa la peau entourant ses yeux noirs. « Manifestement, colonel, vous ne comprenez pas. »

Smith se faisait au fort accent britannique de ce curieux spécimen qu'on aurait pu prendre pour un Chinois mais qui ne l'était probablement pas. « J'exige des touristes très spéciaux, ceux que la course de fond intéresse davantage qu'une séance photos. De toute façon, il faut un permis. Et ici, c'est mission impossible pour ce qui me concerne.

— Vous ne pouvez pas en obtenir un ?

— Pas si la police a son mot à dire. Ils ont pour habitude de me courir après.

— Ce genre de chose vous arrive souvent ?

— Pourquoi croyez-vous que je tiens une telle forme ? Je vis en Chine mais cela ne m'empêche pas de continuer à parler ouvertement du Parti, du gouvernement, et des minorités. Je suis loin d'avoir la cote auprès de ceux qui sont à la solde des escrocs qui nous gouvernent. »

Le métro était propre, rapide et confortable. Quand ils entrèrent dans la station suivante, Mahmout en descendit et inspecta le quai. Après ce rapide examen, il remonta dans le wagon en secouant la tête.

« Des ennuis ?

— La police municipale surveille les sorties, j'en déduis que la Sécurité sait que nous avons pris le métro.

— Mais comment sauraient-ils la direction que nous avons prise ?

— Ils l'ignorent. Autrement ce serait des agents de la Sécurité qu'on verrait sur le quai, pas des municipaux. Les types de la Sécurité attendent qu'on se fasse repérer.

— Je n'aime pas ça.

— Moi, si. Ça nous laisse un petit avantage. Les municipaux ne nous arrêteront pas ; ils attendront l'arrivée de la Sécurité. »

La rame repartit. Mahmout attendit deux autres stations avant de glisser à Smith : « Le prochain arrêt, c'est Jing An Temple. C'est là qu'on descend. Ils ne m'ont jamais vu de près, et dans ces vêtements, je pourrais être n'importe qui. Quant à vous, ça m'étonnerait qu'ils vous arrêtent dans la station, mais je n'en jurerais pas. Je vous dirai quelle sortie prendre. Fondez-vous dans la foule. Je serai juste derrière, au cas où vous seriez repéré. On leur tombera dessus ensemble.

— Et après ?

— Après, on se remet à courir.
— Génial. Je meurs d'impatience. »

Mahmout se fendit d'un large sourire, découvrant des dents blanches et régulières sous sa moustache noire. Alors que la rame s'engouffrait dans la station éclairée et commençait à ralentir, il regarda par les fenêtres. « Descendez avec tous les autres. Tournez à gauche vers l'extrémité du quai. Vous verrez trois sorties sur le chemin. Prenez l'avant-dernière. »

Pendant qu'ils regardaient, les portes s'ouvrirent bruyamment.

« Compris. » Smith descendit du wagon avec le flot des passagers. Il suivit ceux qui tournaient à gauche. Un petit quart choisit d'emprunter l'avant-dernière sortie. Il resta au milieu d'eux, n'osant pas regarder par-dessus son épaule pour s'assurer que Mahmout suivait.

A la sortie, deux policiers shanghaiens détaillaient chaque passager. Le premier ignora Smith, mais son collègue, après un premier examen rapide, releva brusquement la tête et le dévisagea avec insistance.

Smith pressa le pas en jetant un coup d'œil derrière lui. Le policier chuchotait dans sa radio portative.

Smith avait atteint les escaliers quand on cria dans son dos, d'abord en chinois, puis en anglais : « Arrêtez ! Grand Européen, vous allez arrêter ! »

Une main le poussa dans le dos. « Allez, vieux. On fonce ! »

Smith monta l'escalier quatre à quatre, courut devant lui et déboucha dans une rue sombre. Mahmout le dépassa. « Suivez-moi ! »

D'autres cris résonnèrent dans la nuit, couvrant les bruits de la circulation. « Halte ! Vous, *colonel Smith*. Arrêtez-vous, ou nous tirons ! »

La Sécurité était arrivée. Voitures pleins phares et moteurs vrombissants.

« Arrêtez-les, bande de crétins ! » entendit-on dans le meilleur anglais.

Smith courut pesamment après Mahmout, tous deux piégés dans le faisceau aveuglant des phares, comme des antilopes fuyant dans le veld africain. Il n'y avait nulle part où se cacher. La rue était large et droite.

« On ne peut pas les semer ! lança Smith, le souffle court.

— Pas la peine ! » Mahmout obliqua à quatre-vingt-dix degrés et s'élança comme une flèche dans une petite rue noire comme de l'encre.

Ils passèrent devant une imposante demeure européenne du début du XIXe siècle, et Smith comprit qu'ils devaient enfin se trouver dans la Concession française.

Les phares se rapprochèrent. Mahmout tourna à nouveau dans une petite rue encore plus sombre et étroite. Ils dépassèrent en courant ce qui ressemblait à des alignements de pavillons mitoyens entourés de murs dont le style architectural ne correspondait pas à celui des maisons. Avant que les phares de la police aient pu tourner l'angle à leur tour, Mahmout ouvrit un portail dans un mur.

Il se précipita à l'intérieur et se plaqua sur le côté, suivi par Smith. Mahmout referma aussitôt le portail. Alors que les phares illuminaient la rue, les deux hommes passèrent devant une rangée de pavillons en brique. Ils quittèrent une ruelle plus large pour un dédale de venelles, de plus en plus étroites, avec des portes qui s'ouvraient de tous les côtés. Du linge était suspendu entre les fenêtres, sur deux ou trois étages, séchant dans la tiédeur de la nuit. Des bicyclettes déglinguées étaient appuyées contre les murs de brique. Des climatiseurs rouillés accrochés aux fenêtres comme des tumeurs rectangulaires. Des odeurs de friture imprégnaient tout.

« Le portail qu'on vient de franchir est la seule issue ? s'alarma Smith.

— Normalement. Suivez-moi maintenant. Par ici. »

Il s'engouffra dans l'un des bâtiments le long de la ruelle la plus exiguë que toutes celles que Smith avait vues jusqu'ici. L'Américain le suivit à travers de petites pièces où des hommes aux visages allongés et mats pareils à celui de son guide, tous coiffés d'une calotte blanche ou en mosaïque, étaient assis sur des chaises ou affalés sur des tapis et des coussins. La plupart dormaient, tandis que d'autres l'examinaient avec une curiosité dénuée de crainte.

Mahmout marchait d'un pas léger, en faisant aussi peu de bruit que possible, vers une ouverture irrégulière dans le mur. Il s'y glissa en rampant. « Dépêchez-vous, colonel. Ne traînez pas.

— C'est quoi, ça ? demanda Smith, dubitatif.

— La sécurité. »

Ils se retrouvèrent dans une autre pièce, celle-ci était meublée : lits, chaises, petites tables, et lampadaires. Ils étaient seuls.

« Nous sommes dans la Concession française, mais où ? » conjectura Smith. Son cœur continuait à cogner après leur long marathon, et il était en nage.

Le visage de Mahmout n'était pas seulement couvert de sueur mais rougi par l'effort. « Dans les *longtang*. » Il s'essuya le front avec le bras.

« Qu'est-ce que c'est ?

— Des maisons mitoyennes en brique construites à la fin du XIXe siècle dans le goût européen. Mais les maisons sont groupées, et les murs entourant ces grappes de maisons sont dans le style chinois. Les *longtang* ont été conçues sur le modèle traditionnel de la cour fermée chinoise ; de nombreuses maisons à l'intérieur d'une même enceinte, la plupart étant reliées par des passages.

— Des ruelles, vous voulez dire.

— Vous avez remarqué. Oui, c'est le cas ici. Les Européens se sont rendu compte qu'ils perdaient de l'argent en refusant l'accès des Concessions aux Chinois. Alors ils ont construit les *longtang* pour les louer avant tout aux Chinois les plus fortunés. Tous les Shanghaiens de naissance y ont vécu. Peut-être quarante pour cent y vivent encore. Ceux de la Concession française sont les plus habitables. Il arrive que des familles entières, des groupes d'amis, ou des gens originaires de tel ou tel village partagent la même cour. »

Smith entendit un bruit. Il se retourna juste à temps pour voir tout un pan de cloison en briques, ayant la forme exacte du trou par lequel ils venaient de passer, remis en place dans l'ouverture.

« De l'autre côté, le trou est quasiment invisible maintenant », expliqua Mahmout.

Smith était impressionné. « Mais qu'est-ce que c'est que cet endroit, bon Dieu ?

— Une planque. Vous avez faim ?

— Je pourrais avaler le palais impérial.

— Pour ma part, je regrette d'avoir laissé ces crabes derrière nous. » Mahmout ouvrit une porte, et ils pénétrèrent dans une autre pièce. Celle-ci contenait une longue table, une cuisinière et un réfrigérateur. Mahmout allait l'ouvrir quand il arrêta son geste.

Smith aussi avait entendu.

De l'autre côté du mur du fond, on entendait des pas lourds et des voix d'hommes qui se querellaient et discutaient. On aurait dit les hommes de la Sécurité... et dans la pièce d'à côté.

Mahmout haussa les épaules. « Ils ne trouveront pas notre trou dans le mur, colonel. Vous allez finir par vous sentir en sécurité. Nous ne sommes même pas dans le même *longtang* qu'eux. En passant par le mur nous sommes entrés dans celui d'à côté, et... »

Il s'interrompit une fois encore, et se retourna brusquement. Le regard de Smith l'avait devancé. On entendait d'autres voix impérieuses, mais elles n'étaient pas de l'autre côté du mur de la chambre. Elles provenaient de l'extérieur du bâtiment.

« Qu'est-ce...! », commença Smith.

On tambourina sur une porte à moins de six mètres de l'endroit où ils se tenaient.

Asgar Mahmout plongea la main dans le réfrigérateur en ricanant dans sa barbe. « Asseyez-vous, colonel. Ils ne nous trouveront pas. »

Smith avait des doutes en écoutant les voix et les pas lourds qui martelaient un plancher en bois. Ils paraissaient encore plus proches.

Mahmout, lui, n'y prêtait plus attention. « Le trou est le seul moyen qu'ils ont de nous trouver. Personne ne le verra. » Il avait déterminé l'endroit où se trouvaient leurs poursuivants, et se fiait à sa sécurité. Il sortit d'autres victuailles, transporta le tout jusqu'aux deux fours à micro-ondes, et les mit en marche. Pendant que leur dîner chauffait, il dénicha deux bouteilles de bière brune, et s'assit à la table.

Il indiqua l'autre chaise. « Faites-moi confiance, colonel. »

Les voix et les bruits de pas continuaient à se faire entendre, mais personne n'était apparu, et Smith avait faim. Il s'assit face à Mahmout, qui décapsula les deux bouteilles de Newcastle Brown Ale et les servit dans des verres d'une pinte en usage dans les pubs britanniques, avec les couronnes gravées et tout.

« A la vôtre et bonne traversée! » Mahmout leva son verre, la tête penchée, comme si la nervosité de Smith l'amusait.

Smith finit par hausser les épaules. Il avait le gosier aussi sec qu'une allumette après toute cette course à pied. « Et puis, tant pis. Santé! » Il but à grands traits.

Chapitre onze

MAHMOUT posa son verre et essuya la mousse qu'il avait sur la moustache. « Vous devriez nous reconnaître plus de mérite, colonel. Cette planque est aussi sûre que toutes celles que votre CIA entretient.
— Qui est ce *nous*, et pourquoi avez-vous deux noms ? Un chinois, et un autre ?
— Parce que les Chinois affirment que la terre de mon peuple se trouve en Chine, je dois donc être chinois et porter un nom han. *Nous*, nous sommes les Ouïgours. » Il prononça *ouiga*. « Je suis un Ouïgour du Xinjiang. Un demi-Ouïgour, en fait, mais il n'y a que mes parents pour attacher de l'importance à ce détail technique. Mon vrai nom est Asgar Mahmout. Dans le métro, ils vous ont appelé colonel Smith, et vous avez à l'évidence suivi un entraînement militaire. Vous aussi, vous avez d'autres noms ?
— Jon. Jon Smith. Je suis un médecin et un scientifique qui se trouve être officier de l'armée. Mais qui sont les Ouïgours ? »
Mahmout but une autre gorgée de bière et eut un sourire narquois. « Ah, vous les Américains. Vous connaissez si peu le monde, si peu l'histoire, y compris parfois la vôtre, malheureusement. Charmants, dynamiques, et incultes : voilà ce que vous êtes, vous les Yankees. Permettez-moi d'éclairer votre lanterne. »
Ce fut au tour de Smith de sourire. Il but. « Je suis tout ouïe, comme on dit chez nous.

— Voilà qui est courtois. » La fierté lui fit élever la voix. « Les Ouïgours sont un ancien peuple turc. Nous avons vécu dans les déserts, les montagnes, et les steppes de l'est de l'Asie centrale bien avant votre Christ. Et bien avant que les Chinois aient le courage de sortir de leurs vallées fluviales orientales. Nous sommes de lointains cousins des Mongols, mais plus proches des Turcs, des Ouzbeks, des Kirghiz, et des Kazakhs. Nous avions de grands royaumes jadis... des empires comme ceux que vous, Américains, convoitez aujourd'hui. » Dans un geste théâtral, il fit tournoyer une épée imaginaire au-dessus de sa tête. « Nous avons chevauché aux côtés du grand Khan et du légendaire Tamerlan. Nous avons régné sur Kachgar et la fabuleuse route de la Soie qui avait suscité l'enthousiasme de Marco Polo lors de sa visite au petit-fils du Khan, qui déjà, bien entendu, avait battu les Han pleins de suffisance et envahi la Chine. »

Il vida son verre, et poursuivit sur un ton grave : « Aujourd'hui, *nous* sommes les esclaves, et pire encore. Les Chinois nous obligent à prendre des noms han, à parler han, et à nous comporter comme des Han. Ils ferment nos écoles et refusent de nous enseigner autre chose que le han. Ils sont envoyés par millions pour peupler nos villes, détruire notre mode de vie, et nous chasser de nos fermes vers le désert ou les hautes steppes avec les Kazakhs, si nous voulons survivre en tant que peuple. Ils ne nous laissent pas prier Allah, et ils démolissent nos plus anciennes mosquées. Ils éradiquent notre langue, nos coutumes, notre littérature. Mon père était han. Il a ébloui ma mère avec son argent, sa position, et son éducation. Mais quand elle a refusé de renier l'Islam, de nous élever ma sœur et moi comme des Han, de quitter Kashgar pour la pestilente vallée du Yangtsé ou les marécages de Canton, il nous a abandonnés.

— Ça a dû être difficile.

— Horrible, en fait. » Il alla chercher une autre bière dans le réfrigérateur. D'un geste il demanda à Smith s'il en voulait une.

Smith opina. « Et votre accent britannique ?

— On m'a envoyé en Angleterre. » Il apporta les bières à la table et remplit les verres. « Le père de ma mère estimait qu'un homme éduqué à l'occidentale serait utile. Mon peuple désespère quand on m'arrête. » Il haussa les épaules.

« Vous avez étudié à Londres ?

— Finalement, oui. Dans des écoles privées, puis à la London School of Economics. Des études qui ne semblent pas d'une grande utilité ici. » Les fours à micro-ondes sonnèrent, annonçant que la nourriture était prête. Il apporta les assiettes et les bols fumants et se rassit.

« Ils veulent que vous soyez prêt à gouverner s'ils devaient un jour connaître la liberté. Je suppose que vous n'êtes pas le seul à avoir été envoyé à l'étranger faire des études.

— Bien sûr que non. Cela a concerné plusieurs dizaines d'entre nous, y compris ma sœur.

— Est-ce que le monde connaît l'existence des Ouïgours ? Qu'en est-il des Nations unies ? »

Asgar empila des cubes de mouton en ragoût, des oignons, des poivrons, des tranches de gingembre, des carottes, des navets et des tomates dans son assiette, et Jon fit de même. Ils prirent dans le grand bol des poignées d'un riz frit, épais, agrémenté de carottes et d'oignons. Asgar mangeait en trempant les cubes de mouton dans le liquide foncé que contenait le bol plus petit et les accompagnait avec une crêpe croustillante, tenue comme une tranche de pain.

Jon l'imita et trouva la nourriture délicieusement épicée.

« L'ONU ? fit Asgar entre deux bouchées. Bien sûr qu'ils sont au courant. Mais nous n'avons aucun moyen de pression, alors que la Chine a l'embarras du choix. Nous voulons notre terre pour la cultiver et y faire paître nos animaux. La Chine la veut pour ses richesses. Pétrole. Gaz. Minerais. Vous aimez le mouton ?

— Un régal. Comment appelez-vous cette galette frite croustillante ?

— *Nang*.

— Et le riz ? »

Asgar gloussa. Il riait beaucoup pour quelqu'un qui parlait avec autant d'amertume. « On appelle ça "riz mangé avec les mains". » Haussement d'épaules. « Cela a toujours été la même chose pour tous les peuples d'Asie centrale. Nous sommes allés vers l'ouest parce que nous étions pauvres et voulions de meilleures terres et un avenir. Nous étions féroces, et nous avions de grands chefs. Notre pouvoir s'est érodé au fil des siècles : trop de querelles mesquines, trop de petits chefs et de petits royaumes dirigés par des esprits de plus en plus étroits. La marée a fini par refluer sur nous au XIXᵉ siècle, ce qui guette n'importe quel peuple, tôt ou tard. » Il regarda Jon par-dessus son verre. « N'oubliez pas ça, l'Américain. »

Jon le gratifia d'un signe de tête diplomatique.

Asgar but une longue gorgée de bière. « D'abord il y a eu les Russes qui avaient des vues sur l'Inde, mais qui ont été contents de nous ramasser au passage. Et puis les Chinois sont venus, parce qu'ils considéraient notre terre comme la leur. Finalement, ça a été le tour des Britanniques, protégeant "leur" Inde. Ils appelaient ça le Grand Jeu, et vous êtes à nouveau en train de miser dessus. La seule différence pour nous et la plus grande partie du monde, c'est que ce sont les Yankees qui y jouent désormais, plus les Anglais.

— Et vous, Ouïgours ? Vous faites quoi ?

— Ah, voilà que vous posez la question cruciale. Nous reconquérons notre pays, évidemment. Ou, dans la mesure où nous n'avons jamais constitué un "pays" au sens européen, mais seulement un peuple, nous reprenons notre terre.

— C'est votre mouvement clandestin ?

— On peut dire ça. Pas très fourni pour le moment, mais nous faisons chaque jour de nouvelles recrues dans le Xinjiang, de l'autre côté de la frontière au Kazakhstan, et dans d'autres endroits. Nous ne sommes hélas qu'une résistance, une gêne. Des spécialistes de l'embuscade, des saboteurs, des bandits. Nous harcelons les Han. Ils prétendent que nous ne sommes que sept ou huit millions. Nous, nous disons que nous sommes trente millions. Mais même trente millions sur des chevaux et des pick-up ne peuvent pas faire grand-chose contre un milliard avec des chars. Pourtant, nous devons résister. C'est dans notre nature, nous avons au moins ça pour nous. Le résultat, c'est que nous sommes devenus "région autonome". C'est dérisoire vu la situation générale, bien sûr, d'autant plus qu'Urumqi est déjà une ville han, mais ça montre que nous les inquiétons suffisamment pour qu'ils essayent de nous acheter. »

Jon se resservit. « C'est pour ça que vous avez parlé à Mondragon du vieil homme qui prétend être le père de notre Président, non ? »

Asgar acquiesça d'un signe de tête. « Qui sait s'il ne l'est pas ? En tout cas, c'est toujours un Américain que les Chinois détiennent secrètement depuis près de soixante ans. Nous espérons que cela réveillera l'attention sur les tristes antécédents de la Chine en matière de droits de l'homme et la destruction systématique de ses minorités, notamment celles qui sont totalement non chinoises. Nous vivons bien plus près de Kaboul et de New Delhi que de Pékin.

— Surtout s'il est vraiment le père du Président.

— Surtout. » Asgar sourit, découvrant à nouveau ses dents étincelantes.

Jon finit par repousser son assiette vide et prit sa bière. « Parlez-moi de ce vieillard. Où est-il ?

— Dans une prison proche de Dazu. A environ cent dix kilomètres au nord-est de Chongqing.

— Quel genre de prison ?

— C'est plutôt une sorte de ferme surveillée. On y interne principalement des prisonniers politiques en cours de "rééducation", des petits délinquants, et des hommes âgés dont on pense qu'ils ont peu de chances de s'évader.

— Basse sécurité ?

— Selon les critères chinois, oui. C'est totalement clôturé et fortement gardé, mais les prisonniers sont en chambrées, pas en cellules. Il y a peu d'interactions avec le monde extérieur et peu de visiteurs. Le vieux monsieur qui dit être David Thayer jouit de certains privilèges, comme une chambre séparée avec un seul codétenu, quelques livres, les journaux, et un régime spécial. Mais c'est à peu près tout.

— Comment avez-vous fait pour avoir vent de son histoire ?

— Comme je vous l'ai dit, beaucoup de prisonniers sont des politiques. Certains sont ouïgours. Nous avons un réseau d'activistes et un canal d'information secret dans la place pour communiquer avec l'extérieur. Thayer a entendu parler du traité sur les droits de l'homme, et, sachant que nous étions opposés aux Chinois et en mesure de faire passer un message, il nous a révélé qui il était.

— Que savez-vous de lui ?

— Pas grand-chose. Nos prisonniers disent qu'il n'est pas très sociable et parle peu, surtout de son passé. Ça ferait probablement de grosses histoires s'il le faisait. Mais d'après ses dires, il a connu tout l'éventail des prisons chinoises, au gré des luttes de pouvoir et des nouvelles théories ayant cours à Pékin. J'ai l'impression qu'ils l'ont beaucoup trimbalé pour qu'il reste isolé et caché. »

Cela paraissait logique, et donnait à Smith suffisamment d'éléments à rapporter à Klein dès qu'il serait en mesure de quitter le pays. Mais son incapacité à parler chinois ne lui laissait guère le choix. Sans aide, il devait en gros se limiter aux voies habituelles empruntées par les visiteurs étrangers entrant ou quittant le pays : aéroports internationaux, quelques paquebots, et encore moins de trains. Avec la Sécurité à ses trousses, ainsi que le mystérieux groupe de l'île, ces issues seraient verrouillées comme des chambres fortes.

Asgar l'avait observé. « Que croyez-vous que fera le gouvernement américain au sujet de David Thayer ?

— Ça dépend du Président. Si je devais faire un pronostic, je dirais que pour l'instant, alors que la signature du traité est imminente, rien. Il va être porté à attendre que le traité soit une réalité avant de soumettre le cas de David Thayer aux dirigeants chinois.

— Ou peut-être ébruiter l'information dans les journaux pour mettre Pékin sous pression ?

— C'est possible », convint Jon. Il considéra Asgar. « C'est ce que vous voulez, n'est-ce pas... l'attention des médias ?

— Absolument. Il faut que nous soyons sur la scène internationale avec tous les autres. Et si le traité n'est pas signé ?

— Qu'est-ce qui vous fait croire qu'il ne le sera pas ?

— La logique. Mondragon n'était pas obligé de partir comme un voleur pour l'île de Liuchiu pour vous parler de David Thayer. Non, il avait une livraison à effectuer, je me trompe ? Vous étiez là pour la réceptionner. Mais il a été tué, et vous vous êtes enfui... pour retourner directement à Shanghai. Ce qui me fait dire que les tueurs se sont emparés de ce que Mondragon avait sur lui, et que vous essayez de le récupérer. Toute cette affaire sent les embrouilles, et pue franchement depuis que le traité est en jeu. Après tout, c'est le dossier le plus important entre les États-Unis et la Chine à l'heure actuelle.

— Disons que vous avez peut-être en partie raison. Si c'est le cas... si le Président était absolument sûr que le traité tombe à l'eau, il se pourrait qu'il envoie une équipe pour libérer Thayer.

— Je vois d'ici les gros titres vengeurs. Chinois *et* Américains crieraient à l'outrage.

— Mais si je ne signale pas l'endroit où se trouve Thayer, rien de tout cela n'arrivera. Et ni vous ni votre peuple n'en retirerez quelque chose. Je peux utiliser mon portable ?

— Mauvaise idée. La Sécurité a dû se débrouiller pour trianguler les signaux reçus et émis d'ici. Il y a si peu de téléphones portables dans les *longtang* que ça vaudrait le coup de localiser tous les appels, d'autant plus qu'ils ont l'air bien décidés à vous trouver. »

Smith réfléchit. « Un téléphone public ferait l'affaire, si vous pouvez me faire sortir d'ici pour en trouver un. Je ne dirai rien de compromettant.

— Si j'y arrive, vous avez un plan ?

— La Septième flotte n'est jamais loin de la Chine. Ce qui veut dire que j'aurais également besoin de votre aide pour gagner la côte en prévision d'un ramassage. »

Asgar le regarda fixement, fit une moue désapprobatrice, et se leva sans mot dire. Il rassembla une partie de la vaisselle sale et l'emporta jusqu'à l'évier.

Jon le rejoignit avec le reste.

« Est-ce que votre gouvernement s'engagera à raconter l'histoire de David Thayer, d'une manière ou d'une autre ?

— J'en doute. Je pense qu'ils feront ce qu'ils jugeront conforme à l'intérêt national.

— C'est dans l'intérêt *international* de montrer ce que la Chine est... pour ce que cela signifie pour Hong Kong et Taïwan ainsi que pour Urumqi et Kachgar.

— Si tel est le cas, ils feront en sorte que le monde entier l'apprenne, mais ils n'offriront aucune garantie préalable. D'un autre côté, si je suis dans l'incapacité de transmettre ce que j'ai appris à mon patron, rien ne se saura. »

Asgar continuait à le dévisager. Ses yeux étaient deux billes noires et dures. « Je ne le crois pas. Vous n'êtes pas si important. Aucun agent ne l'est, n'est-ce pas ? Mais vous êtes peut-être assez important pour qu'ils perdent du temps à vous chercher si vous ne repreniez pas contact avec votre chef. Cela nous déplairait. »

Jon croisa son regard. « J'imagine à quel point ce serait mauvais pour vous. »

Le Ouïgour soutint son regard encore un moment, comme s'il sondait Smith pour savoir de quelle étoffe il était fait. Finalement, il alla à l'évier, versa du liquide vaisselle, du Palmolive, et fit couler l'eau chaude, en regardant la mousse se former. « Ça ne va pas être facile, colonel. La Chine est un pays dense, homogène, surtout ici, dans l'Est. Dans les campagnes, c'est pire. Ils ne voient presque jamais d'étrangers, d'Ouïgours, ni même de voitures privées. Un simple Land Rover fera sensation.

— Vous avez l'air de vous déplacer sans problème.

— C'est parce que nous sommes à Shanghai, et que Shanghai ne ressemble pas au reste de la Chine. Ce n'est pas comme Pékin non plus. Les Shanghaiens sont plus occidentalisés, et l'ont toujours été. Plus grand-chose ne les étonne. Mais une voiture remplie d'Ouïgours en pleine cambrousse ne manquera pas d'attirer les regards. Mettez un Blanc dans la voiture des Ouïgours, et la police en entendra parler. Ils iront peut-être même jusqu'à alerter la Sécurité.

— Alors qu'est-ce qu'on fait ?

— ... on fait de vous un Ouïgour.

— Je suis trop grand. Mes yeux n'ont ni la bonne couleur ni la bonne forme.

— Passé l'adolescence, la plupart des Ouïgours n'ont quasiment plus les yeux bridés. Nous sommes d'ascendance turque. » Il étudia les traits et la carrure de Jon d'un œil critique. « Vous êtes grand et fort, c'est sûr. C'est toute cette saine nourriture américaine. Mais nous pouvons vous foncer la peau et ajouter des rides. Il faudra que vous plissiez les yeux. Ensuite on vous mettra quelques habits traditionnels et on vous tassera au milieu de quelques-uns d'entre nous. On n'y verra que du feu, à condition que personne ne vous examine de trop près.

— Peut-être. Où avez-vous l'intention d'aller sur la côte ?

— Quelque part au sud, pas trop loin.

— Je vais avoir besoin des coordonnées pour le ramassage.

— Compris. Mais d'abord je vais parler avec les miens. Nous devons décider du nombre d'hommes dont nous allons avoir besoin, des véhicules que nous allons utiliser, de l'endroit le plus sûr pour établir le contact, et du meilleur itinéraire pour y parvenir.

— Quand partons-nous ?

— Ce soir. Le plus tôt sera le mieux, pendant que les types de la Sécurité consultent en haut lieu et tournent en rond en délibérant les uns avec les autres.

— Je suis prêt.

— Pas encore. D'abord, les femmes vont faire de vous un Ouïgour, pendant que nous organisons les choses. Attendez ici, Jon. Je reviens. »

Une fois seul, Jon fit le tour de la petite planque. Les quatre pièces abritaient douze paillasses entassées dans un coin, une salle de bains, deux autres réfrigérateurs, et quatre micro-ondes. Alors qu'il inspectait les lieux, il se rendit compte que les voix et les bruits de bottes, si proches moins d'une heure auparavant, avaient disparu. Les hommes de la Sécurité étaient repartis, pour le moment du moins. Il n'y avait plus que le silence... le silence partout, à l'extérieur comme à l'intérieur des pièces sans fenêtre.

Il n'aimait pas cela. La Sécurité avait abandonné un peu trop vite, un peu trop facilement. Pourquoi ? Soit ils avaient reçu l'ordre de considérer sa présence en Chine comme un sujet délicat susceptible d'entraîner des complications internationales, ce qui voulait dire qu'ils avaient des soupçons sans être certains qu'il était plus qu'un scientifique en visite. Soit ils étaient postés à l'extérieur des *longtang*, espérant qu'il se montrerait. Ou... ils avaient organisé une mise en scène sans avoir l'intention de l'attraper parce que c'était déjà fait ; Asgar Mahmout et ses soi-disant Ouïgours travaillant en fait pour ou en collaboration avec le Bureau de la Sécurité. Ce qui expliquerait les questions qu'Asgar avait posées sans avoir l'air d'y toucher au sujet du traité.

Si cette dernière hypothèse était la bonne, était-il déjà pris au piège entre ces quatre murs, ou allaient-ils continuer à le mener en bateau dans l'espoir de savoir exactement ce qu'il faisait ? Il s'immobilisa pour réfléchir. Il décida qu'ils voudraient faire semblant de l'aider, parce que son arrestation provoquerait effectivement un incident diplomatique s'ils étaient incapables de montrer ce qu'il cherchait. D'un autre côté, s'il s'agissait simplement de jouer au chat et à la souris, il avait sa chance.

Chapitre douze

Vendredi 15 septembre

Dans le bureau exigu qu'il utilisait au quartier général de la police, au 210 Hankou Lu, non loin du Bund, le major Pan Aitu, l'air renfrogné derrière ses lunettes à monture en écaille, considérait un dossier posé sur son bureau. Il n'y avait aucun problème particulier ni rien d'extraordinaire dans le dossier du banal délinquant contre lequel il témoignerait plus tard dans la journée ; c'était simplement que Pan avait toujours l'air renfrogné quand il était seul. La voix douce et le sourire bienveillant étaient exclusivement réservés à un usage public, comme l'étaient les costumes classiques rassurants et les nœuds papillons guillerets, tous destinés à hypnotiser la souris en face de lui. Sa ronde jovialité aussi était de façade. Il y avait du muscle sous la graisse, du muscle dur et entraîné.

Vêtu d'un manteau trois-quarts en cuir noir, d'une chemise safari marron militaire, et d'un jean noir, il avait l'aspect inquiétant d'un nain remonté des entrailles de la terre. Il était toujours penché sur ses dossiers, en train de travailler, quand, précédé d'un coup unique frappé à la porte, apparut son supérieur, le général Chu Kuairong.

« Vous avez localisé le scientifique américain ?
— Et nous l'avons perdu, répondit l'espion, écœuré. Il est clair que nous avons bâclé l'opération. Il nous faut du personnel

plus qualifié, général. Les équipes que j'ai envoyées n'ont couvert que les principales entrées de son hôtel, supposant qu'il ne connaissait pas notre pays, n'était pas familier avec la ville, et que ça faisait de lui un idiot. Il est évident qu'il quittait et regagnait l'hôtel par d'autres chemins.

— Il est déjà venu à Shanghai ? » Chu Kuairong était contrarié. « Son dossier, et les nôtres, ne le signalent pas. »

Le major secoua la tête. « Il a dû recevoir de l'aide. »

— De l'aide ? Par quelqu'un de chez *nous* ? Impossible.

— C'est la seule explication, assura Pan, catégorique. Quelqu'un qu'ils ont retourné, probablement. Mais malgré cette aide, après que nous avons reçu l'autorisation de l'arrêter, mes imbéciles ont fini par faire preuve d'un peu de bon sens en surveillant toutes les entrées et les sorties. Ils ne l'ont pourtant pas vu rentrer dans l'hôtel. Par chance, ils avaient posté un homme déguisé à l'intérieur. C'est lui qui a repéré Smith. »

Le général poussa un soupir de frustration, en se disant, comme cela lui arrivait souvent, que le budget dont il disposait pour recruter et entraîner des agents efficaces était bien trop maigre. Il était assis penché en avant au bord d'une chaise à dossier droit, comme un oiseau de proie géant en train de planer. Son crâne chauve brillait sous la lumière fluorescente crue, et il sondait le major de ses petits yeux enfoncés dans leurs orbites par les vents du désert.

« Et ils ont encore perdu Smith ? », grommela le général.

Le major raconta tout ce qui s'était passé depuis que ses hommes avaient pénétré dans la chambre d'hôtel de Smith, découvert qu'il avait tout laissé derrière lui, y compris ses vêtements, et l'avaient pourchassé dans le métro et les *longtang* de la Concession française.

Le général Chiu l'écouta attentivement. Quand le major eut fini, il réfléchit un moment. « Vous n'avez toujours aucune idée de ce que ce prétendu scientifique est venu trouver ou faire à Shanghai ?

— Il n'y a aucun doute sur ses qualifications scientifiques. Il est bien ce qu'il prétend être. Le problème est ce qu'il peut être *d'autre*. Si nous ne savons pas encore la raison de sa présence ici, quelques hypothèses commencent à se faire jour.

— Lesquelles ?

— Une série d'événements qui, dans mon esprit du moins, suggèrent un schéma et une direction. » Le major Pan compta sur ses petits doigts épais. « Premièrement, un certain Avery Mondragon, un sinologue américain connu qui travaille à Shanghai depuis quelques années en tant qu'agent commercial pour beaucoup d'entreprises américaines, disparaît. D'après ses associés, sa disparition remonte à mercredi matin. »

Chu se pencha encore davantage vers Pan. « La veille de l'arrivée du colonel Smith à Shanghai ? »

Pan inclina la tête. « Intéressante coïncidence, vous ne trouvez pas ? Deuxièmement, une femme de ménage travaillant dans un immeuble de bureaux du centre-ville découvre le cadavre d'un homme dans le bureau de Yu Yongfu, président-directeur général de Flying Dragon Enterprises, une compagnie maritime internationale ayant des liens avec Hong Kong et Anvers. Troisièmement, ce même Yu Yongfu et sa femme semblent également avoir disparu. Du moins personne ne se trouve dans sa résidence, et il n'y a pas de voiture dans son garage.

— Que savons-nous de lui ? »

Le major indiqua la chemise ouverte sur son bureau. « C'est son dossier. C'est un jeune homme qui a connu une ascension fulgurante, et qui est riche à présent. C'est le gendre de Li Aorong, ceci expliquant peut-être cela. Dans la mesure où Li est un fonctionnaire très en vue à Shanghai, et... »

Chu était intéressé. « Je connais Li et sa fille personnellement. C'est un vieux membre du Parti très estimé. Je ne doute pas que...

— Toujours est-il que la fille et le gendre semblent avoir disparu, et que le directeur financier de la compagnie est mort. Abattu, en fait. Une autre coïncidence ? »

Chu se redressa. « L'homme retrouvé mort dans son bureau était le directeur financier ? Je vois. Intéressant. Est-ce qu'on recherche Yu et sa femme ?

— Naturellement.

— Et son père à elle ?

— Li Aorong sera interrogé dans la matinée. »

Chu approuva d'un hochement de tête. « Quoi d'autre ?

— Un autre cadavre a été retrouvé dans une voiture à l'aéroport de Hongqiao. Un jeune homme qui faisait l'interprète et le chauffeur pour les touristes. Chose étrange, il a étudié de nombreuses années aux États-Unis.

— Vous insinuez qu'il a pu aider notre colonel Smith ?

— Sa photo a été identifiée par les employés du Peace Hotel. Il a été aperçu dans le hall plus tôt dans la journée après que le colonel Smith a pris sa chambre. Pour résumer : un Américain résidant ici disparaît. Le lendemain de l'arrivée du colonel Smith, le directeur financier d'une compagnie maritime est assassiné, le président de cette compagnie et sa femme disparaissent, et un interprète et chauffeur shanghaien ayant fait ses études aux États-Unis est tué la même nuit et retrouvé dans un aéroport.

— Vous avez une théorie ?

— Seulement un scénario possible, prévint le major. Mondragon découvre quelque chose se rapportant à la compagnie de Yu Yongfu qu'il estime important pour les Américains. On envoie Smith pour prendre connaissance de ce que Mondragon a découvert et le récupérer. Quelque chose tourne mal. Pour je ne sais quelle raison, l'interprète est désigné ou employé pour servir de guide et d'interprète à Smith.

— Si vous avez raison... il y a des gens dans ce pays qui ne veulent pas que les Américains mettent la main sur ce que Mondragon a découvert. »

L'espion inclina la tête. « En effet. »

Le général plongea la main dans une poche intérieure du costume mao qu'il portait ce soir-là, et en sortit un long et fin cigare. Il en arracha l'extrémité d'un coup de dents, le fit tourner au-dessus de la flamme, et lança un de ses ronds de fumée.

« Est-ce que le colonel Smith a obtenu ce pour quoi il est venu ? demanda-t-il.

— C'est ce que nous ne savons pas.

— C'est ce que nous *devons* savoir.

— Nous sommes d'accord. »

Chu souffla un autre rond de fumée. « Si Smith a ce qu'il voulait, il va tenter de quitter le pays.

— J'ai fait surveiller tous les points de sortie.

— J'en doute. Nous avons de longues côtes, major.

— Il n'est pas sur la côte.

— Alors vous savez quoi faire. » Nouveau rond de fumée, plus rapide. « Et s'il n'a pas obtenu ce qu'il voulait ?

— Il restera à Shanghai jusqu'à ce qu'il l'ait. »

Chu Kuairong réfléchit. « Non. Dans cette hypothèse, il essaiera également de partir. Il a grillé sa couverture ; il n'arrivera à rien s'il reste. Il me paraît trop intelligent pour utiliser les transports publics. Il aurait plutôt tout intérêt à organiser un ramassage sur la côte. Tout ce que nous avons à faire, c'est suivre sa trace, identifier tous les agents américains et les taupes qui l'aident, l'arrêter à destination, et, avec de la chance, appréhender ses sauveteurs en même temps que lui. » Le général tira sur son panatela, souriant enfin. « Oui, ce serait fort agréable. Je vous laisse le soin, major Pan, de faire le nécessaire. »

*

Une portion du mur bougea. A nouveau tout de noir vêtu : pull, jean, et chaussures à semelles souples, son sac à dos léger à l'épaule, Jon attendait à l'endroit où il pouvait observer le morceau de cloison qu'on enlevait pour dégager l'entrée de l'appartement secret. Il avait son Beretta derrière son dos.

Asgar Mahmout passa à travers l'ouverture et se retourna pour aider les trois femmes à l'air grave qui suivaient. Habillées de vêtements typiques – pantalons et jeans, chemises et chemisiers, pulls et sweat-shirts, un blazer –, deux portaient des trousses de maquillage, la troisième un ballot de vêtements. Elles étaient relativement grandes et sveltes, et avaient d'épais cheveux noirs et brillants. Celle qui portait les vêtements était plus grande que les autres, et mince de visage. Ses cheveux étaient tirés en arrière et noués dans la nuque. Elle avait une fossette au menton, un demi-sourire aux lèvres, et des pommettes saillantes, sculptées. C'était une beauté, qui le savait, et semblait s'en amuser.

Deux autres hommes apparurent, se glissant dans l'ouverture à la suite des femmes.

Asgar leur lança un regard et salua Smith d'un signe de tête. « Je vois que vous avez mis vos vêtements de travail.

— Il m'a semblé que c'était prudent. »

La grande et belle inconnue portait son blazer sur un sweatshirt et un jean. Elle toisa Jon de la tête aux pieds. « C'est ça, la dernière mode masculine à Washington ? », demanda-t-elle dans un anglais clair aux inflexions américaines. Le demi-sourire s'épanouit.

« Seulement pour les agents secrets en mission. » Il lui retourna son sourire.

L'un des hommes dit quelque chose à Asgar dans une langue qui ressemblait vaguement à ce que Jon avait entendu parmi les Ouzbeks de l'Alliance du Nord en Afghanistan.

Asgar répondit et traduisit pour Jon. « Toktufan voulait savoir où est-ce que vous cachiez vos armes. Je lui ai dit que vous aviez probablement mis votre pistolet dans votre ceinture, dans le dos, sous votre pull, et votre couteau à la jambe.

— C'est presque ça. »

Asgar sourit. « L'autre gars, là derrière, c'est Mierkanmilia, et la grande demoiselle qui parle comme une Yankee, c'est ma sœur, Alani. Avec ses copines, elles vont vous faire une tête d'Ouïgour, si cela est possible. Elles ont aussi des vêtements ouïgours pour vous.

— Et vous, qu'est-ce que vous allez faire ?

— Trouver la meilleure destination, organiser le transport, et redevenir nous-mêmes Ouïgours. » Il fit signe à ses deux compagnons. « Nous vous laissons entre les mains compétentes d'Alani. » Les trois hommes s'engouffrèrent dans le trou et remirent la portion de briques en place.

Les femmes tinrent un conciliabule dans leur langue. Plus exactement, les deux qui n'avaient toujours pas de prénoms posèrent à Alani un déluge de questions.

Finalement, elle se tourna vers Jon. « Asseyez-vous là, colonel Smith », fit-elle en désignant une chaise. « Enlevez votre pull. »

Jon s'exécuta, découvrant un sous-pull noir en coton.

Alani grogna d'impatience. « Vous êtes un peu trop couvert, non ? Il faut que je vous prenne par la main ? »

Jon éclata de rire. A sa grande surprise, elle l'imita, et il comprit qu'elle avait caricaturé quelque institutrice américaine. Un clin d'œil qu'elle se faisait à elle-même. Dans ces circonstances, c'était remarquable, car elle risquait sa vie pour lui. Il enleva son sous-pull et surprit une lueur d'intérêt dans les yeux de la grande jeune femme qui contemplait sa poitrine nue.

Il lui sourit. « Votre frère et vous êtes différents des autres. »

Un petit rire fusa entre ses lèvres charnues tandis qu'elle faisait signe aux deux autres femmes. Elles avaient chuchoté et ri derrière leurs mains en le regardant se déshabiller. Elles accoururent et commencèrent à lui maquiller le visage, en commençant par lui foncer la peau avec un fond de teint marron clair.

« Pourquoi ? Nous sommes différents à vos yeux parce que nous parlons anglais ? » Alani se recula pour observer le travail d'un œil critique.

« Pour cela, et parce que vous avez fait vos études à l'étranger. Cela suggère une histoire et un projet.

— Vous savez que notre père était han ?

— Oui. Cela n'a pas l'air de signifier grand-chose pour vous deux ?

— En effet, à part nous donner un avantage que d'autres Ouïgours n'ont pas. C'est aussi un désavantage, évidemment. Il y a toujours le risque que nous puissions changer de bord. Nous ne l'avons jamais fait, et ils ne le suggéreraient pas ouvertement, mais ça leur trottera toujours dans la tête. »

Les deux maquilleuses avaient une discussion animée, brandissant des brosses à bout étroit et pointant du doigt ses yeux et ses sourcils. Les coups de brosse sur sa peau étaient doux, le chatouillaient presque.

Alani leur parla d'un ton brusque. Elles ripostèrent, l'ignorèrent, et revinrent à leur différend esthétique. Exaspérée, Alani secoua la tête et jeta un coup d'œil à sa montre.

« Quel avantage cela vous donne-t-il ? » voulut savoir Jon.

Elle observait toujours les deux maquilleuses querelleuses et ne paraissait pas l'avoir entendu. « Notre mère est la fille d'un des dirigeants de notre gouvernement indépendant en exil au Kazakhstan. Ce qui fait d'elle, et donc de nous, des gens importants parmi les Ouïgours. C'est notre grand-père qui a veillé à ce qu'on nous envoie étudier à l'étranger. »

Elle aboya après les jeunes femmes qui s'étaient finalement attaquées à ses yeux. Elle pointa sa montre du doigt. « A cause de cela, et parce que notre père était han, Pékin pense que nous serions particulièrement utiles en tant que leaders et apologistes pour convaincre notre peuple d'accepter d'être intégré à la Chine. Pour les convaincre de renoncer à leur héritage et de s'assimiler. Cela nous donne des privilèges aussi longtemps que nous donnons l'impression de servir leurs projets. Cela fait une bonne couverture, avec des permis de résidence qui nous donnent la possibilité d'aller et venir bien plus librement et même de séjourner pour de longues périodes en territoire han. Ils nous surveillent, naturellement, mais tant qu'ils ne nous attrapent pas, nous pouvons quasiment aller où bon nous semble.

— Asgar a déjà été arrêté, semble-t-il. »

Elle hocha la tête d'un air entendu. « Asgar nous désespère. C'est un brave garçon, et il n'a encore jamais eu de gros ennuis. Nous continuons à croiser les doigts.

— J'essaye de situer votre accent. Où avez-vous étudié aux États-Unis ?

— J'ai vécu avec une famille dans le New Jersey, où j'ai fréquenté des écoles publiques, et puis l'université du Nebraska à Omaha. Je suis un mélange de côte Est et de Midwest, la parfaite combinaison pour étudier les sciences politiques et l'agronomie. »

Et pour diriger efficacement un pays essentiellement agricole. Son grand-père avait été très prévoyant. « Avec option guérilla ? »

Elle sourit. « Encore cet Asgar. Quand les Soviétiques étaient en Afghanistan, votre CIA entraînait volontiers n'importe quel musulman d'Asie centrale prêt à les combattre, et il a rejoint l'Alliance du Nord. Ils n'arrivaient pas à nous distinguer les uns des autres, même par rapport aux Tadjiks. »

Les deux expertes du maquillage achevèrent enfin leur travail, se reculèrent en gloussant d'admiration, et adressèrent un grand sourire à Alani. Elle hocha la tête et dit quelque chose qui devait être flatteur, puisque les sourires restèrent en place. Les deux femmes rangèrent tubes, flacons, pots et brosses. Elles n'arrêtaient pas de se retourner pour contempler le visage de Jon, tandis que l'une d'elles tapait sur les briques avec le manche d'un poignard qu'elle avait sorti de sous ses vêtements.

Alani tendit un miroir de poche. « Jetez un coup d'œil. »

Jon ouvrit de grands yeux, impressionné par ce nouveau masque, collant et très inconfortable. Ses yeux étaient devenus légèrement bridés, sa peau était brun clair, ridée par le vent et le soleil. S'il plissait les yeux, cela passerait probablement dans le noir.

« Si vous êtes parmi nous, vous devriez passer inaperçu, estima Alani.

— Espérons qu'on ne sera pas arrêtés.

— On sera arrêtés, soyez-en sûr. Mais avec Asgar et mes papiers, et les faux papiers que nous vous avons fait faire, ils ne devraient pas trop faire de difficultés. Il faut espérer qu'ils ne nous feront pas descendre du Land Rover. » Elle consulta à nouveau sa montre. « Les autres vont bientôt revenir. Vous feriez bien de passer les vêtements que je vous ai apportés. »

Il y avait une pointe d'inquiétude dans sa voix, comme si le temps passait trop vite, et que les hommes avaient trop de retard.

Son appréhension se communiqua à Jon. Pendant qu'il s'habillait, il demanda : « Que faites-vous à Shanghai ? Officiellement, s'entend.

— Nous étudions pour former des professeurs. Enfin, c'est le cas pour Asgar et moi. D'autres reçoivent une formation pour devenir chefs de village ou agents pour Pékin. Le reste fait partie de notre réseau clandestin. »

Il enfila un pantalon ample en velours côtelé sur son jean noir. « C'est un jeu sacrément dangereux, Alani. Pour vous tous.

— Nous connaissons les risques. Ils ont déjà arrêté des milliers d'entre nous, et en ont exécuté une centaine. » Elle le regarda bien en face. « C'est peut-être un jeu pour vous et la CIA, colonel. Pas pour nous. »

La chemise habillée, blanche, usée et froissée, était un peu juste sur son pull, mais il enfila la chemise en flanelle facilement. « Je ne suis pas de la CIA. Et cela n'a jamais été un jeu pour moi.

— Oui, je vois ça.

— Personne ne m'a demandé ce que je faisais là, ce que *je* venais chercher. Encore que je n'aie pas l'intention de vous le dire.

— Ce que nous ne savons pas, ils ne peuvent pas nous le faire cracher. Vous êtes contre les Chinois ou vous êtes là pour faire en sorte que le traité sur les droits de l'homme soit signé. Nous n'en demandons pas plus. »

Le raclement râpeux de la brique contre la brique interrompit leur conversation. Asgar passa par l'ouverture avant qu'elle ne soit entièrement dégagée. Il portait de rudes vêtements de paysan, et des bottes de berger à cheval. Il était également coiffé d'une calotte décorée sous un chapeau de paille.

Il examina Jon, d'abord de loin, puis de plus près. « Dans une lumière pourrie, vous passerez. » Il fit un signe de tête à Alani. « Nous sommes prêts.

— Où est-ce qu'on va ? », demanda Jon.

Asgar désigna la table de cuisine sur laquelle ils avaient dîné. Il étala une carte de la Région municipale de Shanghai et des environs, et pointa un endroit au sud de la ville. « Il y a une pagode abandonnée sur une colline près de la mer, dans la partie la plus large de la baie de Huangzhou, entre Jinshan et Zhapu. La côte est un peu rocailleuse à cet endroit, mais il y a aussi quelques plages plus accueillantes. Du galet, mais praticable. Une en particulier, un peu plus grande, fera parfaitement l'affaire.

— Il y a du fond ?

— Pas sûr, Jon. Mais Toktufan dit qu'un petit bateau peut s'approcher. Il a pêché dans le coin.

— Très bien. » Jon ramassa son sac à dos et en tira une pochette en plastique noir contenant une carte topographique détaillée des environs de Shanghai posée sur une photo satellite. Il vérifia les profondeurs, demanda à Asgar d'indiquer exactement l'emplacement de la pagode et de la plage, et nota la latitude et la longitude sur son petit carnet étanche. Quand ils eurent terminé, il roula les cartes.

« N'oubliez pas vos chapeaux », lui rappela Alani.

Jon se coiffa de la calotte ouïgoure décorée, puis mit un chapeau de paille à larges bords. Les femmes se dirigèrent vers l'ouverture dans le mur. Jon suivit le mouvement.

Asgar l'arrêta. « Nous prenons un autre chemin. »

Une fois les autres partis, et le morceau de mur remis en place, Asgar lui fit traverser l'appartement jusqu'à la chambre du fond. Là, il écarta un lit clos, souleva une partie du plancher recouvert de lino, et pointa du doigt le trou sombre et étroit qu'elle révélait.

« Nous, on va par là.

— Je vais réussir à passer ? demanda Jon, sceptique.

— Ça s'élargit en bas. J'espère que vous ne souffrez pas de claustrophobie aiguë.

— Non, assura Jon.

— Je passe en premier, vieux. Ne vous en faites pas. C'est du gâteau. » Asgar s'assit, laissant pendre ses jambes dans le trou étroit. Il regarda dans le vide une fois et se laissa tomber.

Jon suivit, passant tout juste dans l'ouverture du plancher. Les odeurs sépulcrales de terre et de roche lui emplirent la tête. Il s'écorcha les épaules tout au long du boyau jusqu'au fond d'une galerie sombre, froide et humide, renforcée par des étais en bois. Une torche électrique brillait devant lui, où la galerie se rétrécissait à nouveau. Il vit les pieds et les jambes d'Asgar.

La voix de son guide était étouffée. « De plus gros que vous ont réussi à passer sans problème. Fixez mes pieds et la lumière. C'est à environ vingt-cinq de vos yards américains. »

Alors la lumière se mit à bouger, et les pieds se fondirent dans les ombres poussiéreuses. Jon suivit, ressentant pour la première fois de sa vie ce qu'était la claustrophobie ; respirer en ayant l'impression qu'il n'y a rien à respirer, certain d'être enseveli vivant dans la seconde. Ses poumons se serrèrent, le sang lui battait les tempes.

Le temps semblait suspendu tandis qu'il s'exhortait à inspirer, à ramper. Inspirer. Ramper. Suivre les pieds alors que la sombre galerie semblait l'avaler.

L'air finit par changer. Une odeur fétide, lourde. Jon hoqueta comme un poisson à l'agonie.

« Dépêchez-vous ! » fit Asgar en se mettant debout.

Jon le suivit sans tarder. Ils étaient sortis d'un sombre canal souterrain à l'extrémité d'une allée puante. A ce moment-là, pour Jon, il n'y avait pas plus beau spectacle.

Asgar courait devant, et Jon, qui haletait encore, le suivit en chancelant jusqu'à ce qu'ils franchissent une grille ouverte et entrent dans une rue où deux Land Rover attendaient le long du trottoir. Des mains l'attirèrent dans le second véhicule, et il se retrouva coincé à l'arrière, où la banquette avait été enlevée. Trois hommes et deux femmes étaient tassés contre lui. Il reconnut Toktufan, Mierkanmilia, et les deux artistes du maquillage. Le cinquième était un inconnu, mais tous étaient habillés avec des bribes de vêtements ouïgours traditionnels. Alani était à l'avant, sur le siège passager, et Asgar conduisait.

« Pourquoi deux Land Rover ? chuchota Jon.

— Un leurre. Au cas où la police nous surveillerait. »

Le Land Rover de tête, aussi chargé, démarra.

Ils attendirent. Puis, cinq minutes plus tard, ils partirent à leur tour, naviguant dans des rues sombres aux premières heures du jour, jusqu'à ce qu'ils atteignent une artère éclairée où il y avait de la circulation, mais pas trop.

Asgar se retourna. « Nous allons prendre l'autoroute de Hu-hang, direction Hangzhou. Nous allons faire tache : huit péquenauds du Xinjiang ayant mis le cap au sud vers Hangzhou, comme vos paysans de l'Oklahoma dans les années trente. On va passer pour des guignols, pas pour des terreurs... nous l'espérons. Si les hommes de la Sécurité ne nous filent pas déjà le train, ou se sont laissé prendre par le leurre, on va peut-être bien y arriver. »

Chapitre treize

Autoroute de Huhang, Chine

Sous le ciel nocturne, la campagne revêtait un aspect spectral d'ombres et de brouillards vacillants. Jon appela Hong Kong d'un téléphone public à Gubei New Town dans le district de Changning. Il discuta, en français, d'un projet de contrat qui existait vraiment, en cas de vérifications. La conversation contenait son code apparemment innocent pour une exfiltration par la mer ; il indiquait aussi l'heure et les coordonnées. Dès qu'il aurait raccroché, le contact transmettrait les informations à Fred Klein.

« La ligne avait l'air claire, aucun signe de mise sur écoutes », dit-il à Asgar alors que le Land Rover reprenait sa tortueuse traversée sur la mauvaise route qui coupait à travers un paysage de rochers et de vallons.

« Ils écoutaient, lui assura Asgar. Tout appel longue distance est vérifié, surtout vers Hong Kong. La bonne nouvelle, c'est que les écoutes sont faites par des employés sous-qualifiés, pour eux, c'est de la routine. Ils attrapent rarement quelqu'un, à moins que ce soit vraiment flagrant. Cette fois pourtant, le service sait que vous êtes là, et ils ont certainement demandé une vigilance spéciale. Mais si votre contact est une ancienne couverture, solide, il est possible que vous soyez passé à travers les mailles du filet. »

Jon grimaça. « Merci. »

Ils avaient été arrêtés deux fois à des postes de contrôle de routine avant de quitter la ville, suscitant l'amusement parmi les policiers. On les avait laissés passer sans trop de difficultés. Jon commença à se détendre. Trente minutes plus tard, ils étaient sur l'autoroute, peu fréquentée à cette heure tardive, et avaient fait plus de la moitié du chemin de Hangzhou. Quelques kilomètres plus loin, ils prirent une route de campagne à deux voies près de Jiaxing, roulant sud-est, vers la côte et la mer de Chine orientale.

Même aux heures les plus noires qui précèdent le lever du soleil, d'autres véhicules continuaient à circuler – quelques voitures particulières et un flot discontinu de pick-up conduits par de petits fermiers, dont les produits étaient entassés dangereusement haut sur le plateau de leurs camionnettes. Des entrepreneurs plus modestes tractaient à bicyclette des carrioles chargées de spécialités destinées aux marchés de Shanghai.

Asgar conduisait sans à-coups, et lentement, pour ne pas attirer l'attention. « Si la Sécurité nous surveille, ils vont attendre qu'on ait atteint la plage et que la mission soit commencée. Ils voudront aussi capturer l'équipe de sauvetage. Mais nous avons le temps, alors rien ne sert de prendre des risques inutiles en faisant des excès de vitesse. Avec de la chance, ils ne nous suivent pas de toute façon. »

Jon acquiesça. Il s'installa confortablement et ferma les yeux. A part Asgar, tous les autres somnolaient, réveillés de temps à autre par la saveur vivifiante de l'océan et l'odeur aigre des laisses de vase.

A Zhapu, ils obliquèrent au nord-ouest vers Jinshan. Là, sur la route côtière, pick-up et bicyclettes s'écoulaient dans les deux directions ; au nord vers Shanghai, et au sud vers Hangzhou. Une voiture de police passait de temps en temps, mais les agents ne faisaient pas attention ou souriaient ostensiblement à la vue de ces paysans mal dégrossis.

Finalement, le Land Rover quitta la route afin qu'Asgar et Alani puissent vérifier leur position. Ils se consultèrent et balayèrent la carte au moyen d'une torche-crayon. Alani se retourna et dit quelque chose en ouïgour. Toktufan se glissa à l'avant entre eux deux. S'ensuivit une discussion animée en ouïgour, Toktufan pointant le doigt sur la carte, puis devant lui, et Alani s'efforçant, apparemment, de lui soutirer un emplacement précis.

Elle lui proposa un stylo pour faire une marque sur la carte. Il haussa les épaules, repoussa le stylo d'un geste, et persista à pointer du doigt devant lui.

Toktufan était manifestement le seul à savoir exactement où ils allaient, mais uniquement grâce à des repères visuels, et ce, en pleine nuit et à l'instinct. Ce qui n'était pas pour rassurer Jon, ni Alani et Asgar, visiblement.

Jurant entre ses dents, Asgar recula sur la route et repartit, tandis que Toktufan scrutait les ombres de la nuit.

« Vous êtes sûrs qu'il peut trouver cette plage ? demanda Jon.

— Il la trouvera, répondit Alani. Reste à savoir quand.

— Il fera jour dans une heure ou deux. »

Elle se retourna sur son siège et sourit de son petit sourire moqueur. « Vous ne voudriez pas d'une vie monotone, n'est-ce pas, colonel ? Aventure et sensations fortes. C'est pour ça que vous êtes devenu agent, non ? A propos, si vous n'êtes pas de la CIA, pour qui travaillez-vous ? »

Jon s'en voulut d'avoir lâché ça plus tôt. Merde. « Le département d'État.

— Vraiment ? » Elle semblait l'étudier, à croire qu'elle savait à quoi ressemblait un agent des Affaires étrangères. Peut-être était-ce le cas.

« Devant ! », cria Asgar d'une voix rude.

Jon vit les uniformes. Une voiture de police bloquait la moitié de la route : un checkpoint.

« Toktufan, retourne à l'arrière ! », ordonna Asgar.

Toktufan sortit de l'avant du 4×4 et retrouva une place parmi les autres à l'arrière. Le Land Rover avançait au pas dans la file de pick-up, de vieilles voitures et de bicyclettes qui serpentait sur la route. En tête, conducteurs et cyclistes présentaient des papiers. L'officier responsable bâillait, adossé à sa voiture, l'air endormi. De temps à autre, il aboyait un ordre.

Les agents, cependant, ne chômaient pas. Ils contrôlaient les identités et soulevaient les bâches couvrant les chargements, petits ou gros. Quand le Land Rover atteignit la tête de la file, l'officier somnolent eut un mouvement de surprise. Il se redressa vivement et glapit un ordre.

Les deux agents de police regardèrent bouche bée les huit passagers entassés dans le 4×4. Le premier jeta un coup d'œil aux papiers tendus par Alani et Asgar pendant que son collègue souriait, amusé. Leur supérieur aboya encore, s'approcha l'air furieux, et prit les papiers. Il les étudia et leva les yeux vers Asgar et Alani. La jeune femme sourit. Un sourire engageant, presque charmeur cette fois. L'officier cligna les yeux et la dévisagea.

Jon se tassa afin de dissimuler sa taille et sa carrure, et les autres se pressèrent contre lui. Un des policiers balaya tous les visages avec sa lampe-torche et dit quelque chose en chinois comprenant le mot Ouïgour.

L'officier, qui regardait toujours Alani, hocha la tête et lâcha un autre ordre. Les policiers tournèrent leur attention vers les deux cyclistes qui suivaient dans la file. L'officier sourit, salua Alani de la tête, et leur fit signe d'avancer.

Tandis qu'Asgar s'éloignait, Jon résista à l'envie de se retourner. Tout le monde respira un grand coup, soulagé. L'anonymat de la nuit se referma sur le Land Rover, et ils se mirent à sourire et à chuchoter entre eux.

Mais Jon, lui, ne souriait pas, ne chuchotait pas. Il demanda à Alani : « C'est fréquent des barrages comme celui-là ?

— Parfois en ville, rarement dans les campagnes.

— La Sécurité leur a demandé de chercher quelqu'un. »

Asgar acquiesça. « Mais pas des Ouïgours.

— Un Américain comme moi, renchérit Jon.

— Cela signifie qu'ils ne savent ni où vous êtes, ni avec qui, ni ce que vous allez faire. Ils seraient déjà partout sur la côte autrement.

— Il est évident qu'ils pensent que je pourrais tenter de quitter le pays, sinon ils n'auraient pas prévenu la police aussi loin de Shanghai.

— Ce serait le cas pour tout agent ayant grillé sa couverture. »

Jon n'aimait pas cela du tout. Quelqu'un à la Sécurité se doutait qu'il appellerait à l'aide et avait donc mis la zone côtière autour de Shanghai en état d'alerte. Patrouilleurs et avions de chasse étaient peut-être également prêts à intervenir. Les patrouilleurs ne l'inquiétaient pas outre mesure. Mais les chasseurs, c'était une autre histoire.

Pourtant il eut bientôt autre chose à penser. Toktufan se pencha en avant, et parla en ouïgour, en faisant de grands gestes vers la gauche, à l'intérieur des terres. Entre les têtes et les corps, Jon entrevit un bâtiment étroit au sommet d'une colline. Ses lignes de toit incurvées vers le haut rappelaient la silhouette d'une pagode chinoise. Un frisson d'excitation parcourut le groupe.

Asgar donna un brusque coup de volant qui mit le nez du Land Rover face à l'océan. Le 4×4 descendit une ravine invisible de la route dans un bruit de ferraille. Asgar se gara sous le couvert d'un saule. Ils se tinrent immobiles un moment, savourant le silence soudain du véhicule. Rudement malmenés par ce long trajet, ils s'extirpèrent avec raideur de la voiture et s'accroupirent en cercle autour d'Asgar et de Toktufan au milieu des arbres et des buissons.

Asgar parla en ouïgour tandis que Toktufan faisait des commentaires et indiquait du doigt plusieurs directions dans le clair de lune qui déclinait. Quand ils eurent fini, une des femmes se leva et disparut dans la végétation, retournant vers la route au-dessus de la ravine.

Alani se tourna vers Jon. « Asgar a envoyé Fatima à la pagode avec une lanterne électrique et un écran occultant. Elle la mettra dans l'embrasure d'une fenêtre au sommet, et avec l'écran on ne la verra pas de la terre. » D'un mouvement de menton, elle indiqua la direction opposée, vers l'eau. « La plage se trouve à environ cinq cents mètres en droite ligne par rapport à la pagode. Elle est déserte en temps normal, surtout à cette heure, mais il y a ceux qui aiment pêcher ou ramasser des crabes la nuit. Il y a aussi un risque que la police observe les lieux avec des jumelles à vision nocturne.

— Alors nous devrions éviter la plage aussi longtemps que possible. »

Elle acquiesça d'un signe de tête. « Nous sommes armés. Nous irons avec vous dès que nous verrons la lumière dans la pagode. »

Ils restèrent groupés, tapis dans l'épaisse végétation où de grands arbres se voûtaient sous un plafond imaginaire au-dessus d'eux. Chaque seconde semblait une minute, chaque minute une heure. Les chuchotements des Ouïgours étaient contenus, inquiets, et des plus sérieux. Alani était accroupie à côté de lui, en silence, perdue dans ses pensées.

Un point lumineux apparut d'un coup, haut dans le ciel. Asgar surgit au milieu du groupe. Il parla rapidement en ouïgour, puis se tourna vers Jon. « Il est temps d'y aller, Jon. Je n'en suis pas entièrement sûr, mais j'ai cru entendre quelque chose en traversant la route. Je n'ai rien vu, alors j'espère me tromper. Inutile de prendre des risques. Nous ne savons pas à quelle distance de la côte se trouvent vos copains, ni même s'ils sont là. Enfin, on ferait mieux de se grouiller.

— C'est l'heure, donc ils sont là », lui assura Jon.

Toktufan courut en tête, zigzaguant entre les buissons et les arbres comme un fantôme. Le reste de la bande était juste derrière, armes à la main. Jon suivait avec son Beretta au poing, tandis qu'Asgar et Alani fermaient la marche. Le défilé muet semblait flotter parmi les herbes, apparitions aussi insaisissables que le brouillard.

Enfin, Jon entendit le déferlement des vagues. Une brise salée lui picota le visage. Les arbres et les buissons s'étendaient jusqu'à un petit talus herbeux de peut-être un mètre vingt de haut délimitant une étroite plage rocailleuse. Jon et les Ouïgours s'accroupirent à la lisière des arbres pour attendre. La lune était presque couchée sur la mer noire, projetant un sentier argenté vers l'horizon. Les grands arbres oscillaient, leurs feuilles bruissant étrangement.

Une lueur soudaine apparut au large. Une. Deux. Trois fois.

Puis l'obscurité revint... accompagnée d'un bruit soudain. Un trébuchement. Un grognement. Un juron furieux.

« Sous le talus ! », chuchota Jon d'une voix précipitée avant de rouler au bas de la pente.

Au même moment, Alani cria en ouïgour.

Ils glissèrent et plongèrent à l'abri du talus au bord de la plage, quand, presque au même instant, une fusillade éclata du cœur des arbres. Une pluie de balles s'abattit sur le sable et les vagues.

« Attendez de les voir ! », hurla Jon pour couvrir le vacarme.

Asgar répéta à l'intention des Ouïgours. Personne ne s'affola. Ils attendirent le dos tourné à la mer, calmes, se préparant froidement à l'inévitable.

D'autres coups de feu éclatèrent, et Jon perçut un mouvement au milieu des arbres, sur sa gauche. Il tira. Un cri éloigné. Il en avait touché un, qui qu'ils fussent. Quelqu'un d'autre tira, et puis il y eut un troisième coup de feu. Pas un cri, aucun bruit dans les broussailles.

Asgar jura dans sa langue et hurla avec colère.

Une troisième salve fut tirée de devant eux, mais plus faible cette fois, discontinue, et Jon vit sur sa gauche que des ombres couraient des arbres vers la bande d'herbes hautes à découvert devant la plage.

« Ils nous prennent à revers ! »

Alani répéta son avertissement, et Jon se demanda s'ils s'agissaient de ceux qui les avaient attaqués Mondragon et lui, d'abord sur l'île de Liuchiu, et ensuite chez Yu Yongfu. Feng Dun encore une fois, ayant recours à sa tactique favorite ?

Il n'eut pas le temps de pousser l'analyse. Peu importait qui ils étaient, ils avaient l'avantage du nombre, et ils se rapprochaient. Jon distinguait déjà d'autres mouvements, visibles à présent, bien plus près de la lisière des arbres. Les Ouïgours aussi, qui ouvrirent un feu précis et meurtrier, envoyant les assaillants à terre.

Asgar vint s'accroupir à côté de lui. Il souffla une haleine chaude et inquiète à l'oreille de Jon. « On peut les retenir un moment, mais quand les autres sur la plage passeront à l'action, on va se faire coincer si on ne dégage pas d'ici vite fait.

— D'accord. Vous avez fait beaucoup. Je vous suis reconnaissant... vous le savez. Quand vous devrez partir, partez.

— Et vous ?

— C'est uniquement après moi qu'ils en ont.

— Vous ne croyez pas que c'est la Sécurité ?

— Peut-être que oui, peut-être que non. C'est sans importance.

— Pour nous, si. »

Jon comprit. « Si c'est la Sécurité, je vais essayer de les retenir jusqu'à ce que vous soyez bien... »

Un nouveau tir de barrage à l'arme automatique éclata sur la gauche. Les Ouïgours ripostèrent de la plage, mais leur front était exposé à présent. Des hommes sortirent des arbres en courant devant eux, martelant le sable. Ils étaient acculés.

« Allez-y ! dit-il avec hargne. Je vais me rendre. »

Asgar hésita.

Alani était là. « On ne peut pas l'abandonner !
— Venez avec nous ! » insista Asgar.

Avant que Jon ne se décide, un déluge d'armes automatiques déchira une nouvelle fois la nuit, les balles fauchant l'étendue d'herbe entre les arbres et le talus. Des cris effrayants s'élevèrent de la mer d'encre.

Jon et Asgar pivotèrent sur leurs talons le temps de voir huit silhouettes noires émerger des vagues, déployées à intervalles réguliers, continuant à mitrailler les assaillants par-dessus la tête de Jon et des Ouïgours.

Jon sourit. « Incroyable ! C'est notre marine. L'élite de l'élite : les SEAL. »

La nouvelle se répandit comme une traînée de poudre. Les Ouïgours se remirent à tirer sur ceux qui les attaquaient sur le flanc, lesquels se replièrent. Criant et jurant, le groupe posté au-dessus du talus battit en retraite.

Un commando SEAL sortit de l'eau à grandes enjambées et s'accroupit. « Orchidée. » Il était large d'épaules et musculeux. Son visage était couvert de cirage noir.

« C'est gentil d'être passé.
— Lieutenant Gordon Whelan, monsieur. Content qu'on soit dans les temps. On ferait mieux de lever le camp. Il y a des patrouilleurs au large, et pas qu'un. Ils ont reniflé quelque chose. Est-ce que vos gars peuvent s'en tirer tout seuls ? »

Asgar acquiesça. « Si vous arrivez à les immobiliser encore quelques minutes.
— D'accord. Allez-y. »

Asgar appela les siens à voix basse. Ils ne se firent pas prier. Accroupis au ras du sol, ils marchèrent rapidement en crabe le long de la plage, vers la droite, et disparurent dans l'obscurité. Les SEAL fournirent un tir de couverture régulier, si bien que les agresseurs eurent bien trop à faire pour remarquer quoi que ce fût.

« Allez au canot, monsieur, ordonna le lieutenant. Il faut filer vite fait. »

Jon franchit en courant la courte distance qui le séparait du gros Zodiac qu'on avait tiré sur la plage. Des vagues écumantes tourbillonnaient autour. Il se hissa à bord. Quatre hommes des SEAL tirèrent une dernière salve avant de pousser le canot pneumatique, de sauter en marche, et de pagayer rapidement vers le large.

Derrière eux, les quatre qui restaient, dont le lieutenant Whelan, continuaient à tirer. Et puis ce fut le silence. Du canot, Jon regardait le rivage s'éloigner. Des silhouettes indistinctes s'étaient rassemblées pour regarder vers le large sans pouvoir rien faire, les armes baissées.

Un reliquat d'adrénaline faisait cogner le cœur de Jon. Il écoutait le clapotis discret des vagues contre le canot, le sentait tanguer doucement. Le Zodiac s'éloignait de plus en plus de la côte. Les SEAL ne disaient rien. Il savait qu'ils pensaient au quatuor laissé derrière. Ils étaient inquiets. Lui aussi.

Finalement, à au moins quatre cents mètres du bord, quatre formes noires jaillirent soudain hors de l'eau. Des mains se posèrent sur les boudins du canot. Les hommes s'en saisirent et les firent grimper à bord, un par un.

Le lieutenant Whelan était le dernier. Il compta ses hommes et hocha la tête. « Tout le monde est là. Joli travail, les gars. »

Ils ne dirent rien de plus jusqu'à ce qu'ils fussent à huit cents mètres de la côte. L'éclat aveuglant d'un projecteur fouailla soudain les eaux noires vers le nord. Il balayait la mer à plus de six kilomètres de distance, mais approchait rapidement.

« Ils ne vont pas tarder à nous repérer », pronostiqua le lieutenant. « Mieux vaut mettre le moteur, sergent. »

Un des SEAL fit démarrer le moteur hors-bord, et le canot s'élança à toute vitesse, rebondissant comme un jouet sur la crête des vagues. Jon se cramponna, appréciant la fraîcheur des embruns sur son visage suant. En même temps, il observait le patrouilleur chinois avec inquiétude. Il avançait dans la nuit, de plus en plus proche, faisant chanter sa mitrailleuse, à la recherche d'une cible. Son projecteur devait encore les localiser, mais quand ce serait chose faite...

Il aperçut alors une forme sombre, dressée devant eux comme un monstre marin géant. Un sous-marin. Américain, Dieu merci. Au moment où le canot des SEAL atteignait l'énorme submersible en acier, le projecteur du patrouilleur finit par les repérer. Des balles déchirèrent le caoutchouc du canot pendant qu'ils montaient à bord à toute allure, tirant Jon et le Zodiac en lambeaux à leur suite.

Quelqu'un hurla sur le pont. « Descendez! Dégagez le pont! »
Le patrouilleur surprit le sous-marin dans le faisceau de son projecteur, et fit retentir sa sirène. Le sous-marin avait déjà entamé sa plongée quand Jon, les SEAL et l'équipage de pont se précipitèrent dans les écoutilles ouvertes et les refermèrent brutalement pour empêcher l'eau de s'engouffrer. Le patrouilleur ouvrit le feu à la mitrailleuse lourde, mais les balles ne firent que ricocher sur l'acier. Tandis que le kiosque disparaissait sous la surface, le patrouilleur fit des ronds dans l'eau inutiles.

Sous la surface, pendant qu'on l'escortait jusqu'à une minuscule cabine pour qu'il se débarbouille et se repose, Jon se dit que ceux qui les avaient attaqués sur la plage n'appartenaient pas aux forces de la Sécurité. Si cela avait été le cas, ils n'auraient pas envoyé qu'un seul patrouilleur. Non, celui qui employait ces hommes était un particulier.

Pékin

Comme il convenait à l'un des plus anciens membres du Comité permanent, la résidence entourée de murs de Wei Gaofan à l'intérieur de Zhongnanhai bénéficiait d'un emplacement privilégié, près du Nanhai – le lac du sud— couvert de lotus. Dans la cour intérieure, un saule manucuré se balançait dans la brise du matin, effleurant la pelouse épaisse de ses branches couleur de jade. Des arbustes en fleurs et des massifs soigneusement entretenus agrémentaient les allées dallées qui menaient aux quatre petits bâtiments entourant la cour. Surmontées d'élégants toits en pagode, les constructions étaient décorées de colonnes sculptées représentant dragons, nuages et grues, symboles de chance et de prospérité. Wei Gaofan partageait la plus grande maison avec sa femme, tandis que leur fille, son enfant et une nourrice habitaient en face. Le troisième bâtiment abritait son bureau, et c'était dans le dernier que la famille recevait ses invités.

Le soleil était levé depuis plus d'une heure quand Feng Dun fut autorisé à entrer dans le bureau de Wei, lequel était décoré de petits trésors représentatifs de toutes les dynasties chinoises depuis celles des grands Han. Wei, en fin connaisseur de thé, était assis à une table où il buvait du Longjing. Son subtil arôme floral embaumait. A la différence du vin, qui se bonifiait avec l'âge, le thé était extrêmement parfumé, et extrêmement cher, quand il était bu l'année de sa récolte. Ce breuvage-là avait à peine six mois. Cultivé à Hangzhou, le Longjing était le meilleur et le plus délicat des thés de Chine.

Wei ne prit pas la peine d'en offrir à Feng Dun, ni de dissimuler sa colère. « Alors le colonel américain vous a échappé.

— Il a aussi échappé au Bureau de la Sécurité. » Puisqu'on ne l'avait pas invité à s'asseoir, Feng Dun resta debout, toisant Wei, chauve, les yeux rapprochés, le torse épais et la jambe grêle.

Wei le regarda durement. « C'est heureux pour vous.

— C'est heureux pour nous deux », rétorqua Feng, en soutenant sans ciller le regard sévère de l'infiniment puissant membre du Comité permanent.

Wei but son thé à petites gorgées. « Mais le général Chu et le major Pan soupçonnent quelque chose.

— Soupçonnent peut-être, mais ils ne savent pas et ne sauront jamais. »

Le visage de Wei se ferma à nouveau. « J'ai entendu dire que la femme de Yu Yongfu avait disparu. »

Feng haussa les épaules. « Elle ne peut rien faire. Son père serait ruiné, et elle est trop intelligente pour vouloir cela. Votre protection peut lui rendre la vie très douce, ainsi qu'à ses enfants.

— C'est juste. » Mais le doute subsistait dans les yeux de Wei. « Alors quoi, cet agent américain était-il si doué que cela ? Comment s'est-il échappé ?

— Il est bon, mais pas assez pour mettre la main sur le manifeste. Quant à ses autres escapades, il a eu de la chance, et on l'a aidé.

— Qui ça ?

— D'abord un interprète qui travaillait pour la CIA, mort à présent. Et plus tard, une cellule clandestine d'Ouïgours. Ils l'ont conduit au point d'exfiltration. Ces idiots de policiers ne se sont doutés de rien. Ils se sont moqués des Ouïgours, et puis ils les ont laissés passer. Les imbéciles.

— Vous seriez en mesure d'identifier ces Ouïgours ?

— Nous n'avons pas pu les approcher d'assez près, mais ils connaissaient bien la ville et la campagne. Ensuite des commandos des SEAL sont arrivés et ont permis leur fuite. »

Wei Gaofan hocha la tête, satisfait. « Un sous-marin. Cela veut dire que les Américains redoutent de provoquer un incident. Nous sommes en train de réussir. Vous avez bien agi. »

Feng Dun inclina la tête en réponse au compliment, mais qu'on ne lui ait pas fait la politesse de partager le thé l'avait piqué au vif. Enfin, le temps de réclamer sa récompense viendrait plus tard, quand Wei Gaofan assumerait un rôle plus important dans le destin de la Chine.

« Le manifeste est détruit ? reprit Wei.

— Brûlé.

— Vous êtes sûr ?

— J'étais là avec Yu Yongfu quand il l'a brûlé avant de prendre son arme et de partir en voiture. Je l'ai suivi bien entendu.

— La police n'a pas trouvé de cadavre.

— Ils ne le trouveront peut-être jamais.

— Vous l'avez vu se tuer ? De vos propres yeux ?

— C'est pour ça que je l'ai suivi. Et puis il s'est jeté dans le Yangtsé. C'est comme ça qu'il voulait en finir. »

Wei Gaofan sourit à nouveau. « Rien ne peut plus nous inquiéter, alors que les Américains ont de quoi se faire du souci. Voudriez-vous une tasse de thé, Feng ? »

DEUXIÈME PARTIE

Chapitre quatorze

L'océan Indien

Sur l'océan gris, la frégate lance-missiles USS *John Crowe* filait vers sa destination. La mer était calme avec une houle modérée de sud-ouest venant par l'arrière. L'aube rougeoyait sur la ligne d'horizon derrière eux, tandis qu'à l'ouest, c'était encore le règne de la nuit, noire et insondable. Le radar avait levé la proie du *Crowe*, le *Dowager Empress*, une heure auparavant, mais le navire suspect était encore invisible dans l'obscurité.

Sur la passerelle, le capitaine de frégate James S. Chervenko régla ses jumelles sur l'horizon noir et ne vit rien. Trapu et musclé, il avait un visage rude et les yeux constamment plissés par des années passées à scruter la mer.

Il s'adressa à son second, le capitaine de corvette Frank Bienas. « Rien qui signale la présence d'autres navires, Frank ?

— Rien au radar ni au sonar », indiqua Bienas. Celui-ci possédait la grâce fluide d'un boxer. Jeune, beau et intelligent, il avait tout d'un homme à femmes.

« Bon. Quand il fera assez clair pour voir le cargo, laissez filer et suivez-le au radar uniquement. Je serai dans ma cabine.

— A vos ordres, capitaine. »

Chervenko quitta la passerelle pour les niveaux inférieurs. L'amiral Brose lui avait bien fait comprendre l'importance de cette mission, mais il n'avait besoin de personne, qu'il fût amiral ou non, pour cela. Il se souvenait parfaitement de l'incident du *Yinhe*. La situation était à présent d'autant plus dangereuse que la Chine était désormais plus forte, plus stable, et pesait d'un plus grand poids dans l'état du monde. D'un autre côté, donner à l'Irak la possibilité de fabriquer un nouveau stock d'armes biologiques et chimiques n'était pas non plus une solution.

Une fois dans ses quartiers, le capitaine Chervenko appela directement l'amiral Brose, comme on lui en avait donné l'ordre, sans passer par la force d'intervention ni le QG de la flotte.

« Ici le capitaine Chervenko, l'*USS Crowe* est en position, amiral.

— Bien, capitaine. » L'amiral semblait avoir été dérangé au milieu du dîner ; c'était encore jeudi soir à Washington. « Ça se présente comment ?

— La routine pour l'instant. Pas d'autres navires au radar en surface ou en plongée dans la zone, et leur radio reste muette. Dès qu'il fera jour, on se laissera distancer pour nous fier au contact radar.

— Continuez à surveiller leurs transmissions et leurs réceptions. Vous avez un interprète chinois à bord ?

— Oui, amiral.

— Très bien, capitaine. Jim, c'est ça ?

— Jim, oui, amiral.

— Tenez-moi au courant de tout ce qui se passe, à l'instant où cela se passe, sauf si cela devait compromettre l'opération ou mettre en danger votre navire. *Tout*, vous entendez ?

— A vos ordres, amiral.

— Content que vous soyez aux commandes, Jim.

— Merci, amiral. »

La transmission terminée, le capitaine Chervenko s'appuya contre le dossier de sa chaise de bureau, le regard fixé au plafond de sa cabine. Ce genre de mission ultrasensible incombait rarement à un capitaine de frégate. Il mesurait l'ampleur des risques, pouvant aller jusqu'à un engagement réel qui pourrait lui coûter son navire. Il voyait aussi là une chance à saisir. Dans la marine, triompher d'une telle menace pouvait faire une carrière. Ou la briser.

En mer de Chine orientale

Le rythme saccadé des machines géantes du porte-avions se transmettait à la coque et jusqu'aux os de Jon. Environné de bruits et de sensations apaisantes, il attendait dans ses quartiers provisoires que la communication avec Fred Klein soit établie avec le yacht-club, là-bas, à Washington. Il connaissait les habitudes de Klein. S'il n'avait pas oublié de manger ce soir-là, il devait prendre son dîner dans son bureau encombré, malgré l'heure tardive.

Le sous-marin avait transporté Jon jusqu'au porte-avions, qui croisait de nuit au nord de Taïwan, entouré de bâtiments d'escorte. Jon avait la nette impression que le capitaine de vaisseau et l'amiral de la flotte considéraient l'ordre de récupérer un agent secret comme une perte de temps pour leur puissant navire. Après avoir pris un café avec le capitaine de corvette chargé de l'escorter, il avait été directement conduit dans ses quartiers improvisés. Il avait pris une douche, s'était rasé, et avait demandé à passer un appel.

En attendant, il pensait aux Ouïgours, à Alani surtout. Il espérait qu'ils s'en étaient sortis sans encombre.

Quand le téléphone sonna, il décrocha aussitôt.

« Vous êtes toujours entier, colonel ? » La voix impassible de Fred Klein avait quelque chose de rassurant.

« Grâce à vous, à la marine américaine, et à quelques soutiens sur place. » Il fit le récit de sa fuite, depuis le moment où il avait mis fin à sa conversation avec Klein au Peace Hotel. « Les Ouïgours veulent leur indépendance, mais ce n'est pas pour demain, et ils semblent ne se faire aucune illusion à ce sujet. Ils se contenteraient de pouvoir conserver leur identité et leur culture. Le traité sur les droits de l'homme du Président Castilla pourrait les y aider. Ou du moins y conduire finalement.

— Raison de plus pour s'appliquer à faire signer cet accord, commenta Klein. Asgar Mahmout était donc le contact de Mondragon ?

— J'ai pensé que vous aimeriez le savoir.

— Vous faites bien. Aucun changement concernant le manifeste ?

— Il est probablement détruit à l'heure qu'il est, s'ils sont malins. Cette copie-là, du moins.

— C'est aussi mon avis. » Jon entendait Klein tirer sur sa pipe dans son bureau, très loin. « Pourtant vous pensez qu'ils vous ont suivi à la trace jusqu'à cette plage avec les Ouïgours. S'ils ont détruit le manifeste, pourquoi voudraient-ils aussi vous éliminer ? Cela sent l'excès de zèle. Un risque inutile en tout cas. Vous êtes sûr que vos agresseurs n'appartenaient ni à la police ni à la Sécurité ?

— Aussi sûr que je peux l'être. »

Klein tira sur sa pipe à petites bouffées excitées. « Alors il se passe autre chose. Ils ne veulent pas que le manifeste tombe entre nos mains, c'est évident. Mais ils ont eu tout le temps de s'assurer que *personne* ne mettrait la main dessus. Et ils essayent quand même de vous tuer, de leur propre initiative. Sans la police. »

Le pouls de Jon s'accéléra. Il voyait où Klein voulait en venir. « Ils ne veulent pas que les services de Sécurité du gouvernement chinois sachent qu'il y *avait* un manifeste, et qu'un agent américain était à sa recherche. La Sécurité savait déjà que j'étais là et que j'étais plus important que je ne semblais l'être, mais ils n'arrivaient pas à comprendre ce que je faisais. Celui qui a obligé Yu Yongfu à se suicider ne veut pas qu'ils sachent. » Il réfléchit rapidement. « Pensez-vous qu'il s'agit d'une sorte de lutte de pouvoir interne à Pékin ?

— Ou bien de l'affaire louche d'un gros bonnet de Shanghai ?

— N'est-ce pas la même chose dans la Nouvelle Chine ? »

A l'autre bout de la ligne, Klein cessa de tirer sur sa pipe. Le silence faisait comme un vide. Le patron du Réseau Bouclier poursuivit d'une voix remplie d'effroi : « Le gouvernement chinois ne sait pas ce que transporte le *Dowager Empress*. C'est forcément ça !

— Comment est-ce possible ? En *Chine* ? Où tout se fait par comité, par arrangement ? Ils ne doivent même pas aller se soulager tout seuls.

— C'est la seule explication logique, colonel. Quelqu'un, presque certainement très haut placé, essaye de créer un conflit entre nos deux nations. C'est effectivement une lutte de pouvoir, mais à l'échelle internationale. »

Jon jura. « La Chine possède un arsenal nucléaire lourd. Bien plus lourd qu'on ne le croit. »

Un silence inquiétant se fit entendre à l'autre bout de la ligne. « Jon, cela rend la situation bien plus dangereuse que nous ne le pensions. Si nous avons raison, le Président *doit* avoir la preuve de ce que transporte le *Dowager* avant de prendre la moindre décision. Je vais demander à la marine de vous emmener à Taipei par avion sur-le-champ. De là-bas, vous pourrez prendre le premier vol pour Hong Kong.

— Sous quel prétexte ?

— Nous avons fait des recherches sur Donk & LaPierre. C'est un conglomérat avec des intérêts dans le commerce maritime international et l'électronique. Ce qui est parfait pour vous, c'est qu'ils travaillent aussi dans la biotechnologie.

— Je ne peux plus y aller sous ma véritable identité.

— Non. Aussi ai-je pris des dispositions pour que vous vous fassiez passer pour un de vos collègues de l'USAMRIID : le major Kenneth St. Germain.

— Il y a bien une ressemblance, mais s'ils vérifient et découvrent qu'il est toujours là, à son poste ?

— Impossible. On lui a proposé d'aller faire de l'alpinisme au Chili.

— Une offre que Ken ne laisserait jamais passer. Beau travail. Maintenant demandez à vos nouveaux permanents d'arranger un entretien entre le directeur de la filiale de Donk & LaPierre à Hong Kong et moi, ou Ken St. Germain, pour discuter de leurs travaux sur les virus.

— C'est comme si c'était fait.

— Avez-vous appris quelque chose sur le tueur dont je vous ai parlé, ce Feng Dun ?

— Pas encore. On continue à chercher. Vous allez à Taipei, je me charge de mettre le Président au courant ici. Il ne va pas être content.

— Vous devriez aussi lui donner les dernières nouvelles de ce vieux prisonnier qui prétend être David Thayer.

— Vous avez du nouveau ? »

Jon répéta ce qu'Asgar Mahmout lui avait dit. « La ferme-prison se trouve en dehors de la ville de Dazu, à environ cent dix kilomètres au nord-est de Chongqing. Basse sécurité, apparemment, enfin d'après les critères chinois.

— Bien. Cela me donne une base de travail, au cas où nous devrions aller le chercher. Ce n'est pas une simple clôture qui nous arrêtera, ni quelques gardiens de prison. C'est une bonne chose qu'il ait certains privilèges et un seul compagnon de cellule. En faisant évader quelques-uns des prisonniers politiques, on couvrira à la fois Thayer et la mission. L'emplacement de la zone ne me plaît pas ; c'est une région très peuplée. Ni le fait qu'il soit fréquemment transféré. Il est possible qu'il disparaisse avant notre arrivée.

— D'après Asgar, cela fait un moment qu'il est à Dazu. Rien ne permet de penser qu'il sera bientôt transféré. »

Klein tirait lentement sur sa pipe, signe de réflexion. « D'accord, et la ferme pourrait être plus mal placée. Au moins elle est proche des frontières birmane et indienne.

— Pas tant que ça.

— Alors il va falloir faire un petit effort. Nous devons tous nous retrousser les manches de toute façon. Je veux ce manifeste, colonel. »

L'océan Indien

Dans le centre de communications et de contrôle de l'*USS John Crowe*, le capitaine de corvette Bienas se pencha par-dessus l'épaule du radariste, le regard rivé à l'écran. « Combien de fois a-t-il changé de cap ?

— Avec celle-ci, trois, capitaine. » L'opérateur leva les yeux. « Décrivez les changements.

— D'abord, il a viré à quarante-cinq degrés sud, ensuite il...

— Pendant combien de temps ? Quelle distance a-t-il parcourue ?

— Une heure environ, une trentaine de milles.

— D'accord, continuez.

— Il a repris son cap initial pendant encore près d'une heure, ensuite il a mis le cap au nord pendant peut-être une autre heure, puis il a repris son cap du début.

— Il est donc retourné à son point de départ.

— Oui, capitaine. Plus ou moins.
— Et nous avons changé de cap chaque fois ?
— Bien sûr. J'ai donné les nouvelles directions.
— Bien, Billy, bon travail. »
Le radariste sourit. « A votre service, capitaine. »
L'officier ne lui rendit pas son sourire. Il quitta le centre de contrôle et descendit les passerelles de service à toute allure jusqu'à la cabine du commandant. Il frappa à la porte.
« Entrez. »
Le capitaine Chervenko leva les yeux de son bureau où il s'occupait de la paperasserie. Il lut immédiatement l'inquiétude sur le visage de son second. « Que s'est-il passé, Frank ?
— Je crois qu'ils nous ont repérés, monsieur. » Bienas rapporta tout ce que le radariste lui avait dit.
« Nous avons changé de cap à chaque fois ?
— J'en ai peur. Canfield était de passerelle. Il est bien trop inexpérimenté. »
Chervenko hocha la tête. « Cela aurait été mieux plus tard, mais nous savions qu'ils finiraient par nous repérer. Une augmentation de l'activité des liaisons... ? »
L'interphone de bord grésilla : « Les communications, commandant. Je capte une forte augmentation de l'activité radio en chinois.
— Quand on parle du loup... », marmonna Chervenko. Puis dans le micro : « Faites monter l'enseigne Wao.
— A vos ordres, commandant. »
Chervenko resta penché sur son pupitre de communications. « Major, donnez un tour de manivelle. J'ai besoin de la vitesse maximale. » Puis il se leva. « Montons à la passerelle. »
Quand le commandant et son second arrivèrent, l'enseigne Wao était déjà là. « Ils ont compris qu'on les pistait, commandant, et ils sont en liaison avec Pékin et Hong Kong, complètement paniqués.
— Paniqués ? s'étonna Chervenko.
— Oui, commandant. C'est ça qui est bizarre. Ils savent qui nous sommes. Je veux dire, ils savent que nous sommes une frégate de l'armée américaine.
— Ils doivent avoir un expert en radar militaire à bord », conclut Bienas, stupéfait.

Le commandant Chervenko hocha la tête d'un air malheureux. « Dites au major de pousser les machines à fond. Ça ne sert plus à rien de se cacher. Voyons ce qu'ils fabriquent à bord. » Il régla ses jumelles sur l'horizon. C'était une belle journée ensoleillée, la mer était calme et la visibilité presque infinie. Lancé à vingt-huit nœuds, le *Crowe* ne tarda pas à repérer l'*Empress* droit devant et bientôt en vue.

Le capitaine Bienas rejoignit le commandant avec ses jumelles.

« Vous voyez ce que je vois, Frank ? »

Bienas acquiesça. Les ponts du cargo étaient pleins de matelots, qui tous pointaient du doigt vers l'arrière et agitaient les bras. Debout sur le château, un officier leur hurlait dessus, mais les matelots continuaient à s'agiter dans tous les sens.

« Ils ont les foies, Jim.

— On dirait bien, convint Chervenko. Personne ne leur a dit que nous étions là, et ils ont été pris par surprise. Mais quelqu'un nous attendait, nous ou quelqu'un comme nous.

— Ils n'auraient pas embarqué cet expert en radar sinon.

— Mouais, fit Chervenko. La passerelle est à vous, Frank. Gardez-les à l'œil. Il va y avoir du sport.

— Que vont faire les Chinois à votre avis ? »

Chervenko tourna les talons pour descendre faire son rapport à l'amiral Brose. « Je ne sais pas, lâcha-t-il par-dessus son épaule. Je suppose que c'est une question qui va très bientôt tarabuster aussi tout un tas de gens à Washington. »

Chapitre quinze

*Washington, D.C.,
jeudi 14 septembre*

ALLONGÉ dans son fauteuil inclinable, dans sa chambre, à l'étage de la résidence de la Maison-Blanche, le Président Castilla essayait de lire, en s'inquiétant pour la Chine et le traité sur les droits de l'homme... en pensant au père qu'il n'avait jamais connu et aux souffrances qu'il avait dû endurer... et en se languissant de la First Lady.

Son esprit s'égara, et les phrases se bousculèrent. Il posa le livre sur ses genoux et se frotta les yeux. Les parties de poker acharnées qu'il disputait toujours avec Cassie quand l'un d'eux n'arrivait pas à dormir lui manquaient, même si elle gagnait huit fois sur dix. Mais elle était en Amérique centrale, pour de bonnes œuvres, entourée par un troupeau de journalistes, et se faisant des amis en cours de route. Il aurait aimé qu'elle soit là, avec lui. Qu'elle se fasse des amis avec lui.

Ses pensées avaient commencé à dériver vers ce que serait leur vie quand il aurait quitté ses fonctions, lorsque Jeremy frappa discrètement à la porte.

« Quoi encore ? » demanda le Président avec hargne, percevant son irritation avec un temps de retard.

« M. Klein, monsieur. »

Castilla s'ébroua. « Faites-le entrer, Jeremy. Et désolé, ma femme me manque, j'imagine.

— Elle nous manque à tous, monsieur le Président. »

Y avait-il un vague sourire sur le visage de Jeremy alors qu'il évitait de donner l'impression d'interpréter ce manque dans un sens particulier ? Le Président occulta son propre sourire derrière un froncement de sourcils.

Jeremy attendit que Fred Klein entre dans la chambre à pas feutrés. Il ferma la porte.

Castilla se représenta d'un coup le directeur du Réseau Bouclier traversant le monde comme le brouillard, silencieux et impénétrable. Quel était ce vers de Carl Sandburg déjà... Ah, oui : *Le brouillard arriva à petits pas de chat...* Les pieds de Klein étaient bien trop grands pour cela.

« Asseyez-vous, Fred. »

Klein s'assit dans un fauteuil du bout des fesses. Ses mains s'agitèrent fébrilement comme à la recherche d'un bijou perdu.

« Mâchouillez-la, votre cochonnerie, grogna Castilla, avant que vous ne me poussiez à boire. »

Klein prit un air penaud, sortit sa pipe cabossée, et, reconnaissant, se planta le tuyau entre les dents. « Merci, monsieur le Président.

— J'espère simplement que ça ne vous tuera pas avant que je n'aie quitté mes fonctions, grommela-t-il. Bon, quelle est la mauvaise nouvelle cette fois ?

— Je ne sais pas trop si mes bulletins sont bons ou mauvais, monsieur. Disons que cela dépend de la manière dont l'affaire de l'*Empress* va tourner.

— Ce n'est guère rassurant.

— Non, monsieur. » Klein expliqua l'essentiel de ce que Jon avait vécu au cours des dernières heures, en passant sur les détails. « Le manifeste original a dû être détruit, nous en sommes quasiment certains. Mes hommes en Irak n'ont rien trouvé pour l'instant. Le colonel Smith est en route pour Hong Kong où nous espérons trouver le troisième exemplaire chez Donk & LaPierre. »

Le Président secoua la tête. « Je voudrais parfois que toutes ces multinationales et sociétés de holding n'aient jamais été autorisées à voir le jour.

— Comme la plupart des gouvernements, convint Klein.

— Et du côté de nos autres agents en Chine ?

— Rien. Ils n'ont pas récolté la moindre information concernant l'*Empress* et sa véritable cargaison auprès de leurs contacts au sein du gouvernement chinois ou du Parti communiste. »

Castilla se pinça l'arête du nez, en plissant les yeux. « Bizarre, non ? En général, les rumeurs et les spéculations vont bon train à Pékin.

— Le colonel Smith et moi en sommes venus à la conclusion qu'en réalité, Pékin n'était peut-être pas au courant au sujet de la contrebande. »

Le Président arqua les sourcils. « Vous voulez dire... qu'il s'agirait d'une initiative *privée* ? Un contrat juteux ?

— Mais il y a un os. Nous pensons qu'un haut responsable pourrait être impliqué, peut-être un membre du Bureau politique. »

Le Président réfléchit rapidement. « Corruption ? Une autre affaire Chen Xitong ?

— C'est possible, oui. Mais il pourrait également s'agir d'une lutte de pouvoir au sein du Bureau politique. Ce qui...

— N'est pas forcément bon pour nous.

— Non, monsieur, en effet. »

Le Président se tut, perdu dans ses pensées. Ainsi que Klein, qui tripota sa pipe, sortit distraitement sa blague à tabac, puis s'aperçut de ce que ses mains étaient en train de faire. Il se hâta de rempocher le tabac parfumé.

Le Président finit par s'extraire de son confortable fauteuil inclinable et se mit à arpenter la chambre, en faisant claquer ses pantoufles sur la moquette. « Je doute que cela fasse la moindre différence que Pékin sache ou non. La réaction sera la même. Ils défendront le droit pour leurs navires d'aller n'importe où en haute mer avec n'importe quelle cargaison, qu'ils apprécient ou non celle-ci. Nous n'avons toujours qu'un moyen d'empêcher les produits chimiques d'arriver en Irak sans risquer un affrontement et ses conséquences.

— Je sais, monsieur. Nous devons mettre la main sur ce manifeste pour prouver au monde, et à la Chine, que ce n'est pas une entourloupe. Mais si Pékin n'est *pas* impliqué et ignore ce que l'*Empress* transporte, nous devrions obtenir leur prompte coopération une fois la preuve fournie. Ils n'auront aucune raison d'étouffer l'affaire. En fait, ils voudront paraître aussi responsables et attachés à la paix du monde que n'importe qui d'autre. Ou du moins pouvons-nous l'espérer. » Il étudia le Président, qui continuait à faire les cent pas dans la chambre comme s'il était pris dans une toile invisible. « Le moment est-il bien choisi pour vous donner les dernières informations concernant David Thayer ? »

Le Président s'arrêta, le regard braqué sur Klein. « Oui, bien sûr que c'est un bon moment. Qu'avez-vous appris de plus ?

— Un des contacts du Réseau Bouclier en Chine signale que la ferme-prison n'est pas aussi bien gardée qu'elle pourrait l'être. Nous allons peut-être pouvoir introduire un de mes hommes pour établir le contact, connaître l'état de santé de Thayer et ce qu'il veut.

— D'accord », dit le Président, prudent. Il ne reprit pas ses allées et venues.

Klein devinait de la réticence. « Est-ce que vous êtes en train de changer d'avis au sujet d'une opération de sauvetage, monsieur ?

— Comme vous l'avez dit, si vraiment Pékin n'est pas impliqué dans l'envoi de l'*Empress* en Irak, ils devraient être plus enclins à coopérer, une fois qu'ils auront des preuves irréfutables. Mais une incursion clandestine de notre part, dont l'objectif ne pourra que les condamner aux yeux du monde, qu'elle réussisse ou non, va les mettre en rage.

— C'est juste, dut reconnaître Klein.

— Je ne peux ni compromettre la sécurité de la nation ni le traité.

— Ce ne sera peut-être pas nécessaire, reprit Klein. Nous pouvons envoyer des forces non gouvernementales, non militaires. Uniquement des volontaires. Ils interrompront la mission à la première alerte. Ainsi, vous pourrez toujours démentir votre implication.

— Vous seriez capable de trouver autant de volontaires bien entraînés ?

— Autant que je veux. »

Castilla se laissa tomber lourdement dans son fauteuil. Il croisa les jambes et frotta son gros menton. « Je ne sais pas. L'histoire n'est pas tendre avec les raids privés en territoire ennemi.

« — Il y a un risque, monsieur. Je l'admets. Mais bien moindre qu'avec une opération officielle. »

Le Président sembla accepter cette donnée. « Votre première initiative consisterait à envoyer quelqu'un en Chine pour contacter Thayer ? Savoir s'il préfère être libéré par un commando ou attendre que le traité le fasse ?

— Ça, et un rapport sur les conditions militaires, le terrain, la disposition des lieux... tous les détails dont nous aurons besoin si vous donnez le feu vert.

— D'accord. Allez-y. Mais ne prenez aucune autre initiative avant d'avoir reçu mon autorisation.

— Cela va sans dire.

— Oui. » Le Président considéra Klein d'un air sombre. « Il a probablement renoncé à rentrer chez lui il y a des années. A revoir un jour son pays. Cela compterait beaucoup pour moi de le faire sortir de là. Pouvoir lui donner encore quelques années de paix et de réconfort, ici, chez lui. » Son regard glissa sur Klein pour se fixer sur le mur de la Maison-Blanche. « Ce serait bien de rencontrer enfin mon père.

— Je sais, Sam. »

Ils échangèrent un regard qui abolit les années.

Le Président soupira et se frotta à nouveau les yeux.

Klein se leva et quitta la pièce sans bruit.

Hong Kong,
vendredi 15 septembre

Le siège de Donk & LaPierre, S.A., pour l'Asie, occupait trois niveaux d'un nouvel immeuble de quarante-deux étages situé au cœur de Central, le principal quartier d'affaires de Hong Kong. Les deux autres quartiers du centre étaient Admiralty et Wanchai, l'ancien quartier chaud devenu la troisième place financière de l'île, à l'est de Central. La plupart des gratte-ciel récents avaient été construits à Central et Admiralty, tandis que de nouveaux projets de réaménagement commercial étaient en cours à l'ouest de Central. De l'autre côté de la partie la plus étroite de Victoria Harbor se trouvait une quatrième partie, où fourmillait une humanité besogneuse : Kowloon, sur le continent.

Ce vendredi-là, à midi précis, chez Donk & LaPierre, un appel téléphonique atterrit directement dans le bureau d'un certain M. Claude Marichal sans passer par le standard de l'entreprise. Il ne sonna pas sur le bureau de Marichal, ni sur un second appareil posé sur une desserte près d'un fauteuil réservé aux visiteurs importants. Mais sur ce qui ressemblait à un interphone – ni cadran, ni pavé numérique. Il était posé sur une bibliothèque à trois étagères sous les fenêtres derrière son bureau.

Surpris, Marichal laissa tomber son stylo, jura parce que l'encre avait éclaboussé ses papiers, et pivota sur sa chaise pour décrocher le combiné. « Oui ? Que puis-je faire pour vous ?

— Ça dépend, si vous êtes bien monsieur Jan Donk. »

Le combiné faillit lui échapper des mains. Il répondit aussitôt : « Comment ? Ah, oui. Oui, bien sûr. » Maîtrisant son émotion, il respira un grand coup. « Ne quittez pas, je vous prie. Je vais le chercher. » Il posa le combiné sur la bibliothèque. « Il se peut que cela prenne quelques minutes, alors restez en ligne.

— Je resterai aussi longtemps que je le pourrai. »

Marichal mit son correspondant en attente, se rua sur son téléphone de bureau et composa un numéro de poste. « Monsieur ? Quelqu'un vient d'appeler sur la ligne privée de Donk, il veut lui parler.

— A *lui* ?

— Oui, monsieur.

— Ce n'est pas Yu Yongfu ou M. McDermid ?

— Pas du tout.

— Ne le laissez pas raccrocher.

— Je vais essayer. » Marichal mit fin à la communication et se retourna vivement vers le téléphone spécial. « Je regrette, monsieur. Nous avons quelques difficultés à localiser M. Donk. » Il s'efforça de prendre une voix dynamique et obligeante. « Je peux peut-être vous renseigner. Si vous voulez bien me dire quelle affaire vous occupe avec Jan... ?

— Vous êtes bien aimable, mais non, merci. »

Un homme entra dans le bureau de Marichal, sur la pointe des pieds, un doigt sur les lèvres, le sourcil interrogateur. Marichal secoua énergiquement la tête, tout en se creusant la cervelle pour trouver un moyen de prolonger l'appel. « Il est possible qu'il soit déjà parti déjeuner. M. Donk, je veux dire. Qu'il ait quitté le

bâtiment. Si vous voulez bien me donner votre nom et votre téléphone, ou peut-être un message, je suis sûr qu'il vous rappellera dès son retour. Je sais qu'il regretterait de manquer... allô ? Allô ? Monsieur ? *Allô !*
— Que s'est-il passé ? »
Marichal leva les yeux en reposant le combiné sur sa fourche. « Il a raccroché. Je crois qu'il a compris, monsieur Cruyff. »
Charles-Marie Cruyff acquiesça d'un signe de tête. Il décrocha le téléphone sur le bureau de Marichal et demanda :
« Vous l'avez localisé ?
— Il appelait d'une cabine publique à Kowloon.
— Donnez-moi le numéro et l'emplacement. » Il les nota.

Kowloon

Il avait commis une erreur. Il le sut en raccrochant violemment le téléphone. Il s'agissait soit d'un numéro spécial, qui n'était pas dans l'annuaire, soit Jan Donk n'existait pas. Ou les deux. Maintenant celui qui avait répondu était averti qu'une personne non autorisée, avec un accent américain, connaissait le numéro. La seule question était de savoir s'ils avaient localisé son appel. Question qui n'avait qu'une seule réponse : il devait présumer qu'ils l'avaient fait.

Il avait atterri à l'aéroport international de Hong Kong sur l'île de Lantau deux heures auparavant, passé la douane, et pris l'Airport Express jusqu'au Shangri-la Hotel de Kowloon, sous l'identité du major Kenneth St. Germain, affublé d'une perruque blond foncé conforme à la longue crinière du hippie vieillissant et éminent docteur en microbiologie. Il ne s'était pas attardé dans sa chambre. Il avait quitté l'hôtel après avoir vérifié l'emplacement de Donk & LaPierre, enfilé un costume neuf extraléger et glissé son postiche dans sa poche.

Ce jour-là, la ville étouffait sous une chape de chaleur et d'humidité, inhabituelle pour une mi-septembre. S'y confronter était comme se cogner à un mur de fumée de gazole et d'air marin, relevé d'odeurs de viande et de poisson frits. Il plongea dans le flot déferlant des piétons, voitures et bus, encore plus nombreux qu'à Shanghai. Il dut jouer des coudes et zigzaguer pour arriver au terminal Star Ferry, où il avait trouvé la cabine publique.

A présent il s'en éloignait à grands pas, se mêlant à la foule sur la promenade du port. Il chercha du regard un kiosque à fastfood bien placé, d'où il pourrait observer la cabine. Un élément jouait ici en sa faveur : des hommes grands vêtus à l'occidentale, il y en avait des milliers à arpenter les rues de Hong Kong tous les jours, et ils devaient tous plus ou moins se ressembler aux yeux des Chinois.

Il en était seulement à sa troisième crevette quand les deux berlines noires banalisées arrivèrent. Des Mercedes, semblait-il. Six Chinois en costume en sortirent et se déployèrent en éventail. Ils convergèrent ensuite nonchalamment vers la cabine, scrutant tous les visages. Ils n'étaient pas ouvertement armés, mais Jon remarqua des renflements suspects sous les vestes boutonnées. Ils dégageaient une impression de fébrilité, de nervosité menaçante.

Ce n'était ni la Sécurité nationale, ni même la police locale. Mais autre chose.

Aucun d'eux n'avait encore regardé dans la direction du kiosque. Inutile de tenter le diable. D'ailleurs, il n'en apprendrait pas davantage. Il jeta les restes huileux de ses crevettes frites dans une poubelle et rejoignit la gare maritime en faisant un grand détour. Le prochain ferry pour Hong Kong partait dans trois minutes. Il acheta un billet.

Une fois à bord, il se dirigea vers la proue en pensant aux six hommes, repassant leurs visages dans sa tête afin de les mémoriser. Encore des hommes de Feng Dun ?

Alors qu'il envisageait cette possibilité, il leva les yeux, se rappelant à son rôle de touriste, et contempla la baie. Rien ne préparait à cette vue à vous couper le souffle, ni les descriptions, ni les photos. Devant lui, le panorama était si large qu'il était impossible de l'embrasser d'un seul regard. D'abord il y avait les bateaux, chalands, navires de plaisance, sampans verts, et ferries, qui faisaient tourbillonner les eaux bleu-vert. Puis les embarcadères, les bateaux à quai, et les immeubles du front de mer qui bordaient l'île de Hong Kong. Derrière se dressaient des gratte-ciel de toutes tailles, massés comme des titans préparant une attaque, avec des panneaux publicitaires au néon en guise d'insignes géants. Enfin, ourlées de nuages, des montagnes sereines et éternelles les dominaient de toute leur hauteur. Au large, vers l'est, des îles s'élevaient comme des pyramides. Somme toute, ce panorama était aussi vaste et stupéfiant que celui qu'offrait New York.

Alors que le ferry s'éloignait du terminal, Jon éprouva devant ce panorama qui s'avançait vers lui un choc tangible. Il reprit son souffle et se détourna... et en vit deux sur les six, leurs mains s'insinuant sous leurs vestes de costume, comme pour s'assurer que leurs armes étaient accessibles. Ils se faufilaient à travers la foule des passagers. Se rapprochant de lui.

Chapitre seize

Manille, Philippines

Sous un ciel bleu étincelant et un soleil torride, le C-130 modifié atterrit sur l'aéroport international Ninoy Aquino à 14 heures. Il roula sur la piste jusqu'à un hangar isolé éloigné des terminaux commerciaux de Manille, à l'intérieur duquel stationnaient un command-car de l'armée camouflé et un Humvee armé.

Alors que les portes du hangar se refermaient, la porte de l'avion-cargo s'ouvrit, et sa passerelle se déplia. Le chauffeur en uniforme sauta de voiture, dont il se dépêcha de faire le tour pour aller ouvrir la portière arrière qui faisait face à l'avion.

Dans le secret du hangar, le secrétaire aux Armées Jasper Kott descendit la passerelle, suivi de quatre conseillers. Ses traits réguliers étaient dissimulés derrière des lunettes noires d'aviateur. Alors qu'il approchait du command-car, le chauffeur se mit au garde-à-vous. Aussi élégant que d'habitude dans un costume trois-pièces parfaitement coupé, Kott lui adressa un petit signe de tête et monta à l'arrière. Ses conseillers montèrent dans le Humvee.

Il y avait déjà un passager à l'intérieur du command-car. Un homme en uniforme dont les épaules s'ornaient de l'étoile d'argent d'un général de brigade. Assis près de l'autre fenêtre, il tira sur un épais cigare et souffla une fumée aromatique. « Le cigare vous dérange, monsieur le secrétaire ? s'enquit le général de brigade Emmanuel (« Manny ») Rose.

— Pas si vous en avez besoin pour réfléchir. » Kott baissa la vitre tandis que la voiture démarrait, suivi du Humvee.

Une ouverture de la taille d'une porte de garage surdimensionnée fut relevée dans le hangar sombre, et les deux véhicules la franchirent pour plonger dans la touffeur des Philippines.

« Dans cette mission, j'en ai besoin pour garder patience. » Rose souffla un autre nuage de fumée alors que les pneus ronronnaient sur le tarmac. « Ces gens sont incroyables, vous n'avez pas idée.

— Bien sûr que si. Je travaille à Washington. » Kott jeta un coup d'œil aux palmiers et à la végétation tropicale. La chaleur ne semblait pas le gêner. Il y avait des forêts de manguiers au loin. Des oiseaux aux couleurs criardes s'envolaient des branches d'hibiscus et de callistemons. Devant eux, un mirage scintillait sur la chaussée. Il faisait au moins dix degrés de plus qu'à Washington ; chaleur, humidité et luxuriance.

« C'est juste.

— Vous pensez que ce prisonnier, al-Sayed, est un gros poisson ? Un des principaux dirigeants des guérilleros islamistes de Mindanao ?

— Ça m'en a tout l'air.

— Pourquoi ? Parce qu'ils ne veulent pas le lâcher, s'attribuer tout le mérite ?

— Il y a ceux qui ne veulent pas le clouer au mur et lui faire la peau, et ceux qui ne veulent pas conclure d'arrangement et le libérer pour qu'il la boucle sur ce qu'ils ont fait.

— Vous avez exigé que nous assistions à tous les interrogatoires ? », insista le secrétaire.

Le général Rose acquiesça, les mâchoires tremblantes, au bord de l'explosion. « Parfaitement. S'ils ne tiennent pas compte de nos desiderata, nous ne leur fournirons plus ni aide ni formation technique. Par précaution, j'ai chargé mes propres hommes d'organiser la surveillance.

— Bien. »

Le général marqua une pause pour fumer et regarder la rue. Rien de ce qu'il voyait ne semblait le troubler. Il se tourna vers le secrétaire. « Vous avez emmené une équipe ?

— Un expert en interrogatoires de la CIA, ainsi qu'un capitaine de l'armée de l'air qui parle moro. » Kott ne prit pas la peine de mentionner qu'il avait aussi emmené son chef cuisinier. « Mon assistant est avec eux dans le Humvee. Demain, on essaiera de le faire parler.

— Oui, enfin, si vous persuadez les Philippins au dîner, ce soir, de nous laisser faire. »

Kott sourit avec assurance. « Ce ne sera pas un problème. »

Peu après, les deux véhicules arrivèrent au quartier général provisoire de la mission militaire américaine, établi sur un terrain tentaculaire avec la gracieuse permission du gouvernement de Manille. En énonçant des banalités à l'intention d'éventuelles oreilles indiscrètes, le général Rose escorta le secrétaire Kott jusqu'à ses quartiers climatisés pour qu'il puisse se reposer et faire un brin de toilette avant ce dîner essentiel prévu ce soir-là avec les hommes politiques et les militaires philippins.

« Alors, à ce soir, général », dit Kott en tendant la main.

Rose la serra. Le bout de son cigare entre les dents, il grommela : « Je serai prêt. Faites une bonne sieste. Vous allez en avoir besoin. »

Alors que son climatiseur sifflait dans l'angle de sa suite, Kott ferma la porte et attendit cinq minutes. Il la rouvrit et inspecta le couloir des deux côtés. Personne en vue.

*

Accroupie sous une fenêtre du bâtiment en bois, une femme mince en uniforme de l'US Air Force plaqua un micro-contact contre le mur. Elle était arrivée dans l'avion-cargo avec Kott.

A l'intérieur de la suite, les pas du secrétaire aux Armées résonnèrent. Il y eut les clics des touches d'un clavier de téléphone sur lequel on pianotait, et celui du combiné qu'on soulevait.

« Je suis arrivé. Oui. Je dois être de retour à six heures ce soir. Dans deux heures ? Parfait. Où ça ? Le Corregidor Club ? Entendu. J'y serai. »

Le combiné retomba sur sa fourche, une chaise en bois craqua, des pas s'éloignèrent, et, pour finir, des chaussures atterrirent avec fracas sur le sol. Des ressorts de sommier grincèrent. Kott se détendait avant d'aller retrouver la personne avec laquelle il venait de parler. Il devait être allongé sur le lit, bien réveillé, les yeux au plafond, où toutes sortes d'insectes étranges attendaient de se laisser tomber sur la moustiquaire.

Le capitaine de l'Air force était aussi l'interprète moro du secrétaire Kott. CAPITAINE VANESSA LIM, disait l'étiquette sur son uniforme. Elle quitta la fenêtre. Elle ne partait pas se reposer, et elle ne s'appelait pas Vanessa Lim.

Hong Kong

Le plus dur pour un agent secret était de ne rien faire. Jon se tenait à la proue du ferry, faisant mine de se délecter du paysage urbain kaléidoscopique qui occupait l'horizon. Malgré la peau de sa nuque qui se hérissait, il ne se retourna pas pour surveiller les deux hommes qui s'étaient avancés à travers la foule des passagers, étudiant les vêtements, les visages, et le comportement de tous les gens qu'ils croisaient. Ils ne pouvaient pas savoir à quoi ressemblait celui qui avait appelé Donk & LaPierre. En fait, le risque était minime que Feng Dun ou n'importe qui d'autre en Chine connaissent le lieutenant-colonel Smith, même à Hong Kong.

Mais un risque minime était toujours un risque. Improbable, mais possible. Comme Damon Runyon l'avait dit un jour : « Ce n'est pas toujours le plus rapide qui gagne la course, ni le plus fort qui remporte la bataille. Mais c'est ainsi qu'il faut parier. » Une question de probabilités.

Smith resta à l'avant du ferry, faussement insouciant, rien ne laissant penser qu'il était conscient du moindre événement inhabituel autour de lui. Il semblait stupéfait par le flot d'images et de bruits exotiques, tandis que le ferry se rapprochait de son terminal sur l'île de Hong Kong.

Le bateau frotta contre les piles du quai dans un bruit sourd, et des dockers en uniforme bleu l'amarrèrent. Les passagers s'avancèrent, prêts à mettre pied à terre aussitôt le ferry arrêté et les barrières ouvertes. Jon suivit le mouvement. Des mouettes tournaient en criant au-dessus de leurs têtes tandis qu'une vague d'impatience parcourut la foule qui attendait. Finalement, les barrières s'ouvrirent. Emporté par la multitude, Jon descendit la rampe en bois puis gravit celle en béton. Il se retourna ; les deux chasseurs avaient disparu.

Manille

Le secrétaire aux Armées Jasper Kott avait passé une chemise bleue ample, une veste en lin, un pantalon terre de Sienne, et des mocassins beige clair. Tranquillement assis dans le courant d'air frais dispensé par le climatiseur, il étudiait un rapport des forces spéciales sur un groupe de guérilleros ayant attaqué une garnison de l'armée philippine lors d'une incursion éclair dans le nord de Mindanao.

Quand on frappa à la porte, il marqua sa page, posa le rapport sur une table près de sa chaise, et alla ouvrir.

Le sergent des forces spéciales qui l'avait conduit au quartier général entra. « Bonsoir, monsieur.

— La voie est libre, sergent?

— Oui, monsieur. La plupart de leurs hommes font la sieste. Les nôtres sont occupés avec l'entraînement antiterroriste. Votre voiture est sur le côté. La seule sentinelle est un de mes gars.

— J'apprécie votre aide. Très discrète. Merci. »

Le sergent Reno sourit. « On a tous besoin d'un peu de repos et de détente de temps en temps, monsieur. »

Kott lui retourna son sourire, d'homme à homme. « Alors, allons-y. »

Il traversa le couloir silencieux à grandes enjambées, le sergent le suivant respectueusement trois pas derrière. Dehors, le même command-car camouflé attendait, moteur en marche. Le secrétaire montra son approbation d'un signe de tête : un moteur tournant au ralenti attire bien moins l'attention qu'une voiture démarrant brusquement.

Il prit place sur la banquette arrière, qui était vide. Le sergent ferma sa portière, s'assit au volant, et démarra. Lassé par les paysages misérables de la banlieue de Manille, Jasper Kott se cala dans son siège, croisa les bras, et réfléchit à la manière dont il allait aborder les tâches de l'après-midi. Il avait autrefois fait une brillante carrière dans l'industrie privée, qu'il avait terminée en tant que directeur général de Kowalski and Kott – K & K,

Inc. – important fournisseur d'affûts d'artillerie auprès des fabricants d'armes du monde entier. Il était vrai qu'il était devenu riche et influent, bien plus riche et influent que ne le croyaient ses concurrents. Pourtant les chiffres ne servaient qu'à marquer les points ; ils n'étaient pas un indice de satisfaction.

Kott était un homme méticuleux en tout, de la tenue aux habitudes personnelles, des relations sociales aux affaires. Il s'était servi de sa méticulosité comme d'un instrument pour désarmer ses concurrents. Dans le climat fruste et grossier qui caractérisait aujourd'hui le monde de l'entreprise, il ne rentrait tout simplement pas dans le moule. Qui soupçonnerait son ambition dévorante ? Qui lui prêterait une froideur acérée lui permettant de sacrifier les canards boiteux sans jamais se retourner ? Tandis que les autres l'ignoraient en prenant son côté collet monté pour une faiblesse, il réussissait. Quand ils s'en avisaient, ils avaient déjà trop de retard pour lui nuire ou l'arrêter.

Il n'avait jamais eu une opportunité d'affaire égalant le potentiel de ce nouveau contrat. Il envisageait avec plaisir ce que le succès signifierait... une fortune sans égale, un pouvoir dépassant l'imagination de ses collègues... la promesse d'autres contrats à venir, tous plus gros les uns que les autres...

Le long d'une rue tranquille, le sergent s'engagea dans l'allée d'une maison impressionnante plantée sur un grand terrain dans un des meilleurs quartiers de Manille. Une haute haie entourait la propriété. Sur la pelouse vallonnée, de grands palmiers se détachaient contre le ciel, tandis que des fleurs tropicales aux couleurs de l'arc-en-ciel s'étalaient sur le plâtre blanc des murs. C'était une hacienda de l'époque espagnole, imposante et retirée.

Kott se pencha en avant. « Donnez-moi quelques heures, sergent. Vous avez votre portable avec vous ?

— Ici, monsieur. » Le sergent tapota la chemise de son uniforme. « Prenez votre temps. »

Le secrétaire Kott marcha d'un pas vif sur les carreaux de terre cuite jusqu'à la longue véranda. La porte d'entrée était énorme – en acajou, avec des ferrures et des ornements en laiton poli, dont un heurtoir richement orné représentant un serpent lové sur lui-même. Il frappa et sentit, plus qu'il ne le vit, un judas s'ouvrir et se fermer. La porte s'ouvrit, et une toute petite Philippine salua. Elle n'avait pas plus de seize ans et était complètement nue, à l'exception d'une paire de hauts talons violets et d'une jarretière en dentelle assortie qui lui remontait sur la cuisse aussi haut qu'il était possible. Kott resta de marbre.

Elle l'introduisit dans une pièce lourdement meublée, où une vingtaine d'autres femmes d'âges divers et diversement dénudées étaient paresseusement assises. Un bar bien fourni s'étirait le long d'un mur. L'adolescente continua à travers la pièce, Kott sur ses talons, jaugé par vingt paires d'yeux. Ils gravirent un large escalier qui n'aurait pas déparé une noble maison madrilène. Au premier étage, elle le conduisit le long d'un couloir tapissé d'une moquette bordeaux jusqu'à la dernière porte. La fille nue l'ouvrit, sourit à nouveau, et s'effaça.

Kott entra. La pièce était spacieuse ; papier peint bordeaux pailleté d'or, boiseries dorées, coin-salon confortable et moelleux, petit bar, et lit à baldaquin géant. Toujours muette, la fille ferma la porte, et le bruit de ses pas s'évanouit.

« Votre guide vous a plu, Jasper ? », demanda Ralph McDermid depuis sa chauffeuse. Il souriait jusqu'aux oreilles, avec une jovialité ostentatoire. Son corps et son visage replets semblaient profondément détendus.

« Elle a l'âge de ma fille, pour l'amour du ciel, Ralph, s'indigna Kott. Étions-nous obligés de nous rencontrer dans un endroit pareil ?

— C'est une excellente couverture, fit valoir le PDG du groupe Altman, qui ne voulait rien concéder. Je suis connu ici. Ils me protègent. Qui plus est j'apprécie la compagnie, la marchandise, et les services.

— Chacun ses goûts, grommela Kott.

— Quel esprit de tolérance et d'égalité de votre part, Jasper. Vous allez vous asseoir, nom de Dieu, et prendre un verre. Détendez-vous. Nous savons tous les deux que vous n'êtes pas un gentil grand-père, comme vous aimeriez le faire croire à tout le monde. Parlez-moi de Jon Smith.

— Qui ?

— Lieutenant-colonel Jon Smith, docteur en médecine. »

McDermid pressa un bouton sur la table près du fauteuil dans lequel il était assis, et un Philippin en veste blanche surgit derrière le bar.

« Un officier de l'armée ? demanda Kott en secouant la tête.

Jamais entendu parler de lui. Pourquoi ? Quel est le rapport avec nous ? » Il appela le barman. « Une vodka-martini, sec avec une rondelle de citron.

— Il est dangereux, voilà ce qu'il est. Et pour ce qui est de son importance... » McDermit relata les événements, depuis la mort de Mondragon à l'exfiltration de Smith sur la côte chinoise.

« Il a une copie de ce que le bateau transporte vraiment ? Nom de...

— Non, coupa McDermid. Il a *failli*, mais nous l'avons récupérée. Je ne sais pas s'il l'a vue, et si oui, s'il l'a comprise. Mais Mondragon lui l'a vue, c'est certain, ce qui n'a plus d'importance puisque ce salaud est mort. Toutefois, nous jouons un jeu délicat. Nous voulons qu'ils sachent ce que transporte le *Dowager Empress*, mais pas qu'ils soient en mesure de le prouver. »

Le barman arriva avec le martini de Kott sur un plateau d'argent. Kott le but à petites gorgées, en connaisseur. « Alors il n'y a pas de problème. Nous sommes prêts ?

— Nous sommes parés, mais je ne dirais pas qu'il n'y a pas de problème. » McDermid leva son verre à cocktail et l'inclina vers le barman qui entreprit aussitôt de le remplacer. « Je doute que Smith, ou ceux qui l'emploient, abandonnent.

— Que voulez-vous dire par *ceux qui l'emploient* ? Il est forcément de la CIA. Il leur arrive de recruter des militaires.

— Je maintiens ce que j'ai dit. Pour ce que mes hommes, et apparemment la police secrète chinoise, en savent, il ne travaille ni pour la CIA ni pour aucune autre de nos agences de renseignement. »

Kott fit la grimace. « Vous disiez qu'il travaillait pour l'USAMRIID, et que c'était le prétexte qu'il avait utilisé pour entrer en Chine. Il est probable qu'il opérait pour la CIA à titre exceptionnel. Mais il a échoué dans sa mission. Maintenant qu'il est hors jeu, nous en voilà sans doute débarrassés.

— Peut-être. Mais d'après mes hommes, il est très qualifié et n'a vraiment pas l'air d'une recrue d'un jour. »

Kott but une grande gorgée. « Un de vos concurrents cherchant à vous nuire ?

— C'est possible, je suppose. Un agent renégat. Du FBI peut-être, étant donné qu'ils voyagent beaucoup ces temps-ci. Mais quoi qu'il en soit, nous ferions tous bien d'être extrêmement prudents... pour une multitude de raisons.

— Bien sûr. » Kott but son martini jusqu'à la dernière goutte, reposa le verre. « Mais pour le moment, tout se passe comme prévu ? »

McDermid opina. « La frégate *Crowe* est déjà en train de filer l'*Empress* dans l'océan Indien.

— Excellent.

— D'autres informations sur l'affectation des budgets militaires ? »

Kott raconta la réunion des affectations militaires dans la salle de réunion de la Maison-Blanche. « Comme je l'ai dit, Brose et Oda étaient les seuls à être disposés à soutenir totalement le secrétaire Stanton, et Oda est quantité négligeable. Tous les autres ont une arme en développement à laquelle ils tiennent. L'atmosphère était crispée.

— Et le Président ?

— Il est inquiet, et nous savons pourquoi, n'est-ce pas ? A cause de l'*Empress* et d'un affrontement possible avec la Chine. Si cela se produit, il va devoir mobiliser toutes les ressources, que ce soit dans notre arsenal ou à l'état de projet. Si nous avons les armes pour un conflit majeur sur un vaste théâtre d'opérations, les Chinois vont avoir la trouille. » Kott se cala dans son fauteuil, souriant. « Je dirais que notre plan se déroule sans accroc, non ?

— Mais nous devons rester prudents. Si les colombes de Zhongnanhai ont eu vent de quelque chose et échangé leurs impressions avec le Président Castilla, nous sommes faits. Ce manifeste ne peut pas tomber dans n'importe quelles mains. »

Kott s'impatientait. « Vous n'avez qu'à détruire toutes les copies.

— Ce n'est pas si facile. Nous nous sommes débarrassés de celle de Flying Dragon à Shanghai. Mais il y en a encore une à Bassora. Les Irakiens croient que personne ne peut forcer leur sécurité, alors ils refusent de la détruire, parce qu'ils craignent que nous ne livrions pas s'ils le font. En tout cas, ils prétendent être tout à fait persuadés que l'*Empress* arrivera à bon port. Il y avait une troisième copie à Hong Kong, j'ai donné l'ordre qu'on la détruise.

— L'*Empress* ne franchira jamais le détroit d'Ormuz. Alors qu'est-ce qui vous inquiète vraiment ?

— Yu Yongfu, le président de Flying Dragon. Il était vaniteux, ambitieux, imprévisible, nerveux, et n'aurait jamais résisté à la pression. Vous voyez le genre. Il avait la folie des grandeurs, mais du sang de navet.

— Avait ?

— Il est mort. Quand il a appris que ce Jon Smith se trouvait à Shanghai, il a craqué. Nous avons fait pression. Il s'est suicidé.

— Bon Dieu, Ralph ! explosa Kott. Ça fait deux cadavres de plus ! Vous ne pouvez pas garder un secret de cette façon. Le meurtre complique tout !

— Nous n'avions pas le choix. Nous n'avons pas le choix avec Smith non plus. » Il sourit et leva son verre pour porter un toast. « Profitons des plaisirs de la maison. Nous avons le temps.

— Enfin, merde, Ralph, elles pourraient toutes être ma fille ! Vous n'avez donc aucun savoir-vivre ? »

McDermid partit d'un grand rire. « Pas au sens où vous l'entendez. Moi aussi j'ai deux ou trois filles du même âge. J'espère seulement qu'elles s'amusent autant que j'entends le faire. »

Kott se leva. « Il y a au moins dix ans que vous n'avez pas vu vos filles. J'ai une heure avant de pouvoir appeler mon chauffeur. Mettez-moi dans un bureau quelque part avec un téléphone. Je vais travailler un peu. »

McDermid effleura le bouton sur le côté de la table pour rappeler le serveur. Il leva les yeux sur Kott, qui s'était levé, pressé de partir. Il y avait un grand sourire amusé sur les lèvres du fondateur du groupe Altman, mais ses yeux étaient froids. « Si tel est votre plaisir. »

Chapitre dix-sept

Hong Kong

Fait d'acier, de verre et d'ardoise, l'immeuble qui abritait les bureaux de Donk & LaPierre était un imposant hymne à la modernité. A en juger par l'attention portée aux détails architecturaux et le renom international de son concepteur, dont le nom était gravé sur du verre noir près des portes d'entrée, le prix des bureaux y était scandaleusement élevé et l'adresse convoitée.

De nouveau affublé de sa perruque blonde, Jon s'arrêta devant l'immeuble pour surveiller la rue animée. Il avait retrouvé son identité d'emprunt, celle du major Kenneth St. Germain. Soulagé de ne pas avoir été suivi, il franchit les portes à tambour qui le déposèrent dans le hall. Il traversa le sol d'ardoise en direction des ascenseurs en inox. L'air du bâtiment avait été filtré tant de fois qu'il semblait exempt de tout virus. Mais il faut dire que tout l'immeuble avait l'air aseptisé.

La pensée des virus lui remit en tête le dernier projet de sa couverture, et il commença à fondre sa propre personnalité dans celle de Ken. En tant que chercheur de haut niveau à l'USAMRIID, Ken St. Germain s'était passionné pour un virus découvert récemment dans le nord du Zimbabwe. Le virus, qui n'avait toujours pas été baptisé, ressemblait au virus Machupo, qui venait d'un continent éloigné – l'Amérique du Sud. Ken testait sur des mulots son hypothèse selon laquelle le nouveau virus *était* une forme du Machupo, malgré les milliers de kilomètres et l'océan séparant les deux phénomènes.

Le temps de sortir de l'ascenseur, d'atteindre et de franchir les portes vitrées de Donk & LaPierre, il était déjà impatient de solliciter Charles-Marie Cruyff, directeur général de la filiale asiatique de Donk & LaPierre, pour l'aider dans ses recherches. Et puis, bien sûr, il y avait sa véritable motivation....

« Major Kenneth St. Germain pour M. Cruyff », annonça-t-il à la jeune femme à l'accueil qui ressemblait davantage à un top-modèle qu'à une réceptionniste. « J'ai rendez-vous.

— Bien sûr, major. M. Cruyff vous attend. » Elle avait un sourire sidérant, une peau ambrée parfaite, et juste assez de maquillage pour mettre en valeur ses atouts naturels, qui étaient considérables.

La secrétaire, ou l'assistante, qui le fit entrer dans le saint des saints était d'un genre entièrement différent. Visage fermé, cheveux blonds délavés noués en chignon austère, vêtements informes... Elle était cent pour cent « Donk » et pas « LaPierre » du tout.

« Si vous voulez bien me suivre, major », fit-elle avec la voix et l'accent d'un baryton wagnérien. Elle le conduisit sur une moquette bleu de Delft jusqu'à une porte noir d'ébène. Elle frappa et l'ouvrit. « Major St. Germain d'Amérique, monsieur Cruyff », annonça-t-elle.

L'homme inspirant cette déférence s'avéra être petit, râblé et musclé, avec des cuisses énormes de cycliste professionnel. Il s'approcha de derrière son bureau dans son luxueux costume beige d'un pas glissé, comme s'il n'avait aucune souplesse dans le genou.

Il sourit en tendant sa petite main. « Ah, docteur St. Germain, c'est un plaisir. Vous travaillez pour l'USAMRIID à ce que j'ai entendu dire. Mes collègues pensent le plus grand bien de votre travail. » Il avait donc vérifié les qualifications de Ken St. Germain, ce qui n'était pas surprenant.

Ils échangèrent une poignée de main.

« Je suis flatté, monsieur Cruyff.

— Je vous en prie, asseyez-vous. Détendez-vous un moment.

— Merci. »

Jon choisit un canapé ultramoderne avec pieds chromés et

coussins amovibles. En se tournant vers lui, il sortit discrètement son couteau de sa poche pour le dissimuler dans sa main droite. Il prit place sur le canapé, sa hanche droite posée près de la jointure de deux coussins. Il leva les yeux. Cruyff était retourné à son bureau. Jon avait l'impression qu'il ne l'avait pas quitté des yeux un seul instant. Sa main se resserra sur le canif.

« Je ne suis pas un scientifique comme vous le savez peut-être. » Cruyff s'assit précautionneusement dans son fauteuil. « J'espère que vous ne serez pas vexé si je vous dis franchement que j'ai peu de temps libre aujourd'hui. » D'un geste, il balaya la pièce, qui était pleine des vains trophées du monde des affaires – photos prises en compagnie de personnalités, plaques offertes par des organisations caritatives, distinctions décernées par sa société –, puis désigna son bureau, où s'entassaient les dossiers. « Je suis en retard dans mon travail, mais je peux peut-être faire quelque chose pour vous rapidement. » Il croisa ses mains sur sa poitrine, se pencha en arrière, et attendit, en examinant Jon.

Il fallait que celui-ci glisse le couteau entre les coussins, mais tant qu'il n'arriverait pas à détourner le regard de Cruyff, ce serait impossible. « Bien sûr, *monsieur*[1], je comprends. Et je vous suis reconnaissant du temps que vous voudrez bien me consacrer. » Il décrivit les recherches de Ken St. Germain sur le nouveau virus. « Mais à l'USAMRIID, je progresse lentement, conclut-il. Beaucoup trop lentement. Les gens meurent au Zimbabwe. Avec la circulation continue des personnes qu'on observe aujourd'hui entre pays et continents, qui sait où frappera le virus ensuite ? Peut-être ici, à Hong Kong.

— Mmm... Oui. Ce serait catastrophique. C'est une ville très densément peuplée. Mais je ne vois pas ce que je peux faire pour vous aider. » Le regard était toujours braqué sur lui, implacable.

Jon se pencha en avant, l'air profondément inquiet. « Votre filiale pharmaceutique a travaillé sur les hantavirus, et j'ai... »

Cruyff l'interrompit, à bout de patience : « BioMed et Cie est installée en Belgique, major. A des milliers de kilomètres. Ici, à Hong Kong, du moins dans ce bureau, notre principale mission est le marketing. Je crains de ne pas avoir grand-chose à vous offrir... »

---

1. En français dans le texte.

Ce fut au tour de Jon de l'interrompre : « Je suis au courant au sujet de cette filiale. Mais Donk & LaPierre emploie aussi une équipe de recherche en microbiologie dans une installation située en Chine continentale. Ce sont ces scientifiques dont je parlais. Si je comprends bien, ils progressent sur les hantavirus apparus dans la région. Mes recherches sur notre nouveau virus me portent à croire qu'il pourrait se propager grâce aux déjections de souris qui se transforment en poussières en séchant, lesquelles sont dispersées par le vent et infectent les populations exactement comme le fait le Machupo en Bolivie et ailleurs en Amérique du Sud. Bien entendu, les hantavirus du type de ceux que votre équipe étudie ont le même mode de transmission que le Machupo. Je suis sûr que vous connaissez bien ces études. » Il adressa un sourire ingénu à Cruyff.

« Bien entendu », fit celui-ci. Ce faisant, il ne passait ni pour ignare ni pour quelqu'un qui cachait quelque chose. « Que souhaitez-vous savoir au juste ? A condition que ce ne soit pas confidentiel, naturellement.

— Naturellement, fit Jon en écho. Étant donné que Donk & LaPierre est une entreprise commerciale, vos scientifiques ont peut-être travaillé sur des vaccins contre les hantavirus. Si c'est le cas, je serai peut-être en mesure d'ouvrir une nouvelle piste de recherche sur la base de leurs découvertes.

— Pas de vaccin, docteur St. Germain. Du moins, pas à ma connaissance. Toutefois, ils ne rendraient pas compte des premiers stades d'une recherche de ce type à la compagnie, ni même des phases ultérieures, avant d'être sûrs de l'existence d'un fort potentiel commercial. Bien qu'il soit possible qu'ils poursuivent la recherche dans un cadre entièrement expérimental, je doute qu'ils aient travaillé sur des vaccins concernant votre catégorie particulière de virus.

— Vraiment ? Et pourquoi cela ? »

Cruyff sourit avec indulgence. « Les épidémies significatives de virus hémorragiques n'ont lieu que dans les pays pauvres. La recherche et le développement sont incroyablement coûteux, surtout ces temps-ci. Le tiers-monde n'a tout simplement pas les moyens de payer la recherche-développement, encore moins les vaccins.

— Peut-être pas. Pourtant...

— Où serait le retour sur investissement ? Qu'adviendrait-il de notre capital si nous poursuivions des recherches aussi chimériques ? Nous avons une responsabilité fiduciaire envers nos actionnaires.

— Ah, je vois. Donc les vaccins ne sont pas à l'ordre du jour. » Jon laissa une déception sincère poindre dans sa voix. Puis il s'anima. « Toujours est-il que vous avez de très bons scientifiques là-bas. Peut-être sont-ils en train de faire des choses nouvelles et intéressantes sur les hantavirus. J'ai rarement le temps de me rendre en Asie, alors je vais faire le pari que vous ne serez pas agacé si je vous demande quand même de visiter les installations. Si vous aviez la gentillesse de me donner l'autorisation... après tout, nous autres scientifiques apprenons les uns des autres, vous savez. Il se pourrait que *je* leur apporte quelque chose. »

Cruyff haussa les sourcils. « Je ne vois pas ce qui s'y oppose. Vous aurez à vous occuper vous-même des formalités du voyage, naturellement, mais je vais demander à mon assistante de vous taper une lettre de recommandation et de l'envoyer à votre hôtel. Vous n'aurez qu'à lui donner les renseignements en partant. Avec ça, les Chinois vont peut-être coopérer et autoriser votre voyage.

— Merci. Votre lettre va faire toute la différence. »

Le canif semblait peser dans sa main. L'entretien touchait à sa fin, et il n'avait toujours pas eu l'occasion de le planter entre les coussins. Luttant contre le stress, il se fendit d'un large sourire et indiqua d'un signe de tête les deux maquettes de bateau sur le bureau de Cruyff. Il y en avait quatre autres dans des vitrines sur les murs.

« J'admirais vos bateaux, *monsieur*. Magnifiques. Vous les avez faits vous-même ? Un hobby ? »

Cruyff rit en agitant la main. « Certainement pas. C'est l'œuvre de professionnels, des répliques de quelques-uns de nos navires les plus rentables. C'est que Donk & LaPierre est d'abord une compagnie maritime, voyez-vous. » Il continuait à observer Jon. Il n'avait même pas jeté un coup d'œil aux maquettes.

« Est-ce que vous travaillez surtout avec des compagnies chinoises ? », demanda Jon innocemment.

Cruyff fut surpris. « Des compagnies chinoises ? Non, bien sûr que non.

— Oh, désolé. C'est simplement que ça paraissait logique, et j'ai remarqué que le nom de beaucoup de vos maquettes était en caractères chinois et romains. »

Cruyff lança un regard soudain et involontaire, non sur ses maquettes, mais en direction d'un coffre situé bien en évidence à gauche de son bureau.

Ce moment d'inattention était tout ce dont Jon avait besoin. Avec un frisson de soulagement, il ouvrit le poing d'un mouvement rapide et, avec le pouce, enfonça le couteau entre les coussins.

Cruyff reporta aussitôt son attention sur Jon. « Non, pas spécialement. Tous les navires enregistrés à Hong Kong affichent leurs noms en chinois, ainsi que dans notre alphabet.

— Bien sûr, dit Jon en se levant d'un bond. J'ai dit une bêtise. Bien, je ne voudrais pas abuser davantage de votre temps. C'était tout à fait aimable à vous de me recevoir, et encore plus de m'autoriser à visiter votre installation biomédicale.

— Ce n'est rien, docteur. »

Tout sourire, Jon sortit à reculons et ferma la porte.

Dans le bureau adjacent, il donna à la revêche Walkyrie le nom du Shangri-la Hotel et son numéro de chambre. Il tourna les talons, sourit à la splendide réceptionniste, et sortit en poussant les portes vitrées.

Son pouls s'emballa quand un garçon de course approcha. Mais celui-ci n'entrait pas dans les bureaux de Donk & LaPierre. Il poursuivit son chemin dans le couloir, et, dès qu'il fut hors de vue, Jon fit un rapide détour par les toilettes hommes. Enfermé dans un cabinet, il tira un système d'écoute miniature d'une poche intérieure et le plaça dans son oreille droite. L'appareil faisait à peu près la taille d'un bonbon à la gelée, encore une invention remarquable du département recherche-développement des services secrets. Il resta suffisamment longtemps pour modifier son comportement.

Donnant tous les signes d'une grande agitation, il sortit précipitamment des toilettes pour retourner dans les bureaux de Donk & LaPierre, passa sous le nez de la sensuelle réceptionniste comme si son retour était non seulement prévu, mais sollicité, et, avec un geste distrait de la main, esquiva une Brünnhilde prise de court.

« J'ai dû faire tomber mon couteau », annonça-t-il en faisant irruption dans le bureau de Charles-Marie Cruyff sans rompre le pas.

Appuyé contre le dossier de son fauteuil, Cruyff chuchotait dans le téléphone. Il leva les yeux, surpris, au milieu de sa phrase.

« Qu'est-ce que vous voulez ? demanda-t-il avec autorité.

— Merde, *désolé*, ronchonna Jon, agacé. J'ai dû faire tomber mon couteau. Voyons, j'étais là, et... » Il se planta devant le bureau, face à Cruyff, en balayant du regard la vaste pièce comme s'il essayait de se rappeler précisément ce qu'il avait fait en entrant.

Cruyff se rembrunit. « J'ai un appel important, docteur St. Germain. Je vous demande de faire vite. » Il s'interrompit, écoutant la voix au téléphone.

Le micro directionnel dernier cri installé dans l'oreille de Jon capta parfaitement la fin de la conversation.

Cruyff couvrit le combiné avec sa main et chuchota : «... *Je ne crois pas. Non, monsieur, il cherchait simplement à obtenir des informations sur nos recherches concernant les hantavirus, surtout pour savoir si nous travaillions à un vaccin. Il voulait une invitation pour visiter le labo en Chine. Comment ? Oui, absolument légitime. Il travaille à l'USAMRIID, monsieur, oui. Ce doit être une simple coïncidence. Comment ? Eh bien, oui, en effet, il a posé une question bizarre comme quoi nous travaillerions surtout avec des entreprises chinoises. Il a vu mes maquettes, et...* »

Jon laissa son regard se poser sur le canapé. « Ah, ce doit être ça ! » Il s'assit et fouilla entre les coussins.

« *Je suis sûr que vous vous trompez, monsieur.* » Fronçant les sourcils, Cruyff continuait d'observer Jon pendant que celui-ci cherchait. « *Eh bien, un grand mètre quatre-vingts, oui, et...* »

Jon en avait assez entendu. Il fallait qu'il s'en aille avant que Cruyff ne commence à se poser trop de questions. Avec un sourire de soulagement, il retira son couteau de l'endroit où il l'avait caché et le brandit. « Le voilà. Il a dû tomber de ma poche. Désolé de cette intrusion, et merci encore, monsieur Cruyff. »

Il passa la porte à toute allure, bousculant au passage la Walkyrie scandalisée, qui était venue s'assurer que tout allait bien.

Quelques secondes plus tard, Jon se hâtait dans le couloir en direction des ascenseurs. La porte de la seule cabine ouverte se refermait. Il piqua un sprint, se glissa à l'intérieur juste à temps, et appuya sur le bouton.

Alors que la cabine commençait à descendre, il eut un sourire amer : quelqu'un était à l'évidence encore plus haut placé et plus important dans la compagnie que le DG de la filiale asiatique, quelqu'un de si haut placé qu'on ne pouvait pas le faire patienter pendant que Jon cherchait, et qui avait voulu savoir si le major Kenneth St. Germain était vraiment de l'USAMRIID . s'il avait posé des questions inhabituelles ou inattendues... et à quoi il ressemblait exactement.

Et comment interpréter le regard effrayé que Cruyff avait lancé à son coffre-fort quand Jon avait demandé si Donk & LaPierre travaillait avec des compagnies chinoises?

Manille

Couché sous des draps de soie dans le lit à baldaquin de la chambre à haut plafond qui avait jadis accueilli des grands d'Espagne, Ralph McDermid grommelait dans le téléphone ; sa langueur et sa bonne humeur l'ayant quitté depuis longtemps.
« Quoi d'autre ? »

Charles-Marie Cruyff lui faisait la description de l'homme venu lui poser des questions auxquelles il aurait été facile de répondre au téléphone ou par e-mail avant de prendre l'avion jusqu'à Hong Kong, et qui s'était également renseigné sur le travail de Donk & LaPierre avec des compagnies chinoises.

« Il doit avoir une petite quarantaine, précisa Cruyff. En forme. Comme s'il s'entraînait beaucoup ou pratiquait un sport très physique.

— Des cheveux noirs coiffés en arrière ?

— Non, monsieur. Je dirais blond foncé, avec une raie sur le côté. Je suis sûr...

— Ça va. Le Shangri-la Hotel, vous dites ? A Kowloon ?

— C'est là que je suis censé envoyer ma lettre de recommandation.

— Attendez d'abord quelques heures. Je veux être de retour à Hong Kong avant.

— Très bien, monsieur McDermid. Mais je suis sûr qu'il était bien celui qu'il prétendait être. Rappelez-vous, le rendez-vous a été pris par l'USAMRIID par l'intermédiaire de notre siège social à Anvers.

— Vous avez peut-être raison, Charles-Marie. Peut-être veut-il simplement rencontrer notre équipe de chercheurs. Nous en reparlerons à mon retour. En attendant, n'oubliez pas de vous occuper de cette affaire urgente.

— Bien sûr, monsieur MacDermid. »

McDermid raccrocha et s'étendit sur le dos, les yeux clos. Sa jovialité ne revenait pas, sa langueur non plus. Quand la fille sortit de la salle de bains, parfumée, dans sa nudité satinée, il ouvrit les yeux et la congédia d'un geste sec. Alors qu'elle s'en allait, il saisit le téléphone et composa un numéro.

Une voix raffinée répondit aussitôt à l'autre bout de la ligne. « Oui ?

— C'est moi. Le problème que nous avons eu à Shanghai n'est peut-être pas réglé finalement. » McDermid décrivit le scientifique de l'USAMRIID et son intrusion chez Donk & LaPierre tandis que son interlocuteur écoutait et posait des questions intelligentes d'un ton posé.

Plus McDermid exposait la situation, plus il se sentait calme. L'homme à la voix suave était la clé de son avenir. Altman avait connu une formidable ascension, mais le groupe pouvait monter plus haut encore, maintenant qu'il avait cet homme dans sa poche. L'avenir était sans limite. Comme ils terminaient leur conversation, McDermid avait retrouvé le sourire.

Bassora, Irak

Quand il acceptait une mission de l'Américain, Ghassan repensait souvent à ce jour où, à Bagdad, résigné à mourir, il avait été épargné non par Allah mais grâce à la vanité de la Garde républicaine. Acculé dans sa boutique, où il défendait le Dr Mahuk, il n'avait aucune chance de s'en tirer. Soudain, d'autres gardes étaient passés en courant, à la poursuite du docteur désarmé. Ils ne l'avaient pas vu, et les autres l'avaient oublié pour se précipiter à leur tour, désireux de récolter leur part de lauriers.

Ghassan avait réussi à sortir à l'extérieur, laissant une traînée de sang. Beaucoup de gens l'avaient aidé à se cacher. Depuis ce jour, il avait non seulement marché en boitant, mais abandonnant toute peur, avait consacré sa vie à la libération de son pays. Par l'entremise du Dr Mahuk, il avait repris contact avec le colonel Smith et commencé à répondre aux instructions d'une voix américaine au téléphone.

Ce soir-là, Ghassan s'acquittait de ce type de mission pour les Américains. Vêtu de noir, il était accroupi sur le toit de l'immeuble voisin de sa cible : quatre étages de briques et de mortier, criblés par les balles et les obus des Américains et de la Garde républicaine. Ils abritaient désormais les bureaux de la filiale de Tigris Import-Export, Ltd., Produits chimiques agricoles, une des rares entreprises autorisées à commercer avec le monde extérieur. En arrière-plan se dressaient les imposantes statues de bronze des 101 martyrs de la guerre sainte contre l'Iran. Elles n'étaient qu'à quelques blocs de distance, silhouettes bordant le chemin de planches le long du canal. Après des années d'inactivité, celui-ci avait retrouvé son effervescence, et bateaux et barques de pêche sillonnaient à nouveau le Chatt al-Arab. Leurs lumières brillaient d'une manière rassurante dans la nuit.

Enfin, il perçut du mouvement à l'entrée de la rue. Il regarda par-dessus le parapet. Les agents d'entretien s'éloignaient tranquillement pendant que le chef d'équipe fermait la porte et leur emboîtait le pas. Il était temps. Ghassan accrocha un câble fin à son harnais, respira un grand coup, et se laissa descendre. Au niveau de la première rangée de fenêtres, il découpa un morceau de vitre avec sa ventouse et son diamant. Il passa la main dans l'ouverture, ouvrit la crémone, et se glissa à l'intérieur. Dissimuler son effraction n'était pas important ; qu'il termine sa mission sans être découvert l'était.

Rapide et silencieux, il passa devant des bureaux et s'introduisit dans l'immeuble voisin. Il finit par trouver le bureau du directeur de la filiale de Tigris. A l'intérieur, il alluma sa torche miniature et explora les rangées de classeurs jusqu'à tomber sur le bon tiroir et le bon dossier : Flying Enterprises, Shanghai. Il parcourut les documents plus lentement qu'il ne l'aurait voulu, car toute la correspondance à destination et en provenance de Chine était en anglais.

Voilà, c'était ça. Le cinquième document en partant du début : une facture d'expédition. Laborieusement, il compara la liste en anglais figurant sur le document à celle dictée par l'Américain discret. Quand il put enfin déterminer qu'elles étaient identiques, il jubila. Après ce moment d'exaltation, il glissa le document dans l'enveloppe en plastique scotchée sous sa chemise, remit le dossier dans le classeur, et se dépêcha de traverser les bureaux jusqu'à la fenêtre. Il raccrocha le câble, se glissa à l'extérieur, et, quelques secondes plus tard, se retrouva sur le toit. Il dévala l'escalier en fourrant son matériel dans son sac-ceinture. Dans la rue, il se tapit dans l'ombre, scrutant les environs.

Une voiture de patrouille pleine de soldats de la Garde républicaine passa lentement.

Dès qu'il fut hors de vue, il s'enfuit en courant. Sur le trajet jusque chez lui, il se cacha encore deux fois à cause des patrouilles. Enfin, il retrouva sa chambre minuscule. Encore sous l'effet de l'adrénaline, il retira le téléphone portable spécial qu'il cachait sous une latte de parquet, et composa le numéro de l'Américain. Il ignorait où se trouvait son bureau. Il ne l'avait jamais demandé, et l'Américain ne le lui avait jamais dit.

« C'est donc comme ça que vous prenez vos ordres, Ghassan ? Comme c'est efficace de la part des Américains. Mais enfin, ils ont beaucoup d'avantages que nous n'avons pas. »

Ghassan se retourna brusquement. Le visage de celui qui parlait était dissimulé dans l'ombre, tandis que le pistolet qu'il tenait à la main était visible dans l'obscurité de la pièce. « Donnez-moi le téléphone et le document. »

Ghassan vivait chaque jour dans la crainte d'être découvert, et il s'y était préparé. Sans s'accorder une pensée ni un regret, il mordit la capsule de cyanure et fit tomber le téléphone par terre où son pied le réduisit en débris inutilisables. La souffrance le transperça de part en part. Il se sentit tomber dans une obscurité immense. Il s'effondra en se tordant de douleur, l'esprit dévoré par la rage : la mort n'était rien. L'échec était tout, et il avait échoué.

Chapitre dix-huit

Washington, D.C.

LE secrétaire général du Président, Charles Ouray, tournait en rond dans le salon désert de la résidence de la Maison-Blanche. Le jour se levait, et des flots de lumière pâle entraient par les fenêtres. De temps en temps, il plongeait la main dans sa poche de chemise pour y prendre le paquet de cigarettes qui ne s'y trouvait plus depuis dix-neuf ans, quand il avait promis d'arrêter. Agé d'une petite soixantaine d'années, son visage triangulaire était grave, et la tension rendait ses gestes désordonnés.

Toutes les cinq minutes, il consultait sa montre. Dès qu'il entendit la porte de la chambre du Président s'ouvrir, il se retourna.

Sam Castilla apparut, entièrement habillé, le pas vif, sa lourde silhouette affinée par un costume impeccablement coupé. « Quand est-ce que l'ambassadeur arrive, Charlie ?

— Dans vingt minutes, monsieur. Il avait l'air contrarié. *Très* contrarié. Il a insisté sur le fait que le problème était d'une extrême importance et a dit que vous sauriez de quoi il parlait. Il voulait être reçu sur-le-champ. En fait, c'est tout juste s'il ne l'a pas *exigé*.

— Vraiment ? »

Ouray n'allait pas se laisser décourager. « Et vous, monsieur le Président ?

— Moi, quoi, Charlie ?
— Savez-vous quelle mouche l'a piqué ?
— Oui, répondit-il simplement.
— Mais pas moi ? »
Le Président avait l'air gêné mais ne dit rien.

Ouray continua à le dévisager. Soutirer des informations au Président semblait parfois plus difficile que de cambrioler Fort Knox. « Les fuites nous rendent tous paranoïaques, observa Ouray d'un air pensif. Je me suis surpris à ne pas parler de la réunion sur les budgets militaires à mon assistant. Clarence travaille avec moi depuis vingt ans. Je sais que je pourrais mettre ma vie entre ses mains. »

Le Président soupira profondément. « Vous avez raison. J'aurais dû vous le dire... » Il hésita, comme s'il doutait encore. Puis il grimaça en secouant la tête, sa décision prise. « Tout cela concerne un cargo chinois baptisé le *Dowager Empress*. Il a quitté Shanghai au début du mois, à destination de Bassora. D'après un rapport non confirmé émanant d'une source extrêmement fiable, il transporterait dix tonnes de thiodiglycol et de chlorure de thionyle. »

Ouray écarquilla les yeux. Il éleva la voix. « Des gaz vésicants et innervants ? Le *Yinhe*.

— Dans un monde plus incertain, plus complexe, et plus dangereux que celui de la Guerre froide. De quoi vous donner la nostalgie de cette époque horrible où deux géants hirsutes armés d'une massue se tournaient autour dans un face-à-face primitif. Ce n'était pas un joli monde, Charlie, mais il était simple. Désormais nous avons un seul géant vraiment puissant, un géant malade, un géant endormi, et des centaines de loups qui nous mordent les chevilles, prêts à nous sauter à la gorge à la première occasion. »

Ouray acquiesça. « Alors qu'est-ce qui a déclenché la colère de l'ambassadeur ?

— Ils ont probablement découvert qu'une de nos frégates pistait leur cargo. » Le Président était solennel. « J'avais espéré que nous aurions eu plus de temps... J'ai des raisons de croire que Pékin n'est, ou n'était pas au courant de la cargaison. Un contrat privé. Mais ça n'a aucune importance, n'est-ce pas ?

— A moins que nous puissions le prouver.

— C'est juste.
— Sommes-nous en mesure de le prouver ? demanda Ouray avec optimisme.
— Pas encore. Nous y travaillons. »

Les deux hommes restèrent un moment silencieux, le regard baissé sur leurs chaussures cirées, alors que le Président se préparait. Il était sur le point de faire le numéro qu'il détestait. Poses, menaces, conciliations, joutes verbales, et mensonges à tout-va. Tactiques dilatoires. Le dangereux ballet diplomatique qui pouvait si facilement devenir mortel.

Finalement le Président soupira, ouvrit son veston, et remonta son pantalon. « Bon, allons parler à Son Excellence. » Il se frotta les mains. « *Bataille*. »

*

Dans le Bureau ovale, Castilla et son secrétaire général se tenaient poliment devant le bureau présidentiel quand l'ambassadeur Wu Bangtiao fit son entrée. L'émissaire de la République Populaire de Chine était un homme de toute petite taille ayant la démarche vive et agile de l'attaquant international de football qu'il avait été jadis. Son costume mao bleu foncé était provocateur, mais le sourire qu'il arborait, bien que discret, était avenant et peut-être amical.

Le Président saisit l'ambiguïté du message et regarda Ouray du coin de l'œil. Celui-ci avait aussi un petit sourire, et le Président sut que son vieux complice avait également compris.

« Vous êtes bien aimable de me recevoir aussi rapidement, monsieur le Président », commença Wu Bangtiao avec un accent cantonais modéré, bien que le Président le sût capable de parler l'anglais impeccable d'Oxford et Cambridge. Il avait étudié pendant des années à Christ-Church et à l'Université de Londres. « Monsieur le Président, vous êtes informé, je suis sûr, du motif de ma soudaine inquiétude. » Malgré les signes positifs, l'ambassadeur ne tendit pas la main.

« Vous connaissez Charles Ouray, mon secrétaire général, n'est-ce pas, monsieur l'ambassadeur ?
— Nous avons eu le plaisir de nous rencontrer à de nombreu-

ses reprises », répondit Wu Bangtiao d'une voix tendue pour indiquer qu'il avait pris acte du changement de sujet.

« Alors pourquoi ne pas nous asseoir ? », proposa Castilla, cordial.

Il désigna d'un geste l'un des confortables fauteuils en cuir qui faisaient face à son bureau. Pendant que l'ambassadeur prenait place, le Président retournait à son large fauteuil. Ouray prit une chaise à dossier droit contre le mur, un peu à l'écart, sur le côté. Les pieds de l'ambassadeur Wu touchaient à peine le sol ; le fauteuil était conçu pour des propriétaires de ranch du Nouveau-Mexique bien plus grands, ce qui, bien entendu, était la raison pour laquelle le Président l'avait assis là.

Dissimulant un sourire, Castilla se pencha en arrière et dit aimablement : « Quant à ce qui vous amène ici, ambassadeur Wu, je n'en ai pas la moindre idée. Pourquoi n'éclairez-vous pas ma lanterne ? »

Le Chinois plissa les yeux, son sourire se rétrécit. « Un de nos cargos en haute mer signale qu'il a été placé sous surveillance par votre frégate, l'*USS John Crowe*. »

Charles Ouray intervint. « Sont-il sûrs que la frégate ne suit pas simplement le même cap, monsieur l'ambassadeur ? »

Le regard de Wu se fit glacial. Il le posa sur Ouray. « Dans la mesure où votre navire de guerre est bien plus rapide qu'un simple cargo, mais a maintenu sa position actuelle derrière lui pendant de nombreuses heures, il n'y a qu'une seule conclusion : le *Crowe* suit l'*Empress*.

— Je ne dirais pas que c'est la seule conclusion, nuança le Président posément. Puis-je vous demander où se trouve votre navire exactement ?

— Dans l'océan Indien. » Il jeta un coup d'œil à la pendule. « Ou peut-être en mer d'Arabie à l'heure qu'il est.

— Ah. Et sa destination est... ?

— Avec tout le respect que je vous dois, monsieur le Président... ce n'est pas vraiment le sujet. Le navire se trouve en haute mer où le droit de passage vers n'importe quel port est acquis à toutes les nations souveraines du monde.

— Allons, monsieur l'ambassadeur, nous savons tous les deux que ce sont des foutaises. Les nations protègent leurs intérêts. La vôtre. La mienne.

— Et quels intérêts les États-Unis protègent-ils en harcelant un bâtiment commercial non armé dans les eaux internationales, monsieur ?

— C'est ce que j'ai essayé de vous dire, ambassadeur Wu. Dans la mesure où je n'ai pas été informé au sujet du *Crowe*, je n'ai aucun détail, pas même que votre cargo se trouverait à proximité de notre frégate. Mais si vous avez raison, je suppose que la situation est le résultat d'une banale opération de routine conduite par notre marine.

— L'Amérique fait-elle systématiquement suivre les navires chinois ?

— Ce sont des conneries, explosa le Président, et vous le savez pertinemment ! Quelle que soit la raison de ce prétendu pistage, je tirerai ça au clair. Est-ce là tout, monsieur l'ambassadeur ? »

Wu Bangtiao resta impassible. Il se leva. « Oui, monsieur le Président. Si ce n'est que mon gouvernement m'a chargé de vous informer que nous défendrons notre droit de libre passage sur toutes les mers du monde. Y compris contre une ingérence ou une agression des États-Unis. »

Le Président se leva encore plus vivement. « Dites à votre gouvernement que si votre cargo enfreint les lois internationales, les règles, ou les restrictions admises, nous nous réservons le droit d'intervenir pour faire cesser une telle violation.

— Je présenterai votre opinion à mon gouvernement. » Wu s'inclina devant Castilla, adressa un signe de tête à Ouray, se retourna avec grâce, et quitta le Bureau ovale d'un air digne.

Le Président étudiait la porte qui s'était fermée derrière Wu Bangtiao sans vraiment la voir. Charlie Ouray faisait de même.

Finalement, le Président trancha : « Ils ne savent pas ce que l'*Empress* transporte.

— Non. Mais est-ce que ça change quelque chose ?

— Normalement, je dirais non. » Castilla se frotta la mâchoire. « Seulement il a fait preuve de plus de modération que je ne m'y attendais. Vous êtes d'accord ? »

Ouray serra ses mains entre ses cuisses et se pencha en avant, en fronçant les sourcils. « Je n'en suis pas sûr. Cela ressemblait beaucoup à la mise en garde standard, la même pose que d'habitude.

— Pour la forme. C'était prévisible. Mais Wu est un maître consommé de la nuance, et j'ai eu l'impression que sa façon de parler suggérait cette fois que l'avertissement était, en effet, de pure forme. En fait, il a voulu indiquer qu'il s'agissait précisément d'une pose.

— Peut-être. Mais il savait que nous mentions au sujet du *Crowe*.

— Évidemment, mais là encore il m'a laissé m'en tirer à bon compte. Il n'a pas contesté mes paroles, et a attendu que je le congédie pour transmettre la mise en garde officielle, c'était ça ou repartir les mains vides.

— Il a fait preuve d'une certaine retenue, c'est certain. Mais il portait assurément l'armure de Mao.

— Son discours était ambigu, décida le Président. Oui, c'était cela le message. Pékin, ou du moins une majorité du Comité permanent, est dans le noir. Ils ne peuvent pourtant pas laisser la Chine se faire malmener sous les yeux du monde, quelles que soient les circonstances. D'un autre côté, je considère qu'ils ne cherchent pas la confrontation. Ils ne rendront pas la crise publique, du moins pas encore. Ils nous donnent un peu de mou, et un peu de temps.

— Oui, mais *combien* ?

— Avec de la chance, au moins jusqu'à ce que l'*Empress* soit si proche de Bassora que nous soyons forcés d'agir. » Le Président secoua la tête d'un air malheureux. « Ou jusqu'à ce que toute l'affaire soit divulguée, enfle et explose.

— Alors on a tout intérêt à garder ça sous le boisseau.

— Et trouver notre preuve.

— Certes, fit Ouray. Mais j'ai une suggestion.

— Laquelle ? »

Ouray restait plié en deux comme s'il éprouvait une vive douleur intestinale. Son visage vieillissant semblait fragile. « Après vous avoir écoutés, Wu et vous, je comprends encore mieux pourquoi cette affaire réclame le plus grand secret. Néanmoins, il est temps de faire appel au secrétaire à la Défense Stanton, au secrétaire d'État Padgett, et au Vice-Président Erikson, parce que nous sommes dans le collimateur du gouvernement chinois. Cela signifie qu'il faut que Stanton et Padgett soient prêts. Et s'il devait vous arriver quelque chose, Dieu nous en garde, le Vice-Président aura à faire face à la situation. Nous aurions à le mettre au niveau immédiatement. Il se peut que nous n'ayons pas le temps. »

Castilla réfléchit. « Et les chefs d'Etat-major ?

— Pour le moment, que Brose soit au courant est certainement suffisant. Les autres pourraient devenir nerveux de la gâchette et compliquer les choses.

— D'accord, Charlie. J'accepte. Organisez une réunion. Incluez Brose.

— Oui, monsieur. Merci, monsieur. »

Seul, le Président fit pivoter son fauteuil vers les hautes fenêtres derrière son bureau. L'espace de quelques secondes, il imagina un petit garçon, et sourit. Le garçon était pareil à ce qu'il avait été, trop grand pour son âge, avec des cheveux couleur paille ébouriffés. Il tendait les bras avec impatience vers un homme. L'homme se pencha pour le soulever, mais son visage était brouillé, flou. L'enfant ne pouvait pas voir le visage, ne pouvait pas voir son père.

Hong Kong

A l'extérieur de l'immeuble de Donk & LaPierre, Jon fendit la foule et la circulation, et traversa Stanley Street jusqu'à un glacier Dairy Farm. Coups de klaxon stridents et jurons chinois scandaient le mouvement de la rue. Il commanda un café et observa l'entrée de l'immeuble modèle. Ne voyant aucun vigile ou civil sortir en courant avec l'air de chercher quelqu'un, il termina son café et héla un taxi pour rentrer à l'hôtel.

Toujours sur ses gardes, il regarda partout autour de lui pendant que le taxi se faufilait dans les embouteillages, prenait le tunnel qui plongeait sous le port jusqu'à Kowloon, et s'arrêtait enfin devant le Shangri-la. Une fois dans sa chambre, il se laissa tomber sur le lit et utilisa son téléphone portable crypté pour faire son rapport à Fred Klein. Comme d'habitude, celui-ci était à son bureau dans la marina d'Anacostia.

« Vous ne rentrez jamais chez vous, Fred ? » Jon se représenta le bureau sombre, les volets fermés, les rideaux tirés, transformant le jour en nuit perpétuelle.

Klein éluda la question. « Vous êtes arrivé sans encombre, je suppose.

— Pour l'instant, oui. » Il hésita, un goût aigre dans la bouche. « Mais j'ai fait une erreur.

— Grave ?

— Difficile à dire. » Il expliqua le coup de téléphone à Donk & LaPierre. « Manifestement Jan Donk n'existe pas, ou le numéro était sur liste rouge, ou les deux. Peut-être s'agissait-il d'un numéro spécial que Yu Yongfu était seul à connaître.

— Ce pourrait être un numéro réservé exclusivement au contrat de l'*Empress*.

— Quoi qu'il en soit, Donk & LaPierre sait que le numéro est désormais en possession d'une personne non autorisée, que cette personne est à Hong Kong, et qu'elle pourrait s'intéresser à l'*Empress*. Ça les a suffisamment inquiétés pour envoyer des gorilles armés à la cabine téléphonique. Ce qui m'amène au problème suivant.

— Ne me faites pas languir. » La voix de Klein était fatiguée, irritable. « Vous êtes sûr d'être à la hauteur de cette mission, colonel ?

— Si vous voulez me rapatrier, c'est quand vous voulez », grommela Jon.

Il y eut un silence surpris. « Ça va, Jon. Désolé. J'essaye juste d'éclaircir la situation, qui est déjà assez sombre ici.

— Vous avez des soucis de votre côté ?

— Les Chinois ont repéré notre frégate de surveillance. Leur ambassadeur fait des vagues, si vous me pardonnez cette métaphore nautique.

— C'est incontrôlable ?

— De l'avis du Président, pas encore. Tout ce qui les intéresse pour l'instant, c'est apparemment qu'on se tourne autour. Nous savons tous les deux que ça ne durera pas. Donnez-moi quelques bonnes nouvelles avant de me déprimer encore davantage avec le problème suivant. Avez-vous tiré quelque chose de votre rendez-vous chez Donk & LaPierre ?

— Trois choses. Cruyff, le directeur général, a quelque chose dans son coffre qui le tracasse, et il devient très nerveux quand on l'interroge sur d'éventuels rapports avec des compagnies chinoises.

— Cela fait deux.

— J'ai gardé le meilleur pour la fin. Quelqu'un de beaucoup plus haut placé est dans le coup ; quelqu'un auprès de qui Cruyff prend ses ordres, qui sait que j'étais à Shanghai et à quoi je ressemble. » Il décrivit son entretien et son retour dans le bureau pour écouter ce qui s'y disait.

« Ce ne devrait pas être très compliqué d'identifier le patron de Cruyff à Anvers.

— Comme Cruyff parlait en anglais – et pas en français ni en flamand – je ne crois pas qu'il faisait son rapport à Anvers. Non, qui que soit son patron, il est ici, à Hong Kong. Ma perruque blonde va leur donner, à Cruyff et à lui, juste assez de doutes pour agir lentement, mais tôt ou tard, ils enverront des hommes ici à l'hôtel. J'ai besoin d'informations sur l'homme au sommet, histoire d'évaluer ce que je dois faire.

— A l'âge des conglomérats internationaux et des sociétés de holdings, on ne peut pas exclure que ses patrons belges soient anglais ou américains. Mais bon, je m'en occupe tout de suite. Qu'allez-vous faire maintenant ?

— Me nourrir. Quelque chose de bon pour une fois. Et dormir. Toute une nuit, pour changer.

— Je ne dors pas, le Président non plus.

— C'est le matin là-bas.

— Un simple détail technique. Prenez votre portable avec vous, et dormez en le mettant avec votre pistolet sous votre oreiller. Je vous rappellerai, colonel. Faites de beaux rêves. »

Dans le ciel, en route pour Hong Kong

Ralph McDermid considérait le meilleur avion de la société – un 757 rééquipé avec cuisine gastronomique, salle de conférence couverte de panneaux en cerisier, et vaste chambre à coucher – comme son moyen de transport personnel. En fait, il pouvait en disposer à sa guise comme stipulé dans son contrat de travail de quarante pages, lequel, bien entendu, comprenait les habituels stock-options, primes, golden parachute, assurances, et l'utilisation de voitures de fonction, de services de nettoyage, de cartes de club, de maisons et d'appartements dans le monde entier.

Il sommeillait dans son fauteuil, les jambes surélevées, bercé par le ronronnement des moteurs, quand son téléphone sonna. C'était Feng Dun.

McDermid fut immédiatement réveillé. « Où diable étiez-vous passé ? demanda-t-il. J'ai essayé trois fois de vous joindre ! »

Feng durcit la voix. « J'ai fait des recherches et passé des coups de fil, taïpan. »

McDermid ne savait jamais avec certitude si l'utilisation que faisait Feng de cette ancienne appellation honorifique n'était pas injurieuse. Il était porté à le croire. Au XIXe siècle, les Chinois avaient employé le mot *taïpan* pour décrire les pilleurs européens et américains qui avaient tiré des fortunes de Hong Kong et de la Chine et peu donné en retour.

Mais comme McDermid avait besoin de Feng, il se contenta de dire : « Qu'avez-vous appris ?

— Li Kuonyi a disparu. Elle était chez son père, et la voilà partie. Personne ne sait où. Ni le personnel, ni bien sûr personne chez Flying Dragon. »

Cette nouvelle inquiéta McDermid. Maintenant que Yu Yongfu s'était suicidé, sa femme risquait de devenir incontrôlable. Cela dépendrait de son chagrin et du souci qu'elle aurait de ses enfants.

« Son père ne sait pas où elle est ? demanda McDermid.

— C'est ce qu'il dit. Les enfants sont avec lui. Je le surveille de près.

— Non. Chargez-en plutôt vos meilleurs hommes. Il y a autre chose dont je veux que vous vous occupiez personnellement.

— Qui est... ?

— Jon Smith. Il est peut-être à Hong Kong. »

A l'autre bout de la ligne, Feng fit claquer sa mâchoire, intéressé. « Cet homme est comme le serpent à minuit. Il surgit toujours là où on l'attend le moins. Vous ne m'aviez pas prévenu qu'il était aussi doué. »

McDermid ravala une riposte. « Je pense qu'il cherche la troisième copie du manifeste. Je connais sa couverture et l'endroit où il séjourne. Combien vous faudra-t-il de temps pour aller à Hong Kong et le tuer ? »

Chapitre dix-neuf

*Hong Kong,
samedi 16 septembre*

UNE heure avant le lever du soleil, le mince Chinois s'empara du passe-partout dans le tablier de la concierge de nuit et traîna le corps de la femme dans la lingerie de l'hôtel. Cette chair molle et flasque était écœurante dans son inertie, comme un sac de riz qui aurait répandu la moitié de son contenu. Il ferma et verrouilla la porte.

Il s'appelait Cho. Il avait entre vingt et vingt-cinq ans, faisait bien plus jeune, et son cœur battait fort. Malgré son expérience, et le fait que c'était un professionnel, la peur ne le quittait jamais, mais son air juvénile lui permettait d'aller là où des hommes plus âgés ne pouvaient pas aller. Ce qui lui avait assuré de nombreuses missions réussies et généreusement récompensées. Il remplissait toujours ses contrats.

Cho courut le long du couloir jusqu'à ce qu'il trouve le numéro de la chambre. Il inséra la clé dans la serrure et poussa la porte qui vint buter sur l'entrebâilleur. Il écouta.

Comme il n'entendait rien et qu'aucune lumière n'était allumée, il ferma la porte de deux ou trois centimètres, introduisit un mince instrument de sa confection, et décrocha la chaîne avec adresse. Replaçant l'instrument dans une poche spéciale de son jean noir, il entra furtivement dans la chambre obscure, referma la porte sans faire de bruit, et se glissa sur la gauche.

Sans bouger, le dos plaqué contre le mur, il attendit que ses yeux s'habituent. Il percevait la moiteur chaude dans le noir : sa proie était dans la chambre quelque part, respirant profondément, endormie. La rumeur de la circulation nocturne traversait les rideaux fermés. A part ça, il n'y avait pas un bruit, pas un mouvement.

Le jeune tueur s'avança à pas de loup. Enveloppés dans des chaussons souples, ses pieds ne faisaient aucun bruit sur la moquette en peluche. Il trouva le lit. L'homme était couché sur le dos, respirant régulièrement, ignorant que dans quelques secondes sa poitrine ne se soulèverait plus, que plus un souffle n'en sortirait.

Il y avait un problème : l'homme était couvert par des draps et une couverture. Cho hésita. Devait-il frapper sans être sûr de la position exacte du corps de sa victime, ou essayer de tirer les couvertures afin de découvrir la poitrine nue et vulnérable ?

Ce fut alors qu'il vit la main. La main droite, qui dépassait des couvertures et pendait dans le vide au bord du lit. Elle était aussi molle que le cadavre de la concierge. Alors qu'il la regardait fixement, elle tressaillit. Il suivit le mouvement le long du bras, sous les couvertures, puis en descendant sur les épaules et la poitrine. Souriant intérieurement, il tira son poignard de la ceinture de son jean américain, l'empoigna pointe vers le bas, et le souleva.

*

Jon observait Charles-Marie Cruyff s'approcher de lui comme en glissant à travers une brume visqueuse, un sourire méchant aux lèvres, et un poignard pointu entre les dents. Une frégate américaine poursuivait Cruyff, mais Jon voyait qu'elle arriverait trop tard pour l'aider. En plus du couteau de pirate, Cruyff, grimaçant, avait un bandana rouge noué sur la nuque qui lui couvrait la tête et le front. Il atteignit le lit, et...

... Jon entrouvrit à peine les yeux. Il ne bougea rien d'autre, seulement ses paupières. Il avait rêvé de Cruyff, mais l'ombre planant au-dessus de son lit n'était pas celle de Cruyff. Ce n'était nullement un rêve. La faible lueur qui passait sous la porte du couloir découpa le contour d'une mince silhouette, à moins de soixante centimètres de distance. Une main se leva. Jon aperçut un objet miroiter faiblement. Un poignard. Qui s'abattit d'un coup.

D'une détente de la main droite, il saisit le poignet. Il était tellement fin qu'il pensa pouvoir le briser net. Puis il sentit la force qui s'en dégageait. L'ombre se cabra comme une bête sauvage terrifiée. Dans un mouvement convulsif, tout le corps attaché au poignet tira frénétiquement pour échapper à Jon.

Jon affermit son étreinte et secoua le poignet vers lui.

Mais le poignard ne tomba pas. La main ne voulait pas lâcher prise. Jon se redressa d'un coup, et l'ombre cabrée tomba en arrière en se tortillant pour se dégager, entraînant Jon dans sa chute. Emporté par son élan, l'homme tomba à terre.

Jon se reçut sur lui de tout son poids. Brusquement, l'homme cessa de bouger. Haletant, vêtu d'un simple caleçon, Jon sentit d'un coup la fraîcheur de la chambre plongée dans le noir. Il entendit l'écho assourdi de la circulation. Son agresseur ne bougeait pas.

Continuant à serrer le poignet du tueur, il voulut saisir le couteau de sa main libre. Pas de couteau. Il s'empressa de tâtonner la moquette autour du poignet. Pas de couteau non plus. Mais un liquide chaud sur sa poitrine nue. Et une légère odeur, une odeur nauséabonde et métallique de sang frais. Aussitôt, il chercha le pouls au poignet. Il n'y en avait pas.

Il se leva d'un bond, alluma la lumière, et retint son souffle. Le manche du poignard dépassait des côtes de l'homme, où il avait dû s'enfoncer quand celui-ci s'était retourné dans leur chute. Un peu de sang suintait à travers sa chemise noire.

Jon respira à fond. Marcha en direction du téléphone sur la table de chevet... puis se ravisa. Pas question d'appeler la police de Hong Kong. On poserait des questions.

Il retourna vers le cadavre et constata que le sang n'avait pas encore taché la moquette. Il souleva le corps fluet dans ses bras. Aussi léger que celui d'un bébé. Il le porta dans la salle de bains, l'allongea dans la baignoire et recula, en réfléchissant.

La sonnerie stridente de son portable le fit se retourner brusquement. Il sortit en hâte de la salle de bains et prit son portable sous les couvertures.

« Fred ? J'ai... », commença-t-il.

Klein l'interrompit, impatient de lui donner des nouvelles : « J'ai deux clients possibles pour votre inconnu... celui qui semble jouer un rôle plus important que Charles-Marie Cruyff chez Donk & LaPierre. Le premier fait partie des suspects plausibles, l'autre est un tout autre spécimen. »

Jon l'entendait à peine. « Je viens de tuer un homme. Il était tellement petit, on aurait dit un adolescent de treize ans sous-alimenté. Si je n'avais pas allumé la lumière, je n'aurais jamais cru que c'était un adulte. Il... »

Le choc dura une fraction de seconde. Puis Klein demanda : « Pourquoi ? Où ?

— On l'a envoyé pour me tuer. Chinois. Ici, à l'hôtel. »

La surprise de Klein se mua en frayeur. « Le corps est toujours là ?

— Dans la baignoire. Pas de sang sur la moquette. Nous avons eu de la chance, non ? J'ai eu de la chance. Il a bien failli m'avoir. Quels que soient les salauds derrière tout ça, ce type devait avoir besoin de leur argent pour bouffer, j'ai eu de la veine, et pas lui.

— Calmez-vous, colonel », coupa Klein. Puis, d'une voix presque douce : « Je suis désolé, Jon. »

Celui-ci prit une grande inspiration et se reprit. L'espace d'un instant, il se rappela qu'il avait impatiemment attendu l' « aventure » qui romprait la monotonie de la conférence biomédicale à Taïwan. « D'accord, je vais déplacer le corps quelque part. Ils ne trouveront aucune trace ici. »

Pendant qu'il parlait, il entendit les premiers mots de Klein dans son esprit : *J'ai deux clients possibles pour votre inconnu... celui qui semble jouer un rôle plus important que Charles-Marie Cruyff chez Donk & LaPierre. Le premier fait partie des suspects plausibles, l'autre est un tout autre spécimen.*

Quelque part au fond de lui, il sentait qu'il reprenait le dessus. Il fut envahi par une bouffée de colère, à laquelle succéda une morne acceptation. Pour la première fois, il comprit combien il était essentiel pour lui de croire qu'il œuvrait pour quelque chose de bien. Comment pouvait-on faire son travail autrement ?

« Parlez-moi du big boss "plausible" de Cruyff.

— Il s'agirait de Louis LaPierre. Président-directeur général de Donk & LaPierre pour le monde entier. Il habite à Anvers, parle anglais, mais en même temps, c'est un Belge wallon pur jus. Sa première langue devrait certainement être le français, et le flamand la seconde. Il est hautement improbable que Cruyff et lui conversent en anglais.

— Bien entendu, à Hong Kong, presque tout le monde parle anglais. C'est peut-être que Cruyff et LaPierre ne voulaient pas que des oreilles profanes surprennent leur conversation à Anvers.

— Cette possibilité m'est aussi venue à l'esprit.

— Qui est le second candidat ? demanda Jon.

— C'est là où ça devient intéressant. Il se trouve que mes experts en finances et en droit des sociétés ont mis au jour un labyrinthe de sociétés-écrans, de filiales, et de compagnies offshore derrière lequel se cache le véritable propriétaire de Donk & LaPierre. Ils ont fini par découvrir que, aussi importante fût-elle, la société Donk & LaPierre était une filiale à 100 % d'une entité bien plus vaste, qui se trouve être la source de mon second candidat : le groupe Altman.

— Jamais entendu parler.

— Oh, si, probablement, lui assura Klein, mais vous n'aviez aucune raison d'y faire attention. Comme la plupart des gens. Altman entretient à grands frais des attachés de presse pour éviter de faire les gros titres des journaux. Pourtant, Altman est un groupe célèbre... presque mythique... dans les cercles d'affaires internationaux.

— J'écoute.

— C'est un conglomérat multiproduit, multinational... mais c'est aussi la plus grosse société d'actions privée de la planète. Une société qui, chaque jour, fait et défait d'immenses fortunes. Figurent parmi les cadres d'Altman d'anciens membres des quatre derniers gouvernements, dont un ancien Président, un ancien secrétaire à la Défense, et un ancien directeur de la CIA. Ce n'est pas tout. Altman Europe est dirigé par un ancien Premier ministre britannique, secondé par un ex-ministre allemand des Finances. Altman Asie est aux mains d'un ancien président philippin.

— Sacré carnet d'adresses, siffla Jon.

— A ma connaissance, il n'existe pas d'autre société employant autant de vedettes de la politique. Le siège international d'Altman se trouve à Washington, ce qui n'est pas vraiment original. Son adresse, cependant, est plus prestigieuse : sur Pennsylvania Avenue, à mi-chemin entre la Maison-Blanche et le Capitole. A seulement un quart d'heure à pied dans les deux directions.

— Et à deux pas du Hoover Building », remarqua Jon en visualisant la topographie des lieux. « Bon sang, au cœur même de l'establishment de Washington.

— Exactement.

— Comment se fait-il que je ne connaisse pas Altman?

— Je vous l'ai dit, ils sont inflexibles quand il s'agit de communication avec le grand public.

— Impressionnant. Comment le groupe est-il né?

— Ce que je vais vous dire relève de l'information publique. N'importe qui peut le trouver, mais Altman cultive une telle discrétion que peu de gens s'en donnent la peine. La société a démarré en 1987, quand un employé fédéral ambitieux a démissionné de son travail, emprunté cent mille dollars, et fait appel à sa première célébrité politique, un sénateur à la retraite. Avec ce nom en tête d'affiche, Altman a commencé à se développer. Il a acheté des entreprises en grand nombre, en a conservé certaines, vendu d'autres, réalisant toujours des bénéfices substantiels, indécents parfois. Dans le même temps, le groupe attirait des personnalités de plus en plus en vue pour son papier à en-tête. Aujourd'hui, son influence politique et sa capacité à ouvrir les portes sont impressionnantes, c'est le moins que l'on puisse dire. C'est un empire de treize milliards de dollars, ayant réalisé des investissements de toute sorte dans le monde entier. Ils ont probablement aussi une affaire en train en Antarctique.

— Altman serait donc en fait un groupe financier géant. » Jon se demanda en quoi cela cadrait avec sa mission. « Est-ce que le siège asiatique se trouve ici, à Hong Kong?

— En effet.

— Est-ce que l'ex-président philippin ne parle que le tagalog et l'anglais?

— Non, il parle couramment au moins six langues, dont le français et le néerlandais. Mais il ne réside pas là-bas en ce moment. Cela fait des mois. Il est dans une ville d'eau, en Suède. Nous avons vérifié, il n'a reçu aucun appel de Hong Kong depuis des semaines.

— Alors qui est le second candidat pour être le patron de Cruyff ?

— Ralph McDermid, le gourou de l'investissement qui a fondé l'entreprise.

— McDermid ? Alors d'où vient ce nom d'"Altman" ?

— C'était le prénom de son père, expliqua Klein. Altman McDermid. Un homme d'affaires raté, qui a perdu son drugstore pendant la Dépression alors qu'il venait de se lancer, l'a repris, mais a de nouveau fait faillite dans les années 60 quand un grand magasin Walgreen s'est implanté dans la petite ville du Tennessee où ils habitaient. Il n'a plus jamais retravaillé. Sa femme a fait vivre la famille en faisant des ménages.

— Ralph McDermid tenterait-il de compenser ce qui est arrivé à son père ? Ou bien a-t-il tellement peur qu'il lui arrive la même chose qu'il fait des réserves en prévision du pire.

— Ou c'est un génie de la finance, et c'est plus fort que lui... Ralph McDermid est à Hong Kong en ce moment même. Il est américain, ne parle que l'anglais. »

Jon laissa l'information faire son chemin. « Bon, d'accord, je comprends, mais pourquoi diable Ralph McDermid s'intéresserait-il à l'*Empress* ? Ce n'est qu'un bateau. Cela semble de la petite bière pour le genre d'énorme pompe à dollars qu'il dirige.

— C'est juste. Mais nos renseignements sont sûrs : le groupe Altman possède Donk & LaPierre, et Donk & LaPierre est propriétaire de l'*Empress* et de sa cargaison à part égale avec Flying Dragon. Ce que je vous demande – immédiatement, sinon plus tôt –, c'est la troisième copie du manifeste. Enquêtez sur Ralph McDermid. Voyez si vous pouvez le lier à l'*Empress*, et s'il a la troisième copie. »

Washington, D.C.,
vendredi 15 septembre

Le Président Castilla marqua une pause afin de trouver les mots justes permettant à la fois d'exprimer la gravité de ce qu'il était sur le point de révéler et la raison pour laquelle il s'était tu pendant si longtemps. Dans la Situation-Room hautement sécurisée située dans les sous-sols de la Maison-Blanche, il dévisagea tour à tour les cinq hommes assis à ses côtés à la table de conférence. Trois d'entre eux avaient l'air légèrement perplexes.

« Vous savez manifestement, puisque nous nous réunissons ici, commença-t-il, qu'il doit y avoir une raison sérieuse. Avant de vous décrire la situation, je vais m'excuser auprès de trois d'entre vous de ne pas les avoir mis plus tôt dans la confidence, et j'expliquerai ensuite pourquoi je n'ai pas à m'excuser.

— Nous sommes à votre disposition, monsieur le Président », déclara le Vice-Président Brandon Erikson. « Comme toujours », ajouta-t-il avec sincérité. Maigre et musclé, Erikson avait les cheveux noirs, des traits réguliers, et une allure décontractée, à la Kennedy, que les électeurs trouvaient désarmante. Il faisait très jeune pour ses quarante ans, et était connu pour sa personnalité dynamique et son énergie, mais sa véritable force tenait à sa vive intelligence, qui dissimulait une maturité bien supérieure à son expérience politique.

« Quelle situation ? », interrogea le secrétaire à la Défense Stanton d'un ton où perçait la méfiance. Il se tourna pour regarder autour de la table ; le plafonnier faisait reluire son crâne chauve.

« Dois-je en déduire que l'amiral Brose et M. Ouray savent déjà ce que vous avez l'intention de nous dire ? », s'enquit le secrétaire d'Etat Abner Padgett. Sa voix était faussement calme, mais ses yeux réagissaient à l'affront en lançant des éclairs. La façon dont son épaisse carcasse était affalée dans son fauteuil trahissait son assurance naturelle, cette assurance sur laquelle Castilla avait compté tant et plus pour envoyer son ministre dans les points chauds du globe négocier des accords difficiles et adoucir les cœurs durs. Pour les missions diplomatiques délicates, Padgett était l'homme à envoyer. En revanche, il démarrait au quart de tour à domicile.

« L'amiral Brose devait être mis au courant », coupa le Président d'une voix dure, en leur lançant un regard furieux. « Je ne l'ai dit à Charlie que ce matin, afin qu'il puisse vous réunir. Vu vos réactions, je n'ai pas à m'excuser. Il y a beaucoup trop d'egos hypertrophiés et de calculs personnels au sein de ce cabinet et de ce gouvernement. Pire – et vous savez tous qu'il s'agit de la vérité pure et simple –, certains individus parlent à des gens auxquels ils ne devraient pas parler, de choses dont ils ne devraient pas parler. Me fais-je bien comprendre ? »

Henry Stanton rougit. « Vous faites allusion aux fuites ? J'espère que vous ne dites pas cela pour *moi*, monsieur.

— Je parle effectivement des fuites, et ce que je dis est valable pour tout le monde. » Il fusilla Stanton du regard. « J'ai décidé que dans cette situation personne ne serait prévenu, sauf ceux qui étaient strictement concernés. De mon point de vue. Pas du vôtre. Ni de celui de qui que ce soit d'autre, d'ailleurs. Je m'y tiens. » Sa mâchoire était dure comme la pierre. Ses lèvres serrées. Et son regard tellement froid comme il passait sur eux, qu'à cet instant, on aurait pu sculpter son visage dans le rocher de Monument Valley.

Le Vice-Président se fit conciliant. « Je suis sûr que nous comprenons, monsieur le Président. Des décisions comme celle-ci sont difficiles, mais c'est pour cette raison que nous vous avons élu. Nous savions que nous pouvions vous faire confiance. » Il se tourna vers Stanton et Padgett. « Vous n'êtes pas d'accord, messieurs ? »

Le secrétaire à la Défense se racla la gorge, assagi. « Bien sûr, monsieur le Président.

— Absolument, souffla le secrétaire d'Etat. Il connaît les faits.

— En effet, Abner, je les connais, tels qu'ils sont. Et j'ai décidé qu'il était temps de vous mettre au courant. » Il se pencha au-dessus de la table, les mains jointes. « Nous avons peut-être une répétition de la débâcle du *Yinhe* avec la Chine. »

Alors qu'ils ouvraient de grands yeux, sidérés, et de plus en plus inquiets, il décrivit ce qui s'était passé jusqu'ici, abstraction faite de toute allusion spécifique au Réseau Bouclier et à l'homme qui prétendait être son père. A mesure qu'il parlait, il voyait qu'ils songeaient déjà aux possibles répercussions de la crise sur leurs ministères et leurs responsabilités.

Quand il eut fini, il adressa un signe de tête au Vice-Président. « Je vous prie de m'excuser, Brandon. J'aurais dû vous mettre au courant plus tôt, au cas où il m'arriverait quelque chose.

— Cela aurait été préférable, monsieur. Mais je comprends. Ces fuites nous ont tous rendus méfiants. Dans ces circonstances, où le secret est aussi fondamental, j'aurais probablement agi de même. »

Le Président hocha la tête. « Merci. J'apprécie. Bon, discutons de ce que chacun d'entre nous doit faire pour se préparer au cas où cette affaire dégénérerait et où nous serions forcés d'agir au grand jour, sans preuve, et de stopper l'*Empress* en haute mer. »

L'amiral Brose prit la parole. « Il faut que nous évaluions ce que la Chine va faire, maintenant qu'ils ont repéré notre frégate. Nous devrions également prendre la mesure d'un conflit comme celui-ci dans nos plans et nos crédits militaires. »

Le secrétaire d'Etat Padgett acquiesça. « Nous ne devons pas penser seulement à un conflit avec la Chine, mais à ce que nous pouvons faire pour adopter une position de dissuasion forte.

— Une Guerre froide bis ? conjectura le Vice-Président. Ce serait une tragédie. » Il haussa les épaules, morose. « Mais pour l'instant, je ne vois pas d'autre possibilité.

— Il faut que ces informations restent entre nous, prévint Charles Ouray. Est-ce que c'est compris ? Si le problème de l'*Empress* s'ébruite, on saura que c'est l'un de nous. »

Autour de la table, on hocha la tête solennellement, et la discussion reprit. Pendant que le Président écoutait, une partie de son esprit se mit à compter : deux, quatre, un, deux, deux, et un. Les six hommes présents avaient douze enfants. Il fut surpris d'avoir en tête le nombre d'enfants de chacun. Surpris aussi de se souvenir de leurs prénoms. Il séchait pour le petit dernier d'Abner.

Mais il se rappelait les enfants de la plupart des autres personnes avec lesquelles il avait travaillé au fil des années. Il connaissait bien souvent leurs noms aussi. Il se demanda un bref instant ce que cela voulait dire. Puis il sut... En pensée, il revit le petit garçon qui tendait les bras vers l'inconnu sans visage.

Il y eut un blanc dans la conversation, et il se rendit compte qu'ils attendaient qu'il dise quelque chose. « Il faut que le département d'État se prépare à passer à la vitesse diplomatique supérieure. Que la Défense fasse l'inventaire de nos capacités mobilisables pour flanquer la frousse à la Chine. Que la Marine trouve d'autres plans pour arraisonner et inspecter l'*Empress*. » Il fit claquer ses mains sur la table et se leva. « La discussion est close. C'est tout, messieurs. Merci d'être venus. »

Chapitre vingt

*Kowloon,
samedi 16 septembre*

DANS sa chambre d'hôtel, Jon enfila des gants et fouilla les poches du jeune homme : un passe-partout, quelques pièces, et un paquet de chewing-gum. Il remit tout en place, y compris le passe, et jeta un coup d'œil dans le couloir. Désert. Il porta le cadavre sur le palier de l'escalier de secours. Les marches se perdaient dans les étages silencieux. Il gravit deux volées de marches et appuya le corps contre le mur de la cage d'escalier.

Le poignard dépassait toujours de la poitrine osseuse. Jon le retira. Une fois la blessure béante, le sang s'écoula comme le Yangtsé. Poussant un soupir, il laissa le couteau près du tueur, et redescendit l'escalier.

De retour dans sa chambre, il cala une chaise contre la porte, au cas où quelqu'un d'autre muni d'un passe-partout et capable de faire sauter la chaîne de sûreté aurait des idées. Pour finir, il nettoya la baignoire, et examina minutieusement les sols et le mobilier, y compris le lit. Aucune trace de sang, rien n'était tombé.

Soulagé, il prit une douche. Sous le jet brûlant, il se frotta jusqu'à avoir la peau en feu, s'obligeant à ne plus penser à l'homme mort pour se concentrer sur l'avenir. Il se sécha en échafaudant des plans.

Enfin, il se recoucha. Il resta allongé quelque temps, s'efforçant de calmer son inquiétude en écoutant les quelques bruits nocturnes de l'hôtel, la rumeur discontinue de la circulation, et les sirènes mélancoliques des bateaux du port. Tous les bruits de la vie dans une ville animée sur une planète animée dans une galaxie et un univers animés. Un univers, une galaxie, une planète, et une ville indifférentes.

Il écouta les battements de son propre cœur. Le bruit qu'il s'imaginait être celui du sang circulant dans ses veines et ses artères. Les bruits qui n'existaient que dans sa propre tête. Il se rendormit peu avant l'aube.

Et se réveilla en sursaut une fois de plus. Il s'assit droit comme un i. Dehors dans le couloir, on poussait un chariot pour apporter un petit déjeuner matinal à quelqu'un. Les rideaux laissaient passer les premiers rayons, tandis que la rumeur de la ville montait crescendo. Il sauta du lit et s'habilla. Quand le tueur manquerait à l'appel et ne réapparaîtrait pas – qu'on ait ou non retrouvé le corps et appelé la police –, un autre assassin serait finalement envoyé.

Vêtu du même costume, d'une chemise propre et d'une nouvelle cravate, il choisit quelques effets dans sa valise : son sac à dos, un pantalon gris, une chemise hawaïenne tape-à-l'œil, une veste en seersucker, des baskets en toile, et un panama pliant. Ses vêtements de travail noirs étaient déjà dans le sac à dos. Il y glissa tout le reste, y compris son attaché-case pliant.

Pour finir, il mit sa perruque blond sale et l'ajusta devant la glace. Il était redevenu le major Kenneth St. Germain.

Après une dernière inspection, il quitta la chambre, la valise à la main, le sac à dos sur les épaules. Le couloir moquetté était toujours vide, mais derrière les portes, des postes de télévision avaient été allumés, et des gens s'agitaient.

Jon descendit à la mezzanine par l'ascenseur, puis prit l'escalier. De l'embrasure de la porte, il scruta le hall d'est en ouest, du nord au sud. Pas de policiers, personne se comportant comme tels, et aucun des tueurs de la veille. Il ne reconnut personne de Shanghai. Il ne pouvait pour autant être sûr que personne ne l'attendait.

Il resta hors de vue dix minutes de plus. Il finit par traverser le hall jusqu'à la réception. S'il partait sans payer sa note, l'hôtel pourrait le signaler à la police, d'autant plus qu'on n'allait pas tarder à découvrir le corps. Pendant qu'il attendait la note, il demanda au chef des grooms d'appeler un taxi avec un chauffeur anglophone pour le conduire à l'aéroport.

A peine la voiture fut-elle hors de vue de l'hôtel que Jon, sur la banquette arrière, se pencha en avant. « Changement de programme. Conduisez-moi au 88 Queensway dans Central. L'hôtel Conrad International. »

Dazu, Chine

Il y a mille ans, des artistes religieux taillèrent et peignirent des sculptures de pierre dans les montagnes, les grottes et les cavernes environnant le village rural de Dazu. Devenu une métropole de plus de huit cent mille habitants, Dazu présente des rizières en terrasses bien entretenues, ainsi que des tours, des petites fermes nichées parmi les arbres, et des demeures entourées de jardins taillés au cordeau. Le sol et le climat de cette terre verdoyante et vallonnée sont favorables aux jardiniers urbains et aux fermiers de banlieue, qui peuvent faire jusqu'à trois récoltes par an, et emploient encore pour la plupart les méthodes de leurs ancêtres.

La ferme-prison était à moins de dix kilomètres du Bouddha géant sculpté à Baodingshan. Retirée et isolée, la prison consistait en un vaste ensemble de constructions en bois et d'allées surélevées enfermé derrière une haute clôture grillagée dont chaque angle était pourvu de miradors tenus par des sentinelles armées. Les touristes et les gens de la ville n'empruntaient jamais le chemin de terre qui y conduisait. Les détenus, qui travaillaient dans des champs et des rizières exploités par le lointain gouvernement de Pékin, allaient et revenaient de leur travail escortés par des gardes armés. Ils avaient peu de contacts avec les gens du pays. Si les conditions de détention et de sécurité paraissaient peu rigoureuses, la Chine ne dorlotait pas ceux qu'elle désignait comme criminels.

Le vieil homme était un des rares détenus dispensés de travaux des champs et de la marche matinale. On lui accordait même quelques privilèges, comme sa cellule, une pièce presque normale, qu'il partageait avec un seul autre prisonnier. Son crime était si ancien que ni les gardes ni le directeur n'en avaient le souvenir. Du fait de cette ignorance, ils n'avaient aucune raison particulière de le condamner, rien d'évident qui inspirât la haine ou la peur, aucune juste sanction à lui infliger. A cause de cela et de son grand âge, ils le traitaient souvent comme un grand-père. On lui avait offert des gâteries, une plaque de cuisson, des livres et des journaux, des stylos et du papier à lettres. Tout cela était illicite, mais le directeur, un ancien colonel de l'APL d'ordinaire sévère, fermait les yeux.

Aussi le prisonnier trouva-t-il encore plus troublant que, de très bonne heure, avant même le petit déjeuner, son compagnon de cellule chinois disparût pour être remplacé par un homme plus jeune, non chinois. On l'avait amené à l'aube, et il était resté couché sur sa paillasse depuis. Les yeux fermés le plus souvent. De temps à autre, il fixait le plafond nu du baraquement. Il ne disait rien.

Renfrogné, le vieil homme vaqua à ses occupations, refusant de laisser cette anomalie perturber sa routine. Il était grand et élancé, bien que très maigre. Son visage rude avait dû être beau. Il était profondément ridé, les joues étaient creuses, les yeux caves. Des yeux intelligents, alors il les gardait baissés. C'était plus prudent ainsi.

Ce matin-là, il alla faire son travail de secrétariat dans le bureau du directeur, comme d'habitude, et, quand ce fut l'heure du déjeuner, il retourna dans sa cellule et ouvrit une boîte de soupe aux lentilles occidentale, la fit réchauffer sur sa plaque de cuisson, et s'assit seul à sa table de planches pour manger.

Le nouveau prisonnier, qui avait dans les cinquante ans, n'avait apparemment pas bougé de sa paillasse. Il avait les yeux fermés. Pourtant, il n'avait rien de paisible. Il avait un corps d'aspect robuste, musclé, qui ne semblait jamais tout à fait au repos.

Tout à coup il se leva d'un bond léger et alla à la porte comme sur un coussin d'air. Sa barbe grise de plusieurs jours était assortie à ses cheveux gris fer. Il ouvrit la porte et inspecta le baraquement, lequel était vide parce que la plupart des détenus mangeaient aux champs. Il referma la porte, retourna à sa paillasse, et s'y étendit à nouveau comme s'il n'avait pas bougé.

Le vieil homme avait observé la scène avec une sorte d'envie mêlée d'admiration et de regret, comme s'il avait été lui aussi athlétique et savait qu'il ne pourrait plus jamais l'être.

« Votre fils n'arrive pas à croire que vous êtes vivant. Il veut vous voir. »

Le prisonnier de longue date laissa tomber sa cuiller dans sa soupe. L'homme plus jeune avait parlé doucement, à voix basse, mais ses paroles avaient pourtant porté clairement à ses oreilles. Le nouveau venu fixait calmement le plafond. Ses lèvres n'avaient pas bougé.

« Qu... quoi ?

— Continuez à manger, dit l'homme immobile. Il veut que vous rentriez au pays. »

David Thayer se rappela sa formation. Il se pencha sur sa soupe, souleva sa cuiller, et parla en baissant la tête.

« Qui êtes-vous ?

— Un émissaire. »

Il but une petite gorgée. « Qu'est-ce que j'en sais ? On m'a déjà trompé. Ils le font chaque fois qu'ils veulent alourdir ma peine. Ils me garderont ici jusqu'à ma mort. Ensuite ils pourront faire comme si rien n'était jamais arrivé... comme si je n'avais jamais existé.

— Le dernier cadeau que vous lui avez donné était un chien en peluche avec des oreilles pendantes appelé Paddy. »

Thayer sentit les larmes lui monter aux yeux. Mais cela faisait si longtemps à présent, et ils lui avaient menti tant de fois. « Le chien avait un nom de famille.

— Reilly », fit l'homme sur la paillasse.

Thayer posa sa cuiller à soupe bosselée. Se frotta le visage avec sa manche. Resta assis un moment.

L'homme garda le silence.

Thayer pencha à nouveau la tête, cachant ses lèvres à quiconque pourrait l'épier. « Comment êtes-vous entré ici ? Vous avez un nom ?

— L'argent fait des miracles. Je suis le capitaine Dennis Chiavelli. Appelez-moi Dennis. »

Il se força à recommencer à manger. « Vous voulez de la soupe ?

— Plus tard. Parlez-moi de la situation. Ils ne savent toujours pas qui vous êtes ?

— Comment le sauraient-ils ? Je ne savais pas que Marian s'était remariée. Je ne savais même pas si Sam et elle étaient vivants. Maintenant je sais qu'elle est morte. C'est terrible.

— Comment l'avez-vous appris ?

— Pendant la visite de Sam à Pékin l'année dernière. J'ai accès aux journaux ici. J'ai...

— Vous lisez le mandarin ?

— Washington ne m'aurait pas envoyé si je ne le parlais pas couramment, remarqua Thayer avec un sourire pincé. En presque soixante ans, je suis devenu un spécialiste. Et dans beaucoup de dialectes, aussi, notamment le cantonais.

— Désolé, docteur Thayer.

— En lisant quelque chose sur la visite de Sam, son nom m'a sauté aux yeux, parce que Serge Castilla avait été mon meilleur ami au département d'État. Je savais qu'il contribuerait aux recherches pour me retrouver. Alors je me suis livré à quelques calculs. Le Président Castilla avait exactement l'âge correspondant, et l'article disait que son père se prénommait Serge, et sa mère Marian. Ce devait être mon fils. »

Chiavelli secoua la tête de façon presque imperceptible. « Non, pas forcément. Cela aurait pu être une coïncidence.

— Qu'est-ce que j'avais à perdre ? »

L'agent du Réseau Bouclier réfléchit à cette dernière remarque. « Alors pourquoi avoir gardé le silence jusqu'à maintenant ? Vous avez attendu une année entière.

— Je n'avais aucune chance d'être libéré, alors pourquoi l'embarrasser ? Et risquer que Pékin l'apprenne et me fasse disparaître définitivement ?

— Ensuite vous avez lu quelque chose concernant le traité sur les droits de l'homme.

— Non. Les journaux chinois n'en parleront pas avant la signature. Ce sont les prisonniers politiques ouïgours qui me l'ont dit. » Thayer repoussa le bol de soupe. « A ce moment-là, je me suis pris à espérer. Peut-être y avait-il une chance pour que je passe inaperçu dans la pagaille des libérations et qu'on me laisse partir accidentellement. » Il se leva et s'approcha de sa plaque de cuisson.

Chiavelli l'observait les yeux mi-clos. En dépit de son âge avancé – il devait avoir au moins quatre-vingt-deux ans, d'après

Klein – Thayer marchait avec vigueur, d'un pas assuré et ferme. Il se tenait droit mais sans raideur. Et puis il y avait maintenant de l'allégresse dans sa démarche, à croire qu'il avait rajeuni de plusieurs années au cours des quinze minutes qu'avait duré leur conversation. Tout cela était important.

La routine avait préservé la santé mentale de Thayer. Il prit une bouilloire en émail écaillé, la porta dans l'évier craquelé, la remplit, et la posa sur la plaque chauffante. D'un petit placard il sortit deux tasses ébréchées et une boîte en fer-blanc contenant du thé noir. Sa façon de faire le thé était un mélange original des traditions anglaise et chinoise. Il rinça la théière en faïence à l'eau bouillante, la vida, puis y mit quatre cuillerées de thé. Il les recouvrit aussitôt d'eau bouillante et laissa infuser moins d'une minute. Il obtint un liquide pâle, mordoré, dont l'arôme puissant se répandit dans la cellule.

« Nous le buvons sans lait ni sucre. » Il donna une tasse à Chiavelli.

L'agent secret se redressa et s'adossa au mur, en la tenant délicatement.

Thayer s'assit à la table avec la sienne. Il soupira. « Maintenant je commence à croire qu'être libéré grâce au traité n'est que la chimère d'un homme à la fin de sa vie. Cela fait trop longtemps qu'ils me détiennent en secret pour admettre qu'ils m'ont détenu un jour. Cela rendrait leur réputation en matière de droits de l'homme encore plus méprisable. »

Chiavelli but. Le thé était léger pour son palais italo-américain, mais il était chaud, une amélioration bienvenue dans ce baraquement mal chauffé. « Racontez-moi ce qui s'est passé, docteur Thayer. Pourquoi avez-vous été arrêté pour commencer ? »

Thayer posa sa tasse et y plongea le regard comme s'il avait pu y voir le passé. Puis, redressant la tête, il dit : « Je travaillais comme agent de liaison auprès de l'organisation de Tchang Kaï-Chek. Comme mon travail consistait théoriquement à amener une certaine forme de détente entre ses nationalistes et les communistes de Mao, j'ai pensé que cela ferait avancer les choses si j'allais personnellement voir Mao pour le raisonner. » Il grimaça un sourire. « C'était tellement ridicule. Tellement *naïf*. Bien sûr, ce que je ne comprenais pas, c'était que ma véritable mission consistait à maintenir Tchang au pouvoir.

J'étais censé passer des accords, tenir des conférences, et temporiser jusqu'à ce qu'il soit en mesure d'anéantir Mao et les communistes. Aller voir Mao était l'idée chevaleresque d'un jeune intellectuel sans expérience qui croyait que les gens pouvaient parler ensemble de façon rationnelle alors même que le pouvoir, les valeurs, les cultures, les idées, les classes, les riches et les pauvres, et les sphères d'influence géopolitiques étaient en conflit.

— Alors vraiment, vous l'avez fait ? Vous êtes allé voir Mao *seul* ? » Il paraissait à la fois stupéfait et horrifié.

Thayer esquissa un sourire. « J'ai essayé. Je ne suis jamais arrivé jusqu'à lui. Son armée a décidé que j'étais un agent de l'Occident, ou de Tchang, ou les deux. Évidemment, ils m'ont arrêté. J'aurais été fusillé par les soldats si l'entourage politique de Mao n'était pas intervenu à cause de mon statut diplomatique. Avec le temps, j'ai souvent regretté de ne pas avoir été abattu sur place.

— Pourquoi ont-ils signalé votre mort pour ensuite vous garder prisonnier comme les Soviétiques avec Wallenberg ?

— Raoul Wallenberg ? Vous voulez dire qu'il était bien prisonnier des Soviétiques ?

— Ils ont nié, ne l'ont jamais libéré, et pendant cinquante ans ont continué à refuser d'admettre qu'ils l'avaient emprisonné. Il est mort dès le début, en détention. »

Thayer eut l'air effondré. « Je suppose qu'il m'est arrivé la même chose qu'à lui. Ils ne pouvaient pas croire qu'il n'était rien de plus que ce qu'il semblait être. C'est la conséquence directe de la paranoïa, de celle qui se manifeste quand toute personne qui s'exprime est supprimée de façon impitoyable. A l'époque où j'ai été capturé, la révolution communiste balayait la Chine. C'était un tel chaos... changement permanent des chefs militaires, contrordres civils, proclamations confuses, et des bureaucrates qui n'avaient aucune idée de ce qui se passait. Je crois qu'on a simplement dû me perdre dans le système. Le temps que Zhongnanhai se stabilise, il était trop tard pour me renvoyer chez moi sans provoquer un incident diplomatique international et perdre la face. » Il fit tourner la tasse chaude entre ses doigts noueux. « Et c'est ici qu'ils veulent que je reste. Jusqu'à ma mort.

— Non, dit Chiavelli d'une voix ferme. Ce qui est arrivé à Wallenberg ne vous arrivera pas. Vous ne mourrez pas en captivité. Une fois le traité signé, la Chine va libérer tous les prisonniers politiques. Le Président ne manquera pas d'attirer l'attention de Niu Jianxing et des autres membres du Comité permanent sur votre cas. J'ai entendu dire qu'on le surnommait le Hibou, parce que c'est un sage. »

David Thayer secoua la tête. « Non, capitaine Chiavelli. Quand le traité sera signé entre le secrétaire général et mon fils, j'aurais été encore opportunément "perdu". Si mon fils insiste trop et fait des histoires à ce stade, personne ne me retrouvera jamais. Au lieu de cela, une centaine de vieillards viendront affirmer qu'ils ont été témoins de ma mort il y a un demi-siècle. Preuves à l'appui. Probablement des photos de ma tombe qui est aujourd'hui, hélas, engloutie sous les eaux derrière un nouveau barrage. » Il haussa les épaules, résigné.

Chiavelli l'examina soigneusement. L'agent du Réseau Bouclier était un ancien capitaine des forces spéciales ayant opéré en Somalie et au Soudan. Il avait récemment repris du service dans les vallées, les grottes, et les montagnes de l'est et du nord de l'Afghanistan. David Thayer était sa nouvelle mission. Et sa première question était de savoir si celui-ci pouvait être exfiltré.

Son examen des abords immédiats avait été encourageant. La zone était suffisamment rurale et isolée, à défaut d'être peu peuplée – aucun endroit en Chine ne l'était, à l'exception du Xinjiang, du Gansu, et de la Mongolie. En dehors de Chongqing, les routes étaient mauvaises, les installations militaires dispersées, et les terrains d'aviation primitifs. Heureusement pour sa mission, en dehors de Dazu, ces derniers étaient en grande partie inexistants.

Les gardes du camp étaient bien armés, mais ils manquaient de discipline. Leur résistance à un raid éclair fortement armé et bien préparé serait probablement minime. Avec un soutien intérieur, qu'il comptait fournir, et une certaine part de chance... des commandos expérimentés pouvaient entrer et sortir en moins de dix minutes, redécoller en moins de vingt, et n'être plus qu'à mi-chemin de la frontière et de la Sécurité avant que des forces militaires significatives aient pu être rassemblées.

La grande interrogation était la résistance de Thayer. Jusqu'ici, Chiavelli était satisfait de ce qu'il voyait. Malgré son âge, sa condition physique semblait correcte.

« Comment vous portez-vous globalement, docteur Thayer ?

— Aussi bien que possible. Les douleurs, gênes et petits désagréments habituels. Je ne vais pas sauter par-dessus de grands immeubles ou faire l'ascension de l'Everest, mais ils nous maintiennent en forme ici. Après tout, il y a des champs à cultiver.

— Gymnastique suédoise, jogging, marche, séance d'exercice ?

— Gymnastique matin et soir, et course à pied, quand il fait beau. Gymnastique minimale dans les baraquements, les autres jours. Le directeur aime occuper tout le monde quand on ne travaille pas. Je fais du travail de bureau, évidemment. Il ne veut pas qu'on reste là à ne rien faire, pour comploter ou nous disputer. L'oisiveté conduit à la réflexion et à l'agitation : un mélange détonant chez un prisonnier. » Thayer hésita. Il se redressa. Il se tourna et fixa Chiavelli en plissant ses yeux délavés. « Vous envisagez de me faire sortir d'ici d'une manière ou d'une autre ?

— Il y a des facteurs à prendre en considération. Des contraintes. Pas uniquement votre santé, mais l'opinion de mon patron, et la marge de manœuvre du Président. Vous comprenez ?

— Oui. C'était ma vie. La politique. Les intérêts. La diplomatie. Ces forces sont toujours à l'œuvre, n'est-ce pas ? Ces mêmes "considérations" qui ont fait que le département d'État m'a laissé dans l'ignorance de ce que nous faisions réellement en 1948. Ça, et ma naïveté, voilà ce qui m'a mis dans ce pétrin.

— Les Chinois ne vous garderont plus très longtemps, si j'arrive à mes fins. Et je crois que je vais y arriver. »

David Thayer hocha la tête et se leva. « Il faut que j'aille travailler. Ils vont vous laisser tranquille pour le moment. Demain, vous irez aux champs.

— C'est aussi ce que m'ont dit mes sympathiques gardes.

— Qu'est-ce que vous allez faire ensuite ?

— Mon rapport. »

Hong Kong

Dans une boutique de luxe de l'hôtel Conrad International, Jon acheta un Stetson blanc avec la carte de crédit d'une de ses couvertures – M. Ross Sidor, de Tucson, Arizona. Il se coiffa du chapeau, se présenta à la réception, et donna un pourboire exagéré au chasseur pour qu'il se souvienne de M. Sidor. Dès qu'il fut seul dans sa chambre, il se mit au travail : il passa le pantalon gris et la chemise hawaïenne fluo qui étaient dans son sac à dos. Sur la chemise et le pantalon, il mit le costume qu'il avait porté la veille chez Donk & LaPierre. C'était serré mais portable. Pour finir, il ajouta la perruque blonde et glissa son Beretta sous sa ceinture, dans le creux du dos.

Prêt à partir, il mit sa veste en seersucker bleu, ses baskets en toile, son panama plié, et son sac à dos dans son attaché-case noir. Il le prit et quitta la chambre.

Il ne vit aucune personne suspecte dans le hall. Une fois dehors, sur Queensway, il s'enfonça davantage dans Central, emporté par la foule des piétons qui semblaient passer leur vie dans les rues de la ville. Il avait fait quelques centaines de mètres quand il repéra trois des hommes armés qui l'avaient cherché la veille autour de la cabine téléphonique à Kowloon. Dès qu'ils le virent, ils se dispersèrent au milieu de la circulation et des piétons. Ils ne firent aucune tentative pour se rapprocher ; il ne fit aucun effort pour les semer.

Il n'essaya pas non plus de masquer sa destination. S'ils reconnaissaient en lui le major Kenneth St. Germain, ils seraient peut-être surpris et, espérait-il, troublés de le voir retourner à la tour qui abritait Donk & LaPierre.

Quand il eut repéré le bâtiment, il joua des coudes jusqu'à l'entrée. Alors qu'il pénétrait à l'intérieur, les trois hommes qui le filaient prirent position de l'autre côté de la rue, l'un d'eux parlant fébrilement dans un téléphone portable. Jon sourit intérieurement.

Altman Asie occupait les dix derniers étages du bâtiment. Le directeur de la filiale était Ferdinand Aguinaldo, l'ancien président des Philippines. Son bureau se trouvait encore plus haut : le penthouse. Jon prit l'ascenseur.

La salle d'attente était décorée de bambous verts, de grandes tables sculptées, de chaises à haut dossier et de canapés.

La réceptionniste philippine sourit poliment. « Puis-je vous aider ?

— Docteur Kenneth St. Germain. J'aimerais voir M. Aguinaldo.

— Son excellence n'est pas à Hong Kong en ce moment, monsieur. Puis-je vous demander pourquoi vous voulez le voir ?

— Je suis ici au nom du ministre de la Santé des États-Unis afin de m'informer auprès de la filiale biomédicale de Donk & LaPierre en Chine continentale de ses recherches sur les hantavirus. » Il présenta ses papiers de l'USAMRIID et montra rapidement une fausse lettre émanant du cabinet du ministre de la Santé. « M. Cruyff en bas m'a envoyé parler à M. Aguinaldo. »

La réceptionniste haussa les sourcils, impressionnée. Elle examina soigneusement la signature du ministre de la Santé et leva les yeux. « Je regrette que M. Aguinaldo ne soit pas là pour vous recevoir, monsieur. Peut-être que M. McDermid pourra vous aider. C'est le président-directeur général du groupe Altman pour le monde entier. C'est un homme très important. Peut-être pourriez-vous parler avec lui.

— McDermid est ici ? fit Jon comme s'il le connaissait personnellement.

— Pour sa visite annuelle, expliqua-t-elle fièrement.

— McDermid fera l'affaire. Oui, je veux le voir. »

La jeune femme sourit à nouveau et se brancha sur la ligne interne.

*

Lawrence Wood pénétra dans l'élégant bureau de Ferdinand Aguinaldo, directeur d'Altman Asie.

« Qu'est-ce que c'est, Lawence ? » Derrière le grand bureau, Ralph McDermid s'étira en bâillant.

« La réceptionniste dit qu'un certain Dr Kenneth St. Germain s'est présenté avec une lettre du ministre de la Santé américain. Il veut voir Aguinaldo. Il prétend que c'est Cruyff, en bas, chez Donk & LaPierre, qui l'envoie, et elle se demande si vous voulez bien le recevoir, puisqu'il a de si bonnes recommandations.

— Dites-lui que je serai disponible dans quinze minutes », dit McDermid.

Wood hésita. « Cruyff n'aurait pas pu l'envoyer.

— Je sais. Transmettez-lui simplement le message. D'ailleurs, je vais m'en charger moi-même.

— Comme vous voudrez. » L'air mécontent, Wood retourna dans son bureau.

McDermid appuya sur le bouton de l'interphone. Il se sentait plus joyeux. Avec l'étrange arrivée de Jon Smith, les choses s'arrangeaient. « Je serais ravi de recevoir le Dr St. Germain, annonça-t-il à la réceptionniste. Demandez-lui de m'accorder quinze minutes, je descends. » Alors qu'elle lui répondait avec son espièglerie coutumière, il coupa la communication et appela son lieutenant, Feng Dun. « Où êtes-vous, Feng ?

— Dehors. » Une fois encore, Feng maudit Cho, le tueur choisi pour la nuit. Il n'avait pas réussi à éliminer Smith, et son cadavre n'avait pas été retrouvé à temps pour envoyer un remplaçant. « Mes hommes l'ont vu entrer. Il est retourné chez Donk & LaPierre ?

— Non. Il est là-haut dans l'entrée du penthouse. Il veut me voir.

— *Vous* ? fit Dung un moment surpris. Comment sait-il que vous êtes à Hong Kong ?

— On se le demande. Je suis fasciné. Je crois que nous avons de la chance qu'il ait survécu à vos tueurs. Je veux en savoir davantage sur les sources de ce médecin peu ordinaire. »

Chapitre vingt et un

Pékin

AUX yeux du major Pan Aitu, le petit bureau de Niu Jianxing – le légendaire Hibou – était fascinant. Aussi dépouillé qu'une cellule de moine, pas d'ornement aux murs, des fenêtres aux volets fermés, un plancher usé sans tapis, un simple bureau et une chaise d'étudiant pour le maître lui-même, et deux chaises en bois pour les visiteurs. En même temps, le bureau et le plancher étaient encombrés de piles de dossiers et de documents placés là n'importe comment, de cendriers malodorants débordant de mégots de cigarettes anglaises, unique péché mignon de Niu, de tasses de thé tachées, d'assiettes en carton recouvertes de reliefs de nourriture, et autres détritus suggérant de longues et intenses journées. C'était une contradiction qui reflétait l'homme lui-même.

En tant qu'agent des renseignements de longue date, le major Pan était un fin interprète du dédale complexe des psychologies individuelles, si bien qu'il s'amusait pendant que maître Niu continuait à lire le rapport sur lequel il était penché à son arrivée. Il n'y avait pas d'autre bruit que Niu tournant les pages.

Le bureau révélait la sérénité du penseur solitaire, ainsi que l'agitation brouillonne de l'homme d'action, fusionnées dans la même personne. Oui, le Hibou était l'héritier de ces géants qui avaient fondé et conduit la révolution. Des poètes et professeurs devenus généraux. Des intellectuels contraints par les exigences de l'histoire à se bagarrer et à tuer. Pan n'avait connu qu'un seul de ces vénérables : Deng Xiaoping lui-même, à la toute fin de sa vie. Deng n'était qu'un jeune général du temps des années idéalistes entre le Massacre de Shanghai et la Longue Marche. Le major Pan n'aimait pas beaucoup de gens. Il trouvait que c'était une perte de temps. Mais quelque chose chez Niu Jianxing lui plaisait.

Niu, fidèle à lui-même, rompit le silence sans lever les yeux, un soupçon d'impatience dans la voix. « Le général Chu me dit que vous avez un rapport qu'il vous aurait demandé de me donner directement.

— Oui, monsieur. Nous avons pensé que c'était préférable, étant donné votre demande d'informations sur ce cargo.

— Le *Dowager Empress*, en effet. » Niu hocha la tête au-dessus de sa paperasse. « Vous avez ce que je veux ?

— Peut-être en partie », répondit Pan avec prudence. Il avait appris à se montrer extrêmement précautionneux dans ses affirmations et ses promesses aux responsables du gouvernement, notamment aux membres du Comité permanent.

Niu Jianxing releva brusquement la tête. Ses yeux incroyablement vifs étaient des pointes dures de charbon derrière les montures d'écaille. Le mécontentement se lisait sur ses joues creuses et ses traits délicats. « Vous ne *savez* pas si vous l'avez, major ? »

L'agent de renseignement éprouva un bref passage à vide. Puis : « Je sais, maître Niu. »

Le Hibou se cala dans sa chaise. Il étudia le petit homme grassouillet, ses petites mains, sa voix lénifiante, son sourire bienveillant. Comme d'habitude, Pan était vêtu d'un costume occidental classique. C'était l'agent parfait : insaisissable, anonyme, intelligent, et dévoué. Et pourtant, malgré tout, Pan était aussi un produit de la Révolution culturelle, de la place Tienanmen, et d'un système trop rigide laissant peu de place à l'individu. Sans compter cinq mille ans d'histoire chinoise qui en accordaient encore moins. Si Niu continuait à le pousser à répondre par oui ou par non, l'espion dirait non plutôt que de faire une réponse positive susceptible d'être interprétée comme une déclaration de réussite. S'il voulait savoir tout ce que le major Pan avait appris au sujet de l'*Empress* avant que le Comité permanent ne se réunisse plus tard dans la journée, il faudrait qu'il lui laisse raconter les choses à sa manière.

Niu réprima un soupir de frustration. « Faites votre rapport, major.

— Merci, maître. » Pan expliqua qui était Avery Mondragon et décrivit sa disparition la veille de l'arrivée de Jon Smith à Shanghai.

« Vous pensez que ce Mondragon est, ou était, un agent des renseignements américains ? »

Pan opina. « Oui, je le pense, mais pas un agent ordinaire. Il y a quelque chose d'inhabituel dans la manière dont les Américains sont impliqués dans cette affaire. Ils se comportent en agents secrets, or ce ne sont pas des agents secrets. Du moins ne sont-ils affiliés à aucune des agences de renseignement que nous connaissons aux États-Unis.

— Cela vaudrait également pour le colonel Smith, médecin et scientifique ?

— Je le pense. Son travail scientifique n'est pas une couverture. Il est véritablement docteur en médecine et scientifique. En même temps, il semble se servir de sa spécialité comme d'une couverture.

— Intéressant. Ces agents américains agissent-ils en solo ? Peut-être pour le compte d'une entreprise ou d'un individu ?

— C'est possible. Je vais continuer à chercher une réponse. »

Niu hocha la tête. « Il se peut que cela soit de peu d'importance sur le plan pratique. Nous verrons. Poursuivez, major. »

Pan reprit son rapport, en s'animant de plus en plus. « Une femme de ménage a découvert le corps d'un homme nommé Zhao Yanji dans le bureau du PDG de Flying Dragon Enterprises, dans le centre de Shanghai. Flying Dragon est une compagnie maritime internationale ayant des relations d'affaires avec Hong Kong et Anvers.

— Qui était ce Zhao ?

— Le directeur financier de Flying Dragon. Non seulement il est mort, mais le PDG de la compagnie a disparu, ainsi que sa femme. Il s'appelle Yu Yongfu. Il est marié à Li Kuonyi.

— La belle actrice ?

— Oui, monsieur. » Le major raconta la rapide accession de

son mari à la fortune et au pouvoir, grâce, apparemment, au soutien de son père, l'influent Li Aorong.

Le Hibou ne connaissait pas Li personnellement mais de réputation. « Oui, bien sûr. Li est haut placé au sein du gouvernement municipal de Shanghai. » Il s'abstint de dire que Li était aussi le protégé de Wei Gaofan, un de ses collègues pur et dur au Comité permanent. Tout bien considéré, Wei était le plus puissant des partisans de la ligne dure, et les opinions politiques de Li Aorong étaient identiques à celles de Wei.

« En effet, reconnut Pan. Nous lui avons parlé. Il n'a aucune explication pour le meurtre de Zhao et la disparition de sa fille et de son mari. Mais... » Pan s'avança, perché au bord de la chaise à dossier droit, pour évoquer An (« Andy ») Jingshe, le jeune interprète qui avait étudié aux États-Unis et qui avait été aperçu en compagnie du colonel Smith. Plus tard, on avait retrouvé Andy dans sa voiture, tué par balle. « Voilà, pour l'instant, ce que nous savons. »

L'expression du Hibou était sombre derrière ses grosses lunettes. « Un Américain disparaît à Shanghai. Le colonel Smith arrive le lendemain. Le directeur financier d'une compagnie maritime est assassiné. Le président de cette compagnie et sa femme disparaissent. Et un interprète shanghaien qui a étudié en Amérique est tué au cours de la même nuit. Est-ce cela votre rapport ?

— En précisant que quand nous avons fini par retrouver Smith, il nous a échappé, a pris la fuite, et a apparemment quitté la Chine pour de bon.

— Nous parlerons de cela plus tard. Quand sera-t-il question de ma demande d'informations au sujet du cargo, le *Dowager Empress*, dans votre rapport ? »

Après cette réprimande, Pan s'appuya contre le dossier de sa chaise. « Flying Dragon est propriétaire de l'*Empress*. » Il aurait dû dire cela plus tôt.

« Ah. » La poitrine de Niu se serra. C'était donc ça le rapport. « Vous vous êtes fait une opinion sur ces événements ?

— Je pense qu'après que Yu Yongfu a racheté Flying Dragon, son directeur financier a découvert quelque chose qui ne lui a pas plu, quelque chose qui concernait les États-Unis. Il a divulgué l'information à Mondragon, qui l'a transmise aux Américains. Ou tenté de le faire. Quelque chose a mal tourné. Mondragon a très vraisemblablement été tué et les informations perdues. Smith a été envoyé pour les récupérer. En plus, il nous semble qu'Andy Jingshe était un agent américain désigné pour servir de guide et d'interprète à Smith. »

Le ministre réfléchit en se pinçant les lèvres. « Par conséquent... des gens dans notre pays – en dehors de nos forces de sécurité – sont prêts à tout pour arrêter les Américains dans leur quête, quelle qu'elle soit. Les informations découvertes par le directeur financier, et les tentatives de Smith pour les retrouver, ont conduit à la mort du directeur financier, à la disparition de Yu Yongfu et de sa femme, et au meurtre de l'interprète.

— Quelque chose d'approchant, monsieur. Oui. »

L'appréhension de Niu augmenta. « Que croyez-vous que le directeur financier ait trouvé chez Flying Dragon pour déclencher ce dangereux tumulte ? » Il tendit la main pour prendre une cigarette.

« Je n'avais aucune idée sur la question jusqu'à ce que vous me demandiez des informations sur l'*Empress*. C'est à ce moment-là que j'ai appris qu'il faisait partie de la flotte de Flying Dragon. J'ignore ce qui a motivé votre demande d'enquête, mais le lien avec l'affaire du colonel Smith ne peut être une coïncidence.

— J'ai demandé des informations sur le cargo, sa destination, et son chargement. Tout ce qu'il y a à savoir sur ce genre de navire.

— Oui, monsieur. »

Il alluma sa cigarette et avala la fumée avec difficulté. « Qu'avez-vous trouvé ?

— Il fait route vers Bassora. Il devrait arriver dans le Golfe d'ici trois jours environ.

— L'Irak. » Niu secoua la tête. Cette nouvelle ne lui plaisait pas. « Quelle est la cargaison ?

— D'après le manifeste enregistré, il transporte des DVD, des vêtements, des produits industriels de différents types, de l'outillage et du matériel agricoles ; le genre de cargaison qu'on s'attendrait à voir partir en Irak. Rien de spécial. Ou susceptible d'intéresser les Américains. » Tandis que l'agent du contre-espionnage concluait, il observait le Hibou avec une question au fond des yeux.

« Et pourtant les Américains sont intéressés. Très intéressés », lâcha Niu, retournant la question à Pan. Il n'était pas près d'informer le major de la crise qui couvait au sujet du cargo. Jusqu'ici, seuls le Comité permanent et l'ambassadeur Wu à Washington étaient dans la confidence. Il espérait trouver une solution à la crise avant qu'elle n'éclate. « Vous avez une opinion sur tout ceci, major Pan ?

— Si, comme je le crois désormais, l'*Empress* est impliqué, ce ne peut être qu'en raison de sa cargaison.

— Vous pensez donc que le manifeste officiel rempli par *Flying Dragon* est un faux, et que les Américains le savent.

— Quelle autre conclusion pourrait-on tirer ? »

Le Hibou tira sur sa cigarette. Souffla la fumée. « Le colonel Smith a-t-il obtenu ce qu'il était venu chercher ?

— Ça, nous l'ignorons.

— C'est ce que je *dois* savoir, major. *Immédiatement.*

— Nous allons trouver Yu Yongfu, interroger son beau-père, et enquêter sur Flying Dragon. »

Niu acquiesça d'un signe de tête. « Maintenant racontez-moi comment le colonel Smith vous a échappé une seconde fois, alors qu'il ne parle pas notre langue et n'était jamais venu en Chine auparavant, et a ensuite fui le pays... après le meurtre de son interprète ?

— Nous pensons qu'il a bénéficié du soutien d'une cellule de la résistance ouïgoure. Mes hommes sont à leur recherche en ce moment, mais ils se cachent dans les vieilles *longtang*, et sont aussi difficiles à attraper que des rats dans un égout. Si la police ne les prend pas suffisamment au sérieux, c'est surtout parce qu'ils sont très peu nombreux. Du coup, on ne les contrôle plus. Comme le rat, ils sont rusés, capables de s'adapter, et déterminés.

— A l'évidence ils sont plus nombreux que nous le souhaiterions, observa Niu. Comment ont-ils aidé Smith ?

— Ils l'ont emmené et caché dans les *longtang* pour ensuite l'en faire sortir on ne sait comment. Après quoi, nous n'avons que des indications. Un barrage de police se rappelle avoir laissé passer un groupe d'Ouïgours dans un Land Rover. Deux d'entre eux avaient des permis de séjour de longue durée pour Shanghai, et toute personne en possession d'un laissez-passer officiel comme celui-là peut, évidemment, se déplacer librement. Plus tard, de nombreux coups de feu ont été entendus sur une plage de la baie de Huangzhou, entre Jinshan et Zhapu. Et ce matin, un de nos patrouilleurs a signalé qu'un sous-marin identifié comme étant américain a fait surface au large peu après la fusillade. »

Niu ne dit rien. Tira sur sa cigarette. Enfin, il hocha la tête. « Merci, major Pan. Poursuivez l'enquête, et considérez-la comme prioritaire. »

Le major Pan semblait peu disposé à partir, comme s'il voulait trouver une réponse à toutes ces questions sur-le-champ, mais c'était aussi un fonctionnaire bien dressé. Il se leva, son corps trapu bien droit.

Il tira sur son veston européen. « Oui, monsieur. »

Niu éteignit sa cigarette alors que l'agent fermait la porte derrière lui. Il se renversa et se balança sur sa chaise. Il réfléchit à ce qui pouvait être important au point de pousser les Américains à prendre non seulement le risque d'envoyer un sous-marin à quelques kilomètres des côtes chinoises, mais également une frégate lance-missiles pour filer l'*Empress*. La situation avait un sale goût.

En proie à l'inquiétude, il secoua la tête en pensant à la fusillade sur la plage et à l'ambitieux Li Aorong, qui avait apparemment contribué à la formidable réussite de son gendre dans les affaires. Puis Niu songea à ce qu'il ne pouvait dire au major Pan, au général Chu Kuairong, ni à qui que ce soit d'autre au sein du gouvernement et du Parti. Il faisait secrètement tout son possible pour ouvrir la Chine à toutes les possibilités offertes par le monde.

La mélancolie l'envahit. Il se rappelait comment, alors qu'il était jeune homme, le président Mao avait parlé éloquemment de sa nostalgie pour les jours simples et ouverts d'avant 1949, quand tout ce qu'il avait à faire était d'écrire des poèmes et de combattre les ennemis de la Chine. Après quoi, il avait été pris au piège des machinations occultes, sales et compliquées des intérêts gouvernementaux et du pouvoir.

Ce à quoi Niu aspirait pour le moment – la signature du traité sur les droits de l'homme – pouvait améliorer la vie de tous. Il avait pourtant le sentiment que le traité avait bien plus d'opposants que de partisans dans le secteur public. Mais la raison en était que de nombreux hauts responsables y étaient opposés... des deux côtés de l'océan.

Hong Kong

Arborant un sourire poli, Jon Smith prit place dans une des chaises à haut dossier dans l'entrée du penthouse, à l'extérieur du bureau d'Altman. Il avait entendu Ralph McDermid dire à la réceptionniste qu'il allait le recevoir. Alors qu'il attendait, il ouvrit son attaché-case comme pour vérifier ses notes.

Il le referma d'un geste brusque et se leva d'un bond. « Merde ! Oh, désolé. Ce juron m'a échappé, mademoiselle. J'ai dû laisser mon carnet chez Donk & LaPierre. » Il jeta un coup d'œil à sa montre, puis à l'horloge comtoise cirée qui se dressait dans un coin. « McDermid me reçoit dans un quart d'heure. Je serai de retour dans dix minutes. »

Avant qu'elle ait pu protester, il avait rejoint les ascenseurs en courant, son attaché-case à la main. Il appuya sur le bouton et monta dans la cabine, qui était vide. Comme les portes se fermaient, il sourit et fit un petit signe de la main à la jeune femme étonnée. Il avait peu de temps et, en pensée, pria l'ascenseur de se dépêcher. Il descendit deux étages plus bas et marcha à toute vitesse dans le couloir jusqu'à ce qu'il trouve des toilettes. Une fois à l'intérieur d'une cabine, il se débarrassa de son costume et enfila la veste en seersucker bleu clair, les baskets bleues, et le panama pliant qui se trouvaient dans son attaché-case. Avec son pantalon gris et sa chemise hawaïenne, il avait le style tape-à-l'œil d'un touriste américain ayant plus d'argent que de goût. Il fourra le costume dans son attaché-case, et celui-ci dans son sac à dos. Il mit le sac sur ses épaules et sortit discrètement.

Songeant à ce qu'il s'attendait à trouver, il monta dans un autre ascenseur et se fondit à l'arrière de la cabine, tandis que des hommes d'affaires montaient et descendaient à différents étages. Quand il atteignit enfin la mezzanine, il se fraya un chemin dans la cabine bondée qui descendait jusqu'au hall.

Il sortit de l'ascenseur. Le mur intérieur de la mezzanine était bordé de vitrines de boutiques de luxe, d'agences de voyage, et de magasins de fournitures de bureau. Le mur extérieur n'était pas un mur, mais un parapet en marbre qui arrivait à hauteur de la taille, entrecoupé d'épais piliers supportant l'étage du dessus. Le parapet surplombait le vaste hall. Dissimulé derrière un pilier, Jon pouvait voir le majestueux escalier en marbre qui montait jusqu'à la mezzanine, la rangée d'ascenseurs, et l'entrée du bâtiment.

Soudain, l'homme qu'il avait espéré voir était là. Le Chinois costaud qui avait dirigé l'attaque à Shanghai. *Feng Dun*. Il franchissait les portes vitrées du hall, suivi par trois hommes que Jon reconnut également. C'était la première fois qu'il voyait Feng de près : il était tellement pâle que sa peau paraissait exsangue. Ses cheveux coupés ras étaient roux clair avec des taches de blanc pur. Il était plus petit que Jon l'avait cru quand il l'avait vu dans le noir. Mais néanmoins grand pour un Han, un mètre quatre-vingt-dix environ pour quatre-vingt-dix kilos de muscle. Il s'arrêta juste de l'autre côté des portes et scruta le hall comme s'il cherchait quelque chose... ou quelqu'un.

*

Ralph McDermid prit son sourire cordial habituel et sortit de l'ascenseur privé du penthouse. Il s'immobilisa pour chercher du regard le Dr Kenneth St. Germain à la réception.

A part la réceptionniste, la luxueuse pièce était vide. La jeune femme le regardait avec une crainte respectueuse.

« Où est-il ? demanda-t-il, mécontent.

— Euh... monsieur McDermid. Je suis vraiment désolé, monsieur, mais le Dr St. Germain est parti précipitamment pour récupérer son carnet, en bas, chez Donk & LaPierre. Il va revenir tout de suite. » Elle jeta un coup d'œil à l'horloge. « Oh, ça alors. Il a dit qu'il s'absentait dix minutes, et ça fait un quart d'heure déjà. Dois-je appeler pour voir ce qu'il s'est passé ?

— Oui. Mais demandez seulement s'il est là ou s'il est passé. C'est tout. Ne lui parlez pas et ne le faites pas monter. » Il avait pu aller chez Donk & LaPierre pour une raison quelconque.

La réceptionniste appela, posa ses questions, et mit fin à la communication. Elle regarda McDermid, confuse. « Ils disent qu'il n'est pas là et qu'il n'est pas passé. Même tout à l'heure. »

Derrière McDermid, les portes de l'ascenseur s'ouvrirent. Alors que McDermid se retournait, Feng Dun apparut. Il tenait un Glock 9 mm qui paraissait petit dans sa grande main.

La réceptionniste ouvrit de grands yeux apeurés en le voyant arriver. Son regard se fixa sur le Glock.

« Où est-il ? demanda Feng de sa voix étouffée.

— Envolé, soupira McDermid, écœuré. Il est parti il y a un quart d'heure.

— Il est toujours dans l'immeuble, assura Feng. Nous avons fait attention. Il ne peut pas partir. Il est coincé. »

*

Jon avait les nerfs à vif, les épaules contractées, les muscles douloureusement bandés, prêts au combat. Mais il restait dissimulé derrière le pilier de la mezzanine, surveillant le hall en contrebas.

Après avoir donné des ordres à ses trois nervis, Feng Dun monta dans un ascenseur. Les chiffres au-dessus de la porte indiquaient qu'il était monté directement au penthouse. Bien qu'il eût déjà deviné, Jon était encore secoué : il semblait de plus en plus probable que Ralph McDermid l'ait fait patienter là-haut afin de pouvoir rameuter ces tueurs. Ce qui signifiait que le président-directeur général du puissant groupe Altman était sans doute non seulement un protagoniste de la crise de l'*Empress* mais était mêlé de près à ses aspects sanglants.

Sous les yeux de Jon, les trois chiens de chasse prirent discrètement position, de manière à pouvoir surveiller toutes les sorties. Quand Feng Dun revint, c'est à peine si on le vit sortir de l'ascenseur, comme s'il était soudain apparu là, comme par magie, sur le sol du hall. Il fit un geste imperceptible, au niveau de la hanche, et les quatre hommes convergèrent dans un coin derrière des palmiers en pot. Ils se consultèrent en observant tous ceux qui passaient. Un moment Feng leva les yeux vers la mezzanine, et son regard parut se fixer là où Jon se tenait, dans l'ombre de la colonne.

Jon recula lentement. Il vérifia son déguisement, de la chemise hawaïenne aux baskets bleues. Il ramena le panama sur son front et glissa le Beretta dans son dos, sous la veste en seersucker. Comme il se dirigeait vers l'escalier, il ploya imperceptiblement les genoux, les pieds en dedans, ce qui lui donna une démarche légèrement efféminée.

S'il ne regarda pas les tueurs, tous le regardèrent. Il se sentit paralysé par la tension, attendant que l'un d'eux estime qu'il méritait d'être arrêté. Alors qu'il leur passait sous le nez et s'approchait des portes vitrées qui s'ouvraient sur la rue et la sécurité, il sentit un regard peser sur son dos. Il poussa les portes, s'attendant à être intercepté.

Rien ne se passa. Il fut un moment surpris, puis soulagé. Comme il quittait le bâtiment et traversait la rue, la lumière du jour lui parut particulièrement vive et accueillante. Il se posta dans l'ombre et attendit.

Chapitre vingt-deux

Il faisait presque nuit quand Ralph McDermid finit par quitter le bâtiment par une porte latérale, bien que Feng Dun et ses hommes en fussent sortis des heures auparavant, un par un, et se fussent dispersés comme s'ils étaient en mission. La foule de Hong Kong ayant enflé avec la sortie des bureaux, Jon ne s'attarda pas. Au cours de l'après-midi, l'humidité était retombée, et il était plus facile de jouer des coudes dans la masse des piétons.

Frustré et inquiet, il hâta le pas pour ne pas perdre de vue le McDermid qui n'alla pas plus loin que la station Central du M.T.R., le métro. Jon attendit vingt secondes, acheta un ticket, et lui emboîta le pas. Il y avait moins de monde sur le quai, et Jon marqua une pause afin de s'assurer que personne d'autre ne surveillait le PDG, soit furtivement soit en tant que garde du corps invisible.

Quand la rame arriva, McDermid monta dans une voiture, et Jon se glissa derrière lui, par une autre porte. McDermid se faufila entre les passagers jusqu'à ce qu'il ait trouvé une place qui lui convienne sur l'un des bancs en acier inoxydable. Il s'assit, les yeux dans le vide, évitant le regard de ses compagnons de voyage silencieux et fatigués, et ignorant les publicités aux couleurs vives, qui étaient toutes rédigées en chinois et bien différentes de l'époque où les annonces paraissaient également en anglais avant la rétrocession de l'île à la Chine continentale.

Jon s'avança dans la direction opposée et s'accrocha à une perche, le dos à moitié tourné, de façon à pouvoir observer McDermid dans le reflet d'une fenêtre. Il en vint à se demander pourquoi quelqu'un jouissant de la situation et de la fortune de McDermid prenait le métro. Parce qu'il n'allait pas loin ? Parce qu'il ne voulait pas utiliser de voiture de fonction ni de personnel ? Qu'il en avait assez du tohu-bohu et du stress de la rue ? Que c'était bon marché ? Ou alors, plus probablement, parce qu'il voulait que personne, pas même un chauffeur ou un taxi, ne sache où il allait.

Le trajet fut remarquablement calme et tranquille. McDermid ne jeta pas un seul regard autour de lui. La possibilité d'avoir été pris en filature ne semblait pas l'inquiéter. Il descendit deux ou trois stations plus loin, à la station Wanchai. Jon attendit encore le dernier moment, alors que le PDG avait déjà fait une dizaine de mètres, pour se glisser entre les portes qui se refermaient. Il surgit dans Hennessy Road, où McDermid marchait d'un pas tranquille, l'air détendu. McDermid le conduisit à travers Wanchai, l'ancien quartier chaud de Hong Kong. Cet ancien haut lieu du sexe et de la drogue avait connu des heures difficiles. Et le quartier financier en plein essor s'en était emparé. De nouvelles tours étaient agglutinées les unes aux autres, et les hôtels les plus récents et les meilleurs n'hésitaient pas à demander plus de trois mille dollars la nuit.

Les mains dans les poches, McDermid flânait le long de Lockhart Road qui concentrait sous ses néons ce qui restait de l'industrie du sexe. Ici, Wanchai demeurait fidèle à sa provocante réputation. Les filles du quartier traînaient à l'entrée des bars et gratifiaient tout homme apparemment solvable d'un *psst* bien rodé. Il y avait des clubs d'hôtesses de mauvais goût, des bars topless, des discothèques, et des pubs anglais et irlandais tapageurs. Les enseignes et les bonimenteurs, le néon et le racolage étaient toujours clinquants et criards, vantant les délices de la maison pour un public d'affamés et de solitaires.

Mais ce n'était plus ça. C'est à peine si McDermid et lui jetèrent un regard à ces maisons de plaisir défraîchies, tandis que Jon se demandait une nouvelle fois où allait McDermid... et pourquoi.

Le PDG s'engagea enfin dans une petite rue, puis dans un

immeuble de bureaux en brique à l'ombre d'une tour de verre et d'acier flambant neuve. La rue était étroite. Des camelots y montaient leurs étals. Quelques boutiques proposaient peep-shows et pornos, tatouages et gadgets sexuels. Au même moment, un flot continu d'employés de bureau de la classe moyenne et de cadres quittait l'immeuble en brique pour rentrer chez eux dans les collines et les banlieues gagnées par l'obscurité, un reflet de la schizophrénie culturelle qui caractérisait désormais Wanchai.

De plus en plus intrigué, Jon profita du flot d'employés sortant du bâtiment pour entrer discrètement. Dans le hall couvert de marbre, Ralph McDermid se tenait face à une rangée d'ascenseurs filigranés. Après qu'une cabine eut vomi un petit groupe de gens, il monta dedans, seul, puisque tout le monde s'en allait. Une fois encore Jon regarda les numéros des étages s'allumer sur l'indicateur au-dessus de la porte. La cabine de McDermid s'arrêta au dixième puis redescendit.

Jon monta dans une autre cabine et appuya sur le bouton. Au onzième étage, il sortit en vitesse et dévala les marches de l'escalier de secours deux à deux. Enfin, au dixième, il jeta un coup d'œil dans un couloir vide recouvert de marbre identique à celui du dessus. Où était passé McDermid ?

Jon recula brusquement quand trois femmes quittèrent l'un des bureaux et se dirigèrent vers les ascenseurs, en bavardant en chinois. Aplati contre la cage d'escalier, il tendit l'oreille, perplexe, regrettant de ne pas avoir appris cette langue.

Avant qu'il ait pu jeter un nouveau coup d'œil, d'autres bruits de pas résonnèrent sur les dalles de marbre et s'arrêtèrent devant l'ascenseur, où les trois femmes continuaient à parler. D'autres portes s'ouvrirent et se fermèrent, et le couloir invisible retomba dans le silence... à l'exception d'un froissement qui passa juste devant sa porte.

Jon l'entrebâilla et risqua un coup d'œil. Vêtue d'un pyjama noir et d'un chapeau en paille conique de paysanne, une Chinoise disparut derrière la porte tout au bout du couloir. *Mais où était McDermid ?* Alors qu'il allait partir à sa recherche, il crut entendre la voix du PDG quelque part sur la droite, après les ascenseurs. Un sourire sardonique aux lèvres, Jon sortit son Beretta, et s'avança dans le couloir à pas feutrés.

Il écouta à chaque porte. Elles étaient toutes identiques : planes et bon marché, pourvues de boîtes aux lettres en métal et de plaques déclinant la raison sociale des entreprises qui se trouvaient derrière. Il y avait de tout, du comptable à la start-up spécialisée dans la conception de sites internet, du dentiste aux services de secrétariat. On entendait des voix étouffées derrière plusieurs d'entre elles, ainsi qu'une radio. Il commençait à s'inquiéter d'avoir perdu McDermid quand il l'entendit à nouveau.

Il ralentit. Les voix assourdies provenaient de derrière une porte annonçant en chinois et en anglais : DR JAMES CHOU, ACUPUNCTURE & SHIATSU. A croire que Ralph McDermid s'adonnait à l'acupuncture et au massage shiatsu, ou aux deux. Mais pourquoi se donnait-il le mal de prendre le métro, puis de faire cette longue marche ? McDermid n'était pas un athlète. Ou était-il ici dans un autre but ? Peut-être s'agissait-il d'une façade pour un bon vieux « salon de massage ».

Tandis que ces pensées l'occupaient, Jon s'agenouilla pour regarder à travers la fente de la boîte aux lettres. La réception était sobrement meublée de chaises et de tables bon marché en plastique moulé. Le canapé était rembourré à craquer, avec une armature et des accoudoirs en bambou. Des magazines en chinois et en anglais traînaient sur les tables et le canapé. La salle d'attente était déserte. Alors d'où venaient les voix ? S'était-il trompé ?

Son arme à la main, il tourna la poignée et se glissa à l'intérieur. Ce fut alors qu'il vit la seconde porte. McDermid dit quelque chose dans la pièce qui se trouvait de l'autre côté.

Jon avait commencé à sourire intérieurement quand tout à coup ce fut le silence complet. La conversation avait cessé dans le bureau intérieur. Deux personnes – McDermid et le médecin ou la masseuse – auraient dû faire un bruit quelconque...

La poitrine de Jon se serra alors qu'une nouvelle réponse lui venait à l'esprit. McDermid avait pris le métro et marché pour une autre raison. Il s'attendait peut-être à être suivi. Il s'attendait peut-être à ce que ce fût Jon. La désagréable vérité était que McDermid l'avait attiré dans un guet-apens.

Jon fit volte-face, plongea à terre derrière le canapé, prêt à faire feu avec son Beretta.

La porte d'entrée s'ouvrit brusquement, la serrure et les gonds arrachés, et s'écrasa par terre dans une pluie d'échardes. Deux des hommes qui l'avaient filé plus tôt s'engouffrèrent dans l'ouverture, précédés de leurs pistolets.

Jon tira deux fois. Un des hommes tomba face contre terre et glissa en laissant une balafre de sang rouge sur le sol en linoléum. D'un bond, l'autre se replia dans le couloir. La balle de Jon l'avait manqué.

Jon rampa sur ses coudes. Le deuxième homme reparut brusquement, son arme braquée sur le canapé. Jon était à mi-chemin de la porte, où le tueur ne s'attendait pas à le trouver. Il tira. Cette fois il y eut un gémissement de douleur, un juron, puis l'homme tomba en arrière.

Prudent, Jon atteignit l'embrasure fracassée et s'y s'accroupit. Dans cette position, il pouvait se lever et surveiller le couloir en direction des ascenseurs, et quiconque tentant d'entrer dans la réception par la seconde porte devait être au milieu de la pièce avant de pouvoir l'ajuster et tirer. Dans le couloir, deux hommes étaient penchés sur un troisième, qui était adossé au mur. Il avait une tache de sang au côté, là où Jon l'avait touché. Ils regardèrent avec colère en direction du bureau où Jon les épiait.

Il se redressa, courut jusqu'au canapé, le retourna, et le poussa contre l'embrasure. Il le positionna de manière à couvrir son flanc et se jeta à nouveau par terre.

Dehors, dans le couloir, on marchait sur la pointe des pieds. Ses agresseurs passaient à l'offensive. Il s'obligea à rester à terre. Il compta dix secondes, se leva, et en abattit un d'un seul coup de feu au moment où il passait en trombe, au ras du sol.

Alors que le cri de douleur était renvoyé par les murs en marbre, l'autre porte du bureau s'ouvrit violemment et des balles vinrent se loger dans le rembourrage et le bambou du canapé. Jon se jeta à plat ventre et attendit. Son cœur battait dans ses oreilles. Finalement, un homme bondit dans la pièce, une toute petite mitraillette dans les mains. Jon tira une balle. Projeté en arrière, l'homme fracassa une grande baie vitrée, et son cri se perdit dans sa chute.

Jon se leva à nouveau au-dessus du canapé pour inspecter le couloir. Ils approchaient; trois cette fois. Il tira deux fois, et ils détalèrent, mais pour combien de temps ? Ils allaient refaire une tentative de la pièce intérieure. Il avait un autre chargeur, mais ils finiraient par mieux coordonner leurs efforts, attaquer simultanément à partir des deux portes, et ce serait la fin. Il serait tué ou fait prisonnier. Il ne savait pas trop ce qu'ils lui réservaient.

Son front se couvrit de sueur. Un genou à terre, il attendait le prochain assaut du bureau intérieur. Ils déboulèrent sans crier gare. Ils étaient deux maintenant. Plus rapides et plus intelligents, plongeant de chaque côté, tandis qu'il devait rester sur ses gardes au cas où ceux du couloir attaqueraient en même temps. Il vida son arme, arrosant les chaises, les tables, les murs. Quand il enfonça son dernier chargeur... ils avaient disparu.

Vraiment ? Tout à coup, d'autres coups de feu retentirent, faisant trembler les murs. *Mais d'où venaient-ils ? Du couloir ou du bureau intérieur ? Et où étaient les balles ?* Aucune n'avait touché le canapé derrière lequel il se dissimulait ni la salle d'attente. *Devait-il se coucher ou rester à genoux ?* Alors qu'un nouvel échange de coups de feu éclatait, il comprit que le bruit venait du couloir. Bizarrement, ce n'était pas sur lui qu'on tirait.

Il se redressa et jeta un coup d'œil. Il y avait quatre hommes, en comptant les deux du bureau intérieur. Le cinquième et le sixième – tous deux blessés – étaient couchés dans un des ascenseurs, empêchant les portes de se refermer. Les quatre chasseurs restants tiraient vers l'autre bout du couloir, dans la direction *opposée*. Brusquement, l'un d'entre eux se retourna et tira pour l'immobiliser.

Jon riposta, en se découvrant pour tirer. Tout à coup on entendit des jurons, une bousculade, et un claquement de porte sur fond de fuite désordonnée. Il tendit l'oreille. Une porte d'ascenseur se ferma. Plus un bruit en provenance du couloir et du bureau intérieur. *Étaient-ils vraiment partis ? Ou était-ce encore un de leurs foutus tours ?*

Prudemment, il se pencha au-dehors pour regarder. Le couloir était désert des deux côtés. Le vieil immeuble craqua. Quelque part à un autre étage, on tira une chasse d'eau. Jon inspira. Il s'essuya le front avec sa manche en examinant l'homme immobile sur lequel il avait tiré, toujours étalé par terre dans la salle d'attente. Il marcha en crabe jusqu'à lui. L'homme était mort, et il n'avait rien sur lui qui puisse l'identifier.

Déçu, Jon se releva d'un bond et fonça dans le bureau intérieur. Il y avait une table de massage, une vitrine, une chaise, et un lecteur radio-CD portable. Tout était criblé de balles. Le vent sifflait par la fenêtre fracassée par l'un des hommes qu'il avait abattu. Dans la rue, des sirènes hurlaient. La police de Hong Kong était en chemin.

Il y avait une seconde porte ici aussi. Elle était ouverte dans le couloir. Il s'y précipita et risqua un regard prudent à l'extérieur. Le couloir était toujours désert, des traces de sang et des douilles menaient à l'ascenseur. Tenant son Beretta à deux mains, Jon se dirigea à son tour vers les ascenseurs, braquant son arme tantôt devant lui tantôt derrière afin de couvrir le couloir. Il parvint à la dernière porte, la seule à être ouverte. Elle était dans l'alignement du couloir.

Il s'enroula autour du jambage, Beretta pointé. La paysanne chinoise qu'il avait aperçue de sa cachette dans l'escalier se trouvait dans sa ligne de mire. Toujours vêtue de son pyjama noir et de son chapeau de paille conique, elle était assise par terre en tailleur, adossée à un bureau à cylindre. Il y avait un portable à côté d'elle. Des deux mains elle braquait un Glock 9 mm on ne peut moins campagnard dans sa direction.

« Qui êtes-vous ? », demanda-t-il.

Sans cesser de pointer son Glock sur lui, elle lança avec agacement, dans un américain parfait : « Alors, c'est ça l'explication. Ton but dans la vie, c'est de faire foirer mes opérations. Ton timing craint. » Mais elle souriait.

« Randi ?

— Salut, soldat. » Elle baissa son arme.

Il écarta la sienne en ouvrant de grands yeux. « Incroyable. La CIA fait de plus en plus fort question déguisements. » Ainsi c'était elle qui avait tiré les autres coups de feu. Randi avait créé la diversion qui lui avait sauvé la mise.

Elle déplia ses jambes et se leva en un seul mouvement. « Est-ce que j'entends des sirènes ?

— En effet. On ferait mieux de foutre le camp. »

Pékin

Le parfum des camélias montait du jardin luxuriant de Zhongnanhai, alors que Niu Jianxing – le Hibou –, renversé dans son fauteuil, suivait avec colère la discussion à la réunion spéciale du Comité permanent qui avait lieu ce soir-là. Il avait besoin de toute son intelligence pour que son programme se déroule comme prévu malgré la crise de l'*Empress*. Il ne pouvait pas donner libre cours à sa mauvaise humeur.

« D'abord l'espion américain, qu'on a, semble-t-il, laissé échapper », se plaignait Wei Gaofan. Sa moue féroce de dragon de pierre rendait son visage généralement rébarbatif presque sympathique. « Et maintenant ce navire de guerre américain – quel est son nom déjà ? Le *John Crowe* ? – qui empiète sur nos droits maritimes ! C'est un *scandale* ! » C'était la ligne défendue par les faucons du parti.

« Comment le colonel Smith s'est-il échappé au juste ? demanda Song Riuyu, un des plus jeunes membres du Comité.

— Cela fait l'objet d'une enquête alors même que nous parlons.

— De quelle manière l'enquête est-elle menée ? interrogea Wei Gaofan. Formez-vous une de ces commissions absurdes et interminables comme le font les Européens ? »

Le ton de Niu se fit subitement acerbe. « Vous êtes volontaire ? Parce que si c'est le cas, je peux certainement en former une et serais honoré d'y ajouter votre nom...

— Vous avez la confiance de tous, Jianxing », s'interposa le corpulent Shi Jingnu avec sa voix suave de marchand de soie.

Le secrétaire général intervint : « Ces problèmes nous concernent tous. En tout cas, moi, j'ai besoin de réponses aux deux questions. Est-ce que les Américains ne font qu'agiter le gros bâton rooseveltien, ou sont-ils vraiment en train d'aiguiser leurs épées comme Kennedy ?

— Un rapport complet sur l'évasion du colonel Smith sera entre vos mains demain, promit Niu.

— Et la frégate qui file notre cargo ? » Le secrétaire consulta les papiers devant lui sur la longue table. « Le *Dowager Empress*, c'est bien ça ? »

Niu acquiesça. « C'est son nom. Il appartient à Flying Dragon Enterprises. »

Il coula un regard en direction de Wei Gaofan, car le gendre d'un de ses protégés était le président de Flying Dragon. Pourtant la déclaration de Niu ne suscita chez Wei aucun intérêt particulier, pas même une réaction.

Niu poursuivit : « Le navire est enregistré à Hong Kong. J'ai effectué une enquête sur Flying Dragon et appris que la compagnie était dirigée par un certain Yu Yongfu à Shanghai, et que l'*Empress* faisait route vers Bassora, en Irak. » Toujours aucune réaction de la part de Wei. Il devrait au moins faire part de ses observations sinon faire savoir qu'il connaissait Yu Yongfu.

« L'Irak ? » interrogea Pao Peng, le vieux complice shanghaien du secrétaire, qui s'animait tout à coup.

« Quelle est sa cargaison ? s'enquit Hang Mengsu, qui faisait aussi partie des plus jeunes.

— La nature réelle de la cargaison semble controversée », dit Niu. Il expliqua le lien possible entre le lieutenant-colonel Smith et l'*Empress*. « Smith est venu à Shanghai pour y chercher quelque chose.

— Que dit le manifeste du contenu de la cargaison ? », voulut savoir Wei Gaofan.

Niu inventoria la cargaison inoffensive figurant sur le manifeste officiel.

« Eh bien, voilà ! fit Wei Gaofan avec colère. Comme d'habitude, ces brutes d'Américains bombent le torse pour impressionner leur propre peuple, ainsi que l'Europe et les pays plus faibles. Ils nous refont le coup du *Yinhe*, et cette fois il est hors de question de les laisser monter à bord. Nous sommes un pays fort et indépendant, bien plus grand que les États-Unis, et nous devons mettre fin à leur politique belliciste.

— Cette fois, insista Niu, il pourrait vraiment y avoir des substances de contrebande à bord. Est-ce que nous voulons que de telles substances arrivent en Irak, à notre insu et sans notre permission qui plus est ? » Du coin de l'œil, il continuait à observer attentivement Wei, ne voulant pas que celui-ci commence à se douter qu'il était au courant de ses liens avec Flying Dragon. Cette donnée s'avérerait utile à un moment ou à un autre. Mais pas encore. Pour le Hibou, être patient et savoir agir avec à-propos étaient les clés de la réussite en toute chose.

« Sur quoi cette hypothèse est-elle fondée ? demanda Shi Jingnu, sans ce ton onctueux qu'il affectait habituellement.

— Le colonel Smith n'est pas le genre d'agent qu'on envoie d'ordinaire. Je ne vois qu'une seule raison à ce choix : il se trouvait à Taïwan et était le seul Américain susceptible d'entrer en Chine immédiatement par invitation. Quelle qu'ait été la raison de sa venue, ce devait être vital *et* urgent. »

Le secrétaire général réfléchit. « Et vous suggérez que sa mission pourrait consister à découvrir la vérité au sujet de la cargaison de l'*Empress* ?

— C'est possible.

— Il est d'autant plus impératif que nous ne permettions pas aux Américains de s'en mêler, déclara Wei Gaofan. Si ces accusations étaient avérées, nous serions montrés du doigt par le monde entier.

— Même si nous n'étions pas au courant et innocents ? demanda Niu.

— Qui croirait cela de la Chine ? remarqua Shi Jingnu. Et quand bien même, n'apparaîtrions-nous pas faibles et vulnérables ? Incapables de contrôler notre propre population et ayant besoin des Américains pour veiller au grain ?

— Nous allons peut-être devoir faire montre de notre puissance cette fois, monsieur le secrétaire », déclara Song Riuyu, l'air grave.

Pao Peng acquiesça d'un hochement de tête, un œil sur le secrétaire général. « Du moins devrions-nous préparer une réaction qui soit à la hauteur de leur menace.

— Une épreuve de force ? résuma le secrétaire. Vous avez peut-être raison. Qui est d'accord ? »

Derrière ses paupières mi-closes, Niu Jianxing compta les mains. Sept. Deux étaient levées un peu plus bas et avec moins d'assurance que celles de Wei Gaofan, Shi Jingnu, et Pao Peng. Le secrétaire ne leva pas la main, mais cela ne comptait pas. Il n'aurait pas réclamé un vote s'il y avait été opposé.

Une tâche redoutable attendait Niu s'il voulait sauver l'accord sur le traité des droits de l'homme. Il préférait ne pas penser à ce qu'il faudrait peut-être aussi sauver, si, pendant l'épreuve de force, quelqu'un appuyait sur la détente.

Chapitre vingt-trois

En mer d'Arabie

PAR une fin de matinée limpide dans le sud de la mer d'Arabie, alors que la chaleur commençait à monter, le lieutenant Mose Canfield, accoudé au bastingage arrière, profitait de la fraîcheur avant de descendre prendre son quart dans le centre névralgique de communications et de contrôle du *John Crowe*. L'*Empress*, qu'ils avaient suivi pendant près de vingt-quatre heures, se profilait à l'horizon, tenant fermement le cap en direction de Bassora. Seuls les officiers savaient quelle était sa destination et ce qu'il était censé transporter, et ils avaient reçu l'ordre de ne le dire à personne. Le secret rendait Canfield plus nerveux encore. Il avait eu du mal à dormir la nuit précédente.

A présent il rechignait à descendre. Il avait toujours été légèrement claustrophobe, ce qui l'avait empêché d'envisager une carrière de sous-marinier, et son imagination s'emballait. Il se voyait prisonnier du pont inférieur alors que le *Crowe* encaissait un tir de missile et coulait à pic en quelques secondes, emportant tout le monde avec lui. Il frissonna dans la chaleur grandissante et se dit qu'il devait se ressaisir.

Le sermon du commandant Chervenko, expliquant que, lorsqu'on filait un navire, il fallait rester patient et vigilant pour être sûr qu'il changeait vraiment de cap et ne faisait pas simplement un petit écart, n'avait fait qu'accentuer sa nervosité.

« Ne jamais tirer de conclusions hâtives des actions de l'ennemi, lieutenant, lui avait dit Chervenko. Renseignez-vous avant d'engager votre navire. Mettez-vous à la place de l'autre et demandez-vous ce qu'il ferait. Enfin, soyez toujours sûr de vos identifications.

— A vos ordres, capitaine », avait répondu Canfield. Il était mortifié et un peu en colère vis-à-vis de son supérieur.

Ce soupçon de colère, comme il arrivait si souvent, permit à Canfield de retrouver sa concentration et, au moins de façon provisoire, de chasser sa claustrophobie, alors qu'il consultait sa montre, s'écartait du bastingage et se hâtait de descendre à son poste dans l'exigu centre de communications et de contrôle.

L'opérateur radar, le matelot Fred Baum, était appuyé contre le dossier de sa chaise et buvait un Coca light. Depuis la veille, il n'y avait rien eu sur l'écran à part l'*Empress*. Le *Crowe* était lancé, et l'excitation de la poursuite, qui avait soutenu les hommes de Canfield pendant la plus grande partie des dernières vingt-quatre heures, était épuisée. Ils devaient maintenant affronter une nouvelle journée avec un unique spot sur le radar ou, sur le pont, une lointaine silhouette. L'ennui devenait un danger.

Canfield décida de leur servir une version du sermon du commandant. « Bon, les gars, on va recadrer les choses. Le capitaine de l'*Empress* peut décider quelque chose n'importe quand. Réfléchissez avant d'interpréter les mouvements d'un autre navire. Il peut vous attaquer en un rien de temps, alors que tout paraissait normal. Nous ne savons pas vraiment ce que les Chinois ont à bord et quelles sont leurs intentions. Il se pourrait qu'ils aient un gros canon, ou des missiles. Demandez-vous chaque seconde ce qu'il peut y avoir dans la tête du capitaine ennemi.

— A vos ordres, monsieur.
— Désolé, lieutenant. Vous avez raison.
— Si seulement ils pouvaient faire un truc.
— Ça, tu peux le dire.
— C'est vrai quoi...
— Minute ! »

Le cri venait du matelot Baum devant son écran radar. Pendant un long moment, personne ne réagit. D'abord, l'avertissement se fondit dans le flot des protestations excédées concernant le manque d'action.

Ils se tournèrent vers lui presque à l'unisson.

« Au rapport, matelot ! coupa Canfield.

— J'ai quelque chose ! », s'écria l'opérateur, tellement excité qu'il en oublia de dire « lieutenant » en s'adressant à son supérieur. « Je crois que c'est un *nouveau bogey !*

— Du calme, Baum. » Canfield se pencha par-dessus son épaule. « Vous *croyez ?* »

Baum indiqua un point minuscule qui apparaissait et disparaissait à la périphérie de l'écran, à l'arrière du *Crowe.* « C'est très bas sur l'eau, lieutenant. Un très petit profil.

— Où ?

— En plein dans notre sillage.

— A quelle distance ?

— Une quinzaine de milles. »

Canfield tourna la tête. « Radio ?

— Rien, lieutenant. »

Canfield se pencha à nouveau au-dessus de l'écran. L'écho avait disparu. « Où est-il passé ?

— Il est toujours là, lieutenant. Comme je l'ai dit, il est bas sur l'eau, alors il est masqué par la houle. Croyez-moi, il est là, et il se rapproche. »

Canfield avait du mal à repérer l'écho tandis que le bras du radar balayait l'écran. « Vous êtes sûr qu'il ne s'agit pas d'une anomalie climatique ? Une perturbation de surface ?

— Oui, lieutenant, j'en suis sûr. » Pourtant Baum hésitait, pas aussi convaincu qu'il le prétendait.

« C'est juste sacrément petit.

— Mais ça se rapproche ?

— Oui, lieutenant. Je veux dire, on reste à la traîne pour suivre ce rafiot devant. »

Canfield savait que l'*Empress* pouvait filer quinze nœuds au maximum de ses possibilités.

« Merde ! fit Baum les yeux fixés sur la balayage de l'écran. Il a encore disparu. » Il se tourna vers le lieutenant Canfield. « Mais je sais que je l'ai vu, lieutenant. Il était là, et en mouvement...

— Lieutenant ! hurla le technicien sonar de 1re classe Matthew Hastings.

— Quoi, Hastings ?
— Je l'ai aussi. Droit derrière ! » Hastings tendit un casque.

Canfield plaqua un écouteur contre son oreille. « A quelle distance en arrière ?

— Exactement là où était le bogey de Freddy. »

Canfield tourna la tête. « Baum ?

— Toujours rien sur le radar, lieutenant. »

Canfield fixa un regard furieux sur Hastings. « Vitesse ?

— Vingt, peut-être vingt-deux nœuds.

— Une baleine ? » C'était une possibilité. Une grosse baleine filant en surface.

Hastings haussa les épaules. « Ça se peut, mais d'habitude elles ne nagent pas si vite à moins qu'elles aient peur. Attendez ! » Le technicien sonar pencha la tête de côté, comme si le mouvement pouvait lui faire entendre plus distinctement. « Des hélices, lieutenant. Ça a des machines. »

Canfield éleva la voix : « Vous êtes sûr ?

— Merde, lieutenant. C'est un sous-marin. Il se rapproche ! »

Toutes les discussions cessèrent, comme si quelqu'un avait coupé le son sur la télécommande d'une télévision. Le silence enveloppa le centre de communications et de contrôle comme un cocon. Canfield hésita. Ce devait être le même signal que celui repéré par Baum sur le radar ; un sous-marin naviguant avec juste son kiosque en surface. Maintenant il avait disparu de l'écran radar parce qu'il s'était mis en plongée. Est-ce qu'il aurait plongé s'il n'avait pas l'intention d'attaquer ? Les paroles du capitaine Chervenko résonnèrent dans sa tête : *soyez sûr avant d'agir, vraiment sûr.*

« Pouvez-vous identifier le sous-marin, Hastings ?

— Non, lieutenant, répondit le sonariste, mal à l'aise. Une seule hélice, ça, j'en suis sûr. Les machines sont silencieuses, mais un peu irrégulières. J'ai une signature magnétique que je n'ai jamais entendue auparavant. » Il écouta un moment. « Il n'est pas des nôtres. Je peux le garantir.

— Conventionnel ou nucléaire ?

— Nucléaire, c'est sûr, mais pas soviétique. Pas russe, je veux dire. Je connais le bruit que font ces emmerdeurs. Un petit sous-marin, de type attaque, nucléaire.

— Britannique peut-être ? »

Hastings secoua la tête. « Trop petit. Ça ne cadre pas. » Il se tourna une nouvelle fois vers son supérieur. « Si je devais deviner, d'après ce que j'ai appris à l'entraînement, je dirais que c'est un vieux sous-marin chinois de classe han. Ils en ont des nouveaux en chantier, mais j'ai pas entendu dire qu'ils en avaient lancé. En plus, il ronronne comme un vieux modèle. »

Le silence se fit plus pesant encore tandis qu'Hastings continuait à écouter. « Il se rapproche, lieutenant.
— Distance ?
— Dix milles. »

Canfield hocha la tête. Il se sentait oppressé. Pourtant il cria : « Radio ? Appelez la passerelle ! *Illico !* »

*

Sur la passerelle, le commandant Chervenko dit calmement au capitaine de corvette Bienas : « La passerelle est à vous, Frank. Mieux vaut se préparer au combat. Tout le monde à son poste. Je descends.
— A vos ordres, commandant. »

Chervenko dévala la passerelle, entra dans le poste de communications et de contrôle, et adressa un signe de tête au lieutenant Canfield. « Dites-moi, Mose. »

Canfield le mit au courant de tout ce qui s'était passé depuis l'instant où le matelot de 2e classe Baum avait repéré le petit spot sur son radar.

« Bon. Est-ce que nous sommes sûrs qu'il est chinois ?
— Pour l'instant, Hastings ne voit pas ce que ça pourrait être d'autre.
— J'ai eu une petite expérience avec un classe han, peut-être... »

Hastings leva la tête. « Commandant ! Il ralentit ! »

Le commandant Chervenko vint se mettre derrière l'opérateur sonar. « A combien derrière nous, Hastings ?
— Cinq, six milles, commandant. » Les yeux du second maître étaient fixés sur quelque endroit vide et lointain tandis qu'il concentrait toutes ses facultés sur son audition. « Oui, c'est sûr, il ralentit, commandant.
— Vous percevez un signe d'activité quelconque ? »

Hastings se concentra. « Non, commandant. Juste l'hélice. Elle tourne bien plus lentement.

— A la même vitesse que nous ? »

Il releva la tête, impressionné par l'exactitude de la prédiction. « Oui, monsieur. Je dirais que c'est exactement ce qu'il fait. »

Chervenko hocha la tête. « Le suiveur suivi. »

Les techniciens échangèrent un regard inquiet.

Chervenko se tourna vers Canfield. « Restez maître de la situation, Mose. Signalez tout changement, même insignifiant. Je veux savoir s'ils ont le hoquet là-dedans.

— A vos ordres, commandant.

— Je serai dans mes quartiers. Prévenez Frank sur la passerelle. »

Chervenko quitta le centre bourré d'électronique et se hâta vers sa cabine. Il appela une nouvelle fois sur son téléphone crypté.

La grosse voix retentit à l'autre bout de la ligne : « Brose.

— Capitaine Chervenko sur le *Crowe*, amiral. Nous avons de la compagnie ici. Et ça ne va pas vous plaire. »

Hong Kong

Quand Jon repensait à quel point sa vie avait changé au cours des dernières années, depuis que le virus Hadès [1] avait tué sa fiancée et manqué de provoquer une pandémie mondiale, l'un de ses plus agréables et fidèles soutiens avait été sa sœur, Randi Russell. Bien qu'il la vît rarement, car elle était en général sur le terrain, ils se trouvaient parfois dans la région de Washington au même moment. Ils se laissaient toujours un message sur leurs répondeurs respectifs, c'était un accord passé entre eux. Quand ils se retrouvaient, ils prenaient un verre, dînaient et dansaient ensemble... mais leurs pirouettes étaient essentiellement verbales, car aucun d'eux ne pouvait divulguer ses activités d'espionnage.

Le Réseau Bouclier était une organisation tellement secrète qu'il ne pouvait pas faire mention de son nom, et encore moins

---

1. *Opération Hadès*, Grasset, 2003.

de son existence. De son côté, Randi ne pouvait normalement rien dire de ses missions pour Langley [1], qui la menaient dans le monde entier. De temps à autre, ils se retrouvaient engagés dans des missions similaires, comme la fois où Jon l'avait convaincue, ainsi que Peter Howell, et Marty Zellerbach, de l'aider à contrer la terrifiante menace géopolitique causée par l'ordinateur futuriste piloté par ADN d'Émile Chambord [2].

Au lieu de retourner dans le couloir où tant de coups de feu venaient d'être tirés, Randi ouvrit une porte latérale à l'intérieur du bureau. Ils traversèrent en courant une réserve jusqu'à une autre porte qui ouvrait sur un autre couloir. Leur priorité était de filer avant l'arrivée de la police. Les sirènes dans le lointain se faisaient plus fortes, plus proches.

« Merci pour la diversion, lui dit-il. Ils étaient en train de me cerner.

— Ça fait toujours plaisir d'aider un copain. » Le contraste entre la voix américaine et le visage chinois était déroutant. La CIA avait fait un boulot remarquable en transformant une citadine blonde de type européen en paysanne chinoise aux cheveux noirs.

« Où sommes-nous ?

— Même bâtiment, lui dit-elle, mais une autre aile. Ces bureaux sont construits dans le vieux style anglais. Cela évitait l'engorgement des ascenseurs et des couloirs. »

Cette aile aussi était tranquille après l'heure de fermeture des bureaux. Ils s'engouffrèrent dans un ascenseur en direction du rez-de-chaussée... puis descendirent encore d'un étage, au sous-sol.

Alors que l'ascenseur poursuivait sa course en ferraillant, Jon dit : « Ta connaissance de ce bâtiment m'impressionne. »

Elle le regarda : « Documentation.

— Donc mon problème là-haut affectait ta mission.

— Ralph McDermid n'apprécie pas seulement l'acupuncture, fit-elle innocemment, il court après la fille qui fait le massage shiatsu. Cette fois on dirait qu'il ne pensait pas uniquement aiguilles et petits câlins. Tu as dû le stimuler d'une manière ou

---

1. Siège de la CIA.
2. *Objectif Paris*, Grasset, 2004.

d'une autre. Se pourrait-il qu'il y ait quelque chose de pas clair dans l'installation du groupe Altman en Chine ?

— Comment sais-tu que ces porte-flingues étaient là pour moi ? Peut-être que je suis tombé dans un traquenard qui t'était destiné. La CIA ne fait pas suivre des ressortissants américains pour le plaisir. Langley doit soupçonner McDermid de mijoter quelque chose contre nos intérêts. »

Le bal était ouvert. Ils cessèrent de se regarder alors que l'ascenseur s'arrêtait et que la porte s'ouvrait sur un entrepôt en sous-sol, avec la puanteur humide et les rats qu'on entendait détaler.

« Pourquoi diable filais-tu McDermid ? » Sa voix était mi-contrariée mi-résignée. Le masque parfait de son visage chinois demeurait impassible.

Révéler son enquête sur l'*Empress* la conforterait dans ses soupçons quant à ses activités pour le Réseau Bouclier. Il fallait qu'il lui raconte quelque chose de plausible. Elle ne le croirait peut-être pas, mais ne serait pas en mesure de l'accuser de mentir. Il décida que l'histoire qu'il avait servie à Charles-Marie Cruyff ferait l'affaire.

« J'assistais à un congrès biomédical à Taïwan pour Fort Detrick, expliqua-t-il pendant qu'elle le conduisait à travers un sombre dédale de caves, quand je suis tombé sur un type travaillant pour le labo de Donk & LaPierre en Chine. Ce qu'il a décrit m'a intrigué, et j'ai pris l'avion pour Hong Kong, avec l'espoir d'obtenir l'autorisation de jeter un œil à ses travaux. Le grand chef du labo, Cruyff, m'a envoyé à McDermid, qui est son patron je suppose. Comme je n'arrivais pas à le coincer, je l'ai suivi et je me suis retrouvé par hasard dans ce nid de guêpes.

— C'est ça, dit Randi en secouant la tête. Et moi, je suis ici pour les nouilles. »

Il crut l'entendre glousser. « Loin de moi l'idée d'enquêter sur une opération de terrain de la CIA, je suis un humble scientifique.

— Tu te balades toujours dans les couloirs des bureaux en chemise hawaïenne, chapeau de paille et baskets pour venir solliciter un service professionnel, scientifique ? C'est sans doute pour la même raison que tu portes un Beretta et un rab de munitions. Non mais on croit rêver. Je parie que tu avais l'intention de lui mettre un flingue sous le nez pour le convaincre d'être gentil. »

De deux choses l'une : soit elle l'avait surveillé, soit leurs chemins s'étaient croisés en raison de la similarité de leurs missions. « Au cas où tu ne l'aurais pas remarqué, dit-il joyeusement, il fait horriblement chaud à Hong Kong. Bien sûr, je porte des chemises hawaïennes. Et pour ce qui est du Beretta... rappelle-toi, ma destination finale était la Chine continentale. Je me suis arrangé avec le Pentagone pour un port d'arme, parce que ce labo se trouve dans une région isolée, avec des bandits et tout. »

Il avait réussi à transformer ses doutes en une histoire innocente. En fait, tout ceci pouvait être vrai. Mais il la connaissait bien ; elle ne lâcherait pas le morceau. Elle reviendrait à la charge avec des questions plus difficiles, plus pénétrantes. Il était temps de détourner son attention et de sortir du bâtiment.

Il indiqua du menton un escalier en béton devant eux. « C'est pour nous ?

— Quelle perspicacité ! »

Elle montra à nouveau le chemin, en se penchant pour que son grand chapeau ne touche pas le plafond bas pendant l'ascension. En haut des marches, elle souleva une porte inclinée et se faufila à l'extérieur. Il la suivit, refermant sans bruit derrière lui. Elle s'éloignait déjà. Il la rattrapa et se mit à marcher à côté d'elle. Ils se trouvaient dans une ruelle qui sentait l'urine et le charbon de bois. Le clair de lune se réfléchissait sur la brique et la pierre des murs noirs de suie.

Cinq minutes plus tard, ils étaient dans un taxi revenant vers Central.

« Où est-ce que je te dépose ? », demanda Randi. Elle enleva son chapeau, se débarrassa de sa perruque noire d'un mouvement de tête, et se cala dans son siège.

« Le Conrad International, répondit Jon. Écoute, tout ce que je t'ai dit était vrai, mais ce n'est pas tout...

— Tu m'en diras tant, mon chéri. »

Il lui décocha un regard. « L'USAMRIID pense qu'un truc douteux se passe dans le labo chinois de Donk & LaPierre. Il est possible qu'ils mènent des recherches, pratiquent des expériences qui seraient illégales aux États-Unis, et consacrent les subsides du gouvernement destinés à la recherche fondamentale à la recherche appliquée afin de mettre au point des produits pharmaceutiques commerciaux.

— Je m'attendais à quelque chose dans ce goût-là. Donc tu es ici pour enquêter ? »

Jon acquiesça d'un signe de tête. « Je ne demanderai pas pourquoi au juste la CIA s'intéresse à McDermid, mais peut-être pourrait-on partager tout ce qui n'est pas directement lié à nos missions respectives. »

Randi se détourna pour regarder à travers la vitre. Elle souriait. Malgré tout le passif accumulé entre eux depuis la mort de sa sœur, elle appréciait Jon. Elle aimait travailler avec lui. Elle se retourna, toujours souriante. « Ça me paraît être une bonne idée. D'accord, soldat. Je te dis tout ce que je trouve et dont je ne peux rien faire. Et vice versa.

— Ça marche. »

Le taxi s'arrêta à son hôtel sur Queensway. En descendant, il se retourna pour demander : « Où est-ce que je te contacte ?

— Tu ne me contactes pas. Je sais où tu es. S'il y a du changement, laisse un message à la réception de ton hôtel à l'intention de Joyce Ray. »

Malgré la proposition qu'il lui avait faite, il tenait absolument à savoir quel était le rapport entre la CIA et McDermid et le groupe Altman. Il demanderait à Klein de se renseigner sur ce que trafiquait Langley, ce qui signifiait qu'il devrait laisser Randi faire cavalier seul pour le moment.

« Très bien, dit-il. On reste en contact. »

Elle souriait encore tandis que le taxi s'éloignait au milieu de la circulation.

Chapitre vingt-quatre

Washington, D.C.

Dans sa chambre, le Président était encore en train de boutonner sa chemise quand Jeremy frappa et parla à travers la porte. « C'est Mme Debo, monsieur. Elle dit que c'est urgent. Vous voulez prendre l'appel ? »

Il n'avait pas besoin d'une urgence de plus. La directrice de la CIA, Arlene Debo, avait été nommée à ce poste par le gouvernement précédent, et il l'y avait maintenue, malgré ses sympathies pour le parti de l'opposition, parce qu'il lui faisait confiance. Elle excellait dans son travail.

Sa voix était presque stridente, son timbre naturel. « Monsieur le Président, mes équipes ont analysé les statistiques sur les fuites. La grande majorité d'entre elles sont liées d'une façon ou d'une autre à la défense ou à des questions militaires. Le saviez-vous ?

— Oui, pourquoi ?

— Parce que j'ai donné l'ordre à nos agents de s'intéresser essentiellement au secteur touchant de près ou de loin l'état-major, et la première touche a été la bonne. »

Le Président s'assit au bord de son lit. « Qui ?

— Jasper Kott, le secrétaire aux Armées.

— Kott ? En personne ? Vous êtes sûre ? » Il était sous le choc.

« Il s'est rendu à Manille pour une affaire militaire quelque peu douteuse, si bien que nous l'avons fait accompagner par un agent. Et effectivement, il s'est éclipsé en civil pour une virée en ville, dans un bordel apparemment, où notre agent n'a pas pu le suivre. Elle a néanmoins eu la prévoyance de contacter notre chef de station, et a rapidement envoyé un homme sur place, qui s'est présenté en tant que client. Il a appris que Kott a fait injure à l'établissement en refusant de se "divertir". Il était là pour rencontrer un homme et faire un compte rendu de notre récente réunion portant sur le budget de l'armée. »

Le Président fronça les sourcils. « Quel homme ?

— Ralph McDermid, PDG du groupe Altman.

— *McDermid ?* Mon Dieu. Il lui parlait de notre discussion du budget ?

— Oui, Monsieur le Président.

— Délit d'initié ?

— Nous ne le savons pas encore, mais nous allons tirer ça au clair. Notre agent et son équipe surveillent McDermid au moment même où nous parlons.

— Continuez à me tenir au courant, Arlene. Merci.

— C'est mon travail, monsieur. »

Après avoir raccroché, il finit de s'habiller, oubliant son petit déjeuner avec le Vice-Président pour considérer les motifs possibles de la tromperie du secrétaire Kott et de l'implication de McDermid. S'agissait-il simplement d'une forme d'espionnage économique particulièrement audacieuse afin d'obtenir un avantage commercial... ou d'autre chose ?

*

Peu de gens savent que la Maison-Blanche compte deux salles à manger familiales : une à l'angle nord-ouest du rez-de-chaussée et l'autre à l'étage dans les appartements privés, réaménagés à l'origine avec une petite cuisine pour Jack et Jackie Kennedy en 1961. A l'instar de Jack Kennedy, Sam Castilla préférait préserver l'intimité de celle du haut pour sa famille. Cassie et lui pouvaient y rester à ne rien faire, encore décoiffés et en peignoir, boire du café et lire les journaux du dimanche sans craindre d'être dérangés, sauf cas d'urgence extraordinaire.

Encore qu'il aimât aussi la salle à manger familiale du rez-de-chaussée. Malgré son plafond voûté et son solennel mobilier Hepplewhite et Sheraton, elle était petite comparée à d'autres pièces de la Maison-Blanche, et la cheminée et les murs jaunes lui conféraient chaleur et intimité. Ce matin-là, il y régnait une forte odeur de piments rouges et de fromage. Il avait invité le Vice-Président Brandon Erikson à déjeuner pour discuter de son prochain voyage en Asie.

Le Vice-Président engloutit une bouchée d'œufs brouillés, à la mode du Nouveau-Mexique, et hocha la tête d'un air appréciateur. « Comment appelez-vous ça, monsieur ? »

— *Huevos jalapeños*, l'une des meilleures recettes de Celedoño, répondit le Président Castilla. Et vous n'êtes pas obligé d'être à ce point formel, Brandon. Il s'agit d'un petit déjeuner entre nous pour parler de votre voyage en Asie, pas d'un briefing officiel.

— Le fait d'être à la Maison-Blanche a tendance à rendre les choses formelles. » Le Vice-Président avait un sourire décontracté et une voix douce.

« C'est ce que certains pensent, voire pire. Je me souviens que Harry Truman appelait ça la grande prison blanche, et William Howard Taft jugeait que c'était l'endroit le plus isolé au monde. Mais je serais plutôt de l'avis de Jerry Ford, qui prétendait que c'était la plus belle HLM qu'il ait jamais vue. Ça me plaît.

— L'endroit inspire le respect. »

Castilla examina le beau visage du Vice-Président, les joues parfaitement rasées, l'épaisse chevelure noire qui le faisait facilement paraître dix ans de moins que ses quarante ans. Il avait cette sorte de charme viril hollywoodien qui attirait les femmes et inspirait la confiance des hommes. Une précieuse combinaison politique.

Comme c'était leur dernier mandat, et que le parti misait de plus en plus sur Erikson en tant que futur candidat à la présidence, Castilla décida de s'amuser un peu. « Vous avez aussi l'intention de vivre ici, Brandon ? »

Erikson mastiquait, les yeux fermés. Il les rouvrit en poussant un soupir louangeur. « Ces œufs sont vraiment excellents. S'il vous plaît, vous ferez mes compliments à Celedoño. Évidemment, Sam, je serais idiot de travailler comme un forcené si je n'avais pas quelques projets. Ce ne serait pas désagréable d'essayer de voir ce que je suis capable de réaliser.

— Vous avez fait beaucoup pendant les élections au Congrès. Vous étiez partout à la fois. Nous nous en sommes bien rendu compte. Vous allez devoir réclamer un tas de retours d'ascenseurs. »

Le sourire d'Erikson s'épanouit. « Surtout qu'un si grand nombre de nos candidats ont gagné. Je suis fier de cela. »

Brandon Erikson connaissait les ficelles de la politique. C'était l'une des principales raisons pour lesquelles Castilla avait voulu qu'il soit candidat à la vice-présidence. C'était maintenant la chance d'Erikson, et Castilla estimait qu'il l'avait méritée. « Vous avez suffisamment d'argent ? Vous savez que l'opposition remplit ses caisses depuis huit ans, attendant de faire un come-back fracassant. Ils ne vous épargneront rien, y compris les trottoirs de New York. Et si votre adversaire est bien celui que je pense, vous serez face à l'une des plus grosses fortunes familiales du pays. »

Pour la première fois, le Vice-Président montra de l'incertitude. Les frais pour non seulement conduire mais remporter une campagne nationale étaient devenus indécents. Les candidats passaient plus de la moitié de leur temps au téléphone ou à des collectes, à convaincre les donateurs de casser leurs tirelires, au lieu de travailler sur les questions de fond.

« Je serai prêt », promit le Vice-Président. Une ambition dévorante se lut sur son visage, puis disparut.

L'espace d'un instant, Sam Castilla fut renvoyé dans le passé, à ses débuts de jeune membre du Congrès au Nouveau-Mexique, sans argent, sans réputation, et sans relations. Serge Castilla l'avait prévenu : « Fais attention à ce à quoi tu rêves, fils. Personne ne va t'en faire cadeau. Si ton rêve coûte cher, ne compte que sur toi pour te l'offrir. »

Il voyait Serge – l'homme qu'il avait toujours appelé « papa » – sourire d'un air entendu, la lueur amusée dans ses yeux délavés, les rides de son visage. Serge l'avait bien cerné. Il se demanda quel genre de conseil David Thayer lui aurait donné. S'il était aussi sage et gentil. Quelle sorte d'homme il était devenu en vieillissant. Pendant un instant, il se sentit furieux d'avoir été trompé sur son père biologique, puis il éprouva la profonde tristesse que devait ressentir David Thayer. Avoir passé un demi-siècle en captivité, coupé de tous ceux et de toutes les choses qu'il aimait, de ses propres rêves et de ses ambitions... Par quel enfer personnel était-il passé ?

Il revint dans le présent. « Vous savez que je vous soutiens totalement, Brandon. Mais pour l'heure, j'ai besoin de votre contribution. Si je m'en souviens bien, vous vous rendez en Afghanistan, au Pakistan, et en Inde.

— Nous nous efforçons de conserver une certaine souplesse dans le programme. La situation politique est tellement fragile dans ces régions qu'il est possible que je m'arrête aussi à Hong Kong et en Arabie saoudite. Avec toutes les menaces terroristes, le département d'État me réserve quelques bras de fer.

— Ça s'annonce bien. Nous devons continuer à travailler là-dessus sur tous les fronts.

— Exactement... »

La porte de la salle à manger s'ouvrit, et la tête de Jeremy apparut dans l'ouverture. L'assistant personnel du Président n'aurait jamais interrompu un petit déjeuner avec le Vice-Président si l'affaire n'avait pas été pressante. « C'est l'amiral Brose, monsieur. Il a besoin de vous voir immédiatement.

— D'accord, Jeremy, faites-le entrer », dit Castilla en jetant un sourire attristé au Vice-Président.

Celui-ci prit une dernière bouchée d'œufs. « Si cela ne vous dérange pas, Sam, j'aimerais rester. Rester informé, même si je suis sûr que ma présence n'est pas requise. »

Castilla hésita. Il y avait encore une part de lui-même qui voulait garder la situation secrète. Il hocha la tête. « Tact et diplomatie. Ne bougez pas et reprenez du café. »

La porte s'ouvrit, en grand cette fois, livrant passage au corps massif de l'amiral Brose en grand uniforme. Apercevant le Vice-Président, il s'arrêta.

« Tout va bien, Stevens. Le Vice-Président est déjà plus ou moins dans la confidence. Je suppose que c'est l'affaire de l'*Empress* qui vous amène ici de si bonne heure.

— En effet, monsieur le Président. Je crains de...

— Asseyez-vous, fit Castilla en désignant une chaise à la table. Prenez du café avant que nous ne plongions dans le bourbier.

— Merci, monsieur. » La chaise grinça sous le poids du très

corpulent chef d'état-major qui se servit et but son café. Puis :
« Le *Crowe* a un sous-marin chinois aux trousses.

— Enfer et damnation ! », souffla Erikson.

Le Président se contenta d'un hochement de tête. « Nous nous attendions à quelque chose, Stevens.

— Certainement, monsieur. Mais je n'aurais pas imaginé quelque chose d'aussi téméraire après les échos que j'ai eus de votre entretien avec l'ambassadeur.

— Je suis de votre avis, dit Castilla. Un sous-marin qui menace une frégate qui menace un cargo, ça limite sacrément la marge de manœuvre de tout le monde.

— Quelle est la puissance d'un sous-marin chinois, amiral ? » s'enquit Erikson.

Brose fronça les sourcils. « Cela dépend de sa classe. Le commandant Chervenko sur le *Crowe* a acquis une certaine expérience des sous-marins chinois quand il servait dans la Task Force 75 de la Septième Flotte, près du détroit de Taïwan. Son technicien sonar et lui pensent que c'est un vieux modèle de classe han. Ce qui serait logique, puisque la majorité de leurs sous-marins opérationnels *sont* des Han. Mais il pourrait s'agir du Xia, plus puissant, de nouveau en opération. Presque certainement modifié et modernisé... ou même d'une nouvelle classe, lancée en secret. Nous savons qu'ils travaillent sur un submersible plus performant depuis des années.

— Mais quelle est leur puissance ? insista Erikson.

— Le *Crowe* devrait être capable de contenir un Han tout seul, encore qu'on ne sache pas quelles améliorations ont pu lui être apportées. Avec le Xia, c'est difficile à dire. On sait peu de choses sur ce modèle sinon qu'il y a eu des problèmes au niveau de la conception et qu'il est sans aucun doute plus puissant que les Han. S'il s'agit d'une nouvelle classe, le *Crowe* est en mauvaise posture, bon pour une partie de roulette russe. »

Erikson parut soucieux tandis que le Président demandait à l'amiral : « Vous savez pourquoi les Chinois réagissent aussi vivement ?

— A part une démonstration de force à usage interne, non, monsieur. Ils essayent peut-être de nous montrer qu'ils sont aujourd'hui plus forts qu'à l'époque du *Yinhe* et impatients de nous défier dans l'arène internationale. »

Le Président fronça les sourcils. « Exiger le respect, pourrait-on dire.

— C'est cela, monsieur, dit Brose. C'est peut-être un moyen de conseiller à nos alliés de se méfier aussi.

— Un moyen probablement efficace », ajouta le Président sur un ton grave. Il but du café. « Bien sûr, il se pourrait que quelqu'un chez eux ait réagi d'une manière excessive.

— Une erreur ? conjectura Erikson. Ça fait vraiment froid dans le dos, Sam.

— Et si c'était délibéré ? Et si un pur et dur du Comité permanent voulait effrayer son propre peuple en aggravant la situation ? »

Brose souffla. « Cela signifierait qu'il y a une lutte de pouvoir dans l'enceinte de Zhongnanhai. »

Le Président acquiesça d'un signe de tête. « Si c'est le cas, l'*Empress* pourrait devenir la ligne de partage entre les factions. Avec nous au milieu, la situation pourrait tourner à la catastrophe.

— Avec des doigts sur les boutons, c'est le monde qui se retrouverait pris entre deux feux », renchérit Brandon Erikson en secouant la tête d'un air soucieux. « Pendant la crise des missiles cubains, rappelez-vous, les Soviétiques ont envoyé des sous-marins pour filer nos navires de blocus. L'un de leurs commandants était tellement furieux qu'il a donné l'ordre d'armer une torpille pour la tirer sur nous. Les autres commandants soviétiques ont été obligés de l'en dissuader. Cet incident a donné des sueurs à tout le monde, dans les deux camps de la Guerre froide.

— Ça peut arriver, admit Brose. Chervenko a les nerfs solides, mais on ne sait jamais ce que la pression est capable de faire. A dire vrai, le commandant du sous-marin chinois m'inquiète davantage. Dieu seul sait ce qui peut lui passer par la tête. »

Les trois hommes tombèrent dans un silence angoissé.

Brose finit par grogner et pousser un soupir. « Que voulez-vous faire, monsieur le Président ?

— Le sous-marin chinois se montre-t-il agressif ?

— Chervenko dit que non.

— Alors nous continuons exactement ce que nous sommes en train de faire.

— Il ne nous reste plus beaucoup de temps, monsieur.
— Je sais.
— On arrive au point limite, Sam, intervint Erikson. N'est-il pas temps d'informer le pays ? Le gouvernement. Le Congrès. La population ? Ils devraient savoir à quoi et à qui nous sommes confrontés. Nous devons nous préparer au pire. Nous devons *les* préparer. »

Le Vice-Président et l'amiral examinèrent le Président assis à la table, les yeux fixés sur quelque chose que lui seul pouvait voir.

« Je suppose que vous avez raison, finit-il par dire d'un air sombre. Mais nous allons informer uniquement le gouvernement et le Congrès pour le moment. Brandon, prenez contact avec nos membres du Congrès les plus influents. Je vais convoquer le gouvernement. Je vous ferai savoir quand il sera temps d'alerter l'opinion publique. Mais pas tout de suite. Pas encore.

— Vous êtes sûr qu'il est judicieux de laisser la population dans l'ignorance ? Si cette affaire nous explose à la figure, ce sera mauvais pour vous.

— Il y aura une guerre des mots avant que quiconque ne tire pour de bon.

— Et dans le cas contraire ? insista Erikson.

— C'est pour cela qu'on me paye, pour rester debout toute la nuit avec des crampes d'estomac, Brandon. Pour prendre le risque. Je ne crierai pas au loup avant d'en avoir vu un. C'est un jeu dangereux, un jeu qui lasse les gens, si bien qu'à la longue ils n'écoutent plus les avertissements. Quand je crierai au loup, c'est qu'il y aura un foutu loup, un vrai, avec les crocs dégoulinant de bave, et tout. Et là je sais que les gens m'écouteront.

— C'est comme ça que j'agirais, monsieur le Président, approuva l'amiral Brose. Mieux vaut se concentrer sur les faits et les preuves. »

Anvers, Belgique

Le siège mondial de Donk & LaPierre était un édifice en brique de quatre étages construit en 1610 dans le style flamand traditionnel avec son pignon à redents. Comme il était situé tout près de son appartement – juste au nord du Meir et non loin du

Grote Markt, de la Kathedrale, et de l'Escaut –, Dianne Kerr décida de se rendre à pied à son rendez-vous avec Louis LaPierre, le président-directeur général. La réceptionniste la fit aussitôt monter au dernier étage.

Là, un jeune homme excité s'empressa de l'accueillir. « *Mademoiselle* [1] Kerr, quel honneur. J'ai lu votre roman *Marionnette* avec le plus grand intérêt. Je suis le secrétaire privé de M. LaPierre, et il est impatient de vous parler. Suivez-moi, je vous prie. »

Si les couloirs du vieux bâtiment étaient étroits, les plafonds étaient hauts, mis en valeur par de grandes fenêtres. Il en allait de même du bureau de Louis LaPierre. Une pièce relativement petite – le chauffage était un problème au XVIIe siècle –, mais haute de plafond avec de grandes fenêtres, une belle cheminée, et une vue sur les vastes docks anversois.

Le directeur général était lui-même petit et mince, d'une élégance surannée dans sa mise et ses manières. « Ah, *mademoiselle* Kerr, dit-il dans un anglais soigné, avec à peine une pointe d'accent français. J'ai, bien sûr, lu vos livres. Ils sont, dirons-nous, des plus excitants. Toutes ces aventures, ces intrigues tortueuses, et un sens de la description... j'ai particulièrement apprécié *Les Hommes du lundi*. Comment pouvez-vous aussi bien connaître les assassins ? Vous avez certainement été agent secret vous-même ?

— Non, *monsieur* le directeur », répondit Kerr avec modestie et de façon totalement inexacte. On ne disait pas que l'on travaillait pour le MI6 [2]. Ce principe avait été battu en brèche au cours des dernières années, y compris par certaines personnes qu'elle avait crues dignes de confiance. Heureusement, la majorité continuait de respecter le règlement. D'ailleurs, pour un auteur de romans d'aventure, il était probablement sage de ne pas encourager les spéculations quant à la véracité de ses intrigues.

LaPierre se mit à rire. « J'en doute, *mademoiselle* Kerr, mais je vous en prie, asseyez-vous et parlez-moi du but de votre visite. »

---

1. En français dans le texte.
2. Military Intelligence Section Six, service britannique de renseignement.

Kerr choisit une chaise flamande en bois recouverte de brocart. Elle était parfaitement inconfortable. « D'un mot : me documenter.

— Vous documenter ? » LaPierre arqua un sourcil. « Vous préparez un thriller sur Donk & LaPierre ?

— Un roman d'aventures concernant le commerce avec la Chine aux XVIIIe et XIXe siècles. J'ai pensé qu'il serait intéressant de faire quelque chose d'historique pour changer. Votre société est réputée, évidemment. Je crois savoir que les premières importations sont même antérieures à cette période. Exact ?

— Tout à fait exact. Vous souhaitez donc étudier nos archives ?

— Avec votre permission.

— Bien sûr, bien sûr. Nos directeurs apprécient ce genre de publicité. Ils seront ravis. » LaPierre sourit, puis une pensée soudaine sembla le préoccuper. « Mais savez-vous que nos archives... en fait, la totalité de nos dossiers jusqu'à aujourd'hui, sont ici, dans ce bâtiment ? »

Kerr fit l'étonnée en mentant en douceur. « Non, je l'ignorais. Vous voulez dire... qu'elles sont *toujours actives* ? Toutes, depuis le XVIe siècle ? »

LaPierre confirma d'un signe de tête. « Bien sûr, les premiers documents sont rares, le négoce étant bien plus simple alors. Les archives du XXe siècle à l'exception des cinq dernières années sont sur microfilms.

— Cela pose un petit problème, fit Kerr en fronçant les sourcils. Je veux dire que vous ne pouvez pas me laisser déambuler au milieu de vos dossiers pendant les heures de bureau, n'est-ce pas ?

— En fait, les archives sont indépendantes, le problème n'est pas là. Non, les ennuis viennent d'ailleurs. Nous n'admettons plus les chercheurs indépendants. La dernière fois que nous l'avons fait de manière officielle, c'était il y a dix ans et, bien entendu, il nous avait menti. Il enquêtait en fait sur la collusion de la société avec les nazis...

— Et il n'a rien trouvé, naturellement, poursuivit Kerr. Pas l'ombre d'une preuve.

— Exactement. Mais dès que le monde a appris qu'il soupçonnait une... » Il ne termina pas sa phrase.

« Cela a dû être très mauvais pour les affaires. Donc le problème est que vous êtes prêt à me laisser faire mes recherches, mais vous préféreriez que personne ne le sache avant que je sois en mesure de créditer généreusement la société dans le roman ?

— Oui, c'est ça. Je suis content que vous compreniez. Nous avons réussi dans le passé à autoriser quelques chercheurs triés sur le volet à venir travailler de nuit, après la fermeture. Seriez-vous prête à faire de même ?

— Eh bien... je suppose que je peux modifier mon emploi du temps. Je suis vraiment excitée par les commencements de Donk & LaPierre.

— Très bien. Alors c'est entendu. Notre sécurité sera prévenue. Je travaille moi-même souvent tard. Aucun document ne doit sortir du bâtiment cependant. Notre archiviste vous fera visiter les lieux pour que vous puissiez vous repérer et apprendre à manipuler correctement les papiers les plus anciens. »

Kerr sourit. « C'est très aimable à vous. Comment pourrais-je faire autrement que d'accepter avec joie ?

— Quand souhaiteriez-vous commencer ?

— Ce soir, si ce n'est pas trop tôt.

— Ce soir ? » L'ombre d'un doute passa fugitivement sur le visage du directeur. « Bien sûr. Je demanderai à mon assistant de vous remettre une lettre et un badge. Il vous présentera également à l'archiviste. »

Dianne Kerr se leva. « Vous être vraiment gentil. Je promets de ne pas vous gêner.

— Je vous fais entièrement confiance. »

Chapitre vingt-cinq

DIANNE Kerr se présenta devant les portes closes de Donk & LaPierre à vingt heures précises, habillée de façon décontractée : jean, col roulé et chaussettes en coton noirs, baskets bleu marine, et blouson en cuir fauve. Elle portait une serviette.

Le gardien la salua d'un « Bonsoir, *mevrouw* Kerr, c'est ça ? » Il avait un fort accent néerlandais.

« C'est bien moi. » Elle lui montra la lettre et son badge.

« Vous allez mettre le badge autour de votre cou, s'il vous plaît, et ouvrir votre serviette. »

Elle obtempéra, révélant des blocs-notes jaunes, des Post-it, un dictionnaire français, un autre néerlandais-flamand, un almanach du monde contemporain, et des stylos-billes.

Le gardien opina. « Les outils de l'écrivain, *ja* ?

— Rien ne change », fit Kerr en souriant.

Une fois à l'intérieur, elle monta au dernier étage, qui abritait les archives, ainsi que le bureau du directeur. Caverneuse, remplie de classeurs à tiroirs, la pièce sentait légèrement le désinfectant. Le système de ventilation et de contrôle de température ronronnait doucement en bruit de fond. D'après l'archiviste, le système était surdimensionné et équipé de filtres à air spéciaux, qui contribuaient à préserver les documents.

Kerr sortit un bloc et apporta le tout premier dossier manuscrit de Jan Donk Imports à une table étroite bordée de hautes chaises en bois. Les papiers étaient jaunis et fragiles. En les manipulant avec précaution, elle les lut et prit des notes.

Quatre heures plus tard, M. LaPierre avait fini par partir, les vigiles avaient terminé leur ronde de nuit, et le bâtiment était aussi silencieux qu'un caveau. Kerr rouvrit sa serviette et appuya sur une ferrure en laiton. Un compartiment secret s'ouvrit, duquel elle retira un appareil photo miniature et une fine paire de gants en latex. Elle les enfila en traversant les archives à grands pas, jusqu'au dernier classeur, qui renfermait la correspondance et les rapports en cours.

Il était défendu par une serrure à combinaison.

Kerr colla son oreille à la serrure et tourna le cadran. Elle sentait les rouages sous ses doigts... le léger déclic quand une gorge tombait, puis une autre, et encore une autre. Son pouls s'accéléra, et la serrure s'ouvrit. Elle feuilleta les dossiers jusqu'à ce qu'elle trouve sa cible : Flying Dragon Enterprises, Shanghai. Elle retira le dossier en jetant un regard furtif à la ronde. Elle examina chacun des documents qu'il contenait, et s'interrompait au moindre petit bruit dans le vieux bâtiment.

Quand elle tomba sur le bon document, un manifeste de bord, elle s'autorisa un bref sourire de soulagement. Elle ne savait pas pourquoi on le voulait, mais elle finissait souvent par découvrir ce qui avait motivé ses missions. Peut-être que celle-ci lui fournirait le point de départ d'un nouveau thriller. Elle photographia le document, le remit dans le dossier exactement où elle l'avait trouvé, replaça le dossier dans le classeur, et le verrouilla. Elle ôta ses gants et se dépêcha de retourner à sa serviette.

Elle rangea rapidement ses affaires et inspecta la salle des archives une dernière fois pour s'assurer qu'elle n'avait pas laissé la moindre trace. Enfin elle éteignit les lumières et se dirigea vers la porte.

Au rez-de-chaussée, elle fit assez de bruit pour alerter le gardien assoupi.

« Vous avez terminé, *mevrouw* Kerr ?

— Pour ce soir. Il y a tout simplement trop de choses à lire et de notes à prendre. »

Le gardien rit et lui fit signe d'approcher. Kerr ouvrit sa serviette. Il feuilleta ses volumineuses notes, s'assura qu'il n'y avait pas d'originaux, hocha la tête, et ferma le rabat. « Vous rentrez chez vous maintenant ?

— Je crois que je vais prendre une bière ou deux, et après, au lit.

— *Ja, goede nacht.* »

Dehors, Diane Kerr sourit intérieurement. Elle ne manquerait évidemment pas de revenir au moins deux fois encore, histoire d'être certaine qu'on croyait à sa fable. Elle ne s'arrêta pas pour boire ses deux bières. Au lieu de cela, elle alla directement chez elle, développa le microfilm dans sa chambre noire, tira une épreuve grand format, et la faxa à Washington. Une excellente nuit de travail pour une romancière sédentaire, extrêmement bien payée, et sans la moindre trace. Avec la possibilité d'autres aventures le lendemain soir, pour voler le document et le remplacer par une copie fidèle si difficile à distinguer de l'original qu'elle pourrait rester des années sans être découverte.

Washington, D.C.

Comme d'habitude, Fred Klein pénétra dans l'aile ouest par l'entrée du personnel des cuisines, d'où les hommes chargés de la sécurité du Président le firent aussitôt monter à la résidence.

Castilla était assis dans un canapé de la salle des Traités, contemplant son café avec morosité. Il leva la tête dès que Klein entra. « Vous avez l'air aussi pitoyable que moi. Le fax n'est pas arrivé ? »

Klein ferma la porte à clé. « Pire que ça. Il est arrivé. Mais ce n'est pas ce qu'il nous faut. C'est aussi le faux manifeste qui se trouve dans les archives d'Anvers. »

Castilla lâcha un juron. « J'y croyais vraiment... » Il secoua la tête. « Donc rien à Bagdad, rien à Bassora, et rien à Anvers. » Il marqua une pause, songeur. « Peut-être y a-t-il eu une erreur ? Pourquoi votre agent prendrait-il la peine d'envoyer le faux ? Ne savait-il donc pas qu'il était faux ?

— Elle, non, monsieur, elle ne le savait pas. Je ne pouvais pas lui dire exactement ce qu'il contenait, ni pourquoi nous le voulions, parce que c'est une Européenne opérant dans une ville européenne. Si quelque chose tournait mal, si elle se faisait prendre ou parlait... le risque était trop grand que quelqu'un découvre la crise de l'*Empress*. En Irak, ça n'avait pas d'importance. Ils savent déjà pourquoi nous voulons le manifeste, et ils ne vont pas divulguer ce que nous faisons, parce qu'ils veulent les produits chimiques. »

Le Président soupira. « Il y a des jours où on serait tenté de rester au lit. Plus ça va, moins les nouvelles sont bonnes. Asseyez-vous et prenez un café avec moi, Fred. »

Alors que Klein s'installait près de lui, le Président lui tendit une tasse fumante. « A Bethesda [1], ils me disent qu'il faut que je réduise ma consommation. Même Cassie s'y met. Qu'ils aillent se faire voir. Ils ne font pas mon boulot.

— Non, en effet, fit Klein en mâchonnant l'embout de sa pipe vide. Vous avez dit que quelque chose s'était passé. » Il retira sa pipe de manière à pouvoir boire.

Castilla but une gorgée du bout des lèvres. « Les Chinois ont fait grimper les enchères. Cette fois ils ont envoyé des forces, pas des mots : un de leurs sous-marins a pris le *Crowe* en chasse. »

Les sourcils de Klein se dressèrent au-dessus de ses lunettes cerclées de métal. « Mais ils n'ont pas attaqué.

— Non, et nous non plus. »

Klein ôta sa pipe et la fit tourner dans ses mains, boudant son café. « D'où sortent-ils ce sous-marin, monsieur le Président ? D'où est-il venu si rapidement ? Pas du détroit de Taïwan, de Hong Kong, ni même de l'île de Hainan. C'est trop loin du *Crowe*. Le sous-marin devait être stationné dans l'océan Indien, plus probablement en mer d'Arabie même. »

Le Président se redressa. Il jura. « Vous avez raison. Ils doivent avoir des sous-marins qui surveillent la Cinquième Flotte. »

Klein hocha la tête. « Et à présent, on en a envoyé un pour nous faire savoir que quelqu'un à Pékin veut ouvrir les hostilités, intensifier la menace.

— Nous sommes d'accord. Mon hypothèse est qu'il s'agit d'une lutte de pouvoir au sein même de Zhongnanhai.

— Ça se tient. Mais est-ce tout le Comité permanent ? Peut-être même le Bureau politique ?

— Cela nous aiderait de le savoir.

---

1. Hôpital militaire naval de Washington.

— Les associés ou agents du Réseau Bouclier n'ont rien pu dénicher qui l'indique, souligna Klein. Bien sûr, les Chinois gardent l'affaire secrète, tout comme nous. Pas une allusion à l'*Empress* dans leurs journaux.

— Vous conseilleriez donc de continuer à faire pression, d'observer et d'attendre ? De maintenir notre menace et de faire comme si la leur n'existait pas ?

— Pour le moment, oui. Plus tard, vous aurez la preuve, ou ma lettre de démission. »

Le regard du Président se fit glacial. « Ça ne me suffit pas, Fred. Vos équipes ont-elles fait des progrès, ou non ?

— Désolé, monsieur le Président. Je dois me faire vieux. Cette affaire m'épuise. Trop d'impondérables. » Klein croisa les bras, le tuyau de sa pipe dépassant de son poing. « D'abord, nous sommes certains que le copropriétaire belge de l'*Empress* sait qu'il y a de la contrebande dans la cargaison. Deuxièmement, et probablement même plus important – il marqua une pause pour s'assurer que le Président voie à quel point il mesurait toute la gravité de ses propos –, la société belge est une filiale d'Altman. Il semblerait que son PDG, Ralph McDermid, soit mêlé de près à cette affaire.

— Encore McDermid ? » Le Président éleva la voix. « McDermid n'est pas simplement président-directeur général, il *est* le groupe Altman. Il l'a créé, en a fait l'un des plus grands empires financiers que la terre ait connus, et cela en moins de vingt ans. Mon Dieu, il fait travailler un de mes prédécesseurs, des ministres ayant appartenu aux quatre derniers gouvernements, des anciens directeurs du FBI et de la CIA, des membres du Congrès, des sénateurs, et quelques ex-gouverneurs. »

Klein savait tout cela. Il contrôla son impatience jusqu'à ce que le Président ait terminé. « Oui, monsieur. Vous avez dit "encore". McDermid est-il impliqué dans autre chose ? »

Le Président retira ses lunettes et se pinça l'arête du nez comme s'il luttait contre une migraine. « Les fuites de la Maison-Blanche ». Il répéta le rapport d'Arlene Debo sur l'entrevue secrète à Manille entre McDermid et le secrétaire aux Armées, Jasper Kott. « Vous pensez qu'il peut y avoir un lien entre les fuites et la crise de l'*Empress* ?

— Nous avons intérêt à le découvrir. Ce que je ne comprends

pas, c'est pourquoi McDermid prendrait part à un trafic du genre de celui de l'*Empress*. Il gagne déjà une fortune. Sa société est riche à milliards. Alors pourquoi risquer autant pour une cargaison de produits chimiques ? Il fera un bénéfice indécent, mais ce ne sera pas une première. Ça me paraît totalement illogique.

— Un chargement de contrebande ne semble guère valoir la peine, admit le Président. Ça fait peut-être un moment que McDermid dirige diverses opérations illégales. Il fait probablement partie de ces gens qui sont toujours à la recherche de sensations fortes, et plus il s'écarte de la loi, plus la gratification psychologique est grande.

— Ou peut-être que certaines de ses sociétés sont en difficulté, et qu'il a trouvé un moyen d'éponger les dettes en soutenant des entreprises illégales comme l'*Empress*. C'est sûr que ce sera une opération nette d'impôts. »

Ils observèrent un silence soucieux, essayant d'entrevoir une réponse. « A ma connaissance, finit par déclarer le Président, aucune société n'a connu la réussite d'Altman pour ce qui est de réaliser des profits faramineux grâce à la reconversion massive d'anciens hauts responsables du gouvernement. Mais bon, les affaires et la politique ont toujours fait bon ménage. Quand vous y ajoutez l'armée, cela ne vous rappelle-t-il pas la mise en garde de Dwight Eisenhower, qu'à laisser le complexe militaro-industriel devenir trop influent, on courait le risque qu'il se déchaîne ?

— Ça m'y fait penser, oui, et sans plaisir, admit Klein. Un ancien employé d'Altman a confié à mon enquêteur que le code de la société était : *Correctement mélangées les affaires et la politique payent exceptionnellement bien.*

— C'est un euphémisme, on dirait. Mais c'est peut-être la réponse. Ce pourrait être ce que mijote McDermid. Pour lui, il n'y a pas de limite à la richesse. Il ne sera jamais rassasié. Il va ramasser un joli paquet avec l'*Empress* et partir en quête de son prochain coup. »

Hong Kong

Randi Russell demanda au chauffeur de taxi de faire le tour du bloc, et quand ils approchèrent à nouveau de l'entrée du

Conrad International, elle lui ordonna dans un mandarin parfait : « Arrêtez-vous ici. »

Jon avait jeté un coup d'œil discret tout autour de lui, comme s'il cherchait un type en filature ou en planque. Alors qu'elle l'observait, il tourna les talons, apparemment satisfait de n'avoir personne sur le dos, et entra dans le hall étincelant. Elle continua à surveiller les environs jusqu'à ce qu'elle repère un vendeur de rue chinois qui se tenait derrière sa charrette, dans l'ombre, un téléphone portable à la main, parlant avec animation pendant que lui aussi observait Jon disparaître.

Exactement ce qu'elle avait prévu. Les troupes de McDermid continuaient à surveiller Jon. Elle n'avait pas cru à son histoire une seule seconde, mais au moins elle en était débarrassée pour la nuit. Alors qu'elle demandait au chauffeur de la ramener à l'immeuble qui abritait les bureaux d'Altman, elle composa un numéro sur son portable.

« Savage, répondit la voix.

— Vous avez repéré McDermid ? demanda-t-elle, en couvrant le microphone de sa main.

— Bien sûr. On l'a filé tout du long, jusqu'à son bureau. Il est monté au penthouse.

— L'équipe est en place ?

— Affirmatif.

— J'arrive. »

Arrivée à destination, elle paya le chauffeur et s'approcha d'une Buick noire, son chapeau conique sur la tête. Elle ouvrit la portière et se laissa tomber sur le siège à côté du conducteur. « Je prends le relais, Allan. Tu rentres et tu guettes le molosse en chef de McDermid. Quand tu l'auras repéré, suis-le. »

Allan Savage était un petit gros qui ne correspondait en rien à l'image que l'on pouvait se faire d'un agent du FBI, ce qui était à son avantage. Il hocha la tête, sortit de la voiture, et traversa la circulation jusqu'à la tour. Randi se glissa derrière le volant pour attendre.

Son téléphone sonna. C'était Allan. « Déjà ?

— McDermid a dû oublier quelque chose. Il se dirige vers la sortie. »

Randi raccrocha et regarda le PDG sortir précipitamment de l'immeuble. Il arriva au bord du trottoir en même temps que sa limousine noire. Le chauffeur en fit le tour en courant pour ouvrir la portière arrière. La limousine démarra, et Randi fit en sorte de la suivre de près.

Elle s'enfonça dans les sombres collines en direction du Victoria Peak. Les maisons y étaient grandes et imposantes, et les lumières de la ville s'étalaient en contrebas dans un scintillant menuet sur le vaste port, les îles isolées, et l'éblouissante péninsule de Kowloon. Les lumières s'estompaient plus au nord, dans les Nouveaux Territoires, mais se prolongeaient jusqu'en Chine continentale, où Guangzhou luisait à l'horizon.

La limousine s'arrêta dans l'allée d'une ancienne demeure de style chinois qui donnait sur Repulse Bay. Ralph McDermid renvoya la voiture, et une mince jeune femme sortit de la maison en courant pour l'accueillir. Bras dessus bras dessous, ils entrèrent dans la maison d'un pas tranquille.

Randi cliqua sur son portable. « Il est parti se coucher à ce qu'on dirait. Avec de la chance, ça nous donne une heure ou deux. Mets Berger sur le coup. Ham, tu as le matos ?

— Dans nos petits sacs noirs, répondit gaiement l'expert en électronique Hamilton Berger. Dès que l'assistant du grand patron lève le camp, on commence à semer nos mouchards.

— Faites gaffe. Ce n'est pas une simple ambassade cette fois.

— Il ne trouvera jamais rien.

— Bien. Je vais continuer à m'accrocher aux basques de McDermid. C'est un homme occupé.

— Je te rappelle quand on aura posé les micros et qu'on sera sortis.

— Ne me faites pas attendre. » Randi mit fin à la communication et retira un sandwich dinde-fromage on ne peut plus américain de l'intérieur de ses vêtements. Pendant que les ombres se livraient à un ballet luxurieux derrière les rideaux tirés, elle mangea en se demandant ce que Jon voulait vraiment de McDermid.

*

Du couloir à l'extérieur des bureaux de Donk & LaPierre, un faisceau de lumière vive tomba sur le comptoir d'accueil sombre et désert dans le hall de la société, où s'était tenue la sensuelle réceptionniste chinoise. Jon referma la porte derrière lui, et, d'un pas léger, passa devant la réception plongée dans l'ombre jusqu'aux portes intérieures. Après être discrètement sorti de son hôtel par l'arrière, il avait hélé un autre taxi qui l'avait ramené ici. Vêtu à nouveau de ses vêtements de travail noirs, il écouta. Il n'y avait pas un bruit à l'intérieur, et il ne voyait pas de lumière. Les bureaux semblaient aussi déserts qu'il l'avait espéré.

La porte n'était pas fermée. Il entra et s'avança à pas feutrés sur la moquette bleu de Delft, s'arrêtant pour écouter à chaque bureau, jusqu'à atteindre la porte noir ébène du directeur général. Le sanctuaire de Charles-Marie Cruyff était défendu par deux sérieuses serrures. Après cinq tentatives et différents crochets, Jon finit par en venir à bout et poussa la porte noire.

Enveloppé dans un silence opaque, il alluma sa lampe de poche. Son regard balaya le canapé ultramoderne, le bureau en acajou, les maquettes de bateaux aux murs, et le coffre-fort mural à gauche du bureau. Il traversa rapidement la pièce jusqu'à lui. Cruyff avait involontairement regardé ce coffre quand Jon avait évoqué les compagnies chinoises. Aussi espérait-il y trouver quelque chose d'important en rapport avec l'*Empress*. Et surtout le vrai manifeste.

Le coffre était compact, équipé d'une simple serrure à combinaison ; exactement comme dans son souvenir. Klein lui avait procuré une petite perceuse électrique. Elle produisit un ronronnement sourd et régulier tandis que la mèche ultramoderne forait l'acier. Quand il eut percé quatre trous, il les remplit de minuscules charges de plastic qu'il relia à une toute petite amorce explosive placée sur le bouton de la serrure. Travaillant vite et bien, il couvrit le coffre avec une protection antibruit, recula derrière le bureau, et s'immobilisa, en écoutant le battement de son cœur.

Il tourna la poignée du détonateur miniature. L'explosion fut assourdie mais assez forte pour être entendue jusque dans la réception.

Son Beretta à la main, il tendit l'oreille. Au bout de cinq minutes, il rengaina son arme et retourna au coffre. La porte était entrebâillée. Il l'ouvrit davantage, retira tous les documents, et les porta sur le bureau de Cruyff, où il les examina rapidement.

Pour s'arrêter au cinquième. C'était la lettre qui avait dû être à l'origine de la réponse trouvée dans le coffre de Yu Yongfu dans sa résidence de Shanghai. Une lettre adressée non pas à Jan Donk, mais au directeur général Charles-Marie Cruyff de Hong Kong. Elle était signée Yu Yongfu, président de Flying Dragon Enterprises. Plus important... elle était adressée en copie à Ralph McDermid, président-directeur général du groupe Altman.

Captivé, il continua à la lire jusqu'au bas de la page. Rien d'intéressant... mais une enveloppe avait été agrafée dans le coin. Il l'examina : une enveloppe Donk & LaPierre portant une note manuscrite :

Facture Bassora
Dowager Empress

Après tout ce temps... tous ces morts... Enfin ! Les doigts tremblant d'impatience, il ouvrit l'enveloppe, en arracha une unique feuille de papier à lettres, et la déplia.

L'écriture correspondait à celle de l'enveloppe, mais il n'y avait pas de manifeste. Il regardait fixement la note, envahi par une soudaine bouffée de rage :

Vous avez perdu votre temps, Smith. Vous ne croyiez tout de même pas que j'allais laisser quelque chose de cette importance-là où il vous serait si facile de le trouver ? J'ai détruit le manifeste. Vous êtes le suivant.

La lettre était signée des initiales RM. Ralph McDermid. Espèce de salopard arrogant. Il savait ! Comment... ?

A cette pensée, Jon se figea et leva la tête. *Vous êtes le suivant.*

« Bonsoir, colonel Smith. » Le chuchotement provenait de la porte ouverte du bureau.

Le plafonnier s'alluma. Feng Dun se tenait sur le seuil, sa chevelure marbrée brillant dans la lumière. Il avait l'air grave, mais un fin sourire de sincère satisfaction flottait sur ses lèvres. Il braquait un mini-Uzzi sur l'Américain. Alors qu'ils se dévisageaient, Feng fit un signe derrière lui. Quatre hommes armés franchirent le seuil au pas de course et se déployèrent dans le bureau.

Chapitre vingt-six

*Pékin,
dimanche 17 septembre*

LE faible déclic de la pendule murale Westminster parvint aux oreilles de Niu Jianxing avant qu'elle ne sonne la demi-heure. Reflétant l'agitation de ses pensées, son regard vif explora nerveusement son bureau dans la maison traditionnelle située en bordure du vieux quartier de Xicheng. Envoyer le sous-marin *Zhou Enlai* menacer la frégate américaine était une décision d'une bêtise si colossale, si criminellement dangereuse, si totalement contraire aux intérêts de la Chine et à l'existence même de la République populaire qu'il fulminait de dégoût et de rage.

Le feu de son regard aurait surpris ses collègues, qu'il avait habitués au Hibou somnolent des réunions du Parti et du gouvernement. Cet homme alerte et plein d'énergie était le Niu déchaîné. Pareil à un tigre sauvage, il arpentait son bureau, se colletant avec ce qu'il commençait à comprendre. Bien que Wei Gaofan se fût bien couvert, Niu n'avait plus guère de doute : c'était Wei qui était derrière l'envoi du sous-marin.

Cette décision stupide ne révélait pas uniquement aux Américains que la marine chinoise surveillait leur Cinquième Flotte, elle augmentait de façon astronomique le risque d'un affrontement catastrophique au sujet de l'*Empress*.

Quand le major Pan avait fait état de ses premiers soupçons concernant Jon Smith et du lien entre Li Aorong et l'*Empress*, le

Hibou avait soupçonné que Wei Gaofan puisse être coupable de corruption, dans la mesure où Li était son protégé, et que celui-ci ne faisait pas un geste sans la bénédiction de Wei. Il semblait que les deux hommes comptaient se faire une petite fortune sur la cargaison. Wei ne serait pas le premier officiel de Zhongnanhai à succomber à l'appât du gain.

Mais la nouvelle mission du *Zhou Enlai* avait invalidé cette supposition. C'était une solution trop facile, trop évidente.

Les mains derrière le dos, le Hibou tourna les talons et se remit à arpenter son bureau, chaque pas proclamant haut et fort son dégoût et sa colère. Il savait maintenant que ce devait être ce serpent de Wei qui s'était retourné contre l'accord sur les droits de l'homme. Wei était en train de le saboter, et encore, ce n'était qu'une partie de sa trahison. En réalité, Wei avait l'intention de déclencher un incident avec les États-Unis d'une ampleur telle qu'on serait ramené au temps de la Guerre froide... à la fabrication de nouvelles armes de destruction massive... à un contrôle social qui conduirait à des catastrophes pareilles à la Révolution culturelle... à une Chine isolée pourrissant dans sa propre amertume recyclée.

Voilà ce à quoi Wei aspirait, se dit Niu, dégoûté et effrayé. Non pas l'appât du gain, mais l'ambition du pouvoir.

Quand on frappa un petit coup à la porte privée à l'arrière de son cabinet de travail, le Hibou s'y précipita avec un empressement surprenant pour un homme de soixante ans. Il ouvrit la porte pour laisser entrer le major Pan.

« Entrez, entrez. » D'un geste impatient, il fit signe à l'agent de s'asseoir en face de son bureau.

Nerveux, le major posa son corps grassouillet sur la chaise en bois et s'y percha comme un oiseau méfiant, prêt à s'envoler. Faire la route de Shanghai à Pékin au milieu de la nuit pour répondre à une convocation le rendait toujours nerveux. Surtout une convocation émanant d'un membre du Comité permanent.

Niu recommença à faire les cent pas. « Quels progrès avez-vous faits dans l'affaire de l'agent américain et du *Dowager Empress* ?

— Pas beaucoup, maître. » Pan se dévissa le cou pour suivre la progression de Niu dans la pièce. « La tempête est passée, laissant peu de traces dans son sillage. Nous avons dû libérer Li

Aorong. Il continue à affirmer qu'il ne sait rien des activités professionnelles de son gendre, ni de l'endroit où celui-ci et sa fille ont disparu. »

Niu s'arrêta, le regard fixe. « Vous avez *dû* le libérer ? Pourquoi ? Si c'est pour une question de procédure, je peux...
— Pas de procédure.
— Alors *quoi* ? »

Pan choisit ses mots avec soin. « Je crois qu'on a demandé au général Chu s'il était opportun de détenir Li sans l'inculper.
— On a questionné le général Chu au sujet d'une mesure de routine dans une affaire de sécurité nationale ? Ridicule. Qui a demandé une chose pareille ?
— Le Comité central, je crois. »

Niu fronça les sourcils. Le général Chu s'était heurté au Comité central, une position délicate. Le général aurait pourtant dû l'informer de l'ordre. Niu allait désormais devoir surveiller Chu de près, pour s'assurer de sa loyauté.

Il reporta son attention sur le major, réprimant sa colère et sa frustration. Il avait momentanément oublié la réticence de Pan à révéler quoi que ce soit pouvant indiquer une opinion précise sur un sujet qui n'était pas directement lié à ses fonctions officielles. Pan se protégeait, ce qui était une des raisons pour lesquelles il s'était maintenu si longtemps à son poste au sein de la Sécurité.

Mais Niu n'avait plus le temps pour de telles subtilités. L'*Empress* allait arriver dans les eaux irakiennes mercredi matin. Et on était déjà dimanche, quelques heures après minuit. « Vous voulez dire Wei Gaofan ? demanda-t-il sans détour. Je connais mes collègues, Pan. Parlez. Cela ne sortira pas de cette pièce. »

Pan hésita. Prudent, il finit par dire : « Je crois que cela pourrait être le nom que le général Chu a indiqué. » Une note d'espoir s'insinua dans sa voix tandis qu'il poursuivait. « Dois-je de nouveau arrêter Li Aorong, monsieur ? Je pourrais le faire mettre en résidence surveillée. Au moins on saurait où le trouver.
— Non ! » coupa aussitôt Niu. Puis il se radoucit. « Ce ne serait pas productif. »

Niu ne voulait surtout pas que Wei se sente soupçonné, ni suggérer à Pan que les enjeux dépassaient ceux d'une simple enquête de contre-espionnage. « Pour le moment, major Pan, continuez à le surveiller. C'est ce que vous faites, n'est-ce pas ? »

Pan hocha lentement la tête, regardant Niu avec méfiance.

Le signe de tête était tellement discret que Niu eut l'impression que le major espérait qu'il pourrait passer inaperçu. L'interprétation qu'en fit Niu était que Wei Gaofan avait fait davantage pression sur le général Chu que Pan ne l'avait laissé entendre, ce qui signifiait que Pan continuait à surveiller Li Aorong de sa propre initiative. Chu ne pouvait rien savoir de ce que faisait Pan, mais en même temps, souhaitait que celui-ci progresse dans son enquête.

Niu avait cru pendant des années que c'était là la façon d'opérer de Pan et l'explication de son exceptionnelle réussite ; veiller à ne pas aller jusqu'à désobéir aux ordres, mais les infléchir pour obtenir des résultats. C'était ce dont Niu avait besoin à présent, et l'une des raisons pour lesquelles Pan était précieux.

« Bien, reprit-il en recommençant à arpenter la pièce. Continuez exactement ce que vous faites.

— Oui, monsieur », opina sagement Pan, bien conscient que Niu lui demandait aussi de ne pas mêler son nom à cette affaire.

« Qu'avez-vous d'autre pour moi ? poursuivit Niu.

— Nous avons examiné les opérations réalisées par Yu Yongfu, mais il semble n'y avoir rien de révélateur au sujet du colonel Smith.

— Qu'en est-il de Yu et de son actrice de femme ? Vous avez une piste ?

— Pas encore. »

Niu retourna s'asseoir à son bureau. « J'ai eu le plaisir de rencontrer Li Kuonyi à plusieurs reprises. Une femme intelligente et une bonne mère. Si on ne la trouve pas, je pense que c'est peut-être qu'elle ne le veut pas. Ce qui voudrait dire qu'elle et son mari pourraient être, comment dites-vous cela, en cavale ?

— Ça m'a effleuré, reconnut Pan.

— Sinon, se pourrait-il que son père l'ait fait disparaître pour qu'elle ne soit pas en mesure de parler des affaires de son mari ?

— Ça aussi, maître.

— Ou peut-être est-elle cachée par des forces puissantes ? »

Pan ne souhaitait pas discuter de cette possibilité, sans nier toutefois que cela en était une.

« Avez-vous trouvé des preuves de l'implication de quelqu'un d'autre dans l'affaire de l'*Empress* ? continua le Hibou.

— Uniquement de la société belge dont j'ai parlé – Donk & LaPierre.
— Rien d'autre ?
— Non.
— Mais vous ne l'excluez pas, major ?
— Je n'exclus rien dans une enquête.
— Un trait admirable chez un officier du contre-espionnage », fit observer Niu.

Dès l'instant où Pan était entré dans le bureau, Niu avait évalué la position de son interlocuteur sur tout ce dont ils avaient discuté, pour constater, comme toujours, qu'il était presque impossible d'en être certain. Son regard demeurait impassible, et son visage mou neutre et grave. Niu n'avait pourtant pas d'autre choix que d'utiliser Pan s'il voulait découvrir ce dont il avait besoin.

« Poursuivez votre enquête comme bon vous semble, mais à partir de maintenant je veux être le premier informé. Je dois savoir tout ce qui concerne la traversée de l'*Empress*, et notamment sa cargaison, et ceux qui sont impliqués dans la transaction. A l'intérieur du pays ou à l'étranger.

— Le premier ? Puis-je avoir cela par écrit, monsieur, au cas où le général Chu poserait des questions ? »

Voilà que l'agent couvrait à nouveau ses arrières. Niu en sourit presque. A sa décharge, c'était cette prudence qui avait permis à Pan de survivre dans un métier qui était périlleux à tous égards. Ce qui différenciait un excellent technicien comme Pan d'un leader était précisément la volonté de prendre de gros risques. Pan n'était pas un joueur.

Or le Hibou commençait à croire que la vie de travail qu'il avait consacrée à la Chine... son attachement obstiné à faire de son pays une puissance mondiale importante et pacifique... étaient menacés. Pour sauver à la fois sa vision et sa patrie, il était prêt à prendre tous les risques nécessaires.

« Naturellement, major, dit Niu sans sourciller, mais pas un mot, sauf nécessité absolue. C'est compris ?

— Tout à fait, monsieur. »

Sans ajouter un mot, Niu écrivit une lettre autorisant le major Pan Aitu à être son agent officiel, avec obligation de rendre compte à lui et à personne d'autre.

Avec un frisson tranquille et un moment de nervosité, le maître espion observait. Dès que le document fut dans sa main, puis dans sa poche, il sortit comme il était arrivé, discrètement, par la porte de derrière.

Il était plus d'une heure du matin. Il s'arrêta dans le noir et frissonna. Les premiers froids de l'hiver commençaient à gagner Pékin. Il était perplexe. Pour une raison ou pour une autre, Niu Jianxing soupçonnait Wei Gaofan de corruption... au minimum. Lui-même soupçonnait Wei d'être lié de quelque manière à l'*Empress*, et était soulagé d'être enfin sous les ordres de Niu Jianxing. Mais pas trop en dessous.

Il se dépêcha de rejoindre sa voiture. Il devait retourner rapidement à Shanghai. Où il avait fort à faire.

Hong Kong

Il ouvrit d'un coup les yeux dans une pièce toute noire. Une odeur de déjections et de crasse. Quelque part, un rat se sauva. Jon frissonna malgré lui en croyant entendre les chuchotis aigus et le staccato des griffes acérées d'une horde de rongeurs grouillant dans l'obscurité. Mais il n'y avait pas de bruit. Pas de rats, de voix, de circulation, ni de couche-tard braillards...

Un point lumineux apparut devant lui. Il dut lever la tête pour voir le minuscule rayon. Une sensation de chaleur, de brûlure même, sur son visage, mais il savait que c'était une autosuggestion. Une hallucination et une illusion spatiale provoquées par l'obscurité totale : aucun point de référence, aucune notion des dimensions, le noir complet. Seul le petit rai de lumière était réel, et en se concentrant suffisamment dessus, en bougeant la tête, et en ouvrant et en fermant les yeux, il réussit finalement à discerner la source de lumière et la pièce.

Il était sur une chaise, les chevilles attachées. On était en train de lui lier les mains derrière le dos, brutalement. La corde en nylon lui brûlait la peau. La lumière ne venait pas d'une fissure dans les murs ou le plafond ; c'était un reflet au coin d'une petite boîte en métal argenté fixée haut sur le mur, devant Jon, sur la gauche. La pièce dessinait un L, et Jon était ligoté à une chaise au fond de la longue barre du L.

Maintenant qu'il s'était orienté, il se sentait mieux. Un sentiment proche de l'euphorie l'envahit comme s'il était à nouveau sur la terre ferme, faisant partie du monde... et puis tout lui revint... son excitation d'avoir enfin mis la main sur le manifeste, la note signée « RM » qui prouvait non seulement que le document avait disparu mais révélait également l'immense et dangereuse arrogance du fondateur du groupe Altman... les lumières qu'on allume, Feng Dun et ses tueurs...

Il s'était rendu coupable de l'une des plus vieilles erreurs du monde ; tout à sa découverte, il avait baissé la garde. Maintenant ce n'était pas de savoir qu'il allait probablement mourir qui le gênait, cela faisait partie des risques du métier. Vous saviez que cela pouvait arriver. Même si vous vous persuadiez du contraire, bien sûr. Non, c'était l'échec qui l'ébranlait. Le Président aurait à faire face à un affrontement mortel sans alternative acceptable.

Jon entendit à peine la porte s'ouvrir à l'angle du L. Un plafonnier s'alluma au-dessus de sa tête, l'aveuglant momentanément. Quelqu'un s'en alla, un autre arriva. Quand ses yeux se furent adaptés, Feng Dun se tenait seul devant lui, l'air mauvais.

« Vous nous avez créé beaucoup d'ennuis, colonel Smith. Je n'aime pas les gens qui me créent des ennuis. » Sa voix étouffée était mesurée, son attitude posée. Il s'approcha d'un mouvement fluide.

« Vous en avez une drôle de tignasse, lança Jon. Surtout pour un Han. Ça fait encore plus bizarre avec le blanc. »

Le poing s'écrasa sur son visage, l'envoyant dinguer en arrière sur sa chaise. Sa tête cogna par terre. Pendant la fraction de seconde séparant le choc de la douleur, il se rendit compte que Feng avait été si rapide qu'il n'avait pas vu le coup partir. Ensuite une douleur violente le saisit, et il sentit le sang couler sur le côté de son visage, chaud et poisseux. Désorienté, il eut l'impression de sortir de la pièce en apesanteur l'espace de quelques secondes.

Quand sa vision s'éclaircit, et que la douleur reflua, deux hommes qu'il n'avait pas vus remettaient sa chaise sur ses pieds. Le visage à quelques centimètres du sien, Feng Dun le regardait fixement. Ses yeux étaient d'un brun si pâle qu'on aurait dit des orbites vides.

« Cette petite tape était destinée à attirer votre attention, colonel. Vous avez fait preuve d'adresse et d'intelligence. Ce n'est pas le moment de faire le malin. Nous n'allons pas perdre de temps à discuter de qui et de ce que vous êtes. La question qui m'intéresse à présent est de savoir pour qui vous travaillez. »

Jon avala sa salive. « Lieutenant-colonel Jon Smith, docteur en médecine, Institut de recherche médicale de l'armée des États-Unis... »

Ce fut une grosse gifle cette fois, qui lui fit simplement tourner la tête, mais le coup le refit saigner et lui laissa les oreilles bourdonnantes.

« Vous ne figurez sur le tableau de service d'aucune agence de renseignement américaine. Pourquoi donc ? Une section secrète de la CIA, de la NSA ? Du NRO peut-être ? »

Les lèvres de Jon enflaient, rendant son élocution pâteuse. « Faites votre choix. »

La main écrasa son autre profil, la pièce disparut à nouveau, mais la chaise ne bougea pas. Il prit vaguement conscience que la fonction des deux autres hommes consistait à le maintenir droit pendant que Feng cognait.

« Vous n'êtes pas un agent ordinaire. Qui sont vos supérieurs ? »

Il ne sentait plus ses lèvres remuer et ne reconnut pas sa voix : « Et vous, qui êtes-vous ? Vous n'êtes pas de la Sécurité. Qui pense que je ne suis pas de la CIA ou de la NSA ? McDermid ? Quelqu'un à l'intérieur... ? »

Les deux poings frappèrent à quelques instants d'intervalle, un enchaînement parfait, et alors qu'il était emporté par une vague de douleur fulgurante, écrasante, et qu'une obscurité compatissante venait l'emporter, son cerveau lui disait qu'il était face à un boxeur, un professionnel, qui frappait bien trop fort... frappait trop fort... frappait trop... fort...

*

Ralph McDermid était debout derrière Feng Dun. « Merde, Feng. Il ne va rien nous dire s'il est inconscient, vous l'avez mis K.-O. ?

— Il est fort. Costaud. Si on ne lui fait pas mal, s'il n'a pas peur non seulement de la douleur et de la mort, mais de moi, il ne nous dira rien.

— Il ne nous dira rien s'il est mort. »

Feng sourit de son sourire figé. « Là est toute la subtilité, taïpan. S'il ne croit pas que nous allons le tuer, il ne dira rien. Mais mort, il ne peut rien dire. On doit trouver l'équilibre. Mon boulot est de le convaincre que je suis tellement cruel et inconscient que je risque de le tuer par accident, de ne pas mesurer ma propre brutalité, de me laisser emporter par une euphorie sadique. D'accord ? »

McDermid tressaillit, comme si tout à coup il avait lui-même peur de Feng. « C'est vous le spécialiste. »

Feng remarqua la réaction de son patron et sourit à nouveau. « Vous voyez ? C'est la réaction qu'il faut que j'obtienne de lui. Nous n'apprendrons quelque chose que quand il pourra à peine remuer les lèvres pour parler. Juste assez de douleur pour qu'il puisse à peine penser, mais pas au point qu'il ne puisse plus penser.

— Il n'y a pas des méthodes moins physiques ? suggéra McDermid avec gêne.

— Oh, on en passera aussi par là. Ne vous en faites pas. Je ne vais pas le tuer tout de suite, et il nous dira tout ce que vous voulez savoir. »

McDermid acquiesça. Non seulement il se méfiait de l'imprévisibilité de Feng, mais son homme de main l'inquiétait à d'autres égards. Il avait l'impression que l'ancien soldat se moquait de lui comme il s'était moqué de son autre employeur, Yu Yongfu. A ce moment-là, les sarcasmes de Feng ne méritaient pas d'être relevés puisqu'il rapportait les agissements de Yu à McDermid. Mais plus tard, quand il avait démontré qu'il avait le bras suffisamment long pour faire filer l'*USS Crowe* par un sous-marin, McDermid avait commencé à se faire du souci.

A ce stade, ce qui était obscur devint clair : Feng bénéficiait de sérieuses relations dans l'armée et le gouvernement national, bien au-dessus de ce que semblait être sa situation sociale. Tant que ces ressources exécutaient ses ordres, McDermid était plus que ravi de payer Feng une fortune et de fermer les yeux sur son manque de correction. Mais McDermid n'était pas devenu l'un des financiers les plus puissants du monde en passant à côté de l'évidence. Feng avait des relations. Feng était dangereux. McDermid l'avait encore sous son contrôle, mais pour combien de temps, et quel serait le prix à payer pour qu'il y reste ?

Chapitre vingt-sept

*Washington, D.C.,
samedi 16 septembre*

Le conseil des ministres était passé, et le Congrès avait été alerté de la menace de crise avec la Chine. Une tasse de café à la main, le Président était une nouvelle fois assis au bout de la longue table de la Situation-Room sans fenêtres. Les chefs d'état-major et ses meilleurs conseillers civils avaient trouvé leur place, brassant des papiers et conversant à voix feutrée avec leurs assistants.

Le Président se rendait à peine compte de leur présence. Il pensait à ses millions de concitoyens vaquant innocemment à leurs occupations, et qui, si la nouvelle situation s'ébruitait, entendraient parler d'une guerre possible avec la Chine. Non pas une excursion sportive télévisée, comme le *Monday Night Football*. Non pas une bataille clandestine contre des terroristes ou un conflit mineur dans un petit pays où les Américains seraient moins nombreux à mourir les armes à la main que dans les accidents de la route pendant un week-end férié. Pas n'importe quelle guerre. Une vraie... une *grande* guerre... une guerre qui exploserait comme un volcan et se poursuivrait jour et nuit, jour après jour. Les victimes seraient leurs fils, leurs filles, leurs voisins ou eux-mêmes, tous retournant au pays dans des sacs en plastique. *La Chine*.

« Monsieur ? » C'était Charlie Ouray.

Le Président cligna les yeux et prit conscience de tous les visages, compassés et graves, ou furieux et angoissés, de part et d'autre de la longue table. Ils le regardaient.

« Désolé, leur dit-il. Je voyais les fantômes des guerres passées et des guerres à venir. Je n'ai pas vu de guerre au présent. Et vous ? »

Autant de visages, autant de personnalités, autant de réactions différentes. La surprise que lui, leur commandant en chef, puisse être défaitiste. La peur de ce qui pourrait arriver. La détermination... ni crainte, ni violence, mais une sereine résolution. La solennité devant l'ampleur de l'inconnu. Quelques-uns avaient la lueur des « grandes » choses dans les yeux... l'honneur, les médailles, une place dans l'Histoire.

« Non, monsieur, pas vraiment, répondit calmement l'amiral Brose. Personne ne le peut, et j'espère que personne n'y sera jamais contraint.

— Amen », psalmodia le secrétaire à la Défense Stanton. Puis ses yeux étincelèrent. « Cela dit, il est temps de nous préparer. Une guerre avec la Chine, messieurs. Sommes-nous prêts ? »

Le silence assourdissant qui tint lieu de réponse n'échappa à personne dans la pièce ouatée. Le Président jeta un coup d'œil dégoûté à son café.

« Si je puis m'exprimer au nom de mes collègues de la marine et de l'air, déclara le général Tomás Guerrero, la réponse est : Pas vraiment. Nous nous sommes organisés, entraînés, et préparés au contraire à l'inverse. Nous avons besoin...

— Sauf votre respect, je ne suis pas d'accord, intervint Bruce Kelly, le général de l'armée de l'air. A quelques exceptions près, nos bombardiers sont parés à toute éventualité. Il faut en revanche que nous repensions notre force avancée de chasseurs, mais pour ce qui est du futur immédiat, je ne vois guère de problème.

— Mais, bon sang, nous ne sommes pas prêts ! insista Guerrero. Je l'ai déjà dit, et je le répète, on a dépouillé l'armée de ce dont elle a besoin pour une guerre frontale longue et difficile, sur un vaste territoire contre une population gigantesque, une armée énorme, et un pays qui a la volonté de se battre.

— La marine..., commença l'amiral Brose.

— Messieurs ! protesta la conseillère à la Sécurité Powell-Hill assise en face du Président à l'autre bout de la table. Ce n'est pas le moment de nous chamailler pour des détails. La première mesure à prendre est de préparer la mobilisation complète de nos moyens *existants*. La seconde est de nous mettre au boulot pour ce qui est de nos besoins.

— La première mesure – la voix grave du Président imposa aussitôt le silence – est d'empêcher cette confrontation de se produire. » Son regard inflexible fusilla chaque visage, un par un, jusqu'à ce qu'il ait fait le tour de la table. « Il n'y aura pas de guerre. Point final. Aucune. C'est niet. Nous ne combattons pas la Chine. Je suis convaincu que de leur côté certains ont su garder la tête froide et ne veulent pas la guerre. Je sais que *nous* n'en voulons pas, et qu'il faut donner une chance à ces partisans de la paix. »

Son regard refit un tour de table en sens inverse, s'arrêtant encore sur chaque visage, comme pour dire qu'il savait pertinemment que certains d'entre eux – et nombre de leurs généreux électeurs – n'aimeraient rien tant qu'un conflit coûteux et palpitant, et que ceux-là, et leurs électeurs spéciaux, pouvaient y renoncer.

« Cette crise a une solution. » Son ton de voix coupait court à toute discussion. « Quelles sont vos idées concernant cette solution ? »

Leur air ébahi lui rappela une assemblée de grands propriétaires du Nouveau-Mexique à qui l'on venait de dire de se débrouiller pour doubler les attributions en eau destinées aux réserves navajos et hopis.

« Je suppose, proposa le secrétaire d'Etat Padgett, que nous pourrions demander la tenue d'un sommet secret au plus haut niveau pour discuter du problème face à face. »

Le Président secoua la tête. « Une réunion avec qui, Abner ? Les dirigeants de Zhongnanhai ne voudront probablement pas donner l'impression qu'il y a quelque chose à discuter – sans convoquer le Comité central en réunion plénière, et ensuite obtenir l'aval du Comité permanent avec au moins huit voix sur neuf ?

— Alors envoyez-leur un message qu'ils ne pourront pas manquer, suggéra Guerrero. Approuvez les budgets pour le nouvel avion de chasse, un bombardier plus gros et à plus grand rayon d'action, et le système d'artillerie Protector. Ça attirera leur attention. Leur foutra probablement une trouille bleue et les poussera à accepter un sommet par la même occasion. Oui, avec cette menace au-dessus de leurs têtes, je crois bien qu'ils accepteraient un sommet en une nanoseconde. »

Un murmure d'approbation parcourut la pièce. Même le secrétaire Stanton se garda de toute objection. Il avait l'air inquiet, le visage terreux, comme si sa détermination en faveur d'une armée dégraissée et plus rapide avait été sérieusement ébranlée.

« Je ne suis pas sûr que ce soit ce message qu'il faille envoyer, général, fit valoir le Vice-Président Erikson. Cela pourrait envenimer les choses au lieu de calmer le jeu. »

Stanton retrouva un peu de son assurance. « Quoi que nous fassions, cela va selon toute probabilité accentuer le problème, Brandon, même si nous ne faisons rien. Une réserve excessive pourrait être interprétée comme de la faiblesse ; une trop grande arrogance comme une menace. Je pense qu'une certaine démonstration de force, de détermination, et de mobilisation pourrait les faire hésiter à nous pousser trop loin. »

Erikson hocha la tête de mauvaise grâce. « Il se peut que vous ayez raison, Harry. Peut-être qu'une simple approbation de systèmes d'armes déjà existants serait une réponse adaptée.

— Est-ce que nous voulons vraiment en revenir à une politique de dissuasion mutuelle ? A une situation qui pourrait s'éterniser pendant des années et saigner à blanc l'économie de nos deux pays ? demanda le Président. Faire en sorte que la Chine se replie à nouveau derrière sa Grande Muraille avec ses missiles pointés, alors même que nous obtenons des avancées ? »

La voix puissante de l'amiral Brose s'éleva au-dessus du débat géopolitique. « Je crois que ce que le Président pourrait trouver de plus efficace, c'est une solution modeste au problème tactique qui se pose dans l'immédiat. Comment prouver ce que l'*Empress* transporte ? »

Le même air déconcerté reparut sur les visages des experts militaires et civils.

« Ce serait bien, admit tièdement le Président Castilla. Vous avez une idée sur la façon d'y arriver, Stevens ?

— Envoyez un commando d'élite des SEAL à partir du *Crowe* pour effectuer une reconnaissance clandestine de la cargaison de l'*Empress*.

« — C'est faisable ? voulut savoir Erikson. En haute mer ? D'un navire en mouvement vers un autre ?

— Oui, lui assura Brose. Nous avons du matériel spécial et des équipes entraînées.

— Sans problème ? s'enquit le secrétaire Stanton.

— Il y aurait des risques, naturellement.

— D'échec ? Avec des victimes ? demanda Abner Padgett.

— Oui.

— De découverte ? insista Erikson.

— Oui. »

Le secrétaire d'Etat Padgett secoua vigoureusement la tête. « Un acte d'invasion manifeste, d'agression même, visant le territoire chinois en haute mer ? A ce stade, c'est chercher la guerre. »

Tout le monde manifesta son approbation d'un hochement de tête, solennel ou énergique, tandis que le Président ôtait ses lunettes et se pinçait l'arête du nez. « Ce risque de découverte est de quel ordre, amiral ?

— Minimal, dirais-je. Avec la bonne équipe, placée sous les ordres d'un commandant qui comprendrait que ses hommes ne pourraient, en aucun cas, être découverts et interromprait la mission quel que soit le risque pour l'équipe. »

Le Président resta silencieux, les yeux dans le vague, imaginant à nouveau ces millions de gens à travers tout le pays qui, bientôt peut-être, prêteraient un œil ou une oreille inquiète aux nouvelles diffusées par la radio ou la télévision en continuant à mener une existence que la plupart d'entre eux, à bon droit, répugneraient à sacrifier pour une guerre inutile.

Ses conseillers civils et militaires se tournèrent collectivement vers le secrétaire de la Maison-Blanche, Charlie Ouray, comme si celui-ci pouvait lire ce qui se passait dans la tête du Président Castilla.

« Monsieur ? », demanda Ouray.

Castilla fit un petit signe de tête, davantage pour lui-même que pour quelqu'un d'autre. « J'en tiendrai compte, Steven. C'est une solution possible. Pour l'heure, je dois tous vous informer que depuis quelques jours nous menons une opération de renseignement susceptible de résoudre la crise. » Il se leva. « Merci à tous. Nous nous reverrons bientôt. En attendant, je veux que chacun tienne ses secteurs prêts. Envoyez-moi un rapport sur la façon dont vous comptez faire face à la Chine et être fin prêts en prévision d'un conflit de grande envergure. »

*Shanghai,
dimanche 17 septembre*

Dans le compartiment passager de sa limousine Mercedes privée, Wei Gaofan savourait son Cohiba cubain, ainsi que sa récente victoire sur Niu Jianxing. Alors que le *Zhou Enlai* faisait jouer ses torpilles, et que la frégate américaine *Crowe* fourbissait ses missiles, Niu, le réformateur – dans l'esprit de Wei, « réformateur » signifiait conciliateur, révisionniste, et capitaliste – n'allait pas trouver beaucoup d'alliés au sein du Comité central pour défendre son humiliant traité sur les « droits de l'homme », ni, finalement, l'orientation désastreuse qu'il voulait faire prendre à la Chine.

La Mercedes était garée dans une petite rue du quartier de Changning. Séparé de son garde du corps assis à l'avant par une vitre blindée, Wei étudia les environs, où des lumières brillaient aux fenêtres, le seul éclairage de la rue. Il attendait que son chauffeur et second garde du corps revienne de sa mission.

Wei n'aimait pas les détails gênants ni les problèmes non résolus. Li Aorong et sa fille étaient les deux à la fois, et il fallait s'en débarrasser. Tant que ce ne serait pas fait, il ne se sentirait pas en sécurité. Son plan présentait des risques, et Niu Jianxing avait beau incarner bien des choses que Wei détestait, il n'était pas idiot.

Les autres membres du Comité permanent pourraient être ramenés à la raison une fois qu'il aurait fait taire le Hibou.

Il se redressa brusquement. Des bruits de pas s'approchaient de la limousine. La portière avant de la Mercedes s'ouvrit, et son chauffeur et premier garde du corps s'assit au volant près de son collègue. Wei le regarda décrocher l'interphone.

Sa voix sortit avec netteté du haut-parleur arrière. « Maître Li est chez lui, comme il l'a dit, mais je n'ai rien vu qui prouve la présence récente de la fille, maître. Ses enfants dormaient avec leur nurse dans une petite maison indépendante.

— Vous avez cherché partout ?
— La potion a plongé le vieil homme dans un profond sommeil. Les enfants et la femme dormaient déjà. Le parc et les bâtiments étaient déserts autrement. J'ai pu tout examiner à fond, comme vous m'en aviez donné l'ordre. » Le chauffeur tourna la tête pour regarder à travers la glace sans tain, comme s'il pouvait voir Wei. Il fronçait les sourcils.

« Il y avait autre chose.
— Quoi ?
— Des hommes de la Sécurité. Le major Pan Aitu en personne et une équipe.
— Où ?
— Planqués à l'extérieur. Certains dans des voitures. Très discrets.
— En train de surveiller la maison ?
— Ou Li Aorong. »

Probablement les deux, se dit Wei Gaofan en se tortillant sur son siège. Pan n'oserait jamais agir contre ses intérêts... à moins que quelqu'un d'autre ne le soutienne. Niu ? Il était possible que celui-ci ait découvert que Wei avait fait pression pour soustraire Li Aorong à la Sécurité. Il secoua la tête avec colère, en réfléchissant. Oui, cela ressemblait fort à une nouvelle ingérence du dangereusement libéral Niu.

Son téléphone sonna si bruyamment qu'il baissa la tête sous les vitres comme si on lui avait tiré dessus, oubliant le blindage pare-balles. Il se ressaisit aussitôt et se redressa, contrarié d'être à ce point tendu.

Il pressa sur le bouton de son portable et aboya :
« Wei à l'appareil.
— Nous avons Jon Smith », annonça Feng Dun.
La colère de Wei se dissipa.
« Où ça ?
— A Hong Kong.
— Pour qui travaille-t-il ?
— Il ne l'a pas dit... pas encore.
— Est-ce qu'il a obtenu la preuve de la cargaison et l'a-t-il envoyée à Washington ?
— Il n'y a plus de preuve, donc rien à envoyer. » Feng décrivit la capture de l'Américain, et la note que McDermid avait laissée

dans l'enveloppe à l'intérieur du coffre après qu'il eut déchiqueté le manifeste.

L'humeur de Wei s'améliora de façon spectaculaire. L'affront théâtral de McDermid n'était pas à son goût, mais ne lui portait pas préjudice. « Dépêchez-vous avec votre interrogatoire. Faites dire à Smith ce que savent les Américains et éliminez-le.

— Bien sûr. »

Wei visualisa le sourire de Feng, qui n'avait rien d'humain, mais semblait plaqué sur un mannequin en bois. Feng était son homme de main. Il réprima pourtant un frisson, raccrocha, et se cala dans son siège pour réfléchir à cette nouvelle information : Niu Jianxing n'aurait pas la preuve de la cargaison de l'*Empress*. Sa coopération avec les Américains serait impossible, et il n'avait rien du tout à porter devant le Comité permanent.

Oui, l'*Empress* poursuivrait sa route pour le bénéfice de Wei, comme d'autres cargaisons illégales sur d'autres navires auparavant... ou la crise pouvait encore éclater pour un bénéfice encore plus grand. Il croisa ses doigts sur son ventre, satisfait, comme s'il venait de se régaler de faisan et de miel.

*Washington, D.C.,
samedi 16 septembre*

Derrière la porte close de la Salle des traités, à l'étage, le Président Castilla et Fred Klein se tenaient côte à côte à l'une des fenêtres, regardant d'en haut le parc de la Maison-Blanche. Le Président décrivit la réunion du jour avec ses conseillers militaires et civils.

« Vous allez peut-être devoir recourir à la suggestion de l'amiral Brose d'une mission de reconnaissance des SEAL », indiqua Klein.

Le Président jeta un coup d'œil au chef du Réseau Bouclier. Un grand nuage noir semblait suspendu au-dessus de lui comme un orage couvant au-dessus de White Sands. « Que s'est-il passé ? » Les mots étaient lourds, une lassitude qui exprimait tout le poids des quatre derniers jours. Résigné. S'attendant au pire.

« Il se peut que nous ayons perdu le colonel Smith.

— Non. » Le Président prit une brusque inspiration. « Comment ?

— Aucune idée pour l'instant. La dernière fois que nous avons parlé, il s'apprêtait à s'introduire chez Donk & LaPierre à Hong Kong. » Klein raconta les précédentes activités de Jon : la surveillance de McDermid alors que celui-ci prenait le métro pour se rendre dans le quartier de Wanchai, le guet-apens à l'intérieur de l'immeuble de bureaux, et la fuite de Jon en compagnie de Randi Russell.

« L'agent Russell ?

— Oui. Rappelez-vous, c'est elle qu'Arlene a choisie pour suivre Kott à Manille, où il a eu cet entretien secret avec Ralph McDermid.

— Bien sûr. Et ensuite, que s'est-il passé ?

— Jon a demandé des fournitures et du matériel supplémentaires pour fouiller les bureaux de Donk & LaPierre. L'opération aurait dû prendre une heure en tout. Quatre-vingt-dix minutes maximum. Et depuis, silence radio.

— S'il y avait une dernière copie du manifeste chez Donk & LaPierre, Fred... elle n'y est plus ?

— Si Jon a disparu ou s'est fait prendre, le manifeste aussi. »

Le Président consulta sa montre. « Combien de temps lui donnez-vous encore ?

— Les agents du Réseau Bouclier présents sur place sont à sa recherche. Deux... trois heures, et puis j'envoie une équipe de récupération. Il est toujours possible qu'il ait été capturé et qu'on l'interroge. Qu'il soit capable de tenir le coup. Que les agents locaux le trouvent et le délivrent. Mais...

— Mais le manifeste pourrait néanmoins avoir disparu.

— Oui, Sam. Il a probablement disparu.

— Et le colonel Smith est peut-être mort. »

Klein regarda ses chaussures. Sa voix était tendue. « Oui. Mon Dieu, j'espère que non. Mais c'est possible. »

Castilla hocha la tête. Poussa un soupir. « D'accord, nous allons trouver une solution. Il y a toujours une solution, Fred.

— Oui, bien sûr. »

Ils se turent tous les deux, reconnaissant par leur silence la fausseté de leur optimisme.

« J'aimerais savoir tout ce que la CIA a appris de l'agent Russell et de son équipe, reprit enfin Klein.

— J'appellerai Arlene. »

Klein hocha la tête, presque pour lui-même. « Il est peut-être temps en effet de tenter cette mission des SEAL. Si elle réussit... s'ils trouvent les produits chimiques, prennent le contrôle du navire, et balancent la cargaison par-dessus bord à l'insu du sous-marin... tout le problème serait résolu, peu importe...

— Que le manifeste soit introuvable et Smith mort ? Est-ce le sort réservé à tous les hommes qui doivent faire votre travail ? »

Klein sembla se décomposer. Puis il leva la tête, le regard assuré. « Je songeais à la perte définitive du manifeste, pas à la mort de Jon. Mais, oui, je suppose que, tôt ou tard, c'est ce qui nous attend.

— Maître espion, dit le Président à voix basse. Ce doit être horrible.

— Je vous ai apporté de bien mauvaises nouvelles. J'en suis navré, Sam.

— Et moi donc. Merci, mon vieil ami. Au revoir. »

Après le départ de Klein, le Président resta debout en silence. Il savait ce qu'il avait à faire, mais cette décision, il ne voulait pas la prendre, elle le mettait mal à l'aise. Il ne lui avait jamais été facile d'ordonner à des gens de risquer leur vie pour leur pays, même s'il savait que c'était ce qu'ils s'attendaient à faire, ce qu'ils s'étaient engagés à faire, ce que lui-même avait fait en son temps, autrefois. Il avait combattu dans sa propre guerre, et il savait que personne ne s'engageait pour mourir.

Il poussa un soupir qui ressemblait davantage à une profonde respiration. Il décrocha une nouvelle fois le téléphone.

« Mme Pike ? Appelez-moi l'amiral Brose. »

Quelques instants plus tard, son téléphone sonna.

La voix de basse de l'amiral résonna dans son oreille. « A vos ordres, monsieur le Président.

— Combien de temps vous faut-il pour mettre cette équipe de SEAL sur le *Crowe* ?

— Ils sont sur le *Crowe*, monsieur. J'ai pris cette liberté.

— Vraiment ? Eh bien, j'imagine que vous n'êtes pas le premier commandant à faire ce coup à un Président indécis.

— Non, monsieur. Je ne le pense pas. Puis-je vous demander si vous êtes décidé ?

— C'est pour ça que j'ai appelé.

— Nous avons le feu vert, monsieur ?

— Oui. Vous l'avez.

— Je vais transmettre l'ordre.

— Vous ne voulez pas savoir pourquoi, Stevens ?

— Ce n'est pas mon boulot, monsieur le Président. »

Le Président hésita. « Vous avez encore raison, amiral. Tenez-moi au courant.

— Ce que je sais, vous le saurez. »

Alors que le Président raccrochait, une citation qu'il avait lue des années auparavant dans une biographie d'Otto von Bismarck lui revint en mémoire. La valeur morale d'un individu commence seulement à partir du moment où il est prêt à mourir pour ses principes... ou quelque chose d'approchant. Il ne risquait pas sa vie pour des principes, mais il risquait son avenir, qui n'était pas si important, et l'avenir de son pays, qui l'était. Ce n'était peut-être pas un engagement total selon les critères de ces vieux aristocrates prussiens, sévères et exigeants, mais il lui pesait suffisamment.

Chapitre vingt-huit

*En mer d'Arabie,
dimanche 17 septembre*

La tension gagnait le petit noyau d'officiers de l'*USS John Crowe*. C'était loin d'être un cas d'urgence militaire ordinaire, qui s'avérait souvent être un faux signal radar, une embarcation en perdition, ou une défaillance mécanique. Une erreur, et ils pouvaient non seulement provoquer leur propre mort mais la guerre.

Dans le centre de communications et de contrôle, le commandant James Chervenko, maître de lui, interrompit la liaison radio avec l'amiral Brose à Washington. Ses yeux, rétrécis par des dizaines d'années passées en mer, avaient pris l'intensité du laser, alors qu'il écoutait les ordres de Brose.

Il retira ses écouteurs et se tourna vers le capitaine de corvette Gary Kozloff.

« Vous avez le feu vert.

— Bon », fit Kozloff. Aucune surprise. Il avait deviné. « L'hélico est prêt ? » Kozloff était l'un de ces extraordinaires commandos SEAL : beaucoup de muscle et de cervelle. Grand, mince, et extrêmement fier de sa mission, il était gonflé à bloc. Sa présence semblait remplir le centre de contrôle, procurant à tous ceux qui étaient là un réconfort momentané.

« Dix minutes.

— Nous serons prêts. »

Chervenko hocha la tête comme pour dire qu'il fallait s'attendre à cela. « N'oubliez pas, capitaine, la règle numéro un de cette mission est le secret absolu : je ne vous ai jamais vu. A la première alerte, vous disparaissez.
— A vos ordres.
— Nous surveillerons de près le sous-marin et l'*Empress*. S'il y a le moindre doute, je vous appelle par radio pour interrompre la mission. Gardez vos communications ouvertes à tout moment.
— Nous le ferons, monsieur.
— Bonne chance, Gary.
— Merci, Jim. » Gary Kozloff eut un bref sourire. « Belle nuit pour faire trempette. »

*

Sur le pont obscur, les quatre SEAL de l'équipe de Kozloff étaient en combinaison de plongée et parés, attendant l'ordre. Quand Kozloff reparut, ils bondirent sur leurs pieds, impatients. Il hocha la tête, et ils vérifièrent une dernière fois leur équipement.

« Vous avez votre matériel d'escalade magnétique ? » Il serait d'une importance capitale ce soir-là. L'air résonna de : « Oui, capitaine. – Allons à l'hélico », dit-il.

Ils s'approchèrent du SH-60 Seahawk par l'arrière, qui se découpait sur l'horizon étoilé, comme un oiseau géant, menaçant. Un vent léger apportait des odeurs de diesel et d'eau salée. A l'intérieur du Seahawk, attaché à un treuil, se trouvait un Zodiac de combat, déjà embarqué pour l'opération.

Les cinq SEAL montèrent à bord de l'hélicoptère, les rotors se mirent à tourner à pleine puissance, le grand aéronef s'éleva dans la nuit, et vira sur la gauche. Naviguant sans lumières, il se fondit rapidement dans l'obscurité en décrivant un cercle pour rejoindre l'*Empress*, à dix milles de distance. Les pales du rotor faisaient un vacarme assourdissant.

Comme ses oreilles s'habituaient au bruit, le capitaine Kozloff observa les reflets de la lune et des étoiles sur les ondulations de la mer en contrebas. Il était inquiet, et cela ne lui ressemblait pas. Il savait que correctement préparés, son équipe et lui mèneraient la mission à bien. C'était la seule garantie. Or cette fois, ils allaient utiliser le nouveau petit Zodiac et le nouvel équipement d'escalade conçu spécialement pour un abordage clandestin à partir d'un hélicoptère sur un navire en mouvement. Ils connaissaient leur équipement, mais ils n'avaient pas eu le temps de répéter les scénarios habituels, variés et compliqués.

Il avait la plus grande confiance en ses hommes et en lui-même. Vous ne pouviez pas être un SEAL autrement. Et pourtant...

Brusquement, Kozloff reporta son attention sur la scène en contrebas. Ils avaient atteint l'*Empress* et le survolaient, comme prévu. Le cargo filait environ dix nœuds. Kozloff pouvait voir une partie de la cargaison, un pont en partie éclairé, ainsi que les cordages, le matériel et les panneaux de cales habituels. Il y avait trois marins chinois – impossible de dire sur ce navire commercial lequel ou lesquels étaient des officiers, s'il y en avait – sur le pont ouvert. Le trio regardait l'hélicoptère, l'air furieux, et l'inquiétude le reprit.

L'hélico devait faire mine d'être en reconnaissance puis de passer en surveillance rapprochée. Rien de bien méchant. Il attendit, conscient que ses hommes observaient également la passerelle en contrebas, appréhendant la réaction des Chinois.

Alors que deux matelots continuaient à lever les yeux au ciel, le troisième décrocha le téléphone intérieur. En réponse, l'hélicoptère roula de gauche à droite, en guise de salut... ou de pied de nez nautique. Le marin chinois interrompit sa liaison, rejeta sa tête en arrière, brailla ce qui devait être un chapelet d'obscénités, et brandit un poing menaçant.

Kozloff appréciait : les marins avaient avalé le stratagème de la surveillance et ne s'attendaient à rien de plus dangereux de la part du Seahawk. Alors que ses hommes ricanaient, il reprit courage. L'hélicoptère repartit pleins gaz et vira sur l'aile en décrivant un arc si large qu'ils perdirent le cargo de vue.

« Prêts ? », demanda le pilote dans l'oreillette de Kozloff.

Celui-ci regarda ses hommes. Ils lui firent signe, pouce dressé. Il cria dans son micro miniature : « Prêts. Faites-nous descendre. »

Le Seahawk survola la houle du large à basse altitude et s'immobilisa, en vibrant. Les SEAL sortirent le Zodiac par le panneau mobile latéral, et l'opérateur du treuil le fit descendre à la surface. Les SEAL s'accrochèrent au câble, et, un par un, se laissèrent tomber dans l'eau. L'espace d'un instant, Kozloff éprouva la double réaction habituelle ; la surprise de se sentir porté par l'eau, et le soulagement de se retrouver vraiment dans son élément.

Alors que le canot pneumatique était ballotté par les vagues moins de dix mètres plus loin, Kozloff se mit à nager le crawl. L'eau était noire, impénétrable, mais il n'y prêta pas attention. Concentré sur l'opération, il grimpa à bord, suivi par ses hommes. Il démarra le moteur hors-bord électrique, et bientôt ils fonçaient à la rencontre de l'*Empress*. C'était la façon la plus sûre de s'en approcher, car c'est au niveau de la proue qu'ils risquaient le moins de se faire aspirer. C'était aussi la trajectoire la plus rapide, étant donné que le cargo allait droit dans leur direction.

Quand l'*Empress* fut en vue, l'hélico le survolait à nouveau, une bruyante diversion. Kozloff examina le navire, calculant et ajustant la trajectoire du Zodiac de manière à ce qu'ils arrivent parallèlement au navire, et pas en plein dessus. Juste au bon moment, il donnerait un bon coup de barre à droite. A la faveur de l'obscurité et de l'insulte aérienne que représentait l'hélicoptère, il amènerait le Zodiac sur le flanc de l'*Empress*, où ses hommes s'accrocheraient sans bruit à la coque avec leur grappin magnétique. Si tout continuait à bien se passer, ils utiliseraient leur matériel d'escalade magnétique pour monter en vitesse sur le pont avant non éclairé, où ils commenceraient leur fouille décisive.

*

Sur l'*USS John Crowe*, le commandant Chervenko regarda le Seahawk réussir un atterrissage parfait sur son hélisurface. Il baissa la tête sous les pales du rotor toujours en mouvement et courut vers la porte.

« Tout s'est bien passé ? cria-t-il au pilote.

— Impeccable, commandant. Ils y sont. »

Sur un rapide mouvement de tête, Chervenko se dépêcha de regagner le centre de communications et de contrôle. En entrant, son regard se porta aussitôt sur le matelot de 2e classe, Fred Baum, concentré sur l'écran radar.

« Vous arrivez à repérer le Zodiac, Baum ?
— Non, commandant. Bien trop petit.
— Hastings ? Vous entendez quelque chose ?
— Seulement les hélices de l'*Empress,* et ce sous-marin qui nous colle au train », répondit le technicien sonar de 1re classe Matthew Hastings. « Personne ne peut capter le son de ce moteur électrique derrière le bruit du cargo. »

Chervenko fit une moue satisfaite. « Bon. Nos gars vont peut-être réussir. » Il tourna les talons, puis se ravisa. « Restez vigilants. Surveillez tout ce que l'*Empress* pourrait faire de bizarre, et...

— Commandant ? » Hastings au sonar écoutait avec attention. Il éleva la voix. « Le *sous-marin*. Ce fichu sous-marin chinois est en approche rapide. *Très rapide !* Il nous fonce dessus ! »

Chervenko s'empara d'un des écouteurs et écouta. Le submersible approchait bel et bien à toute vitesse. « Quelqu'un a autre chose ?

— Ils arment des torpilles, commandant ! lança un autre technicien. Ils chargent les tubes ! »

Chervenko se tourna brusquement vers le radio. « Annulez ! Annulez la mission ! »

Le technicien des communications se pencha sur son micro et hurla : « *Mission annulée ! Mission annulée !* »

*

Le Zodiac coupa les vagues pour n'être plus qu'à quelques mètres de l'imposant flanc d'acier de l'*Empress*. Pour les SEAL, c'était comme être au pied d'un gratte-ciel, à ceci près que le gratte-ciel filait à grande vitesse, tandis qu'ils se portaient dans sa direction en essayant de ne pas se faire engloutir, entraînés par les remous ou écrasés contre la coque. La désorientation et les brusques changements de la mer en avaient tué beaucoup. Mais Kozloff était habitué à la désorientation, et il possédait un cerveau entraîné pour calculer exactement comment approcher le menaçant cargo de la façon la plus sûre qui soit, sans se fracasser contre lui.

Il rapprocha le Zodiac tout doucement. Des embruns froids lui fouettaient le visage. L'odeur de mazout et de métal était oppressante. Sans qu'on ait besoin de lui en donner l'ordre, le SEAL assigné à cette tâche se pencha à l'extérieur, et fixa le système d'amarrage magnétique à l'*Empress* du premier coup. De l'eau jaillit par-dessus les boudins du zodiac et les trempa. Au même moment, l'homme de tête activa ses crochets magnétiques et se mit à grimper, telle une araignée escaladant un monolithe. Bientôt un autre SEAL grimpa à son tour, puis un autre.

Kozloff les regardait avec fierté. La sécurité offerte par la nuit... la diversion de l'hélico... l'arrimage presque parfait... tout lui indiquait que cette opération vitale allait être un succès.

Il s'autorisa un sourire alors qu'il actionnait ses ventouses magnétiques et les fixait à la coque. Il sentit aussitôt l'attraction, la sensation de sécurité. Ces machins marchaient vraiment. Il se lança à l'assaut de la coque au moment où le premier SEAL atteignait le pont du cargo.

Soudain une voix hurla dans son oreillette : « *Annulez ! Annulez !* »

Avec un déchirement dans les tripes, il se força à inverser sa volonté d'aller de l'avant. Il s'obligea à croire l'incompréhensible : succès égale retrait.

Il bascula le commutateur, établissant la communication avec ses hommes. « *Annulez ! Revenez ! Annulez, bordel ! Ramenez votre cul ici vite fait !* »

Les hommes se laissèrent tomber le long de la coque, glissant rapidement en réduisant le magnétisme des unités accrochées à leurs mains et à leurs pieds. Il se faisait du souci pour l'homme de tête, qui avait disparu sur le pont. Du Zodiac, il leva les yeux, en retenant sa respiration sans s'en rendre compte. *Où était son homme de tête ?*

Quand celui-ci apparut, on aurait dit un pompier sur un mât graissé, se laissant tomber directement le long de la coque, l'air furax et essayant de le cacher. Dès que son pied toucha le boudin du Zodiac, un SEAL l'attira à bord, tandis qu'un autre décrochait le grappin magnétique. Kozloff éloigna le canot du cargo, luttant contre les vagues et les remous qui menaçaient d'entraîner le Zodiac dans les hélices du navire.

Ses hommes observaient l'énorme cargo sans mot dire. Ils pouvaient encore être vus.

Comme aucun projecteur ne s'allumait, Kozloff poussa un

soupir de soulagement. Pour lui, la seule chose positive était qu'au moins cette partie de la mission était réussie : le *Dowager Empress* ne les avait pas repérés.

Pendant qu'il accélérait en direction du *Crowe*, l'*Empress* poursuivait sa course dans un vacarme assourdissant, faisant ballotter et dévier le canot dans les remous du sillage. Maintenant qu'ils ne risquaient plus rien, ses hommes se mirent à ronchonner.

« Qu'est-ce qui s'est passé, bon Dieu ? demanda l'homme de tête.

— On aurait pu y arriver ! », protesta le dernier parti.

Kozloff lui donna raison en silence, mais il était aussi commandant. « Les ordres, les gars, fit-il sévèrement. On nous a donné l'ordre d'abandonner. On ne discute pas les ordres. »

*

Penché par-dessus l'épaule de Hastings, le commandant Chervenko écoutait le sous-marin. Il se raidit en entendant le vaisseau ennemi ralentir. Avait-il bien entendu ?

Hastings avala sa salive. « Il ralentit l'allure, commandant. Il se replie.

— La passerelle dit que le Zodiac est rentré, annonça le radio. Ils se signalent par tribord avant. Le capitaine Bienas dit qu'il ralentit pour récupérer les SEAL. »

D'une voix qui débordait de soulagement, Hastings ajouta : « On dirait que le sous-marin revient à sa position initiale, derrière nous, commandant. »

Chervenko inspira. C'était la plus grande manifestation d'émotion qu'il s'autorisait devant ses hommes. Il était épuisé par les quelques heures qui venaient de s'écouler. Comme il regardait autour de lui les visages tendus, il sut qu'ils l'étaient encore plus. Lui au moins avait des années d'expérience à son actif. « Bon, tâchons de comprendre comment ce sous-marin a bien pu nous menacer juste au moment où nos SEAL allaient monter à bord de l'*Empress*. Hastings ?

— Ils n'ont pas pu repérer le Zodiac ou le Seahawk au sonar, impossible.

— L'*Empress* a vu le Seahawk faire du surplace, suggéra le matelot de 2e classe Fred Baum. Ils ont fait le rapprochement.

— C'est peut-être ça, admit Chervenko. Bon travail tout le monde. Continuez à ouvrir vos yeux et vos oreilles. Appelez-moi s'il y a autre chose. »

Chervenko se hâta vers sa cabine pour faire son rapport à Washington, sachant que le *Dowager Empress* n'avait en aucune façon pu détecter le largage du commando SEAL, aussi loin en mer et de nuit. Ils savaient que le Seahawk les avait nargués, mais c'était tout. Le sous-marin chinois avait été prévenu à l'avance, c'était le seul moyen pour qu'il ait su à quel moment menacer le *Crowe* afin de stopper le raid des SEAL. Quelqu'un avait prévenu le sous-marin chinois. Quelqu'un à Washington.

*Washington, D.C.,
samedi 16 septembre*

Le Président se tenait debout devant les fenêtres du Bureau ovale, qui donnaient sur la Roseraie, tournant le dos à l'amiral Brose, anéanti.

« Ils ont échoué ?

— Le sous-marin chinois s'est approché, expliqua l'amiral d'une voix mécanique. Il a chargé et armé des torpilles. Le commandant Chervenko pense qu'ils savaient que le raid allait se faire et ont deviné qu'il commençait avec le survol de l'hélicoptère.

— Prévenus par quelqu'un, ici ?

— A ce qu'on dirait. » La remarque de l'amiral suggérait que le Président en savait peut-être plus que lui. Il avait été exclu de la récente enquête concernant les fuites. Personne à part le DCI [1] et Klein n'était dans la confidence.

« Très bien, merci, Stevens. »

L'amiral se leva, mais ne partit pas. « Et maintenant, monsieur ? »

Le Président se retourna, les mains serrées derrière le dos, sa haute silhouette encadrée par la fenêtre. « Nous continuons comme avant. Veillez à ce que tous les services soient prêts et

---

1. Le *Director of Central Intelligence* dirige l'ensemble des organes du renseignement américain.

que nous ayons une forte présence dans les eaux asiatiques sur le pied de guerre.

— Et ensuite, monsieur le Président ?

— Ensuite on attend que la Chine bouge.

— L'*Empress* devrait atteindre les eaux irakiennes lundi soir, heure américaine. Mardi matin, heure locale. » Le regard dur de Brose se fixa sur le Président. « Nous sommes aujourd'hui samedi, il faut compter un jour, un jour et demi. La situation était déjà assez mauvaise quand nous disposions encore d'une semaine entière.

— Je sais, amiral. Je sais. »

Le militaire perçut la critique inexprimée et hocha lentement la tête. « Mes excuses, monsieur le Président.

— Pas besoin d'excuses, Stevens. Allez voir si l'on s'occupe de vos hommes. Des blessés ?

— Nous ne le savons pas encore. Quand j'ai parlé à Chervenko, le *Crowe* ne les avait pas encore récupérés. J'ai pensé que vous voudriez être informé de l'annulation de la mission dès que possible.

— Oui. Merci. »

Après le départ de l'amiral, le Président Castilla resta debout. Il finit par laisser échapper un soupir angoissé. Il décrocha le téléphone bleu, la ligne directe et brouillée avec le quartier-général du Réseau Bouclier.

Fred Klein décrocha aussitôt. « Oui, monsieur le Président ?

— Les SEAL ont dû interrompre leur mission. » Le Président répéta le rapport de Brose. « Les Chinois ont été prévenus. Le commandant Chervenko en est sûr.

— Le secrétaire Kott ?

— Non. Je l'ai envoyé en mission spéciale au Mexique pour l'éloigner de Washington. Il est totalement hors du coup, et la CIA le surveille, par simple précaution. »

Le Président marqua un temps d'arrêt, se sentant à nouveau indigné et écœuré par le détournement de pouvoir de Kott. Ses indiscrétions avaient provoqué des dégâts dévastateurs, et le Président avait l'intention de l'en tenir pour responsable. Mais pas encore. Il était trop tôt pour dévoiler son jeu.

Il poursuivit : « Je vais dire à Arlene Debo qu'une fuite ici, à Washington, est peut-être à l'origine de l'agression du *Crowe* par le sous-marin. Il est évident qu'on ne peut pas mettre ça sur le dos de Kott. Jon Smith vous a contacté ?

— Je crains que non, répondit Klein. Encore une heure, et je fais intervenir mes hommes.

— Nous ferions mieux de prier pour qu'ils le retrouvent, lui et le manifeste. Il est notre dernière chance.

— Que dit Arlene de McDermid ? Des nouvelles de l'agent Russell ?

— Une mauvaise nouvelle de plus. Russell aussi a disparu. »

TROISIÈME PARTIE

Chapitre vingt-neuf

Hong Kong

DEUX Chinois traînèrent une paysanne qui se débattait dans la pièce en forme de L, et la jetèrent à terre près de l'homme affalé sur une chaise, les mains liées derrière le dos, le visage en sang, les pieds nus. L'atmosphère était suffocante.

« Regarde bien, lui dit l'un des hommes en cantonais. Quand tu seras interrogée, souviens-toi... tu auras cette tête si tu ne réponds pas. »

Vêtue d'un pantalon ample et d'une veste de pyjama, la paysanne se recroquevilla sur le sol et cligna les yeux comme si elle n'avait pas compris un mot. L'homme secoua la tête, il commençait à se faire du souci. Il jeta un coup d'œil à son collègue, et ils s'éclipsèrent.

Randi entendit la porte se fermer derrière eux. Ses yeux noirs étincelant de colère, elle balaya la pièce du regard pour l'analyser. Les deux larges fenêtres, l'une devant, l'autre à l'arrière, étaient masquées par des tentures. Le soleil du matin débordait seulement en fines rayures sur leur pourtour. Elle ne bougea pas, craignant d'être observée de quelque part. Elle examina Jon et les liens qui l'attachaient à la chaise. Elle jura en silence. *Merde*. Ils l'avaient eu, lui aussi, et ils l'avaient fait danser.

Elle avait mis les pieds dans quelque chose qui dépassait ce que Langley ou elle avaient prévu. Quelle que soit l'affaire sur laquelle travaillait Jon cette fois-ci, il était évident que Ralph McDermid y était mêlé. Son expérience lui avait appris que quand son presque beau-frère se montrait, l'enjeu était probablement d'importance.

Langley était rarement informé de ce que Jon faisait exactement. Son patron devait opérer aux plus hauts niveaux du gouvernement fédéral, quoi qu'il en dise. Cela signifiait que les fuites que McDermid avait orchestrées d'une manière ou d'une autre ne pouvaient être que la pointe d'un iceberg politique ou militaire. Si elle avait raison, sa mission prenait une nouvelle dimension que, pour l'instant, elle garderait pour elle.

En attendant, elle devait espérer que son équipe locale avait compris qu'elle avait été enlevée alors qu'elle surveillait McDermid et sa dernière conquête, et qu'ils organisaient déjà une opération de sauvetage. D'un autre côté, elle ne pouvait pas compter dessus.

Elle se recroquevilla en boule sur le sol, comme transie de peur. Il fallait qu'elle trouve un moyen de s'échapper pour pouvoir les contacter. En même temps, elle ne pouvait pas leur laisser comprendre que Jon et elle se connaissaient ou qu'elle était un agent de Langley, quoi qu'ils leur fassent, à Jon ou à elle.

Comme s'il avait entendu ses pensées, la porte de la pièce en L s'ouvrit, et Ralph McDermid entra. Le PDG d'Altman était suivi par Feng Dun, mais c'est McDermid qui se chargea de l'interrogatoire.

« Pourquoi me suis-tu ? demanda-t-il durement en anglais. Pourquoi m'*espionnes*-tu ? Tu as intérêt à parler, si tu ne veux pas croupir dans une des prisons de ton gouvernement. »

Elle obligea son corps à ne pas réagir. Elle resta allongée par terre dans son déguisement de paysanne sans bouger un muscle, comme si elle ne comprenait pas un mot d'anglais et ne savait pas du tout ce qu'il disait ni même qu'il s'adressait à elle.

Feng Dun lui donna un coup de pied dans les côtes. Elle hurla dans un mandarin véhément et se retourna pour regarder les deux hommes, pauvre paysanne tremblant de peur.

« Elle n'est pas d'ici », dit Feng à McDermid en anglais. « Elle parle le mandarin de la région de Pékin et plus au nord. »

Il la frappa encore, paresseusement, et repassa au mandarin pour demander : « Que fais-tu si loin de chez toi, paysanne ? Que fais-tu à Hong Kong ? »

Randi hurla à nouveau, petite chose humiliée et harcelée par les puissants. « Il n'y a pas de travail sur la terre de mon père ! » cria-t-elle. Puis, en pleurant : « Alors je suis partie pour Guangzhou, mais on gagne plus ici.

— Mais qu'est-ce qu'elle raconte ? », s'impatienta McDermid.

Feng rapporta ses paroles. « C'est une histoire banale. Ils sont des millions à quitter les campagnes pour trouver n'importe quel travail dans les villes.

— Ils ne sont pas des millions à finir par me suivre. Pourquoi espionnait-elle ? Pour qui ? »

Feng traduisit la question avec quelques déformations de son cru. « Tu as suivi McDermid pendant la plus grande partie de la journée. Tu crois qu'on ne t'a pas vue ? M. McDermid est un homme très important. Si tu ne veux pas qu'on te livre à la police, qui te mettra en prison pour le restant de tes jours, dis-nous qui t'a payée et ce qu'il voulait que tu trouves. »

Depuis que Feng et les deux autres hommes l'avaient surprise, alors qu'elle écoutait à la fenêtre de la chambre dans le jardin de la propriété de Ralph McDermid, Randi avait pensé à ce qu'elle pourrait dire de crédible. Cela dépendait pour beaucoup de leur degré de paranoïa. De l'ampleur de ce que McDermid avait à cacher, du nombre de ses ennemis, et de la connaissance plus ou moins approfondie que Feng et lui avaient de ces ennemis.

Elle choisit de se dérober un peu plus longtemps. Elle allait continuer à jouer la fille de la campagne simple et effrayée, puis leur servirait l'histoire de l' « homme mystère ». « Je cherchais seulement de l'argent, pleurnicha-t-elle. Le portail du jardin était ouvert. J'ai entendu des voix, et je suis entrée pour demander de l'aide au riche étranger. »

Le pied de Feng Dun frappa si vite qu'elle ne le vit pas bouger avant que la douleur ne lui irradie les côtes.

Elle cria comme une truie qu'on mène à l'abattoir. En se tortillant par terre, elle réussit à articuler : « Il faut de l'argent pour ma famille. Je ne gagne pas assez dans les usines pour envoyer au village. Il me faut plus. Et... et parfois je dois voler. Elle était si belle cette maison... il devait y en avoir de l'argent dans une maison pareille. Des belles choses à voler et à revendre...

— Stupide paysanne ! » Le visage pâle de Feng rosit et se tordit de rage. « Tu l'as suivi *toute* la journée. Tu l'*espionnais*. Depuis bien plus longtemps sans doute ! »

Randi se surpassa dans le rôle de la moins que rien, rusée, obséquieuse, suppliante et terrifiée. Elle se cramponna aux chevilles de McDermid et se mit à pleurer comme un veau sous son visage dégoûté.

Feng jura en mandarin, la saisit par la veste de son pyjama, et l'arracha à McDermid. « Foutus paysans ! Vous les chatouillez et ils vous font croire qu'on les écorche vifs. Je vais lui donner une bonne raison de hurler, moi. » Il se retourna brusquement. De sa voix douce, il parla rapidement aux deux autres hommes. « Allez chercher les électrodes et le chalumeau. »

Il avait donné ses ordres dans le dialecte de Shanghai, que Randi comprenait. Elle était abasourdie. Elle pouvait endurer la torture aussi bien que la plupart des gens, mais si elle résistait, elle finirait presque certainement impotente même si elle était libérée ou réussissait à s'échapper. Il y avait néanmoins une histoire qu'ils étaient susceptibles de croire totalement : elle leur livrerait Jon.

Il était déjà blessé. Pour autant qu'elle sache, cela pouvait être sérieux. Elle s'arma de courage en le regardant. Il était ligoté sur sa chaise, avachi, inconscient, pas même gémissant. Elle ne pourrait rien faire ni pour l'un ni pour l'autre, si elle aussi était gravement blessée. Et elle ne pourrait rien faire pour la CIA et certainement rien pour l'Amérique.

Elle allait les laisser chercher leur chalumeau, leurs appareils électriques, ou toute autre horreur que Feng Dun possédait dans son arsenal de torture. S'ils choisissaient les électrodes, ils commenceraient par l'assommer avec une bonne décharge, qui, elle le savait, ne provoquerait aucune lésion grave. Elle ne craquerait ni ne donnerait Jon avant la deuxième ou troisième secousse. Plus elle tiendrait le coup longtemps plus ils croiraient ce qu'elle leur raconterait. S'ils commençaient avec le chalumeau, elle devrait prendre le risque de le livrer plus tôt. Les chalumeaux lui faisaient peur.

Les deux hommes, souriants, revinrent avec leurs instruments de persécution. Le réflexe est une réaction physique qui échappe au contrôle de l'esprit. C'est seulement une fraction de seconde après qu'elle eut réagi que Randi se rendit compte que Feng Dun avait regardé.

Il sourit à nouveau. « Allume le chalumeau », commanda-t-il à l'un des hommes. « Apporte une autre chaise. Enlève ses sandales », ordonna-t-il à l'autre.

Ralph McDermid avala sa salive avec difficulté. « Est-ce bien nécessaire...

— Oui, taïpan, coupa Feng d'une voix où perçait une pointe d'irritation. Dans des affaires de cette importance, il faut se salir les mains. Et même les tremper dans le sang. »

Le deuxième homme alla chercher une chaise dans le coin. Feng Dun prit Randi par les épaules. Elle se laissa peser de tout son poids, mais il la souleva aussi facilement qu'une poupée de paille. Il la jeta sur la chaise. Le premier homme alluma le chalumeau, tandis que son collègue lui retirait ses sandales.

« Non ! Non ! Je vais parler, glapit-elle en mandarin. C'est *lui* qui m'a payée. » Elle montra Jon, qui ne bougeait toujours pas. « J'avais peur de le dire. Vous m'auriez fait mal, comme à lui. Mais... *c'est lui, c'est l'homme qui l'a fait*. Il m'a payée, m'a demandé de suivre ce monsieur-là, et de me rappeler où il allait, ce qu'il faisait, et à qui il parlait. Tout ce que le monsieur étranger faisait. J'avais besoin de l'argent. Mon père et ma mère sont vieux. Il leur faut des médicaments et de la nourriture. Leur maison est vieille. Elle doit être réparée. *Pitié ! Ne me faites pas mal !* »

Elle continua à jacasser comme si la terreur avait libéré un déluge de paroles. McDermid et les autres hommes se tournèrent pour examiner Jon tandis que Feng traduisait. Un air de compréhension passa sur le visage de McDermid. Randi voyait dans ses yeux qu'il y croyait, qu'il se disait : *Oui, évidemment. Pourquoi est-ce que je n'ai pas deviné ça depuis le début ?*

Feng ne regardait pas McDermid. Il avait les yeux fixés sur les pieds de Randi. Il s'approcha, lui saisit les mains, et les retourna pour inspecter les paumes.

Distrait par les gestes de Feng, et soulagé que le chalumeau ne soit plus nécessaire, McDermid demanda : « Feng ? Qu'y a-t-il ? »

Feng lâcha les mains de Randi et lui souleva le menton. Il

regarda fixement son visage, ses yeux, ses cheveux. Ses longs doigts étaient comme des clous en acier contre son front et son cuir chevelu, et son estomac fit le saut de l'ange.

Elle recula. « Aïe ! *Vous me faites mal !*

— Reste tranquille. »

Brusquement, les doigts se plantèrent sous la naissance des cheveux. Son cuir chevelu postiche couleur chair et sa perruque noire se détachèrent dans sa main, révélant le filet serré qui maintenait en place ses propres cheveux.

« Feng ! » Le large visage de McDermid semblait sidéré.

Feng enleva la résille, libérant une cascade de cheveux blonds.

Ses deux gorilles étaient bouche bée, comme s'ils avaient été témoins d'un miracle.

« Elle n'est pas chinoise ! constata bêtement McDermid.

— Non, fit Feng, sans cesser de dévisager Randi. Elle n'est pas chinoise.

— Mais comment avez-vous... ?

— Ses pieds, expliqua Feng. Les gens des campagnes portent des sandales presque toute leur vie. Elle n'a pas l'espace entre le gros orteil et les autres doigts. » Il l'examina avec une sorte d'admiration. « Ses mains ont été rendues rêches et vieillies artificiellement, avec une pellicule de latex sans doute. Le même genre de produit a donné à ses yeux un pli et une forme orientale. Elle porte probablement des lentilles de contact, et sa peau est discrètement pigmentée avec une sorte de teinture longue durée. C'est du très bel ouvrage, un travail d'experts du renseignement. »

Tous dans la pièce, à l'exception de Jon, inconscient, dévisageaient Randi comme ils auraient regardé une bête curieuse.

La peur envahit la jeune femme. Ses pensées se bousculèrent. Ils n'allaient plus croire que Jon l'avait engagée. Feng avait déduit qu'elle travaillait pour une agence de renseignement. Il n'en démordrait plus. Elle devrait incorporer cet aveu à ses nouveaux mensonges, quels qu'ils fussent. En sueur, elle envisagea différentes possibilités... ce que Feng et McDermid pourraient croire... quelle fable elle aurait le talent de rendre crédible.

« Alors », dit Feng de cette voix spectrale qui ne variait guère, ce qui la rendait encore plus intimidante. « Vous n'êtes pas chinoise, mais vous parlez mandarin aussi bien sinon mieux que moi, et je dirais cantonais et shanghaien aussi, non ? Certainement anglais. Vous avez compris tout ce que nous avons dit. Vous nous avez devancés dès le début. Vous êtes parfaitement entraînée par une vaste organisation ayant des intérêts dans le monde entier et besoin d'agents qui maîtrisent les langues étrangères. Même notre ami américain ici présent ne sait pas parler chinois. Mais il ne travaille pas pour la CIA, n'est-ce pas ? Une personne spéciale, peut-être, recrutée pour une mission spéciale, mais avec un vrai agent de Langley pour travailler avec lui, c'est ça ? Et, bien entendu, cet agent de Langley ce serait vous. »

Randi prit une décision. Avec une moue dédaigneuse et dans un russe écœuré, elle déclara : « Ne m'insultez pas ! »

Ralph McDermid recula d'un demi-pas, les yeux écarquillés comme si on l'avait giflé.

Feng Dun cligna les yeux.

« Et vous avez raison au sujet du colonel Smith, poursuivit-elle dans un russe impeccable. Il n'est pas de la CIA. Pour qui travaille-t-il et qui est-il au juste, j'en sais aussi peu que vous. » *Donne-leur une petite confirmation. Ça pourrait les distraire.* « Mais j'aimerais le savoir, moi aussi. Ça pourrait s'avérer utile pour nous plus tard.

— Qu'est-ce qu'elle a dit ? », demanda McDermid. Quand Feng eut traduit, l'homme d'affaires fronça les sourcils avec colère. « Pourquoi est-ce qu'un agent russe me suit, *moi* ? »

Randi se mit à parler anglais avec l'accent russe. « Le groupe Altman n'est pas le seul marchand d'armes.

— Les services de renseignement russes ont envie de faire des affaires ? » McDermid flaira l'aubaine. « Le Kremlin veut travailler avec nous ? » Il avait signé de bons contrats avec la Russie dans le passé, mais dernièrement, Moscou était devenu gourmand, exigeant un rabais plus important.

« Sauf pour quelques-uns, il ne fait pas bon vivre en Russie aujourd'hui. »

McDermid observa Randi attentivement. « Vous ne travaillez pas pour le gouvernement, trancha-t-il. Vous travaillez au noir pour votre propre compte ou pour d'autres. Pour un de vos oligarques capitalistes, peut-être. Quelqu'un qui veut être au courant des activités du groupe Altman pour des raisons commerciales. »

Randi hocha lentement la tête, comme si elle répugnait à l'admettre. « On fait ce qu'on doit faire. Mon père travaillait au GRU. On s'habitue à vivre bien. »

Le GRU était l'ancien service de renseignement de l'armée soviétique. « Est-ce que cet oligarque a un nom ?

— Possible. » Elle haussa les sourcils et regarda McDermid.

Feng tourna la tête vers l'homme d'affaires. Puis il lança un regard furieux à Randi. « Je ne vous crois pas. Quel est le contrat d'armement que M. McDermid négocie à Hong Kong qui vous a conduit ici ?

— Arrêtez, Feng. » McDermid voyait danser les dollars. La Russie possédait encore des armes que beaucoup convoitaient, notamment dans le tiers-monde. Ces dictateurs et rois autoproclamés avaient beau crier famine, ils se débrouillaient pour trouver l'argent liquide quand il était question d'armes et de munitions. Si cette femme avait accès à un arsenal privé, probablement pillé dans les réserves en diminution du gouvernement...
« Il faut que nous parlions. »

Feng continuait à scruter le visage de Randi, y cherchant quelque chose qu'il n'arrivait pas exactement à déterminer mais dont il semblait sûr qu'il était là. Ensuite il regarda Jon Smith. Celui-ci n'avait toujours pas bougé. Il reporta son attention sur Randi.

« Feng », répéta McDermid.

L'homme de main lui jeta un coup d'œil, tourna les talons, et se dirigea vers la porte.

McDermid le suivit non sans avoir adressé un sourire rassurant à l'agente russe qui travaillait au noir dans les milieux d'affaires.

Chapitre trente

Dans un bureau intérieur, le téléphone portable de McDermid sonna. Il le sortit de sa poche.
« McDermid à l'appareil.
— Il faut que nous parlions », articula une voix raffinée.
McDermid couvrit le microphone. « Je ferais mieux de répondre, dit-il à Feng Dun.
— Très bien. Mes hommes doivent manger de toute façon.
— La nuit a été longue. Allez chercher quelque chose en bas. Je veux des toasts de pain blanc et du café. Lait et sucre. Un feuilleté aux fruits, si vous trouvez. Nous reparlerons ensuite de la Russe. »
Feng et ses hommes descendirent l'escalier en bois à pas lourds, tandis que McDermid trouvait à s'asseoir sur une caisse d'emballage contenant des jouets pour adultes destinés à un sex-shop du rez-de-chaussée.
Il reprit le téléphone. « J'ai de bonnes nouvelles pour vous.
— Quelles nouvelles ? »
McDermid raconta la capture de Smith et de l'agent russe. « C'est la fin de notre principal problème. Toutes les copies du manifeste sont détruites. »
La voix à l'autre bout de la ligne dit avec soulagement : « Parfait. Et avez-vous donné mes renseignements concernant l'opération des SEAL à Feng Dun pour qu'il les transmette ?

— Oui, c'est terminé. Il a pris contact avec un homme à lui, qui a fait passer l'information au capitaine du sous-marin. Vous n'êtes pas au courant ?

— Pas encore. Ce sera un plaisir de jouer la surprise. La Maison-Blanche ne recommencera pas, maintenant qu'ils savent les Chinois à l'affût d'autres tentatives. Parlez-moi de cette Russe. Vous dites qu'elle vous espionnait ? Ça ne me dit rien qui vaille. »

McDermid le mit au courant. « Nous pouvons peut-être l'utiliser. J'en saurai bientôt davantage.

— C'est intéressant, mais restons concentrés. Je suis isolé et vulnérable dans cette affaire. Nous avons intérêt à aboutir.

— *Vous* êtes isolé et vulnérable ? Songez à ma position. Si je ne suis pas inquiet, vous n'avez pas à l'être.

— Que comptez-vous faire de Smith ?

— Ce qu'il faudra. C'est du ressort de Feng. Mais d'abord, je veux savoir pour qui il travaille.

— S'il arrive quoi que ce soit, je ne suis au courant de rien.

— Naturellement. Moi non plus. »

Réjoui par ces progrès, McDermid raccrocha et resta assis sur la caisse d'emballage, songeant à cette nouvelle chance que la Russe lui avait peut-être apportée. En fonction de ce qu'elle offrait, cela pouvait signifier un autre milliard à long terme.

*

Dès qu'elle entendit la porte se refermer, Randi se pencha pour enfiler ses sandales. Elle se mit à chuchoter à l'intention de Jon d'une voix tellement basse qu'elle était inaudible de la porte située à l'angle.

« Jon ? Jon ? Je vais te sortir d'ici. Tu m'entends ? Jon ?

— Bien sûr que je t'entends. Je ne suis pas sourd, tu sais. Du moins, pas encore. » Il avait du mal à parler à cause de ses lèvres tuméfiées. La souffrance affleurait derrière le chuchotement enjoué. « Très beau travail. Je suis impressionné. »

Un immense soulagement envahit Randi, mêlé d'agacement. « Bon sang, tu étais réveillé depuis le début !

— On se calme. » Il essaya de lever la tête. « Depuis un bon moment seulement. Je... »

Randi posa un doigt sur ses lèvres, secoua la tête, et lui fit signe de s'avachir à nouveau sur sa chaise. Elle se leva et fit le tour de la pièce nue. Elle inspecta le sol, les murs et le plafond, comme si elle cherchait une autre sortie. Elle s'attendait en fait à trouver des systèmes d'écoute et des caméras en circuit fermé, mais il n'y avait ni caméras ni modifications récentes dans les murs susceptibles de dissimuler des micros.

Rien n'était accroché aux murs, et il n'y avait pas d'appliques et pas d'autres meubles à part les deux chaises à dossier droit. Elle ne pouvait pas être tout à fait certaine qu'il n'y avait pas de système d'écoute, mais elle savait en revanche qu'il n'y avait pas de caméras.

Elle retourna à sa chaise et dit à voix basse : « Bon, ils ne peuvent pas nous voir, et je n'ai trouvé aucun micro, mais mettons-la en veilleuse, on ne sait jamais. Qu'est-ce que tu as entendu ?

— Presque tout. Me livrer à eux était magistral, sans doute la seule histoire qu'ils auraient crue. Le passage russe était carrément génial. Les hurlements et les supplications de la paysanne n'étaient pas mal non plus. Je ne savais pas que tu étais aussi douée pour ramper à quatre pattes.

— Ton approbation me fait chaud au cœur. Mais nous sommes toujours coincés ici. A moins que tu veuilles finir dans une tombe improvisée les pieds carbonisés, on ferait mieux de savoir quoi faire quand ils reviendront.

— J'ai pris de l'avance. Comme tu t'en sortais très bien, j'ai eu beaucoup de temps pour réfléchir. Que sais-tu du grand type avec ces cheveux pas possibles ?

— Feng Dun ?

— Oui, c'est aussi le nom que j'ai pour lui.

— Il vient de Shanghai. Ex-soldat, guérillero, et aventurier. Un pro de la clandestinité. Maintenant il est homme de main pour des hommes d'affaires de haut niveau.

— D'où ça lui vient ces cheveux ?

— Il y a des tas de Han rouquins, cela vient probablement d'une minorité assimilée il y a longtemps. Je suppose que les cheveux blancs sont juste un signe bizarre de l'âge. Maintenant, à ton tour. Pendant que je rampais dans la crasse pour te sauver la peau, qu'est-ce que tu as trouvé pour nous sortir d'ici ?

— On leur saute dessus et on se tire. »

Le caractère farfelu de cette proposition la laissa sans voix. « Tu plaisantes !

— Réfléchis », dit-il, la douleur dans sa voix s'entendant de plus en plus à mesure qu'il parlait entre ses lèvres irritées. « On a une autre solution ? Il y en a d'autres derrière cette porte ?

— Ils m'ont bandé les yeux. Ils sont probablement plus nombreux, mais nous ne savons même pas où nous sommes.

— Si, nous le savons. Enfin, moi, je le sais. J'ai tendu l'oreille, et bien qu'on m'ait aussi bandé les yeux, je suis arrivé à capter deux ou trois choses. C'est le matin, la fin de la matinée probablement. J'ai entendu des vendeurs parler, des stores qu'on ouvrait, et des sirènes de bateaux dans le port. En plus, j'ai cru entendre un grondement venant du sous-sol, comme si le métro passait dans le coin. J'en déduis que nous sommes de nouveau à Wanchai, dans une petite rue quelconque, pas si loin du port.

— A en juger par l'aspect de cette pièce, nous sommes dans un vieil immeuble, spécula Randi. Ce qui signifie probablement un seul escalier... une seule issue. »

Jon hocha la tête. « D'accord, donc notre meilleure chance, c'est d'essayer de leur tomber sur le râble. Tu peux te charger de McDermid ?

— Avec une seule main.

— Sers-toi des deux. On ne sait jamais, et fais vite, ça va sans dire.

— C'est comme si c'était fait. Il va falloir qu'on sorte d'ici fissa, avant que les autres comprennent ce qui se passe. Mais toi, tu vas y arriver ? Tu m'as l'air sérieusement esquinté.

— Je me suis senti mieux. Ce qu'il y a de bien, c'est que je n'ai rien de cassé, et que je vais me montrer à la hauteur. La crainte de la mort est un excellent aiguillon pour qu'un type se bouge les fesses. »

Elle le dévisagea et hocha la tête. Il avait cet air déterminé qu'elle lui avait déjà vu. « C'est toi le toubib.

— Détache-moi, mais laisse les cordes en place pour faire illusion. »

Elle se hâta de défaire les nœuds d'une main fébrile.

« Ils vont te poser beaucoup d'autres questions sur tes contacts russes, dit-il pendant qu'elle s'activait. Ce que tu cherches.

Ce que ton marchand d'armes veut vendre et acheter... tout ça. Il faut que tu retiennes leur attention, surtout celle de Feng. »

Elle laissa les cordes entrelacées pour qu'elles aient l'air serrées. « Merci du conseil. Je n'aurais jamais compris ça toute seule. »

Jon ignora le sarcasme. « Il aura son arme, bien sûr. J'ai l'intention de le prendre par surprise.

— Alors fais en sorte de le cueillir du premier coup.

— Je sais. Je... »

Ils entendirent la clé tourner dans la serrure. Jon s'affala aussitôt sur sa chaise, en faisant attention à ne pas déplacer les cordes en nylon. Randi reprit sa posture nonchalante sur l'autre chaise, prête à traiter avec McDermid, si le prix était correct.

L'homme d'affaires apparut en premier. Feng Dun suivait derrière, sans se presser, avec sur le visage un mélange de méfiance et de désapprobation. La façon dont McDermid s'y prenait avec la Russe ne lui plaisait pas. Il se fichait pas mal des affaires de son employeur, et, en plus, il ne sentait pas la fille. Trop désinvolte. Personne ne lui avait encore demandé de prouver qu'elle était bien celle qu'elle prétendait être. Une négligence qu'il comptait corriger.

Sous ses paupières presque fermées, Jon vit le doute sur le visage de Feng. Et bien que le tueur fût distrait, il surveillait l'agent américain.

McDermid marcha droit sur Randi. « Bon, parlons de vos contacts. Nous allons...

— Minute, coupa Feng. D'abord je jette un coup d'œil à l'Américain. »

Il souleva la tête de Jon par les cheveux. Jon gémit, et un filet de salive s'écoula de ses lèvres entrouvertes. Sans avertissement, Feng le gifla. Jon tressaillit à peine et s'écroula si lourdement que Feng dut lui soutenir la tête d'une main, tandis qu'il utilisait l'autre pour tirer sur les cordes en nylon qui barraient sa poitrine.

Alors qu'elle essayait de rester tranquillement avachie sur sa chaise, Randi sentit la peur contracter ses muscles. Les cordes de Jon résistèrent. Elle les avait nouées à plusieurs endroits, et Jon avait bombé le torse pour les tendre. Quand il se détendrait, les boucles se déferaient. Il pourrait alors se détacher sans être vu.

« Terminé ? » fit McDermid avec impatience. Le PDG

d'Altman n'attendit pas la réponse. Il reporta son attention sur Randi. « Nous... Quel est votre nom, je ne peux pas vous appeler la Russe.

— Ludmilla Sakkov. » Elle fit un signe de tête en direction de Feng. « Et lui, il s'appelle comment ?

— Tu n'as pas à connaître mon nom, la Russe. Si tu *es* russe », remarqua Feng, en la détaillant de la tête aux pieds. « J'ai autrefois combattu pour les Russes... »

A cet instant, Jon se détendit, sentit les cordes glisser, et bondit de sa chaise bien plus vivement qu'il ne l'aurait cru possible. Les liens se détachèrent, la chaise se renversa avec fracas, et son poing droit toucha Feng Dun à la pointe du menton. Le coup lui dévissa la tête, pinça sa colonne vertébrale, et l'envoya valser sur le côté où il aurait percuté McDermid, si celui-ci eût été encore là.

Il ne l'était plus. Deux puissantes manchettes de karaté portées à la gorge et à la tempe par la « Russe » qui s'était levée d'un coup avaient mis McDermid K.-O. par terre. Feng trébucha sur les jambes de l'homme d'affaires, et se reçut violemment sur l'épaule.

« Jon ! », cria Randi.

Feng secoua la tête pour reprendre ses esprits et glissa la main sous son blouson. Ils virent son pistolet, mais il était allé s'étaler trop loin pour qu'ils puissent le désarmer d'un coup de pied. Il roula sur le dos, tenant son arme à deux mains, s'apprêtant à faire mouche. Au même moment, des cris éclatèrent à l'extérieur de la pièce. Des bruits de pas se firent entendre à la porte. Les hommes de Feng.

Ils étaient à nouveau pris au piège, et n'avaient plus guère de choix.

« La fenêtre ! », dit Jon.

Il pivota sur lui-même, et malgré la vague de douleur qui manqua le terrasser, courut droit sur les rideaux qui camouflaient la grande fenêtre. Il passa à travers dans un fracas de verre et de vieux bois, et disparut, emportant les rideaux avec lui. Sans prendre le temps de réfléchir, Randi suivit.

La pièce se trouvait au deuxième étage d'un immeuble des années 30. Un cri s'échappa de la gorge de Randi, alors qu'elle accompagnait Jon dans sa chute.

*

Jon et Randi se débattirent dans le vide, s'accrochant désespérément à tout ce qu'ils voyaient en tombant. Ils allèrent s'écraser sur une solide banne en toile. Indemnes, ils se regardèrent avec soulagement, rassemblant leurs esprits. La banne gémit. Ils se précipitèrent vers l'armature, essayant de s'y accrocher. Les supports en acier résistèrent en ployant.

Alors que des cris éclataient à la fenêtre au-dessus, la toile se déchira, les précipitant à nouveau dans le vide. Mais ils se reçurent sur une seconde banne, plus petite, protégeant une devanture. Ils glissèrent dessus pour atterrir sur le parapluie d'un vendeur d'omelettes, qui s'effondra aussitôt.

Ils tombèrent durement dans la rue, évitant de peu la charrette du vendeur. Tandis que celui-ci hurlait, ils restèrent allongés, sonnés. Autour d'eux, des employés se préparaient à une nouvelle journée. Des camions de livraison passèrent en grondant dans la rue étroite pour aller se garer à cheval sur le trottoir, bloquant la circulation sur une voie. Des piétons s'arrêtèrent pour regarder ce couple d'Européens tombés du ciel au milieu d'eux, surtout la femme blonde vêtue comme une simple paysanne. Un concert de langues s'éleva comme ils s'attroupaient, certains pointant le doigt vers le ciel pour expliquer cet événement inhabituel.

Jon saignait à nouveau de la bouche et du visage, et du sang frais s'écoulait d'une déchirure dans son pantalon. Il bougea bras et jambes. Il avait mal partout, mais apparemment rien de cassé.

Randi était tombée sur le dos. Le souffle coupé, essayant de respirer normalement, elle s'assura qu'elle n'était pas blessée, qu'elle n'avait pas de fracture, qu'elle ne saignait pas. Par miracle, elle paraissait indemne.

Ils se redressèrent presque au même moment. Alors que le cercle des badauds se rapprochait, ils échangèrent un autre regard de soulagement, où se mêlait cette fois une extrême fatigue. Ils n'étaient pourtant pas au bout de leurs peines. Feng Dun et ses hommes dévalaient déjà probablement l'escalier à leur poursuite.

Alors qu'ils se relevaient péniblement, elle lui dit : « Il y a une allée. »

Jon hocha la tête, incapable de parler. Ils s'en approchèrent en boitant, poussant les gens sur leur passage.

« Randi ! Par ici ! » L'agent de la CIA Allan Savage agitait les bras, juché sur l'aile d'une Buick noire. Son visage ordinaire était soucieux. Deux autres membres de l'équipe de Randi se frayaient un chemin dans leur direction.

« Qui c'est celui-là ? s'enquit l'agent Baxter alors qu'il jetait le bras de Jon par-dessus son épaule pour l'aider à rejoindre la voiture.

— Pose pas de questions. Fais-le monter. Vite ! »

Du coin de l'œil, Jon vit Feng Dun débouler dans la rue près d'un sex-shop, tournant la tête en tous sens. Trois autres hommes se pressèrent derrière lui. Tous avaient une arme à la main. Quand la foule les aperçut, elle s'égailla en criant.

Jon ne tenait pas sur ses jambes. Randi se jeta à l'arrière de la Buick. L'agent Baxter poussa Jon à côté d'elle.

Des coups de feu éclatèrent dans la rue. Les gens continuaient à se disperser, s'abritant là où ils le pouvaient. De la voiture, Allan Savage à la place du conducteur et une femme agent à l'arrière firent claquer leurs pistolets-mitrailleurs.

Comme Feng Dun et ses tueurs se repliaient dans l'entrée de l'immeuble, Savage lança la Buick pied au plancher, vira au premier coin de rue dans un crissement de pneus, et disparut.

*

La planque de la CIA occupait un immeuble de quatre étages sur Lower Albert Road, dans Central. La Buick s'engagea dans une allée derrière le bâtiment, un mur de ciment s'entrouvrit, et la voiture disparut à l'intérieur. Le rez-de-chaussée avait été entièrement refait, le garage clandestin installé, et la façade convertie en cabinet d'assurances où des gens allaient et venaient toute la journée, pour y traiter des affaires régulières. Le cabinet réalisait un petit bénéfice, ce qui faisait plaisir au DCI, à Langley, ainsi qu'aux membres du Congrès et aux sénateurs siégeant dans les commissions de surveillance.

Au premier étage se trouvait la salle des premiers secours. Un médecin de Hong Kong d'origine américaine employé par Langley examina leurs blessures et leurs contusions et fit des radios avec une unité portable.

Il déclara que Randi était « une petite fille chanceuse ».

Allan Savage et les autres membres de l'équipe même secours grimacèrent en voyant la mine courroucée de la jeune femme, craignant le pire pour le médecin. Mais, à leur grande surprise, elle se contenta de lui jeter un regard furieux. Le médecin, qui s'attendait au moins à un sourire de remerciement, était confus.

Il se tourna précipitamment vers Jon, qui présentait un cas différent. « Vous avez pris une vilaine raclée, et vous êtes contusionné au niveau des côtes. » Il prit les radios de Jon en marmonnant, stupéfait de ne rien trouver de plus que de sérieuses contusions. « Vous êtes bien amoché, n'empêche. Je dirais que vous êtes sur la touche pour une semaine... au moins trois, quatre jours. Ces plaies que vous avez au visage et ces lacérations dans la bouche pourraient s'infecter.

— Désolé, toubib, lança Jon. J'ai du boulot. Débarbouillez-moi et bourrez-moi d'antibiotiques. Quelques analgésiques ne seraient pas pour me déplaire non plus. »

Après le départ du médecin, l'équipe fournit le déjeuner. Uniquement de la soupe pour Jon.

Allan Savage s'excusa auprès de Randi. « Désolé pour le retard, Tommie t'avait pourtant suivie sans problème jusqu'à ce qu'ils t'emmènent dans la rue. C'est là qu'elle t'a perdue. Elle n'a pas vu exactement où ils t'avaient emmenée. On était en train de ratisser le quartier immeuble par immeuble quand tu as dégringolé de ces fenêtres. Une évasion sacrément risquée. Comment as-tu su à quelle hauteur tu te trouvais et ce qu'il y avait sous les fenêtres ?

— Ce n'est pas à moi qu'il faut le demander. » Randi désigna Jon d'un mouvement de tête. « C'était une idée à lui. J'ai juste suivi. » Elle se jeta sur ses œufs au bacon.

Jon haussa les épaules. « Je croyais que c'était un immeuble plus ancien, plus bas. Quoi qu'il en soit, sans armes, et avec Feng Dun qui allait attraper son flingue et le reste de la bande qui nous serrait de près dans la pièce, nous n'avions même pas le temps d'attraper nos chaises et de les balancer. C'était la fenêtre ou adieu. »

L'assemblée le regarda, impressionnée.

« Mais qui c'est ce type ? demanda l'autre femme agent, Tommie Parker.

— Je te présente le lieutenant-colonel Jon Smith, docteur en médecine. Jon sans *h*. Il est chercheur à l'USAMRIID. Ce qu'il fait d'autre reste ouvert aux spéculations, n'est-ce pas, Jon ?

— Randi voit des conspirations partout », sourit Jon d'un air innocent. Les analgésiques semblaient agir. Grâce à eux et à la soupe, il commençait à se sentir bien mieux. Il avait des pansements couleur chair sur le visage, et sa lèvre tuméfiée n'était pas belle à voir. Mais il se disait que cela pourrait être bien pire. A présent, ce qu'il voulait, c'était dormir quelques heures d'affilée.

« Nous aussi, fit Allan Savage, en étudiant Jon.

— Je suis médecin, soupira Jon, chercheur en microbiologie, et je travaille à Fort Detrick pour l'USAMRIID. Ils m'envoient parfois en missions spéciales. Notamment quand de nouveaux virus apparaissent. Pourquoi ne pas nous en tenir là ? »

Tommie fronça les sourcils, ses yeux bruns exprimant la méfiance. Elle avait des cheveux châtains mi-longs, et un visage doux et gamin dont Jon se dit qu'il dissimulait un esprit fin et audacieux. « Quel virus est en train d'apparaître à Hong Kong, colonel ?

— Aucun. Mais il y en a un à l'intérieur de la Chine, mentit-il, et la division médicale de Donk & LaPierre est dessus. Le gouvernement veut en savoir plus.

— Quel gouvernement ? s'enquit Tommie d'un air soupçonneux.

— C'est la seule chose concernant Jon dont je sois sûre, intervint Randi... il travaille pour notre camp. »

Jon était prêt à lancer une riposte quand le dernier agent de la Buick, Baxter, se pencha dans la salle de secours par une porte ouverte. « On a quelque chose sur l'écoute téléphonique qu'on a installée dans le bureau de McDermid la nuit dernière. Il vient de recevoir un appel. »

Ils se levèrent d'un bond, coururent dans le couloir et s'engouffrèrent dans une pièce située sur l'arrière bourrée de matériel électronique, de machines, et d'instruments. Randi et Jon se frayèrent un passage pour se mettre à côté d'un ordinateur portable d'où sortit une voix de femme avec un léger accent. « Vous êtes Ralph McDermid ? »

Chapitre trente et un

DEPUIS qu'il était retourné à son bureau, dans le penthouse, Ralph McDermid avait été partagé entre l'inquiétude et la colère. Alors qu'il travaillait à un nouvel accord en vue de l'acquisition d'une société d'investissement asiatique en difficulté, à Hong Kong, ses pensées le ramenaient à la débâcle du matin avec Jon Smith et la femme. Il était en colère contre lui-même d'avoir permis à cette fille, qui n'était peut-être pas russe après tout, certainement pas quelqu'un de désireux de faire des affaires, de le berner aussi facilement, et contre Feng Dun, d'avoir sous-estimé Smith.

La partie restait pourtant bien engagée. S'il était vrai que ces deux-là s'étaient échappés, et que Jon Smith était dangereux, le préjudice avait été en fait minime. Smith n'avait toujours aucun moyen de prouver que l'*Empress* transportait des produits chimiques illégaux. Feng finirait par le retrouver et le tuer ; il avait les ressources nécessaires... même ici, à Hong Kong.

Ces pensées le rassurèrent. Quand le téléphone sonna, il répondit avec son affabilité coutumière. « Oui, Lawrence ?

— Une dame, monsieur. Sur la deux. Elle paraît plutôt jeune, et.... séduisante.

— Une dame ? Et possiblement séduisante ? Tiens, tiens. » Il n'attendait aucun appel d'aucune « dame », et cela ajouta à son enthousiasme. « Passez-la-moi, Lawrence. Passez-la-moi. »

Il ajustait sa cravate comme si elle avait pu le voir, quand sa voix résonna dans son oreille dans un anglais légèrement guindé. « Vous êtes Ralph McDermid ?

— C'est bien lui, ma chère. Nous nous connaissons ?

— Peut-être. Vous êtes le président-directeur général du groupe Altman ?

— Oui, en effet. C'est bien ce que je suis.

— Votre société est propriétaire de Donk & LaPierre ?

— Nous sommes un groupe financier, et nous possédons de nombreuses entreprises. Mais qu'est-ce que... ?

— Nous ne nous sommes jamais rencontrés, monsieur Mac-Dermid, mais je crois que nous en aurons bientôt l'occasion. Métaphoriquement, s'entend. »

McDermid sentit sa mauvaise humeur le reprendre. Cela ne ressemblait pas du tout à une femme suggérant un rendez-vous galant. « Si vous appelez pour affaires, madame, il vous faudra prendre contact avec mon bureau, indiquer quelle est l'affaire qui vous occupe, et prendre rendez-vous. Si votre affaire concerne Donk & LaPierre, je vous suggère de les appeler directement. Au revoir...

— Notre affaire concerne le *Dowager Empress*, monsieur McDermid. Croyez-moi, vous feriez bien de traiter avec nous directement. »

McDermid haussa les sourcils. « Quoi ?

— L'*Empress* est un bateau, au cas où vous l'auriez oublié. Un cargo chinois qui fait route vers Bassora. Sa cargaison est, à notre avis, d'un grand intérêt pour les Américains. Et peut-être aussi pour les Chinois.

— Dites-moi ce que vous voulez, et nous pourrons peut-être en profiter tous les deux.

— Nous sommes ravis que vous soyez prêt à parler de bénéfices mutuels. »

Il s'emporta : « Arrêtez de parler par énigmes ! Il va falloir que vous m'en disiez bien plus pour me convaincre que je dois vous écouter. Sinon, cessez de me faire perdre mon temps ! » L'attaque, comme il l'avait appris personnellement au fil des années, était souvent la meilleure défense.

« L'*Empress* a quitté Shanghai début septembre pour Bassora. Ses cales renferment des tonnes de thiodiglycol destinées à la production de gaz vésicants par l'Irak, ainsi que de chlorure de thionyle pour produire à la fois des gaz vésicants et innervants. » La voix calme de l'inconnue prit des accents sinistres. « Est-ce suffisant, monsieur Ralph McDermid, directeur général et fondateur du groupe Altman ? »

McDermid avait du mal à parler. Il appuya sur le bouton d'enregistrement du téléphone, sonna Lawrence, et demanda prudemment : « Qui représentez-vous au juste, et que voulez-vous ?

— Nous ne représentons que nous-mêmes. Etes-vous prêt à entendre notre prix et nos conditions ? »

Lawrence entra dans le bureau. McDermid lui fit signe de localiser l'appel. A bout de patience, il lâcha : « Qui êtes-vous à la fin, et pourquoi ne devrais-je pas vous raccrocher au nez ?

— Mon nom est Li Kuonyi, monsieur McDermid. Mon mari est Yu Yongfu. Comme vous vous en souvenez certainement, il est le président de Flying Dragon Enterprises. C'est un homme intelligent. Tellement intelligent et avisé, en fait, qu'il a conservé la copie faite par sa société du manifeste de l'*Empress*. Nous l'avons avec nous. »

*

Dans la planque de la CIA, Jon ne put réprimer un juron : « Nom de Dieu ! »

Tous les regards se fixèrent sur lui.

« Jon ? fit Randi. Tu sais de quoi il retourne ?

— Plus tard, dit-il en agitant la main. Silence. *Écoutez.* »

*

Le silence consterné de McDermid avait pris fin. Il en avait assez entendu. « Votre mari a brûlé le manifeste et s'est suicidé. Une tragédie, comme on dit. J'ignore à quel jeu vous jouez, mais...

— On vous a raconté que mon mari s'était tué pour sauver sa famille sur les ordres de mon père et d'hommes politiques bien plus haut placés. On vous a aussi raconté qu'il avait brûlé le manifeste avant de se tirer une balle dans la tête et de tomber dans le fleuve. Il n'y a pas un mot de vrai dans tout cela. Il a

brûlé un document inutile et tiré avec son pistolet, oui. Il est tombé dans le fleuve, oui. Mais l'arme était chargée à blanc. Ce que Feng a vu était une mascarade. Je le sais, parce que c'est moi qui l'ai mise en scène.
— Impossible !
— Est-ce que le corps de mon mari a été retrouvé ?
— Beaucoup de corps ne sont jamais retrouvés dans le delta du Yangtsé.
— Connaissez-vous la voix de mon mari, monsieur McDermid ?
— Non.
— Feng Dun, si.
— Il n'est pas là.
— Vous êtes, bien sûr, en train d'enregistrer cette conversation ? »

Silence, puis : « Oui.
— Alors, écoutez. »

Une voix d'homme se fit entendre. « Je suis Yu Yongfu, McDermid. Dites à ce traître de Feng que la dernière fois que je lui ai parlé, je lui ai offert une prime. Il m'a parlé de la mort de l'espion américain, Mondragon, sur l'île de Liuchiu, et d'un autre Américain qui s'est échappé et a été vu à Shanghai. Dites-lui que, malheureusement pour lui, ma femme est mon associée, et que je ne lui ai jamais caché la moindre information. Jamais C'est elle qui m'a conseillé de conserver le manifeste en lieu sûr, et c'est elle qui a orchestré mon "suicide". Tout le monde croit que c'est la plus habile de nous deux dans tous les domaines, mais ce n'est pas vrai. Je suis plutôt intelligent moi-même... après tout, je l'ai persuadée de m'épouser. »

L'homme se tut, et la femme reprit le téléphone. « Vous ferez écouter ça à Feng. Maintenant, il faut que nous parlions affaires vous et moi.
— Pourquoi votre mari ne s'en charge-t-il pas, madame ?
— Parce qu'il sait que dans ce domaine, c'est moi la plus habile et la plus forte. »

McDermid parut réfléchir à cette remarque. « Ou il est mort, et vous passez un enregistrement.
— Vous savez bien que non. Et quand bien même, quelle importance ? J'ai le manifeste, et vous le voulez.

— Et qu'est-ce que *vous* voulez, madame Li ?
— De l'argent pour une nouvelle vie loin de la Chine pour mes enfants, mon mari, et moi-même, mais pas une somme énorme, ça ne vous fera pas plus d'effet qu'une piqûre de moustique. Je suis raisonnable. Deux millions de dollars américains devraient tous nous mettre d'accord.
— C'est tout ? » Il laissa sa voix se charger de sarcasme.

Elle passa outre. « Il nous faudra des passeports et des papiers d'identité, ainsi qu'un visa de sortie. Les meilleurs papiers. »

Il marqua une pause, reconsidérant ses objections. « En échange de quoi je récupère le manifeste ?
— C'est ce que j'ai dit.
— Et si vous n'obtenez pas satisfaction ?
— Ce sont les Américains et les Chinois qui recevront le manifeste. Je m'arrangerai pour qu'il parvienne entre leurs mains moi-même, tout comme j'ai organisé le "suicide" de Yongfu. L'original ira à Washington, et une copie sera envoyée à Pékin. »

McDermid se mit à rire. « Si Yu Yongfu est vraiment vivant, il saura que c'est impossible. Ça ne peut pas arriver. Et *si* par un hasard quelconque cela arrivait, il serait mort, et vous aussi. »

La femme poursuivit avec un sérieux imperturbable. « C'est un risque que nous sommes prêts à prendre. Etes-vous prêt à prendre le risque que la Maison-Blanche et Zhongnanhai reçoivent le manifeste et tout ce que nous savons de l'affaire de l'*Empress* ? »

Une fois encore, McDermid hésita. La vie était pleine de surprises, dont beaucoup étaient désagréables. Celle-ci était de taille et comportait tant de dangereuses répercussions qu'il ne pouvait se permettre de repousser cette femme, qui qu'elle pût être. « Et comment envisagez-vous de conclure cette négociation ?
— Vous, ou votre représentant, nous apporterez l'argent et les papiers d'identité. Nous vous donnerons le manifeste en échange, une fois que nous aurons reçu notre paiement. »

McDermid se reprit à rire. « Vous me prenez pour un idiot, madame Li ? Qu'est-ce qui me garantit que le manifeste me sera bien remis, et même qu'il existe toujours ?
— Nous ne sommes pas des idiots non plus. Si nous tentions ce genre de supercherie, vous nous traqueriez pour de bon. Mais vous n'êtes pas un criminel qui parvient à ses fins par la peur.

Une fois que le manifeste sera en votre possession, et que nous aurons disparu, vous aurez beaucoup moins envie de nous tuer. En fait, ça n'en vaudrait probablement pas l'argent, le temps, et la peine. Un investissement à fonds perdus, comme on dit.

— Cela demanderait mûre réflexion.

— Encore une fois, qu'est-ce que ça peut faire ? Il faut que vous le fassiez.

— Où est-ce que cet échange aurait lieu ?

— Sur le site du Bouddha couché, près de Dazu. Dans la province du Sichuan.

— Quand ?

— Demain à l'aube.

— Vous êtes à Dazu en ce moment ?

— Pensiez-vous que je vous le dirais aussi facilement ? Peu importe où nous sommes. Vous êtes sans nul doute en train de faire localiser cet appel et vous allez bientôt le savoir de toute façon. Apprenez la patience. C'est un trait de caractère oriental que l'Occident devrait adopter. »

McDermid avait besoin de gagner du temps. D'abord, pour faire écouter la bande à Feng et s'assurer que ces gens étaient bien ceux qu'ils prétendaient être. Deuxièmement, s'ils étaient sérieux, pour donner à Feng l'occasion de les trouver et de les éliminer avant toute rencontre. « Vous savez quelle heure il est, madame ? Si vous êtes aussi maligne que vous le dites, et si votre mari est vraiment Yu Yongfu, alors vous devez savoir que je ne peux absolument pas réunir deux millions de dollars en liquide et me rendre à Dazu de Hong Kong aussi vite. De plus, il va falloir que Feng confirme votre histoire. »

Il y eut une sorte de conciliabule à voix basse. Ces gens étaient moins sûrs d'eux qu'ils n'en avaient l'air.

« Vous viendrez vous-même ? En Chine ? » demanda-t-elle.

Il n'avait rien prévu de tel. « Madame, vous ne devez pas très bien connaître Feng Dun si vous croyez que je lui confierais deux millions de dollars en liquide. »

Un moment de silence. « Très bien. *Deux millions de dollars en espèces, de nouveaux papiers d'identité, et un visa de sortie. Le Bouddha couché, à l'aube, après-demain.* » Elle raccrocha.

Lawrence passa la tête dans l'ouverture de la porte. Il souriait. « On les a. Ils sont à Urumqi. »

*Washington, D.C.,
samedi 16 septembre*

Il était tard dans la nuit, et la marina sur l'Anacostia était quasiment déserte. Cloîtré dans son bureau, Fred Klein leva les yeux sur sa pendule de marine pour la dixième fois en une heure. Il se livra à un rapide calcul : s'il était minuit ici, il était midi le lendemain à Hong Kong.

Où Jon pouvait-il bien être ? Il se balança sur sa chaise de bureau, ne tenant pas en place malgré sa grande fatigue. Après des années d'expérience, il savait qu'il pouvait y avoir des centaines d'explications à la disparition de Jon ; n'importe quoi, embouteillages, panne dans le métro, ou quelque étrange phénomène naturel. Il était également possible que Jon ait été découvert et abattu. Il ne voulait pas y penser, mais c'était plus fort que lui.

Il consulta une nouvelle fois la pendule. Où...

Son téléphone sonna. Le bleu, sur l'étagère, derrière son bureau. Klein s'en saisit. « Jon... ?

— Je ne suis pas Jon. J'espère qu'il ne manque pas à l'appel, qui qu'il puisse être.

— Désolé, Viktor. »

Klein essaya de masquer sa déception. Il retrouva sa concentration. Viktor Agajemian était un ancien hydraulicien soviétique, devenu officiellement arménien, mais vivant et travaillant toujours à Moscou. Son entreprise participait au projet pharaonique du barrage des Trois Gorges sur le Yangtsé, et il avait des papiers lui permettant de se rendre n'importe où en Chine. Il était également l'une des premières recrues de Klein à exécuter des missions ponctuelles pour le Réseau en Asie, notamment en Chine.

« Vous avez établi le contact ? demanda Klein.

— Oui. Chiavelli a dit, je cite : " Le vieux prisonnier semble sincère. État de santé satisfaisant. Zone essentiellement rurale, infrastructures en mauvais état, installations militaires peu nombreuses et dispersées, et piste d'atterrissage rudimentaire.

Résistance potentielle de moyenne à minimale. Durée prévue : de dix à vingt minutes, en tout. L'évasion s'annonce bien." C'est tout, Fred. Vous projetez de faire faire la belle au vieux ?

— Que pensez-vous d'une opération comme celle-ci ?

— D'après ce que j'ai vu, le capitaine Chiavelli a peut-être raison. D'un autre côté, je n'ai pas vu le prisonnier.

— Merci, Viktor.

— C'est quand vous voulez. L'argent arrivera par le canal habituel ?

— Vous serez averti de tout changement. » Les pensées de Klein étaient déjà revenues à Jon Smith.

« Excusez ma grossièreté, mais les temps ne sont pas très cléments en Russie et en Arménie.

— Je comprends, Viktor, et merci. Vous êtes, comme toujours, professionnel en tout. » Klein raccrocha en pensant qu'ils auraient peut-être à utiliser le rapport du capitaine Chiavelli si... Mais où diable était Jon ?

Il considéra la pendule. Enfin, il ôta ses lunettes, se frotta les yeux, et resta là à fixer le téléphone bleu, en souhaitant de toutes ses forces qu'il sonne.

Hong Kong,
dimanche 17 septembre

Dans la planque de la CIA, Jon tourna les talons. « Il faut que je parte.

— Holà, soldat ! fit Randi. Tu ne vas nulle part avant de nous avoir raconté toute l'histoire. »

Jon hésita. S'il ne s'expliquait pas, ils le signaleraient à Langley et se mettraient à fouiner. Mais que pouvait-il dire sans tout dévoiler ? Pas grand-chose, et cette fois-ci, il n'avait pas de fausse piste crédible à leur donner. La femme ressuscitée de Yu Yongfu avait fourni trop de détails, y compris la cargaison illégale du cargo. Il ne pouvait rien dire de plus sans faire allusion à ce que Li Kuonyi n'avait pas décrit : sa mission.

« Bon, d'accord, je vais être franc avec vous, annonça-t-il, mais je ne peux pas révéler exactement ce qui se passe. La confidentialité est maximale, et j'ai reçu des ordres. Mais je peux vous dire au moins ceci : je travaille pour la Maison-Blanche. Ils m'ont envoyé parce qu'il s'est trouvé que j'assistais à un colloque scientifique à Taïwan et que j'ai eu l'occasion d'entrer en Chine tout de suite. Ça les arrangeait. La femme que vous venez d'entendre est la femme d'un protagoniste essentiel dans cette affaire. Elle et son mari avaient disparu. Nous ne savions rien de sa mort prétendue. Il faut immédiatement que je signale cette nouvelle information à mon supérieur.

— C'était quoi cette histoire de bateau et de manifeste? s'enquit Randi.

— C'est ce que je ne peux pas vous dire. »

La jeune femme le regarda droit dans les yeux, cherchant de la duplicité, mais cette fois elle n'en vit pas trace – uniquement du souci, ce qui l'inquiéta. « Ce sur quoi tu travailles a-t-il un rapport quelconque avec les fuites de la Maison-Blanche?

— Les fuites? C'est ça ta mission? C'est pour ça que tu suivais McDermid?

— Oui. Ton opération a aussi débusqué McDermid?

— Ouais. J'ai beaucoup de choses à signaler.

— Je dirais que nous avons tous les deux beaucoup de choses à signaler. »

Tommie, qui avait quitté la pièce, revint précipitamment, en jurant. « On a été suivis. Si vous comptiez partir, Jon, vous feriez mieux de sortir sur le côté, en traversant les deux immeubles voisins. Vous tomberez sur une rue transversale.

— Qui est-ce?

— Feng Dun et ses hommes. Ils surveillent la rue et l'allée. Le seul point positif, c'est qu'ils ne semblent pas savoir exactement où nous sommes.

— Est-ce que cette sortie est dégagée? », demanda Jon. Pas de planque sans deux ou trois issues de secours.

« Pas encore. Vous feriez mieux d'attendre.

— Vous auriez une pièce que je pourrais emprunter? Il faut que je fasse mon rapport.

— Tu es sûr de vouloir prendre ce risque? fit Randi d'un ton cinglant. Il y a peut-être des micros dans la pièce. On pourrait entendre quelque chose. »

Jon n'aimait pas plus la maintenir dans le noir qu'elle n'aimait y être. Il regarda autour de lui les agents de la CIA et les gratifia de son sourire le plus candide. « Je vous fais tous confiance. Après tout, vous m'avez sauvé la mise. Et je vous suis vraiment reconnaissant pour le médecin, la nourriture, et de m'avoir aidé à sortir de là. Avec de la chance, je serai en mesure de vous rendre la pareille. »

Randi lui lança un regard noir en secouant la tête. Elle finit par pousser un soupir théâtral. Elle ne supportait pas quand il était d'une correction charmante. « Tu es un sacré emmerdeur, Jon. Bon, d'accord ! Je vais te trouver un endroit moi-même. »

Chapitre trente-deux

Les deux hommes étaient seuls dans le luxueux bureau de McDermid, au dernier étage, entourés de toiles de maîtres et de vases Ming. Feng était assis les bras croisés, sa large face impassible, devant le bureau de l'homme d'affaires. « Smith et la femme se terrent. » Feng avait ordonné à la plupart de ses hommes de poursuivre le tandem après leur évasion, pendant que d'autres étaient restés sur place pour interroger les passants. C'est ainsi qu'il avait appris qu'une voix américaine avait appelé la femme de la voiture dans laquelle ils avaient pris la fuite. La voix l'avait appelée Sandy, Mandy, ou Randy.

« Qu'est-ce que ça veut dire, bon Dieu ? », s'emporta McDermid, bouillonnant de colère, tandis qu'il attendait pour passer l'enregistrement de sa conversation avec Li Kuonyi.

« Ça veut dire que mes hommes les ont suivis jusqu'à Lower Albert Road, où ils ont disparu dans une allée.

— *Disparu ?* Ce sont des chamans, ou quoi ?

— Il y a manifestement une sorte de planque dans la rue, avec des entrées secrètes. Mes hommes attendent.

— Est-ce qu'ils sont de la CIA finalement ?

— Nous ne trouvons toujours aucune affiliation avec une agence de renseignement connue pour ce qui le concerne. Nous n'avons qu'un nom incomplet pour elle, qui n'a pas été entendu clairement. Ça pourrait être un prénom ou un nom de famille.

Nous interrogeons nos sources pour voir s'il est possible de l'identifier. Mais provisoirement, je pense qu'elle est de la CIA. Qui qu'ils soient, ils vont refaire surface. »

McDermid n'avait pas prévu autant de difficultés. Aux prises avec une société mal en point ou un portefeuille peu rentable, il était dans son élément. Mieux encore, il savait utiliser un politicien désœuvré ou un sénateur battu commençant à s'ennuyer pour monter un fonds d'investissement ou pour appuyer un projet de loi jusqu'à ce qu'il soit adopté. Pour lui, c'était un jeu d'enfant. La cargaison de l'*Empress* était d'un autre ordre. C'était une affaire tellement énorme qu'elle couronnerait toutes les autres.

Il soupira intérieurement. Le jeu en valait vraiment la chandelle. « Peut-être. Oubliez Smith et la fille pour le moment. Écoutez ça. » Quand la bande s'arrêta, le visage de McDermid, d'ordinaire souriant, était rouge d'indignation. « C'est Li Kuonyi et Yu Yongfu ? »

Feng Dun parcourut le luxueux nid d'aigle et hocha la tête.

« Ils m'ont trompé.

— *Ils vous ont trompé !* C'est *tout* ce que vous avez à dire ? Espèce d'idiot ! Yu est vivant, et *il a toujours le manifeste* ! Ils ont substitué les documents pour que vous le voyiez brûler autre chose, et son suicide n'était qu'un leurre. C'est pour ça qu'il devait tomber dans le fleuve, pour qu'il n'y ait pas de cadavre. Il a tiré à blanc, bon sang. *Comment avez-vous pu être aussi idiot ?* »

Feng se taisait. Une lueur de dégoût envers McDermid passa dans ses yeux. « C'était la femme. J'aurais dû m'en douter. C'est elle l'homme de la famille.

— C'est *tout* ce que vous avez à dire ? », répéta McDermid.

Feng haussa les épaules et gratifia le PDG ulcéré d'un de ses sourires de marionnette. « Que voulez-vous, taïpan ? Li Kuonyi m'a roulé. Je suppose qu'elle en a trompé beaucoup, y compris son propre père. Il a cru à la mort de Yu, tout comme moi. Il faut faire en sorte qu'elle ne trompe plus aucun d'entre nous.

— Ce qu'il faut, c'est récupérer ce manifeste avant que les Américains ne le fassent !

— Nous le récupérerons. Elle vous a appelé en premier. C'est bon signe. Soit qu'elle pense que les Américains ne paieront pas autant ou qu'elle s'en méfie. Elle ne les contactera que si elle n'a pas d'autre choix.

— Qu'est-ce qui vous rend aussi catégorique ?

— Les Américains veulent de bonnes relations avec la Chine. Une fois le manifeste en leur possession, la crise sera terminée, et elle est assez intelligente pour savoir que si Pékin exige que son mari et elle reviennent pour être punis, les Américains les livreront. Elle préfère toucher votre argent que compter sur Washington pour la traiter avec gentillesse. »

La colère de McDermid se calma tandis qu'il réfléchissait à l'explication de Feng. « Vous avez peut-être raison. Le risque serait plus grand pour elle et Yu. Bien, j'ai réussi à gagner un peu de temps pour vous. Allez à Urumqi et trouvez-les. »

L'expression de Feng était proche du sourire méprisant. « Je n'y compterais pas, taïpan. Vous savez où se trouve Urumqi ?

— Shanghai, Pékin, Hong Kong et Chongqing. Pour ce qui m'intéresse, le reste de votre pays arriéré est un désert.

— Vous n'êtes pas loin de la vérité. » L'expression figée de Feng était à la fois légèrement moqueuse et admirative. « Je vous ai dit que Li Kuonyi était maline. Urumqi se trouve dans le Xinjiang, à la frontière septentrionale du désert du Taklamakan. Il y a peu d'endroits en Chine plus éloignés de Hong Kong, et ni vous ni moi ne pourrions être là-bas avant demain soir tard. Mais à l'intérieur de la Chine, ils peuvent rayonner d'Urumqi et aller presque partout en quelques heures. Il y a deux villes importantes près de Dazu : Chongqing et Chengdu. Ils peuvent s'y rendre par avion, mais moi aussi. N'empêche qu'ils ont fait en sorte que ce soit deux fois plus difficile, même pour moi, de les retrouver.

— Mais vous allez tout de même le faire, n'est-ce pas, Feng. » C'était un ordre.

« Je vais prendre l'avion pour Chongqing immédiatement. Que je les trouve en premier ou non, je serai au Bouddha couché des heures avant l'aube.

— Vous songez à un guet-apens ?

— Naturellement.

— La femme s'y attendra ! s'emporta à nouveau McDermid.

— S'y attendre est une chose. L'empêcher en est une autre. Je vais bien m'organiser et les faire attendre ce qu'ils supposent trouver, ou peut-être vais-je les surprendre en premier.

— Pourquoi prendraient-ils la peine de vous rencontrer ?

— Si j'ai raison, ils ont peur et de Washington et de Pékin. Tôt ou tard, le major Pan et sa police secrète les retrouveront. Vous et votre argent représentez la meilleure porte de sortie, pour eux et leurs enfants. Alors oui, ils se méfieront. Ce qui signifie qu'ils essaieront de se protéger, eux, et tous ceux qui les accompagnent. Mais comme le dit Li Kuonyi sur l'enregistrement, ils n'ont pas d'autre choix.

— J'espère que vous avez raison cette fois.

— Ils ne m'auront plus. » Ses yeux semblèrent s'assombrir.

« La femme a une longueur d'avance sur vous depuis Shanghai.

— Ça va la rendre trop sûre d'elle. »

McDermid réfléchit. Il n'était pas un athlète, pas une mauviette non plus. Il était capable de crapahuter jusqu'à ce Bouddha couché, où qu'il se trouve, et il était capable de tirer. Il avait survécu au Vietnam en tant que lieutenant, où les lieutenants étaient de la pâtée pour cochons, et il avait battu Washington à son propre jeu, en devenant l'initié suprême. Tout bien pesé, il se dit que le manifeste était bien trop important pour le confier au seul Feng.

« Nous irons tous les deux, décida-t-il. Vous partez ce soir, je suivrai demain soir. Qui est votre contact à Pékin ? » De plus en plus, McDermid voulait connaître l'identité de celui qui avait assez d'influence pour non seulement donner l'ordre à un sous-marin de suivre le *John Crowe*, mais également de convaincre le commandant du submersible d'agir sur la base d'informations non confirmées annonçant que les SEAL prévoyaient secrètement de monter à bord de l'*Empress*.

Feng arqua un sourcil. « Vous ne me payez pas pour des noms. Vous me payez pour que le travail soit fait.

— Je vous paie pour faire tout ce qui me plaît de dire !

— Personne ne me paye autant, taïpan. » Il y avait du mépris dans la voix de Feng.

McDermid le fusilla du regard, tandis que l'expression de Feng demeurait impassible. Tous les Feng Dun du monde étaient des accessoires dans l'esprit de McDermid : nécessaires, mais d'un usage limité. Cela faisait vingt ans qu'il employait des hommes de cet acabit sur divers projets, les dénichant parmi l'internationale clandestine des mercenaires, des agents extraordinaires, et des assassins, qui survivaient non seulement grâce à leur intelligence et à leurs connaissances, mais grâce à leurs relations. Pour décrocher un nouveau contrat, ces hommes évitaient de saborder le précédent.

« Le groupe Altman possède des holdings à Chongqing », finit par dire McDermid, changeant provisoirement de sujet. « Obtenez-moi l'autorisation de votre ami à Pékin de m'y rendre pour affaires. J'aurai besoin des papiers tout de suite, bien sûr.

— Et l'argent ?

— Je m'en occupe.

— Vous seriez prêt à leur donner deux millions ? » Feng avait presque l'air impressionné.

McDermid confirma d'un hochement de tête. « On ne trompera pas Li Kuonyi sans cela. D'ailleurs, deux millions, ce n'est rien comparé à ce que va me rapporter la réussite de cette affaire.

— Vous n'avez pas peur que cet argent me tente ou tente mes hommes ?

— Je devrais ? » McDermid le dévisagea attentivement. « Vous toucherez une grosse prime quand ce sera terminé.

— Votre générosité est bien connue. » La voix feutrée de Feng était presque fantomatique. « Je vais préparer mon équipe et prendre des dispositions pour votre voyage, taïpan. »

McDermid le regarda quitter le bureau. Il avait encore une fois décelé du mépris dans l'emploi du vieux titre honorifique, *taïpan*.

Dazu

Dennis Chiavelli transpirait dans la chaleur inhabituelle de cet après-midi de début septembre, alors qu'il coupait les racines des *bok choy* et jetait les têtes vertes dans les brouettes que des détenus plus âgés poussaient sans relâche dans les longues rangées des champs de légumes. Un travail éreintant, mais machinal, qui lui donnait le temps de méditer sur la chance qu'il avait d'être un soldat derrière les lignes ennemies plutôt qu'un ouvrier agricole se tuant à la tâche.

Le léger murmure semblait porté par la brise. Sauf qu'il n'y avait pas de brise. « Ils transfèrent le vieil homme.

— Quand ?

— Demain », souffla le garde en passant dans les rangées. « De bonne heure.

— Où ça ?

— Pas entendu », répondit le garde avant d'être hors de portée de voix, marchant droit devant lui, son vieux fusil d'assaut Type 56 en bandoulière, canon pointé vers le bas.

Que s'était-il passé ? Avait-il commis une erreur ? Chiavelli décapita un *bok choy* avec colère. L'un des gardes avait-il trahi Thayer ? Non, si cela avait été le cas, le vieil homme serait déjà parti, et lui, Chiavelli, aurait été interrogé ou tué. Il se souvint des paroles de Thayer : *Ils me gardent prisonnier depuis trop longtemps pour admettre qu'ils m'ont enfermé un jour.* Au moment où le traité sur les droits de l'homme devenait possible, quelqu'un s'était peut-être avisé qu'ils détenaient encore au moins un prisonnier américain. Ils se dépêchaient probablement de mettre Thayer au secret une fois de plus, là où on ne le retrouverait jamais.

Il devait prévenir Klein. Quand le signal du déjeuner retentit, les prisonniers se mirent en rang, et les gardes les escortèrent jusqu'au chemin de terre où patientait une camionnette de ravitaillement. Chiavelli traîna des pieds et rechigna pour pouvoir se glisser à côté d'un des prisonniers politiques ouïgours.

« Il faut que je passe un message », chuchota-t-il.

Le Ouïgour hocha la tête sans le regarder.

« Dis à ton contact qu'ils transfèrent Thayer demain matin. Demande quelles sont les instructions. »

Sans mot dire, le Ouïgour alla chercher sa pitance et rejoignit ses compatriotes au bord du chemin. Chiavelli emporta son repas à l'ombre d'un chêne trapu. Ils n'étaient que deux Occidentaux dans l'enceinte du camp, et personne ne voulait manger avec lui. Le risque d'une contamination présumée par des idées politiques étrangères était trop grand.

Imaginant les scénarios les plus catastrophiques, il se força à manger. Il doutait que Klein ait le temps de monter une opération de sauvetage, ce qui ne lui laissait pas d'autre choix que de faire lui-même évader Thayer avant le matin. Après quoi, Thayer et lui devraient tenter leur chance en rase campagne avec l'armée chinoise à leurs trousses au milieu d'une population trop effrayée pour les aider. Ce n'était pas gagné.

Hong Kong

Seul dans une pièce retirée de la planque de la CIA, Jon appela Fred Klein sur un portable emprunté.

« Nom de Dieu, Jon ! C'est vous ? » Le soulagement était manifeste dans la voix du chef du Réseau Bouclier.

— Oui, bien vivant, et avec pas mal de choses à raconter.

— J'imagine. » Il y avait quelque chose de changé dans la respiration de Klein. Elle était légèrement tremblante, irrégulière, comme si l'émotion empêchait le maître espion de parler. Puis cette impression disparut. Et avec sa brusquerie coutumière, il demanda : « Dites-moi tout, depuis le début. »

Jon relata la découverte de la note arrogante signée « RM » chez Donk & LaPierre, sa capture par Feng, l'arrivée de Randi dans la chambre d'interrogatoire. « Ralph McDermid était là avec Feng. Notre évasion a été plus spectaculaire que je ne l'aurais voulu. » Il décrivit l'enquête de Randi sur les fuites à la Maison-Blanche, qui expliquait pourquoi elle avait suivi McDermid, et la conversation entre McDermid, Li Kuonyi et Yu Yongfu qu'ils avaient tous entendue grâce au micro caché par la CIA.

« Ils sont *vivants* ? hurla Klein.

— Et ils ont le manifeste original de Flying Dragon. »

L'excitation gagna la voix de son patron. « Après-demain à l'aube, à Dazu ?

— Oui. McDermid a repoussé la rencontre d'un jour. A mon avis, il compte sur Feng Dun pour localiser Li et Yu avant et s'emparer du manifeste.

— Faites-moi penser à remercier McDermid quand on le bouclera à Leavenworth. Son heure est proche, croyez-moi », jura-t-il de sa voix la plus sourde.

« Vous pouvez me faire conduire à Dazu d'ici là ?

— Comptez sur moi. Pour ce qui est de Ralph McDermid et des fuites, je viens seulement d'être informé de son rôle. Écœurant, et apparemment vrai.

— Comment comptez-vous me faire revenir en Chine ?

— A quand remonte votre dernier saut en parachute ? »

Jon n'était pas sûr d'apprécier cette question. « Quatre ou cinq ans.

— Et votre dernier saut en altitude ?

— Ça dépend de la hauteur.

— Aussi haut que je pourrais vous amener.

— Vous allez me dégoter un beau gros coucou ?

— Si j'arrive à le poser quelque part sans attirer l'attention. En attendant, puisque McDermid est là, à Hong Kong, tâchez de dénicher quelque chose sur lui et les fuites et de savoir pourquoi il est impliqué dans une affaire de contrebande comme celle de l'*Empress*. Par vos propres moyens *et* ceux de la CIA. Autant les utiliser, si l'on peut.

— Vous êtes pour la coopération tous azimuts. »

Cette remarque déclencha un petit rire éraillé. « Content que vous soyez de retour, Jon. Nos échanges de bons mots me manquaient. » Klein mit fin à la communication.

Jon se mit en quête de Randi. Maintenant que McDermid et Feng Dun étaient déterminés à récupérer le dernier manifeste, ils allaient très vite se désintéresser de Randi et lui. Après tout, que pouvait-il faire sans le précieux document ? En faisant attention, cela voulait dire qu'il pouvait retourner à son hôtel, changer d'apparence, et retrouver la trace de McDermid avant d'aller prendre son cours de remise à niveau en parachutisme.

Il trouva Randi assise dans un bureau en compagnie de Tommie Parker. « Il faut que j'y aille maintenant.

— Et Feng Dun et sa bande ?

— Je parie qu'ils sont partis.

— Partis ? s'étonna Tommie.

— Il veut dire à Dazu. Ils ne vont plus en avoir grand-chose à faire de nous désormais. Quel que soit le sujet des fuites, quelle que soit la véritable mission de Jon, c'est à Dazu que ça se passe. Pas vrai, soldat ? »

Jon refusa de jouer le jeu. « Tu brûles. Je vous revaudrai ça, surtout toi, Randi. Ce n'est pas la première fois, sans doute pas la dernière, et j'aimerais pouvoir en dire plus. Mais les ordres sont les ordres. »

Randi sourit à contrecœur. « Si on peut faire quelque chose, passe-nous un coup de fil, et au diable le DCI. » Elle le regarda droit dans les yeux. « Fais attention à toi. Je sais, tu crois te porter comme un charme, mais on dirait que tu as voulu avaler un camion.

— Belle image. » Jon esquissa un sourire malgré ses lèvres tuméfiées. « Toi, par contre, tu es indemne. »

Elle était paresseusement assise sur une chaise de bureau, ses longues jambes croisées, ses cheveux blonds formant une couronne indisciplinée autour de son visage parfaitement dessiné. Il lut des questions dans ses yeux, et aussi de l'inquiétude pour lui.

« Mon boulot, commenta-t-elle sèchement. Son visage, il faut le garder malléable, prêt à être déguisé.

— C'est ça la CIA. Toujours sur la brèche. Où est la sortie de service ?

— Tu n'en auras pas besoin. Tu avais raison. Ils sont partis », annonça Tommie, qui avait assisté à l'échange avec amusement.

« Je vais quand même l'utiliser. Inutile de forcer ma chance. »

Washington, D.C.

Fred Klein ouvrit brusquement les yeux. Aussitôt réveillé, il resta allongé sur le lit escamotable dissimulé dans son bureau obscur. Dehors, dans la marina, la nuit était d'un calme mortel. Le dernier bateau, un chalutier cabossé arrivé à onze heures du soir des Bermudes, était solidement amarré, et l'équipage était rentré chez lui.

La sonnerie stridente du téléphone retentit une nouvelle fois. C'était ce qui l'avait réveillé. Il avait parlé à Jon et s'était endormi tout de suite après. Il s'assit droit comme un i, balança ses jambes par-dessus le bord du lit, et s'avança en titubant vers sa chaise de bureau, encore abruti par son premier somme en trente heures.

C'était le téléphone bleu. Il saisit le combiné. « Klein.

— Votre nouveau bureau doit être somptueux pour que vous

dormiez si profondément », observa Viktor Agajemian. L'ex-ingénieur soviétique partit d'un petit rire. « Ça fait deux minutes que je laisse sonner, je savais que vous seriez là quelque part.
— Que veut Chiavelli, Viktor ?
— Ah, oui. Plus d'appels de courtoisie entre nous, c'est ça ?
— Pas à trois heures du matin.
— Je vous l'accorde. Très bien, le capitaine Chiavelli vous fait dire que la marchandise doit être déplacée demain matin. Il ne sait ni où ni pourquoi, mais tout porte à croire que c'est sans rapport avec sa mission.
— Merde ! jura Klein, tout à fait réveillé à présent. C'est ça le message ?
— Mot pour mot.
— Merci, Viktor. L'argent sera versé sur votre compte.
— Je n'en ai jamais douté. »
Klein mit fin à la communication, mais garda le combiné en main, songeur. Ainsi Chiavelli pensait que l'ordre de transférer Thayer était soit de routine soit lié au traité sur les droits de l'homme. Peut-être était-il lié à l'*Empress*. Dans tous les cas, c'était une catastrophe. Il n'aurait jamais le temps de mettre en place une équipe civile, ni même militaire. Il leva les yeux sur sa pendule de marine. Oui, il y avait peut-être encore le temps pour un autre plan. Il relâcha la fourche du téléphone bleu et composa un numéro.

Hong Kong

Jon avait vu juste. Il avait observé l'hôtel assez longtemps pour avoir la certitude que personne ne le surveillait de l'extérieur... à l'exception, bien sûr, de l'agent que Randi croyait qu'il n'avait pas vu à la planque de la CIA. Il fallait lui rendre cette justice. C'était un bulldog quand elle était en mission.
Le personnel de l'hôtel accueillit Jon en réagissant à son absence pendant la nuit et à son piteux état avec des sourires entendus. Il les abandonna à leurs spéculations et monta dans sa chambre. Une fois seul, il alla dans la salle de bains, et, devant le miroir, ôta ses pansements pour examiner ses blessures. Il fit la grimace en les touchant, mais elles étaient relativement superfi-

cielles. Il avait très envie d'une douche, mais décida d'utiliser le jacuzzi dans la baignoire.

Il marinait paisiblement quand son portable sonna. Il était dans la poche de son peignoir, accroché à portée de main. Il l'avait laissé là quand il s'était introduit chez Donk & LaPierre.

« Oui ?

— Vous partez ce soir, annonça Fred Klein.

— Qu'est-ce que je vais faire à Dazu pendant un jour et demi ? Jouer au touriste ? Je croyais qu'on avait décidé que je serais mieux ici, à enquêter sur les manigances de McDermid.

— C'était il y a trois heures. Il y a eu de sérieux changements. » Il lui parla du coup de fil de Viktor Agajemian.

« Est-ce que vous aurez le temps de préparer l'équipe d'évacuation aussi rapidement ?

— C'est là que vous entrez en scène, colonel. Vous allez devoir aider Chiavelli à sortir Thayer de prison.

— Nous deux seulement ? On fait comment ? Vous avez oublié que je ne parle même pas chinois ?

— Chiavelli, si. Je n'ai pas le temps de tout vous expliquer. Vous découvrirez les détails en atterrissant. Vous êtes prêt à partir ?

— Je suis dans mon bain. Donnez-moi vingt minutes.

— Inutile de faire votre valise. Je vais envoyer quelqu'un s'en charger et s'occuper des formalités quand vous serez parti. Une voiture vous attendra en bas pour vous conduire à l'aéroport. Vous y trouverez du matériel et des vêtements. Un jet de la marine vous amènera au transporteur. Bonne chance.

— Et le... ? »

Mais Klein avait déjà raccroché. Jon se passa sous l'eau en grognant, sortit de la baignoire, et se sécha avec soin, en évitant les blessures sur son visage et les ecchymoses sur son corps. L'eau chaude et les jets du jacuzzi avaient soulagé ses contusions, et il se sentait mieux. Il s'habilla et quitta la chambre. Dans l'ascenseur, son appréhension ne cessa de grandir. Vers quoi l'envoyait Klein à présent ?

Chapitre trente-trois

Dans sa robe-fourreau noire la plus moulante et la plus courte, Randi Russell attira sur elle tous les regards de la gent masculine assistant à la soirée du consul britannique, ainsi que la plupart des regards féminins, quand elle se mêla à la clinquante assemblée. Pour une fois, elle n'était pas grimée, n'était une légère touche de maquillage ultraglamour. Sa chevelure blond pâle était élégamment relevée, et, comme ses attributs physiques avaient tendance à captiver l'attention du public, elle espérait que sa cible – Ralph McDermid – serait suffisamment distrait pour ne pas la reconnaître.

Elle saisit au vol une coupe de champagne et alla rejoindre la seule personne qu'elle connaissait ; le cadre d'une entreprise britannique qui servait de couverture au MI6.

Il lui sourit. « Tu es là pour le travail ou le plaisir ?
— Est-ce qu'il y a une différence, Mal ?
— Un monde. Si c'est pour le plaisir, je peux te faire du plat.
— Comme c'est mignon, dit-elle en lui retournant son sourire. Une autre fois. »

Il poussa un soupir dépité. « Alors je suis uniquement ton entremetteur ce soir. Dommage. Bon, d'accord, qui voudrais-tu rencontrer ? Et quelle est ta couverture à propos ? »

Elle le lui dit, et il lui fit faire le tour de la salle, tandis qu'on la suivait du regard. McDermid eut tôt fait de la repérer. Il la regarda fixement. Elle lui adressa un sourire effronté et poursuivit sa conversation avec une Chinoise plus âgée occupant des fonctions importantes dans le gouvernement local.

« Auriez-vous la bonté de me présenter à votre charmante amie, madame Sun ? »

McDermid s'était approché en silence derrière Randi et lui avait effleuré le bras en s'avançant pour aborder Mme Sun.

Celle-ci lui fit la faveur d'un sourire indulgent tout en mettant Randi en garde : « Méfiez-vous de cet homme-là, mon enfant. C'est un charmeur patenté.

— La réputation de M. McDermid le précède, remarqua Randi.

— Alors je vous laisse faire connaissance. »

McDermid prit poliment congé de Mme Sun en inclinant la tête. Quand il reporta son attention sur Randi, la jeune femme vit une ombre fugitive passer dans son regard, comme s'il sentait que quelque chose clochait.

Elle fit la moue, modifiant la structure de son visage. « Votre réputation vous précède en effet, Ralph McDermid. Puis-je vous appeler Ralph ? »

L'ombre passa, et le débauché reparut. Peut-être attiré par la combinaison de sa voix claire d'Américaine, de sa robe suggestive, et de son visage de jeune Occidentale.

Il sourit. « Et quelle est donc cette réputation, ma chère ?

— Que Ralph McDermid est un homme puissant, à tout point de vue. »

Le caractère provocant de cette remarque dans la bouche d'une jeune femme éblouissante fit que même McDermid haussa un sourcil, quoique pas très haut. « Qui êtes-vous au juste, ma chère ?

— Joyce Ray. Je travaille pour Imperial Import-Export, San Francisco.

— Ou ils travaillent pour vous ?

— Pas encore.

— Une femme ambitieuse, fit McDermid en riant. Eh bien, Joyce Ray. Vous me plaisez. Et si nous passions au buffet et trouvions un endroit où nous asseoir ? A l'extérieur peut-être ?

— J'ai une de ces faims. » Randi donna à cette remarque un double sens, et vit le cou de McDermid s'empourprer. Il avait mordu à l'hameçon.

« Alors, allons-y. » Il lui offrit son bras.

Ils allèrent au buffet et portèrent leurs assiettes dans un coin retiré du patio. Il lui raconta quelques anecdotes soigneusement sélectionnées sur le groupe Altman et apprit en retour qu'Imperial était un grossiste qui avait des clients dans les grandes villes d'Amérique et des filiales dans la plupart des pays. Et aussi qu'elle en était vice-présidente.

Ils s'entendaient à merveille, et elle allait commencer à lui soutirer des informations quand il se raidit. Une légère vibration sous sa veste de smoking. Son portable.

« Excusez-moi un instant. » Pas un sourire. Pas un mot galant.

Elle n'essaya pas de le suivre alors qu'il sortait dans le jardin en passant devant des hibiscus et des frangipaniers. Bien trop risqué et voyant. De toute façon, ça n'aurait servi à rien.

Il s'absenta moins de trente secondes. « Je dois partir. Ce n'est que partie remise, d'accord ? J'appellerai votre société. »

Avant qu'elle ait répondu, il s'éloigna d'un pas vif. Elle attendit qu'il ait franchi la porte.

Elle le suivit, d'abord à pied, puis en voiture, toujours à distance raisonnable. Elle le filait toujours quand il descendit dans le parking de ses bureaux.

Elle attendit, se gara six voitures plus loin, et l'observa qui tapait du pied debout devant l'ascenseur. Sitôt la cabine arrivée, il entra à l'intérieur, l'air hautain, et les portes se refermèrent. Elle descendit de voiture et se précipita vers l'ascenseur. Le voyant monta jusqu'au dernier étage. Le penthouse. Qu'est-ce qui avait amené McDermid ici à une heure aussi tardive ? Elle n'aimait pas ça. D'un autre côté, elle allait peut-être apprendre quelque chose d'utile.

Elle revint en courant à sa voiture, sa robe remontant sur ses cuisses. A l'intérieur, elle brancha la liaison portable avec le micro caché. Elle entendit la voix de McDermid :

« *Bon, je suis à mon bureau.*

— *Qu'aviez-vous de si important à me dire ?* » Une voix d'homme. Qu'elle ne reconnut pas. « *Ne me dites pas que vous avez permis à Smith de s'échapper ?*

— *Je n'ai rien permis*, rétorqua McDermid, *mais, oui, ils se sont échappés.*

— *Comment ça, "ils" ?* » La voix n'était ni jeune, ni vieille.

Calme, bien timbrée, et énergique. Une certaine autorité en émanait.

« *Il a été aidé par un autre agent. Nous pensons qu'elle est de la CIA.*

— Pensez ? C'est charmant.

— *Ne soyez pas sarcastique. Nous avons besoin l'un de l'autre. Vous êtes un membre précieux de l'équipe.*

— Et il en sera ainsi aussi longtemps que je resterai dans l'ombre.

— *Ce n'est pas aussi grave que vous le pensez. En définitive, ni Smith ni la fille de la CIA ne nous ont porté atteinte, et pas davantage à notre projet.*

— Que la CIA puisse vous mettre sous surveillance ne vous préoccupe pas ? demanda la voix avec inquiétude. Même si c'est sans rapport avec notre contrat, ils ont fait remonter au moins quelques fuites de la Maison-Blanche jusqu'à vous. Ça devrait sacrément vous tracasser.

— *En réalité, les fuites ont peu d'importance pour ce qui nous concerne. Jusqu'à ce que quelqu'un ait compris exactement lesquelles m'intéressent et pourquoi, je ne vais pas m'en faire. D'ailleurs, nous avons des problèmes autrement plus sérieux.*

— Comme par exemple ? »

McDermid hésita. Puis il transmit les mauvaises nouvelles. « *Yu Yongfu est vivant. Sa femme aussi. Pire, ils ont toujours le manifeste de Flying Dragon.* »

Il y eut un hurlement indigné. « C'est votre faute, McDermid. Où sont-ils ? Où est ce foutu manifeste ?

— *En Chine.* »

Un long silence, comme s'il surmontait le choc. « Comment ? Vous m'aviez assuré que le manifeste avait été brûlé ! »

McDermid soupira et expliqua les détails. « *Les deux millions ne sont pas grand-chose, de la menue monnaie, mais je ne paierai pas à moins d'y être obligé.*

— Ça ne devrait pas s'arrêter là, et il n'est pas certain que nous récupérions le document. » Le choc était passé, remplacé par une intonation égale, presque apaisante. L'homme était sans nul doute un orateur distingué et un esprit cartésien. Probablement rompu aux apparitions publiques. Elle commençait à croire que c'était un homme politique, quelqu'un d'habitué à la nécessité du discours diplomatique, qui ne dit rien et dévoile moins encore. Mais ce n'était certainement pas le secrétaire aux Armées Jasper Kott, qu'elle avait espionné à Manille. « *Comment allez-vous vous y prendre ?*

— *En suivant leurs instructions, avec quelques surprises. Feng devrait presque être à Dazu à l'heure qu'il est.*

— *Si Li Kuonyi est aussi intelligente que vous le dites, elle s'y attendra.* » Il y eut un profond silence, et quand l'inconnu reprit la parole, Randi se rendit compte qu'elle avait eu une étrange sensation le concernant depuis qu'elle écoutait sa voix. Elle l'avait entendu quelque part, il n'y avait peut-être pas longtemps. « *Je ne suis pas du tout sûr que vous faites bien de continuer à employer Feng.*

— *Je n'ai pas le temps de le remplacer. En plus de connaître tous les protagonistes, il a passé du temps à Dazu pour une opération quelconque. Il dispose d'une liberté de mouvements qu'un Occidental aurait du mal à obtenir en Chine.* »

La voix ne dit rien, mais elle continuait à résonner familièrement dans l'esprit de Randi. Où ? Quand ? Qui était-il ?

McDermid poursuivit : « *Il se peut que Feng pose un autre problème. Un gros problème, malheureusement.*

— *Quoi ?*

— *Il est possible qu'il ne travaille pas seulement pour nous.*

— *Expliquez-vous.*

— *De la même manière que je le payais pour qu'il travaille pour Yu Yongfu afin de pouvoir me signaler ses activités... je commence à me demander s'il ne rapporterait pas nos activités à quelqu'un d'autre. Quelqu'un à Pékin peut-être. Qui que soit cette personne, elle doit avoir beaucoup d'argent ou beaucoup de pouvoir. Sinon, Feng ne se dérangerait pas.* »

La voix était grave, effrayée. « *Vous avez enquêté.* » C'était une affirmation, pas une question, et Randi comprit un de ses problèmes. Ce qu'elle entendait, c'était la voix privée de l'homme, sarcastique, sèche. Ce qui subsistait dans son esprit, c'était une voix publique, or elle avait été en contact avec tant d'hommes haut placés dans le gouvernement que sa mémoire en était surchargée.

« *Minutieusement, assura McDermid. Nous savons qu'il ne*

travaille ni pour la Sécurité ni pour l'armée. Non, ce doit être une personne privée.

— Qui s'intéresserait à l'*Empress* ?

— *C'est comme ça que je vois les choses.*

— Très bien. Faites ce que vous avez à faire. Je ne veux pas connaître les détails. Faites simplement en sorte que le Président ne mette pas la main sur le manifeste.

— *Vous voulez le bénéfice, pas les soucis.*

— C'est ce dont nous étions convenus. »

La réplique de McDermid fut acerbe, un avertissement : « *Vos mains sont aussi sales que les miennes. Si je plonge, vous plongez aussi.* » Le combiné claqua contre sa fourche.

*

Dans la Buick, Randi se détendit et ferma les yeux, repassant la voix dans sa tête. Elle lui attribua des visages. Essaya de la placer dans différents environnements. Au bout d'une demi-heure, elle abandonna. La réponse lui viendrait à l'improviste, se dit-elle. Elle ne pouvait qu'espérer que ce serait bientôt.

Elle composa un numéro sur son portable. « Allan ? Tu as entendu le nouvel appel ?

— Et comment », répondit Allan Savage.

Elle lui fit part du caractère familier de la voix. « Est-ce que quelqu'un l'a reconnu ?

— Moi aussi, je l'ai déjà entendu. Mais je n'arrive pas à le remettre, et les autres non plus. Mais bon, la plupart de nos gars sont des tarés d'électroniciens à la mémoire atrophiée qui ne savent pas qui est le DCI et croient que le Gipper [1] est toujours Président.

— Ça va. J'ai pigé. Assure-toi que la cassette parte à Langley par la prochaine valise. Demande aux gars du labo de la comparer à d'autres empreintes vocales.

— Tu veux que je fasse notre rapport ?

— Non. Je rentre. » Elle voulait parler au DCI directement.

---

1. Surnom donné à Ronald Reagan en référence au personnage de George Gipp, joueur de football américain au grand cœur qu'il avait incarné à l'écran. (*N.d.T.*)

Pékin

La nuit enserrait le bureau de Wei Gaofan à Zhongnanhai dans une douce obscurité, avec les lumières de Pékin qui rougeoyaient au-dessus des murs, donnant au ciel étoilé une couleur d'étain satiné. Il se tenait sur le seuil, contemplant son jardin, le saule gracieux, et les parterres de fleurs soigneusement entretenus qui lui procuraient d'ordinaire un sentiment de sérénité. Mais ce soir-là, il était plein de méfiance.

On l'appelait le dur des durs, comme si c'était une insulte, mais c'était sa vision à lui qui était pure. Le Hibou et les autres libéraux étaient politiquement aveugles. Incapables de voir ce que lui voyait. Il les plaignait, mais en même temps, ils étaient ses ennemis idéologiques. Les ennemis de la Chine. Ils étaient en train de forcer le pays à emprunter un chemin artificiel qui ferait plus que de l'exposer au monde. Un chemin qui laissait la porte ouverte à trois contagions : le capitalisme, la religion, et l'individualité.

Quand son téléphone sonna, il retourna à son bureau. L'appel était arrivé sur sa ligne privée, connue uniquement de son réseau de vieux camarades, de protégés, et d'espions.

Il pressentait de mauvaises nouvelles. « Oui ? »

Feng Dun avait une voix d'outre-tombe, ce qui confirma son intuition. « Yu est vivant. C'était la femme. Elle m'a roulé. »

Wei inspira brusquement. « Et le manifeste de Flying Dragon ?

— Li et Yu l'ont encore. Yu ne l'a jamais brûlé. » Il relata les détails.

Wei se laissa lourdement tomber dans son fauteuil. Il avait l'estomac noué, mais sa voix resta ferme. « Où sont-ils ?

— A Dazu. Je suis en route. Je suis parti de Chongqing.

— Qu'est-ce qu'ils fabriquent ? »

Feng expliqua l'appel de Li Kuonyi à McDermid et le marché qu'ils avaient conclu. « J'aurai Yu, Li, et le manifeste dans moins de quarante-huit heures.

— Vous en êtes sûr ?

— Pourquoi manquerais-je de réalisme ? Ça ne servirait pas nos intérêts. »

La voix de Feng avait repris son timbre normal, feutré. La tournure prise par les événements l'avait secoué, mais déjà il manifestait un regain de confiance. Durant toutes ces années pendant lesquelles Wei avait employé Feng, il ne l'avait jamais vu douter de lui. Au contraire, l'ancien mercenaire avait de l'assurance à revendre. Il ne s'agissait pourtant pas d'une mince affaire, et sa complexité politique aurait déconcerté la plupart des experts en sécurité.

Feng avait toujours été loyal envers lui, même quand il allait travailler pour d'autres afin de pouvoir rapporter des informations. Feng l'avait accompagné tout au long de son ascension au sein du gouvernement. Yu Yongfu n'aurait jamais été capable de faire pour Feng ce que Wei avait le pouvoir de faire. Ni aucun Américain, même Ralph McDermid. Pour un ancien mercenaire tel que Feng, c'était un honneur de travailler de façon si étroite pour un membre du Comité permanent, et le salaire était plus que généreux, surtout quand d'autres le payaient également. Quand Wei deviendrait secrétaire général, l'avenir de Feng serait aussi assuré. Ils étaient liés, deux talents ambitieux qui avaient besoin l'un de l'autre.

« Voulez-vous de l'aide à Dazu ? demanda Wei. Ce n'est pas le moment de partir au combat comme un loup du désert solitaire. »

Feng hésita. « Si vous connaissez un commandant de l'armée digne de confiance dans la région, sa présence à la tête d'une unité pourrait s'avérer utile, si par un hasard quelconque nous étions détenus par les autorités locales.

— Je vais arranger ça. A propos, Feng ? N'oubliez pas, Li Kuonyi est rusée. Une dangereuse adversaire.

— Inutile de m'insulter, maître. »

Cette réplique pouvait sembler vive de la part d'un subordonné, mais Wei accepta ces paroles avec un sourire bienveillant tandis qu'il raccrochait. Feng avait manifestement retrouvé son état normal. Pareil au loup, il était poussé par la faim, et se sentait un féroce appétit pour ces deux-là qui l'avaient fait passer pour un amateur. Il était même encore plus déterminé à rapporter l'insaisissable manifeste.

Wei regarda à nouveau son jardin par la fenêtre. Son mauvais pressentiment persistait. Il avait commencé à soupçonner que l'enquête du major Pan sur le colonel Smith et la famille de Li Aorong avait révélé davantage d'éléments sur l'*Empress* que le major ne l'avait écrit dans son rapport au général Chu ou que Niu Jianxing n'en avait transmis au secrétaire général ou au Comité permanent. En même temps, Wei trouvait discrètement des soutiens au sein du Bureau politique et du Comité central.

Il était malheureusement possible qu'il ait à éliminer Feng Dun et Ralph McDermid, ainsi que Li Aorong, sa fille et son gendre, afin de couvrir toute trace de la participation de la ligne dure dans l'affaire de l'*Empress*.

Quand Feng avait au départ attiré son attention sur le projet de McDermid, il avait cru à un coup de chance. Mais à présent il pressentait un danger. Toute sa vie durant il avait survécu et prospéré en agissant d'instinct, vite et sans état d'âme.

*

En haut d'une échelle appuyée contre le mur d'une cour fermée dans l'enceinte de Zhongnanhai, un ouvrier chargé de l'entretien achevait de réparer un des projecteurs qui illuminaient le jardin de Wei Gaofan. Il travaillait en pestant à voix basse contre la paranoïa de ce dernier. De peur d'être assassiné, il ne tolérait aucune ombre dans son jardin.

Son impatience à l'égard du membre éminent du Comité permanent était plus prononcée que d'habitude, car il n'était pas seulement un ouvrier chargé de l'entretien, mais un espion. Il avait utilisé le microphone directionnel dissimulé dans sa boîte à outils pour enregistrer la conversation téléphonique que Wei venait d'avoir dans son bureau, et avait maintenant hâte de remettre la cassette à son supérieur à la section de contre-espionnage du Bureau de la Sécurité publique. D'ailleurs, son remplaçant était arrivé, et passait déjà le balai près du bureau de Wei. Son système d'écoute était aussi dans sa boîte à outils, posée sur un bloc de granit et pointée vers la fenêtre du bureau.

L'espion descendit et porta son échelle et sa boîte à outils jusqu'à un abri caché par d'épais arbustes, afin de ne pas déparer le jardin impeccable. Une fois à l'intérieur, il ouvrit un compartiment au fond de la boîte et retira la cassette miniature.

Il rangea son matériel et composa un numéro sur son téléphone portable. « J'ai un enregistrement.... Dix minutes, oui. J'y serai. »

Il éteignit le portable, ferma l'abri à clé, et se dépêcha de traverser le parc luxuriant qui bordait le lac jusqu'à une porte secondaire gardée dans le mur d'enceinte. Elle était réservée au personnel de service.

Le garde, qui le laissait sortir tous les soirs à la fin de son service, insista quand même pour voir sa carte d'identité. « Tu finis tard.

— Réparation spéciale pour maître Wei. Un de ses foutus projecteurs a claqué, et il a failli en faire une attaque. Pas question d'attendre demain matin. » Ce n'était qu'un mensonge partiel. Il avait lui-même cassé le projecteur afin d'avoir une raison pour rester perché quelques heures à enregistrer des conversations. Il y avait beaucoup d'agitation politique en ce moment, à en croire son contact, et tous les appels passés et reçus par Wei devaient être enregistrés. Son boulot consistait à trouver des excuses pour être en mesure d'effectuer les écoutes.

Le garde leva les yeux au ciel. Les exigences de Wei Gaofan étaient bien connues. Il s'écarta, et l'ouvrier s'éloigna dans la rue, tournant le dos à la place Tienanmen. Il se fraya un chemin au milieu des touristes qui continuaient de flâner autour de la Cité interdite. Il finit par pénétrer dans un salon de thé vieillot, et s'immobilisa dans l'entrée. Son contact était là. Il lisait un journal à une table au milieu de la salle.

L'agent d'entretien commanda une théière de Wu Yi de qualité inférieure et un paquet de biscuits anglais. Le paquet à la main, il se dirigea vers une table du fond. Alors qu'il passait devant l'homme, il fit tomber ses biscuits, et se pencha pour les ramasser. Il poursuivit son chemin et s'attabla.

*

Le major Pan Aitu était pressé. Mais il finit d'abord son thé et plia son journal avant de partir. L'officier du contre-espionnage marcha deux pâtés de maisons jusqu'à sa voiture. Une fois à l'intérieur, il sortit la minuscule cassette de sa chaussure et l'inséra dans un magnétophone miniature. Il écouta toute la conversation, en s'arrêtant de temps en temps pour réécouter certains passages.

Puis il se laissa aller contre l'appuie-tête, l'air sombre. Les choses étaient claires : Li Kuonyi et Yu Yongfu n'étaient pas seulement vivants, ils avaient le manifeste de la cargaison de l'*Empress* que le colonel Jon Smith était venu chercher en Chine. Le couple de Shanghai était probablement déjà en route pour Dazu, s'apprêtant à vendre le document à Feng Dun pour le compte de Ralph McDermid. Mais en vérité, Feng allait reprendre le manifeste et tuer le couple pour Wei Gaofan.

Les implications du rapport que Feng ferait à Wei Gaofan étaient claires également. Des implications qui intéresseraient le Hibou au premier chef. Wei Gaofan était personnellement impliqué dans l'affaire de l'*Empress* et de sa cargaison.

Les événements en étaient arrivés à un point qui l'obligeait à prendre une décision qui servirait au mieux ses intérêts. D'un côté, Wei Gaofan employait déjà Feng Dun, était manifestement impliqué dans l'affaire de l'*Empress* et de sa cargaison depuis le début, et ne s'embarrasserait probablement pas d'un agent du contre-espionnage tel que lui, qui en savait trop.

De l'autre, le Hibou – Niu Jianxing –, qui était visiblement opposé à Wei Gaofan et à son conservatisme, ignorait tout de ces changements. Il serait extrêmement reconnaissant.

Pan devait à présent se rendre à Dazu, ce qui représentait un trajet considérable. Arrivé sur place, il aurait à se décider. Il avait fait du chemin dans la nouvelle Chine, n'avait aucune envie de revenir à l'ancienne, et tout compte fait, il avait peut-être en effet tout intérêt à se ranger du côté du Hibou.

Chapitre trente-quatre

Dans le ciel, au-dessus de la province du Sichuan

JON était assis contre la cloison de séparation d'un E-2C Hawkeye AWACS de la marine, la tête renversée en arrière. Il était près de 23 heures. La vibration des moteurs bourdonnait dans ses oreilles. L'appareil, capable de voler à haute altitude, était en black-out total, comme c'était toujours la règle en mission de reconnaissance. Or il ne s'agissait pas d'une reconnaissance ordinaire.

Les nerfs en pelote, il portait sa tenue noire habituelle, et son Beretta dans un holster, dans le creux du dos. Une combinaison de saut isolante noire était posée à côté de lui. Comme il quitterait l'avion à trente mille pieds, il en aurait besoin. Il avait des centaines de sauts à son actif, mais jamais à une telle altitude, et en vérité, cela faisait longtemps qu'il n'avait pas sauté... L'équipage de la marine à bord du transporteur avait revu avec lui les principes de base et ajouté quelques conseils.

Il disposait d'une réserve d'oxygène parce qu'il tomberait en chute libre à dix mille pieds avant d'ouvrir son parachute. Il n'y avait pas de guerre là-dessous, du moins on ne se tirait pas dessus, et personne ne serait là pour le guetter.... en théorie. La zone de saut avait été calculée avec soin ; à partir de photos satellite qui avaient moins de vingt-quatre heures. On prévoyait une couverture nuageuse satisfaisante. Les vents étaient relativement modérés.

Toutes les précautions techniques avaient été prises, toutes les préparations effectuées. C'était maintenant à lui de se préparer psychologiquement. Il décomposa chaque étape dans sa tête, cherchant une erreur humaine ou des difficultés imprévues. Il secouait régulièrement bras et jambes pour que ses muscles restent détendus.

Un membre de l'équipage revint. « C'est l'heure, colonel. Enfilez la combinaison.

— Combien de temps ?

— Dix minutes. Le commandant vous fait dire que tout semble au poil. La lune ne sera pas levée avant deux ou trois heures, le temps se maintient, et on ne s'est pas fait accrocher. Tout est calme, comme on dit. Je reviendrai tester votre matériel et vous donner le signal. N'oubliez pas, quand vous sauterez, faites attention de ne pas vous faire aspirer. Notre empennage bizarroïde peut vous hacher menu façon carpaccio. »

L'équipier s'en fut, en riant de sa mauvaise plaisanterie. Jon ne rit pas. Pour le maintenir en place, il accrocha son MP5K Heckler & Koch à trois anneaux sur le harnais spécial qui barrait sa poitrine. Il appliqua du cirage noir sur son visage, en évitant les plaies. Il enfila péniblement la combinaison isolante, les gants, et remonta la fermeture à glissière. Après avoir bouclé son harnais extérieur, il accrocha ses deux parachutes et arrima sa réserve d'oxygène, son altimètre, son GPS, et le reste de son équipement.

Il commençait à avoir chaud et avait l'impression de peser une tonne. Il se demanda un bref instant comment les soldats en tenue de combat pouvaient même bouger et répondit à sa propre question non formulée : parce qu'ils y étaient obligés. Il se rappela qu'il avait connu ça.

Prêt, il attendait, surchargé et surchauffé, espérant que ce ne serait plus long. Il était tellement mal à l'aise qu'il ne voulait qu'une chose : en finir. Faire son saut et atterrir. Presque tout était préférable à cela... même affronter le trou noir à l'extérieur de l'AWACS.

« C'est parti. » Le même membre d'équipage était revenu, s'assurant que l'équipement de Jon était correctement attaché et en bon état de marche. Enfin, il lui donna une tape dans le dos. « Commencez à respirer votre oxygène. Surveillez la lumière devant vous. Quand ça clignote, ouvrez la porte. Bonne chance. »

Jon hocha la tête et s'exécuta. Les yeux fixés sur la lumière, il sentit le compartiment se dépressuriser. La lumière clignota, il fit coulisser la porte. Alors que la nuit noire comme l'encre l'aspirait, il eut un moment d'hésitation. C'est alors qu'il se rappela quelque chose que son père lui avait dit il y avait longtemps : Tout le monde meurt, alors tu ferais bien mieux de vivre ta vie maintenant plutôt que de regarder en arrière en pensant à ce que tu as manqué.

Il sauta.

Washington, D.C.

Il était presque midi dans la capitale, et le Président travaillait à sa table dans le Bureau ovale. Il avait reçu et discuté les plans de réserve de l'État-Major, d'une simple démonstration de force des Chinois contre Taïwan à une invasion totale de l'île, en passant par l'impensable : une attaque nucléaire dirigée par la Chine continentale contre les États-Unis.

Le Président Castilla se laissa aller en arrière dans son fauteuil et ferma les yeux. Il se frotta les paupières sous ses lunettes, puis joignit les mains sur sa nuque. Il pensa à la guerre ; combattre un pays de 1,3 milliard d'habitants, sans compter les quelques millions que les Chinois avaient probablement perdus ou jamais recensés. Il pensa aux armes nucléaires et eut le sentiment que la situation lui échappait. C'était une chose de se trouver confronté à de petits pays pauvrement armés et à des terroristes, nationaux ou étrangers, capables de faire des milliers de victimes, mais pas davantage ; c'en était une autre d'être confronté à la Chine, dont la puissance de destruction était illimitée. Il doutait que les Chinois veuillent la guerre plus que lui, mais quelle était la différence entre un commandant de sous-marin tellement furieux qu'il était prêt à lancer une torpille et un gardien du dogme outragé en situation d'appuyer sur le bouton nucléaire ?

Un léger coup frappé à la porte précéda la tête de Jeremy. « Fred Klein, monsieur.

— Faites-le entrer, Jeremy. »

Klein entra comme un prétendant nerveux, impatient mais inquiet. Les deux hommes attendirent que Jeremy s'en aille.

« Pourquoi est-ce que je crois que vous m'apportez une bonne et une mauvaise nouvelles ? demanda le Président.

— Sans doute parce que c'est le cas.

— Bien, commencez par la bonne. La journée a été longue. »

Klein se voûta dans son fauteuil en faisant le tri dans son esprit. « Le colonel Smith est sain et sauf, et l'exemplaire original du manifeste que Mondragon avait essayé de nous faire parvenir a refait surface. »

Le Président se redressa d'un coup. « Vous *avez* le manifeste ? Combien de temps vous faut-il pour le faire apporter ici ?

— C'est la mauvaise nouvelle. Il est toujours en Chine. » Il exposa en détail le rapport de Jon, depuis sa capture jusqu'à son évasion et le coup de téléphone de Li Kuonyi. « Il a dû dire à l'équipe de la CIA qu'il travaillait pour la Maison-Blanche, mais c'est tout. Pas un mot sur le Réseau Bouclier. Une mission spéciale, ponctuelle.

— Soit, fit Castilla en bougonnant. Maintenant nous sommes sûrs que Ralph McDermid est bien au milieu de toute cette affaire. Mais ça ne change rien au danger que représente l'*Empress*.

— Non, monsieur.

— Sans le manifeste de Flying Dragon, nous risquons une guerre. Li Kuonyi et les hommes de McDermid se rencontrent à Dazu demain matin ?

— Non, monsieur. Mardi matin. Avant l'aube probablement.

— Ça nous laisse encore moins de temps, Fred. » Le Président jeta un coup d'œil à sa pendule. « Brose dit qu'il ne nous reste que quelques heures. Notre armée se tient prête. Que comptez-vous faire pour récupérer le manifeste ?

— A cette heure, le colonel Smith est en route pour la Chine. Il connaît Li Kuonyi de vue, et elle sait qui il est et ce qu'il fait. Il se pourrait qu'elle négocie avec lui pour obtenir l'asile aux États-Unis.

— Il est parti ? Je croyais que vous aviez dit après-demain matin en Chine.

— Quelque chose d'autre s'est présenté. Je l'ai envoyé un jour à l'avance. »

Le Président faillit exposer. « Quelque chose d'autre ! Qu'est-ce qui a bien pu arriver d'assez important pour détourner votre attention du manifeste ! »

Fred resta calme. « C'est votre père, Sam. Et je n'ai pas changé mes priorités. Un problème est apparu, et je crois que le colonel Smith peut s'en charger, ainsi que du manifeste.

— Mon père. » Le Président sentit son estomac lui descendre dans les talons. « Quel problème ?

— J'ai eu un rapport de la prison indiquant qu'ils le transféraient demain matin, heure locale. Notre agent sur place ne sait pas pourquoi, mais une fois Thayer déplacé, nos chances de le libérer au plus vite deviennent très minces. Comme mon équipe ne peut absolument pas arriver assez tôt, j'ai pensé à un autre plan. Le problème, c'est que c'est plus risqué. Le seul point positif dans ce sac de nœuds, c'est que l'endroit choisi par Li Kuonyi nous a permis de rendre le sauvetage du Dr Thayer moins risqué. En envoyant le colonel Smith en avance, j'augmente nos chances de réussite. »

Le Président était très inquiet. « Pas au détriment de notre objectif principal, Fred.

— Non, Sam. Jamais. Vous nous connaissez mieux que cela.

— Vous, oui. C'est Smith qui m'inquiète. Il y est allé seul ?

— Il ne sera pas seul, monsieur, mais je ne crois pas que vous vouliez en savoir davantage. Il est probable que vous ayez à démentir des tas d'informations.

— Dites-moi ce que vous pouvez.

— Nous avons Chiavelli et un réseau de prisonniers politiques à l'intérieur de la prison, Smith à l'extérieur, et quelques renforts privés importés, ceux dont vous ne voulez rien savoir, surtout qu'ils l'ont déjà aidé. J'ai fait pleuvoir les dollars, du coup – sauf catastrophes supplémentaires – nous avons une bonne chance de faire évader Thayer. Après quoi le capitaine Chiavelli le conduira discrètement à la frontière la plus proche. Dans le même temps Smith et les autres iront attendre au Bouddha couché. »

Le Président semblait toujours sceptique. « D'accord. Smith a un endroit où se cacher toute la journée de demain ?

— Oui, monsieur. »

Le Président resta là un moment à dodeliner de la tête, l'esprit ailleurs.

« Et si tout cela n'était qu'une supercherie ? Un piège ? Et s'il n'y avait pas de produits chimiques illicites ?

— Étant donné tout ce que l'on sait, c'est peu probable.

— Mais pas impossible ?

— En matière de renseignement et de politique internationale, rien n'est impossible. Tant que ce sont des hommes qui sont aux commandes. »

Le Président était toujours ailleurs, quelque part loin du Bureau ovale. « Pourquoi accepter ce boulot ? Il y a un certain orgueil démesuré et aveugle à vouloir le faire. » Puis son regard se reporta sur Klein. « Je me rends bien compte de tout ce que vous faites, vous et Smith. Ça n'a pas été facile, et je doute que ça le devienne. Quelques heures, au maximum, et la Chine, qui est si loin.

— Je sais. Nous réussirons. »

D'un geste machinal le Président plaqua la main sur sa veste de costume. A travers le tissu de prix il sentit son portefeuille. L'homme souriant coiffé du feutre impudent apparut dans son esprit. Il semblait y avoir une question dans ses yeux. Il avait très envie de lui demander ce que c'était. Au lieu de quoi il le chassa de ses pensées.

Dans le ciel, au-dessus de la province du Sichuan

Le sillage de l'E-2C projeta Jon loin de la carlingue en l'espace de quelques instants, et, n'était le frôlement de l'air contre ses joues, il avait la sensation de flotter sans bouger dans l'espace. De ne pas bouger du tout. Or il tombait à une vitesse incroyable : plus de cent soixante kilomètres à l'heure. Dans le ciel presque sans vent, il avait besoin de connaître son altitude et sa trajectoire par rapport à la zone de saut. Luttant contre la résistance de l'air et la gravité, il souleva son poignet droit pour consulter son altimètre et son GPS à affichage DEL. Il était encore à 20 000 pieds d'altitude, droit sur l'objectif. L'absence de vent était son meilleur allié.

Heureusement, ce n'était pas un saut de précision, encore qu'il y eût des montagnes à quelques kilomètres de là. Pour savoir à quel moment ouvrir son parachute, il devait garder les yeux sur son altimètre. Tant que le vent restait calme, l'angle qu'il suivait devait lui permettre de toucher dans le mille.

Il se sentait presque euphorique tandis qu'il planait sur son coussin pneumatique. Brusquement, le GPS commença à clignoter. C'était pour le prévenir qu'il déviait de son cap. Les mâchoires serrées, il orienta son corps de manière à modifier la forme du coussin d'air, et tourna lentement. Le GPS cessa de clignoter.

Soulagé, il était sur le point de vérifier à nouveau son altitude quand son poignet se mit à vibrer. C'était une alarme l'avertissant qu'il approchait du point vertical de non-retour. Une fois cette altitude atteinte, il n'aurait plus le temps d'ouvrir la voilure. Son cœur se mit à cogner. Il contraignit son corps à se redresser et tira sur la poignée d'ouverture.

Le parachute bien plié se déploya au-dessus de sa tête dans un rapide bruissement d'air. Il leva les yeux, en espérant que... et son corps fut soudain tiré par les sangles du harnais. La voilure était ouverte, le harnais avait tenu, et il était à nouveau dans les temps.

Tous les bruits disparurent. Il jeta la poignée d'ouverture. Il descendit dans les airs en se balançant doucement, la voilure noire déployée au-dessus de lui. Le GPS signala qu'il déviait à nouveau légèrement, il corrigea sa trajectoire en tirant sur les suspentes. Il ne devait surtout pas plier la voilure en manœuvrant de manière trop brusque. Une fois la trajectoire rétablie, il regarda en bas et aperçut des lumières plus proches qu'il ne s'y attendait. C'était toujours comme ça. Le sol semblait se rapprocher plus vite que prévu, parce que pendant le saut vous n'aviez aucune idée de votre vitesse de descente.

Il regarda à nouveau en bas. Les lumières venaient des fenêtres dans des hameaux et des villages dispersés. Au milieu, l'obscurité : un vaste espace noir. Ce devait être sa cible, enfin.

Il remercia en silence les photos satellites de la région de Dazu, tout le personnel de la marine qui avait calculé le saut, et l'absence de vent. Il largua tout ce qu'il pouvait : bouteille d'oxygène, gants, casque de vol isolant. Mais le sol se rapprochait de lui à toute vitesse, toujours invisible. Inquiet, il interrogea son altimètre. Encore cent pieds. A peine quelques secondes avant l'impact.

Quant il vit le sol distinctement – un champ labouré, comme

prévu – il se sentit tout à coup à son aise. Il savait exactement quoi faire. Il se détendit, écarta les jambes, plia les genoux, et toucha le sol. Alors que ses chaussures s'enfonçaient dans la terre meuble, une douleur sourde l'envahit, séquelle de la raclée reçue dans la matinée. Il chassa la douleur de son esprit. Il rebondit légèrement, reprit son équilibre, et se redressa péniblement. Une riche odeur d'humus remplit son esprit. La voilure retomba en silence sur le sol derrière lui.

Seul dans la nuit, quasiment au milieu du champ, il tendit l'oreille. Il perçut de discrets bruits d'insectes mais aucune rumeur de moteur. Le Chengyu Expressway reliant Chongqing à Chengdu n'était pas loin, mais à cette heure tardive, un dimanche soir, les voitures devaient être rares. Sombres dans le lointain, des groupes d'arbres se dressaient comme des sentinelles. Jon se débarrassa rapidement de tous ses instruments et de ses harnais, enleva sa combinaison isolante, rassembla le parachute noir, et utilisa sa pelle-pioche pour enterrer le tout, à l'exception du GPS.

Il avait fini de recouvrir sa cache quand il entendit un faible bruit, lointain et métallique. Comme deux pièces de métal entrechoquées.

Il attendit. Tendu, s'efforçant d'entendre dans le noir. Une minute. Deux. Le léger bruit ne se reproduisit pas.

Il décrocha sa mitraillette compacte MP5K, retira le harnais qui l'avait maintenue en place pendant le saut, et mit l'arme en bandoulière. Après quoi il creusa un trou moins profond et y déposa la pelle-pioche et le harnais. Il les recouvrit de terre.

Il se frotta les mains, dépendit son MP5K, se repéra avec le GPS, et l'accrocha à son ceinturon. Enfin, il marcha dans le champ vers la rangée d'arbres. Ils étaient d'un noir plus sombre, plus irrégulier que le ciel sur lequel ils se découpaient. Comme toujours, Jon scrutait les environs : l'horizon, les lumières lointaines, et la rangée d'arbres.

Moins de deux minutes plus tard, il crut distinguer un mouvement à la lisière des arbres. Trente secondes après, il plongea sur le ventre, agrippant son pistolet-mitrailleur à deux mains. Il tira des jumelles à infrarouge de sa ceinture, les ajusta rapidement, et scruta la rangée d'arbres. Celle-ci masquait une petite construction qui pouvait être un abri, une chaumière, ou une maison. C'était trop vague dans la lumière verdâtre des jumelles pour en être certain. Il crut discerner également un chariot et une carriole. Pas un mouvement. Rien. Pas même une vache ou un chien.

Pourtant il avait vu quelque chose. Et ce quelque chose, quoi que ce fût, semblait avoir disparu. Il attendit encore deux minutes. Il finit par raccrocher ses jumelles à sa ceinture. Il vérifia à nouveau l'écran lumineux de son GPS, se leva, et se mit en marche.

Une fois de plus, il entendit le bruit. Sa gorge se serra. Maintenant il savait exactement ce que c'était : on avait armé le chien d'un pistolet. Alors qu'il pressait le pas, des silhouettes semblèrent surgir du champ lui-même, comme nées des mythiques dents du dragon. Des ombres l'encerclèrent. Des ombres avec des armes, toutes braquées sur lui.

Accroupi dans le champ obscur, son MP5K prêt, Jon se raidit pour tenter quelque chose, n'importe quoi.

« Je m'abstiendrais, si j'étais vous. Les gars sont plutôt nerveux. »

Il vit qu'on s'agitait dans les rangs sombres autour de lui. Ils s'étaient noirci le visage, et portaient, en fait d'uniformes, des vêtements larges et des bonnets de laine ajustés. Au même instant, il se rendit compte que la voix qui l'avait mis en garde en bon anglais britannique lui était familière. Alors même qu'il pensait à tout cela, la troupe dépenaillée s'écarta pour laisser passer celui qui avait parlé.

« Un certain Fred Klein a dit que vous auriez peut-être besoin d'aide. » Asgar Mahmout sourit brièvement, faisant étinceler ses dents blanches, et continua à s'avancer, le même vieux AK-47 à l'épaule, canon pointé vers le sol. Il tendit la main.

« Content de vous revoir. » Jon la lui serra, et les Ouïgours formèrent un cercle protecteur, guettant un danger éventuel par-dessus leurs épaules.

« Bon Dieu de bon Dieu, fit Asgar en ouvrant de grands yeux. Votre tête ressemble à du vomi de chien. Qu'est-ce qui a bien pu vous arriver ? »

Chapitre trente-cinq

*Dazu,
lundi 18 septembre*

Après que Jon lui eut fait un résumé détaillé de la façon dont il avait échappé à Feng Dun et à ses tueurs, Asgar Mahmout lui serra à nouveau la main en signe d'admiration. Jon en profita pour dénombrer vingt Ouïgours, en comptant Asgar. Comme à Shanghai, ils portaient ce curieux mélange de vêtements traditionnels, amples et colorés, et de frusques occidentales. La plupart étaient rasés de près, tandis que quelques-uns arboraient une fine moustache tombante comme celle de leur chef. Ils ne disaient rien. Asgar expliqua qu'ils parlaient un mauvais chinois et pas un mot d'anglais.

Jon embrassa le champ du regard. Les yeux sombres des hommes d'Asgar scrutaient nerveusement les environs. « On ferait mieux de mettre les bouts. »

Asgar s'adressa à ses hommes en ouïgour. La troupe se mit en marche, avec Jon au centre, protégé. Sur leur gauche, des rizières gorgées d'eau dont la surface réfléchissait la lumière des étoiles comme des flaques d'encre. Plus loin, des montagnes basses, taches d'encre violette se détachant dans la nuit. C'était là que les grottes du Bouddha devaient être creusées, y compris le Bouddha couché, où Li Kuonyi allait rencontrer l'envoyé de McDermid... probablement Feng Dun.

Asgar était à côté de Jon. « Il existe une ancienne légende à propos de ces montagnes. Les Han croyaient que les sommets étaient des déesses qui étaient descendues sur Terre et qui en étaient tombées si profondément amoureuses qu'elles avaient refusé de retourner au ciel. Les Han ont leurs bons moments. Mais ne dites à personne que j'ai dit ça.

— Comment connaissez-vous Fred Klein ? », demanda Jon, alors que les deux hommes marchaient d'un même pas dans la nuit tranquille.

« Je ne le connais pas, camarade, mais je connais des gens qui le connaissent, semble-t-il. Ils ont transmis son message, en même temps qu'une somme considérable et bienvenue en paiement de la présente opération.

— Qui connaissez-vous qui connaît Klein ?

— Un certain ingénieur russe prénommé Viktor.

— Il vous a contacté pour Klein ?

— Au début, oui. Mais cette récente collaboration s'est faite quand je lui ai envoyé un message du capitaine Chiavelli, dans la prison. »

Jon comprenait à présent. « Vous avez des contacts avec des prisonniers ouïgours.

— Pour les Chinois, ce sont des criminels ; pour nous, des prisonniers politiques. En tout cas, ce sont de petits criminels qui purgent des peines disproportionnées comparées à celles qu'on inflige aux petits criminels chinois.

— Un patriote est toujours le terroriste de quelqu'un d'autre.

— Pas si simple », nuança Asgar, qui continuait de donner à Jon l'impression que l'univers était légèrement de guingois avec cette voix hachée typiquement britannique sortant de sa bouche de bandit des steppes. « L'essentiel est de savoir si l'action d'un combattant de la liberté ou d'un terroriste est bénéfique pour sa cause et son peuple. Si elle ne l'est pas, alors c'est simplement un égocentrique, un fanatique pour qui la "cause" importe plus que son but. C'est une question que je me pose souvent moi-même, et je ne suis pas toujours aussi sûr de la réponse que j'aimerais l'être, surtout par rapport à d'autres, qui, de l'autre côté de la frontière, ont œuvré pour un Turkestan oriental libre toute leur vie.

— Je croyais que ça dépendait de l'intérêt des grandes puissances.

— Eh oui. De ça aussi. »

Droit devant eux se dressait le bouquet d'arbres, plus épais et profond que Jon ne l'avait perçu. Dès que le groupe atteignit le bosquet, ils le contournèrent par la gauche, le long des rizières. Les hommes allumèrent de petites torches électriques. Comme toujours, Jon regardait partout. Quand il leva les yeux, il faillit s'arrêter. Dans les branches ombreuses se trouvaient des touffes ressemblant à des nids de guêpes ou d'abeilles géants.

« Qu'est-ce que c'est ? demanda-t-il à Asgar.

— Des bottes de riz non décortiqué. Les paysans entreposent le riz là-haut pour le protéger des rats et des souris. »

Comme ils quittaient la terre meuble du champ labouré, ils se mirent à avancer à grandes enjambées vers ce qui ressemblait au commencement d'une étendue boisée. Il y avait des bouleaux, des pins, et des petits buissons qui poussaient tant bien que mal sous un haut et épais tapis de feuilles et d'aiguilles.

Quelques centaines de mètres à l'intérieur, Asgar chuchota un ordre, et trois des hommes revinrent sur leurs pas, vers la lisière des arbres, là où la petite troupe était entrée. Mahmout installait un périmètre de défense. Les autres contournèrent un rocher affleurant dans un vallon boisé protégé où ils firent étape comme s'ils s'étaient déjà arrêtés dans cet endroit. Alors que trois veilleurs se séparaient du groupe pour disparaître parmi les arbres sombres, les hommes s'étendirent, serrant leur arme contre eux, et fermèrent les yeux.

Asgar fit signe à Jon de le rejoindre. Ils s'assirent près des restes d'un feu.

« Après que vous avez quitté la Chine, lui dit Asgar, nous avons quitté discrètement la plage, nous aussi, mais il était inévitable que ceux qui étaient à nos trousses fassent le rapprochement avec la Land Rover pleine de dangereux Ouïgours. Nous avons renvoyé plusieurs de ceux ayant un permis de séjour à Shanghai se cacher dans les *longtang*, et j'ai amené les autres à l'ouest se faire oublier en attendant que les choses se tassent. Ça fait un moment qu'on fonctionne de cette manière, vous comprenez.

— Donc vous étiez près d'ici quand vous avez eu le message au sujet de Viktor ?

— Oui. Mon contact à l'intérieur du camp m'a fait dire que

cet ingénieur russe, Viktor, voulait infiltrer un agent américain nommé Chiavelli pour parler à David Thayer. »

Jon approuva d'un hochement de tête. « Fred met sur pied un raid éclair pour libérer Thayer.

— Plus maintenant. Nous avons introduit Chiavelli grâce à quelques pots-de-vin exorbitants. Son rapport sur Thayer et la situation était favorable. Pourtant – nous ne savons pas si le directeur a eu vent de l'évasion, ou si nous jouons de malchance – Thayer est transféré demain matin. Le capitaine Chiavelli a donné la nouvelle à nos prisonniers, et ils me l'ont fait passer. J'ai transmis à Viktor, qui a fait son rapport à Klein. Je le sais, parce que Viktor m'a donné une réponse en retour.

— Disant de me récupérer, c'est ça ? Ce qui explique le brusque changement de programme.

— Exact. Il veut que vous aidiez Thayer et Chiavelli à s'évader. Un tas de choses peuvent mal tourner, et il semble estimer que vos talents pourraient s'avérer extrêmement utiles à l'intérieur du camp.

— *A l'intérieur ?*

— Parfaitement. Si besoin est, on va devoir entrer sans se faire repérer. Ensuite vous, Chiavelli et moi, on fera sortir Thayer. Évidemment, ajouta-t-il gaiement, si ça tourne mal, vous aurez peut-être à vous échapper en jouant du revolver, ce qui est probablement la principale raison pour laquelle Klein vous veut là-bas. Vous êtes l'artillerie de soutien.

— Formidable ! Et qu'est-ce qui pourrait mal tourner ?

— Un garde ou deux pourraient décider de devenir incorruptibles, pour commencer. »

Jon soupira. « Encore mieux.

— Haut les cœurs. Ce sera du gâteau comparé à la mission de certains de mes hommes. C'est une fois que vous serez sortis de la prison – en espérant qu'ils ne découvrent pas la disparition de Chiavelli et Thayer avant l'appel du matin – que les vrais ennuis vont commencer.

— Pour faire sortir Thayer et Chiavelli de Chine ?

— Ça, c'est notre boulot, et ça va être coton. Il y a un vieil adage chinois qui résume bien la situation : "Ferme les yeux, tourne sur toi-même, et où que tu te trouves et quelle que soit l'heure, quand tu ouvriras à nouveau les yeux, tu verras un Han."

La population est tellement énorme que les Occidentaux se remarquent autant que des poissons dans le désert du Taklamakan.

— Alors on a intérêt à éviter les coups de feu. Ça pourrait chambouler ma principale mission.

— Klein en est conscient. Il a dit que vous deviez renoncer à la diversion si vous estimiez que cela compromettrait vos chances.

— Vous en serez aussi ?

— Nous en serons, répondit Asgar. En force. Nous conduirons aussi Thayer à la frontière.

— Vous avez un endroit où me planquer demain ? »

Il hocha la tête. « Vous y serez aussi en sécurité qu'une souris de temple.

— Quand est-ce qu'ils nous attendent à la prison ?

— Nos hommes à l'intérieur devraient être prêts maintenant. A nous de choisir le moment. Ils attendent notre signal.

— Alors allons-y. C'est loin ?

— Moins de quinze kilomètres.

— Pas d'autres instructions de la part de Klein ?

— A part s'assurer que je savais que votre mission principale était de sauvegarder le traité sur les droits de l'homme et qu'on nous assurait de l'argent et de l'influence à Washington en échange... non. » Le visage stoïque d'Asgar s'assombrit. « Votre Maison-Blanche a des œillères. Ils ne pensent qu'à une chose : obtenir la coopération de Zhongnanhai au traité. Après ça, nous n'obtiendrons plus rien. Nous sommes sacrifiables, ce qui ne nous donne pas beaucoup de raisons de coopérer. Mais en même temps, votre Klein sait que nous devons le faire, à cause de nos propres intérêts.

— Je ne sous-estimerais pas la bonne volonté de Fred. Il ne vous oubliera pas, et la géopolitique évolue. »

Asgar hocha la tête sans beaucoup de conviction. « Après la prison, où a lieu la seconde opération ?

— Au Bouddha couché. »

Asgar était sceptique. « Tous les jours c'est noir de monde dès les premiers rayons du soleil. Touristes et vendeurs, vous savez.

— Avec de la chance, on sera repartis bien avant qu'ils n'arrivent.

— Vous voulez bien me donner une idée de ce qui nous attend ?

— Un guet-apens et une mission de sauvetage d'un genre différent.

— Qu'est-ce qu'on sauve ?

— Le document que je n'ai pas réussi à récupérer à Shanghai.

— Lequel est important pour le traité ?

— Oui. J'ai une question à présent... Est-ce que vous avez un itinéraire d'évasion que je pourrai moi aussi utiliser pour sortir le document de Chine ?

— Plus d'un. On ne sait jamais quels seront les imprévus. Les dissidents et les révolutionnaires sans plans de sortie sont des idiots. Heureusement pour nous, la résistance est très étrangère à la culture chinoise, si bien que les Han ne savent pas s'y prendre pour y faire face. Est-ce qu'on va devoir décamper en quatrième vitesse ?

— Probablement, oui.

— Je vais alerter mes contacts. » Il se tourna vers ses hommes. Certains ronflaient déjà. Sages guérilleros, qui dormaient quand ils le pouvaient. « En route. »

Il circula parmi eux, en les réveillant et en leur parlant doucement. Ils inspectèrent leurs armes, prirent des cartouchières supplémentaires dans des caisses dissimulées au milieu des rochers, et attendirent, prêts. Asgar siffla tout bas pour battre le rappel des six factionnaires, lesquels n'avaient rien à signaler.

Une lune gibbeuse était suspendue juste au-dessus de la cime des arbres. Asgar envoya sa tête de patrouille, adressa un signe de tête à Jon, et le reste de la troupe se scinda en deux colonnes et s'enfonça plus avant dans les bois. Dix minutes plus tard, la forêt s'éclaircit, et ils débouchèrent sur un chemin de terre où attendaient un Land Rover, une antique limousine Lincoln Continental, et un Humvee cabossé de l'armée américaine.

Jon haussa un sourcil interrogateur. « Ça fait beaucoup de chevaux-vapeur étrangers pour la Chine rurale. »

Asgar sourit. « Il y a un cadeau cédé à contrecœur par un journaliste tadjik, et les deux autres sont des "réquisitions" nocturnes en Afghanistan. Incroyable ce que vous, les Yankees, donnez à divers seigneurs de la guerre à l'intérieur et à l'extérieur de l'Alliance du nord, et ce qu'ils peuvent être négligents avec le fruit de leurs rapines. On y va ? »

Ils montèrent dans les trois véhicules, qui s'ébranlèrent en convoi sur la route cahoteuse, l'un après l'autre, sous le vaste ciel étoilé. En dépit des apparences, les Ouïgours se comportaient comme une unité entraînée et extrêmement disciplinée, ce qui rassura Jon. Ils empruntèrent une série de chemins de terre, croisant des fermiers, des champs, des animaux. Dans cette partie de la Chine, expliqua Asgar, même une bicyclette était un luxe. La plupart des gens parcouraient de longues distances à pied pour se rendre dans leur famille ou troquer des marchandises. Par conséquent, il y avait peu de véhicules sur la route ou garés à côté des bâtiments. Mais la présence humaine était visible partout. Les fermes étaient regroupées en hameaux, en petits villages, et en villages plus importants. Des cabanes, où l'on pouvait se faire raser et qui offraient de la nourriture et du thé, apparaissaient périodiquement au bord de la route. Toutefois pas une âme ne sortit voir qui passait si tard. Que ce fût dans la Chine des villes ou des campagnes, cela ne payait pas d'être trop curieux.

« Ils ne nous signaleraient probablement pas s'ils regardaient, assura Asgar. Il n'est pas prudent d'attirer l'attention des fonctionnaires, même ici. »

Moins d'une demi-heure plus tard, Jon aperçut les contours d'une clôture grillagée et deux tours de garde dans le lointain. Les chauffeurs éteignirent les phares. Asgar donna un ordre, et les véhicules s'enfoncèrent dans un boqueteau.

« Le gouvernement doit interdire qu'on construise des maisons à moins d'un kilomètre et demi du camp. Pour ne pas être vus ni entendus des gardes, on va se garer ici.

— Et ensuite ?

— Comme dans toutes les armées du monde. On attend. »

*Washington, D.C.,
dimanche 17 septembre*

L'ambassadeur de Chine avait demandé à parler au Président sur-le-champ. L'affaire était pressante, à ce qu'il prétendait. Le secrétaire général Charlie Ouray alla porter la demande à l'étage, où le chef de l'exécutif travaillait sur un projet de loi dans son fauteuil inclinable capitonné, ses lunettes de lecture perchées sur le bout du nez.

Charlie remarqua que le Président avait mis un portrait de famille encadré sur la petite table à côté de lui. Il était posé à plat. Il avait dû le regarder. Charlie n'avait jamais vu cette photo auparavant. Elle montrait le Président, adolescent dégingandé en tenue de football, flanqué de ses parents, débordants de fierté, Serge et Marian Castilla. Tous trois souriaient, enlacés. Ils avaient été une famille unie, mais Serge et Marian n'étaient plus.

Charlie se tourna vers le Président. « Dois-je dire à l'ambassadeur qu'il n'a pas à exiger quoi que ce soit ? Je peux y mettre les formes en disant que vous serez peut-être en mesure de lui consacrer quelques minutes demain. Peut-être en fin d'après-midi. »

Le Président Castilla pesa le pour et le contre. « Non. Dites-lui qu'il se trouve que je veux le voir, moi aussi. Laissez-le s'inquiéter de ce que cela peut vouloir dire.

— Vous en êtes sûr, monsieur ?

— Ça ne va pas créer un précédent, Charlie. On le fera poireauter une autre fois pour le principe. Pour l'instant, je veux enfoncer le clou au sujet de l'*Empress* et, en même temps, laisser clairement entendre que je suis prêt à coopérer avec les colombes de Zhongnanhai pour désamorcer la crise. Nous avons un tas de bonnes raisons pour vouloir cet accord sur les droits de l'homme.

— Néanmoins, monsieur le Président, nous ne pouvons pas lui laisser croire...

— Que nous ne voulons pas d'incident ? Pourquoi pas ? Si ma théorie est exacte, il y en a au moins quelques-uns au Comité permanent qui sont dans les mêmes dispositions que nous. Peut-être pourrons-nous en avoir confirmation de la bouche de notre éminent ambassadeur ?

— Eh bien...

— Appelez-le, Charlie. Je ne vais pas me laisser intimider, vous le savez. D'ailleurs, j'ai de quoi lui en remontrer. Si ce que nous croyons est vrai – qu'il y a une lutte de pouvoir qui se joue là-bas – il sera tout aussi gêné et réservé à propos de la situation que nous le sommes. »

Chapitre trente-six

Une demi-heure plus tard, l'ambassadeur Wu Bangtiao entrait dans le Bureau ovale. Cette fois-ci, il portait un simple costume occidental, mais son visage était neutre, comme s'il récitait un message enregistré. Les mêmes signaux contradictoires, mais en forçant sur l'indignation.

« Ces intrusions dans la souveraineté chinoise deviennent intolérables ! », lança le tout petit émissaire, qui s'exprimait cette fois dans son meilleur anglais. Son ton de voix dissimulait à peine sa fureur.

Le Président resta assis derrière son bureau. « Vous souhaitez peut-être sortir du Bureau ovale, ambassadeur Wu, et refaire votre entrée. »

Castilla surprit l'ombre d'un sourire quand Wu répondit : « Veuillez m'excuser, monsieur. Je crains d'être tellement contrarié que je me suis oublié. »

Le Président s'abstint de dire que Wu Bangtiao ne s'oubliait jamais. Cette rudesse devait être calculée. « Vous m'en voyez navré, ambassadeur. Qu'est-ce qui vous contrarie de la sorte ?

— Il y a une heure, j'ai reçu une communication de mon gouvernement : nos forces armées établies dans la province du Sichuan ont signalé qu'un aéronef volant à haute altitude, identifié par nos experts comme étant un E-2C Hawkeye AWACS du type utilisé par votre marine, avait violé l'espace aérien chinois deux heures plus tôt. Compte tenu du harcèlement continu auquel se livre votre marine sur notre cargo en haute mer, mon gouvernement y voit un plan concerté et proteste vigoureusement contre ces ingérences dans nos droits de souveraineté. »

Le Président braqua son regard dur sur Wu. « Pour commencer, monsieur l'ambassadeur, l'affaire de l'*Empress* ne viole aucun des droits de souveraineté de la Chine.

— Et le survol ? Est-ce que vous sauriez quoi que ce soit à ce sujet ?

— Non, car je suis sûr que cela n'est jamais arrivé.

— Sûr, monsieur ? Mais pas de démenti catégorique ?

— Je serais idiot de démentir catégoriquement quelque chose dont je ne sais rien et pour lequel il y a peut-être une explication parfaitement raisonnable, si cela s'est effectivement produit. Vous dites que vos militaires ont identifié l'avion comme étant un AWACS ? La région dont vous parlez est relativement proche du nord de la Birmanie, où nous menons des opérations antidrogue avec, je crois, le soutien total de la Chine. »

Wu acquiesça en inclinant la tête. « Une hypothèse qui se tient, monsieur le Président. Cependant, on nous a également signalé la présence possible d'un parachutiste dans le Sichuan à peu près à la même heure. Près de Dazu. Les autorités locales sont en train d'enquêter à l'heure où nous parlons.

— Intéressant. Je leur souhaite de réussir.

— Merci, monsieur. Eh bien je ne vais pas vous déranger davantage. » Wu, qui n'avait pas été invité à s'asseoir, fit mine de se tourner vers la porte.

« Pas si vite, monsieur l'ambassadeur. Je vous en prie, asseyez-vous. » Le Président se composa un visage aussi sévère que possible. Mais sous ce masque, il éprouva une bouffée d'optimisme quant au risque qu'il était sur le point de prendre. Wu Bangtiao n'avait pas soufflé mot du raid avorté des SEAL sur l'*Empress*. Cela ne pouvait vouloir dire qu'une chose : le Comité permanent ne savait rien de la tentative des SEAL. Le sous-marin avait été prévenu par un membre ou une faction du Comité, à l'insu des autres.

Wu hésita, ne sachant pas très bien ce que cette requête inattendue signifiait, puis sourit et s'assit. « Vous avez une autre question à discuter, monsieur le Président ?

— La question d'un sous-marin chinois prenant une position dangereusement proche de la frégate *Crowe*. Un navire de guerre menaçant le navire de guerre d'une autre nation en haute mer ? Je pense que ce serait considéré comme un "incident" au regard des critères du droit international.

— Une simple précaution. Un équilibrage des forces, diriez-vous. Tous les navires ont le droit de se trouver là où ils se trouvent. Dans ces circonstances, mon gouvernement a estimé qu'il n'avait pas le choix. Après tout » – l'ébauche de sourire reparut – « nous ne faisons que suivre le suiveur. Une affaire de routine.

— Enfin, bien sûr, à cause de tout ceci, vous avez révélé un de vos secrets : des sous-marins chinois surveillent notre Cinquième Flotte. L'Océan indien est le seul endroit d'où il aurait pu venir si rapidement. » Une affirmation catégorique.

Les yeux prudents de Wu clignèrent. Peut-être était-il agacé que sa position de négociateur ait été sapée par quelqu'un à Pékin. Pourtant, il ne dit rien.

« Naturellement, nous avions toujours envisagé la possibilité d'une telle surveillance, mais nous en avons aujourd'hui la confirmation concrète. Quoi qu'il en soit » – le Président agita la main – « je vais faire quelque chose d'inhabituel. Quelque chose, je peux le dire, qui ne fait pas l'unanimité parmi mes conseillers. Je vais vous dire pourquoi le *Crowe* est là-bas. Il y a quelques jours, des informations incontestables nous apprenaient que l'*Empress* transportait des quantités substantielles de thiodiglycol et de chlorure de thyonile. Je ne pense pas avoir besoin de vous dire à quoi peuvent servir ces produits chimiques. »

Le Président attendit.

Comme l'ambassadeur ne changeait pas d'expression et ne faisait aucun commentaire, il poursuivit : « Les quantités sont substantielles. Tellement substantielles en fait qu'elles ne peuvent être destinées qu'à la fabrication d'armes. »

Wu se raidit. « Un autre *Yinhe* ? Vraiment, monsieur, une fois n'était... »

Le Président secoua la tête. « Cette fois-là, vous aviez la certitude que nous nous trompions. Ce qui vous a permis de faire de l'obstruction jusqu'à la fin et de nous faire passer pour des voyous. Vous étiez gagnants dans tous les cas de figure. Si nous ne montions pas à bord, vous donniez l'impression de nous avoir fait céder, enregistrant un succès majeur. Si nous montions à bord, nous passions pour imprudents et arrogants. Comme nous sommes montés à bord, vous avez réussi un joli coup sur la scène internationale. »

Wu semblait stupéfait. « Je suis choqué, monsieur le Président. Nous ne faisions que défendre le droit international, hier comme aujourd'hui.

— Foutaises, rétorqua plaisamment le Président. Toutefois, je vous ai dit cela pour une raison : cette fois nous croyons que Zhongnanhai ne sait pas ce que l'*Empress* transporte vraiment et ne l'a jamais su. Nous pensons que Zhongnanhai n'est absolument pas mêlé à cette entreprise et a été surpris par l'arrivée du *Crowe*. Ce qui signifie que quand nous allons l'arraisonner, quoi qu'il arrive par ailleurs, l'image de votre pays va en prendre un coup au moment où le commerce avec le reste du monde représente l'un de vos principaux objectifs à long terme. »

Pendant un moment Wu Bangtiao resta assis en silence, son regard calme fixé sur le Président, rassemblant manifestement ses pensées. Quand il prit la parole, le sens véritable de son discours résidait encore une fois dans ce qu'il ne disait pas. « Nous ne pourrions permettre un abus aussi flagrant que l'arraisonnement d'un navire battant pavillon chinois en haute mer. »

Pas de protestation, pas de démenti, pas de faux-fuyant, pas de grands cris.

Le Président déchiffra le non-dit : « Ni les États-Unis, ni le monde – y compris la Chine – ne peuvent risquer de voir des armes chimiques de destruction massive aux mains de régimes irresponsables. »

Wu hocha la tête. « En ce cas, monsieur, nous voilà dans une impasse. Que suggérez-vous ?

— Peut-être une preuve concrète pourrait-elle nous sortir de l'impasse. Le véritable manifeste.

— Ce serait impossible à prouver, étant donné que pareille cargaison ne pourrait venir de Chine. Cependant, si une telle preuve existait, mon gouvernement serait, dans l'intérêt du droit international, obligé d'en tenir compte.

— Si preuve il y a.

— Ce qui est impossible. »

Le Président sourit. « Merci, monsieur l'ambassadeur. Voilà, je crois, qui clôt notre entretien. »

L'ambassadeur Wu se leva, inclina à nouveau la tête, et sortit du Bureau ovale.

Castilla le regarda s'en aller. Puis il appuya sur le bouton de l'interphone. « Mme Pike ? Demandez au chef de mes services secrets de venir dans le Bureau ovale. »

*

Le président Castilla était assis dans le demi-jour du bureau de Fred Klein au quartier général du Réseau Bouclier.

« Votre AWACS et Jon Smith ont été repérés à l'extérieur de Dazu. Il est recherché par les autorités locales. Du moins c'est ce que l'ambassadeur Wu a dit.

— Merde ! jura Klein. J'avais espéré que ça n'arriverait pas. Le boulot du colonel Smith est déjà assez difficile comme ça.

— Pourquoi n'avez-vous pas pris un B-2 ? Sa furtivité aurait été utile.

— Pas le temps d'en sortir un de Whiteman. Nous avons dû faire avec les disponibilités de la marine. J'aurais utilisé un chasseur de haute altitude, mais nous ne voulions pas prendre le risque qu'ils retrouvent un siège éjectable. Qu'est-ce qu'ils ont vu au juste ?

— Tout ce que l'ambassadeur a dit, c'est que l'avion avait été détecté et qu'un parachutiste aurait été aperçu.

— Bien. Ça signifie probablement qu'ils ne sont même pas sûrs pour le parachute, et qu'ils ne sont pas près de localiser l'endroit où il s'est posé, ni de trouver son matériel. Avec un peu de chance, il est dans les temps.

— Grâce au soutien que vous attendiez et dont je ne veux rien savoir ?

— C'est ce qui est prévu, et disons que les Chinois n'apprécieraient pas plus notre "soutien" qu'une opération cent pour cent américaine. »

Le Président relata le reste de son entretien avec l'ambassadeur Wu. « Nous avions raison. Pékin n'était au courant de rien au sujet de l'*Empress* avant l'arrivée du *Crowe*, qui leur a mis la puce à l'oreille. Je crois que Wu était consterné en m'entendant nommer les produits chimiques. Il va faire son rapport à Zhongnanhai. Ce manifeste, c'est pour bientôt ?

— Je n'ai pas eu de nouvelles de Smith, mais je n'en attendais pas de sitôt. Des informations sur la nouvelle taupe ?

— Non, bon sang. On est en train de chercher. Je distille les informations uniquement à ceux qui doivent savoir. »

Dazu,
mardi 18 septembre.

De là où ils attendaient à l'intérieur du petit bosquet d'arbres, Jon entendait une voiture ou un camion passer de temps à autre sur la lointaine autoroute à péage. A un kilomètre et demi de distance, ou davantage, des lumières brillaient encore dans quelques fermes. Il percevait la respiration nerveuse des Ouïgours, ainsi que le battement lent de son propre cœur. Un Ouïgour grogna en changeant de position. Jon bougea aussi pour détendre ses articulations. Mais du camp de prisonniers, rien. Pas un bruit, pas un mouvement.

Asgar consulta sa montre. « Nos deux gaillards devraient déjà être là. Il y a quelque chose qui cloche.

— Vous êtes sûr qu'ils étaient prêts à partir ?

— Ils auraient dû. On ferait mieux d'aller jeter un coup d'œil.

— Ça ne me dit rien qui vaille.

— On abandonne ? »

Jon réfléchit longuement. Il voulait sortir David Thayer de prison, mais il était inquiet à l'idée d'attirer des hordes de policiers et de militaires sur place et de faire fuir Li Kuonyi. Néanmoins, Asgar, Chiavelli et lui – travaillant ensemble – augmentaient les chances de réussite. Trois professionnels armés. Autrement, c'était juste Chiavelli et Thayer, et Thayer n'avait probablement pas touché une arme depuis un demi-siècle, et encore. D'une façon ou d'une autre, les deux hommes essaieraient de se faire la belle cette nuit-là. S'ils s'évadaient mais donnaient l'alerte par la même occasion, ils attireraient des troupes armées dans le coin.

La solution la moins risquée était d'aider Thayer à s'évader sans se faire repérer.

« Allons les chercher », fit Jon.

Asgar circula au milieu de ses hommes, leur exposant d'une voix calme ce qui se passait et ce qu'il comptait faire. Il en désigna trois pour l'accompagner, lui et Jon, et les cinq hommes sortirent discrètement des bois. Courbés et silencieux, ils traversèrent au pas de course un champ qu'on venait d'ensemencer et dont la terre meuble mit Jon au supplice, puis ce fut un verger sombre de pommiers aux fruits mûrissants, où le sol plus ferme permit à son corps meurtri de récupérer.

Sur un signe d'Asgar, ils s'arrêtèrent brusquement et se couchèrent. Devant eux, sur la gauche et sur la droite, s'étendait un espace ouvert qui avait été déboisé autour de la clôture grillagée. Des rouleaux de barbelés tranchants comme des rasoirs surmontaient la clôture. D'une dizaine de mètres de profondeur, cet espace ouvert était recouvert de mottes de terre sèche. Pas une plante, pas une goutte d'eau, pas une empreinte de pas : un no man's land stérile.

« Je vais à la clôture, chuchota Asgar. J'emmène...

— Vous m'emmenez moi, coupa Jon. Je veux faire savoir à Chiavelli et à Thayer que je suis ici, et je ne peux pas communiquer avec vos hommes de toute façon. Ils peuvent rester en arrière et nous couvrir.

— Bon, d'accord. Suivez-moi. »

Tête baissée, ils foncèrent vers la clôture. A cause de ses muscles endoloris, Jon suait sous l'effort. Juste au moment où ils atteignirent le grillage, un projecteur s'alluma au sommet d'un mirador, sur leur gauche. Ils plongèrent à terre en se plaquant contre la clôture. Les narines de Jon se remplirent de terre poussiéreuse. Il lutta contre l'envie d'éternuer, finit par la ravaler.

Le murmure d'Asgar n'était guère plus qu'une vibration alors que le faisceau du projecteur fouillait l'obscurité, passant et repassant. « Bon sang, qu'est-ce qui se passe ? Je ne les ai jamais vus sur leurs gardes comme ça.

— Quelque chose leur a filé la frousse.

— Bon. Quand cette lumière s'arrête, on rampe vers l'ouest. »

*

Dans la chambrée obscure, David Thayer était assis à sa table de planches, en train d'emballer quelques souvenirs et des papiers dans un sac banane.

Dennis Chiavelli tenait une petite lampe de poche afin que Thayer pût voir ce qu'il faisait. La lumière éclairait la crinière blanche du vieil homme par en dessous, la faisant étinceler comme de la neige fraîche.

« Vous êtes partant ? demanda Chiavelli. Ça pourrait s'avérer bien plus difficile que prévu. Vous pourriez être blessé ou mourir. Il n'est pas trop tard pour changer d'avis. »

Thayer leva la tête. Ses yeux délavés dansaient. « Vous êtes fou ? J'ai attendu toute ma vie. Littéralement. Je vais revoir l'Amérique. Je vais revoir *mon* fils. Impossible ! Je me fais l'effet d'un vieux fou, mais je n'arrive pas à y croire. » Son visage ridé irradiait une joie sans mélange.

Chiavelli se retourna brusquement vers la fenêtre. « Qu'est-ce que c'est ?

— Je n'ai rien entendu. »

Mais le vieil homme était dur d'oreille. Chiavelli alla à la fenêtre. « Merde ! » Il regarda dehors et jura encore entre ses dents.

« Que se passe-t-il ?

— C'est le directeur. Accompagné d'une escouade. Ils inspectent les chambrées. Maintenant ils vont chez les Ouïgours. A mon avis on est les prochains. »

La peau parcheminée de Thayer pâlit. « Qu'est-ce qu'on fait ?

— On remet tout en place. » Chiavelli revint de la fenêtre en courant. « Déshabillez-vous et faites semblant de dormir. Vite. »

Avec une agilité surprenante pour un homme de son âge, David Thayer remit ses quelques effets à leur place, enleva ses vêtements de dessus et enfila sa chemise de nuit. Dans le même temps, Chiavelli arrachait ses vêtements, et, en sous-vêtements, se glissa dans sa paillasse.

Le bruit d'une porte qui s'ouvrait en claquant à l'intérieur de la chambrée les fit taire. Quelques instants plus tard, deux gardes pénétraient dans la chambre, en criant : « Debout ! »

Tous deux simulèrent le sommeil, et les gardes les tirèrent sans ménagement de leurs paillasses.

Comme le directeur entrait, il jeta un regard noir à Chiavelli et réprimanda les gardes. « Ne soyez pas aussi brutal avec le vieux. » Il scruta Thayer pour trouver un signe indiquant qu'il avait quitté sa paillasse. « Vous dormiez, prisonnier Thayer ?

— Je faisais de beaux rêves, dit-il d'un ton irrité, les paupières mi-closes.

— Nous devons fouiller.

— Bien sûr. »

Les gardes examinèrent le placard, déplacèrent les lits, et regardèrent par la fenêtre pour voir si personne n'était caché. Il n'y avait aucun autre endroit à inspecter dans la pièce nue. Le directeur en fit lentement le tour.

Finalement, il dit à Thayer : « Vous pouvez retourner vous coucher. »

Alors qu'il s'en allait, talonné par les gardes, ils l'entendirent ordonner : « Postez un garde devant chaque baraque. Contrôle des paillasses toutes les heures. Le camp est bouclé. Pas de travail demain, et personne n'entre et ne sort. Personne, jusqu'à nouvel ordre. »

Le directeur s'éloigna d'un pas décidé. Alors que les gardes suivaient, quelqu'un referma la porte.

Chiavelli se précipita à la fenêtre. Il y resta un certain temps. « Il retourne à son bureau, mais il lui manque un garde. Il a dû en laisser un à la porte de la baraque.

— Ça ne changera rien.

— La fouille des lits et le bouclage, si. Nous ne pouvons pas partir cette nuit. Même si nous réussissions à nous échapper de la ferme, ils nous rattraperaient avant qu'on ait fait dix kilomètres. »

David Thayer s'écroula sur une chaise. « Non. » Ses épaules anguleuses s'affaissèrent. Son visage était un masque de désespoir. « Bien sûr, vous avez raison.

— Le seul point positif, c'est qu'ils ne semblent pas avoir fait le rapprochement avec nous, et que vous ne serez pas transféré demain. Le bouclage vous a épargné ça. »

Thayer leva la tête. « Maintenant il faut attendre. Et espérer. J'ai l'habitude. Mais... cette fois, tout cela semble bien plus dur. »

Chapitre trente-sept

Entre les passages intermittents et apparemment aléatoires du projecteur, Jon et Asgar contournèrent la clôture, tantôt à quatre pattes, tantôt au petit trot, les épaules voûtées. Asgar savait où ils allaient, quand ralentir, et quand prendre le risque d'accélérer. Soudain, il s'accroupit.

Jon s'arrêta à côté de lui, accroupi aussi, et suivit son regard à travers la clôture jusqu'à un bâtiment bas et carré planté à dix mètres de l'enceinte grillagée. Il y avait une porte à deux battants sur l'arrière, mais pas de fenêtres. De la grande porte une allée non pavée conduisait à la clôture et, de là, rejoignait une route.

« C'est par là qu'ils vont sortir, dit Asgar.

— C'est quoi ce bâtiment ?

— La cuisine et le réfectoire. On reste ici en croisant les doigts pour qu'on n'ait pas à se frayer un chemin à l'intérieur. Ces portes arrière servent au chargement et au déchargement des réserves. Ce qui est important dans cette construction, c'est qu'il y a un angle mort entre les portes et la clôture – de dix mètres de large environ – qui n'est pas visible des tours de garde.

— Voilà une découverte sacrément utile. »

Ils se mirent à attendre, en s'allongeant à nouveau près de la clôture. Jon se concentra sur la porte. Le temps semblait suspendu, et la nuit se resserrer autour d'eux. Un bruit de bottes martelant des passerelles en bois rompit le silence. Un bruit lourd, menaçant.

Jon regarda Asgar en fronçant les sourcils. « Qu'est-ce que ça signifie ?

— Ils s'éloignent des baraquements vers le logement du directeur et le corps de garde », souffla Asgar d'une voix à peine audible. « Il a dû y avoir une alerte, ou peut-être que le directeur a fait une inspection éclair. Ça sent le roussi, Jon.

— Un bouclage ?

— On ne va pas tarder à le savoir », fit Asgar sur un ton grave. Il trouva un caillou et le lança par-dessus la clôture. Il toucha le sol en produisant un tout petit *tic*, presque imperceptible.

Jon ne voyait toujours rien bouger à l'intérieur de la prison, pas même une ombre. Il éprouva alors une vive sensation de brûlure sur la joue. Il avait été touché par un caillou qu'on avait renvoyé. Il le ramassa.

Asgar hocha la tête. « C'est le signal. Ils sont bouclés. Il va falloir attendre. Avec de la chance, dans vingt-quatre heures, tout sera redevenu normal. Le seul point positif, c'est qu'ils ne transféreront pas Thayer demain matin. Bien sûr, il est possible que le bouclage dure plus longtemps, peut-être même une semaine.

— J'espère que non, dans notre intérêt à tous. Et surtout pour Thayer. »

*Washington, D.C.,
dimanche 17 septembre*

Charles Ouray entra sans bruit dans le Bureau ovale. « Monsieur le Président ? Excusez-moi de vous déranger. »

Un soleil de fin d'après-midi chauffait la pièce et la nuque présidentielle. Castilla leva les yeux du *President's Daily Brief*[1]. « Oui ?

— Le DCI voudrait vous dire un mot. »

Le président ôta ses lunettes. « Certainement, faites-le entrer, Charlie. »

Ouray revint accompagné d'une femme d'une soixantaine d'années. Elle n'était pas grande, et plutôt bien en chair, avec des cheveux gris coupés court. Trapue, elle avait une poitrine impressionnante et marchait d'un pas décidé. Certains de ceux

---

1. Note de synthèse fournie au Président américain par la CIA.

qui avaient affronté ses questions la comparaient à un blindé léger : vif, rapide, et puissant.

« Asseyez-vous, Arlene, lui dit le Président. C'est toujours un plaisir de vous voir. Que se passe-t-il ? »

Elle regarda dans la direction d'Ouray, qui avait pris sa place habituelle, appuyé contre le mur, à la droite du Président.

« Rassurez-vous, Arlene. Charlie sait tout maintenant.

— Alors très bien. » Elle s'assit, croisa ses chevilles sous sa chaise, et marqua une pause pour mettre en ordre ce qu'elle allait dire. « Voulez-vous bien commencer par me mettre au courant au sujet de Jasper Kott et Ralph McDermid ? Où est-ce qu'on en est avec eux ? Quand voulez-vous divulguer ce que nous savons ?

— En plus de vos équipes, le FBI surveille, collecte des informations. Une partie du problème est de savoir ce qu'ils ont fait de vraiment illégal. Divulguer des informations non classifiées n'est pas un délit. Mais une fois qu'on aura établi leur rôle dans la magouille de l'*Empress*, on sera peut-être en mesure de les coincer pour complicité dans une affaire de contrebande. Toutefois il se peut que Kott ait effectivement communiqué des informations confidentielles à McDermid. Une enquête prend du temps, comme vous le savez. Quoi qu'il en soit, comme il nous faudra des preuves solides pour les inculper, nous ne voulons pas encore les effaroucher. Voilà, je vous ai dit ce que je savais. Et de votre côté ? Vous avez du nouveau ? »

Elle hocha la tête d'un air sombre. « Un gros indice sur l'identité de la nouvelle taupe. McDermid a consulté quelqu'un d'autre, ici, à Washington. Un autre associé, dirons-nous. Peut-être un partenaire. Un homme. Probablement haut placé. Anonyme, pour l'instant. »

Le Président digéra l'information. Il étouffa un juron indigné. « Comment savez-vous cela ?

— Nous avons une écoute dans le bureau de McDermid à Hong Kong. »

Pour la première fois depuis des jours, le Président sourit. « Il y a des fois où j'apprécie sans réserve le caractère retors de la CIA. Merci, Arlene. Un merci sincère. Votre problème, je suppose, est que vous n'avez pas encore été capable de l'identifier ?

— Exact. L'un de nos agents à Hong Kong croit reconnaître la voix, mais elle n'a pas été en mesure de l'identifier.

— Vous l'avez entendue ?
— La bande n'est pas d'assez bonne qualité au téléphone, mais elle va arriver à Langley par avion.
— Quand vous l'aurez identifié, tenez-moi au courant. Si personne n'est capable de mettre un nom dessus chez vous, apportez la bande ici. Peut-être que quelqu'un de la Maison-Blanche le reconnaîtra.
— Oui, monsieur le Président. » Elle fit mine de se lever.
Le Président l'arrêta. « Comment se déroule votre enquête sur McDermid sinon ?
— Nous n'avons pas encore déterminé pourquoi lui ou Altman était impliqué dans l'affaire de l'*Empress*, à part la raison évidente bien sûr : le bénéfice financier de la vente des produits chimiques.
— Très bien, Arlene, merci. J'apprécie votre travail.
— C'est mon boulot, monsieur. Espérons qu'on en aura bientôt fini. C'est comme un pétard sur le point de se transformer en missile nucléaire.
— Oui, espérons-le, reprit Ouray de sa place contre le mur.
— Bonne chasse, fit le Président. Tenez-moi informé.
— Certainement, monsieur le Président.
— Raccompagnez le DCI, Charlie. Je vous parlerai plus tard. »
Quand ils furent partis, Castilla décrocha le téléphone bleu pour demander à Fred Klein de venir. Il fallait le mettre au courant de ce que la CIA avait... et n'avait pas découvert. Et il voulait, aussi, ne pas risquer une nouvelle fuite.

Dazu,
lundi 18 septembre

Une brume jaune citron reposait sur l'horizon, à l'est, signalant le lever du jour. La vieille limousine, le Humvee et le Land Rover roulèrent en convoi pendant huit kilomètres à travers des champs vallonnés et des collines boisées. La faible lumière du matin se fit plus chaude, plus éclatante. Ils s'arrêtèrent enfin dans une cour obscure, enveloppée d'ombres humides. Dans le lointain, les collines violettes de Baoding Shan commençaient à virer au vert pâle. C'est là qu'était sculpté le Bouddha couché, là que devait avoir lieu cette rencontre capitale avec Li Kuonyi et son mari. Jon scruta les collines, en se demandant ce que la nuit allait apporter.

Un vieux bus de fabrication soviétique était stationné dans la cour, moteur en marche.

« C'est pour quoi faire, ça ? », demanda Jon pendant qu'Asgar se garait. Les autres véhicules s'arrêtèrent à côté, et les chauffeurs coupèrent les moteurs.

« Alani et son groupe comptaient l'utiliser pour conduire David Thayer et le capitaine Chiavelli à la frontière. Leur couverture était un groupe d'Ouïgours rentrant chez eux à Kashgar.

— Ça m'a l'air risqué. Même avec votre équipe de maquilleuses, ils ne passeront jamais en plein jour.

— Attendez ici. Je vais vous montrer. »

Il traversa la cour poussiéreuse pour aller parler au vieil Ouïgour assis au volant du bus. Celui-ci coupa aussitôt le contact, descendit avec raideur et suivit Asgar à l'intérieur de la maison.

Asgar fit signe à Jon. « Venez. »

A l'intérieur, Asgar désigna deux volumineux vêtements de femmes, semblables à des burkas afghanes, posés sur une table en bois rustique, l'un noir, l'autre marron. « Dans le Xinjiang, beaucoup de nos femmes portent le voile, mais certaines vont même jusqu'à porter ces horreurs. On les mettra à Thayer et à Chiavelli qu'on assiéra à côté d'Alani parce qu'elle est grande. En gardant les genoux pliés, ils devraient passer.

— Au moins on peut cacher des armes là-dessous. »

La ferme paraissait ancienne, avec son plancher usé et ses poutres apparentes. Son mobilier – tables, chaises, buffets et penderies – était tout simple. De l'autre côté d'un passage voûté, il y avait un cadre de lit et une table de toilette en bois sur laquelle étaient posés une cuvette en terre et un broc. Nulle trace des Ouïgours, mais le vieux chauffeur de bus était assis à une table nue dans une cuisine située derrière une autre arche étroite.

« Où est-ce que je dors ? » Maintenant qu'il savait qu'il devait attendre jusqu'à la nuit, il était soudain épuisé. Tous ses muscles lui faisaient mal. Ses blessures au visage le démangeaient. Il voulait enlever le camouflage qu'il avait sur la figure, manger, et s'effondrer dans le premier lit qu'il trouverait.

« Il y a une cave cachée. Il y a aussi des chambres secrètes derrière les stalles de l'écurie. Vous voulez dormir maintenant ou manger ?

— Manger. Ensuite dormir. »

Jon le suivit dans la cuisine où quatorze de ses guérilleros étaient assis à une autre table, mangeant comme des ogres, tandis que les femmes faisaient la cuisine et posaient des plats pleins de nourriture sur les deux tables. Parmi les femmes se trouvaient les deux joyeuses maquilleuses du *longtang* de Shanghai, qui se mirent à pouffer dès qu'elles virent son visage. Elles lui montrèrent l'évier, où il enleva la substance visqueuse qui camouflait sa peau avec de l'eau froide et un savon artisanal qui sentait le suif.

Se sentant mieux, il s'assit à la table du vieil homme, qui leva les yeux de son assiette comme pour dire : « Mais qui êtes-vous ? » Puis il haussa les épaules et se remit à manger.

Asgar rejoignit Jon, portant un bol du même riz qu'ils avaient partagé dans les *longtang,* agrémenté de bouts de mouton, de carottes, d'oignons, et d'une sorte de haricot, le tout lié à la graisse de queue de mouton fondue. Il le posa sur la table avec les autres plats. Affamé par la longue nuit et la tension incessante, Jon se servit copieusement de tout. Les boulettes à la pâte fine et à la farce épaisse étaient délicieuses. Les kebabs de mouton étaient croustillants à l'extérieur, moelleux à l'intérieur, et sans ce fumet que beaucoup d'Américains trouvaient désagréable.

Jon mangeait sous le regard d'Asgar, qui, lui aussi, enfournait la nourriture. Le moment sembla lui inspirer de la nostalgie. « Les Ouïgours étaient des bergers nomades bien avant de devenir agriculteurs, dit-il d'un air pensif. Le mouton est pour nous ce que les fruits de mer sont pour les Japonais, le bœuf pour les Argentins et les Américains, et le bœuf et le mouton pour les Britanniques. C'était une des choses que j'aimais en Angleterre. Je pouvais trouver du bon mouton, et quand j'avais la chance de trouver de ce fameux Southdown, élevé en Angleterre, ahh... le meilleur mouton que j'aie mangé hors de chez moi. »

Jon sauça son assiette avec du pain. « Il n'y a pas beaucoup de gens qui aiment la cuisine anglaise autant que vous.

— Je l'ai adorée, mon vieux. La *vraie* cuisine anglaise. Beaucoup de graisse de rognons dans les puddings et les boulettes, et puis tous ces rôtis, ces sauces épaisses, ces abats, et ce mouton. C'est peut-être pour ça que dans le temps, quand les Britanniques venaient si nombreux ici, ils semblaient beaucoup mieux nous comprendre que les Chinois et les Russes ne nous ont jamais compris. »

Quand ils eurent fini, Asgar lui fit retraverser la cour en terre dure jusqu'à une petite maison adossée au mur de gauche. A l'intérieur, un Ouïgour solitaire se tenait à la fenêtre donnant sur la cour, son fusil d'assaut posé sur le rebord.

« Nous avons des sentinelles sur tous les murs, expliqua Asgar en passant.

— Et si vous aviez la visite des autorités chinoises ?

— Il y a une famille ouïgoure étendue qui habite ici et cultive la terre. Nous, on se planque, et ils se chargent de les accueillir. Tout le monde connaît la famille. »

Jon suivit Asgar au bas d'un escalier étroit et habilement dissimulé conduisant dans une cave éclairée par des ampoules nues. Il y avait des rangées de paillasses occupées par des hommes et des femmes. Asgar indiqua celle qui était vide près de la sienne, s'allongea, et se mit aussitôt à ronfler.

Jon s'étendit, en contractant et en relâchant ses muscles. Il se dit qu'il se sentait mieux. En tout cas, il était certain de se sentir mieux à son réveil. Alors qu'il cherchait le sommeil, il n'arrêtait pas de retourner le problème de David Thayer dans sa tête. Les risques de complications et d'échec au Bouddha couché, dans moins de vingt-quatre heures, étaient suffisamment énormes. Le moindre pépin dans la tentative d'évasion de Thayer pouvait réduire à néant toute la mission. Il se retourna, essaya un côté, puis l'autre, et tomba enfin dans un sommeil agité.

Pékin

C'était la fin de la matinée, et en temps normal le Hibou aurait été dans son bureau à Zhongnanhai depuis des heures déjà. Au lieu de quoi il travaillait chez lui, dans son étude. Il fumait une Players, ses cigarettes préférées, en apposant sa marque officielle sur des documents ayant trait à la sécurité, quand sa femme fit entrer l'ambassadeur Wu Bangtiao. Le Hibou posa aussitôt sa cigarette et se leva pour l'accueillir. Pour une fois, son visage s'éclairait d'un large sourire. L'ambassadeur était un allié et un ami, qui devait son poste à Washington à l'influence et aux intercessions discrètes du Hibou.

Alors que sa femme s'éclipsait en refermant la porte, Niu lança : « Soyez le bienvenu, mon ami. » Il empoigna la petite main de l'ambassadeur. « C'est une surprise, surtout compte tenu des difficultés entre les États-Unis et nous. » Une légère réprimande dans la voix : « Avant de recevoir votre message ce matin, je ne savais pas du tout que vous rentriez. »

Le diplomate prit acte de l'admonition en clignant les yeux. « Je suis rentré discrètement au pays à cause des difficultés. Il fallait que je m'entretienne avec vous en privé de vos souhaits. Naturellement, je suis venu directement de l'aéroport, et je retournerai directement à l'aéroport. »

Les épaules de Niu se contractèrent devant l'énormité de ce qui pouvait amener l'ambassadeur à couvrir secrètement une telle distance pour venir ici, mais, une fois encore, il offrit un rare sourire. « Bien sûr. Asseyez-vous. Détendez-vous. »

Wu s'assit, son dos touchant à peine la chaise. Il ne fit aucun effort pour se détendre, comme Niu s'y attendait.

« Merci, dit l'ambassadeur. Puis-je vous parler franchement ?

— Absolument. Tout ce que nous dirons restera entre nous. » Niu prit son cendrier et alla s'asseoir sur la chaise à côté de l'ambassadeur, là encore dans un geste d'amitié. Mais il ne proposa pas de cigarette à Wu. Ce serait aller trop loin. « Racontez-moi. » Il tira sur sa cigarette.

« Je pense avoir transmis les messages au Président américain exactement comme vous le vouliez... à savoir, et je suis sûr que c'est toujours le cas... que la Chine doit rester ferme contre toute invasion de ses droits souverains. Et en même temps, que la Chine ne cherche pas un incident ou une confrontation susceptible de dégénérer et d'échapper à tout contrôle. »

Niu se contenta d'un hochement de tête. Même avec le plus proche allié, les promesses verbales étaient à proscrire, sauf absolue nécessité.

Wu offrit son tout petit sourire en échange. « Le Président

américain a fait savoir qu'il comprenait. Comme je l'ai déjà dit, il est exceptionnellement subtil pour un Occidental. Il saisit les nuances. J'ai senti une inquiétude sincère quant à la dérive possible de l'impasse en conflit. Contrairement aux autres, quand il se dit contre la guerre, je crois qu'il est sérieux. Ce que confirment le choix des mots, l'insistance et le protocole.

— Impressionnant, commenta Niu, qui contenait son impatience.

— Aussi curieux que cela puisse être pour un chef d'État occidental, il a fait quelque chose d'encore plus étrange : il a révélé ce qu'il était en train de faire et pourquoi. »

Le Hibou haussa les sourcils. « Expliquez-vous. »

Tandis que le diplomate rapportait sa dernière conversation dans le Bureau ovale au sujet du *Dowager Empress*, Niu écoutait sans mot dire, ressassant un sentiment d'inquiétude. Tout à coup il comprit ce qui le troublait : le Président américain lui avait involontairement soufflé la question qu'il fallait se poser. Si les États-Unis ne voulaient pas l'affrontement, et la Chine non plus, alors qui ? Pourquoi cela continuait-il ? A ce stade, la crise paraissait parfaitement inutile, à croire qu'elle avait été non seulement mise en scène, mais que son intensification avait été orchestrée.

Il réfléchit à ce qu'il avait appris du major Pan, et se rappela les débats du Comité permanent. Parmi les faucons, Wei Gaofan se distinguait à nouveau. Il était vrai que grâce à son alliance avec Li Aorong et le gendre de celui-ci, Wei pouvait s'attendre à faire un bénéfice sur la cargaison. Peut-être faisait-il des bénéfices sur ce genre de cargaisons depuis un bon moment. Mais était-ce le but ultime poursuivi par Wei maintenant que la nouvelle était parvenue au plus haut sommet de l'État à la fois en Chine et aux États-Unis ?

Non. Le Hibou était certain que Wei renoncerait immédiatement au profit s'il pouvait ramener la Chine en arrière. Au fond, Wei était un idéologue, un vrai communiste pur et dur qui n'avait jamais oublié Mao, Zhu De [1], ou la place Tienanmen. Son rêve était de revenir à cette époque. Comme il le prouvait en envoyant le sous-marin *Zhou Enlai* menacer le *Crowe*. Il encou-

---

1. Principal créateur de l'Armée populaire de Libération.

ragerait l'escalade de la violence afin d'imposer ses vues. Pour triompher, il serait même prêt à entrer en guerre.

Le Hibou se souvint des deux définitions que donnait Confucius du désastre : la première était « catastrophe », l'autre « chance ». Wei avait vu la découverte de la véritable cargaison de l'*Empress* non pas comme une catastrophe mais comme une occasion de réaliser quelque chose de bien plus important à ses yeux que l'argent.

« Le Président demande », continua l'ambassadeur Wu, interrompant le Hibou dans ses pensées, « si une preuve concrète, en l'espèce le manifeste de bord, suffirait pour que vous désamorciez la crise auprès du Comité permanent. Le Comité autoriserait-il des Américains à monter à bord, peut-être conjointement avec l'équipage de notre sous-marin, ou alors, le Comité mettrait-il fin à la crise en ordonnant la destruction de la cargaison d'une façon qui permette aux Américains de la confirmer ? En bref, seriez-vous disposé à travailler avec les nôtres, comme le Président Castilla travaille avec les siens, pour mettre fin à ce dangereux problème ? »

Niu tira sur sa cigarette d'un air pensif. Alors que Wei voyait l'avenir dans le passé, Niu, lui, s'accommodait de l'inconnu, d'un avenir fondé sur des idéaux tels que la démocratie et l'ouverture. Le dilemme était le suivant : s'il ne risquait pas tout, Wei l'emporterait. D'un autre côté, s'il risquait tout et gagnait, Wei – le premier des faucons au Comité permanent – serait torpillé par ses propres actes.

« Chef ? demanda l'ambassadeur, rendu inquiet par ce long silence.

— Voulez-vous une cigarette, ambassadeur ?

— Merci. Oui, très volontiers. » Un moment de gratitude adoucit l'expression soucieuse du diplomate.

Les deux hommes fumèrent en bons camarades. Il ne fallait pas précipiter les décisions cruciales.

« Merci de m'avoir apporté ces informations, finit par dire Niu. Je ne me suis pas trompé en vous choisissant comme ambassadeur. Retournez immédiatement à Washington et dites au Président Castilla que je me considère comme un homme raisonnable, tout en continuant, bien entendu, à le mettre en garde contre les conséquences terribles qu'aurait toute tentative d'arraisonnement de la part des Américains. »

Wu éteignit sa cigarette et se leva. « Il comprendra. Je lui transmettrai fidèlement vos paroles. » Ils échangèrent un regard déterminé. Wu s'en alla en faisant bruisser son long manteau.

Tirant fiévreusement sur sa cigarette, Niu se leva d'un bond et se remit à faire les cent pas. Il était clair que les Américains n'avaient pas encore la preuve de la cargaison. C'était très inquiétant. La preuve était essentielle. Il s'immobilisa au milieu du plancher, pivota sur ses talons et se dirigea droit sur le téléphone.

Penché au-dessus de son bureau, il composa un numéro.

Dès que le major Pan décrocha, le Hibou demanda : « Dites-moi ce que vous avez appris. »

Sans se faire prier, Pan dévoila la conversation téléphonique enregistrée entre Feng Dun et Wei Gaofan. « Il n'existe plus qu'un seul manifeste original de la vraie cargaison de l'*Empress*... entre les mains de Yu Yongfu et Li Kuonyi. »

Niu retint son souffle et écrasa son mégot. « Bon. Quoi d'autre ?

— Ralph McDermid va le leur acheter pour deux millions de dollars. » Il donna les détails du rendez-vous pris au Bouddha couché.

Le Hibou écouta attentivement, l'esprit de plus en plus alerte à mesure que le brouillard qui obscurcissait la situation se dissipait : c'était ce que le Président voulait, et ce que lui voulait... la preuve objective. Wei Gaofan le savait et voulait la destruction du manifeste. Tandis que le couple de Shanghai – Yu et Li – étaient des pions, luttant désespérément pour leur survie. Et puis il y avait le riche homme d'affaires américain, Ralph McDermid, qui devait lui aussi vouloir un affrontement, encore que Niu ne sût pas exactement pourquoi, et jusqu'à quel point, il le laisserait s'intensifier. McDermid était prêt à payer une petite fortune pour empêcher le manifeste de tomber dans d'autres mains. Le rat qui courait au milieu de ces trois-là, c'était Feng Dun... faisant semblant de travailler pour McDermid et Yu Yongfu alors qu'en définitive il servait Wei Gaofan.

Feng était une ordure. Ralph McDermid et Wei Gaofan étaient pires. Tous devaient être stoppés avant qu'ils ne raniment la Guerre froide ou n'en déclenchent une autre.

Réfléchissant rapidement, il écouta le major Pan terminer son rapport. La volonté de Pan de ne rien cacher montrait que le maître espion lui avait finalement accordé sa loyauté. Dans leur culture, c'était le compliment mais aussi la vulnérabilité suprêmes.

Pouvait-il faire moins ? « Je comprends, major, lui dit Niu. Peut-être plus que vous n'en avez conscience. Merci pour votre excellent travail. Vous êtes en route pour Dazu ?

— Mon avion part dans vingt minutes.

— Alors écoutez bien ceci : continuez à observer, mais n'intervenez que si la situation dégénère. » Il hésita une fraction de seconde, mesurant l'énormité de l'initiative qu'il était sur le point de prendre. « En cas de violence, je vous autorise à aider Li Kuonyi et le colonel Smith. Vous ou Smith devez récupérer le manifeste sans dommage. C'est impératif. »

Le silence qui suivit fut comme une respiration qu'on retient. « Est-ce un ordre, maître ?

— Considérez-le comme tel. Si cela s'avérait nécessaire, montrez mes instructions écrites. Vous travaillez pour moi seul, et vous avez mon entière protection. »

Voilà. C'était fait. Il n'était plus possible de faire machine arrière désormais. C'était lui ou Wei Gaofan ; avancer vers un avenir inconnu, ou replonger dans un passé impraticable. D'autres que lui allaient en décider. Il refoula un frisson. Mais c'était ainsi. Un homme sage savait à qui se fier.

Chapitre trente-huit

Dazu

JON se réveilla avec une sensation de claustrophobie, de corps entassés comme des grains de maïs en conserve. Il saisit son Beretta, s'assit droit comme un i, et balaya la pièce chichement éclairée avec son gros semi-automatique. Et se rappela où il était. La cave des Ouïgours. L'air était saturé d'odeurs corporelles et de chauds effluves, bien qu'il ne restât plus qu'une demi-douzaine de combattants. Tous dormaient. Les autres étaient partis, y compris Asgar.

Le cœur encore battant, il abaissa son arme et consulta sa montre. La lueur verte de l'écran indiquait 14 h 06. Il avait dormi plus de neuf heures, ce qui était stupéfiant pour quelqu'un qui dormait rarement plus de sept heures.

Il se leva avec précaution et s'étira. Ses muscles protestèrent, mais pas trop fort. Il avait mal aux côtes. Pas de douleur aiguë. Tout allait bien côté visage. Il le démangerait plus tard, surtout avec la transpiration. Rien de mortel.

Il marcha jusqu'à l'escalier à pas feutrés. En haut des marches, il souleva la trappe et se retrouva dans la dépendance. Une nouvelle sentinelle montait la garde à la fenêtre, tandis que de l'autre côté de la cour on s'activait dans la cuisine du bâtiment principal. Luttant contre un sentiment d'urgence, le besoin de se mettre au travail, il alla faire un tour dehors. La flânerie aussi était une activité qu'il pratiquait rarement.

Le soleil était chaud, le ciel d'un bleu de porcelaine, et une brise légère agitait les saules et les peupliers. Les piments qui avaient été mis à sécher sur des nattes ceignaient la cour en terre d'un tapis écarlate. Leur senteur poivrée flottait dans l'air, rappelant à Jon qu'il se trouvait dans la province du Sichuan, réputée pour sa cuisine épicée.

Dans la cuisine, Asgar sirotait une tasse de thé au lait chaud, à l'anglaise. Il leva les yeux, surpris. « Vous êtes fou? Pourquoi n'êtes-vous pas encore en train de dormir?

— Neuf heures suffisent, pour l'amour de Dieu!

— Pas si les neuf heures s'étalent sur cinq jours.

— J'ai fait quelques petits sommes par-ci par-là.

— Ouais, vous avez l'air vraiment reposé. Aussi solide qu'un tourbillon de poussière. Regardez-vous dans une glace. Avec cette tête-là, pas besoin de masque pour Halloween. »

Jon esquissa un sourire. « Est-ce qu'il y a un téléphone que je pourrais utiliser? Je ne veux pas tenter le sort au cas où quelqu'un triangulerait les appels sur cellulaire dans le coin.

— A côté. »

Jon trouva le téléphone. Il appela Fred Klein avec la carte que celui-ci lui avait donnée. C'était encore un autre pari. La Sécurité pouvait aussi contrôler les lignes de terre.

« Klein. »

Jon entra dans son personnage. « Oncle Fred? dit-il dans un anglais hésitant. Ça fait si longtemps, et vous n'appeliez pas. Parlez-moi de l'Amérique. Est-ce que Tante Lili se plaît? » Tante Lili voulait dire surveillance possible en langage codé.

« Tout se passe bien, neveu Mao. Et cette mission?

— La première phase a dû être reportée, mais je pourrai m'en charger en même temps que la seconde. »

Il y eut une hésitation et une note de désapprobation : « Je suis désolé d'apprendre ça. La seconde phase pourrait en pâtir. » Inquiet, Fred lui rappelait qu'au premier signe de grabuge à la ferme-prison, ils devraient laisser tomber l'opération. La rencontre au Bouddha couché demeurait leur première priorité.

« Eh bien, ça m'a inquiété moi aussi. Il faudra attendre de voir comment ça se passe. »

Un autre silence, le temps cette fois pour Klein de changer de vitesse : « Tu dois téléphoner dès que tu as des nouvelles. Nous sommes très impatients. Tu as trouvé ton cousin Xing Bao?

— Je suis dans sa maison en ce moment.

— C'est un soulagement. Vous devez bien vous amuser tous les deux, mais tu te ruines, Mao. Je promets de t'écrire une très longue lettre dès demain.

— Je m'en réjouis à l'avance, maintenant que j'ai entendu à nouveau votre voix honorée. » Jon raccrocha.

Asgar appela de l'autre pièce. « Alors ? »

Jon alla le rejoindre. « La priorité reste la même. Dès que nous avons le manifeste, il faut que j'appelle Klein pour le prévenir.

— Pauvre David Thayer.

— Pas si on peut intervenir. On va faire tout notre possible pour le sortir de là. Vous êtes allés au Bouddha couché ?

— Oui, on a fait une reconnaissance approfondie. » Il posa un jeu de cartes anglais sur la table. « J'y ai laissé dix de mes meilleurs hommes pour poursuivre la surveillance. Ils ont des talkies-walkies. Allez vous chercher à manger, je vous mettrai au courant. Après on se fera un poker. Si vous ne savez pas jouer, je vous apprendrai.

— Vous cherchez à me plumer ? »

Asgar sourit innocemment. « J'ai appris ça à l'école. En simple amateur. Un bon passe-temps, quand on a du temps à tuer. » L'espace d'un instant, l'inquiétude et la tension se virent sur son visage. Puis elles s'évanouirent.

« D'accord », fit Jon. Il était hors de question qu'il dorme davantage de toute façon. « La cave à deux dollars ou l'équivalent dans votre monnaie. Straight poker. Pas de joker. Je me passe la figure sous l'eau, et j'arrive. »

Jon savait qu'il allait se faire plumer, mais ils devaient faire quelque chose pour passer le temps. Cela les empêcherait de devenir fous pendant au moins six heures, avant que la nuit tombe et qu'ils puissent se mettre au travail.

Washington, D.C.,
lundi 18 septembre

Fred Klein tirait sur sa pipe avec colère, et le système de ventilation spécial peinait à purifier l'air, quand le Président Castilla entra dans son bureau.

Le Président s'assit. Son corps massif était raide, ses épaules à l'équerre. Ses mâchoires semblaient dures comme du béton. « Vous avez des nouvelles ? » Ni bonjour, ni préambule.

Klein était dans le même état d'esprit : sombre. Il posa sa pipe, croisa les bras, et annonça : « Il a fallu cinq de mes meilleurs experts financiers pour découvrir ça : le groupe Altman possède une usine d'armement appelée Consolidated Defense, Inc. Comme c'est le cas d'un grand nombre de holdings Altman, celle-ci se cache derrière un montage qui dépasse l'imagination ; filiales, sociétés affiliées, sociétés de gestion, entreprises satellites... j'en passe et des meilleures, la propriété serpente à travers des sables mouvants servant de leurres. Mais la propriété finale ne fait pas de doute.

— Résultat des courses ?

— Comme je l'ai dit, Altman et Ralph McDermid sont actionnaires majoritaires de Consolidated Defense et en récoltent les bénéfices.

— Ça n'a rien de vraiment nouveau. Altman a massivement investi dans la défense. Pourquoi nous intéressons-nous à Consolidated ?

— Vous allez penser que c'est une digression, mais ce n'est pas le cas : discutons du système d'artillerie mobile Protector. Il était à deux doigts de l'approbation finale. Et puis vous avez estimé que dans notre nouveau monde de terroristes et de conflits localisés les systèmes d'artillerie lourds comme celui-ci étaient dépassés. Souvent totalement inutiles.

— Le Protector détruit la plupart des ponts parce qu'il est trop lourd. Impossible de le sortir d'une fondrière sur une route de campagne sans un soutien important. Quant à son acheminement par pont aérien, il ne faut pas y compter. Il est hors sujet, voire pire.

— Il est toujours hors sujet, lui assura Klein. N'empêche que c'est un contrat de 11 milliards de dollars qui est parti en fumée. Il faut savoir qu'au dernier décompte le groupe Altman avait réalisé quelque 12,5 milliards d'investissements. C'est beaucoup d'argent pour un fonds d'investissement privé. Or Altman a l'habitude de gagner gros : plus de 34 % de rendement annuel ces dix dernières années, notamment grâce à des investissements opportuns dans la défense et l'industrie aérospatiale. En une seule journée de l'année dernière, Altman récoltait 237 millions de dollars. Impressionnant, non ? Mais louche aussi. Consolidated Defense est le cinquième plus gros fournisseur de l'armée, mais ils ont introduit Consolidated en bourse *uniquement* après les attaques du 11 septembre, quand le Congrès a appuyé l'augmentation exponentielle des dépenses en matière de défense, et *uniquement* après que le lobbying exercé par leurs alliés influents a porté ses fruits avec l'approbation initiale, donnée par le Congrès, de la pierre angulaire des programmes d'armement de Consolidated... »

Le Président écarquilla les yeux, l'air grave. « Laissez-moi deviner... le Protector.

— Gagné ! D'où ce pactole des 237 millions de dollars.

— Et...

— Et maintenant les actifs d'Altman vont grimper en flèche pour atteindre des milliards et des milliards de dollars, si vous et le Congrès approuvez le Protector et lancez sa fabrication. »

Le Président se renversa dans son fauteuil, les lèvres pincées dans une moue de dégoût. « Le salaud !

— Oui, monsieur. Voilà ce que projetait Ralph McDermid. Ça n'a rien à voir avec l'*Empress* directement. Tout ça n'était qu'un traquenard pour amener deux géants continentaux dotés de capacités nucléaires au bord de l'affrontement. Si besoin est, il fera en sorte de nous pousser à la guerre pour prouver que les États-Unis ont besoin du Protector. De toute façon, une fois que nous aurons arraisonné l'*Empress* et que toute l'affaire aura éclaté, on lui donnera raison. Le Congrès demandera le Protector à grands cris, et il aura ses 11 milliards. »

Le Président jura tout haut. « La seule chose qu'ils n'ont pas obtenue, parce que j'ai verrouillé les fuites, c'est une publicité qui aurait semé la panique dans l'opinion et facilité l'approbation immédiate.

— A mon avis, on n'en est pas loin. Tout ce dont McDermid a besoin c'est que nous arraisonnions l'*Empress* parce qu'il est sur le point d'entrer dans les eaux irakiennes.

— Oh, mon Dieu ! » Le Président poussa un soupir. « Tout repose sur les épaules de Smith. Qu'avez-vous appris de lui ?

— Il a appelé, mais son message était codé. » Il marqua une pause. « J'ai de mauvaises nouvelles, Sam. Ils n'ont pas pu libérer votre père la nuit dernière. Heure chinoise. Smith a laissé entendre qu'ils réessaieraient cette nuit. »

Le Président fit la grimace. Il ferma les yeux et les rouvrit. « Demain matin, chez nous... c'est à ce moment-là qu'ils le feront ?

— Oui, monsieur. Ils vont essayer.

— Il n'a rien dit de plus au sujet de l'évasion ? S'il a un soutien suffisant ? S'il pense pouvoir le faire ?

— Je suis désolé, monsieur.

— Pourquoi n'a-t-il pas pu parler davantage ?

— Je suppose qu'il craignait d'utiliser son téléphone cellulaire sécurisé. Ça signifie qu'il était sur une ligne publique susceptible d'être surveillée. Ce qui me fait dire que leurs renseignements au sujet du parachute n'étaient guère solides. Les autorités locales n'ont pas dû localiser le parachute ni trouver de preuve d'infiltration. Avec de la chance, ils sont sceptiques.

— J'espère que vous avez raison, Fred. Smith va avoir besoin de toute la chance qu'il pourra trouver, et nous aussi. » Le Président regarda fixement la pendule. « Si mon calcul est bon, il lui reste quatre heures avant le crépuscule. » Il secoua la tête. « Quatre longues heures pour nous tous. »

*Hong Kong,
lundi 18 septembre*

Dolores Estevez traversa à la hâte le hall du Altman Building et sortit par l'entrée vitrée dans l'air humide et la cohue de la ville. D'habitude l'atmosphère carnavalesque de Hong Kong la stimulait. Pas cette fois. Elle se mit dans une file de piétons qui hélaient des taxis en gesticulant. A peine avait-elle levé la main qu'une voiture s'arrêta comme par magie. Elle se dit qu'il y avait un Dieu pour les voyageurs bien intentionnés mais en retard.

Elle sauta dans le taxi. « L'aéroport. Vite. »

Le chauffeur mit le compteur en marche, et la voiture s'immisça dans la circulation. Ils roulèrent au pas sur quelques centaines de mètres, puis le chauffeur grommela dans un cantonais guttural et tourna brutalement dans une ruelle étroite.

« Raccourci », expliqua-t-il.

Avant que Dolores ait pu protester, il accéléra, et ils se retrouvèrent au milieu de la ruelle. Elle s'adossa nerveusement à la banquette. Peut-être savait-il ce qu'il faisait. D'une façon ou d'une autre, il fallait qu'elle atteigne l'aéroport où le grand patron attendait, probablement déjà en rogne. Elle était à la fois terrifiée et excitée par sa nouvelle mission : être sa traductrice officielle dans un endroit appelé Dazu, dans le Sichuan. Ils la voulaient parce qu'elle parlait plusieurs dialectes. Elle était à l'aise en cantonais et en mandarin, bien qu'elle eût constaté sur le terrain que la réalité n'était pas exactement la même que de parler dans ses cours de troisième cycle ou dans les restaurants chinois de Los Angeles. Son anglais aussi la rendait nerveuse. Elle avait beau faire, elle n'avait pas complètement perdu son accent latino.

Elle en était encore à se tourmenter quand le taxi s'arrêta dans un crissement de pneus près du bout de la ruelle, la portière s'ouvrit, et des mains vigoureuses la sortirent de la voiture. Trop effrayée pour se débattre, elle eut vaguement l'impression d'apercevoir une compatriote sud-américaine qui lui ressemblait d'une façon étonnante. Elle ressentit une vive douleur au bras, et l'obscurité l'enveloppa.

*

Ralph McDermid s'allongea dans son siège à bord du somptueux jet d'entreprise réservé à son usage personnel, but son whisky écossais pur malt préféré à petites gorgées – sur de la glace, sans eau – et jeta un coup d'œil à sa montre pour la dixième fois. Où était cette foutue interprète ? Furieux, il faisait signe au steward de lui apporter un autre verre quand une jeune femme essoufflée déboula en chancelant dans la cabine. McDermid la considéra avec indignation qui se mua rapidement en appréciation. Elle était de toute évidence « latina », une de ces filles à la pommette haute, au visage long et fin, avec une touche de feu aztèque dans le regard. Exotique.

« Monsieur McDermid », dit-elle avec l'accent du quartier latino de South Central, à Los Angeles. Un accent qu'il aurait pris comme un signe de manque d'éducation et d'ambition chez un homme, mais qui, chez une femme, était charmant. « Je suis Dolores Estevez, votre traductrice et interprète. Je m'excuse de ce retard, mais j'ai été prévenue à la dernière seconde. Bien sûr, la circulation était *impossible*. »

McDermid perçut un léger zézaiement. De mieux en mieux. Son corps était magnifique toutes catégories ethniques ou nationales confondues. Son prénom délicieux. *Dolores*. Il le fit rouler dans sa tête. Quand cette affaire serait terminée, et qu'ils seraient revenus à Hong Kong, elle serait probablement ravie de faire plaisir au *big boss*.

« C'est tout à fait compréhensible, ma chère. Je vous en prie, asseyez-vous. Là, ce serait parfait. » Il indiqua de la pointe du menton le confortable fauteuil en face de lui. Elle sourit, tout à coup intimidée. Son premier mouvement fut de sourire à son tour, puis il fronça les sourcils. Elle avait quelque chose de... familier. Oui, il l'avait déjà vue. Récemment. « Nous sommes-nous déjà rencontrés ? Au bureau peut-être ? »

Elle fit un grand sourire tout en se recroquevillant sur son siège. Sa timidité était rafraîchissante. « Oui, monsieur. A quelques occasions. Une fois hier. » Une légère hardiesse. « Je pensais que vous ne m'aviez pas remarquée.

— Mais bien sûr que si. » Pourtant, alors qu'il lui souriait, il éprouva une sensation désagréable. Toutes les femmes commençaient-elles à lui paraître familières ?

A cet instant, le pilote passa la tête dans le compartiment privé. « Est-ce que tout le monde est à bord, monsieur ?

— Tout le monde, Carson. Vous avez rempli nos papiers et le plan de vol ?

— Oui, monsieur. Vous aurez environ deux heures de vol, en tout. Les douanes vous retarderont un peu à l'arrivée, mais vos papiers devraient vous valoir un traitement de faveur. Le temps s'annonce calme tout du long.

— Excellent. Décollez. »

Alors que le steward lui apportait son deuxième whisky, il proposa un verre à sa nouvelle interprète. Celle-ci croisa les jambes, découvrant fugitivement ses cuisses. A cet instant, il se dit qu'il n'était pas si mal loti en fait de compagnie, et la perspective de récupérer le manifeste avant le lendemain matin le rendait bienveillant. Il laissa aller sa tête en arrière et regarda par le hublot. Tandis que le gros jet roulait sur la piste, il s'efforça de ne pas se soucier de ce qui allait arriver. Bon Dieu, il était prêt à payer deux millions de dollars pour le manifeste. Il l'aurait, c'est sûr.

Chapitre trente-neuf

Dazu

ENTRE deux parties de poker, Jon et Asgar passèrent le reste de la journée à analyser les rapports des éclaireurs ouïgours et à étudier les innombrables scénarios auxquels ils seraient peut-être confrontés cette nuit-là. Asgar finit par gagner quelques dollars, que Jon considéra comme un don à la bonne volonté internationale. Il ne cessa de penser aux missions qui l'attendaient. Il était résolu à réussir les deux, tandis qu'Asgar, dont la fierté ouïgoure était en jeu, était tout aussi désireux de frapper un grand coup pour la démocratie et la liberté en Chine.

Tous deux craignaient de se heurter à ce qu'ils n'avaient pas prévu. L'idée de l'échec était impossible.

D'après les hommes d'Asgar, les visiteurs s'étaient succédé en masse sur le site du Bouddha couché, appréciant la beauté et la spiritualité de cet art séculaire, tandis que les vendeurs locaux écoulaient de manière agressive cartes postales et statues en plastique. Une journée ordinaire. Jusque-là, aucun signe des hommes de McDermid, ni de Li Kuonyi et Yu Yongfu, mais les collines et les mesas entourant les Grottes du Bouddha étaient accessibles pour la plupart, si bien qu'ils pouvaient arriver sans être vus à tout moment, surtout après la tombée de la nuit, à pied ou par la route, en voiture ou à cheval, ou bien déguisés en touristes ou en camelots.

En même temps les nouvelles de la prison étaient encourageantes : le bouclage était terminé. Les paillasses ne seraient pas inspectées ce soir-là, et le lendemain matin les prisonniers retourneraient aux champs. La saison des récoltes avait commencé : choux, betteraves, *bok choy*, tomates, ainsi que le riz et les piments traditionnels. Asgar se dit que cela avait largement pesé dans la décision.

Quand l'obscurité eut recouvert les collines vallonnées de Dazu, Jon, Asgar, ainsi qu'une douzaine de guérilleros se rendirent à la prison et dissimulèrent leurs véhicules comme ils l'avaient fait précédemment. Accompagnés de deux combattants ouïgours, Jon et Asgar se mirent à couvert, allongés à plat ventre en face du no man's land et de la clôture grillagée. La cour de la prison paraissait calme. Le réfectoire était obscur et tranquille. La porte à deux battants dans le mur du fond était fermée, l'allée truffée d'ornières déserte. Des baraquements montaient de temps à autre une chanson triste ou un rire sinistre, mais aucune apparition du directeur et des gardes.

Toutes ces données étaient vitales, dans la mesure où la prison était encore en alerte de niveau moyen. Jon et Asgar avaient estimé qu'ils augmenteraient les chances d'une évasion nette et sans bavures pour Thayer et Chiavelli s'ils se glissaient dans la place. Ils prévoyaient d'entrer et de les faire sortir par le même chemin invisible.

Immobiles, de plus en plus tendus, ils aperçurent enfin du mouvement. L'un des battants de la porte s'était ouvert et refermé. Ou avaient-ils rêvé ? Jon scruta l'obscurité, tentant de discerner une silhouette, une forme, quelque chose. Puis il la vit : une apparition près du sol, mi-chat mi-serpent, qui se frayait un passage dans l'angle mort de dix mètres de large jusqu'à la clôture. C'était un homme petit vêtu de l'uniforme en toile bise des prisonniers. Il leva une fois les yeux dans leur direction, repéra Asgar, et hocha la tête.

Asgar répondit à son salut et chuchota à Jon : « C'est Ibrahim. Couvrons-le. »

Le bruit était un ennemi ce soir-là. Ils n'utiliseraient leurs pistolets qu'en dernier recours, même s'ils les avaient équipés de silencieux. Or le silence de ces « silencieux » était un mythe. Bien que cela fît moins de bruit qu'un coup de feu normal, chaque balle produisait tout de même un bruyant *pop*, comparable à l'explosion d'un pétard de mauvaise qualité. Avec de la chance, ils auraient assez de leurs mains, de leurs pieds, de leurs couteaux, et de leurs garrots. Ils brandirent néanmoins leurs pistolets, balayant le terrain, en prévision du pire. A leurs côtés, les deux combattants ouïgours firent de même. Ils se devaient de protéger cet homme qui risquait tant.

Le pouls de Jon restait lent et régulier malgré la tension. Ibrahim continua à gratter le sol riche en terreau sur une trentaine de centimètres. Quelques instants plus tard il souleva une plaque de bois d'un mètre de côté environ. Il plongea dans le trou et disparut. Presque aussitôt, la terre remua de l'autre côté de la clôture. Elle bougea, trembla, et un autre panneau en bois se souleva. La tête d'Ibrahim émergea, disparut à nouveau, et reparut de l'autre côté de la clôture. La voie était libre.

« C'est à nous », chuchota Asgar.

Il s'accroupit et courut à la clôture, suivi de près par Jon et les deux guérilleros. Jon regarda au fond du trou. C'était une profonde dépression creusée sous la clôture et recouverte avec les deux panneaux en bois qui se rejoignaient sous le grillage.

« Allez-y, fit Asgar à voix basse. Je vous couvre. »

Jon se faufila dans le trou la tête la première, émergea côté prison, et courut à la suite d'Ibrahim jusqu'au réfectoire, de la terre plein les vêtements. Il se glissa à l'intérieur et se retourna, Beretta au poing. Les Ouïgours avaient replacé les panneaux de part et d'autre de la clôture et étaient en train de les recouvrir de terre. Alors qu'Asgar courait pour rejoindre Jon et Ibrahim, le tandem resté à l'extérieur fit apparaître des balais et aplanit soigneusement la terre, effaçant toute trace d'intrusion.

Quand le dernier Ouïgour entra à toute allure dans le réfectoire, Ibrahim leur fit traverser la cuisine obscure et le réfectoire désert au pas de course. Ils regardèrent par les fenêtres. Le clair de lune éclairait des passerelles en bois qui unissaient trois gros baraquements, les reliaient au réfectoire, et bifurquaient vers d'autres bâtiments, pour tenir les pieds du directeur au sec pendant la saison des pluies. Toutes les constructions étaient élevées sur des piliers de près d'un mètre de haut, ce qui témoignait de la violence des orages saisonniers. Il n'y avait pas d'arbres et pas d'herbe, uniquement de la terre tassée par les nombreuses allées et venues.

Deux gardes armés patrouillaient ce secteur, le fusil en bandoulière, bâillant d'un air endormi, peut-être d'avoir dû patrouiller la nuit précédente pendant le bouclage.

Ibrahim s'entretint à voix basse avec Asgar, lequel hocha la tête et dit à Jon : « Tenez-vous prêt. A mon signal, on court sur la droite et on se glisse sous le baraquement, là. »

Ibrahim attendit que les gardes soient au bout de leur parcours, le dos tourné. Asgar et lui se tapèrent sur l'épaule en guise d'adieu, et Ibrahim sortit en courant du réfectoire, mais sur la gauche. Il ne fit aucun effort pour ne pas faire de bruit. Au contraire, ses pas résonnaient bruyamment sur le sol. Les deux gardes sortirent de leur torpeur et se retournèrent, fusils braqués.

Les deux aboyèrent le même mot chinois, dont Jon se dit qu'il devait signifier « Halte ! ».

Ibrahim se figea. Il baissa la tête d'un air faussement coupable.

Les hommes approchèrent avec prudence. Ils se détendirent en voyant son visage. Le sourire aux lèvres, ils lui parlèrent en chinois d'un ton moqueur.

Asgar assura la traduction à voix basse :

« Encore à voler de la nourriture, Ibrahim ?

— Tu ne sais donc pas que tu te fais toujours prendre ? C'est quoi cette fois ? »

Le premier garde fouilla le Ouïgour tremblant et sortit un pot de sous sa chemise. « Encore du miel. Tu sais très bien que ce n'est pas pour les prisonniers. On se serait aperçu qu'il manquait, et on l'aurait retrouvé sur toi. Il n'y a pas de détenu plus bête que toi ici. Maintenant il va falloir qu'on t'enferme, et tu t'expliqueras avec le directeur dans la matinée. Tu sais ce que ça veut dire ! »

Baissant encore la tête, Ibrahim fut emmené d'autorité jusqu'à un petit bâtiment à l'autre bout de la cour.

« Qu'est-ce que ça veut dire ? demanda Jon, inquiet.

— Une semaine de mitard. Ibrahim est un débrouillard. C'est sa contribution à la cause. » Asgar regarda des deux côtés. « Maintenant ! »

Au moment où Ibrahim disparaissait à l'intérieur, Jon et Asgar sortirent discrètement par la porte d'entrée, coururent à toutes jambes sur la droite, et plongèrent sous le baraquement. Ils se faufilèrent de l'autre côté, bondirent, coururent et plongèrent encore, ainsi de suite jusqu'à se retrouver trois baraquements plus loin, dans une autre partie du camp. A bout de souffle, ils se couchèrent sous le dernier, avisant un autre groupe de baraquements. Le plus éloigné de l'endroit de la clôture par lequel ils étaient entrés se trouvait droit devant.

Asgar prenait de profondes inspirations. Le cœur de Jon cognait, et son visage le démangeait. Mais il ne pensait qu'à une chose... dans ce baraquement se trouvait David Thayer.

Ils examinèrent le nouveau secteur. Là aussi des passerelles en bois reliaient les bâtiments. Deux autres gardes patrouillaient à 180 degrés l'un de l'autre. Dès qu'ils eurent le dos tourné, Asgar inclina la tête, et ils se mirent à courir à nouveau, avec légèreté cette fois.

La porte du baraquement s'entrouvrit sans un bruit, et une silhouette leur fit signe d'entrer dans l'intérieur sombre. Il avait une vingtaine d'années, avec une balafre le long de la joue droite qui semblait avoir été faite par une lame. L'homme posa un doigt sur ses lèvres, ferma la porte, et s'éloigna à pas de loup au milieu des prisonniers qui ronflaient sur leurs paillasses. Des rayons de lune passant par les hautes fenêtres éclairaient cette scène sinistre et toute militaire, qui semblait surgie de quelque passage monochrome d'un roman de Soljenitsyne.

Jon et Asgar suivirent le prisonnier jusqu'à une porte dans le fond. Il la montra du doigt et retourna à sa paillasse. Les deux hommes échangèrent un regard dans l'obscurité, et Asgar fit un geste comme pour dire : « A votre tour, si vous voulez. »

C'était la cellule de David Thayer. Cette dernière porte dans le dernier baraquement du camp. Un homme déclaré officiellement mort depuis des dizaines d'années. Dont la femme s'était remariée et était morte. Que son meilleur ami avait épousée, et qui était mort, lui aussi. Dont le fils avait grandi sans lui. Cet homme avait manqué plusieurs vies.

Jon ouvrit la porte avec impatience. Cet homme méritait plus que de la pitié. Il méritait la liberté et tout le bonheur que le monde pouvait offrir.

La pièce était toute petite. Deux hommes, assis côte à côte sur des chaises en bois, levèrent la tête. Ils tenaient tous les deux une petite torche électrique dont ils couvraient le faisceau avec la main. Jon ne voyait guère plus que ça. Asgar et lui refermèrent rapidement la porte derrière eux.

« Chiavelli ? souffla Jon dans le noir.
— Smith ? demanda une voix.
— Oui. »

Les mains s'écartèrent des torches. La lumière troua l'obscurité de la cellule. Les deux détenus étaient habillés de pied en cap. Celui qui portait la chemise et le pantalon de prisonnier était plus jeune ; musclé, avec des cheveux gris coupés en brosse et une barbe grise de plusieurs jours au menton. Il traversa aussitôt la pièce pour repousser la paillasse dans l'angle.

Le plus âgé se leva, grand et élancé, les joues creuses, les épaules osseuses. Il était vêtu d'une veste mao froissée sur un pantalon de paysan ample, et coiffé d'une casquette mao. Dessous, des cheveux blancs épais et un visage aristocratique sillonné de rides, creusées non par le soleil mais par plus de quatre-vingts années de vie. A la taille il avait une ceinture avec un petit sac. Il était prêt à voyager. *David Thayer*.

Dans l'angle Chiavelli appela Asgar. Il était à genoux, à l'emplacement de la paillasse. « J'aurais bien besoin d'un coup de main.
— Bien sûr, mon vieux. »

Asgar s'accroupit à côté de Chiavelli, qui lui expliqua ce qu'il fallait faire. Avec leurs doigts, ils desserrèrent et retirèrent des clous du plancher, à l'emplacement du lit de Thayer.

Au même moment, un sourire chaleureux illumina le visage ridé du vieux prisonnier. Il tendit la main. « Colonel Smith, j'attends ça depuis longtemps. J'aimerais trouver quelque chose de profond à dire, mais j'ai le cœur et la tête qui débordent.
— Il se trouve que je me disais la même chose, docteur Thayer. » Il serra la main. Elle était sèche, chaude, avec seulement un léger tremblement. « C'est un honneur de vous rencontrer, monsieur. Vraiment. On va vous sortir d'ici. A partir de maintenant, considérez-vous comme un homme libre.
— Si ce n'est pas trop compliqué, j'aimerais rencontrer mon fils.
— Bien sûr. Le Président vous salue. Il tient à vous voir dès que possible. »

Le sourire de Thayer s'épanouit, et ses yeux brillèrent. « J'ai attendu ça plus de cinquante ans. Est-ce qu'il va bien ?
— Pour autant que je sache, oui. Vous avez deux petits-enfants. Tous les deux à l'université. Un garçon et une fille. Patrick et Amy. Vous allez rentrer au pays retrouver une famille merveilleuse. » Jon crut entendre Thayer ravaler un sanglot.

« Allons-y ! » souffla Dennis Chiavelli dans l'angle.

Un panneau de plancher avait disparu. On l'avait fait descendre dans l'ouverture. David Thayer expliqua que les Ouïgours avaient creusé des tunnels des années auparavant, afin de pouvoir se déplacer librement entre les baraquements.

Jon et Thayer s'accroupirent près d'Asgar et Chiavelli, alors que ce dernier expliquait de façon pressante : « On sort d'ici aussi rapidement et discrètement que possible. Le directeur a rappelé les gardiens à l'ordre au sujet de la sécurité, à ce qu'on dirait, alors il faut qu'on soit vraiment prudents. Si un gardien n'a pas été soudoyé et essaye de nous arrêter, on lui saute dessus sans faire de bruit, sans le tuer si possible, et on le planque, mort ou vif, dans le réfectoire où on ne le retrouvera qu'après l'appel demain matin. Si la chance reste avec nous, ils ne se rendront pas compte de notre disparition avant.

— On a quand même intérêt à avoir fait un sacré bout de chemin d'ici là », remarqua Jon. Il regarda Asgar. « Tout ça vous va ?

— J'insiste sur une chose : pas de mort. Mes hommes doivent rester. »

Chiavelli fronça les sourcils. « Qu'est-ce qu'ils font encore ici, de toute façon ? »

L'impatience se lisait sur le visage d'Asgar. Il se laissa tomber dans le trou les pieds en avant et sortit une petite lampe électrique. « Si on réussissait une évasion collective, les Han nous tomberaient sur le râble et sur tout le Xinjiang comme la Grande Muraille. Mieux vaut continuer à les harceler, et choisir nous-mêmes quand et où frapper. D'ailleurs, nous faisons entrer et sortir des gens de la prison quand nous en avons besoin. Le réseau ici est utile. Allez. Il faut que nous avancions comme si nous avions le diable à nos trousses. »

Jon aida Thayer à se glisser dans l'ouverture, une galerie d'environ un mètre vingt de haut creusé dans la terre humide. Ils devaient se baisser mais c'était une issue de luxe comparée au tunnel d'Asgar dans les *longtang*. Chiavelli, le dernier à descendre, tendit le bras et tira le lit au-dessus du trou. Il remit le panneau en place et, d'un coup sec, le cala sur le côté pour le faire tenir.

« Un des nôtres le fixera de manière à le rendre à nouveau invisible », expliqua Asgar.

Ils se mirent en marche, presque pliés en deux, Asgar en tête. Suivaient David Thayer, Jon et Chiavelli. Jon guettait chez Thayer des signes de douleur ou d'épuisement à cause de la position, mais s'il ressentait l'un ou l'autre, il n'en laissait rien voir. Les parois en terre se resserraient autour de Jon, et une sensation d'asphyxie menaçait de s'emparer de lui. Il garda les yeux fixés sur le dos de Thayer. La galerie serpentait comme une queue de dragon, interrompue par des étançons équarris et quelques ouvertures au plafond où d'autres panneaux en bois signalaient une entrée dans un autre bâtiment. Personne ne parlait, bien que Chiavelli éternuât à deux reprises, étouffant le bruit avec la main.

Enfin, un courant d'air frais se fit sentir.

Asgar respira. « Nous y sommes. » Alors que les autres s'arrêtaient, il continua : « Nous allons sortir sous le dernier baraquement. Après, c'est le réfectoire. » Il regarda le cadran de sa montre. « En ce moment il ne devrait pas y avoir plus d'un garde en train de patrouiller entre nous et le dernier baraquement. Je m'en occupe. Si par hasard un second garde nous surprend, ce qui est possible cette nuit, Jon se charge de lui.

— Qu'est-ce que je fais, moi ? demanda un Chiavelli renfrogné, désireux de se rendre utile.

— Votre boulot consiste à faire en sorte qu'il n'arrive rien au Dr Thayer », répondit Jon.

Thayer protesta : « Ne vous dérangez pas pour moi. J'y arrive ou je n'y arrive pas. Je suis trop vieux pour que quelqu'un risque sa vie pour moi.

— Vous êtes vieux, rétorqua Jon avec franchise. Ce qui signifie que vous nous compliqueriez la tâche en essayant de faire ce que vous ne pouvez pas faire.

— Alors le capitaine Chiavelli devient mon garde du corps et ma nourrice, plaisanta Thayer. Pauvre capitaine Chiavelli. C'est un triste sort pour un homme d'action si courageux.

— Pas de problème, lui assura Chiavelli. C'est un plaisir.

— C'est parti », chuchota Asgar.

Le panneau au-dessus de leurs têtes avait été descellé et laissé entrouvert, d'où le coulis d'air frais. Asgar l'écarta, et ils se hissèrent, l'un après l'autre, dans l'espace étroit sous le baraquement. Thayer réussit à s'extraire, non sans mal. Chiavelli replaça le panneau et le recouvrit de terre.

Jon et Asgar prirent position sous l'extrémité du bâtiment, d'où la cour faiblement éclairée s'étendait jusqu'au réfectoire. Conformément aux prédictions d'Asgar, un seul garde faisait sa ronde en décrivant un cercle approximatif, son fusil d'assaut en bandoulière et la tête baissée, comme à moitié endormi.

Ils rejoignirent Thayer et Chiavelli à la hâte. Thayer lança à Jon un regard interrogateur, mais ce dernier secoua la tête, les doigts sur les lèvres. Ils attendirent. L'air froid de la nuit les faisait frissonner. La lune s'était retirée derrière un nuage gris, et la prison obscure prenait un aspect étrange et menaçant. Ils attendirent, les nerfs à vif.

Le garde finit par revenir dans leur direction. Asgar et Jon se postèrent une nouvelle fois en bordure du bâtiment. Et attendirent. Alors que les pieds de l'homme leur passaient devant, Asgar bondit comme un puma et assomma le garde avec la crosse de son pistolet. Et c'était fini. Asgar se mit à traîner l'homme sous le baraquement, où ils l'attacheraient et le bâillonneraient avant de le cacher discrètement à l'intérieur du réfectoire.

C'est alors que cela arriva. Un autre garde tourna soudainement l'angle du bâtiment voisin. Il vit Asgar penché au-dessus de son camarade à terre. Pendant une longue seconde, le garde resta planté là, perplexe, son cerveau ralenti par la routine incapable de comprendre et de réagir. Tout à coup, il se ressaisit. Il empoigna son fusil d'assaut, qu'il portait sur l'épaule.

Alors qu'il le retournait dans ses mains, Jon surgit de dessous le baraquement derrière lui et étendit le bras pour le prendre à la gorge. L'homme donna aussitôt un violent coup de crosse en arrière. Jon le vit venir et esquiva, mais il perdit prise sur le garde.

Celui-ci se retourna brusquement, braqua son arme sur Jon, et contracta son doigt sur la détente. A cet instant, Dennis Chiavelli bondit tête baissée, façon bélier. Il percuta le garde, l'entraînant sur près de deux mètres tout en essayant de lui arracher le fusil des mains. Mais le garde réussit à appuyer sur la détente.

Le coup claqua. Comme un coup de tonnerre. La détonation sembla faire trembler les bâtiments et monter jusque dans les cieux étoilés.

La peur envahit Jon. « Cachez-le. Vite ! » Il assomma le garde d'un coup de pied au menton.

Au même instant une voix cria en chinois, puis une autre. Des voix qui posaient des questions. Le vieil homme se mit debout. Il brailla dans la nuit d'une voix forte. Jon n'avait pas la moindre idée de ce que les mots voulaient dire, mais ils étaient prononcés avec assurance. Le vieillard rit, et des gloussements lui répondirent dans le lointain.

« Je leur ai dit que j'étais un idiot », chuchota Thayer tandis qu'ils se hâtaient de ligoter, de bâillonner et de bander les yeux des deux gardes. « Je leur ai raconté que j'avais failli me tirer dans le pied par accident et leur ai demandé de ne pas me dénoncer. » Il rit de plus belle.

« Vous avez joliment rattrapé le coup, complimenta Jon à voix basse.

— Ça, on peut le dire », renchérit Asgar.

Chiavelli, lui, ne dit rien, se contenta de sourire.

Aiguillonnés par la peur d'être pris, les quatre hommes emmenèrent les deux gardes inconscients en quatrième vitesse vers le bâtiment du réfectoire. Deux Ouïgours les y attendaient, la porte entrebâillée. A l'intérieur, l'un d'eux posa une question à Asgar.

Thayer traduisit avant qu'il n'ait pu le faire : « Ils disent qu'ils cacheront les gardes, si nous voulons. Nous devrions partir avant que la lune se montre à nouveau. »

Jon hocha la tête. « Dites-leur oui. Merci, docteur Thayer. Bon, foutons le camp d'ici. »

Ils refirent au pas de course le chemin qu'ils avaient suivi sous la conduite d'Ibrahim ; le réfectoire, la cuisine, et finalement la porte à deux battants où un autre Ouïgour leur fit signe d'aller encore plus vite. La lune, presque pleine cette nuit-là, était encore basse au moment où ils traversèrent en courant l'angle mort jusqu'à la clôture où, de part et d'autre, les Ouïgours avaient déjà rouvert le passage.

Asgar se faufila rapidement dessous, mais David Thayer s'arrêta net. Il regardait fixement à travers le grillage, comme en état de transe.

Jon jeta un coup d'œil à la ronde. Les poils de sa nuque commençaient à se hérisser. Ils avaient été plutôt chanceux jusqu'ici. Ce n'était pas le moment de tenter le diable. « Docteur Thayer ? C'est à vous. Vous êtes le suivant.

— Oui, murmura-t-il. Mon tour. Incroyable. Vraiment incroyable. J'étais un grand fan des Dodgers avant. Je crois qu'ils ne jouent plus à Brooklyn. » Il regarda Jon.

« Ils sont à Los Angeles maintenant. » Jon l'entraîna vers le passage. « Les Giants aussi ont quitté New York. Ils sont à San Francisco.

— Les Giants ? A San Francisco ! » Thayer secoua la tête. « Il va falloir que je me fasse à des tas de choses.

— Allons, monsieur, pressa Jon. Il faut descendre.

— C'est bizarre, mais j'hésite. Ridicule, n'est-ce pas ? J'ai l'esprit et le cœur bien remplis. » Il redressa le dos. Ce fut comme s'il était libéré du poids des ans ; il marcha jusqu'à la clôture, s'agenouilla avec raideur, et se glissa dans le trou. Jon suivit aussitôt, et Chiavelli, une fois de plus, protégea leurs arrières, en regardant attentivement tout autour.

« Est-ce que vous pouvez courir, monsieur ? », demanda Jon d'une voix pressante.

Derrière eux, les Ouïgours recouvraient déjà les panneaux carrés avec de la terre. Devant, Asgar traversait le no man's land à toute vitesse en direction des arbres. Jon et Chiavelli aidèrent Thayer à se relever et réussirent finalement à le faire courir. Les étoiles paraissaient particulièrement brillantes. Trop brillantes. Enfin, quand ils se retrouvèrent à couvert dans la forêt, Jon eut l'impression qu'il venait de gagner l'anneau d'or sur le plus grand manège du monde. Ils avaient fait sortir le vieux Thayer de prison. Maintenant le but du jeu consistait à faire en sorte qu'il n'y retourne pas, à le protéger, et à le rapatrier en Amérique.

Ils s'arrêtèrent dans un bosquet pour que Thayer puisse reprendre son souffle. La sueur ruisselait sur son visage, mais il souriait largement. Une main pressée contre sa poitrine, il respirait avec difficulté. « Je n'ai jamais réussi à m'évader. J'ai essayé. »

Réunis en petit groupe, protégés par les arbres qui les entouraient, ils attendaient qu'il récupère en regardant partout avec inquiétude. Un animal se sauva à travers les sous-bois, vers le nord. Thayer ne s'était pas arrêté un seul instant de sourire, même à bout de souffle. Ses dents marron faisaient une tache sombre sur son visage. Certaines étaient fendues et cassées. Il avait deux doigts recourbés, comme s'ils avaient été cassés mais jamais éclissés, et que la fracture s'était mal réduite, peut-être à la suite de tortures. La respiration haletante de Thayer finit par ralentir, et ils se remirent à courir.

Chapitre quarante

*Washington, D.C.,
lundi 18 septembre*

Dans la Situation-Room souterraine, l'atmosphère était tendue. Une tension électrique qui rongeait des nerfs déjà éprouvés. Tout au long de la matinée, les chefs d'Etat-Major des armées, les secrétaires aux Armées, la conseillère pour la Sécurité nationale, les ministres des Affaires étrangères et de la Défense, le Vice-Président, Charles Ouray, et le Président lui-même avaient discuté, parfois avec véhémence, du moment bientôt imminent où une décision devrait être prise quant à la question de savoir s'il fallait arraisonner l'*Empress* et risquer une confrontation militaire avec la Chine. Après que chacun eut brièvement exposé son niveau de préparation, le secrétaire à la Défense Stanton avait soulevé la question plus vaste des stratégies à long terme et des affectations budgétaires.

C'est alors que le général Guerrero avait réitéré ce qu'il appelait le besoin évident pour l'armée d'élargir le concept « plus vite, plus léger » afin d'y inclure des armements lourds destinés à des campagnes prolongées contre des forces puissantes sur de vastes territoires. Il cita plusieurs exemples d'armes, y compris l'unité d'artillerie mobile Protector, dont l'approbation et la production étaient vitales.

« Personne ne vous suivra sur ce terrain aujourd'hui, lui rétorqua le Président. Pour l'heure nous devons affronter une crise qu'aucune de ces armes ne nous aidera à résoudre. »

Le général acquiesça d'un signe de tête. « Oui, monsieur, vous avez raison. »

Castilla se tourna vers l'amiral Brose. « Que *pouvez*-vous nous proposer, Stevens, qui fera reculer les Chinois et leur sous-marin avant que les feux de l'enfer ne se déchaînent ?

— Pas grand-chose, monsieur », admit l'amiral d'une voix anormalement lugubre.

Le général de l'armée de l'air Kelly intervint : « Pour l'amour de Dieu, Brose, vous avez la Cinquième Flotte au grand complet là-bas. Un seul chasseur bombardier Viking, ou même un Hornet, devrait leur flanquer une frousse bleue. »

Le secrétaire d'Etat Stanton s'en mêla : « Le *Crowe* n'a donc pas d'hélicos anti-sous-marins, amiral ?

— Je souscris à ces deux remarques, répondit Brose. Ou y en avait-il trois ? Quoi qu'il en soit, vous semblez oublier, messieurs, qu'il ne s'agit pas d'une question militaire mais d'un cauchemar politique. Des armes, nous en avons bien plus qu'il n'en faudrait si nous étions en mesure d'attaquer. A moins que ce sous-marin soit pourvu de perfectionnements que nous ignorerions, le *Crowe* peut maîtriser la situation à lui seul ou du moins faire jeu égal. Mais attaquer en premier est précisément ce que nous ne pouvons faire. N'est-ce pas, monsieur le Président ?

— En résumé, acquiesça Castilla.

— Alors ce que j'ai à offrir, c'est un croiseur. J'ai dépêché le *Shiloh* sur zone. S'il arrive à temps, ça peut peut-être les faire fuir. »

Le Président hocha calmement la tête. Il fallait s'y attendre et ça ne le troublait pas particulièrement. Son attitude respirait une assurance tranquille, n'était sa main droite. Ses doigts tambourinaient sur la table devant lui. « Merci, Stevens. Bon, où est-ce qu'on en est ? Notre tentative pour obtenir la preuve de la cargaison potentiellement mortelle de l'*Empress* en faisant appel aux SEAL a échoué. Nous ne pouvons pas attaquer les premiers, ou nous perdrons ce qui nous reste de crédibilité en tant que nation qui n'aspire qu'à la paix et respecte le droit international. Pour ma part, je continue, bien entendu, à poursuivre les voies diplomatiques. Mais avec ça, nous avons quasiment épuisé nos possibilités, à une exception près. »

Il marqua une pause afin de choisir ses mots avec soin, alors que ses doigts continuaient leur tambourinement délibératif. « J'ai mentionné tout à l'heure une opération de renseignement en cours destinée à obtenir la preuve de la cargaison. Je suis en mesure de vous dire que j'ai de grands espoirs quant à l'issue de cette initiative, d'ici quelques heures. »

Un brouhaha excité se fit dans la pièce. « Combien d'heures, monsieur ? demanda Emily Powell-Hill.

— Je ne sais pas exactement. Il faut que vous sachiez que cette opération se déroule en Chine, ce qui ne va pas sans risque. Qui plus est, le fait de piloter une mission à l'autre bout du monde et de devoir se mesurer aux vastes distances de la Chine entraîne d'énormes difficultés.

— Puis-je savoir qui est en charge de cette opération, monsieur le Président ? demanda le Vice-Président. Je suis sûr que nous souhaiterions tous prier pour leur sécurité et leur réussite.

— Désolé, Brandon. Je ne révélerai pas cette information. Ce que je peux vous dire, c'est que notre homme est sur le point de réussir, mais jusqu'à quel point, je ne sais pas au juste. Ce qui nous laisse face à une décision simple, quoique potentiellement dévastatrice. Si je n'ai pas de nouvelles de Chine à temps, le *Crowe* arrêtera et arraisonnera l'*Empress* avant qu'il n'atteigne les eaux irakiennes, soit, concrètement, avant qu'il n'entre dans le Golfe persique. Ce qui représente combien d'heures exactement, amiral Brose ? »

Le chef d'État-Major des armées consulta sa montre. « Sept, monsieur le président. A une heure près. »

*Dazu,
mardi 19 septembre*

Après une course éreintante à travers la forêt à surveiller constamment leurs arrières, Jon, Asgar, les deux combattants ouïgours, et les deux anciens prisonniers rejoignirent l'unité ouïgoure. Quelques minutes plus tard, tout le groupe se mit discrètement en marche à travers champs vers les véhicules cachés. Ils montèrent à bord. Avec Asgar au volant, Jon, Chiavelli et Thayer prirent la limousine, afin que Thayer fût plus à son aise. Trois Ouïgours s'entassèrent à l'arrière, leurs fusils d'assaut dressés comme des piquants de porc-épic. Les autres Ouïgours se partagèrent entre le Humvee et le Land Rover.

Avec la limousine en tête, le convoi s'ébranla tout doucement pour essayer d'attirer un minimum d'attention. En même temps ils guettaient autour d'eux d'éventuels poursuivants, attentifs à toutes les lumières, à tous les rochers, à toutes les menaces possibles.

Jon examina le cadran lumineux vert de sa montre. « Où est Alani et son groupe ? Ils n'étaient pas censés escorter Chiavelli et le Dr Thayer à la frontière ?

— Ils sont à la planque, lui répondit Asgar d'une voix hachée, comme s'il sentait venir d'autres ennuis.

— Si je comprends bien, vous voulez faire sortir Chiavelli et le Dr Thayer de Chine en leur donnant un véhicule et quelques-uns de vos hommes ?

— C'est ce qui est prévu.

— Pas question. Nous ne savons pas combien d'hommes Feng et Li Kuonyi emmèneront. Nous avons besoin de tout le monde. Et puis vos hommes ne seront pas rentrés à temps. On va devoir garder Chiavelli et le Dr Thayer avec nous jusqu'à ce qu'on entre dans les montagnes. Ensuite on les mettra à l'abri quelque part et on ira les chercher en partant. »

Asgar réfléchit un moment. « Bon d'accord, ça se tient. En plus on pourra mettre Chiavelli et peut-être le Dr Thayer à contribution. Vous savez tirer, monsieur ?

— Ça fait longtemps, admit Thayer de la banquette arrière. En quoi consiste cette nouvelle mission au juste ?

— On ne peut pas risquer votre vie, monsieur, déclara Jon d'un ton sans appel.

— Absolument, renchérit Dennis Chiavelli.

— Bon d'accord, soupira Thayer. Mais au moins dites-moi de quoi il s'agit. »

Jon exposa les points importants de la rencontre au Bouddha couché, l'objectif, les enjeux, le danger.

« C'est pour le traité sur les droits de l'homme ? s'enquit Thayer, en plissant son front ridé. Alors, c'est vital. C'est l'une des mesures les plus importantes du gouvernement de mon fils.

— Nous sommes d'accord, fit Jon. L'enjeu est mondial. »

David Thayer retira ses lunettes et se pinça l'arête du nez ; un geste que Jon avait vu le Président faire. Puis il s'affala en arrière, comme épuisé. Il regarda par la fenêtre, un demi-sourire sur son vieux visage.

Jon se retourna sur son siège, face à la route. Il jeta un coup d'œil à Asgar, qui lui lança un regard de soulagement. Puis les deux hommes reprirent leur surveillance attentive. Ils passèrent devant des cours de ferme recouvertes de riz qu'on avait étalé pour qu'il sèche le lendemain au soleil, comme les piments rouges. Il y avait du riz non décortiqué partout, même entassé contre les murs et les clôtures, comme des congères brunes. Des outils en bois faits à la main étaient également appuyés contre les murs. Il y avait des poules et des porcs dans des enclos, des potagers. De solides seaux à légumes en bois étaient souvent posés avec soin à l'extrémité d'un rang. Et, bien sûr, il y avait des buffles d'eau, qui somnolaient la tête pendante, le museau au ras du sol.

Le temps s'écoulait lentement. Trop lentement, augmentant la tension. Ils entrèrent dans un village, et Thayer se redressa. Les maisons semblaient plus prospères, couvertes de tuiles rondes bleu foncé et arborant deux cheminées, voire plus. En même temps la chaussée fit place à un revêtement de grandes dalles de pierre qui semblait vieux de plusieurs siècles. Thayer leur dit qu'on l'avait sorti du camp pour travailler dans le coin de temps à autre, en raison de ses compétences de lettré.

« Vous voyez ces chaises au bord de la chaussée ? Cette route est comme un grand salon, expliqua-t-il. Les villageois s'attablent ici pour jouer aux cartes, boire le thé, et papoter. Ils mettent aussi leur riz à sécher sur la chaussée, et les gens passent dessus à vélo comme s'il n'était pas là. Ça n'émeut personne. Pour les Chinois, le riz est très ancien. Comme la lune et les étoiles. Il est indestructible. »

Jon se retourna pour jeter un coup d'œil au père du Président. Son visage usé semblait toujours fatigué, mais même dans la pénombre de la banquette arrière, il avait l'air manifestement heureux. Et il avait visiblement envie de parler. Un bon signe.

« Comment vous sentez-vous ? demanda Jon.

— Drôle. Bizarre. Mes émotions sont instables. Elles sont

comme des diablotins, impossibles à contrôler. J'ai envie de rire, et la seconde d'après, j'ai envie de pleurer. J'ai atteint un âge où l'on a la larme facile, je le crains. »

Jon hocha la tête. « C'est normal. Comment êtes-vous physiquement ?

— Oh, ça. J'ai eu un petit coup de fatigue, mais ça va très bien maintenant.

— Avez-vous été torturé ? »

Thayer fronça les sourcils. Il ôta ses lunettes et se pinça l'arête du nez. Encore le même geste que le Président. Mais alors que Thayer le faisait, Jon remarqua à nouveau les deux doigts cassés. Il soupçonna d'autres fractures, invisibles sous les hardes du prisonnier. Des côtes. Un bras. Peut-être une jambe. Impossible à dire sans un examen médical approfondi. S'ils s'en sortaient, la première chose à faire serait de lui faire passer un check-up.

Jon se remit à scruter la campagne sombre.

Thayer regarda par la vitre à son tour. On voyait bien qu'il s'amusait, en dépit du danger et de la tension qui régnait à l'intérieur de la voiture. « Les Chinois sont des gens fascinants. Ils passent leur temps à reprendre des mythes et à en créer de nouveaux. Une fois, alors qu'il y avait une grosse fuite dans un des aqueducs construits par les communistes dans les montagnes près d'ici, ils ont raconté aux paysans vivant en contrebas que c'était une nouvelle cascade pittoresque. C'est comme ça qu'ils les ont persuadés de continuer à travailler sur leurs fermes, alors même que c'était dangereux.

— La culture chinoise mêle la nature et le mythe, reconnut Asgar. Est-ce qu'ils ont survécu ?

— Oui. L'aqueduc a été réparé à temps, poursuivit Thayer. A presque chacun de leurs phénomènes naturels correspond une ou plusieurs légendes. Un instrument parfait pour maintenir les gens dans l'ignorance. La science telle que nous la connaissons n'existe tout simplement pas ici. Mais c'est une belle façon de vivre, aussi. Leur langage est une sorte de poésie. Un grand arbre est un dieu métamorphosé. Un arc-en-ciel est un motif d'allégresse. Le paradis est vivant sur la terre. Mais quand cette ignorance s'est transportée à Pékin, cela a causé beaucoup de problèmes.

— Mao n'était-il pas un paysan ayant tout juste fréquenté l'école primaire ?

— Oui, et sous ses ordres, d'autres paysans dirigeaient le pays. Certains d'entre eux étaient même analphabètes. Incapables de lire les rapports sur lesquels ils devaient apposer leur cachet. Ils savaient peu de chose de la production de masse, des usines, de la science, et même de l'agriculture en dehors de leurs propres régions agricoles. Cinq ans après la prise du pouvoir par Mao, le pays a failli mourir de faim à cause des décisions ridicules du Bureau politique. En prison, on mangeait n'importe quoi. Des oiseaux, des insectes, de l'herbe. Au bout d'un moment, il n'y avait plus une seule mauvaise herbe ni d'écorce sur les arbres. Beaucoup d'entre nous sont morts. » Thayer haussa les épaules. « Mais assez parlé de ça. Maintenant que l'impossible est devenu possible, j'ai une raison de vivre assez longtemps pour rencontrer ce qu'il reste de ma famille. Je suppose que je deviens exigeant, mais ça m'est égal. Après ça, je pourrai mourir en paix. »

Pendant qu'ils parlaient, Asgar était en communication avec les chauffeurs des deux autres véhicules sur son talkie-walkie. Ni l'un ni l'autre n'avaient détecté de surveillance. Alors qu'ils continuaient à guetter et restaient en contact, on percevait dans le crachotement du récepteur l'urgence de leurs voix.

« On a eu des nouvelles de l'intérieur de la prison », signala Asgar par-dessus son épaule. « Ils n'ont pas encore remarqué la disparition des deux gardiens et ne savent pas que vous êtes partis, vous deux. La chance est avec nous pour l'instant. » Son regard se fixa à nouveau sur la route. Le convoi montait à l'assaut des collines.

Dans la limousine la tension se relâcha d'un cran à l'écoute de la nouvelle. Thayer décrivit la région de Baoding Shan, vers laquelle ils se dirigeaient, ainsi que le Bouddha couché, où devait avoir lieu l'échange du manifeste de l'*Empress*. « Baoding Shan est tantôt traduit par Montagne du sommet précieux, tantôt par Montagne du pic du trésor. C'est près du pied de celui-ci que se trouve le Bouddha couché et d'autres figures taillées dans la roche, comme au Mont Rushmore. Elles sont peintes qui plus est.

— J'ai entendu dire qu'elles étaient vieilles de dix siècles, dit Chiavelli.

— Presque, rectifia Thayer. Celles qui entourent le Bouddha couché remontent au XIIIe siècle. Celui qui a conçu ces grottes avait un vrai sens esthétique. Elles épousent la ligne naturelle du relief. Elles sont disposées en arc de cercle et sculptées dans la masse, mais environnées d'une épaisse végétation : arbres, buissons, plantes grimpantes, fleurs. Une vraie jungle. L'escarpement lui-même fait partie d'une gorge.

— Qu'en pensez-vous en tant que point de rendez-vous pour un échange ? » demanda Jon. Fred Klein lui avait faxé cartes et descriptions, mais rien ne valait l'avis de quelqu'un qui s'était rendu sur place.

« Pour Li Kuonyi et Feng Dun, cela offre des tas de possibilités. Pour vous qui voulez soustraire le manifeste à celui qui finira par s'en emparer, ces possibilités compliqueront probablement les choses. Le Bouddha couché est énorme, mais il se trouve sous un surplomb, et il est entouré de quantités de sculptures différentes, certaines se rapportant à des récits épiques bouddhistes. Beaucoup sont à hauteur des yeux, et offrent de bonnes cachettes. Il y a également d'autres statues dans les grottes sombres et les temples sculptés des environs. »

Asgar fit une embardée pour éviter un chien sauvage qui avait traversé la route comme une flèche. « Vous avez absolument raison sur chaque détail, docteur Thayer. Je n'aurais pas pu faire de meilleur rapport moi-même. Mais comment savez-vous tout cela ? demanda-t-il d'un air soupçonneux.

— On envoie nos prisonniers nettoyer et réparer les statues du Bouddha. Comme ça m'intéressait, on m'a parfois autorisé à y aller aussi. Dans la culture chinoise, les vieux sont respectés simplement parce qu'ils ont réussi à vivre longtemps, même si ce sont des prisonniers. »

Finalement, les trois véhicules se garèrent au milieu des arbres. Les Ouïgours en sortirent aussitôt pour les camoufler sous des branchages. Thayer alla se dégourdir les jambes, accompagné de Chiavelli, qui le surveillait de près.

« Faut y aller », finit par leur dire Jon. Il confia les clés de la limousine à Chiavelli. « Asgar a noté les indications pour rejoindre la planque. Si nous ne sommes pas rentrés à l'aube, il faudra que vous l'ameniez vous-même.

— Pas de problème. Et après ?

— La sœur d'Asgar, Alani, vous fera clandestinement passer la frontière.

— Entendu. Bonne chance. » Chiavelli le regarda un instant, un éclair de compréhension passant entre eux, et il conduisit Thayer à la limousine.

Alors qu'ils prenaient place à l'avant, la voix de Thayer se fit timide : « Avez-vous déjà rencontré mon fils, Dennis ? Que pouvez-vous me dire sur lui ? » La réponse du capitaine se perdit dans le claquement des portières.

Les Ouïgours achevèrent de camoufler la limousine. Sous la conduite d'Asgar, et munis d'armes, de torches électriques et de cartes, ils s'engagèrent sur un sentier peuplé d'ombres, parmi des arbres sombres et des plantes qui les frôlaient. L'odeur féconde d'une végétation luxuriante les entourait de toutes parts. Un des Ouïgours était allé à la grotte et fit part de ses impressions, qu'Asgar traduisit pour Jon. Évitant les chemins fréquentés, ils grimpèrent en file indienne, faisant attention de ne pas trébucher sur les pierres ni tomber dans les broussailles.

Alors que le sentier s'aplanissait, Jon dit : « Asgar, quand on approchera du Bouddha couché, on s'arrêtera juste au-dessus, sur le côté. La végétation nous servira d'abri.

— C'est vous qui donnez les ordres cette fois, mon ami.

— On se postera là où l'on peut voir toute personne arrivant par les marches de l'entrée, ainsi que quiconque s'arrêtant devant le Bouddha. Mes renseignements concordent avec ce qu'a dit le Dr Thayer : les cachettes ne manquent pas parmi les statues et les sculptures. Ça va nous compliquer la tâche encore plus. Déployez vos hommes de manière à ce qu'on puisse surveiller la plus grande partie de la grotte possible.

— Ce n'est pas gagné, remarqua sèchement Asgar. On a combien de temps ?

— Impossible de le savoir. Il se peut que le "rendez-vous" ait lieu à l'aube finalement.

— La lumière du jour ne nous fera pas de cadeau. Si vous comptez sortir le manifeste de Chine, on a tout intérêt à se trouver à mi-chemin de la frontière avant le lever du jour.

— Je m'attends à ce que la tempête éclate bien avant. La lumière du jour ne leur fera pas de cadeau non plus. »

Ils se turent. Le groupe continua à parler à voix basse et à regarder où il mettait les pieds tandis que le sentier descendait. Comme Thayer l'avait prédit, une végétation surabondante les entourait. Dans le ciel, la lune illuminait le sommet des arbres et des buissons et créait en dessous des ombres noires et impénétrables. Devant eux attendait le Bouddha couché, où, une fois de plus, Jon se retrouverait face à Feng Dun et à Li Kuonyi, et où, d'une façon ou d'une autre, la mission prendrait fin.

Chapitre quarante et un

En mer d'Arabie

LE technicien des communications se détourna de son pupitre. « C'est le *Shiloh*, monsieur. Ils veulent notre position exacte maintenant et notre position prévue dans dix heures. »

Le capitaine de corvette Frank Bienas se pencha au-dessus de l'opérateur radio. « Envoyez notre position actuelle. Je vais calculer l'estimation. Mais dites-leur que dix heures n'y suffiront pas. »

Bienas s'assit et se pencha sur la carte. L'opérateur radio transmit le message de son supérieur au croiseur qui se rapprochait, et s'étira sur son siège en attendant la réponse. Il allait bientôt rendre le quart et se sentait fourbu après les longues heures qu'ils venaient de passer. Bienas continua à tracer la trajectoire prévue du *Crowe*, et finit par se renverser dans son fauteuil à son tour, en secouant la tête.

L'opérateur radio écoutait dans son casque. Il rapporta par-dessus son épaule : « Le *Shiloh* dit que dix heures, c'est le mieux qu'ils puissent faire pour arriver ici. Ils sont déjà à plein régime.

— Dites-leur qu'on sera dans le Golfe d'ici là, et que c'est bien trop risqué. Il faut qu'ils soient ici dans moins de six heures, ou alors ils feraient aussi bien de rentrer chez eux et de se mettre au tricot. » Inquiet, il annonça : « Si on a besoin de moi, je suis sur la passerelle. » Il monta sur le pont sombre, puis jusqu'à la passerelle, où Chervenko avait pris le commandement une heure auparavant.

Quand Bienas entra, les jumelles à vision nocturne de Chervenko étaient braquées vers les lointains feux de position du *Dowager Empress*. « Il a pris un nœud depuis une heure. Comme un chien qui flaire la niche.

— Le *Shiloh* dit dix heures », signala Bienas.

Chervenko ne se tourna pas et n'abaissa pas ses jumelles. « Brose a fait de son mieux. Le problème, c'est que la Cinquième Flotte est bien trop au sud, et qu'on s'en éloigne. Ils ne nous rejoindront jamais à temps.

— Ils n'auraient pas pu faire grand-chose de plus que nous de toute façon, trancha Bienas avec un robuste optimisme.

— Si ce n'est être deux fois plus impressionnant. » Le commandant était réaliste. « Que fait le sous-marin ?

— Il ne nous lâche pas. Hastings dit qu'il capte ce qui ressemble à une préparation à l'attaque. Il y a de l'activité dans la salle des torpilles avant.

— Ils savent que l'on approche de l'épreuve de force, Frank. On ne peut pas laisser l'*Empress* entrer dans les eaux du Golfe. On serait vulnérables à une attaque aérienne lancée depuis la terre, aux torpilleurs, et j'en passe, sans parler de tous les excités qui voudraient s'en mêler. Téhéran pourrait estimer que ses intérêts sont impliqués, et alors, en avant la musique. »

Bienas hocha la tête d'un air grave. Il était debout à côté du commandant, regardant fixement les feux de position dans la nuit devant eux, tandis que les deux bâtiments se rapprochaient peu à peu de l'affrontement.

Dazu

« On y est. » La voix d'Asgar était basse mais pleine d'un respect admiratif inhabituel.

Jon et lui s'arrêtèrent sous la voûte dense des arbres, au milieu des sous-bois épais. Ils étaient arrivés dans une trouée légèrement en surplomb et désaxée, sur le même flanc de montagne que les sculptures. Bien qu'ils ne puissent pas voir dans toute leur étendue les milliers d'œuvres rupestres disposées sur plusieurs centaines de mètres, le Bouddha couché peint et les statues qui l'entouraient s'étalaient sous leurs yeux dans un panorama à vous couper le souffle, rougeoyant dans un clair de lune couleur de laque.

Les autres Ouïgours s'arrêtèrent pour regarder aussi. Le Bouddha géant était allongé sur le flanc droit au centre de l'escarpement en forme de fer à cheval. Le dos enfoncé dans l'escarpement, la statue faisait plus de trente mètres de long et presque six mètres de haut, une représentation du prince Sâkyamuni plongé dans le sommeil de l'Éveillé en entrant dans le nirvana. Minuscules en comparaison, des statues grandeur nature de bodhisattva et de dignitaires de l'époque coiffés de chapeaux se dressaient dans un ruisseau de pierre si près qu'elles pouvaient le toucher. Protégé des intempéries uniquement par le surplomb rocheux décrit par David Thayer, le Bouddha couché éternel était parfaitement visible.

L'endroit où ils s'étaient arrêtés offrait un bon poste d'observation. Jon et Asgar dispersèrent les Ouïgours dans les taillis et se postèrent côte à côte, afin de pouvoir passer les ordres plus facilement. Sous un arbre, ils commencèrent à attendre. Cela pouvait être long ou non. Quoi qu'il advienne, Jon maîtrisait son excitation. Il avait déjà été à deux doigts de s'emparer du manifeste, et chaque fois il avait échoué. C'était sa dernière chance. Il laissa passer un frisson d'angoisse, puis étudia et mémorisa la disposition des lieux de manière à avoir le panorama bien en tête si l'un des deux groupes arrivait et se cachait. Il n'avait plus droit à l'erreur.

D'autres figures sculptées étaient disposées dans différentes niches autour de l'arc de cercle en pierre. Des statues gardaient la sombre ouverture des grottes. Des clôtures basses en acier peint séparaient la plupart des sculptures du public, qui arriverait le lendemain matin. Il n'y avait personne dans les parages, ni touristes, ni vendeurs, ni individus en quête de spiritualité, ni policiers. Seuls un vent léger, des petits animaux et des oiseaux de nuit qui s'enfuyaient ou allaient se cacher dans un bruissement de feuilles ou un battement d'ailes, troublaient l'obscurité.

« Quand croyez-vous que quelqu'un va arriver ? » Asgar continuait à chuchoter. « Le jour n'est plus très loin.

— Aucune idée. Je l'ai dit, la rencontre devait se faire en plein jour, mais mon intuition me dit qu'ils vont se pointer bien avant
— Avant les touristes, ça vaudrait mieux.
— Je l'espère. Mais Li Kuonyi et Yu Yongfu voudront peut-être se mettre à l'abri au milieu de la foule. Pourtant ils doivent maintenant savoir que Feng Dun tuera quiconque se trouvera entre lui et le manifeste, et ce n'est pas la foule qui va y changer grand-chose. Non, ils doivent s'attendre à un coup tordu de la part de Feng, ce qui me fait penser qu'ils arriveront de bonne heure. Suffisamment pour être ici avant Feng, et organiser une parade. »

Mais malgré cette savante analyse, Jon avait tort. Moins d'une demi-heure plus tard, un mouvement se fit en haut des marches de pierre, de l'autre côté du Bouddha couché. Jon régla ses jumelles à vision nocturne. Il y avait cinq hommes, dont trois que Jon avait vus à Hong Kong et à Shanghai ; une partie du gang de Feng. Tous étaient armés avec ce qui ressemblait à des fusils d'assaut britanniques. Mais Feng n'était pas parmi eux.

« Merde, souffla Jon.
— Qu'est-ce qui se passe ? Des ennuis ? » Asgar scruta la nuit en suivant le regard de son compagnon qui voyait les hommes descendre l'escalier vers la vallée et les sculptures disposées en arc de cercle.

« Feng Dun n'est pas avec eux », annonça Jon. Il s'interrompit pour regarder. Et jura. « Une sacrée surprise. »

Tandis que les cinq hommes continuaient à descendre, un sixième apparut dans le clair de lune et leur emboîta le pas, une valise de taille moyenne à la main. Ralph McDermid lui-même.

« C'est McDermid. Le cerveau qui, d'après nous, a monté toute l'affaire.
— Le grand manitou en personne ? Bizarre, non ?
— Peut-être pas. Feng n'a mis la main sur le manifeste qu'une seule fois. Ensuite il a salopé le boulot à chaque fois. McDermid a peut-être décidé de ne prendre aucun risque. Il a probablement estimé que Li Kuonyi et son mari lui feraient davantage confiance. Ils savent que s'il y a une arnaque avec les deux millions, il ne pourra pas rejeter la faute sur quelqu'un d'autre pour gagner du temps. D'un autre côté peut-être qu'il est ici parce qu'il ne fait plus confiance à Feng.

« — Il se pourrait qu'il ait acheté ses hommes, suggéra Asgar.
— Exact. Encore que je n'aime pas les changements imprévus chez l'ennemi. Ça signifie en général que quelque chose m'a échappé. »

Le groupe armé continuait à descendre avec prudence, en éventail, comme pour parer à une embuscade.

McDermid fit stopper le groupe au moins six mètres au-dessus du sol de la grotte et leur fit signe de se cacher face au Bouddha couché. Le patron du groupe Altman se mit à couvert derrière un buisson.

« On dirait que McDermid s'attend à ce que Yu et Li descendent aussi l'escalier, commenta Asgar. Là, il serait en mesure de les affronter. »

Si c'était ce que McDermid avait en tête, cette fois-ci, c'était lui qui se trompait. Un homme solidement charpenté apparut d'abord, marchant d'un pas alerte le long du Bouddha couché dans le clair de lune. Il n'avait pas descendu les marches, mais sortait de quelque part sur la droite du Bouddha, d'entre les statues, exactement comme David Thayer en avait suggéré la possibilité. A travers ses jumelles, Jon aperçut ce qui ressemblait à un Glock 9 mm glissé dans sa ceinture.

Li Kuonyi suivit sur l'allée de la grotte. Elle s'arrêta à côté de l'homme et regarda partout autour d'elle. Elle était vêtue d'un élégant tailleur-pantalon noir et d'un blouson à capuche et à col montant contre les brumes froides des montagnes, et portait un attaché-case, qui devait contenir le manifeste. Jon s'efforça de distinguer son visage, mais son col en couvrait la plus grande partie, et ses cheveux étaient cachés sous la capuche. Mais il n'avait aucun doute quant à son identité. Il n'oublierait pas de sitôt l'image de la femme buvant seule dans la grande maison silencieuse de Shanghai.

L'homme qui la suivait de près comme s'il avait peur de se retrouver seul avait entre trente et trente-cinq ans, un visage d'adolescent et un corps mince et nerveux. Un homme qui surveillait sa ligne et prenait grand soin de sa personne. Mais pas à cet instant. La tension se lisait dans ses yeux vitreux et sur son front plissé. Il avait l'air débraillé et effrayé. Plusieurs nuits sans sommeil avaient fait des ravages sur l'homme que Jon supposait être le mari de Li Kuonyi, Yu Yongfu. Il portait un costume italien fripé, du sur-mesure probablement, une cravate régimentaire défraîchie et desserrée au col, des chaussures de soirée griffées, et une chemise froissée à rayures bleues et blanches. Il restait près de sa femme, dardant nerveusement son regard sur chaque ombre.

Une quatrième personne – un autre homme – sortit sans bruit de l'obscurité pour se joindre à eux. Jon ne le reconnut pas. Plus mince, ses yeux brillaient d'une lueur étrange, comme un maniaco-dépressif en état de crise. Un autre homme de main manifestement, et bien plus dangereux.

Li Kuonyi en tête, le quatuor passa devant le Bouddha couché et regarda en haut des marches de pierre.

L'actrice posa l'attaché-case par terre et lança en anglais : « Feng ? Je sais que vous êtes là. Nous vous avons entendu. Est-ce que vous avez notre argent ? »

*Washington, D.C.,
lundi 18 septembre*

« Trois heures, monsieur, annonça l'amiral Stevens Brose.
— Vous pensez que je ne sais pas compter, amiral ! », rétorqua sèchement le Président. Il cligna les yeux et respira à fond. « Désolé, Stevens. C'est cette attente, ne pas savoir ce qui se passe, s'il se passe quelque chose. Ce n'est pas la première fois que nous comptons les minutes, mais il s'agissait d'attaques lancées par un ennemi, et tout ce que nous pouvions faire, c'était d'employer tout ce que nous avions pour stopper l'attaque. La situation est différente. Cette confrontation, c'est nous qui l'avons initiée, et nous ne pouvons employer *tout* ce que nous avons, et bientôt, je vais devoir donner un ordre qui pourrait nous précipiter, la Chine et le reste du monde dans une guerre qu'aucun de nous ne sera en mesure de contrôler. C'est ce que veut quelqu'un en Chine, et il sera là pour agir – réagir – dès que nous nous en prendrons à l'*Empress*. »

Ils étaient seuls dans la Situation-Room. C'était l'amiral qui avait sollicité l'entretien, et le Président avait jugé préférable qu'il eût lieu là où personne d'autre ne pourrait les entendre. Tous les militaires de haut rang et le personnel civil de la défense marchaient déjà sur des œufs, et l'entourage présidentiel, pourtant bavard, était étrangement silencieux, comme si tous retenaient leur souffle.

« Je ne vous envie pas, monsieur. »

Le Président Castilla fit entendre un rire dépourvu d'humour. « Tout le monde m'envie, Stevens. Vous n'êtes pas au courant ? Je suis l'homme le plus puissant du monde, et tout le monde veut être à ma place.

— Oui, monsieur. Le *Shiloh* n'arrivera pas à temps.

— Alors puisse Dieu, et notre agent en Chine, nous aider. »

Dazu,
mardi 17 septembre

Il y eut un silence électrique tandis que Li Kuonyi et son mari terrifié attendaient l'apparition de Feng Dun.

A travers ses jumelles, Jon observait Ralph McDermid donner des ordres chuchotés mais énergiques à ses hommes. De loin et dans la lueur verte de la vision nocturne, Jon déduisit que l'homme d'affaires leur disait de se tenir prêts, de ne surtout rien faire sans son signal.

Ensuite McDermid sortit de derrière son buisson et descendit l'escalier, souriant, la valise à la main.

Il était presque au bas des marches quand Li Kuonyi lança : « Ça va comme ça.

— Elle parle anglais, remarqua Asgar.

— Si ses hommes de main ne le parlent pas, c'est un bon moyen d'être certain qu'ils ne comprennent pas vraiment ce qui se passe, analysa Jon.

— Qui êtes-vous ? », demanda-t-elle à McDermid d'un air soupçonneux. « Où est Feng Dun ?

— Je suis Ralph McDermid, madame Yu. Je suis celui qui va vous verser deux millions de dollars. » Il tapota la valise.

Jon vit Yu Yongfu murmurer à l'oreille de sa femme. Elle écarquilla les yeux, comme si son mari avait confirmé l'identité de McDermid. « C'est le cash ?

— Absolument. Le document est-il dans votre attaché-case ? »

Li effleura la mallette de la pointe du pied. « Oui. Mais au cas où vous songeriez à vous en emparer par la force grâce à vos hommes cachés là-haut, vous devez savoir qu'il est piégé. Je déclencherai le mécanisme au premier faux pas. Compris ? »

McDermid sourit à Li Kuonyi comme si elle était la femme la plus délicieuse qu'il eût jamais vue. Comme s'il savourait chaque moment de cette transaction, et Jon comprit pour la première fois que le faux visage que McDermid montrait au monde était, pour lui, uniquement professionnel. Il était homme d'affaires jusqu'au bout des ongles, même dans le plaisir. Et, bien sûr, toute affaire était un plaisir, une partie à gagner, plus les enjeux étaient élevés, mieux c'était. La vie comme transaction. C'était une réaction automatique, comme la respiration.

« Parfaitement, lui dit-il de sa voix affable. Vous voudrez compter l'argent, naturellement.

— Naturellement. Apportez-le ici et retournez à votre place. »

McDermid descendit les dernières marches, posa sa valise à plat par terre, et remonta en reculant sans quitter des yeux Li et les trois hommes une seule seconde, tandis qu'au-dessus de lui ses sbires attendaient cachés, leurs fusils d'assaut braqués.

Le couple dégageait une impression d'attente fébrile, même de là où se tenaient Jon, Asgar et les combattants ouïgours, à flanc de colline. Le mari et la femme se regardèrent l'un l'autre, les yeux brillants.

« Vérifie-la, mon mari », dit Li Kuonyi à Yu.

D'un air avide, celui-ci s'accroupit et défit les fermoirs de la valise. L'espace d'un instant, Li Kuonyi et les deux gardes du corps détachèrent leur regard de la colline pour regarder la valise s'ouvrir. Ce fut leur erreur.

Comme obéissant à un signal, Feng Dun sortit des arbustes épais sur le versant au-dessus de l'endroit où étaient couchés les cinq hommes de McDermid, tenant un fusil d'assaut dans ses grosses mains. Il fit feu, et un crépitement d'armes automatiques jaillit du long talus qui faisait face au Bouddha couché. Un bruit volcanique, faisant voler en éclats le calme de la nuit, tandis que les balles sifflaient et hurlaient en s'abattant sur Li Kuonyi, son mari, et leurs deux gardes du corps. Ils n'eurent aucune chance.

Li Kuonyi eut presque la gorge tranchée, le sang jaillissant pendant qu'elle tombait. La poitrine criblée de balles, Yu Yongfu fut agité d'un soubresaut, puis s'effondra sur la valise. Le garde du corps costaud fut fauché alors qu'il en était encore à essayer de comprendre ce qui se passait. Seul l'autre porte-flingue réussit à dégainer à moitié son arme avant d'être projeté contre le garde-fou en acier devant le Bouddha couché, et de passer par-dessus, au ralenti, le sang giclant des impacts de balles.

Sur la colline, entre les hommes de Feng et le fond de la vallée, les cinq qui étaient arrivés avec McDermid gisaient morts dans les sous-bois, eux aussi.

Alors qu'un silence d'effroi et de mort tombait sur la vallée, McDermid se figea sur place, la bouche ouverte, sous le choc. Feng et une douzaine d'hommes jaillirent des buissons et investirent l'escalier.

Ralph McDermid hurla de colère, le visage cramoisi : « Je vous ai dit de rester à l'écart ! Que je m'en occuperais ! Qu'est-ce que vous avez fait, espèce de *crétin* !

— Ce que j'ai fait, taïpan ? » dit Feng en approchant des corps. « J'ai fait en sorte que le manifeste ne tombe pas entre des mains américaines ou chinoises. J'ai gagné deux millions de dollars. Et peut-être plus important d'un point de vue personnel, j'ai éliminé un riche Américain, insolent et inutile. »

Quand Feng tira une brève rafale avec son fusil d'assaut, McDermid écarquilla les yeux, comme s'il comprenait. Les balles lui traversèrent le cœur et le projetèrent en arrière, les bras en croix. Il alla s'étaler sur l'allée en pierre. Feng éclata de rire, écarta le corps de Li Kuonyi d'un coup de pied, et s'empara de l'attaché-case.

De leur position sur la colline, Jon et les Ouïgours n'avaient pas eu le temps de stopper le bain de sang. Asgar jura et fit signe à ses hommes, qui pointaient déjà leurs AK-47 sur Feng et ses tueurs.

« Non ! dit Jon aussitôt. Dites-leur de ne pas tirer. De rester cachés !

— Il va se tirer avec votre manifeste, Jon !

— Non ! fit Smith d'un ton brusque. Attendez ! »

En mer d'Arabie

Le capitaine de frégate James Chervenko était allongé sur la couchette de sa cabine, mais il était bien réveillé. Il avait confié la passerelle à Frank Bienas deux heures plus tôt, avec l'ordre superflu de l'appeler immédiatement s'il y avait du nouveau. Et, quoi qu'il arrive, de le réveiller au plus tard à 4 heures. Il était descendu dans sa cabine pour dormir, même s'il savait d'expérience qu'il en serait incapable. Le semblant de normalité contribua pourtant à calmer l'équipage, et ce moment passé seul lui donna l'occasion de réfléchir attentivement au meilleur moyen de faire face au sous-marin chinois.

Quand le *Shiloh* passa un appel, il le prit immédiatement. La nouvelle était épouvantable : le *Shiloh* ne les rejoindrait pas à temps, la chose était sûre.

« Combien de temps avez-vous, Jim ? demanda le capitaine de vaisseau Michael Scotto.

— Moins de trois heures.

— Vous êtes en position de combat ?

— Pas avant d'y être absolument obligé. »

Un court silence. « Vous calculez un peu juste.

— Il fait nuit, et d'après le radar, ils naviguent en surface. Ils peuvent capter notre activité. Je ne serai pas celui qui appuiera sur la détente avant qu'on m'en ait donné l'ordre.

— C'est un risque. S'ils décident de commencer... » Scotto sur le *Shiloh* laissa sa phrase en suspens.

— Je sais, Mike. Je prendrai ce risque, mais je ne veux pas commencer.

— Bonne chance.

— Merci. Dépêchez-vous d'arriver. »

Ils interrompirent la liaison. Aucun des deux commandants n'avait besoin d'en dire davantage. Chacun savait ce qui était en jeu. Lors d'un combat naval, tout était possible, et on pouvait peut-être encore compter sur l'intervention du *Shiloh*. Sinon, il pourrait repêcher les survivants, si survivants il y avait.

Chervenko avait à peine fermé les yeux pour essayer de grappiller au moins une heure de sommeil quand on l'appela sur sa ligne intérieure : « Monsieur, le sous-marin est en plongée. D'après le sonar, ils arment leurs grenouilles. »

La poitrine serrée, l'estomac noué, Chervenko dit : « J'arrive. »

Il se leva d'un bond, s'aspergea le visage d'eau froide, se peigna, ajusta son uniforme, mit sa casquette, et quitta sa cabine. Sur le pont, il regarda vers l'arrière mais ne vit rien.

Sur la passerelle, Bienas indiqua d'un mouvement de tête les feux de position du *Dowager Empress* devant lui. « Il a pris de la vitesse. Pas loin de quinze nœuds, son maximum.
— Le sous-marin ?
— Le sonar confirme qu'ils arment.
— Ils passent à l'attaque ?
— Pas encore.
— Ils vont le faire. Sonnons le branle-bas, Frank. »

Bienas adressa un signe de tête au spécialiste préposé aux communications internes.

Celui-ci se pencha sur son micro. Sa jeune voix tremblant de nervosité, il hurla : « A vos postes de combat ! A vos postes de combat ! »

Chapitre quarante-deux

Dazu

ASGAR agita la main frénétiquement pour empêcher ses Ouïgours de tirer du haut de la colline sur Feng Dun et ses hommes, dont certains portaient des uniformes de l'armée chinoise.

Consterné, Jon fixait les soldats des yeux tandis qu'Asgar le dévisageait : « Vous êtes fou, Jon ? Feng va s'emparer de l'argent *et* de votre manifeste ! »

Mais Jon avait observé les événements avec attention. Il secoua la tête, écœuré de ne pas avoir vu la vérité plus tôt. Enfin, elle avait également échappé à Ralph McDermid et à Feng Dun.

« J'en doute, fit Jon. C'est une ruse. Forcément. »

Asgar était plus perplexe. « Une ruse ? *Quelle* ruse ? Feng et ses sbires ont massacré tout le monde, et voilà qu'il se tire avec votre foutu manifeste et deux millions de dollars ! »

Jon secoua la tête avec obstination : « Non. Que vos hommes restent sur le qui-vive. Regardez. »

En contrebas, face au grand Bouddha, Feng s'accroupit devant l'attaché-case pendant que ses hommes faisaient cercle autour de lui, montant la garde, une excitation fébrile sur le visage. Feng ramassa la mallette avec précaution. Il la soupesa. Il la pencha et la retourna prudemment. Puis il rit et dit quelque chose en chinois. Ses hommes rirent à leur tour.

« Il dit qu'il n'y a pas de bombe, expliqua Asgar. C'est trop léger, et rien de lourd ne bouge à l'intérieur. Il n'a jamais cru à cette bombe. Li Kuonyi n'aurait jamais détruit sa seule arme véritable.

— Il a raison sur ce point. »

Alors que Feng se préparait à ouvrir l'attaché-case, ses hommes reculèrent, encore méfiants. Feng souleva le couvercle et regarda impatiemment à l'intérieur. Rien n'arriva. Pas de bombe, pas d'explosion. Mais Feng prit un air mauvais. Il hurla un juron et lança la mallette au loin. Elle atterrit sans bruit dans les broussailles.

Pendant que Feng vociférait en chinois, Asgar se tourna vers Jon, surpris. « Elle est vide !

— C'était évident. Je vous l'avais dit, Li Kuonyi nous a joué un autre de ses tours. »

Il n'y avait pas de manifeste au Bouddha couché cette nuit-là. En contrebas sur le site, Feng se releva d'un bond et s'approcha à grands pas de l'endroit où Yu Yongfu gisait face contre terre sur la valise d'argent. Il retourna le cadavre sur le dos et s'accroupit. Il se lécha les doigts et frotta le visage de Yu. Il regarda fixement ses doigts en grimaçant. Et lança un autre juron.

« Qu'est-ce qu'il peut bien fabriquer *maintenant* ? », demanda Asgar.

Ses yeux froids étincelant de rage, Feng se précipita à l'endroit où Li Kuonyi gisait sur le dos, fixant l'éternité. Il se pencha et répéta le même rituel. Quand il eut fini, il s'effondra sur les talons, l'air défait. Puis il se leva d'un bond et parla avec dégoût à ses hommes.

« Alors, c'est ça ! » Asgar dévisagea Jon comme s'il était un magicien. « C'était bien une entourloupe. Le sale tour de Li et Yu. Ce n'est pas eux. Ces pauvres gens sont des imposteurs. Peut-être d'autres acteurs, qu'elle a engagés. Eux et les deux gardes ont été sacrifiés, des éléments du décor servant à rendre la ruse des vrais Li Kuonyi et Yu Yongfu crédible. Mais...?

— Oui, fit Jon. *Mais*. »

Pendant qu'ils parlaient, en bas, Feng s'était accroupi à nouveau et fouillait le cadavre de la femme. Quand il se releva, il tenait un petit objet.

« Qu'est-ce qu'il a bien pu trouver ?

— Je dirais que c'est un micro miniature, récepteur et haut-parleur. C'est comme ça que Li a monté cette comédie, et la raison pour laquelle elle était la seule à parler. »

Dans la vallée, Feng sembla arriver à la même conclusion. Il leva la tête et scruta le flanc de la montagne au-dessus du Bouddha couché. Ne voyant rien, il se retourna brusquement et aboya d'autres ordres en chinois.

« Il leur dit... », commença Asgar.

Jon se leva d'un bond en criant : « Maintenant on ouvre le feu ! Feu ! Feu ! »

Asgar répercuta l'ordre en ouïgour, et leur pan de colline explosa. Les vingt-deux fusils d'assauts ouvrirent un feu d'enfer sur les hommes de Feng et les soldats pris au piège.

*Washington, D.C.,
lundi 18 septembre*

Le soleil bas de la fin d'après-midi s'insinuait à travers les interstices des lourds rideaux qui isolaient le bureau de Fred Klein, au nouveau quartier général du Réseau Bouclier, du monde extérieur. Le monde extérieur semblait pourtant dangereusement proche. Le visage de Klein, défait par le manque de sommeil et les repas manqués, était hérissé d'une barbe grise de six jours qui blanchissait trop vite. Ses yeux lourds et rougis semblaient rivés en permanence sur la pendule de marine fixée au mur. Sa tête était penchée en direction du téléphone bleu.

Il n'avait pas bougé depuis si longtemps qu'un observateur l'aurait cru paralysé, hypnotisé, en transe, inconscient, ou mort. Seule sa poitrine se soulevait et retombait faiblement au rythme de sa respiration.

Quand le téléphone bleu sonna, il émergea brusquement de sa torpeur et faillit tomber de sa chaise en saisissant le combiné. « Jon !

— Il n'a pas appelé ? », demanda le Président dont la voix sourde trahissait la déception et la tension.

« Non, monsieur.

— Nous avons deux heures. Ou moins.

— Ou plus. On ne sait jamais avec les bateaux.

— Le temps est au beau fixe en mer d'Arabie jusque dans le Golfe persique et Bassora.
— Le temps n'est pas la seule variable, monsieur le Président.
— C'est bien ce qui me fait peur, Fred.
— Ça me fait peur aussi, monsieur. »

Klein entendait la respiration du Président. Il y avait un léger écho à l'autre bout de la ligne. Quel que fût l'endroit d'où il appelait, le Président était seul.

« Qu'est-ce qui se passe à votre avis ? A... Où est le colonel Smith ?

— Dazu, dans le Sichuan, lui rappela Klein. Sur le site du Bouddha couché. »

Le Président se tut. « Ils m'y ont amené une fois. Les Chinois. Voir toutes ces sculptures.

— Je ne les ai jamais vues.

— Elles sont remarquables. Certaines ont près de deux mille ans, façonnées par de grands artistes. Je me demande ce que nous laisserons d'utile à ceux qui vivront dans mille ans. » Le Président se tut à nouveau. « Il est quelle heure là-bas ? Sur le site du Bouddha couché.

— La même heure qu'à Pékin, Sam. La Chine a trafiqué ses fuseaux horaires pour n'en faire qu'un seul, question de commodité. Il est à peu près quatre heures du matin là-bas.

— Ça ne devrait pas être terminé ? On n'aurait pas dû avoir des nouvelles ? De mon père au moins ?

— Je ne sais pas, monsieur le président. Le colonel Smith connaît le délai. »

Klein devina le hochement de tête du Président.

« Oui, bien sûr.

— Il fera de son mieux. Et il n'y a pas meilleur que lui. »

Nouveau signe de tête affirmatif quelque part à la Maison-Blanche, comme si le Président était sûr que tout marcherait, mais qu'une grande part de lui-même redoutait le contraire. « Il faut que j'obtienne le manifeste, et qu'ensuite j'envoie une copie à Niu Jianxing à Pékin. Mais à présent il est trop tard, n'est-ce pas ? Nous n'avons même plus le temps d'envoyer une copie en Chine avec l'espoir que cela suffira à convaincre les durs du régime. Un fax, ou une copie envoyée par Internet les feraient rire. Trop facile à contrefaire. Ou du moins, si nous avons raison, et que quelqu'un à l'intérieur de Zhongnanhai veut la guerre, seul l'original pourra le convaincre.

— Jon trouvera quelque chose », objecta Klein sur un ton rassurant, mais sans avoir la moindre idée de ce que cela pourrait être.

Castilla non plus. « Dans une heure, peut-être moins, je dirai à Brose de donner l'ordre. Nous allons devoir arraisonner l'*Empress*. Je ne vois aucun moyen de faire autrement, bon sang. Vous avez fait de votre mieux. Tout le monde a fait de son mieux. Tout ce que nous pouvons faire maintenant, c'est espérer et prier pour que les Chinois fassent machine arrière, mais je n'y crois pas trop.

— Non, monsieur. Moi non plus. »

Le silence fut plus long. Puis enfin, une voix triste, tragique : « Ce sont les idioties et la tragédie de la Guerre froide qui recommencent. Seulement cette fois, les armes sont plus perfectionnées, et il se peut que nous fassions front seuls. Dans deux heures, nous saurons. »

*Dazu,
mardi 19 septembre*

Au pied des montagnes, au départ du sentier conduisant sur l'autre versant, dans la vallée des sculptures, David Thayer dormait, épuisé par l'agitation inhabituelle et la tension de la nuit. Chiavelli surveillait le vieil homme, l'AK-47 de fabrication chinoise que lui avait donné Asgar Mahmout posé sur les genoux, dans l'habitacle sombre de la limousine cabossée. Il avait été très impressionné par la capacité de Thayer à suivre et pensait que sa grande fatigue était moins due à l'activité qu'à la tension.

Le fait de ne rien faire sinon attendre, surtout ici, sous les branches étouffantes et les broussailles qui les dissimulaient, jouait même sur les nerfs de Chiavelli. Quand il lui arrivait de somnoler, il était réveillé en sursaut par le battement de son propre cœur. Chaque fois qu'il ouvrait les yeux, il mettait de plus en plus de temps à distinguer la veille du sommeil. Cette fois-ci, alors qu'il se réveillait avec un douloureux torticolis, il ne mit que quelques secondes à savoir qu'il était bien réveillé, et que le bruit qu'il entendait n'était pas le battement de son cœur.

C'était des pieds, nombreux, marchant sur la route. Des pieds lourds, bottés, et qui se déplaçaient selon un rythme bien trop familier. Des pas cadencés qui venaient vers eux.

David Thayer aussi les avait entendus. « Des soldats. Je reconnais le rythme. Des soldats chinois, marchant au pas. »

Chiavelli tendit l'oreille. « Dix ? Douze ? Une escouade ?

— On dirait. » Thayer avait la voix qui tremblait.

« Sur la route, à moins de cinq cents mètres.

— Nous... nous sommes à l'écart de la route, fit remarquer Thayer avec nervosité. Les broussailles et les branches devraient nous cacher.

— Peut-être, mais qu'est-ce qu'ils fabriquent ici à cette heure ? Il est quatre heures du matin. Ils n'ont pas pu découvrir votre disparition, ou il y aurait toute une armée là dehors. Ils ne marcheraient pas. Non, ces types cherchent quelqu'un ou quelque chose d'autre, et j'ai un mauvais pressentiment. »

Cela effraya le vieil homme, mais il s'efforça de faire bonne figure. « Vous croyez que cela concerne la mission du colonel Smith et des Ouïgours. Mais comment pourraient-ils être au courant ? Ils n'ont probablement rien à voir avec ce qui se passe à Baoding Shan.

— Est-ce que nous pouvons courir le risque ? Ne rien faire ? » Chiavelli se répondit lui-même : « C'est hors de question. S'ils se dirigent vers la vallée, ils vont prendre Jon, Asgar, et les Ouïgours à revers.

— Il faut les aider !

— Je vais essayer de les retenir ici. Du moins, de les ralentir.

— Et moi ?

— Restez ici, ne faites pas de bruit, vous devriez être en sécurité. Si je ne reviens pas, il faudra que vous vous conduisiez vous-même au repaire ouïgour. »

Thayer secoua la tête. « Irréalisable. Je n'ai pas tenu un volant depuis cinquante ans, capitaine. Et aux dernières nouvelles, deux fusils ont toujours mieux valu qu'un seul. Ça n'a pas changé. Ce n'est pas en me laissant seul que vous me protégerez. Donnez-moi une arme. Je n'ai pas tiré un coup de feu depuis cinquante ans, mais viser et appuyer sur la détente, ça ne s'oublie pas. »

Chiavelli regarda fixement les cheveux blancs, la peau parcheminée, le regard résolu. « Vous êtes sûr ? Le pire qui puisse arriver s'ils vous trouvent ici dans la limousine, c'est de vous renvoyer à la ferme-prison. L'équipe d'exfiltration de Klein devrait être prête à l'heure qu'il est. Il serait malin de votre part de rester ici et de ne pas vous faire remarquer. »

Thayer tendit la main. « J'ai un doctorat, Dennis. Je suis officiellement malin. Donnez-moi ce pistolet. »

Chiavelli ouvrit de grands yeux. Thayer paraissait tout à fait calme. Un rayon de lune isolé luisait à travers les broussailles. Dans cette lumière, il vit que les yeux du vieil homme souriaient, comme si la mort avait été pour lui une compagne de longue date. Chiavelli hocha la tête. Il comprenait. Bien sûr, le vieil homme avait raison.

Il mit le Beretta 9 mm de Jon dans la main noueuse. La poigne était ferme. Puis il ouvrit la portière de la voiture de son côté, celui qui était opposé à la route, et rappela Thayer au silence. Ils se faufilèrent à travers le camouflage et se cachèrent derrière. La lune était juste au-dessus d'eux. Ils se redressèrent assez pour voir le ruban blanc lumineux de la route et eurent tôt fait de repérer les soldats chinois qui approchaient d'un bon pas. Dix soldats de l'Armée populaire de Libération, conduits par un capitaine d'infanterie.

« Combien d'hommes dans une escouade d'infanterie de l'APL ? chuchota Chiavelli.

— Je ne sais pas. »

Ils n'avaient plus le temps pour ce genre de considérations. Chiavelli visa avec son AK-47 et tira un seul coup de feu.

L'homme de tête poussa un cri et se jeta à terre, en se tenant la jambe et en se tortillant.

Au même instant, Thayer brandit le Beretta à deux mains et fit feu. La balle toucha la route six mètres devant la colonne en soulevant une gerbe de terre. Les neuf soldats bondirent dans les sous-bois, en traînant le blessé avec eux. Quelques secondes plus tard, ils ripostèrent en ouvrant un tir de barrage en direction de la limousine, mais pas directement sur elle.

« Ils ne savent pas encore où nous sommes. Ils tirent au petit bonheur », chuchota Chiavelli.

Une voix aboya en chinois, et les tirs cessèrent.

Les deux hommes attendirent. Tôt ou tard les soldats seraient obligés d'avancer, mais plus longtemps ils restaient à couvert, mieux c'était. Thayer semblait cramoisi. Chiavelli éprouvait ce sentiment exacerbé de la réalité que procure toujours le combat. Il transpirait légèrement.

Un nouvel ordre aboyé fit frissonner Thayer. Les neuf hommes surgirent en même temps des broussailles bordant la route des deux côtés et chargèrent, le blanc de leurs yeux luisant dans le clair de lune, cherchant l'ennemi, et tirant en avançant.

Thayer se pencha à l'arrière de la limousine et tira trois coups rapprochés. Il avait mieux visé cette fois, et un cri de douleur échappé des broussailles le récompensa. « Oui, peut-être qu'on peut les repousser », exulta-t-il, en se rappelant peut-être toute la souffrance endurée pendant plus de cinquante années de captivité et d'exil.

Les soldats se mirent à couvert en ordre dispersé, laissant l'homme que Thayer avait touché essayer de ramper tout seul sur la route.

Ils étaient aussi mal entraînés que les camarades de Chiavelli l'avaient dit. Et n'avaient à l'évidence aucune expérience du feu. Il doutait que celui qui aboyait les ordres pût les faire revenir à la charge de sitôt.

Chiavelli et Thayer restèrent à terre, hors de vue, à compter les minutes et à attendre. Le temps s'éternisait. Vingt minutes, et toujours pas d'attaque. Des minutes bonnes à prendre, puisqu'elles tenaient l'escouade à distance du Bouddha couché. Puis Chiavelli aperçut un éclat argenté. La lune s'était réfléchie sur quelque chose, un cadran de montre peut-être. Il éprouva une impression de malaise, suivie par une sensation de bruit et de mouvement. Soudain, les buissons semblèrent s'avancer lentement vers eux, à moins de dix mètres.

« Feu ! », chuchota-t-il d'une voix affolée. « Ouvrez le feu, monsieur Thayer ! *Feu !* »

Son AK-47 sur le toit de la voiture, il lâcha une longue rafale pendant que le Beretta crachait le feu à côté de lui. Mais l'angle de tir était mauvais, et ils devaient rester sur la pointe des pieds afin de voir suffisamment bien pour viser.

Tout à coup, deux coups de feu éclatèrent dans la limousine. L'odeur chaude du métal brûlé irrita légèrement le nez de

Chiavelli. Des coups de feu éclatèrent dans leur dos. Des voix crièrent en chinois.

Thayer devint d'une pâleur aussi spectrale que celle de la lune. « Ils nous ordonnent de ne pas bouger, de laisser tomber nos armes et de nous rendre, ou bien ils nous tuent. On peut toujours...

— Pas question. N'y comptez pas ! » Il avait promis de protéger le père du Président, et un retour en prison était préférable à la mort. Tant qu'ils restaient tous deux en vie, il avait encore la possibilité de veiller sur lui. « On les a retenus une demi-heure au moins. Une demi-heure peut parfois faire toute la différence. »

Il poussa l'AK-47 et le laissa tomber de l'autre côté de la voiture. Il leva les mains au-dessus de sa tête.

Tremblant, David Thayer lâcha le Beretta et mit les mains sur sa casquette mao. Ses quelques heures de liberté avaient pris fin. « Hélas ! », chuchota-t-il.

Les huit soldats, soutenant leurs deux blessés, sortirent des broussailles devant eux et s'avancèrent. Ils ramassèrent les armes à terre, en souriant, alors que deux autres soldats apparaissaient derrière Thayer et Chiavelli. Apparemment, il y avait douze hommes dans une escouade d'infanterie de l'APL.

L'officier – un capitaine pistolet au poing – se planta devant eux en leur parlant avec colère. Thayer traduisit : « Il demande qui nous sommes. Il a compris que nous étions américains. Il... oh, mon Dieu. » Il se tourna vers Chiavelli. « Il veut savoir si nous faisons partie de l'équipe d'espions du colonel Jon Smith. »

*

Dans la vallée de Baoding Shan, soldats et bandits armés survivants de Feng Dun s'étaient mis à couvert et commençaient à riposter de façon faible et sporadique.

« Cessez le feu, dit Jon à Asgar.

— Vous êtes sûr, mon ami ? Certains sont encore bien vivants. On ne devrait pas descendre faire le ménage ? Du moins s'assurer que ce monstre de Feng Dun est mort. Je suis pratiquement sûr de l'avoir touché.

— Non ! Déployez-vous et fouillez les collines, là où Li Kuonyi aurait pu se cacher sinon voir ce qui s'est passé. Les survivants vont s'enfuir à présent.

— Vous croyez que...?

— Yu et elle sont là-haut quelque part avec le manifeste. Trouvons-les. »

Asgar donna l'ordre, exhortant ses hommes à se disperser dans la végétation au petit trot, en contournant les hommes de Feng. « Dans moins d'une heure, le jour se lève, et notre fusillade a dû être entendue à mi-chemin entre Chongqing et ici.

— Je sais. » Jon ouvrit la marche sur le terrain escarpé. Il regarda de droite et de gauche la longue file des Ouïgours qui fouillaient la montagne. Il savait que leurs chances étaient minces, et que le temps manquait. Ils disposaient de peu de temps pour repérer Li et Yu, s'emparer du manifeste, et se débrouiller pour l'envoyer à Washington.

Soudain, des coups de feu retentirent à moins de cent mètres devant eux. Jon tourna vivement la tête pour fixer du regard un endroit situé juste au-dessus et sur la gauche du Bouddha couché. Des coups tirés par un fusil d'assaut... et la riposte d'un seul pistolet.

« Minute ! », ordonna Jon à Asgar. Il s'accroupit dans les broussailles.

Asgar leva la main pour arrêter ses combattants et la baissa paume vers le bas pour leur indiquer de se coucher sans faire de bruit. « Qu'est-ce que vous en pensez, Jon ?

— Feng peut-être ? »

Asgar fit une grimace de regret. « On aurait dû se dépêcher d'aller examiner les corps dans la vallée.

— On n'avait pas le temps. Il fallait d'abord tenter d'arriver jusqu'à Li Kuonyi.

— Si c'est Feng, on a échoué apparemment.

— Peut-être que oui. Peut-être que non. »

Faisant signe à ses hommes d'avancer en silence, Asgar rejoignit Jon. Quelques minutes plus tard, la file d'Ouïgours s'approchait d'une clairière. Asgar les fit arrêter à la limite de la végétation où ils pouvaient rester à couvert. Jon indiqua la gauche d'un signe de tête. La clairière s'arrêtait au bord de l'escarpement au-dessus des sculptures disposées en croissant ;

là où l'on avait une vue directe sur la vallée, ainsi que sur la pente et l'escalier en face du Bouddha couché.

« Li Kuonyi aurait pu tout voir d'ici », constata Jon.

Asgar soupira et hocha la tête.

D'une imposante formation rocheuse, sur leur droite, où des amas de gros rochers se dressaient au-dessus des arbres et des broussailles, on entendit une brève rafale de trois balles tirée par un fusil d'assaut. A une cinquantaine de mètres du bord de l'escarpement, dominant la vallée du Bouddha.

Un seul coup de pistolet répondit à la fusillade, tiré d'un bosquet d'arbres plus proche du bord, directement en face de l'endroit où Jon, Asgar et les Ouïgours étaient cachés. La balle arracha de gros éclats de pierre à la formation rocheuse.

« Regardez ! », fit Asgar.

A dix mètres seulement de l'amas de rochers, plus près du poste d'observation de Jon et des Ouïgours, se trouvait un groupe de rochers plus petit. Un gros arbre était couché dessus, et Jon vit du mouvement derrière. Tandis qu'il l'examinait, le fusil d'assaut cracha une autre courte rafale de sa position dominante, arrachant des échardes à l'arbre tombé.

Une voix basse et envoûtante, que Jon avait espéré ne plus jamais entendre, dit en anglais : « Un joli traquenard, madame Li. Je n'en ai pas connu de plus réussi. Vos extras ont tué beaucoup de mes hommes, mais – malheureusement pour vous – n'ont pas réussi à me tuer. »

Li Kuonyi, dont la voix musicale était aussi calme que si elle accueillait un visiteur dans son salon de Shanghai, répondit de derrière l'arbre couché, protégée sur l'arrière par les rochers. « Je n'ai pas non plus réussi à avoir l'argent. Comme je suppose que c'est vous qui l'avez, je suis étonnée que vous soyez revenu.

— J'ai encore besoin du manifeste, précisa Feng, et je pense, chère madame, que vous n'avez plus de munitions. Vous devriez être morte, et moi, en possession du manifeste, s'il n'y avait pas votre ami là-bas dans les arbres. Je me demande qui cela peut être ?

— Pourquoi parlent-ils anglais ? chuchota Asgar.

— Qu'est-ce que j'en sais ! fit Jon. Peut-être Feng a-t-il des hommes cachés quelque part, et qu'il ne veut pas être compris d'eux. »

Li Kuonyi le narguait : « Il y a bien des choses que vous ne savez pas, Feng. »

Une voix d'homme, nerveuse, se fit entendre à ses côtés. « Tu aurais dû garder le manifeste quand tu l'avais, Feng. Rien de cela ne serait arrivé. Personne n'aurait été blessé.

— Tiens, tiens ! C'est un plaisir de vous entendre à nouveau, *boss*. J'ai été idiot de croire que vous vous tueriez, même pour l'avenir de votre famille. Mais vous devez votre salut à madame Li, n'est-ce pas ? Mea culpa. Je savais depuis longtemps qui était l'homme de la maison.

— Vous avez toujours été bien trop bavard, Feng, reprit Li Kuonyi. Puisque vous avez toujours très envie de ce manifeste, nous pourrions être intéressés par l'argent en votre possession.

— Les affaires avant tout, comme d'habitude, madame ? Le même arrangement qu'avant, j'espère. Les deux millions de McDermid en échange du manifeste.

— Bien sûr.

— Alors, marché conclu. C'est la femme qui parle tout le temps à votre place maintenant, *boss* ? Ah, on ne peut pas tous être des hommes. »

Il y eut un mouvement désordonné dans la plus petite des formations rocheuses. Yu Yongfu se leva, le visage écarlate, repoussant les mains de Li qui voulait le retenir. « Je suis autant... »

Une rafale d'une extrême violence déchiqueta Yu de la gorge à l'entrejambe. Le sang gicla dans la nuit. Noir sur noir. En réponse, une fusillade rageuse jaillit du bosquet et couvrit presque le cri déchirant de Li Kuonyi.

Au milieu du silence, on entendit un seul mot : « Alors ? » Apparemment épargné par la rafale tirée du bosquet, Feng marqua une pause avant de poursuivre d'une voix qui ne plaisantait plus du tout. « Maintenant vous connaissez *mon* marché. Réfléchissez bien, Li. Le pistolet de votre ami sera à court de munitions bien avant moi. Les deux millions de dollars ne sont pas pour vous. Je vous fais cadeau de votre vie. Jetez la mallette contenant le manifeste, et vous aurez la vie sauve.

— Couvrez-moi, chuchota Jon avec force. N'ouvrez pas le feu avant d'avoir entendu ma voix ou de m'avoir entendu tirer, sauf nécessité absolue.

— Que comptez-vous faire, Jon ? demanda Asgar.
— Contourner ces rochers, les escalader, et prendre Feng à revers.
— Nous pourrions attaquer. Nous sommes encore presque une vingtaine.
— Ce serait quand même difficile de déloger un homme avec un fusil d'assaut et un tas de munitions de ces rochers. Il pourrait avoir d'autres armes, on n'en sait rien. Peut-être aussi des hommes à lui. Li pourrait s'affoler si elle pense qu'elle a encore plus d'ennemis, et le manifeste pourrait être détruit. C'est trop risqué. »

Avant qu'Asgar ait pu protester une nouvelle fois, Jon avait passé son MP5K en bandoulière et disparu à travers les arbres. Alors qu'il effectuait sa manœuvre de contournement, Jon avait plus d'une raison pour tenter d'arrêter Feng. Pour ouvrir le feu sur Feng, le tireur dans le bosquet était sorti de derrière un arbre, et Jon avait vu son visage. *Randi Russell.*

Il ne savait pas du tout comment elle était arrivée ici, mais Feng avait raison. Elle serait à court de munitions avant lui. Et si les Ouïgours attaquaient, elle risquait d'être prise entre deux feux.

En mer d'Arabie

La voix de l'amiral Brose était ferme dans le haut-parleur de la passerelle. « Donnez-moi la position de l'*Empress* à cette minute, commandant. »

De sa position sur la passerelle obscure, Jim Chervenko voyait la masse éclairée de l'*Empress* qui naviguait à deux milles du *Crowe*, bâbord avant. Le cargo semblait filer au maximum de sa vitesse, maintenant son cap sur la mer éclairée par la lune vers le détroit d'Ormuz, puis le Golfe persique, et Bassora, en Irak. Il adressa un signe de tête à Frank Bienas, lequel releva la position auprès du navigateur, et la transmit à l'amiral.

« D'après nos calculs, vous avez moins de quatre-vingt-dix minutes avant qu'il ne pénètre dans le détroit, dit l'amiral au bout d'un moment.
— Nous arrivons à la même estimation, monsieur, fit Chervenko.

— Vous êtes en position ?
— Il est à deux milles par bâbord avant.
— Le sous-marin ?
— Il a chargé ses torpilles et s'est rapproché de nous. Ils ont l'*Empress* à tribord, mais ils sont en plongée un demi-mille plus près, derrière le cargo, d'où ils nous ont parfaitement à l'œil.
— Vos Seahawks sont équipés de missiles anti-sous-marins et prêts à décoller ?
— Oui, monsieur. »

L'amiral conservait une voix calme, mais la série de questions qu'en temps normal il n'aurait jamais posées à un lieutenant inexpérimenté prenant son premier commandement, encore moins à un capitaine de frégate décoré et rompu à la navigation, trahissait son état de nerfs.

Brose parut lire dans ses pensées. « Pardonnez-moi, capitaine, c'est une situation difficile.
— Il n'y a pas plus difficile, monsieur.
— Le plan de bataille ?
— Stopper l'*Empress*. Envoyer le groupe d'abordage. Maintenir le cargo entre nous et le sous-marin, ce qui l'obligera à venir de notre côté où les hélicos auront une bonne fenêtre de tir. Sinon, on improvisera.
— Très bien, capitaine. » Une légère hésitation. « Vous recevrez l'ordre d'aborder dans l'heure. Le *Shiloh* devrait être sur zone dans trois heures, à peu de chose près. J'essaierai de vous fournir une couverture aérienne au dernier moment, mais le timing est difficile. Tenez bon aussi longtemps que vous le pouvez. » Une nouvelle hésitation, comme s'il rechignait à couper la communication. Finalement, un chaleureux « Bonne chance ». L'amiral avait raccroché.

Le capitaine Chervenko jeta un coup d'œil à la pendule au-dessus de son poste de commandement, puis régla à nouveau ses jumelles sur le *Dowager Empress*, qui labourait la mer calme, dans le brillant clair de lune. Dans son esprit déterminé, le compte à rebours avait commencé.

Chapitre quarante-trois

Dazu

Autour de Jon, la nuit était pesante, oppressante. Il grimpait au milieu des blocs obscurs de la formation rocheuse géante, s'élevant centimètre par centimètre. Ses chaussures en toile spéciales adhéraient à la pierre, tandis que ses lunettes à vision nocturne lui permettaient de suivre les fissures, les cannelures, et les saillies. Il n'avait parfois pas d'autre choix que de sauter et d'escalader la paroi d'un rocher. A d'autres endroits, il arrivait à se hisser en prenant appui sur un buisson.

« Nous perdons du temps, Li », s'impatienta Feng, sa voix posée si proche que Jon s'attendait à le voir d'un instant à l'autre. « Votre mari est mort. Vos gardes du corps sont morts. Vous n'avez manifestement plus de munitions. Votre ami là-bas quelque part au milieu des arbres est seul et ne va pas tarder à manquer de munitions à son tour, et alors il n'y aura plus personne pour m'arrêter. C'est votre dernière chance. Lancez l'attaché-case, et je m'en irai. »

De sa cachette, Li Kuonyi rit amèrement. « Pour aller où ? Sans une grosse somme d'argent, comment arriverais-je à quitter la Chine avec mes enfants ? Autant brûler le manifeste moi-même. Je le ferai, si vous ne partez pas. »

Pendant qu'elle parlait avec ce ton amer, captant l'attention de Feng, Jon redoubla d'efforts jusqu'à ce qu'il fût sûr d'être plus haut que Feng.

Celui-ci partit d'un rire mauvais. « Je regrette, madame Li. Seuls les Américains veulent le manifeste intact. Je vous en prie, ne vous gênez pas pour le brûler. Si ce n'est pas vous, je m'en chargerai. Mais ce n'est pas ça qui vous sauvera ou vous aidera à fuir la Chine. »

Elle comprit d'un coup. « *Wei Gaofan*. C'est lui qui tire les ficelles ! Le bienfaiteur de mon père. Le bienfaiteur de mon *mari*. C'est lui qui doit faire détruire le document. C'est pour lui que vous travaillez *vraiment* !

— Votre seule chance est de nous faire confiance. Sinon, vous savez ce qui vous attend. »

Jon parvint au rocher le plus élevé. Il décrocha son MP5K, escalada en silence, et trouva une bonne position, adossé à la roche. Un vent sombre lui siffla aux oreilles, la mesa et les gorges du Bouddha s'étalaient en contrebas, une vision panoramique d'ombres, de végétation et de statues monumentales brillant dans la lumière surnaturelle dispensée par la lune et les étoiles.

Feng Dun était agenouillé derrière un rocher moins de six mètres plus bas. Son fusil d'assaut était appuyé contre un rebord de pierre, pointé vers la cachette de Li Kuonyi. Jon ôta ses lunettes et baissa les yeux sur le sommet du crâne de Feng. Ses cheveux roux et blancs semblaient particulièrement brillants sous cette lumière délicate, seule tache de couleur dans ce paysage minéral noir et gris.

La tête de Feng offrait par ailleurs une cible parfaite. D'une balle, Jon pouvait la lui fracasser comme un melon. Il plia son doigt sur la détente. Une rage sourde pour les gens que Feng avait tués lui-même ou fait tuer lui nouait la poitrine... Avery Mondragon, Andy An. Tant de combattants ouïgours. Ce salaud de McDermid. Même ce pauvre Yu Yongfu. Et puis il y avait le violent conflit qui menaçait d'éclater en mer d'Arabie. Jon prit sur lui pour maîtriser sa colère.

Il cria assez fort pour que tout le monde entende : « Vous n'êtes pas la seule chance de madame Li, Feng. Laissez tomber. Rendez-vous maintenant, et *vous* aurez la vie sauve. »

Retournement de situation. Pendant une interminable seconde, Feng Dun ne se retourna pas. Ne bougea pas. Plus vif que le cobra, il fit volte-face et plongea sur la droite, sans se soucier des rochers acérés. Son étrange chevelure disparut dans l'ombre, tandis que son visage se boursouflait d'indignation et de dégoût. En même temps, il lâcha une volée de balles dans la direction de Jon.

Celui-ci grogna de satisfaction. Il tira une seule rafale avec son MP5K. Les balles criblèrent le torse du mercenaire, le stoppant net comme s'il avait heurté un char d'assaut. L'impact le projeta contre les rochers comme un sac de riz. Il retomba vers l'avant, bascula par-dessus un petit rocher, et roula au bas de la pente, déclenchant un éboulement.

Il y eut un moment de silence consterné. De l'autre côté de la clairière, Asgar et ses Ouïgours jaillirent à découvert et encerclèrent l'arbre couché et les rochers où Li Kuonyi avait trouvé refuge. Leurs armes étaient braquées, mais Asgar stoppa leur avance.

L'excitation gagna Jon. Le manifeste était à nouveau à sa portée. Ils auraient la preuve, et il pourrait téléphoner à Fred. L'*Empress* pouvait être stoppé, sa cargaison mortelle détruite, et la crise terminée... s'il avait le temps. Il dévala la pente au milieu des rochers, évitant et sautant les obstacles, jusqu'à ce qu'il eût atteint la clairière. Il se précipita vers les Ouïgours près de l'arbre couché.

Li Kuonyi était assise derrière le tronc, adossée à un rocher. Elle portait un élégant tailleur-pantalon noir et un blouson à capuche et à haut col identiques à ceux portés par son sosie, morte dans la vallée. Ses vêtements étaient déchirés, en désordre, et tachés de sang, à cause des blessures de son mari, apparemment. De la main gauche, elle tenait délicatement son visage sans vie, de l'autre, un briquet, déjà allumé. Elle n'était pas armée, mais le manifeste original était posé sur le couvercle de sa mallette, près de sa main droite.

Elle sourit en voyant Jon. « Ça alors ? L'Américain qui voulait le manifeste il y a des jours de cela. J'aurais dû m'en douter.

— C'est terminé, madame Li, lui annonça Jon. Votre mari est mort. Vous ne pouvez plus traiter qu'avec moi. »

Sa main caressa le visage immobile de Yu. Un masque de marbre, de mort. « C'était un idiot et un lâche, mais je l'aimais, et le marché reste le même. Les deux millions de dollars et vos amis ouïgours pour m'aider à quitter la Chine avec mes enfants.

En échange de quoi vous récupérez intact le manifeste pour lequel vous vous êtes donné tant de mal. » Elle marqua une pause, le regard glacial. « Sinon, je le brûle. »

Jon la crut. Il jeta un coup d'œil à sa montre. Une heure dix. Le *Crowe* devait déjà être paré à l'attaque, n'attendant plus que l'ordre final pour arraisonner l'*Empress*. Il y avait peu de chance qu'il puisse faire parvenir le manifeste au Président à temps pour que celui-ci l'envoie à Pékin... à moins d'un changement. Une tempête. L'arrivée d'autres bâtiments de la marine. L'intervention d'un pays tiers. N'importe quoi pour ralentir l'entrée du cargo dans le détroit.

Trop de choses avaient déjà été sacrifiées pour qu'il abandonne maintenant, et trop de choses étaient menacées pour ne pas faire le dernier effort. « Est-ce que vos hommes ont trouvé l'argent ? demanda-t-il à Asgar.

— Oui. Dans une fissure près de l'endroit où Feng tirait. Encore dans la valise. Et tout est là. En vrais billets.

— Donnez-le-lui.

— Ça m'étonnerait, vieux », répliqua Asgar d'une voix soudain tendue. Jon jeta un coup d'œil au chef ouïgour, puis se tourna à nouveau pour voir sur quoi se concentrait le regard d'Asgar à l'autre bout de la clairière. Sa gorge se serra. Ils n'avaient pas besoin de cela. Huit hommes en uniforme de l'Armée populaire de libération étaient alignés à la limite des arbres, pointant leurs armes vers l'intérieur de la clairière. Vers eux. Les soldats arrivaient trop tard pour sauver Feng, mais pas trop tard pour tuer Asgar, Randi, et tous les autres.

*Washington, D.C.,
lundi 18 septembre*

Dans la Situation-Room souterraine de la Maison-Blanche, tous les regards convergèrent vers l'extrémité de la table polie, où se tenait le Président Castilla, les yeux rivés sur la pendule murale.

« Une heure, monsieur, annonça Stevens Brose.

— Moins, rectifia le secrétaire à la Défense Stanton.

— Nous ne pouvons plus attendre, monsieur le Président », souligna le Vice-Président Brandon Erikson.

Castilla se tourna vers lui. « Ils sont prêts ? Le *Crowe* ?
— Depuis une bonne demi-heure », confirma l'amiral Brose.
Le Président hocha la tête. Continua à hocher la tête. Son regard revint se poser sur la pendule. Ses traits se durcirent. « Donnez l'ordre. »
Aussitôt, ce fut le branle-bas de combat dans la pièce sécurisée. Brose décrocha le combiné du téléphone et transmit les ordres.

Dazu,
mardi 19 septembre

Sur un geste rapide d'Asgar, les vingt Ouïgours se déployèrent pour faire face aux huit soldats de l'autre côté de la clairière. Ils se dévisagèrent les uns les autres, les armes à la main, braquées.
« On est au moins deux fois plus nombreux, souffla Asgar, mais je n'ose pas les attaquer. On ne sait pas combien ils sont dans les parages, et une escarmouche au cours de laquelle nous tuerions une escouade de soldats de l'ALP entraînerait à coup sûr des représailles impitoyables contre mes hommes et dans tout le Xinjiang. Le jeu n'en vaut pas la chandelle. Désolé, Jon. »
Jon répondit rapidement, bien qu'à regret :
« Je comprends.
— S'il n'y a que ceux-là, on peut au moins vous protéger jusqu'à notre repaire. Là-bas, mes hommes vous aideront à faire sortir David Thayer du pays.
— J'apprécie. Merci. Pourquoi ne bougent-ils pas ? » Les soldats étaient comme des statues, armées et prêtes. Une ligne de défense impénétrable peut-être, mais ils pouvaient toujours être pris à revers. Ils pouvaient être abattus. Pourquoi ne tiraient-ils pas les premiers ? Était-ce le fait d'être dépassés par le nombre qui leur faisait peur ?
« Ils n'ont pas peur, trancha Asgar. Comme je l'ai dit, il se peut qu'ils attendent du renfort. »
A cet instant Jon sentit un mouvement près de lui. Il pivota sur ses talons. « Randi. »
La jeune femme apparut, l'air grave. « Qu'est-ce que je peux

faire ? » Ses cheveux blonds étaient teints en noir, et elle portait un tailleur froissé. Elle aussi observait les soldats chinois silencieux de l'autre côté de la clairière.

« Mais d'où sors-tu, bon Dieu ? », demanda Jon, bien qu'il n'eût pas le cœur aux taquineries habituelles. Les soldats n'allaient pas attendre beaucoup plus longtemps.

« Je suis venue en avion avec feu Ralph McDermid, que ce salaud aille griller en enfer. Il avait besoin d'une interprète.

— Heureusement pour nous et Li Kuonyi. Tu as été avec nous depuis le début ? »

Elle acquiesça d'un signe de tête. « J'étais planquée ici. Après le carnage en bas, j'ai vu Feng qui s'avançait sur les deux autres. Alors j'ai ouvert le feu pour le pousser dans les rochers.

— Je te dois encore une fière chandelle.

— Je t'en prie, fit-elle d'un ton qui aurait voulu être enjoué. Ce manifeste que la femme a... c'est ce dont tu as besoin ?

— Oui. » Jon lui exposa l'essentiel, en terminant avec le bras de fer en mer d'Arabie. « C'est McDermid qui a monté toute l'affaire avec le mari de Li Kuonyi. Un politicard chinois s'est mis dans le coup sans qu'on sache comment. Dieu seul sait ce qu'il va se passer, mais ça ne présage rien de bon. Pour la paix... pour l'avenir... pour le monde. Désolé que tu aies été mêlée à ça, Randi. Asgar a raison. Il ne peut pas risquer l'avenir de son peuple. Nous n'avons plus le temps de changer quoi que ce soit de toute façon. » Il se tourna vers Asgar. « Vous et vos combattants feriez mieux de partir tant que vous le pouvez. Si vous le pouvez.

— Vous ne venez pas ?

— Ça ne ferait qu'accroître les risques pour vous. Les Ouïgours n'ont pas la seule superpuissance du monde pour les protéger. Nous, si. » Il lui tapa sur les épaules comme il avait vu les Ouïgours le faire. « Prenez les deux millions. Vous pouvez en faire un meilleur usage que Li Kuonyi, le gouvernement chinois, ou nous.

— Je regrette que ça se termine comme ça. On s'est plantés, mais peut-être qu'on pourra remettre ça un jour. Et le faire bien. » Asgar donna un signal, et avant que Jon et Randi aient pu cligner les yeux, lui et ses hommes avaient disparu dans la forêt.

Il n'y avait désormais plus personne pour les protéger des soldats chinois.

« Jon », fit Randi à voix basse en hochant la tête dans leur direction.

Ils ne poursuivaient pas les Ouïgours. Au lieu de quoi ils s'écartèrent pour laisser passer un officier, qui traversa la clairière vers eux.

« Voilà ce qu'ils attendaient, remarqua Jon.

— Un capitaine d'infanterie, à en croire l'insigne », analysa Randi.

Jon, Randi et Li Kuony s'écartèrent de l'arbre couché. Kuonyi tenait fermement le manifeste d'une main, le briquet de l'autre. Il n'était plus allumé.

L'expression du capitaine était sévère, sa démarche autoritaire. Il jeta un coup d'œil sur la droite, vers l'endroit où le cadavre de Feng Dun gisait dans son propre sang. Il ralentit le pas et s'arrêta, l'air mi-figue, mi-raisin. Un petit homme replet, portant également l'uniforme de l'APL, sortit des rochers derrière Feng.

Alors que l'inconnu s'approchait d'un pas décidé de l'officier d'infanterie, Randi chuchota : « Il porte le macaron du Bureau de la Sécurité publique : sécurité intérieure et contre-espionnage.

— Génial. Le KGB chinois. »

Le major Pan Aitu avait assisté au premier acte du drame au Bouddha couché derrière la statue d'un féroce dragon gardant l'entrée de la Grotte de l'Éveil suprême. A mesure que l'action progressait, il l'avait suivie en tournant autour.

Des jumelles à vision nocturne lui avaient permis d'observer la bande d'Ouïgours qui avait attaqué Feng Dun et ses hommes de main, dont quelques soldats de l'APL, ce qui lui en avait dit long. Les vêtements, les visages, et les armes de la vingtaine de guérilleros des collines lui firent venir aux lèvres son sourire bienveillant. Des Ouïgours disciplinés, avec des AK-47. Il était depuis longtemps convaincu que le colonel Smith avait réussi à s'évader avec l'aide d'une cellule inconnue de la résistance ouïgoure établie à Shanghai. Voilà qu'il les retrouvait ici, où l'insaisissable Feng Dun avait assassiné Yu Yongfu et le riche Américain, McDermid, afin de s'emparer du manifeste du *Dowager Empress*. Le colonel Smith ne devait pas être bien loin.

L'admiration de Pan pour la ruse de Li Kuonyi avait considérablement augmenté. Mais pour vaincre Wei Gaofan, encore fallait-il que Pan intervienne. L'arrivée de cette escouade d'infanterie ne fit que confirmer sa décision.

Planté devant le capitaine, qui considérait d'un air un peu inquiet son uniforme de l'APL, son grade et son insigne de la sécurité intérieure, il dit avec douceur : « Je suis le major Pan Aitu, capitaine. Peut-être avez-vous entendu parler de moi ? » Il toisa le grand capitaine de la tête aux pieds.

Celui-ci retrouva un peu de son autorité. Il fit front. « Capitaine Chang Doh, et oui, j'ai entendu parler de vous, major.

— Nous pouvons donc nous passer des préliminaires. Vous êtes, je crois, sous les ordres personnels d'un commandant ami de Wei Gaofan. Vous avez été officieusement affecté au service de Feng, qui, vous pouvez le constater, est tout à fait mort à présent. Obéissant à ses ordres totalement illégaux, vous avez perdu des soldats de l'ALP, à la fois blessés et tués. »

Le visage du capitaine devint terreux. « Je ne peux pas parler de mes ordres, major.

— Tiens donc ! Il y a bien plus de soldats cachés parmi les arbres sous *mon* commandement. En même temps, j'ai moi-même des ordres écrits pour enquêter et, le cas échéant, empêcher les activités de feu Feng Dun. Pour qu'il n'y ait aucun doute, voici mes papiers. » Il donna l'autorisation de Niu Jianxing au capitaine.

Celui-ci lut lentement, comme s'il espérait que les documents se volatiliseraient entre ses doigts. Malheureusement pour lui, les ordres confirmaient que le major Pan opérait en qualité d'officier du contre-espionnage et de la sécurité intérieure pour le membre du Comité permanent responsable de telles opérations. Le capitaine, par ailleurs, était en position de faiblesse ; celle d'un simple officier d'infanterie travaillant pour l'ami personnel d'un membre du Comité permanent qui n'était pas responsable de l'armée.

Sous les yeux de Jon, Randi, et Li Kuonyi, le capitaine d'infanterie rendit les papiers au major Pan, recula d'un pas, et salua sèchement.

« Le major a eu le dernier mot, on dirait. »

Li Kuonyi ralluma le briquet. « Vous pouvez avoir le manifeste avant qu'il n'arrive. Je veux passer aux États-Unis avec mes enfants, et l'asile politique. Sinon, je le brûle, maintenant.

— Et les deux millions ?
— Ça, c'était pour mon mari, dit-elle en haussant les épaules. Je suis une actrice, une bonne actrice. Je commence déjà à être connue en Amérique. Je gagnerai mes propres millions.
— Marché conclu. » Jon se saisit du manifeste et du briquet en même temps, avant qu'elle ne change d'avis.

Quand le major arriva à leur hauteur, il sourit à Jon et se présenta en anglais. « Je suis le major Pan Aitu, colonel Smith. C'est un plaisir de faire enfin votre connaissance. Il a été des plus intéressant d'enquêter sur vous. Malheureusement, nous n'avons plus le temps. Donnez-moi le manifeste.

— Non ! » s'écria immédiatement Randi. Elle attrapa le briquet et l'alluma. « Je ne sais pas pourquoi vous le voulez, mais... »

Jon l'arrêta. « Éteins-le, pour le moment. Nous n'avons plus le temps de le faire parvenir à Washington de toute façon pour que le Président puisse l'envoyer à Zhongnanhai. Voyons ce que notre collègue a à dire. »

Le tout petit major cligna les yeux. Il montra du doigt les huit soldats qui disparaissaient dans les arbres. « Ils sont maintenant sous mes ordres. Saviez-vous que le capitaine Chang avait fait deux prisonniers ? Un capitaine américain et un vieil homme. Je peux vous garantir, à vous, à eux, ainsi qu'aux deux dames ici présentes, et aux deux enfants de madame Li un rapide transfert vers les États-Unis. Nous sommes du même côté dans cette affaire, colonel.

— Pourquoi aider Li Kuonyi ? demanda Randi.

— Disons simplement que j'admire son intelligence, son ingéniosité et son talent artistique. J'admets également qu'elle représente un problème dont nous ne voulons pas. Rien de ce qui est arrivé ne peut devenir public et ne le deviendra. Dans votre pays comme dans le mien. Mais si nous voulons réussir, il faut faire vite. »

Jon réfléchit. Le major ne souhaitait pas la destruction du manifeste. La Chine n'avait rien à gagner de plus, à moins de vouloir effectivement l'arraisonnement de l'*Empress*. Il fallait prendre une décision, et lui seul était en mesure de le faire. L'Amérique n'avait rien de plus à perdre et tout à gagner.

Il posa la question décisive : « Avez-vous un moyen de stopper le cargo avant qu'il ne soit trop tard, major Pan ?

— Oui. »

Il donna le manifeste au Chinois.

Le major tourna les talons, leur fit signe de le suivre, et traversa la clairière et les arbres en courant jusqu'à un autre terrain à découvert où un hélicoptère attendait, moteur à l'arrêt. Pan parla dans un talkie-walkie. Alors qu'ils approchaient, le rotor se mit à tourner en vrombissant.

En mer d'Arabie

Sous une lune à son zénith, le *John Crowe* fendait la houle, longue et lente, pour se rapprocher de l'*Empress*, lequel continuait de foncer à toute vapeur vers le détroit d'Ormuz, qu'on distinguait vaguement dans le lointain. Le détachement d'abordage se tenait à l'abri de la superstructure arrière du *Crowe*, armé, et prêt à mettre les canots à la mer, prêt à fondre sur le cargo chinois.

Dans le centre de communications et de contrôle, le capitaine de corvette Frank Bienas allait et venait, s'arrêtant toutes les deux minutes pour se pencher par-dessus l'épaule des techniciens radio, radar et sonar. Il était en train de regarder fixement l'écran radar du Spécialiste des Opérations de seconde classe Baum, quand le sonar d'Hastings retentit : « Le sous-marin avance !

— Vitesse ? aboya Bienas.

— A plein régime, on dirait, capitaine.

— Vers l'*Empress* ?

— Plus ou moins, capitaine, oui.

— Ça veut dire quoi *plus ou moins*, bon Dieu !

— Ça veut dire qu'il oblique vers l'*Empress*, mais que sa trajectoire va lui faire faire le tour de la poupe.

— Alors ils viennent vers nous, armés et parés ?

— Peut-être, capitaine. Je suppose.

— Alors dites-le, bordel ! »

Le silence atterré fut rompu par la réplique froide d'Hastings : « Je ne peux pas vous dire où va le sous-marin, capitaine. Seulement sa vitesse et son cap. »

Bienas rougit. « Désolé, Hastings. Je suis un peu tendu.

— Nous le sommes tous, capitaine. »

Le second actionna l'interphone reliant la passerelle. « Jim ? On dirait qu'il vient de notre côté, à pleine vitesse. »

Sur la passerelle, Jim Chervenko accusa réception du message, le ventre noué : « D'accord, Frank. Prévenez-moi dès qu'il change de bordée.

— A vos ordres, commandant. »

Chervenko coupa l'interphone et regarda fixement vers la poupe. Puis il se pencha à nouveau sur l'interphone. « Sparks ? Ouvrez une fréquence. Appelez le cargo. » Il se redressa, observant le cargo qui filait à moins d'un demi-mille de distance.

L'interphone crachota. « Ils ne répondent pas, commandant.

— Insistez. Prévenez-moi s'ils se manifestent. » Il appuya sur un autre bouton : « Prêt, Canfield ?

— Oui, *commandant*. »

Chervenko hocha la tête devant l'impatience du jeune lieutenant à en découdre. Il se rappelait avoir été comme ça dans ce qui semblait maintenant un autre monde. « Tirez un coup de semonce par l'avant. Et Canfield ?

— Oui, commandant.

— Ne le touchez pas. »

Un silence. « Non, commandant. »

Chervenko souleva ses jumelles à vision nocturne pour faire la mise au point sur la proue mouvante de l'*Empress*. Il entendit l'obus de cinq pouces et vit le geyser s'élever à pas plus d'une centaine de mètres de la proue. Une belle gerbe d'eau qui faisait plaisir à voir. Voilà qui devrait leur donner les chocottes.

Il compta : Un, deux, trois, quatre...

L'interphone crachota à nouveau. « Il répond, annonça le radio. Il exige de connaître la signification de notre agression.

— Dites-lui d'arrêter ses conneries, de stopper net, et de se préparer à recevoir un détachement d'abordage. Dites-lui qu'il vaut mieux que je ne voie rien passer par-dessus bord, pas même une boîte de conserve ; ou je lui fais avaler le prochain obus de cinq pouces. » Chervenko se sentit tout à coup nerveux. Il braqua à nouveau ses jumelles sur l'*Empress*. Quand le cargo ralentit, il laissa échapper un soupir. Pour le moment, tout allait bien. Il allait donner l'ordre de mettre les canots à la mer, quand il reçut un autre message.

La voix agitée de Frank Bienas s'écria : « Le sous-marin a changé de direction, Jim ! En plongée. Torpilles chargées. »

Ça y était. Le front de Chervenko se couvrit de sueur. « Préparez-vous aux manœuvres d'évitement. Envoyez les Seahawks ! », hurla le commandant.

Du coin de l'œil, il remarqua que l'*Empress* bougeait à peine. Il était presque à l'arrêt, glissant sur son erre en tanguant dans la houle. Mais la cible principale de son regard se trouvait à l'arrière, où le sillage caractéristique d'une torpille pouvait apparaître d'une seconde à l'autre.

En fait de torpille, il vit se dresser une silhouette géante, spectrale, dans le clair de lune, tel un monstre sortant des profondeurs.

C'était le sous-marin chinois. Sous les yeux de Chervenko, qui n'arrivait pas à y croire, il s'avança lentement en direction du *Crowe*, à cinq cents mètres par l'arrière et à quelques centaines de mètres du *Dowager Empress*.

« Il nous hèle, commandant ! »

Les sourcils de Chervenko s'arquèrent jusqu'à toucher sa casquette d'officier. *Quoi encore ?* « Passez-le sur la passerelle. »

Une voix cassante et vaguement courroucée articula dans un anglais guindé : « Commandant Chervenko, je suppose. Ici le commandant Zhang Qian du sous-marin de l'Armée populaire de libération *Zhou Enlai*. J'ai reçu l'ordre de Pékin de participer avec vous à l'arraisonnement du vaisseau hors-la-loi *Dowager Empress* afin de chercher et de détruire toute cargaison illégale. J'ai ensuite reçu l'ordre de placer un équipage à bord du vaisseau pour le ramener, ainsi que son personnel, en Chine. »

Chervenko ne bougea pas. Il resta là à contempler la sombre mer d'Arabie, l'interphone à la main, et intima à son cœur de cesser son vacarme. C'était terminé. Dieu merci, c'était terminé. Des gens avaient fait leur boulot. Des gens... nombreux sans doute... dont il ne pouvait qu'imaginer les sacrifices et dont il ne connaîtrait probablement jamais les noms et les visages.

« Je suis à votre service, commandant, fit Chervenko poliment. Et, bien sûr, une fois la contrebande détruite, nous serons ravis de convoyer le navire jusqu'à Shanghai. Nous ne voudrions pas qu'un vaisseau hors-la-loi comme celui-ci nous échappe ou tombe entre d'autres mains, n'est-ce pas ? »

Épilogue

Pékin

LES dix hommes assis autour de la table impériale ouvragée dans la salle de conférence de Zhongnanhai tournèrent la tête à l'unisson vers la porte située à la gauche du secrétaire général. Un homme mince en uniforme de capitaine de corvette de la marine de l'APL entra. Il chuchota à l'oreille du secrétaire général, qui hocha la tête.

« Nous avons de bonnes nouvelles, expliqua-t-il une fois le jeune officier parti. C'est terminé. Le commandant du *Zhou Enlai* signale l'arraisonnement de l'*Empress* par des hommes du *Zhou Enlai* et de la frégate américaine *Crowe*. Des tonnes de produits chimiques de contrebande ont été retrouvées. La contrebande est détruite. Les officiers du cargo sont sous notre garde, et le navire retourne à Shanghai, escorté par la frégate américaine. »

Un murmure d'approbation et de soulagement fit le tour de la table. « Une affaire réglée, dit Wei Gaofan. Mais devons-nous autoriser une frégate américaine à escorter notre navire?

— Le commandant de la frégate a dû insister, répondit le secrétaire avec douceur. Au vu des circonstances, nous pouvons difficilement protester. » Il posa ses yeux – deux minuscules éclats de pierre noire derrière d'épaisses lunettes – sur le général Chu Kuairong, à l'autre bout de la table. « Comment cela a-t-il pu arriver, général Chu? Une entreprise illégale représentant un risque aussi inimaginable conduite par nos compatriotes, et sous notre nez ?

— Je crois, intervint Niu Jianxing, être celui qui doit répondre à cela, secrétaire. »

Wei Gaofan le coupa avec colère. « Aucun de nous ne peut répondre de tous les échecs de ceux qui ont la conduite effective des opérations. »

Niu ne regarda pas Wei. Il s'adressa à toute l'assemblée. « Notre collègue Wei semble vouloir rejeter la faute sur ceux qui sont le moins à même de se défendre.

— C'est inadmissible... ! », rétorqua Wei d'un ton brusque.

Le secrétaire l'interrompit : « S'il y a une explication, Jianxing, dites-la-nous.

— Il y en a une, dit Niu avec calme. Une simple conjonction de forces : un homme d'affaires faible, la cupidité inévitablement encouragée par l'économie de marché, la conspiration de certaines entreprises occidentales, et l'arrogance corrompue d'un membre de ce Comité même. »

Au moment où le Hibou prononça ces derniers mots, il y eut un silence consterné. Puis ce fut une tempête d'indignation, de protestations, et de questions renvoyées à Niu.

Wei Gaofan, son visage de dragon de temple rouge de colère, s'écria : « Une telle déclaration équivaut à une trahison, Niu ! Je demande un vote de censure !

— Lequel d'entre nous calomniez-vous, monsieur ! demanda Shi Jingnu.

— C'est déraisonnable ! plaida un des plus jeunes membres.

— A moins, reprit le secrétaire avec calme, que Niu puisse étayer son accusation. »

Un silence interrogateur tomba aussitôt sur l'assemblée.

Quelqu'un marmonna : « Je n'arrive pas y croire.

— Vous devriez », grogna le général Chu, qui faisait rouler son cigare éteint entre ses lèvres minces.

Niu s'écarta de la table et alla à la porte. Il l'ouvrit et fit signe à quelqu'un.

Toujours dans son uniforme de l'APL, le major Pan Aitu entra d'un pas vif. Niu escorta le replet responsable du contre-espionnage à la table et se tint debout à ses côtés. « Major, exposez les détails de votre enquête, si vous le voulez bien. »

De sa voix douce et parfaitement monocorde, Pan expliqua la conspiration, de la proposition du contrat de contrebande que Donk & LaPierre avait faite à Yu Yongfu, à la participation de Li Aorong et Wei Gaofan, jusqu'à ce que Jon Smith eût fini par remettre le seul manifeste existant à Pan, qui l'avait faxé de Dazu au Comité permanent.

Le visage dur de Wei Gaofan blêmit. Il grogna tout de même : « Il semble qu'avec la mort tragique de Li Aorong il y a seulement une heure, tous ceux qui ont été désignés par le major Pan sont morts. A part moi, évidemment. Je démens catégoriquement... »

Pan fixa Wei sans détourner le regard. « Ils ne sont pas tous morts, monsieur. Li Kuonyi – sans père ni mari – est en vie. Nombreux sont les hommes de Feng Dun à avoir survécu. Le capitaine d'infanterie est vivant, bien sûr, ainsi que votre ami, le général, qui a envoyé le capitaine aider Feng Dun à récupérer le manifeste. Ils m'ont tous donné des dépositions officielles. »

Pendant un instant, Wei Gaofan ne bougea pas. Ses traits parurent se décomposer, mais il serrait solidement les mâchoires. « Niu Jianxing les a forcés à mentir !

— Non », décréta le secrétaire d'un air pensif, en dévisageant Wei comme s'il le voyait pour la première fois. « Il n'y a qu'un seul menteur ici. »

Wei reprit soudain des couleurs. « Niu Jianxing et le secrétaire général sont en train de détruire la Chine, lança-t-il à ses collègues. Ce que Yu Yongfu a fait est un exemple de la maladie qu'ils ont importée en République populaire. Ce que j'ai fait, c'est de vous faire prendre conscience, à vous et au Parti, de ce qui arrivait à la grande Révolution de nos pères. Mao Zedong, Zhou Enlai, Zhu De, Deng Xiaoping. Je ne démissionnerai pas. Je vais quitter cette pièce avec tous ceux qui sont d'accord avec moi, et nous verrons bien qui a le soutien du Parti ! »

Il souleva son corps massif sur ses jambes grêles et s'avança dignement jusqu'à la porte. Pendant un moment, il resta là, la porte à moitié ouverte, le dos tourné à ses collègues, à attendre. Personne ne suivit.

Le secrétaire soupira. « Demain je demanderai un vote du Comité central et du Bureau politique. Vous serez dépouillé de tous vos postes, de toutes vos prérogatives, et de tous vos honneurs. Vous serez exclu du Parti, Wei Gaofan.

— A moins, suggéra Niu Jianxing, que vous ne choisissiez de faire ce que Li Aorong a demandé à son gendre. Mais vous devez agir vite.

— Vous pourriez penser à votre famille », conseilla le secrétaire général, bien que sa voix fût dénuée d'espoir.

Wei resta là sans mot dire. Anéanti, il hocha la tête et s'en fut.

*Washington, D.C.,
lundi 18 septembre*

Quatre heures après que la cargaison de produits chimiques interdits fut découverte dans les cales de l'*Empress* et détruite, Charlie Ouray invita le Vice-Président Brandon Erikson à s'entretenir avec le Président. Il donna ensuite l'ordre de préparer Air Force One à décoller pour la côte Ouest, prit un appel de l'ambassadeur Wu, qui venait de retourner à l'ambassade sur Connecticut Avenue, et descendit dans la Situation-Room, où Castilla était au téléphone avec sa femme.

« C'est un sacré bon dénouement, Cassie », disait le Président. Dès qu'il vit Ouray passer la tête dans la pièce, il lui fit signe d'entrer. « Tu vas pouvoir venir, chérie ? Je regrette que tu sois obligée d'annuler le dîner à Oaxaca, mais... oui, je sais que tu es aussi impatiente que moi. Et les enfants ? Magnifique ! Magnifique ! Je vous verrai tous à ce moment-là. » Il raccrocha, rayonnant.

Ouray attendit que le Président le regarde à nouveau pour faire son compte rendu. « L'ambassadeur a appelé, monsieur le Président. Il voulait vous remercier officiellement, et il m'a donné un message pour vous de la part de Niu Jianxing, le Hibou.

— Voilà qui est gentil. Quel est le message ?

— Niu envoie ses meilleures salutations et exprime l'espoir que votre santé continuera à être robuste. »

Le Président éclata de rire.

« Qu'y a-t-il ? », s'enquit Ouray. Perplexe, il regarda le Président s'esclaffer de plus belle. Il se mit à sourire, puis à ricaner en repassant le message dans sa tête. Il finit par se tenir les côtes, hilare, lui aussi. Cette gaieté remplit la grande pièce insonorisée, chassant les ombres de la semaine écoulée.

« Oh, mon Dieu. » Le Président s'essuya les yeux.

« Impayable, acquiesça Ouray.

— Nous avions besoin de ça. *Robuste*. Mais venant d'eux, c'est un vote de confiance.

— Une expression d'espoir pour l'avenir.

— Bon Dieu, Charlie. Il s'imagine qu'il m'a dressé, et il n'a pas envie d'avoir à tout recommencer de sitôt avec quelqu'un de nouveau ! »

Les deux hommes se renversèrent dans leur fauteuil en riant.

« Eh bien, monsieur, observa Ouray, je suppose qu'on peut dire la même chose de lui.

— C'est juste. » Enfin, l'expression de Sam Castilla se fit sérieuse tandis que son esprit revenait à la tâche suivante. « Je voulais juste que vous sachiez que le ministère de la Justice se prépare à porter plainte contre Jasper Kott. Le scandale va être énorme.

— On ne peut pas l'étouffer.

— Non, Charlie. Ça ne serait pas bien. » Il y avait encore une affaire dont il fallait s'occuper. Il soupira pour s'y préparer. « Est-ce que le Vice-Président est en chemin ?

— Mieux que ça, il est ici. » Brandon Erikson entra dans la Situation-Room avec un large sourire sur son beau visage. Derrière lui, l'aide de camp ferma la porte. Comme toujours, ses cheveux noirs étaient impeccablement brossés en arrière, et son corps nerveux revêtu d'un trois-pièces taillé sur mesure. Il dégageait son énergie et son charme coutumiers. « Mes félicitations, monsieur le Président. Vous avez fait honneur à votre fonction de chef d'État.

— Merci, Brandon. On l'a échappé belle. »

Le Vice-Président prit son siège habituel au milieu de la longue table, à la droite du Président, juste en face d'Ouray. Il salua aimablement celui-ci d'un signe de tête et reporta son attention sur le Président. « Je ne vous demanderai pas les détails de cette réussite, monsieur, mais je suppose que nous avons un ou deux héros méconnus dans nos agences de renseignement.

— Il y a de ça, reconnut le Président. Nous avons également reçu un gros soutien de l'intérieur de la Chine, notamment d'un homme politique de haut niveau. Cette collaboration me donne de grands espoirs concernant nos relations avec la Chine. »

Erikson sourit. « Je pense que vous faites le modeste, monsieur le Président. »

Sam Castilla ne dit rien.

Le Vice-Président cligna les yeux et parcourut du regard la pièce silencieuse qui était peu ou prou isolée du reste de la Maison-Blanche. Dépourvue de fenêtres et insonorisée, on la fouillait constamment pour y rechercher micros et caméras cachés. « Tout le monde est en retard ? Je croyais que nous avions un débriefing d'après crise. »

Le Président sonda le visage d'Erikson, cherchant ce qui lui avait échappé. « Il n'y aura personne d'autre, Brandon. Dites-moi, votre ami Ralph McDermid serait-il aussi enthousiasmé par notre réussite que vous l'êtes ? »

Le regard d'Erikson passa du Président à Ouray, qui avait l'air grave, puis revint se poser sur le Président. « Je ne sais absolument pas quelle serait la réaction de M. McDermid. Je le connais à peine.

— Vraiment ? », questionna Charlie Ouray.

Erikson ne manqua pas de remarquer l'absence de titre ou autres termes d'adresse employés d'ordinaire pour quelqu'un de son rang. Son sourcil gauche se fit circonflexe. « Quelque chose ne va pas, monsieur le Président ? »

Castilla tapa du poing sur la table. Ouray sursauta. Erikson parut surpris et légèrement effrayé.

« Vous savez pertinemment ce qu'en aurait pensé McDermid, grommela Castilla. Vous savez exactement quels agents des renseignements sont des héros méconnus.

— C'est grotesque, monsieur ! », rétorqua Erikson, aussi furieux que le Président. « Je sais... » Il parut tout à coup entendre les paroles exactes du Président. « Ce qu'il... en *aurait* pensé. »

« Ralph McDermid est mort, annonça sèchement Castilla. Les membres du conseil d'administration d'Altman sont en ce moment même en train de s'agiter dans tous les sens comme des vautours sans tête pour trouver une explication plausible. Ça n'y changera rien. Le coup tordu de McDermid va être révélé... J'y veillerai personnellement. Ils vont quitter le navire avant que vous ayez pu dire Arthur Andersen.

— *Mort* ? », répéta Erikson avec une expression consternée. « Ça va être... *révélé* ?

— Votre copain secret, Ralph McDermid, a été abattu en Chine, lâcha Charlie Ouray. Assassiné, paraît-il, par l'un de ses sbires. »

Le Vice-Président cligna les yeux, se ressaisit et dit avec une grande prudence : « Horrible. Quelle tragédie. Que faisait-il en Chine ? Des affaires, je suppose.

— *Merde !* Brandon, explosa le Président. C'est *terminé*. Vous avez été pris la main dans le sac. J'attends votre démission sur mon bureau demain matin ! » Il fit un signe de tête à Ouray, qui pressa un bouton sous la table.

« Ma... ma *démission*... », bredouilla Erikson.

Deux voix désincarnées remplirent la pièce, dont celle du Vice-Président :

« *Ne soyez pas sarcastique. Nous avons besoin l'un de l'autre. Vous êtes un membre précieux de l'équipe.*

— *Et il en sera ainsi aussi longtemps que je resterai dans l'ombre.*

— *Ce n'est pas aussi grave que vous le pensez. En définitive, ni Smith ni la fille de la CIA ne nous ont porté atteinte, et pas davantage à notre projet.*

— *Que la CIA puisse vous mettre sous surveillance ne vous préoccupe pas ? Même si c'est sans rapport avec notre contrat, ils ont fait remonter au moins quelques fuites de la Maison-Blanche jusqu'à vous. Ça devrait sacrément vous tracasser.* »

« Je crois que cela suffit. » Ouray arrêta la bande. « Je suis sûr que M. Erikson se souvient du reste. »

Les mains jointes sur ses genoux sous la table, Erikson cligna les yeux comme s'il ne savait pas où il se trouvait. Puis il prit une longue inspiration. « Je suppose que je pourrais dire que ce n'est pas moi... »

Le Président eut un rire de dérision. Ouray leva les yeux au ciel.

Erikson hocha lentement la tête. « Très bien, mais rendre service à un important soutien en vue d'une future campagne présidentielle, bien que possiblement répréhensible, est loin d'être un crime, ou nous serions tous en prison. Vous m'en voulez peut-être maintenant, Sam, et il est certain que vous pouvez me tenir à l'écart de tout jusqu'à la fin de votre mandat, mais je doute que vous puissiez me contraindre à la démission.

— C'est bien plus accablant que cela, rectifia le Président. Si vous vous souvenez de tout l'enregistrement – fait par la CIA, soit dit en passant – vous vous rendrez compte que vous êtes impliqué dans une tentative de provoquer un conflit armé avec la Chine, au cours duquel des personnels de l'armée américaine auraient sans doute été tués. Vous avez également participé au transport par mer de contrebande. Je crois que certains de ces faits, sinon tous, sont à la limite de la trahison. Il se peut que ce soit de la trahison. Bien sûr, ce sera à la justice de décider *in fine* si ces faits sont passibles de poursuite. A en croire les rapports préliminaires, vous êtes bon pour un procès. »

Ouray fit la moue. « Moi, je dirais que c'est de la trahison. »

Le regard du Vice-Président alla de l'un à l'autre. « Qu'est-ce que vous voulez, Sam ?

— Ne m'appelez pas Sam. Plus maintenant. Je vous ai dit ce que je voulais. Vous pouvez prétexter un problème de santé. Vos responsabilités familiales. Vous souhaitez consacrer votre temps à étudier un plan de campagne pour la présidentielle. Ce qui serait en partie vrai, d'ailleurs.

— Est-ce tout, *monsieur* le Président ? demanda Erikson d'un ton amer.

— Pas tout à fait. Vous pouvez donner le change en explorant cette possibilité, mais au bout du compte, vous ne serez pas candidat à la présidence, ni au poste de sénateur, ni à celui d'employé de la fourrière. Plus jamais de fonction publique. *Plus jamais*, même si vous n'êtes pas inculpé.

— Et si je choisissais d'être quand même candidat ?

— Je ferais en sorte que vous ne receviez aucune aide du parti. Croyez-moi, on ne voudra même pas être vu dans la même pièce que vous. »

L'expression d'Erikson se figea. Il se leva. « Vous aurez ma démission demain. » Il fit mine de partir, puis se retourna. « Vous savez, je ne suis pas aussi mauvais que vous le pensez. Je n'ai jamais vraiment approuvé votre politique d'affaiblissement de l'armée. Je n'ai fait que ce que je pensais être le mieux pour le pays.

— Foutaises, lâcha Ouray. Vous avez fait ce qui était le mieux pour Brandon Erikson. »

Le Président confirma d'un signe de tête. « Et vous avez aussi perdu votre bienfaiteur en cours de route. Si le groupe Altman survit, vous ne figurerez jamais plus sur les tablettes d'aucun de ses directeurs. Vous n'avez pas le profil. Dans votre cas, mélanger les affaires avec la politique a failli provoquer une guerre. Voilà qui peut vraiment plomber un bilan. »

*Base de l'armée de l'air de Vandenberg, Californie,
mardi 19 septembre*

Le jet de l'armée de l'air survolait le Pacifique par une matinée chaude et voilée. Par un hublot, Jon étudiait les Channel Islands, ceintes de mèches de brouillard, et la côte déchiquetée avec ses plages de sable blanc et ses falaises spectaculaires. La base placée sous haute surveillance s'étendait sur près de cinquante mille hectares de busseroles et d'aires de lancement de fusées, d'herbes des pampas et de silos à missiles, sur un large promontoire qui s'avançait en saillie dans l'océan scintillant.

« On venait ici de temps en temps avec mes parents étudier les plantes sauvages », lui dit Randi.

Elle avait une place côté fenêtre, tandis qu'il était assis en face d'elle, dans l'allée, où il pouvait faire pivoter son siège et voir à travers plusieurs hublots.

« C'est beau, non ? poursuivit-elle. Le soleil et l'océan ont quelque chose que je trouve infiniment attirant. Quand... si... je me rangeais un jour, je reviendrais ici. Et toi, que feras-tu, Jon ? »

A environ quatre-vingts kilomètres au sud-est de Vandenberg se trouvait Santa Barbara, où Randi et sa sœur, Sophia Russell, avaient grandi. C'est aussi là que Jon était allé panser ses blessures et faire le point après que le virus Hadès eut emporté Sophia.

« Te ranger ? reprit-il. Tu me donnes des frissons. Pourquoi vouloir se ranger ?

— Pourquoi, en effet ? fit David Thayer. Croyez-moi, c'est très surfait. Sans attache, c'est comme ça que je vois la vie désormais. » Il sourit, ses profondes rides se réorganisant elles-mêmes dans un visage qui débordait de curiosité et d'enthousiasme. Son épaisse crinière blanche était impeccablement peignée en arrière, et il avait une nouvelle monture d'écaille pour ses lunettes. « Mon Dieu, je me suis rangé pendant plus de cinquante ans. J'ai décidé de passer le reste de ma vie en vadrouille. »

Ils échangèrent un sourire alors que l'avion se posait et roulait à toute vitesse sur la piste. Ils portaient des pantalons et des chemises décontractés, fournis par l'ambassade américaine à Pékin. David Thayer avait été surpris par les fermetures à glissière en plastique, qu'il n'avait jamais vues. Le Velcro le fascinait. Il avait joué plusieurs fois avec celui de ses nouvelles chaussures de sport. Il n'était jamais monté dans un avion à réaction. Le pilote de l'armée de l'air lui fit faire une visite approfondie du poste de pilotage, en essayant de lui expliquer à quel point la navigation s'était informatisée, jusqu'à ce qu'il finisse par s'apercevoir que Thayer ne savait pas vraiment ce qu'était un ordinateur. Thayer lui promit d'acheter un livre et de potasser la question.

Après que Jon eut retrouvé Thayer à l'ambassade, il avait insisté pour que celui-ci passe un examen médical approfondi. Mais Thayer avait répondu qu'il ne voulait pas prendre le temps de le faire, expliquant poliment qu'il préférait regarder la télévision, laquelle était également une nouveauté pour lui. On le persuada quand même, et le médecin découvrit d'anciennes fractures, probablement une carence en fer, un œil qu'il faudrait opérer de la cataracte, et des besoins dentaires évidents. Puis Jon, Randi, et David Thayer étaient montés à bord du jet pour regagner l'Amérique.

Les événements de la semaine précédente demeuraient tout frais – bruts – dans l'esprit de Jon. Il en serait longtemps ainsi. Quand il retournerait à Fort Detrick, il écrirait un rapport complet à Fred. Cela aidait souvent.

Jon avait remarqué que Randi étudiait le père du Président depuis leur première rencontre. Enfin, alors que l'avion s'arrêtait, elle demanda : « N'êtes-vous pas amer, docteur Thayer ? Ils vous ont volé votre vie. Cela ne vous rend-il pas ne serait-ce qu'un peu amer ? »

Il se détourna du hublot, où il s'était penché pour bien voir Air Force One. « Bien sûr que je suis amer, mais j'ai aussi d'autres choses en tête. Le voilà ! » Il colla son visage contre la vitre. « Je le vois ! Mon fils. Mon *fils*. Il y a ma belle-fille ! Et mes petits-enfants ! Je n'arrive pas à y croire. Ils sont tous venus. *Ils sont tous venus me voir !* » Son corps tremblait d'excitation.

Le jet s'immobilisa, et David Thayer détacha sa ceinture et se dirigea vers la porte. Jon et Randi restèrent assis. Alors qu'il attendait qu'on amène la passerelle et que le copilote déverrouille la porte, il rebroussa chemin. Il y avait des taches roses sur ses joues creuses. Ses yeux étincelaient. Il leur serra la main, pour les remercier encore.

« J'espère que vous comprenez, mademoiselle Russell. » Il lui tapota le dos de la main en la gardant dans la sienne. Il jetait de temps à autre des coups d'œil par-dessus son épaule, pressé de voir la porte s'ouvrir. « Je n'aurais jamais survécu si j'avais laissé la haine m'envahir à chaque instant. Tout n'a pas été mauvais. Par exemple, j'ai appris que le prix d'un orgueil démesuré était l'humilité, et que je n'avais pas toutes les réponses. N'empêche que si je pouvais revenir en arrière et changer ce qui m'a mis dans ce pétrin, je le ferais. Mais puisque c'est impossible, je vais profiter au maximum du temps qu'il me reste. Les Chinois ont un proverbe qui dit à peu près ceci : "Ce qu'une chenille appelle la fin de la vie, les sages l'appellent un papillon."

— C'est beau », dit Randi.

Il hocha la tête. « Je sais. » Il lui pressa la main, donna un petit coup de poing sur l'épaule de Jon, et se hâta à nouveau vers la porte. Il lança un regard noir au copilote. « Vous allez l'ouvrir un jour, ce foutu machin ?

— Tout de suite, monsieur. » Il fit tourner la poignée, et la porte se souleva et s'ouvrit vers l'extérieur.

La passerelle était là. Le vieil homme monta dessus sans se retourner. Jon et Randi le virent descendre et écarter un conseiller du Président qui avait manifestement prévu de l'escorter jusqu'à Air Force One. Le Président, sa femme et sa fille attendaient à l'ombre de l'appareil. Thayer fit une dizaine de pas droit sur eux, et s'arrêta net.

« Regarde son visage, fit Randi.

— Il a peur, reconnut Jon.

— Il a tout réalisé d'un coup. Il ne sait pas s'ils vont l'aimer.

— Ou s'il va les aimer. S'il va pouvoir se faire à une vie si différente. »

Le Président et sa famille échangèrent des regards, une sorte de message passant entre eux. Sans un mot, ils se précipitèrent sur le tarmac au-devant de Thayer. Celui-ci ouvrit lentement les bras. Le Président fut le premier à le rejoindre, se laissa étreindre, et l'enlaça à son tour. Ils restèrent ainsi un long moment. Le Président embrassa son père sur la joue. Bientôt, tout le monde fut là, parlant, riant, se présentant, s'étreignant.

Alors que le jet reculait, Jon et Randi se détournèrent des hublots.

« En route pour Washington, soupira-t-elle.

— Oui. Ça va être bon de rentrer chez soi un moment. »

DANS LA COLLECTION « GRAND FORMAT »

SANDRA BROWN
Le cœur de l'autre
CLIVE CUSSLER
Atlantide
Bouddha
Glace de feu
L'or bleu
L'or des Incas
Odyssée
Onde de choc
Raz de marée
Serpent
Walhalla
MARGARET CUTHBERT
Extrêmes urgences
LINDA DAVIES
Dans la fournaise
L'initiée
Les miroirs sauvages
Sauvage
ALAN DERSHOWITZ
Le démon de l'avocat
JANET EVANOVICH
Deux fois n'est pas coutume
La prime
JOHN FARROW
La ville de glace
Le lac de glace
GIUSEPPE GENNA
Au nom d'Ismaël
GINI HARTZMARK
A l'article de la mort
Crimes au labo
Mauvaise passe
Le prédateur
La sale affaire
La suspecte
PAUL KEMPRECOS
Blues à Cap Cod
Le meurtre du Mayflower
ROBERT LUDLUM
La trahison Prométhée
Le complot des Matarèse
Objectif Paris
Opération Hadès
La directive Janson
Le pacte Cassandre
Le protocole Sigma
GAYLE LYNDS
La Spirale

STEVE MARTINI
Irréfutable
L'avocat
Le jury
La liste
L'accusation
Pas de pitié pour le juge
Principal témoin
Réaction en chaîne
Trouble influence
CHARLES MC CARRY
Old boys
PETER MOORE SMITH
Les écorchés
DAVID MORRELL
Démenti formel
Disparition fatale
Double image
In extremis
Le contrat Sienna
Le Protecteur
PERRI O'SHAUGHNESSY
Amnésie fatale
Entrave à la justice
Intentions de nuire
Intimes convictions
Le prix de la rupture
MICHAEL PALMER
De mort naturelle
Fatal
Le patient
Situation critique
Traitement spécial
Un remède miracle
JOHN RAMSEY MILLER
La dernière famille
LISA SCOTTOLINE
La bluffeuse
Dans l'ombre de Mary
Dernier recours
Erreur sur la personne
Justice expéditive
Rien à perdre
SIDNEY SHELDON
Crimes en direct
Matin, midi et soir
Racontez-moi vos rêves
Rien n'est éternel
Un plan infaillible
MARK SINNETT
La frontière
KARIN SLAUGHTER
À froid
Au fil du rasoir
Mort aveugle

Cet ouvrage a été imprimé par

FIRMIN DIDOT
GROUPE CPI

Mesnil-sur-l'Estrée

pour le compte des Éditions Grasset
en décembre 2005

Imprimé en France
Dépôt légal : décembre 2005
N° d'édition : 14083 – N° d'impression : 76963
ISBN : 2-246-60061-8
ISSN : 1263-9559